I0724962

一曲千秋

432 Hz Soulmates

劉爲 著

Anne Wien Lynn

美國紐約龍出版社
Long Publishing Corp.

美國紐約龍出版社
Long Publishing Corp.

ISBN: 978-1-953903-11-2
First Published in New York by Long Publishing Corp.
First Paperback Edition: August 2024

《一曲千秋》 劉爲 著

編輯策劃：胡桃
特約編輯：湯爽
裝幀設計：吳言

美國龍出版社出版發行
出版人：Sonia Hu
版次：2024 年 8 月紐約第一版，第一次印刷
國際書號：978-1-953903-11-2

总　谱

第一乐章：无弦琴

第一乐章

无 弦 琴

一、空 山 鸟 语

（夹钟调）

山中何所有，岭上多白云。只可自怡悦，不堪持赠君。

——【南北朝】陶弘景

牛背牧童短笛，横陈寂静缓慢的村歌，吹皱楚山汉水古隆中脚下这条十八岁、也许一千岁的小河，让村头古寺后的池塘倾听，记忆，平平仄仄地从我心灵之畔流过。

冥雾白纱般地在翁郁起伏的隆中山间睡意飘蒙，望之蔚然深秀。山上野芳幽香，佳木繁阴，林鸟相呼；山下良田美池，桑竹阡陌，古柳牛衣。躬耕间歇，人们每每驻锄，对这宁静淡泊的灵山逸水做一种深思遥想。

"诸葛大名垂宇宙"，旅游的人们乘车直奔山中去朝拜柳暗花明的汉代名相草庐，却难得一二愿在进山之前，拐向离大路只有百米之遥的这座千年古寺。

广德寺，座落在襄阳城西约 13 公里，原名云居禅寺，始建于唐贞观年间，已有一千三百多年的历史。在其西南，便是苍松万壑、

3

丛竹茂林的古隆中山，周围田垄交错，岗峦连绵，萦水云烟，气色茫茫，一派自然古貌。明成化年间，云居禅寺由隆中迁此，因宪宗御笔亲赐"广德禅林"，沿袭至今。寺内古木参天，大雄宝殿重檐九脊，翼角恽飞。寺后多宝佛塔建于明弘治七年，多佛塔在我国只有七座，五塔立于一塔之上的只有襄阳广德寺一座。塔旁有一株古银杏树，高约35米，4人合抱，其高大茂盛，千年不衰，被康熙帝赐封为"护法尊"，乾隆帝又加封为"感应大将军"，树旁尚有碑刻记述。

日日于古刹空寺的寂静中厮守西楼书斋的清卷藤椅，我窗前的书案设置沉思千年的关于禅的话题。采自东篱之淡菊、南山之奇云，渐渐筑起我隐逸闲居的楼阁。海棠如年依旧，在收藏了橙黄橘绿之后，总有一场意外的初雪来积压经年被推翻的棋局。

寺里没有钟，这是我所遗憾的，只有三、四个人终日厮守着这座兀自风花雪月的空寺，他们调素琴，阅金经，却无一二知己。这种日子由来已久，关于隐逸，可以追溯到几千年前，几千年间，隐者寄情山水，旷达恬淡，目送飞鸿，归去来兮。

在西方，同样也保留着一些清教徒村，教区内没有汽车，没有电视，也没有任何农用机械，村民们拒绝接触外界所谓的现代文明，过着与世隔绝、没有污染和噪音的隐居生活，仿若世外桃源。

但这谈何容易，有几人能持守真心本性，远离红尘？

拉开与尘世的距离，静修以获得禅能量。夜晚，我常独自于榻上趺坐，佛珠静置一旁。然每每面对一盏脆弱的孤灯，却总会不由默默地将自己的心事泄露，挑明。

二、关 雎

（无射调）

闲来石上眠，落叶不知数。山鸟忽飞来，啼破幽绝处。

——【宋】僧顺怡

佛最终的心事是否就是没有心事？

我是个厌弃了世事之争的凡夫俗子，住在尘世边缘修行，欲让心如止水。这天下午，在从隆中山回广德寺的途中，我背着竹篓走在田间沟垄上，无意间从破草帽下，望见与我平行的百米开外的公路上，远远走来一位身穿素白古风长裙的女子，白色宽边阳帽下倾泻出长长的秀发，帽子上系着长长的淡蓝色丝带，在身后随她款款的步履轻轻飘摆，因为距离远，我看不清她那被遮在帽沿阴影下的面容，但仅此一眼，却让我那多年来一向平淡不惊的心猛地一颤。这是"心远地自偏"的心，"潭影空人心"的心，是"心轻万事如鸿毛"、"一片冰心在玉壶"的心。而此时，我却被自己这骤然间的心跳惊呆了，这心跳继而更加可恶地撞击到我的指尖。

从未有过的感觉，从东方到西方，有生第一次竟对一个身影"一

5

见钟情"，我非指那形，那色，我像是被那女子身上一股无形的气场给撞到了，着实被自己的反应吓了一跳，三十多年的禅修和功夫竟如此不堪一击，我几乎被撞倒，失去了往日的自控、自在和平安，简直就像是一场交通意外，只是它发生在我的心里。我几乎站不稳，十指按住那心跳，索性就在垄上坐了下来，忍受着实现对我的嘲讽与否定。被自己吓坏的人定了定神，想这女子大概是从隆中山脚下的襄樊高等师范学院而来。听寺工关案山说，每年八月，新入学的大学生便会三三两两地结伴来到广德寺参观，但他们大都不会再来第二遭，是因为这寺实在太小；但我感到这女子的神态不像是个十七、八岁的学生，她是那么地沉静，看上去成熟而优雅，从这么远的距离之外都能让人感到她身上所透射出的那股超凡脱俗的气息，而这正是一瞬间打动了我的原因，这是量子纠缠还是磁场共振？或许，她是从距此不远的航空部 609 研究所出来的，不错，那正是她来的方向。研究所有大约一千多名员工和他们的家属，建在半山坡上，像个小镇，所里的知识分子与当地农民能被明显地区辨出来。

时下正值八月中，天气炎热，从牌坊到隆中的这段郊区公路蜿蜒起伏，两旁大树参天，一边是山坡，另一边是田地，每日零稀而又轰轰隆隆地颠簸过往着各种车辆，还有一些被放牧的牛羊，一个独自漫步的行人是不多见的。我所看到的这个年轻女子体态修长，但并不显得纤弱，她两肩端正，腰若约素，步履轻稳，双手插在长摆裙兜里，戴一顶宽边的白色阳帽，微微低着头。我看不见她的面容，因为阳帽优雅的曲边挡住了她的半张脸，我只感到她若有所思，略显忧悒。说不清她身上什么地方特别，那些行车过往的人都回过头去打量她，而她却对周围的一切视而非见，不动声色，只是旁若无人地思索，一意孤行地忧悒。

然而，在她的忧悒和若有所思中，却饱含着一股宽广的坦然，一股怡然而不可摧的自信和一股从容不迫的沉静，这使她看上去不大像一个初涉世事的少女，从所有我读过的古典文学的主人公身上都找不出一位与她相似的人物，因她看上去像是游于风尘之外的仙人，绝世独立，卓而不群。有人说：高贵的灵魂多少都会有一些忧悒的气质，因为他们正直，善良，有着极强的同理心，悲天悯人，胸怀天下，心系苍生。

她究竟是谁？这引起我如此的好奇。她周身所漫射出的那股孤寂而又超然的气质在一瞬间就唤起我灵魂深处某种强烈的共鸣。在她那女性沉静的外表中，分明透射出一股力量，这力量罕见且值得崇拜，它有着一种微妙但却撼人心魄的美。但这美却在骤然间引起了我的心痛，它竟在骤然间惊破了我沉静三十年的心！

她具体而抽象，触目而不可及。她是一个陌生人，却可以在一瞬间将另一个灵魂服获。一颗莅临我头顶的、未知的行星，以它无形而强大的磁力吸引着我。我期盼她能在前面那个路口拐下坡来，我感到我们寺院的门已在向她开启，而佛祖的目光也早已将她注视。然而……

她没有拐下岔道，她好像根本就没有看见身旁经过的这个能将她带入福慧之地的土路口，她默默地走了过去，也永远不会感应到，在离她百米之遥的公路下，这块古老的田地里，一颗终日耘耕在佛祖庇佑下的尘子的所谓淡泊之心，曾经为她徒劳地怦然悸动，而在对一切的骤然遗忘中得到一种永恒。这一向是"诗思禅心共竹闲，不遂春风上下狂"的心，这素来是"终年无客常关闭，终日无心长自闲"的心。我的这一颗云游千年、此时仍旧难以安放的心。

她像流星一般从我梦的夜空中迅疾而无声地划过，把那一道永恒的、神秘而惊心动魄的灵光和一缕淡淡的芬芳，永远留在了我自作多情的梦中。

"低头觑破水中天，摄住六根向福田。世人只知向前去，不知倒退也向前。"

伊的背影在我眼中渐行渐远，终于消失了。我在田垄上静坐了许久，总算回过神，定下心来，终于站起身，决定回寺院去了，竹篓却差点忘在地里，向着我的背影发出叹息，里面装的是新鲜的青菜，下面藏着的是价值上万元的 SONY 摄像机。

　　我把带回来的青菜交给英俊少年玖思，自己土灰土脸地去冲了个澡，然后上楼打坐。雨默手里捏着本书从书房里走出来，站在门口凝神观察了我一阵，然后又回屋里去了。看来，他也察觉到我与往日有些异样。的确，这个时候我一般不打坐，我甚至感觉就像初试禅定时那样难以入静，学佛习禅三十年，如今每日早晚入定仅需一分钟的我，此刻却怎么也找不回那种"行到水穷处，坐看云起时"的自在妙境了。

　　不知过了多久，我终于轻轻叹了口气。而就在我刚刚于蒲榻上睁开双目之际，透过南面的芸窗竹帘，我一眼望见寺院的大门，在那里，如轻云出岫般地飘出了一个白色的身影。

三、一　眼　万　年

（碧玉调）

难将古调传心事，无复高山遇赏音。

——【明】朱克诚《无弦琴》

"山深失小寺，湖尽得孤亭。"

伊来到广德寺时，坐在门口收费的关案山师傅立刻绽开了笑容。

"阿弥陀佛！总算开张了！"

虽已是下午四时许，这却是他今天接待的第一位香客。

伊走过来，双手合十，含蓄地轻轻道了声："阿弥陀佛。"迟疑了一下，她问，"请问能用微信或支付宝买票吗？"

关案山一下子笑弯了腰，然后低声对伊道："我去问问佛祖，以后放个机器人在这儿卖票吧。"

伊也微微笑了笑，从裙兜里掏出两倍的门票钱。

六十来岁的关案山由于整天闷得难受，总想找机会跟人说说话，又因为他比较肥胖，说话时总有点气喘，这时他递给伊一束香，同时打量着伊，因为伊的容貌、装束和气质，仿若云外仙姑："小姐，

9

你是，第一次来吗？"关案山操着浓重的当地口音问。

伊含蓄地点点头："师傅，请问，这寺里，有钟吗？"她音量不高，语调柔婉，讲的是略带南腔的普通话。

"钟？"关案山诧异地伸着脖子看着伊，摇摇头道，"没有钟。"

五扇红色寺门，白色山墙从中间向两边错落为三层青瓦飞檐，一对石狮镇守在中间大门的两旁。伊这时注意到山门的另一边停着一辆白色的宝马 SUV，车牌号码是"浙 A.ZEN。这样的车在本地十分罕见，这样的车牌在全国可能也独一无二。伊向关案山点了点头，从那束香中取了十三支，然后不动声色地走进了敕赐广德寺。关案山留神注意到，伊跨进寺院门槛时，迈的是右脚。

天王殿前面的庭院很大，正面种着侧柏，两旁是笔直的松树，庭中有一座古朴的香炉；后面是大雄宝殿，供奉着释伽牟尼金身佛像，两旁是阿难尊者和迦叶尊者，以及十八罗汉彩绘浮雕。穿过大雄宝殿，殿后两旁是方丈堂和客堂，对面是地藏殿，供着地藏菩萨，楼上是藏经阁。

方丈堂的屋子全部空着。寺里没有和尚，不做法事，听不到木鱼声、诵经声和钟声，只是在用作客房的西边云居楼和北面藏经阁上，偶尔会传出读书敲棋或吟箫抚琴的声音。

因为没有僧人又香客鲜至，整座寺院都显得清静之极。绿苔匝地，修竹荫壁，三径花开，孤芳自赏。

伊此时独自站在大雄宝殿的后门边，缓缓打开一卷白色折扇，扇面上题有几个字，深藏在楼上芸窗竹帘之内又隔着楼外松柏的我能够看到伊天鹅颈下的锁骨和盈盈一握的纤腰，却看不清她扇面上的题字，我也看不清伊的脸，她的面容仍旧掩藏在曲边宽帽沿下。但我看到伊穿的是一身现代版的新中式套裙，下身实际上是一条宽松的裙裤，在小腿下收口，外套一层白色透明薄纱长裙；上衣被设计成一个白色小马甲，马甲上印有凹凸的云纹图案，圆领对襟处和腰间右侧都系着长长的盘云扣凤尾结，加上透明薄纱喇叭袖，袖口收在内侧，既遮阳，又防蚊虫，看上去凉快而又古朴端庄。一身素白的伊庄重优雅，缓缓地摇着白色绢扇，仿佛从古代穿越而来，正在寻找自己前世的记忆，她不动声色地环顾院落，这时，她仰起头来。

我惊呆了。那是一张素洁、宁静而又清秀的脸，冰雪品质，超凡脱俗；一双神韵敛藏的明眸目光安详，疏眉朗目间流露着一股睿智而又幽邃的灵质，这双眼睛，似能从心底洞察秋毫。伊的脸上未施粉黛，长眉连娟，貌婉神娴；线条分明的嘴角恬淡而平静，挂着一丝若有若无、难于捕捉、不可言述的微笑。这微笑温柔，含蓄，宁静，飘忽，孤寂，神秘，深不可测。她一波三折的婀娜体态纤中见腴，举止从容，威仪足具，但毫无傲慢。

伊这时轻轻将宽边阳帽摘下，她的长发如瀑布般披在身后，两缕半长的卷发垂在鬓旁。在伊跨过大雄宝殿后门时，我便注意到她前襟处别有一枚小巧的银色胸针，或许是一支袖珍笔。她的手上已没有了那十三支香，应是已供在了大雄宝殿前的香炉里，十三炷香是最高规格的功德圆满的高香。

伊站在那里，恰似一位颖之藻仪、兰心蕙性、玉树临风的水月观音，此时，她以凌波玉足惜花踏月般慢慢走进庭院，此间便不仅我看到了她，就连隔壁的雨默和楼下的玖思也一下注意到了这位一进大门便令整个寺内气氛骤然不同的秋水伊人。我们三个在屋内各下观之，恰似雾里看花，水中望月，云边探竹。我感到伊的行步就仿佛是行走着的太极，流动着的禅。她似乎比世上所有的人都慢，都自在，气定神闲。无法想象若她行色匆匆，忙碌劳作于坊间会是什么神态。

伊看不到一个人，也听不见任何声音，便以为此时整座寺院就只有她自己。她平静地仰望着面前单檐硬山顶式的大殿，而后起步，缓缓地向地藏殿走去。

我从云居楼上透过竹窗再次见到伊的身影时，她已穿过地藏殿来到后院。这时，伊举头望见了伫立在她面前的多宝佛塔。

这是一座驰名中外的佛塔，融中、印建筑风格为一体，国内十分罕见，建于明朝，距今已有整整五百岁。塔为砖石仿木结构，通高约十七米，其底层塔座为八方形，四面石砌卷门，座上复建五塔耸立，居中为喇嘛塔，四隅为六角亭塔。在塔座及小塔外壁，都嵌有石雕佛龛，每龛供石佛一尊，共四十九尊，皆风姿俊逸，古雅端庄。

伊一边摇着绢扇，一边在塔下转了一遭，仰头瞻望，然后从西面门洞走进塔中。塔内没有灯，光线暗淡，且凉气袭人。经过一道铁槛，顺内壁极窄、又陡又滑的旋转石梯拾阶而上，拐过弯便重见天日，伊登上了七米高的塔座。

寺外溪流环绕，还有一片宁静的湖塘，周围便是菜田和农庄，远处是公路，以及绿树葱笼的古隆中山。寺内后院里栽种着几株梅树和桃树、一棵刺槐，古塔旁便是那株高大粗壮的古银杏树，双爵位的"护法大将军"和"感应大将军"。伊在高高的塔座上转了两遭，仔细端详五座佛塔上的每一尊佛龛，伊似乎对西南面那座佛龛有所感应，手在上面放了一会儿，然后，她便靠在了那座小塔下，含睇凝望寺外的田园景致。卧龙山四野，松篁交翠，清流鸣幽，一带高冈枕流水。

就在伊于塔上独坐冥想之时，忽然，不知何处响起了古琴的弦音。伊先是微微一怔，因为那琴声离她是那么地近，她凝神屏息，不动声色地细细聆听。曲中流淌着吞云吐雾之美、气象万千之妙，恰似巫山云雨、匡庐飞瀑、黄山流泉、岱宗云步，又令人联想武夷云窝、南岳水帘、普陀潮音、华山真源、九华甘露、齐云洞天……似乎所有的水流气象和内心的潮涌都被展现在曲中，连佛塔边的银杏树叶都在琴声中颤抖，寺外的溪水湖塘也随之鸣咽荡漾。曲至尾声时悠转绵长，回味不绝。伊这时瞬间抬起头来，目光准确无误地投向琴声响起的地方。

那是藏经阁西侧修竹掩映的云居楼，尽管伊看不到楼上竹帘窗格中抚琴人的身影，但就在她目光所至的一刹那，琴声嘎然而止，琴者像是受了一惊，幺弦竟被拨断！

伊仍旧定定地靠在塔身上，将目光迟迟转向寺后湖塘，脸上没有任何表情。但琴声终究没有再度响起。

伊沉吟良久，最后，她若有所思地将手中那把折扇打开，平放在曲起的膝上，从前襟处轻轻摘下那支小巧的银色胸针笔，思忖片刻，在扇面空白处缓缓写下一段文字：

"乐无声兮情逾倍，琴无弦兮意弥在。天地同和有真宰，形声何为迭相待？"

这是唐代张随的《无弦琴赋》。伊之后又在绢扇的另一面题下：

"但识曲中意，何劳弦上音。古调知音少，弦断有人听。好续心丝柱，再奏无弦琴。"

《无弦琴》是一首由民间琴谱传抄流存下来的禅曲，曲操古淡，韵调清高，知之者甚少。此曲所出之处至今仍未得以佐，有考证认为，其作者为南朝时期一位诗僧，但我和我的导师都认为此据不足以证。伊竟知晓《无弦琴》！伊究竟是何人？

我是在伊走后，到后院佛塔上，从面向西南方的那尊佛龛里拿到折扇的。是的，那是伊留给我的。之后，我来到大雄宝殿前的香炉边，我看到因为鲜有香客来敬拜，空空落寞的香炉里只有十三炷燃尽的香，那显然是伊留下的，一炷在正中间，供养佛，一炷在右，供养法，一炷在左，供养僧；十炷围在四周，供养一切众生。我不禁在佛像前跪倒，合掌默念："感谢佛祖恩典！愿此香华云遍满十方界，供养一切佛、尊法诸贤圣。"

琴者，禁也。禁淫邪，使人正念，并且情操高尚。古时伏羲造琴，长三尺六寸六分，象征一年三百六十六天；宽六寸，象征东南西北上下六合；前宽后窄，象征尊卑；上圆下方，好比天圆地方；五根弦，象征金木水火土五行；琴音有缓急，意味着清浊，清廉而不乱，浊宽而宏。五根弦依次为宫、商、角、徵、羽。后来周文王和周武王各加了一根弦，为少宫和少商。一把丝琴，从古至今，不知演绎了多少文人雅事。

作为中国最古老的乐器，琴负载着渊源三千多年的历史、文化和精神内涵，位于中国传统文人修养琴、棋、书、画之首。古人讲究左琴右书，历代文人对其推崇倍至，琴已然上升为文人生活中不可或缺的一件"道器"。最早的古琴是依照凤凰的身形而研制，以求吉祥安泰。最有特色的是古琴的音箱，不用木板粘接，而是用整块木料挖空而成，由于音箱壁粗糙，内部难于打磨，所以音色浑厚悠远。琴面上嵌有十三个琴徽，代表一年十二个月和一个闰月；此外，琴面上还镶有用以架设琴弦的硬木，叫岳山；琴底掏有大小两个音槽，大的叫龙池，小的叫凤沼。因此，琴上便有山有水，有龙有凤，象征着天地万物。于是，古琴成了一种有生命、有灵性的乐器。散音、按音、泛音通过左手在弦上的滑动而使尾音产生高低强弱和长短的变化，叫作走手音，是古琴特有的弹奏技法，余韵袅袅，渐行渐远，但并非随风飘散，而是落于琴者和听者的心中，人的思维随着若有似无的琴音游走，起伏，蜿蜒，一唱三叹，一波三折，唤起更多更深层的意韵和共鸣，使情感的表达在音乐之外得到充分地拓展与抒发，曲终音未了，意犹不尽。这是古琴特有的微妙的弦外之音。

古琴所使用的十二律吕分别为黄钟、大吕、太簇、夹钟、姑洗、仲吕、蕤宾、林钟、夷则、南吕、无射、应钟，对应的十二平均律分别是C、#C（bD）、D、#D（bE）、E、F、#F(bG)、G、#G（bA）、A、#A（bB）、B。其中黄钟为六阳律第一律，大吕为六阴律第一律。简谱1、2、3、4、5、6、7对应宫、商、角、清角、徵、羽、变宫，工尺谱上记做上尺工凡六五乙。

古人制琴，原以治身，涵养性情，抑其淫荡，去其奢靡。若要抚琴，必择静室高斋，或在亭阁楼上，雅室庭院，或在林篁深处，在山巅水旁。再遇着那风清月朗的时候，焚香静坐，心不外想，气血和平，才能与神合一，与道合妙。所以古人说"知音难遇"。若无知音，宁可对着那清风明月、苍松怪石、梅花白鹤抚弄一番，以寄情趣，方为不负了这风月无边的古琴。若要抚琴，先需衣冠整齐，要如古人的表象，那才能称为圣人之器；要洗了手，焚上香，将身就在榻旁，把琴置于案上，坐在第五徽的地方，对着自己的当心，两手方从容抬起，这才身心俱正；还要知道轻重缓急，卷舒自若，体能尊重方好。

古琴高雅的身份使得它在先秦时期成为了士大夫阶层的专利，

除了偶尔出现在祭祀等重大典礼场合，一般不在大庭广众之中演奏，主要在文人雅士中流传，用于自娱自乐，修身养性。被后人尊称为万世师表的孔圣人也是一位古琴发烧友，孔子学琴有一套完整的理论，他认为学琴不仅仅是学曲学数，还要学意，学人，学类，还必须深刻领会琴曲的含意，达到人琴合一，人琴相通成为历代琴师孜孜以求的境界。身处困厄，孔子弹琴唱歌，并非今人所以为的娱乐之用，他呈现的是临大难而不惧的圣人之勇和内外合一的君子气象。可以看到，即便是在颠沛流离中周游列国的十四年里，孔子也是无论何时都与琴相伴。正所谓君子无故不撤琴瑟。

唐代薛易简所著《琴诀》说："琴之为乐，可以观风教，可以摄心魂，可以辨喜怒，可以悦情思，可以静神虑，可以壮胆勇，可以绝尘俗，可以格鬼神，此琴之善者也。"

弹奏古琴就像是与友人和自己促膝谈心，需要一处幽适安静的地方。弹琴是人与琴的交流，听琴是人与人的交流，但就我抚琴时的心境，从来都不是在给听众或观众弹奏，而只是拨响自己的心弦，为周围的一切弹奏，为天地万物和众生灵弹奏，让它去寻找自然的知音。

在与琴的交流中，我幻化成为孔子、庄子、文王、伯牙、稽康和司马相如，幻化成为陶潜和苏轼，幻化成我最真实的自己，又化成了万物。在音乐的化境中，我通达至神无方。

"夫琴者，闲邪复性，乐道忘忧也。"然今世好古调者几人？今世之好琴者几多？今世所能遇之知音者，何人？可遇而不可求也。

那天晚上，我惊骇难定地坐在窗前，面对一张断弦的古琴和这为知音所寄的一纸萧扇。扇面是北京荣宝斋出品，阳面棣"平常心"，阴背棣"一片云"。左角一枚鲜红的印章，边框不规则，形似小山，阴以"子衿"二字，应该就是伊的芳名。伊为我题的无弦琴诗便在其空白处。

我立即上网，搜索"子衿"和"古琴"，竟立刻在图片中看到她的芳容，原来她的全名叫"青子衿"。再次搜索她的名字，便看到所有和她有关的信息与链接，甚至是维基百科。原来她竟是名人，而我只是一隐居乡间僻墅的琴痴。

"青子衿，出生于中国杭州，4 岁开始随父亲学习小提琴，5 岁开始学习钢琴，7 岁进入中央音乐学院附小，9 岁获得柴可夫斯基国际青少年钢琴比赛少年组亚军，12 岁获得日本国际青少年钢琴比赛冠军，14 岁获得美国芝加哥国际音乐大赛作曲二等奖，同年又在克利夫兰国际青少年钢琴比赛中获得二等奖及肖邦特别奖，从此便开始了繁忙的环球巡演；15 岁获得伊桑国际钢琴比赛第一名，当年赴德国柏林艺术大学开始学习作曲和指挥，并深造钢琴表演艺术，其间曾与欧洲多家乐团合作，并屡屡在各种国际比赛中分获钢琴和作曲大奖，20 岁时在马勒国际指挥大赛中获第二名，并开始担任马勒青年管弦乐团助理指挥，22 岁时在卡拉扬国际指挥大赛中获得金牌，24 岁获得音乐美学硕士学位，应邀回国成为知音集团国际爱乐乐团首席指挥及艺术总监，兼任欧洲多家交响乐团客座指挥。

"同时她还是中国古琴艺术研究会会员，并以中央电视台和知音电视台音乐频道古典音乐栏目特邀记者的身份，在巡演之余为欧洲多国的新年音乐会、夏季音乐节以及各重大国际音乐比赛做电视转播的艺术指导、采访报导及乐评。同时作为一位作曲家，她亦有独奏曲、协奏曲和电影配乐作品。但她仍旧在自己年龄允许的范围内不断地参加国际音乐大赛，同时做大赛的电视报导。有人说，参加音乐比赛是青子衿的最大爱好，青子衿说：每次比赛都是对自己新的挑战和提高，能在舞台上作为古典大师的代言人，她感到无比快乐。

"另外，青子衿还是一位富有创意的艺术家，乞今为止已有十七项创意发明获国家专利，她的 Ideas 包括电子乐谱、音乐大师电脑作曲和学习软件、音乐数码控制彩色灯光系统和音乐喷泉系统、个性化成衣系统，等等。她在知音国际爱乐集团创意平台上发的 Idea 已经超过百项，涉及文创、科创和管理多个领域，有些正在实施。她为建于加拿大温哥华的爱乐岛所贡献的软硬件创意使她成为环宇爱乐国际集团的股东之一，其中最著名的是爱乐岛上的十二音阶环岛彩带和十多项国际文化节活动。最后，不得不提的是，青子衿还是一位慈善家，在百忙的工作之余，她收养了六个孤儿，她用自己参加音乐大赛获得的奖金成立了一个基金会，用以资助她的六个孤儿，她有一套独特的管理方法和体制，使这六个孩子在很短的时间里就学会了自理和互助，她还把他们组建成了一个合唱队，培养训练他们，并在国内外的复调合唱比赛中获奖……据说青子衿每天只睡5个小时，并且是个持午的素食者，却总是精力充沛，但她却很少讲话，讲话时也总是轻声慢语，从来不急不躁，与舞台上的她判若两人。她在暴发力与极静之间的自控力一直是她的粉丝们谈论的热点，也是她个人艺术魅力的亮点。

"有人问她哪来的这么大能量，她说有六个原因：一个是对音乐的热爱和专注，如果你热爱一件事、一个人和一项事业，你就会开发出自己巨大的潜能；第二就是静，保持平常心以减少内耗，多思考，多做事；三是阅读，阅读经典，学习和领悟智慧，这会让你站在巨人的肩膀上；观摩，分析和学习大师们的经验，这会使你在方法以及技巧方面事半功倍，便能节省时间，多做很多事情；四是要有效地安排好时间，有效地管理好自己的能量；五是每天冥想打坐至少一小时，健身一小时；至于第六点，她说她还没有找到，但一定会有。

我的天……

难怪我第一眼，即便是远远望去，也能感觉到她仿若天人，在她那沉静的外表之中却蕴藏着超凡的能量。

卓文君初闻司马相如为她抚奏《凤求凰》时，是否也是我此刻的心情？梅克夫人初闻柴可夫斯基的《暴风雨》时，是否也是我此刻的心境？我同时也想知道，在子衿的生命中，是否也曾有过对他人如我对她这般惊艳倾倒的时刻？抑或只是我自作多情的"色不迷人人自迷"？因我深知色即是空，空即是色。

"多情只有柴桑老，寂寂高山水自流。月下不闻乌夜啼，花边空忆白头吟。"

四、静 观 吟

（蕤宾调）

"有朋自远方来，不亦乐乎！"

——【春秋】孔子

收到家人发自远方的生日祝福，使我不由得想起十二岁那年的生日。

"凡是从遇见美女开始的故事，大都没什么好结局。"那天，刚刚和老丈人吵过架的小叔 Legato（莱戛托）在席间说，那样子和腔调就像是在演"罗密欧与朱莉叶"，他将杯子里的酒一饮而尽，就好像那是殉情的毒酒。

邻居家这时响起了祝酒歌。

"可咱们家的女人都是美女。"坐在小叔左边的祖母 Silvia Lisi（西尔维娅·莉西）这时说，她盛装微笑，吃着我的生日蛋糕，还和我母亲相视一笑。

我父亲卡普瑞西奥·弗拉明哥（Capriccio Flamingo）家有四个美女——祖母西尔维娅、我母亲苏杭、我婶婶 Giordana（佐丹娜），还有我堂妹 Serenade（瑟润内德）。婶婶那天因为她老公和她父亲吵架，留在家中没有来。西尔维娅奶奶自幼热爱音乐，但家中没有条件让她成为钢琴家，她给自己的两个儿子和一个孙女都起了和音乐有关的名字，小叔 Legato 的名字意为"连音，连奏"，可是他从小总被邻居家的小孩叫成 Gelato（意大利冰淇淋）；我父亲 Capriccio 的名字意为"随想曲"，却总是被同学叫成 Capacchino（卡布奇诺，意大利的一种带泡沫的咖啡）；而我堂妹的名字 Serenade 则意为"小夜曲"，她自小起晚上就老是不睡觉。可惜这三个人都未能如奶奶西尔维娅所愿而成为音乐家。倒是我——父亲给起名 Angelo（安吉罗），母亲给起中文名"南宫子云"，随外公的姓——却是在音乐声中出生和长大的。

"对我来说，就没有什么美女。"忽然间有人大煞风景地说，"伪命题。"

闻此言，全家人都停下刀叉，惊讶地看着我。我还以为是我的意大利语说得不好。

小叔莱戛托这时搂住我的肩膀，不安地看着我父亲问："卡普瑞西奥，这是你的种吗？"祖母立刻就瞪着他，我母亲则无所谓地笑了笑。

"我想，他的灵魂属于他自己。"我父亲锐智地回答说，故作沉静地喝了口酒，两眼却惊异地盯着他十二岁的儿子。

小叔这时又看着我，问："你的灵魂是从哪里来的？安吉罗。"

我正在想我的灵魂的时候，我母亲就替我回答："我想是从佛祖来的。"

"佛祖？！"全家人都笑了起来。

"这是咱们最后的晚餐。"我这时说，是非常严肃地宣布。

所有人又都惊异地看着我，包括桌子边上的大狗。

"从耶稣来的！"小叔这时果断地对我父亲说。

我父亲也不能肯定地看着我，嘴里又含着一口酒。

"从明天开始，我就不再吃晚餐了。"我解释说，"我持午。"

大家面面相觑。

“还是从佛祖来的。”母亲缓缓地道。

祖母瞪大眼睛，看看我母亲，又看看我。

我微笑地看着我母亲，道：“妈妈您真是我的知音，遇见您好高兴！”

小叔莱戛托这时一下子趴在了桌子上。

沙发上传来祖父的酣声，他今天画了一天的美女，已经未酒而醉。

邻居传来帕格尼尼的琴声，什么也没吃的我立刻直起身来，差点跑去了邻居家。

二十三年过去了，人们每天都在想着美食，我却一直在吃饭与不吃饭这个问题上纠结，但最终，我还是摆脱了“饭吃人”这桩麻烦。

雨默邀请关案山和玖思在寺院关门后留下来共进晚餐，因为今天是我的三十五岁生日。关案山很给面子，可能因为我和雨默都是外籍学者。雨默的父亲是马来西亚人，母亲是新加坡人，他是北大的留学生，现在是我的研究生。用玖思的话讲，我和雨默是他们从没遇到过的高端人类。不过关案山有个条件，就是不要借机劝他让玖思去上学，每次劝他，他都非常抵触，也非常反感别人劝他吃素。雨默答应了，也开出条件：请不要在席间问及任何有关子云老师家庭的私人问题。其实，这个生日晚餐对我没有任何必要和意义，但我领了大家的情。除了关案山，雨默和玖思都食素，食材和料理都是我和雨默操办的，另外两位是客人。开饭时又下起雨来，我们就在楼下的临时餐厅里设宴，开着门，听着雨声，又凉快，一张大桌子，四个人正好。一盘五色蔬菜沙拉、一盘水煮毛豆、一盘五色水果、一盘什锦干果、一盆蕃茄酱汁素丸子意大利面，意大利式烤土豆用的是我和雨默自带的小电烤箱；雨默这时端上来一罐热腾腾的汤。

“这是什么？”玖思和关案山伸长脖子看。

"佛跳墙。"雨默笑着说。

他们两个听说过佛跳墙，不过都没吃过，非常期待，跃跃欲试。

"素的。"雨默揭开盖子。香菇、皇子菇、鸡腿蘑、松露、牛肝菌、蠔菇、猴头蘑、腐竹、笋丝、海藻、竹荪、虫草花、黄花菜、藕、芋头、土豆、葫萝卜、黑白木耳、百果、鹰嘴豆、白扁豆、蚕豆、芸豆、花豆、莲子、红枣、栗子、白菜、鲜笋、豆腐、白菜，你想象一下那是什么味道扑鼻而来。

"哇——好香！"三个人开始启动。

"老师为什么不吃？"关案山看我只是喝茶，便问。

我微笑了一下，道："你们吃吧，我不饿。"

"寿星不吃饭，那这生日晚餐有什么意思？"关案山摇了摇头。

"没关系，大家尽兴吧。"我仍旧微笑着说。雨默和玖思都不出声，因为我嘱咐过他们勿声张。

难得玖思小小年纪就开始吃素，并且是关案山家中唯一一个吃素的人。我们四个围在一起，边吃边聊一些关案山不感兴趣的话题，比如玖思问我，世界上哪些国家食素的人最多。我知道他这话是问给关案山听的，因为他一直希望能劝说他舅舅一家和更多的人都成为素食者。可谓"小身体，大灵魂。"

"印度目前有 38% 的人吃素。"我说，"以色列大约有 13%，中国 12%，意大利 10%，奥地利 9%，德国 9%，英国 9%，巴西 8%，爱尔兰 6%，澳大利亚 5%。素食友好城市排名第一的是知音城和和温哥华的爱乐岛，100% 素食社区，其它的还有伦敦、柏林、纽约、墨尔本、新加坡、洛杉矶、曼谷、阿姆斯特丹、华沙、巴塞罗纳、台北、巴黎、温哥华、京都。"

"我还以为西方人每天都吃牛排、汉堡、炸鸡。"玖思说。

"如果世界上的人都吃素了，就能省下好多耕地种粮食，解决人类粮食短缺和地区饥饿问题，又能恢复森林，降低温室效应和空气污染。最重要的，人类若不再杀生，不再造杀业果报，这个世界就能和平得多。人吃素，也能减少各种疾病，会活得更加健康、长寿和平安，更有利于灵性的增长。"我说。

关案山对此没有表态，尽管每天在寺院里工作，但肉食的诱惑却难以抗拒。

"老师您最喜欢吃什么？"关案山这时问。

我微笑了一下，道："腊八粥。"

"腊八粥？"三个人同时看着我。

我点点头："在我很小的时候，有一年腊八节，我外公带我去台湾的佛光山，据说，每年腊八节，全球的佛光山寺都提供腊八粥，很多居士僧众在这一天来礼佛结缘，然后去吃腊八粥。我们还带了自家的饭盒跟餐具。那是我吃过的最好吃的粥。回家后我就缠着我外婆给我煮腊八粥，可是她煮出来的味道不一样。后来我们听说，佛光山云居楼的餐饮主管慧专法师是美国前 100 强素食餐厅的顾问，他煮的腊八粥曾被星云大师退了七次才通过。我一听，这粥还了得，就缠着外公去请慧专法师教我煮腊八粥，没想到慧专法师真地抽出时间教我们煮粥。从那以后，我几乎每周都给家人做一次腊八粥，越做越好，家里要是来了亲戚朋友，也少不了我的这道拿手好粥，一年四季吃腊八粥。但是在每年的腊八节，我们仍旧去佛光山吃寺里最正宗的腊八粥。"

三个人不由得笑起来。

吃到一半时，玖思去上厕所，不吃素的关案山这时忍不住引出了一个敏感话题。

"今天来的那位小姐，临走前在大门口对我说：'这么好的千年古寺，没有僧住，没有钟声，香火冷清，实在可惜。'我就问她：'那为啥你还待了这么久？有啥好看的？'你知道她说啥？她说：'不看僧面看佛面。'"

我和雨默都不禁笑了起来。

雨默点头："她说的对。"但按照我的嘱咐，雨默并没有透露这正是我们来这儿的原因。

关案山吃了口素的佛跳墙，歪头想了想，忍不住又说道："说实在的，你们这些修行的人，毕竟也还这么年轻，见到那样的美女，难道真的就不动心吗？”

我把小茶碗儿停在嘴边，雨默看了看我，又看了看关案山，对他道：“那什么叫修行？”

我把茶碗轻轻放下，抱起两臂，轻声道：“如果今天我见到的是虚云大师，我会更动心。”

雨默一听，笑起来。

“虚云大师于一百二十岁示寂江西云居山，”我说，“十七岁时，为求道他曾离家出逃，被抓回后，他的父亲要他与两位未婚妻结婚。拜堂成婚后，虚云大师却未与两位新娘圆房，而是天天向两位说佛法，二氏也能领悟，不觉竟成了闺中净侣。”

关案山吃不到荤，便实相地转而说道：“啊对，今天那位小姐不知是从哪里来的，我怎么就觉得她身上有股仙气。”他提起几日前有三个年轻学生来寺里，其中两个男孩穿着短裤，一个女孩穿的是短裙，在大门口就被他教育了一通，年轻人却非常不服气地反驳说，他们是来观光游玩的，不是来进香拜佛的。关案山说着摇了摇头，“现在的年轻人，怎么这么不懂事，没规矩，开放到无礼。”

“你说的没错，”雨默道，给大家倒饮料，“在全世界任何一个正经的宗教场所，都应该穿长衫长裤，女性不仅不应穿着暴露，也不适宜披头散发。去年我和子云老师去阿联酋，迪拜购物中心有提示：请不要穿露膝和露肩的服装入内。可我们还是看到有白人女孩子穿着背心和短裤在里面跑来跑去。我曾在梵蒂冈亲眼看到一个年轻女子因穿露肩过膝短裙而被拒之圣彼得大教堂门外。既使不是圣徒，也应有起码的尊重、教养和体统。”

“那我们为什么不把进寺拜佛、上香的规矩公布在寺门口呢？”这时我说，“这不就是我们的工作吗？年轻人不懂，不完全是他们的错；我们没有普法，是我们的失职。”

雨默点头，扶了扶眼镜：“这事我去办。”

“不。”我说，“你有你的功课。这事应该由关师傅去做。”

"我？"关案山一愣，指着自己，忙笑着摆手道，"我不行不行，我具体也搞不清楚。"

"那就联系你的上级部门，提出这个建议。不好吗？"雨默笑着拍了拍他的后背。

"好好好好好！"关案山答应了。

我点了点头："佛陀曾教诫四众弟子，形仪必须庄严整肃，内检其心，外束其身，动静举止，皆应如法。威仪乃无言之教，堪发有情之信。佛弟子行住坐卧具足威仪，不仅能调伏烦恼，身心寂静，人格风范也可以感化众生。因此，规矩礼仪是佛教自利利他的方便之门，也是学佛的基础。《维摩诘经》上说：'结习未尽，华著身耳。结习尽者，花不著也。'意思是说：一个未了断世俗习气而爱慕虚荣的人，喜欢穿盛装华服；而一个注重心灵修炼的人，就会淡妆素服，不会在衣着装饰上引人注目。但是，"我看了看他们两个，"外表也不能完全反应一个人的内心，有的人外表恭谨，却是内存我慢，为求一己私利，诈现威仪。衣着庄重得体固然在某种程度上能反应一个人的修为和教养，但最重要的，是我们的内心。在某些特殊情况下，比如战乱、自然灾害、疾病、突发事故中，人们可能无法控制和顾及衣着与威仪，因为生命和安全是第一位的，那些在危难中呼救神明拯救和佛菩萨保佑的无辜的人们，他们的身体和衣着在无助中或许失去了尊严，但他们的心是洁净的，而佛菩萨要做的就是度众生于苦难，创造人间净土。六祖慧能大师有一句名偈，想必大家都知道：本来无一物，何处惹尘埃？我很欣赏哥伦比亚作家加西亚·马尔克斯的小说《百年孤独》，里面有一个俏姑娘蕾梅苔丝，有着令人不安的、传奇般惊人的美貌，很多人甚至从遥远的城市赶来，有些人甚至心甘情愿放弃权势和财产，只渴望一睹她的芳容。在大家看来，蕾梅苔丝的一举一动都是一种罪恶的挑逗，她赤身裸体在家中走来走去，把头发剃得精光，为了图凉快而只穿了件粗布罩袍，有时还露出大腿，吃东西时用手抓。不光如此，她的身上还散发出一种令人精神恍惚的气息。无数人垂涎她的美貌而拼命追逐，至使每天都有人因此毙命于万劫不复的灾难，饱受欲望的煎熬而堕入地狱。但是俏姑娘蕾梅苔丝却对这一切无动于衷，因为她天性如此，自由纯真，从无意引诱任何人，她摒弃了所有清规戒律与习俗，她的心灵从未受到过污染，没有任何羁绊和拖累，她根本不属于这个现实世界，最终以一张床单飞起，消失在太空中。”

玖思这时打着伞回来了，洗过手，继续上桌吃饭。于是成人话题结束。但我仍旧接着说道：“《圣经》第十四章第十四节有这样一句话：‘世界上没有什么是不洁净的，惟独当你认为什么东西不洁净，那么对你来说，它才是不洁净的。’”

雨默点头，扶了扶眼镜道：“我想起苏东坡与佛印法师的那个故事。”

一听说讲故事，玖思和关案山就来了兴趣。

“这个故事出自明代徐长孺所著《东坡禅喜集·佛印问答第九》中的最后一节《马上谈》，说是苏东坡与佛印禅师骑马出城游历，佛印对苏东坡说：‘你骑在马上的样子十分好，就像一尊佛。’而苏东坡却说：‘你穿着袈裟，在马上就好像一大坨牛 S。’”

玖思和关案山一下子笑起来，差点把刚吃进去的毛豆给吐出来。

“佛说‘佛心自观’，你看别人是什么，你自己就是什么。”我说，“佛印的心里只有佛，所以触目皆菩提；而苏东坡呢？”

玖思和关案山就点头。

“有人看见美女就想入非非，有人看见美女就好像看见佛菩萨。”雨默说，“不过，说起今天来寺里的那位小姐，她真的有些菩萨相，贤淑飘逸。你们觉得呢？除了出家人之外，我还从未见过那么气定神闲的人。”

“我在大门口一见到她，就以为是仙女下凡了呢。”关案山笑着说。

“她是不是整天不愁吃不愁穿，闲得没事干的那种人？”

十三岁的失学少年玖思问，因为他小小年纪就得为生存奔波劳碌。

我微笑了一下，先向他们介绍了今天飘然而至的这位菩萨仙女青子衿，三人听罢，皆瞠目结舌，没有了表情："指挥家？！"西瓜从玖思的手上掉下来，从关案山的手上掉下一半。

关案山不停地咂舌："难怪那么有范儿，还是发明家呢！"

"她那么年轻，怎么会有这么多成就？！"雨默也颇为惊讶。

"那便是静心的力量，"我说，喝了口茶，趁机开始给吃瓜听众布道说法，教诲弟子，"智者大都喜欢独来独往，潜心修炼，该出手时才出手。你们知道有些人可以把他们的生活设置成沉浸状态吗？佛家讲戒、定、慧。由静而生智慧，心越静，思想就越能高飞，产生创造力。所以要修炼静心、平常心、平安心，说话做事都要不急不噪，心闲人不闲，人忙心不忙。"

"静，然后还有古典音乐的修养和优雅。"雨默说。看来他们的话题就不想离开子衿。

"她还收养了六个孤儿？！"玖思惊异。关案山不知为何，立刻紧张起来。

"是的。"我说，"青小姐长得年轻，但根据她的简历，我推测她至少已有三十岁。"

"哇——！她看上去好像还不到二十岁。"三人同声。

"但她的气质却很成熟，超过许多终生未开悟得道的人。"我说。

三个人沉静下来。

"像她这样的美女，又这么有才华，不知得有多少人追，多少人梦想。"关案山这时说出了大家都不敢说出的话，"恐怕早就名花有主喽。"

"网上没有显示有关青小姐婚姻和配偶的信息。"刚刚在网上查过的雨默吃了口豆腐喝了口水就不打自招。水不醉人人自醉？

"可能因为她不是什么影视明星，也不是什么皇室首富，所以没有八卦。"玖思也跟着掺和。看来食素也未必能让人静心，还得修炼。

　　"曾经有个小和尚问老和尚：开悟的人是什么样子？"我于是继续开示，把关于子衿的话题再次岔开，"老和尚回答：开悟了的人说话不急不慢，吃饭不咸不淡，遇事不怒不怨，待人不分贵贱，得失很少分辨。开悟了的人看人看物不着于相，没有性别、年龄、高矮、胖瘦、美丑和婚否的差别，因为禅和佛法超越世俗的宾主、有无、内外、贫富，因为世间没有绝对的善恶、美丑与贵贱，它们其实就像是一枚硬币的两面，既对立，又统一，并且是在不断变化的，因为这个世界是多维的，时空是多维的，人的意识境界也是多维的。世界上没有绝对的好人，也没有绝对的坏人，只有人做错的事。一个坏人可能一念开悟，放下屠刀，立地成佛。因此开悟的人会放下妄念与执着，不再一味地追名逐利，患得患失，怨天尤人，不再生非分之想，不求非分之财，不贪非分之名，也息止了内心深处一切的造作、矫情、自大、自卑，因而般若智慧增长，就很少有烦恼与痛苦，因此内心常有平安。开悟了的人，相貌和气质都会发生变化，因为内心不再受外界事物和人的牵引，放下了各种欲望，实现了对内心固有情结造成的感觉障碍的突破，不会因一般外界刺激而心生烦恼，因此遇事不再紧张，热恼，焦燥，惊恐，生气，全身心每个细胞和毛孔都得到了放松，变得清净，宽和，柔软，自在，安祥，心轮脉结开散，业气融入中脉空性，自性本觉能量显现，转变成明空智慧气，正觉树立，因此可以八风不动，从容不迫。这就是佛家所说的解脱。你们今天所看到的青小姐，就是这样一个内心清静安祥，从容自在的人。"

　　"这种内心境界和产生的气质真是非常吸引人。"雨默说，"那么闲静，淡定，优雅，真像仙人一样。"

　　"不错，"我说，"因为，其实我们每个人都想达到那样的境界，不是外表的悠闲、潇洒、自在，而是内心的清净、定力与平和，能看破诸相，不迷于色，熄灭无明之火，撤除烦恼之网，脱离生死苦海，即所谓'世事无常，吾心常宁'。我们这个世界、我们自己的身体、还有我们与万事万物的关系，都是因缘聚，因缘散，因缘起，因缘灭，一切都处在成住坏空的过程中。当我们看到一个人，比如我们今天看到青子衿小姐，那只是一个虚相，因为万事万物随时都在变。你看到她当时是那个样子，她站在舞台上指挥交响乐的时候，就不是那个样子了；她在其它的时候和场合，也不是那个样子。我们要用佛的慧眼看透世间的虚相，并利用我们这个身体来借假修真，以色身修法身。放下内心的挂碍，用内善根带动外因缘。我们通过修行来帮助我们安心，安身，安家，安业，提升我们的灵性和品质。我们需要把清净的意识，把佛和佛法时时放在心中，而不是发生了什么事才念阿弥陀佛，临时抱佛脚。一念清净，当下见净土；念念清净，念念见净土；人人清净，人人见净土；于是人间净土可得，咫尺西天即在。人清净内心自度，还要多多行善，以度他人，积累功德。人之行善，随未得善报，灾祸却已远离。菩萨与佛以智慧和慈悲为心，入世，救世，化世，度十方三世众生。我们以智慧心来修炼自己，以无缘大慈和无缘大悲之心对待他人。世上有很多人求道，有些人长年修行也无法开悟，有些人却可以花开见佛。禅外的世人做加法，禅内的修行人做减法。有智慧的人都懂得'静以修身，俭以养德'，懂得'非淡泊无以明致，非宁静无以致远'。当一个人放下执念和贪恋后，不着一物，心无所碍，就会变得非常轻松，身心都得自由。心随境转则烦，境随心转则安。如果再通过打坐修行，空掉头脑中的杂念意识，放松大脑和全身，安静下来，减少能量内耗，身体内在活动的频率下降，放松到像婴儿一样柔软，回归最自然的状态，与大自然相融，跟宇宙的频率相接相和，进入虚空，全身的细胞和毛孔都会打开，可以直接从大自然中汲取日月精华，吸收宇宙能量，持之并储存，可使其在身体里产生结晶，最终可证得无上正等正觉，证得菩提和无住涅槃。一个内心平安清静的修行者和开悟者，身体常处于自然平衡状态，无气淤堵血脉，因此全身和大脑各部位都得到充分的濡养，许多宿疾会不药而愈，四肢灵敏，头清目明，肌肤会变得细腻光润，因此造就青春常驻，甚至返老还童。一个内心登入清凉地的开悟者，气质往往会显现出极大的感染力，特别是对于一些参道者和诚心亲近开悟者的有缘人来说，那种气质会使他们产生某种共鸣。唐朝德宗皇帝加封华严宗四祖澄观大师为'清凉国师'，就在于大师身上的这种气质对他产生的强烈的感染力。就好像你们今天从青小姐身上感觉到的一样。"

关案山此时坐在那里已经睡着了，肥胖的身体堆成一堆，还打起了酣，正所谓"大身体，小灵魂"。不是每个人都有缘闻佛法的。

"那这位青姑姑会不会也为生活奔波劳累？"玖思再次问。

"修行者不是整天游手好闲，碌碌无为。"我说，"但凡事都会不急不噪，从容处之，内心总保持着清静与平和。这是大智慧。"

玖思终于领悟，点头。

"另外，一个人若不能把握自己的生活，就会被动地被命运操控，随业力流转。所以，从小就要发奋读书，学习，悟道。在你有能力把握自己命运的时候，记住，君子不入虎狼之地。除非你有能力去度化虎狼，甚至去地狱里超度鬼神。"

二人点头，合掌道："阿弥陀佛。"

尽管我对两个学生一通布道讲经说法，我的脑子里却也不太清静。其实我对他们俩，也是对我自己想说的就只有一句话：不可见色起念，十字路口好修行。

"我想提一个问题，"我看了看表，最后说。

雨默和玖思看着我。

我微笑了一下，问他们："如果一个人具有很高的IQ和EQ，那么这个人是不是一定就是个好人？"

他两人开始思考。

"现在不少人都在利用高科技犯罪。"雨默说，"越是聪明人越能折腾。所以智商是把双刃剑。"

玖思点头："那不是真的聪明。"

"有些人在犯罪时也能很好地掌控自己的情绪，也能不急不躁，不慌不乱。"雨默接着说，"所以情商也不代表一个人的人品。"

玖思听罢倒吸一口气，转而看着我。

我点了点头："不错，所以，像今天下午来我们寺里的青小姐，如果我们不了解她，仅从外表上看，我们能断定她就是一个善人吗？"

两个人都不说话了。

"所以，千万不要被表象迷惑，被迷惑就中了美人计，历史上有的君王因耽于美色而丢了江山，国破家亡。"

两人点头。

"那么，既然 IQ 和 EQ 都不能判断一个人的好坏，我们光修静心和气定神闲的功夫又有什么意义呢？"我切入主题。

两人又不说话了。

"佛法只是要我们修禅定和静心的吗？"我问，"当然不是。佛法要我们修的是清净之心，干净的净。我们自己的心清净了，也会影响到我们周围的人，人人清净，念念清净了，才能构建人间净土。光我们自己清净还不够，还要度人。人最大的功德是帮助他人开悟，共建极乐，同登彼岸。所以，还有一个 Q。"

两人看着我。

"是什么？"我微笑地启发他们。

一个研究生和一个失学的小学生相互看了看，似解非解，都答不上来。

"是 MQ。Morality Quotient，就是道德商数。"我说，"不用上网去查，因为是我发明的。"

他们两个不由得都笑起来，把歪睡过去的关案山给笑醒了。其实我知道，他只是似睡非睡。

人身难得，佛法难闻。对于像关案山这种看似与修行无缘的人，以及像玖思这么小而理解力有限的人，我给了他们闻法的机会，在他们心里种下种子，今后能产生何等影响和结果，就看他们的法缘了。我坚信的是：闻过法的人和从未闻过法的人，心性一定有所不同。见过可怜的动物在被宰杀时那无比的痛苦和无助而放弃肉食的人，即使没有闻过佛法，在一善念和善愿发心时，他就是佛。

雨还在下，淅淅沥沥，清凉宜人，楼檐下雨水如珠如帘。雨默这时端上来最后一道菜——佛光山腊八粥。

"这可是被星云大师退了七次才做成的粥啊。"玖思起身，双手接过雨默给他盛的粥，不吃，只是盯着看那粥，双手合十祷告，感谢。

"吃吧，子云老师亲手做的，可花功夫呢。"雨默又给关案山盛了一碗。

"美国法师大厨做的粥？"关案山也双手接过去，拿起勺子就吃，"嗯，好吃，的确有滋味！"

"能教教我怎么做吗？"玖思举起手来问。

我笑了笑，又想了想，道："先回答两道题，答对了就教你。"

玖思笑着站了起来，像在课堂上回答问题一样，仰起头来道："好，老师请问吧。"

我看了看他们三个，然后在纸上写下一句话，举到他们面前："请问这句话是什么意思？"

坐在桌子对面的玖思和关案山都欠身伸着脑袋看，关案山抢先念道："有朋自远方来，不亦乐乎！"他把乐字念成快乐的乐。

"哎呀不对！舅舅，"名字来自《论语》的玖思立刻纠正道，"有朋自远方来，不亦乐乎！"他念的是音乐的乐。

只有初中文化程度的关案山显然就联想到了喜悦的悦，道："那不还是高兴的意思吗？有朋友大老远地来看你，你不高兴吗？好酒好菜地招待上，一起聊天，叙旧，吃吃喝喝，多开心啊！"

玖思有些困惑地转而看向我，显然他也是一知半解，甚至连在读硕士留学生雨默也拿出手机查找起来。

"课本上的确是这样教的，"我说，"网上的解释也是如此。但是我想告诉你们，它们是错的。"

"连课本都错啦？"关案山瞪着我。

"是的。人们引用孔子的这句话，来表达自己见到远方而来的朋友时的愉悦心情。但大多数人的理解都错了。"我说，并没有告诉他们我想起这句话是因为今天遇见了子衿，"有朋友远道而来，令人感到非常喜悦。这样的解释，表面上看，似乎没有毛病。但是，这句话却是出自孔子，这样简单的解释，就把孔夫子想得太一般了！万世景仰的孔夫子何以受到顶礼膜拜？如果你读过孔子有关音乐的所有论著，以及他的以礼乐治国安邦的思想，你就不会简单地把他说的乐 Yuè 理解成乐 Lè。'箫韶九成，凤凰来仪。'"我差点就说出了"窈窕淑女，琴瑟友之。""有朋友从异国他乡远道而来，你要为他放音乐，一起弹琴唱歌，其乐融融；在国宾礼上，我们要奏国歌，请外宾看演出；在奥运会上，我们要唱奥运会歌，因为音乐是人类共同的语言，音乐能够跨越时空，沟通所有的心灵。孔子就是主张要建立礼乐之邦，治国外交都要施行礼乐，以创建国民安康的社会。我们也可以把'朋友'引申理解为知己，把'远方'引申理解为更大跨度的时空距离。如果你遇上了知音，你会不会很高兴？如果你今天听到一首曲子，来自两百年前，你非常喜欢，那你就是那位作曲家的知音。知音就是能与我们同频共振的人，知音就是我们生命的扩展、灵魂的延续。孔子现在就一定很高兴，因为他的在天之灵听到了我这个来自两千年后的隔空的知音，他都想为我弹琴歌唱了。有朋自两千年后来，不亦乐乎！"

玖思为我鼓起掌来，起身向我深深鞠了一躬，道："谢谢孔夫子和南宫老师赐教！请受学生一拜！"

雨默和关案山也都摇头笑了起来。

"好，第二个问题。"我抓紧时间。

三个人刚要吃喝，又都看向我。

"腊八节是怎么来的？"我提问。

雨默一听立刻笑起来。玖思和关案山相互看了看，还真的答不上来。

"腊月初八，乃是佛祖的成道日。它是佛教中的一个重要节日。释伽牟尼佛经过多年孤独的禁欲苦修，最终在菩提树下证得无上正等正觉。此节日传到东亚文化圈后，就成了中国的腊八节和日本的成道节，在朝鲜半岛和东南亚也被广泛庆祝。"

"原来如此！"玖思和关案山双手合十感谢，"阿弥陀佛！"

"现在，玖思，你一边吃一边把粥里的食材记下来。过了子云老师这个村，可就没有佛光腊八粥这个店了。"雨默说，找来纸笔。

"好好好！快吃。这里有……花生，"玖思记下来，"还有黄豆、红枣、姜、油条。"

"还有油豆泡，"关案山说，"记下来，还有胡萝卜、芋头，炸过的。"

"还有米，"

"废话，没有米那叫粥吗？"关案山说，"是糯米，记下来。"

"哎？这是什么豆？"

那天晚上，我一个人躲在房间里，一直在优酷上观看子衿的视频，由她指挥的所有交响音乐会。舞台上的子衿身穿黑色燕尾服，手执银棒，英姿飒爽，与今日在寺里见到的她判若两人，但她神情中的定力与自控力却是一致的，因而使她看上去是那么地潇洒，从容，自信，优雅，游刃有余，庞大的交响乐队在她手中简直就像是在变魔法。而同时精于中西古典音乐的人恐怕屈指可数。看完子衿在瑞士指挥的马勒、在伦敦指挥的布鲁克纳、在巴黎指挥的比才，在威尼斯指挥的《图兰多特》、在柏林指挥的勃拉姆斯和贝多芬，再来看她的钢琴演奏，且不说她令人震撼的十大钢琴协奏曲，光是看了她指挥的舒曼第三交响曲第二乐章，我就已被倾倒；然后再看她穿着汉服演奏古琴，那完全是另一种令人惊艳的境界，在每一个制作精美的视频中，无论是在山巅、竹里、水旁、亭中、花间、桥上，她悠扬的琴声都如同从仙境中传来；曲桥荷塘边，画船西湖上，烟笼云绕，妙境不可言，尤其一段伊在武当山八卦台上的视频，着实令我叫绝，一身素白的子衿竟在古琴的背景音乐下旋舞太极剑，她舞剑的画面与抚琴的画面交替切换，在云雾中穿棱起伏，雨亭中一盘阴阳棋运筹帷幄，竹壁上半首书剑赋挥毫泼墨。我忘记了打坐，忘记了时间，为伊倾倒，一夜望眼欲穿，抚琴至天明。有生第一次，竟如此忘情。

知音难觅，知音难求，难觅何如？好比子期再世，文君当垆。

子衿，让我感到她既像是茶杯中的酒，又像是酒杯中的茶。看她的定力，是否已修炼到从不会失态，失手，失足？我想了解她。不过，我要小心的首先是我自己。

世人解读有字书，不解读无字书，知弹有弦琴，不知弹无弦琴，以迹用，不以神用，为形象所囿，何以得书中妙趣、胸中玄音。而一个面貌清素的女子，不仅通晓音律诗书，还懂得禅。

"金风玉露一相逢，便胜却人间无数。"我想，人生若能得此一知己，则绝而无再有他求矣！

五、樵　歌

（夷侧调）

康乐总山水，庄老之大成，开其先者支道林。

——【清】沈曾植

　　山居胸次清洒，触物皆有佳思。见孤云野鹤，而起超绝之念；遇石涧流泉，而动澡雪之想；抚老桧寒梅，而劲节挺立；侣沙鸥麋鹿，则机心顿望。远离尘嚣，遁隐山林，万物皆我心师。

　　夏意正酣，陌上桑冠蔽日，浆果处处。芭蕉竹叶摇洒帘外隔夜的雨声。午后的阳光里，千百只唱蝉齐哜不绝，急剧的声波随溽暑一浪掀过一浪。

　　隆中稠松密竹的山道上，伊身背画箱和相机走来。她戴着那顶白色的宽边阳帽，带子系在脑后发辫处，太阳镜遮住了她深蓄的眼神。今天她穿了件蓝紫色丝绸短袖衫，下身是白色牛仔裤、白色旅游鞋，那修长的两腿、纤细的腰身、冰雪俊逸的清秀面孔，以及她全身的色彩和风韵都惹得路人频频侧目回眸，伊却一贯旁若无人，只是我行我素。

　　不知伊是否第一次来孔明故里，看到路边的两匹马，她站下来，抬头瞻望隆中牌坊上镌刻的诸葛亮名言"淡泊明志，宁静致远"，然后，伊用相机做了拍照。

　　碧树负势竞上，相互轩邈，争高直指，千百成峰。伊独自游览并寻觅了半日，终于在三顾堂南面山上的一片风景前站下，仔细观察之后，确认这是一处可以入画的好地方，便开始酝酿画的构图。她在半山坡树旁放下画箱，挨着满地松果支起画架，拎出一张生宣，用几个白色图钉固定好画纸，再将各号画笔、砚台、调色盘和水瓶等各就各位，之后，便对着面前的素材全神构思起来。满地松果，还有大树根旁红眼睛短尾巴大耳朵的野兔、树枝上金色毛皮大尾巴小耳朵的花粟鼠，都被伊吸引，成为她好奇的观众。伊静静地思考，一动不动地坐了整整十分钟，看来已成竹在胸，有了腹稿，便缓缓提笔，开始作画。

　　"蝉噪林逾静，鸟鸣山更幽。"线条、层次、远山、近树在伊的画纸上渐渐呈现。就在伊于独自间画意正酣之时，一个背着竹篓的人从她身后的石阶上走下来，这时他看见了坐在山道旁两、三米外正在全神作画的伊，便不由站了下来。坡下山道上，一小群年轻的游客说笑着走了过去。伊专注着创作，没有发现身后有个人正在观察自己。过了一阵，那背篓人顺着山道走下来，在伊的斜后方站住，轻轻放下背篓，就在大树底下悄声地坐了下来，难以掩饰好奇地瞧着伊作画。

　　伊终于感觉到什么，扭过头去，看到了那个人，立刻被他的样貌和装束给惊呆了。那是一个身高足有一米八五的年轻人，这么热的天，他却穿着古装剧中的长袍，一身云纹素白，系着蓝色束腰，佩有白玉。这身装扮，倒是可以防晒防蚊虫。伊注意到这位白衣古人的腰下系着个白色葫芦，不知是酒葫芦、水葫芦、还是药葫芦。此人白晰清瘦，瓜子脸，鼻梁挺直，上唇很薄，两道黑黑的剑眉下一双深邃的眼睛，身型端正，神情内敛，他那像古人一般的长发不知是真是假，两条龙须刘海垂在额边，一条银白色扶额更增添了他的庄重与内质，不能不说，这是一位翩翩公子，英俊少年。伊吃惊不是因为她不能肯定这位是公园里的演员亦或是穿越而来的古人，她是被那人冷峻又略带一分伤感和飘乎的神情给吸引，直到那人在她的审视下微微欠身施了一礼。对这位来路不明的不速之客，伊并没有感到不安，只是在心里给他临时起了个名字，叫"云梦公子"。伊微微颔首回了一礼，便回过身去，继续她的画作。

"云梦公子"见伊不介意，便靠在大树下继续歇脚，用一把白色折扇轻轻扇着风，一会儿望望天，一会儿看看山下的景致，一会儿又瞧瞧伊的画，一会儿又拿起葫芦来喝水。

伊不时地调换着画笔，全身心投入在紧张而又兴奋的创作中，旁若无人地在画纸上渲染，勾描，山峦、田垄、溪流、小桥、竹林、寺院一角、一弯弦月等渐渐跃然而出。时间不知不觉过去，一幅山水田园画已近尾声。

当伊终于直起腰来，对着自己的画露出总观之势时，身后突然有人咳嗽起来。伊被吓了一跳，回头一瞧，才发现"云梦公子"还坐在那里，手上拿着葫芦，像是喝水呛着了。伊扭身看着他，样子有些惊异，手上还捏着画笔，像在辨认一个久违的熟人。"云梦公子"也瞧着伊，目光深邃，神情沉静，嘴角仍带着一分微笑。这时伊忽然又回过身去，只见她在画布上很快勾勒出一个腰里别着葫芦、坐在溪边吹箫的古代隐士形象，如此，整个画面便有了生气和神韵，起了画龙点睛之功效。"云梦公子"欠过身去，惊奇地盯着伊笔端的变化。伊又在那画上的隐士身旁画了个竹篓，这才终于对自己的作品满意了，还回过头去，冲她的观众会神一笑，"云梦公子"不由得也笑了，无意中他竟成了这美女画家的模特，他开心地竖起大拇指。

此二人各定妙明之心，然后，伊在画作的一侧题了首诗，并将这幅画命名为《风月知音》：

弊庐在郭外，素产唯田园。左右林野旷，不闻早市喧。

钓竿垂北涧，樵唱入南轩。平石藉琴砚，落泉湿衣衫。
禅房闭虚静，花药连冬春。书取幽栖事，将寻静者谈。

黄昏给山林染上金色，把伊变成了一束小小的、瑰丽动人的火焰。"云梦公子"站起身来，搭起竹篓，伊则背上画箱。他们一个在前，一个在后，又好似两个毫不相干的陌路人，一同走下山，却始终未做半句攀谈。不久，他们便在隆中山下的岔道上分了手，最终还是隔着菜田，远远地相互望了望，微笑着挥手作别。

六、流　水

（黄钟调）

高尚凝玄寂，万物息自宾。栖峙游方外，超世绝风尘。

——【晋】康僧渊《又答张君祖》

关案山坐在广德寺门口的桌子后面往大路上望了一整天，直到傍晚，才终于收摊回家了。雨默吃过晚饭便到609研究所去看露天电影，因为今天是周末。玖思却是一天没有来，关案山把他家地里的活儿都留给了那孩子。

可能因为今天是农历的七月十五，白天有几位香客来寺里进香。我嘱咐关案山今天要斋戒，最好全家食素。他说他知道。我问他那为什么初一、十五要斋戒，他却答不上来。于是我便告诉他：

"佛教与道教都认为，人体是个小宇宙，人与自然息息相关，月球对地球的影响力，主要是作用于地球上的水，通过海洋潮汐的定期涨落体现出来。地球表面70%被水覆盖，人体70%都是液体，盐分的浓度也与海水的浓度相当。初一、十五，由于月亮的盈亏达到最大值，引发人体血液涌动的潮汐，人的情绪波动也容易极端，容易失控。初一：合朔日，当月亮围绕地球旋转到达地球和太阳中间的时候，三星成为一线，太阳照到地球上的光被月亮挡住，形成阴影，生活在阴影下的人们会感到压抑，阳气不足，人就好静，血液循环变得缓慢，气血最衰，抑郁多发期，自Ｓ率最高。这时吃荤，就不容易代谢出去，造成气瘀、血瘀，感到沉重。吃素的话，血液会变清，转化为气，气就会更充足，人就会更有活力，更健康，所以就有望朔斋戒。农历十五为对望日，当月亮到达太阳与地球外端时，地球处于太阳与月亮之间，三体成为一线，地球被太阳全面照射，一部分人类因为阳气太过，气血旺盛就会不安，容易激动，甚至暴躁。加上再吃荤，就更容易燥动。有西方的统计：阴历十五，犯罪增多日。有些人不懂得自控和能量的自我管理，调控与合理应用，身心乱动，就容易招惹是非。因此，初一和十五要斋戒，静心，保持体内阴阳平衡。除了有修行的功德利益之外，还有养生健康的意义所在。"

关案山听完，说他终于明白了，以前从没有人告诉过他。

一轮皓月当空。比起在灯火辉煌的都市中，山水之间的月亮显得更静，更大，更圆，更明亮，更有神韵，也更亲近。我关闭了云居楼上所有的灯盏，将麦克风接通寺中的三个大喇叭，一个人在幽黯的窗前坐下，望着窗外的月色，开始独自倾听新近录制的由我作曲和由五台山佛乐团演奏的《水月观音》。

整个寺里只有我一人，但寺院并不属于我，我也不属于这寺院，此时此刻，我们都属于这笼罩了整座寺院的音乐。在安详的空寂中，音乐可以传得很远，穿越时空，穿越世间虚浮的一切，清净身心，把人带入彼岸的清凉境界。

这种虔诚、舒缓、把身心彻底放下和交托的全然释放和忘我境界并非只有通过禅才能实现。两年前我去阿联酋，慕斯林每日五祷，机场车站商场各处都有他们的礼拜堂。在迪拜的大街上，每到礼拜时间，从各教区的清真寺里就会传出无伴奏的男声祈祷诵唱，带有磁性的、纯净而宁静的声音穿过摩天大厦，越过运河水面，穿越时间，连接着人与神。我听不懂用阿拉伯语吟唱的古兰经，但那声音当中发自心底的、对仁爱的万能造物主的崇拜，与对其教义和真理的信心，都带着一股神圣的力量洁净着人的身心。在这个时刻里，人心得到引导、教养、护佑、安宁与超度。如果你在基督教或天主教的教堂里听到过无伴奏的复调唱诗和圣咏，那种空灵、静谧、虔敬的祈祷，无论你听不听得懂歌词，那音乐都会将你带入宁静，净化身心。它们与禅所要达到的境界只是殊途同归。

今年初，我祖母西尔维娅刚刚过完八十三岁生日，就被医生告知罹患了乳腺癌，她的心情骤然跌到谷底，难以接受和面对现实，在她这个年纪，无法承受化疗和手术，她害怕去看医生，血压升得老高。家人都无法劝说和安慰她。见于这种情况，我建议她开始吃素，每天念佛打坐。这个一辈子生活在意大利的西人老太太，从未接触过佛教和禅，我对她说那没关系，念佛打坐是最殊胜方便的法门，空掉任何杂念，不要去想病，坚持半年，一定会对她有所帮助。她说好吧，那就试一试。我用最快的速度飞到热那亚，给老人家带去一串一百零八颗念珠，教她如何念佛号，冥想和打坐，并用了一周时间陪她一起做，每晚七点到九点一定要打坐。除了这些，我还陪她每天上午一起去海边散步，教她最简单的二十四式太极拳，下午陪她一起画画，一起弹钢琴，让她听 432 赫兹和 10,000 多赫兹的疗愈音乐。她从小的梦想是成为一名音乐家或画家，但因为命运所迫，未能达成夙愿。现在，已经不再有梦想的八十三岁的老人开始每天弹琴，画画。我告诉她，不要去在意技法，随心所欲就好，但我建议，画中一定要有一位健康的美女，要有乐器，要有正能量，要发挥无限的想象力，把自己想象成这位美女。我要她把她的画按时间顺序全部挂在家中墙上，像举办个人画展那样，渐渐地，通过对比就能看出变化和不同。我还给她制定了抗癌食谱，要她每天坚持不吃晚餐，早起早睡。我要全家人每天为她祷告，但绝不要在她面前提起她的病，因为能疗愈一个人的从来不是时间，而是希望、信心、爱与智慧，是亲人的陪伴、鼓励、安慰和正确的引导。回到杭州后，我三天两头和奶奶视频，在心理上疏导她，在精神上陪伴她。到目前为止，西尔维娅的状况良好且而稳定。我十分感谢祖父和小叔莱夏托一家对她的关照、护理和爱心支持，他们甚至都学会了打太极拳，因为他们感到，那是一种能够超越古今和东西方时空的宁静的美，连邻居都羡慕他们学会了中国功夫，赞叹非常酷。

我总会在每晚七点到九点这段时间内打坐。此时是戌时，正是西北方天门打开之时，而人体的天门是百会穴，此时静坐并接收宇宙正能量从百会穴灌入，有事半功倍的效果。老中医苏媞，也就是我的外婆曾经告诉我，诸如失眠、多梦、易醒、健忘、郁闷、心烦、神经衰弱等诸多问题，都是手厥阴心包经不通的症状，而晚上7至9时是心包经当令的时间，此时静坐，可疏通心包经，缓解和消除那些问题。另外，胃与心包通，脾与小肠通，脾胃相表里，心包经与三焦经相表里，心经与小肠经相表里，小肠是吸收营养的，在心包经当令时静坐，接收宇宙正能量的加持，就是人体吸收营养的最佳时段。人体阴阳的平衡，是杜绝疾病的根本。人只有让身心静下来，把自己调整到与宇宙相通的频道，才能接收天地正能量。人体内的正能量多了，负能量被排出了，人自然就健康了。

此时此刻，我在空无一人的广德寺云居楼上入了禅定，不知过了多久，当我在音乐中缓缓收功，重新启目时，透过竹窗，无意间窥见到寺后池塘边的小路上，在无边的月色之中，隐隐走来一个白色的身影，但这未能引起我内心的任何意动。那是一个年轻的女子，有着曼妙的形体和婆娑的长发，她白色的身影沿着池塘缓缓走来，手插在裙兜里，我知道，她是为这音乐而来，以一颗宁静而敏感的心，从大路上便能听到这曲长如云海、宽若星河般的《水月观音》。

月光愈加明亮了，我于是看清了那年轻的女子，我的心直到这时才猛地一颤，而这几乎令我差点站起身来。是她！

伊，仿佛天宫悄然飞落的仙女，恍如你梦中无法捕捉的蝴蝶。我不再去想伊的每每出现为何总会在我素来波澜不惊的心中引起这般难以抑制的激荡，但我却不再为此感到惶恐。她是我的知音，她是另一个我，我是另一个她，当我在期待她的时候，她也在寻找我，因佛和音乐结缘，今生相遇，乃是千年的造化使然。

看上去，她十分融入这音乐和这夜晚，全然地，全心全意地，仿佛潜入了水中，在缓缓畅游。她的神情像这深隽高旷的星空，步履踏着孤寂绵长的亘古，和我一样留连在这玄妙、仿佛从千年之前的幽谷山间流淌而出的音乐。这音乐似乎就是随着今晚的月光渐渐融入到这湾深蓝的池塘中的，也注入到我的心灵中，载我漂浮。

伊这时站住了，站在树影下，面对这一片宁静的池塘。古色古韵的琴音在水上飘荡，仿佛月光的手指越过千年在抚奏一张无形的素琴。这是千年前的月光，这是千年前的古韵，这也是千年前抑或前千后的人儿。除了我，不再会有第二个凡人能够洞察和发现此间的一切。在这之前，我也从未见到有人曾在晚上到这片方塘边来漫步。她像个月光凝视和护卫着的幽灵，停在一棵桎柳树下，靠在树上一动不动。我忽然意识到伊的确是被这音乐吸引而来，她正在倾听，但在我的眼中，她已然成为了这音乐的一部分，和我一起陶醉在这清凉如水的月光、夜色和疏林湖塘的禅意间。

伊这时直起身来，向四周看了看，似乎要做什么事。哦！接着伊让我看到了什么？她抬起手来，竟开始去解自己腰间的裙带，然后是衣裙的胸扣，最后脱掉鞋，她除去了身上的长裙。哦！神明啊，是谁创造了这比月光还要璀然夺目的移人尤物？她令这千年不朽的月光和音乐一时间竟黯然失色而只成为背景！她已然令我消失得无影无形。我下意识地闭上双眼，徒劳地用手指撑住血脉奋张的额头。我不敢看那月光下线条如水、圣洁无瑕的躯体，并非因为这将会亵渎什么；那分明就是神有意展示给我的，如此妙境肯定是佛在启发我内心某种未开的天性。

皎洁的月光下，一个远离尘嚣的生命肌体正在自由地打开自己。伊走到塘边站下，两臂上举，做了一个优美轻巧的俯跃，便十分简单地、几乎是悄然无声地跃入了水中。我的心本是一潭明镜般的湖水，此时却被轰然激起一片无边狂澜。

伊潜游了很远才把美丽的头露出水面，转身开始了舒缓的、姿态优雅的仰泳，仿佛一只圣洁而孤独的、沉思的天鹅。湖面静悄悄，像深蓝色的绸缎，随着她手臂的缓缓划动，波纹向四周一圈圈、一层层无声地铺展开去，梦一般地铺展，一直涌到我的脚边。

我不禁又想起了《百年孤独》中的蕾梅苔丝……

如果你去海滨度假，看到海滩上的人们，他们有的在晒日光浴，有的在海水里畅游，有的在浅水边沿着海滩漫步，双脚被一袭一袭的海浪亲吻，孩子们在用铲子挖泥沙，堆沙雕。于是你也换上泳装，一头奔向你渴望已久的大海的怀抱，眼睛里满满地都是海天的湛蓝与波光。此时此刻，你把平日里所有的压力都抛在了身后，工作的压力、生活的压力，人际关系的压力，你得到了全然的放松，像孩子一般地放松，你回归了自我，回归了自然，此时此刻，你成了蕾梅苔丝。

盈盈波光，滟滟兰汤，伶俜倩影，温玉浸香。

这是我有生以来所亲身领略过的关于人与自然最和谐、最动人的一幕，一种真正意义上的生命自由与禅的体验。我忘记了一切而注视这梦一般的情景。那忘记了一切而在水中漫游的、天鹅一般的仙子，她沐浴在月光倾洒奔泻的、温柔如水的池塘里，沐浴在流淌着千年音乐的蓝色的池水里，沐浴在物我交融、天地合一、自由宽广的夜的光辉里。多少年来，我一直在寻找人尘之外的、与自然交汇的禅，而在这个夜晚，佛终于启发我，让我惊异地看到了从人性中流淌而出的、自然的、真正投入了永恒的安详的美。

寺中云居楼上这时奏响了古琴曲《禅定》，并通过扩音器向寺外传去。伊听到了，脸上露出微妙的笑容。禅曲在水面上陪伴着她，悠悠地，缓缓地，令万物沉静安祥，可谓"此曲只应天上有，人间哪得几回闻"。

我是多么艳羡此般情景，我是多么渴望这种身心与灵魂的彻底交托。倘若那不是一方仙境般的天池，而是一座都市大酒店中的人工泳池，或是一片度假海滩，倘若围绕和伫立在池边的不是青杨弱柳，而是一群休闲的男女老少，倘若此时笼罩在池塘上的不是无边无垠的月光与缕缕薄雾，而是明亮的灯光与喧闹，倘若和这瑶池仙子一同畅游的不是鱼儿，而是游艇和帆船，伊是否也能排除一切杂想，把世界留在身旁，只享受全然的自由与宽松？禅，不是让人打坐，叫人噤声。禅就在当下，在动态中，在起念投足中，在每一个呼吸中，禅法就是净化人心，脱离心造苦海欲壑的观念和法门，它带给人真正的身心自由与宁静祥和之美。

接下来的一曲，是我必然要为伊弹奏的，那首流传了千年的绝响，那千年不竭的《流水》。而此时此地，我隔着千年的禅思，望着在水一方的伊、游至岸上的美人鱼，绝然的高洁，凄美，又绝然的孤独，恰若一位出浴的仙子，置身在自己华清宫的太液池边。她莹白的纤指犀梳偃月般轻轻梳理盖住了全身的秀发，让它们沐浴灿灿月华。继而，伊坐在那里，伸直左腿，竖起右膝，用两肘支撑在身后，仰起头，安然而平静地挺起胸脯，让身心沐浴月光的洗礼。

我感到这如水的音乐和这倾洒的月光正在轻抚、拥抱和亲吻她的身心灵，并将月之精华注入她圣洁的躯体。我闭上眼睛，感受到音乐和月光同样的沐浴，并在其中升华。

当我再次开启双目时，伊已在柽柳树下系好裙带，仰起头，闭上眼睛，向着月光做至诚的、深深的崇拜与谢恩，感谢今晚这千年的月光、千年的音乐和这千年的湖塘所赐予她的恩泽，我看到这千年的洗礼已在她的身体和生命中得以结晶，使她更加超凡入圣。而谁来感谢伊呢？这位洛神，这位水月观音，为天地自然之美投入自己至真的一切，启迪了至善的灵魂，回报了千年的知音。

高山无语，自是巍峨；月光无言，自是高洁。雨中观云，夜静听钟。心静何处不深山？

最后，伊顺着池边，双手插在白色的裙兜儿里，不动声色地，在无边的夜幕中，梦一般悄然离去，就好像她只是漫步经过这方池塘，也并未停留过，什么也没有发生。

"雁渡寒潭，雁去而潭不留影；风过疏竹，风去而竹不留声。"

"舍筏登岸，禅家以为悟境，诗家以为化境，诗禅一致，等无差别。"

今晚蓝塘沐月、美妙绝伦的伊就这样孤寂地、不留一点痕迹地离去了，洁白的、骇世惊俗的身影消失在为月光铺洒的池塘尽头。"酒满月在手，酒尽月还天。"这便是伊所达到的潇洒境界。

而我的灵魂，却永远沉浸在了这片为音乐所缭绕，为星辰所照耀、湛蓝的、永远的湖塘中。

"千尺丝纶直下垂，一波才动万随。夜静水寒鱼不食，满船空载月明归。"

七、潇湘水云

（金羽调）

鸟栖鱼不动，月照夜江深。　身外都无事，舟中只有琴。

七弦为益友，两耳是知音。　心静即声淡，其间无古今。

——【唐】白居易《船夜援琴》

已经接连下了一天一夜的雨，天还是阴的。我开车进了城。古楼商业大街上车来人往，纷攘喧哗，铺面门市湿漉漉一片，可照旧客流如梭，购物大厦高高的楼檐上倾水如柱，也依然是彩幡飘动。矗立在文化街广场上历经了千百年的古昭明台城楼终日吞吐着这座城市、这个时代演绎创造的各种商品，思索着文明的变迁，它雄踞于繁华之中，却沉默地守望着苍桑。我像只几个世纪前的黑色小甲虫，绕过这座已成为博物馆的巨人，踏水走过街角，来到它后面的仿古步行街，钻进了红漆粉面的新华书店。

书店是我几乎每周必到的地方。这里的气氛总让我感到某种冷静的温暖，尤其那些孩子，他们喜欢读书，求知上进，他们在高高的、成排的书架间留连忘返，一脸稚气的神情，我在内心虔诚地为他们祈求内心的智慧与美好的未来。

从书架上拿下一本由美国乔·迪斯彭萨博士所著的《未来预演》，我开始翻阅起来。

"这本书太贵了！"这时我听到身后书架另一边传来一个少女叹息的声音。

"我也一直想买这本书呢，"她身边一个戴眼镜的男孩说，"可惜咱们俩的钱加起来都不够，要不，把这月剩下的饭票卖给别人算了。"

"那你中午就得挨饿了。"女孩看着他说。

"反正暑假补习还有一周就结束。"男孩说着，又取下一本书翻看起来。

"要不就再等一周吧。"女孩犹豫地说，"我的饭票上周就卖给一班的'孔乙己'了。"

"我就是怕新书好书很快就会被卖光。"男孩儿说。

我的心一下紧缩起来，向那两个孩子望去，同时也向我的少年时代望去。他们只有十四、五岁模样，正在长身体，生气勃勃的脸，穿着襄樊五中的校服。在这种情境下我必须有所反应，我想帮他们，不然他们刚才的话不就白说了？

然而，我刚放下手上的书准备绕过去，一个年轻女子清婉的声音已然先我响起：

"小同学，你们是想买这本《非暴力沟通》吗？"

孩子们立即转过身去，望着跟他们说话的那个身穿白色素花旗袍的年轻女子，同时，这位女性的优雅、美貌、她苗条的身材与装束，立即使他们惊呆了，同时也使我惊呆了。

那是伊！

我的心一下子狂跳起来。

"是,是的。"女孩怔怔地看着伊，"我们学校图书馆没有这本书。"

"我还想买这本《素食有理》、这本《药食同源》，还有这本《哈佛心理课》，我们学校图书馆都没有！"戴眼镜的男孩儿看着伊说，好像确认伊就是他们学校图书馆的馆长。

伊含笑看着他们："好吧，把它们给我。还想要别的书吗？"

此刻，我和两个孩子同样惊异地站在那里，看着仿佛仙人一般的伊。对这两个少年来说，他们今天幸运地遇上了一位天使般的大姐；而对于我来说，则是意外地遇上了梦中知己。这是缘分，对我是，对这两个孩子也是。这不仅是偶然，我们是同路人，所以才会相遇。

伊手上拿着一本《禅美学》跟两盒古典音乐光盘，又接过两个孩子想要的书。

"这本《知音创意学——论文化创新与科技创新》读过吗？"伊又问。

"没有。"孩子们有些茫然地摇摇头。

伊又把那本书加上："请把这些书，代我捐给你们学校图书馆，好吗？但你们可以优先阅读。"

两个孩子相互看了看，高兴地使劲点头："太感谢了！请问您是……"

伊微笑了一下："好，就在这里看书，等我，不要走开。"说完便抱着一摞书转身走了。

两个孩子愣愣地站在那儿，望着伊动人的背影。

"她真是太好了！她肯定是个知音女。"男孩儿这时低声说，还神秘地扶了下眼镜。

"她好美啊！"女孩儿禁不住赞叹道，"我从未见过这么美的人，看着好养眼。"

"由内而外才是美。"男孩儿低声说。

"要是我也能穿上那么美的旗袍就好了。太迷人了！"女孩儿的目光一直追随着伊的背影。

"那你得有那么好的身材，"男孩儿说，"知音女都吃素，是灵性的增长带动身心的健康和美。像你这样每天过早不是牛肉面就是肉包子，晚上不是丁老五牛杂就是干炒鸡，还有猪油烧饼，怎么穿旗袍？"

女孩儿立即羞红了脸，噘起嘴来，刚要发脾气，男孩儿忙示意她勿出声，这里是书店："别生气，我跟你开玩笑呢。知音人不仅食素，有些人还持午；你却不过午，背着你妈把午餐费省下来买书，早晚当然得多吃点。"他笑着低声说，"不过你要学知音女，修炼八风不动。心若轻盈，身体才能轻盈。"

女孩一手捂住嘴，一手将书按在胸口上，看着男孩儿道："我得叫你一声'老师'。"

"哎——不敢当不敢当！"男孩指了指另一边的伊，轻声道："老师在哪儿呢。"

伊的头发丰沛飘逸，有着波浪般的层次和丝绸般的光泽，她的腰身纤细婀娜，两腿修长，两肩端正，全身上下由内而外，无处不令人惊艳和赞叹。但我此时联想到的是，她还收养了六个孤儿。那么忙的人究竟为何来此地？八月份她应该在英国的 BBC Proms，休假的话为何不去海滨？如果法国尼斯和意大利西西里她都去过了的话，这个季节也可以去温哥华，我非常喜欢温哥华的海滨和维多利亚的布查特花园。换个角度想，如果我不是在襄阳广德寺，而是在杭州灵隐寺遇见子衿，到更是情理之中，但我有可能会在那里遇见她吗？那里游人香客众多，谁会遇见谁？所谓天时地利人和，这可能就是缘分。

伊给我的联想实在太多，自从第一次遇见她，伊就成了我的梦中之梦、曲中之曲、心中之心……

书店的开票处和交款处是分开的。我把书放回到架子上，看见伊到东边排队交款，就立即来到开票处，对柜台里正在给书包装的服务员尽量压低嗓音道：

"对不起，女士，我是这本书的作者，我想给这位读者留个签名。"说着我递上证件。

"哦！"女工作人员看了看我的身份证，又低头看了看那本书背面上的作者简介，露出惊异的笑容，大概因为我是个外籍华人。

当那本 32 开精装版的《禅美学》递到我手上时，我立即打开书的封面，掏出笔在浅蓝色云纹的扉页上签了我的名字"南宫子云"，还有日期。阖书交还给开票员，我对她说："非常感谢！请转交。"

伊拿着付款收据回来取书时我已离开书店。我留给她的，是我的灵魂，我希望能陪伴她终生。在我签名的扉页上印有这样一段话，是借以启发读者的：

"山中何所有，岭上多白云。禅诗赋明月，'流水'赠与君。"

伊虽然没有见到我，但在时空的任何一点上，我相信，她都会与我相通。

那日，伊出来，便在书店门口站下。雨小了许多，伊站在屋檐下的台阶上，撑起知音花伞，环顾四周，好像感到那为她签名的人并没有走远。她在伞下默默地寻视着这条长长的仿古文化街。街衢有七米宽，八百多米长，一头是昭明台古城楼，另一头是古襄阳城北临汉门，两旁的灰色小楼都是仿明清建筑，商铺门前高挂着被雨水淋湿的灯笼和仿古招牌。天阴蒙蒙的，雨丝清凉。此情此景似乎勾起伊内心一段湿漉漉的前朝往事，随微风细雨吹落在她脸上、肩上、发梢和眉间。伊默然伫立，脸上没有任何表情。

原来，我以为超凡脱俗的伊竟也是这般多情的。

原来，我以为脱俗超凡的我竟也是多情这般的。

我远远地望着伊，我通过伊而远远地望着我自己。我发现了伊，也发现了新的自己。伊成了我的影子，抑或我成了伊的影子。

伊最后平静地低下头，撑着伞姗姗步下台阶，往朱楼盈绣的仿古文化街里默默走去。

襄阳古城墙虽没有西安城墙的高大和完整，却也历史悠久，登城可一览襄阳胜景；城外亦有世界上最宽的护城河——汉江。三国时期，这里曾人文荟萃，名士云集，襄阳才子王粲、孟浩然、张继、皮日休、米芾等名传天下，更有李白、杜甫、王维、欧阳修、苏轼在此留下千古诗篇。联合国教科文组织为此曾拨专款，用以保护这里众多的文物古迹，包括修建了这条长长的仿古文化街。

伊从街边每一个支起防雨篷布的书摊前走过，她那身着白色旗袍的窈窕背影与周围环境构成一幅上世纪初的凄美油画。这样的一幅雨中场景和背影，会让人感到画中的美人是所有故事中的女主人公、所有戏剧中的女主角、和所有诗歌里的梦中情人。伊却似乎对故事、戏剧和情人毫无兴趣，她脸上的神情显示着她已超越几千年的沉浮，独来独往而从不期待任何人。伊低调地出入每一家音像制品和工艺品小铺。看得出，伊不是本地人，甚至不像是这个时代的人，她对这里的一切都不倦地流露出含蓄而浓厚的兴趣。最后，这位来自前朝或者未来的观光者终有所获，在一家卖民乐丝竹的店铺里，伊买了一柄系有白色坠穗的长箫。

伊持伞执箫，在雨中登上了文化街尽头的临汉门古城楼。

大江横在面前，忽然天宽地广。江水滔滔，轻舟如叶，从流激荡，湍急若奔。南望岘山，层峦叠嶂，西南楚山如屏，群峰列峙，城廓街市尽收眼底，一揽天然之胜。可惜的是，"山中有僧人不知，城里看山空黛色。"

城上没有其它游人，伊靠在朱红色的城楼立柱上，用手将一将被风吹起的长发，闭目向着细雨飘飞的天空仰起头来，她独自在这被雨同化的天地中沐浴着自己，潇洒自在，就像那晚她在池塘边独自沐浴千古琴音和她自己的满天星斗月光。

不知伊是否有着性格上的孤僻，喜欢孑孑独行，总是沉稳，内敛，不露声色地从人前走过，心中却怀着某种深切的思索和不为人知的目标，她内心的世界引导她穿越市井尘嚣，而当她来到无人之地时，便会彻底抒放她诗人的气质与情怀。此时，江楼之上朱窗洞开，呼唤八面来风。凭栏极目远眺，伊的长发被风如绸缎般拂起，似有万端感叹涌于胸际。当我立于彼岸树下，越过世纪之流向城上仰望伊而令联想扶摇直上时，伊便成了我眼中一幅绝妙风景。她坐在江楼高高的窗格中，手执长箫，黑发飘飘飞举，一曲《清江引·楚客》幽咽而起，尽现千古风流。

"襄阳倦客停兰棹，楼上何人吹玉箫？哀声幽怨满江皋，声渐消，楚天路迢迢。"

如泣如诉的箫声伴斜风细雨，悠悠洒向江面，汇入千年不息之江流。此时，我真想抱琴登楼，于密雨空城之上与伊丝竹相对，必如箫史弄玉成双双仙去之曲。

> 我本是卧龙岗上散淡的人，
> 凭阴阳如反掌保乾坤，
> 闲无事在敌楼亮一亮琴音，
> 我面前缺少个知音的人。

此乃古来大贤之寂寞。想那羽扇纶巾的诸葛亮，兵临城下却气定神闲，操缦自若，越是刀光剑影，血雨腥风，越是从容不迫，收放自如，可谓占尽了古今风雅。

我曾去过四川邛崃的文君井，那有一副对联，曰：

"君不见富豪王孙，货殖传中，添得几行香史，停车弄故迹，问何处美人芳草，空留断井斜阳，天涯知已本难逢，最堪怜绿绮传情，白头兴怨；我亦是倦游司马，临邛道上，惹来多少闲愁，把酒倚栏杆，叹当年名士风流，消尽茂陵秋雨，从古文章憎命达，再休说长门卖赋，封禅遗书。"

想那西汉一代才子司马相如，著有盖世文章《长门赋》和著名琴曲《凤求凰》。富甲一方的千金小姐卓文君仰慕其惊人文采，更为他高超琴艺所倾倒，竟与这位穷酸书生私奔他乡，流传下一曲"红粉当垆"，后人制琴曲《长门怨》以咏之。

最是那春秋时期的伯牙和子期，洋洋乎"志在高山，志在流水"，诚为千古绝唱。

我站在护城河彼岸，隔江仰望古城楼上的伊，我似乎看到了三千年前的我。我仰望着三千前的我和三千年前的伊。山中禅寺是伊命名的，寺中樱花是我们一起栽的，藏经阁上的诗是伊题的，结尾两句是我续的。三千年前我们就在城楼上琴箫相对，江风水月，云淡星稀，知音相悦，渴望执手白头。然而神仙伴侣却总遭奸人妒嫉陷害，我为伊的清白粉身碎骨，伊为我的忠魂玉殒香消。三千年来我们一直在彼此寻找，几生几世都未改名换姓。江楼虽老，风月未改，古寺花开，琴音依旧。无缘人终归会离去，有缘人终归会再次相遇。

知音难遇，知音难寻，我因此怎能让伊只做那可望而不可及的风景，风景再美也会过去，留下的才是生命；生命再美也会衰亡，只有真爱和伟大的灵魂能够不朽。我不想让这尘世难觅的知音化为流水，这是千年前就注定的因缘。时空往转，我多想让这部广德寺的《西厢记》依情成曲，顺理成章！

八、凤 求 凰

（林钟调）

夜夜池上观，禅身生月边。虚无色可取，皎洁意难传。

——【唐】皎然《水月》

  两日后一个晴朗的傍晚，我坐在云居楼书斋里编撰另一部专著《中国诗僧禅灯录》。间歇，置笔来到楼廊上沉吟彳亍，当我站下来依栏凝思时，一个白色的身影又出现在寺外路口大道上了，我的心便陡然涌起一股暖流。伊还是头次来时的那身白色衣裙，肩上背着一个蓝色绒布套，里面定是那把长箫。

  雨默这时来到我身后，见之不由一笑："箫韶九成，凤凰来仪；窈窕淑女，琴瑟友之。"

  我没有说什么，转身回房。

  关案山此时正坐在寺门边墙根下的阴凉处打瞌睡，他坐在那里不像是卖票的，倒像是在看着那辆白色宝马车。

  伊来到他的桌案前，没有叫醒他，将门票钱塞进功德箱，便进了寺门。伊微微低着头，她的脸被阳帽遮住，她甚至没有往西院云

55

居楼上看一眼，便直接穿过大殿。

多宝佛塔，黄色的银杏树叶已有些许飘落。伊走进塔洞，小心翼翼地款步登上高高的塔座，她对寺后的湖塘做了个深呼吸，之后便靠在西边小塔下，开始静静地等待。

云居楼上，琴声果然再度响起，开山川之风。一曲《关雎》，一曲《凤求凰》。伊将双手放在胸前，凝神屏息，倾听一个她不曾相见的隐逸之人一遍遍地为她弹拨心曲，一直弹到日伏西山，月上高楼，伊才终于吹响了她的长箫。

那是一首琴箫合奏曲《春山外》。伊吹奏时，寺中风清月明，修竹弄影，所有草木及楼台池塘，似都沉浸在了这幽鸣的箫声里。伊坐在塔上，两腿侧放一旁，裙拖八幅湘江水，肌若凝脂，气若幽兰。箫声如短如长，袅袅娜娜，伊弗淡弗浓，斜抱云和。她哪里是在吹箫，她简直就是在吹奏我的魂。很快地，楼上古琴的声音便相伴奏响了，两颗千古才得以相逢的心，在这无言的默契中浑然交融在一起。箫声悠悠，如落霞时山水间的清风，时而又颤颤如江面上的倒影微波，琴韵轻柔，空灵辽远，令人如痴如醉，美得令琴者和隔壁的听者都已潸然泪下，更因为这样的契合乃是千年一遇。此时，我心中出现的画面是被淡粉色薄云煊染的蓝色的天空，和由深至浅的层层青山一同倒映在平静的江面上，一叶竹筏上，我坐在琴前轻抚丝弦，伊站在筏上手持长箫，白裙长发，如凌波仙子。轻风送爽，琴箫之音缓缓飘向水面，随白鹤归鸟飞过群山，向着远方的天际飞去，长长的尾音在空气中绵绵不绝，此乃身心灵与天地万物合一的仙境。

一段长长的静息之后，伊的箫声又邀我合奏了一曲《梅花三弄》。

曲罢，我正襟危坐，抑制着想立即奔下楼去的冲动。但我不愿打破这心交神会的际遇，我不知道该以怎样的方式出现在伊的面前，对于彼此的某些现实背景，我们一无所知，尽管我从一开始便已懂得了她的灵魂，却不知自己能为她做什么，也不知道她需要什么。我隐于穷阁陋室、僻野之间，恬淡寂寞，以求其道，性耽山水，逍遥自在，身似闲云，心若游僧。伊人啊，你可愿陪我投老白云间？

我不知道，我还需要等待。

我闭上眼睛，开始打坐。

"我闭上眼睛，以掩藏不安的自己，

我闭上眼睛，但我却能看到你；

我闭上眼睛，是为了能更清楚地看到

这红尘世界中本真的你；

我闭上眼睛，不是因为不想见你，

而是不想让你看到

这个本真的我和我此时颤若琴弦的心。"

我期待伊这时能转过身来。

伊终于转过身来，她看到了什么？——在她身后的佛龛里，放着一把白色绢扇。伊的胸脯起伏着，轻轻抬起手来，将那把绢扇小心地取出。

扇面有一段长出扇柄的荷叶花边，下面还坠有一块圆润的白玉环佩，是专为女性使用的，很雅致。扇面上用几乎无人识得的减字谱书写了一首伊从未听闻的琴箫曲《知音无古今》，署名"子云"，并附题"赠子衿"，就如同贝多芬的《致爱莉丝》。伊一边读谱，一边露出难以察觉的微笑。绢扇的另一面则用行书题写了一联小诗："花径不曾缘客扫，蓬门今始为君开。"

世间多少人能够遇上如此知音？又有多少人能为知音送上这无价的一曲千古绝唱？

伊又将扇面上的琴谱看了一遍，然后便靠在西面小塔上，将两尺长箫轻轻置于唇边。寺中的一切顿时重又安静下来，月光也栖在了高高的梧桐树梢，寺外的池塘闭上眼睛，敞开心胸，与澄明的星空一起开始聆听。箫声再次悠悠响起，轻抚万物，犹如微风轻抚树冠，柔云轻抚山峦，弱柳轻抚水面，花香覆被鸟羽，月光洒向人间，万物尘埃落定，一切都在这音乐的抚慰中幽幽静止，变得清净，自在，和谐，安然。我的桐琴似在久远的静候中感受到了轻轻一吻，如睡美人般微启双眸，两个相寻了千年的灵魂终于相视了，他们是这宇宙间高维度的灵魂家人和星际种子，超越时空得以相遇，在音乐的星空下双双起舞……我在这首曲谱的最后加上了钟磬之音，并回响不绝，这是受了柴可夫斯基的《1812序曲》的启发，可惜的是，此时此地，既没有钟，也没有磬，只有我们在曲终时对钟磬之音无穷的想象。

那天在鼓楼新华书店里收到我签名的《禅美学》后，伊一定看到了那本书封底的作者简介，并猜测这南宫子云或许就是广德寺中隐身在云居楼上抚琴的人。今日她看到我的白色宝马停在寺门外，并特地携长箫来访，显然是为了想和我琴箫相对。然而我终究未敢现身，因为尚不具足天时、地利、人和。

法国作家阿纳托尔·法朗士的小说《苔依丝》，从十五岁至今，这是我第三次拿起这本书。法朗士是一位反基督教的人道主义作家，1921年获诺贝尔文学奖。《苔依丝》以古埃及为背景，写沙漠里苦修的圣僧巴福尼斯立志挽救荡女苔依丝，来到乌烟瘴气的都市劝说她进了修道院，自己却迷恋于她，灵魂受尽煎熬。小说不仅再现了古埃及五光十色的风貌，而且使世俗生活的欢乐与修道士们的苦行产生强烈对比。苔依丝放荡一生却升入天堂，巴福尼斯苦行一世却堕入地狱。有人说，在上帝沉默的世界上，爱神更强大。我却不知道上帝是否真的沉默过，但我知道我不是圣僧巴福尼斯，我之所以想起这本书，是因为它的经典性在于，世上有无数人徘徊在此岸与彼岸之间，世人都晓神仙好，只是色情欲望和功名利禄忘不了。贪、瞋、痴、慢、见、疑使人产生了生、老、病、死、离别苦，因为人患得患失，放不下，舍不得，又有罪念在心，身心俱被捆锁，没有真正的自由可言，因而在茫茫苦海中难以得到解脱。所谓宗教反人性，是因为人性当中具有很多贪婪与罪恶的因素，一个能认识到这一点而决心修道的人才有希望挣脱枷锁，因为人性当中有动物性的一面，也有神性的一面，真正的修行能开发和提升人性当中的神性。一旦你看破，一旦你放下，就不再是苦行。

雨默曾经问过我，是否曾经对哪位女子一见钟情。

我反问他："'一见钟情'用英文怎么说？"

他说："Fell in love with someone at first sight."

我点点头，没有告诉他我父亲对我母亲说："You had me at hello."

雨默还曾经问我，怎样理解英文当中的"做爱"一词，我说：爱就是爱，爱是不可以被做出来的，做出来的爱只是为了获得身体的快感和生理高潮，那是一种自欺欺人的爱，那是在自我掏空，那只是性。真正的爱应当是身心灵的全然投入与结合，时空无碍。

如果你看过电影《钢琴课》，你就会理解其中那首钢琴曲"心灵首先要快乐"。在两情交流之间，心灵首先要沟通，要融和，要自由，要愉悦，肉体之爱才能获得真正的道德意义。肉体的结合是短暂的，心灵却可以超越时空，三生三世相守相伴。

一个基督徒可以结婚，一个佛教的善男信女也可以居家修行，伊斯兰教提倡婚姻是一个人对自己、家庭、社会、人类生存延续负有的责任。但有一种关系，比婚姻更亲密，那便是两颗心灵的相知，相爱，相伴，相守。因此，在我的辞典里，没有"做爱"这个词。

九、松 烟 入 墨

（洗姑调）

问：“如何是天柱家风？”
师曰：“时有白云来闭户，更无风月四山流。”
问：“如何是和尚利人处？”
师曰：“一雨普滋，千山秀色。”

——天柱慧崇禅师禅语

三顾堂、三义殿、草庐亭、躬耕田、老龙洞、野云庵、半月溪、梁父岩……隆中山各处都留下了伊的仙迹。这天午后，伊又坐在半山腰上作画了。她今天穿了一件宽松的浅金色丝绸短袖衫，系在白色牛仔裤中，白色旅游鞋，仍旧戴着白色宽边阳帽。她今天画的便是山下广德寺。对这座寺院，我想她已酝酿许久，可谓成竹在胸了吧，应该完全能够传神写照无惑矣。

听到身后山道上有人走来，伊便知道那是"云梦公子"。多半时候她都会碰到他，"云梦公子"也总会放下背篓，坐到伊的侧后方，安静地瞧她全神贯注地作画，从不发一言，丝毫不影响她创作。松果满地，像是头顶上那两棵参天大树在下一盘棋，他们两个，也是其中的一对黑白子。

又一棵松果落下来，却立刻被松鼠抱了去。伊表面上对身后的那个热心观众一直保持审慎和缄默，似乎从未怀疑过他是这座人迹鲜至的山林中的虎狼。这是圣贤之地，怎么会轻易就有坏人呢？托古人和菩萨的福，我们真应该感谢诸葛先师留下的功德。但"云梦公子"总像影子似地跟寻着这位林中仙子，难道真的只是对她作画感兴趣吗？他是个坐怀不乱的柳下惠，还是个想伺机扑食的西门豹？他的葫芦里究竟装的是什么？伊对他难道真的就不存有一点防范吗？她从外表就能判断出对方绝对是个高 IQ、EQ、MQ 的好人，甚至是来做她守护神的吗？伊总是泰然自若地作画，就连落在脚边的松果都不会打扰她。每次她一画完，"云梦公子"就会站起身，背上竹篓，有时还与伊礼貌地招一下手，然后便先自离开。每次，伊都会目送他那逍遥俊逸的背影消失，再对着自己的大作兀自沉吟一阵，然后才收拾画具，独自款步下山。

而这次则有所不同，一只野兔先跑了出来，藏在伊身后的那棵大树根底下，瞪着眼睛，从里面偷偷地瞧着伊。伊回头看了看兔子，只听一声"阿弥陀佛"，"云梦公子"来了。

两个始终连半句话都未讲过的人，这次终于在平静之间出现了一点小插曲。伊作画时发现自己的水用完了，而炎热和干渴影响了她的创作。这一次，"云梦公子"没等她画完便悄然离去。女画家颓然仰倒在身后大树下，好像那些松果一样，成了一颗没主意的棋子。她望着浓冠蔽日的天空，沮丧地叹了口气。忽然，她的手臂无意间碰到身旁一个光溜溜的东西，伊扭头一看，竟是"云梦公子"的葫芦！她立即想到这也许是"云梦"有意留给她的，便立即坐起身来，摇了摇，还有半葫芦水，足以帮她完成画作。伊拿着葫芦，往静谧的山林里四下望了望，但没见一个人影，她便对着葫芦端详起来。

这是一个普通的葫芦，但却是白色的，不大不小，外皮光洁饱满，质地坚实，葫芦肚上题有一首小诗，曰：

"寄将一幅剡溪藤，江面青山画几层。笔到断崖泉落处，石边添个看云僧。"

"好诗！"伊拧开葫芦盖，把鼻子凑近去闻，一股清香直透心底，令她感到浑身上下一阵清爽，立时间脑清目明，神思畅达。接着，伊又对着那只葫芦凝思起来，凝思良久，她拿过自己的一支最小号墨笔，在那葫芦肚的另一边，用蝇头小楷竖着题了另一首诗：

"君子之交淡如水，知音相逢云作酬。"

伊对着葫芦笑了笑，将一些茶水倒在自己的砚台中，又开始继续作画。

第二天，伊未能在山上遇到"云梦"。她什么也没有画，拿着葫芦独自静静地回去了。第三天，她画了一幅《西厢待月》，但仍未遇见"云梦"。

流水落花，天地文章。读无字书，弹无弦琴。郁郁黄花，青青翠竹，这便是我放野自然所要修学的。辟支佛以造化为师，看到四季花开花落便合觉悟道。但是伊，伊如天仙般降落到我眼前的流水落花之间，让我这位慕仙者如何是好？

生活，一半烟火，一半清欢；幸福，一半争取，一半随缘；人生，一半清醒，一半释然。

十、三 顾 茅 庐

（楚商调）

但闻烟外钟，不见烟中寺。幽人行未已，草露湿芒履。

——【宋】苏轼《和梵天僧守诠》

天阴着，傍晚时分，铅色的云脚压住山腰。但无论什么天气，似乎都不会影响一位仙女内心的平静以及她坚定的意志和沉稳从容的脚步。这是伊第三次光顾广德寺，仍旧是那身白色长裙，带着那柄清苦的箫，箫上配着那副白色长穗，虽风韵雅逸，却也透着一股悠悠的寒凉。

关案山已下班回家，但寺门虚掩着。子衿在塔上看到了我的一纸素笺：

"夜中不能寐，坐起弹鸣琴，薄帷鉴明月，清风吹我襟。孤鸿号外野，翔鸟鸣北林，徘徊将何见，忧思独伤心。"

呜咽的箫声又在寺中响起，一曲《长门怨》，一曲《忆吹箫》。但子衿没能听到云居楼上古琴冰弦应是柔情似水的和声。怅然地坐在塔上，仰面背靠塔身，子衿遗憾地叹了口气。晚来风静，正值我瑶琴一曲，玉箫三终；竹外枝斜，可怜她翠袖生寒，缟衣素薄。

细雨又下起来，子衿仍旧坐着，幽怨凄婉的箫声复又响起。一曲《无羁》，一曲《声声慢》，令人遥想黛玉葬花，谢庭咏雪，每个音都在呼唤我的琴声。她哪里知道，那箫中早已系上了我的魂，她简直就是要把这缕孤魂给吹断。

那天晚上，当子衿从塔上下来时，大雨覆盖了寺院、寺外的池塘，还有远处的田野及隆中山。子衿就站在塔下的石拱门洞里，斜靠着洞壁，怀里抱着她的箫，在寒冷的黑暗中凝望着塔外的雨幕，脸上毫无表情。她的双眼一眨不眨，仿佛在透过这雨幕，凝望另一个世界，又仿佛什么也没想，只同此刻这绝尘的孤寂与雨中的宁静相融合，人虽然被困在这座千年古寺里，灵魂却在穿越。不久，子衿背靠洞壁，吹起了一曲《卧龙吟》。那是电视剧《三国》中由诸葛亮弹奏的琴曲，子衿将它改编成了箫曲，当她在雨中幽幽吹奏，吹破古今时，孔明的灵魂和这隆中山林都被她唤醒，她的知音幻化成一支童声忽然从中院云居楼下响起，穿过中院与后院之间的地藏殿，穿过藏经阁与多宝佛塔之间的雨幕，穿过千年万劫，和着子衿的箫声唱响：

　　束发读诗书，修德兼修身
　　仰观与俯察，韬略胸中存
　　躬耕从未忘忧国，谁知热血在山林
　　凤兮凤兮思高举，世乱时危久沉吟
　　凤兮凤兮思高举，世乱时危久沉吟
　　……

曲罢，两厢都静了下来，只留下雨声还在茫茫无边的夜色里追忆和讲述着隆中山远古的知音与琴声。

不久，一把伞出现在塔外。

"青小姐。"

子衿把仰靠在洞壁上的头转过来，这一瞬，是来自千年前、千年间与千年后的守望。她看到一个身材匀称、穿着白衬衫和深色长裤的年轻人站在雨中，蓬松的头发，面目清秀，戴着眼镜，神态文雅，一身书倦气。

"你好！我是寺里的雨默。"年轻人在伞下轻声说。

子衿用她深不可测的目光判断着来人，然后她现出一个苦涩的微笑，轻声道："哦，你好！对不起，我呆得太晚了。"

雨默的眼里不由发出一道光，是因为他惊异子衿那奇特的、清纯优美的嗓音，在现实生活中，他还从未听到过一位女性在说话时，语调竟如此优雅温婉，声线像音乐一般纯净，没有丝毫混浊杂音，甚至带有一种磁性般的穿透力。他为这美妙的声音感到惊艳。

子衿微笑了一下，平静地看着雨默。

雨默不好意思地站在伞下解释道："哦，这没关系！子云老师今天不在，前天去了黄梅五祖寺。临走前曾嘱咐过，如果您到寺里来，让我们务必关照一下。我今天有事出去，要不是下雨，我早就回来了。"

子衿点了点头，微笑道："打扰了。"

"子云老师嘱咐过我，如果您到寺里来，请务必赏光，到楼上去喝杯茶，是他亲手为您准备的。"

"哦？"子衿略显意外。

"子云老师说：青小姐光临本寺，乃有凤来仪，原本想亲自接待青小姐，与您共赏雅乐诗书，共商琴事，可惜他不巧有事务缠身，所以临走前一再嘱咐我，千万不要错过了与青小姐千载难逢的良缘，他留下重托，有要事想请教您。您看，下这么大的雨，天都想留客。若您方便，就请移步上楼，去喝杯热茶吧。待会儿雨小了，我送您回去。"

子衿仰头望望天，又看了看仍旧站在雨中的雨默，然后微笑着点了点头。雨默于是从伞下伸出一只胳膊肘，道："请随我来。"

子衿便挽住雨默的胳膊，钻进他的伞下。两人穿过地藏殿，来到了中院。

"方才是谁在唱歌？"子衿问。

十一、良宵引

（商角调）

诗为禅客添花锦，禅是诗家切玉刀。

——【金】元好问

中院不大，介于大雄宝殿和地藏殿之间，左侧云居楼，右手方丈堂，建筑对称。院中花砖墁地，中设香炉，四边种着几株侧柏和一些翠竹，但此时，一切都被罩在暮雨之中。

云居楼分上下两层，悬山顶，覆以青瓦，格扇门，红漆柱梁，通高九米，面阔三个套间，两面回廊，上面为客房，下面改作临时厨房和仓室。

雨默将子衿送至楼檐下避雨，便去找脸盆和热水瓶。玖思这时从厨房里打伞跑出来，他是个纯朴的农家少年，向子衿打招呼道："子衿姑姑，您好！"

"这是玖思。方才就是他唱歌，他怕你一个人在后面害怕。"雨默一边在水池旁洗手，一边介绍说。

"你好！玖思。"子衿借着有些昏暗的灯光欣喜地看着少年，"你唱得棒极了！幸会！”

"谢谢您！是子云老师和雨默老师教我的。"玖思说，递给子衿一条干净的热毛巾，"快擦擦吧！您都淋湿了。您吃过晚饭了吗？"

"哦，我持午。非常感谢！"子衿微笑着双手接过热毛巾，同时诧异为什么他们都认识她，虽然以客相待，却又像是熟人。她端详着玖思清瘦的面容和那双有神的眼睛，迫不及待地想了解面前这个少年，当她身处孤独和寒冷的黑暗中时，玖思用热血歌声鼓舞和温暖了她。"你今年多大了？玖思。"子衿问。

"十三岁。"

"你的名字是谁给起的？"

"我自己。"

"你自己？"子衿诧异地微笑起来。

"是的。我七岁上学那年，给自己起了这个大名。家里人都叫我的小名。"

子衿愈发惊异，看着少年的眼睛，猫下腰低声问道："那么这个名字是什么意思？"

玖思笑起来，回答："孔子曰：君子有九思。"

子衿会意，也微笑起来，与玖思面对面，同声说道："视思明，听思聪，色思温，貌思恭，言思忠，事思敬，疑思问，忿思难，见得思义。"

雨默看着他们不禁笑起来，一边用毛巾擦手一边摇头感叹道："深山小寺无僧住，文人雅士聚风流。"

子衿这时像发现了宝贝似地把双手放在玖思肩上，道："我还是第一次听说，一个七岁的孩子就读了圣贤书，还给自己起了这么棒的名字。真是难得！你现在在哪里上学？"

玖思听到这话，便低下了头："我辍学了。"

子衿不禁一愣，看着玖思，又抬头看着雨默。

"他舅舅不让他上了。"雨默拿着热水瓶走过来，一手扶了扶眼镜，"发大水那年，他家给淹了，公安县，他爸他妈，还有他们学校，全都没了。"雨默心酸地摇了摇头，"这孩子命大，爬到树上被解放军给救了。后来就把他送到了这里他舅舅家。可他舅舅有两个女孩要养，舅娘偏又有病，供不起他上学。"雨默深深地叹了口气。

玖思站在那里低着头。子衿看着他，之后默默地将孩子搂到胸前。

"应该向国家希望工程申请赞助。"子衿轻声道。

"是啊。"雨默点头，"可是他舅舅说，读完小学就可以了。前年他舅娘中风，瘫在了床上，家里没有钱，地里的活儿全都要他帮手。"

"可读书是每个孩子的权利和义务，他们是我们的希望和未来。"子衿声音不高，但语调十分坚定，仍旧搂着玖思，仿佛她是他的保护神。

"谁说不是呢。玖思是个求知上进的好孩子，以前在学校里一直都是优等生，现在每天得空就读书，自学，从未放弃，我和子云老师也是得空就教他，给他买了同龄在校学生所有的教材，他正在学初中一年级的课程。子云老师跟他舅舅谈了多次，说他可以赞助玖思上学，可他舅舅说家里缺人手，就是不同意！"

子衿站在雨檐下，两手搭在玖思肩上，低头看着孩子的眼睛，问道："玖思，你真的想上学，是吗？"

少年抬头望着她，眼里噙满了泪水，似乎在用他全部的生命点了点头。

"好，"子衿用手抹去玖思脸上滚落的热泪，对着孩子的眼睛，一字一句地说，"我发誓，我一定要帮你重返学校。"

雨默长叹了一声："那就得想法儿先把他舅舅说通。"

"玖思家住哪儿？"子衿抬起头来。

"不用去他家，他舅舅就是我这儿卖票的寺工关师傅。他到市里文物文化局去说了很多好话，才把玖思弄到我们这儿来当帮工，玖思平时还得帮着忙他家地里的活儿。"

"谁照顾他舅娘？"子衿问。

"他表姐。女孩子家不爱读书，三年级就退学了。"

灶房里的水壶这时叫起来，玖思赶紧跑进去。

"青小姐，您还是先上楼去把湿衣服换下来吧，小心别感冒了。"
雨默一边擦着自己的头发一边说，"楼上有衣服可以换，是子云老
师给她母亲买的礼物，还没穿过，您可以先换上，然后喝杯热茶趋
趋寒。"

"给你们添麻烦了，真不好意思！"子衿双手合十感谢。

"别客气，您是稀客。跟我来吧。"

子衿于是跟在雨默后面，顺着红木楼梯上了云居楼。

"下边的屋子平时没人住，做厨房和餐室。"雨默边走边向子
衿说，"这楼上头一间是我的，里面那个套间是子云老师的。"

"玖思家住得远吗？"子衿问。

"不远，也不近，过了南边那片田，在去隆中的路西头，离
609 所不远。"

子衿这时在我的房门口站下，仰头去望那挂在格扇门两旁的木
雕楹联。

"呼烟耕雨种瑶草，踏石临泉割紫云。"

雨仍旧在哗哗地下着。

十二、神 人 畅

（林钟调）

何必丝与竹，山水有清音。

——【金】元好问《水调歌头·与李长源游龙门》

雨默这时已挑起竹帘："请进吧，青小姐，外面有风。"

于是，子衿走进了我的陋室。

有道是"贫家净扫地，贫女净梳头"。宽敞的堂屋很干净，两面透光，芸窗外修竹掩映，松柏遮荫。雨水此时正顺着廊檐，如帘般地往下倾洒。

"这屋里好清凉。"子衿环顾房间。

"左手是子云老师的卧室和书房，右边是他的琴室。子云老师每天都在这里打坐练功，读书抚琴，著书立说。"雨默站在客厅里说，然后便进我的卧室去，捧出一件折叠整齐的全新的白色丝绸旗袍，"青小姐，不介意的话，您就先换上吧。"

子衿双手接过旗袍捧在掌上，端详着那珍珠白色的丝绸面料，微笑地看着上面印的淡墨山水以及题诗，雨默虽然知道这件旗袍，但显然没有仔细观赏过，没有发现旗袍上书画的作者，红色印章上的名字乃是"子佩"，甚至连我也没有仔细辨别过那印章，仅管它是这件旗袍上唯一的一点红色。子衿却也没有道破，只是真挚地表达了赞美和感谢。

"我想它适合您的身材。"雨默莞尔一笑，"真不知道子云老师的母亲怎么能保持这么好的身材，这旗袍倒像是为您量身订做的一样。"

子衿听出他话里有话，脸上微微泛起一阵红润，这件旗袍跟她几天前在襄樊市中心的鼓楼商场里买的那件一模一样，号码也相同，而那天，子云恰巧在鼓楼书店里"遇见"了她。莫不是他因此也去寻了件一模一样的绸衫？……

"哦，卧室里有热水和脸盆。"雨默这时说，"您进去换吧。我去沏茶。"说完，他便转身出去，将房门轻轻带上。

子衿走进了客厅左边的卧室，她走进了我的生活内部，虽然她还没有见过我本人，但她已走进我的生命。我视她为知音，并从一开始就了解了她的为人与精神境界，信任她的教养，敬仰她的才华与情操。她在我卧室里用热水净了身，擦干后换上那件白色旗袍。

墙边靠着一大一小两只深蓝色的旅行箱，墙角长桌上放着一只长长的黑色琴盒，子衿还不知，这只琴盒已有八百多岁。临窗书桌上摆着一盆文竹盆景和一台笔记本电脑，还有一个盒子，盒子里装的是"禅者心脑电波测量仪及头部按摩器"。墙上挂着一张人体七色脉轮图，还有一张佛菩萨九品手印图。子衿接着看到一旁的书架，最上一层排放着一部中英文对照的《圣经》、中英文对照的《道德经》、《庄子》、一部《大乘无量寿经》、《地藏菩萨本愿经》、《金刚经》、《心经》、《楞严经》、《楞严咒》、《华严经》、《般舟三昧经》、《普贤菩萨行愿品》，《佛说阿弥陀经》、一部一行禅师的英文著作、一本圣严法师的《大乘止观法门之研究》、一套孔子的《六艺》。子曰："《礼》以节人，《书》以道事，《诗》以达意，《易》以神化，《乐》以发和。"

　　书架的第二层都是琴史、琴论和琴谱。这些书非常珍贵难得，都是我外祖父收集传授给我的，我已将它们全部扫描存进了电脑。子衿轻轻抚摸着那些书脊——《太古遗音》、《大音希声》、《绿绮清韵》、《琴书千古》、《琴剑合谱》、《一经庐琴学》、《溪山琴况》、《琴旨》、《琴操》、《声无哀乐论》、《琴学内外篇》……她小心地抽出一本女琴家叶明媚所著的《琴道》。

　　书架的下一层是成套的琴曲光盘——《蜀中琴韵》、《吴门琴韵》、《广陵琴韵》、《姚门琴韵》、《闽江琴韵》，还有北京琴家谢孝苹的《纪候钟》等。

　　我的挂着白色蚊帐的床上没有任何隐私秘密，且一尘不染，并散发着一个三十五岁的修行处子的气息，那是玉竹与青松的高洁之气，是淡茶与禅香的清雅之气。纱帐轻拢的床头枕边，放着一本英文版的《洛克菲勒写给儿子的 38 封信》，那是我父亲送给我的，还有一本由复旦大学出版社出版的《宗镜录》。

　　《宗镜录》一百卷，由唐末五代永明延寿禅师编著，是中国佛教传世的经典名著。延寿禅师为禅宗法眼宗第三代法嗣，当他住在杭州灵隐寺时，有感于当时禅宗信徒因未明佛法而产生的种种流弊及争论，乃邀集天台、华严、唯识三宗知法比丘，互相问难，并以禅宗心要加以折中，著成此书。书中引用佛经及中印圣贤论著达三百本之多，可谓"和会千圣之微言，洞达百家之秘说"，这在佛学的相关论著中，可谓前无古人，后无来者。《宗镜录》撰成千载以来，以其规模宏大，辞美旨深，在广受好评的同时，也被大众读者视为畏途。南怀瑾先生有鉴于此，乃就此书精要部分，深入浅出，详加剖析，融会各种佛门要义，并结合中西方文化精髓，使当代学人得以借此进入这部博大精深的佛学著作。

　　子衿最后捧起那本由我三年前撰写的禅乐美学专著《云的呼吸》，在我的床沿上坐下，轻轻翻开，她面颊菲红，仿佛如获至宝，微笑跃然脸上。我在书中写道：

　　"禅乐所用之器，如琴箫，其质材长在山中水旁，吸天地之精，饮日月之和，固以自然神丽而思超世雅乐。遁世之士思假物以托心，其音似高山，似流水，妙不可寻。古人歌曰：齐万物兮超自然，委性命兮任去留，激清响以赴会，何弦歌以绸缪。倾昧修身，心游大象。手挥五弦，俯仰自得。离形入神，天地合一。这就是禅乐的功效。"

子衿这时发现书中夹着一张照片，她不禁仔细端祥起来。照片上的人像是一对白人老夫妇和一对中年夫妇，还有一个白人男子和一个十岁出头的小男孩，那位中年女士是亚裔，温婉淑丽，样貌娟美，她的西人丈夫英俊而又文雅，而那个小男孩……子衿将照片小心地翻过来，看到后面果然有字。曾在欧洲学习过古典音乐的她一眼就看出那是意大利文，大概的意思是：Angelo Flamingo 十二岁生日纪念，于热那亚。

在这张照片的下面还夹着一纸花笺，上面用隶书抄录着《诗经》中的一首诗：

青青子衿，悠悠我心。纵我不往，子宁不嗣音？
青青子佩，悠悠我思。纵我不往，子宁不来？
挑兮达兮，在城阙兮。一日不见，如三月兮！

十三、卧 龙 吟

（正调定弦）

自古宇宙垂名，有几布衣；能使山川增色，陋室何妨。

——隆中对联

　　端着茶盘重新上楼来时，雨默忽然听到我房里传出琴声，他不禁驻足于门外，一边听着楼檐上的雨声，一边听着屋内的琴声，他终于明白了子衿为什么三顾广德寺。

　　子衿此时弹奏的是一首唐代琴曲《颐真》，为董庭兰所做。一曲奏完，雨默才轻声推门进来，走进客厅右侧的琴房，将观音茶碗儿放到茶桌上，然后便在子衿侧面的藤椅上坐下，看子衿继续抚琴。

　　子衿已将长发重新梳理，绾在脑后，那身无袖白色旗袍裙穿在她身上当然十分适体，纤柔的腰身、动人的两臂、秀长的颈项以及放在琴案下的两条匀称优美的小腿，都随着子衿手指的抚抹滑挑而全然投入内在的灵质与神韵。一缕细细的、弯曲的秀发在她冰晶玉洁、柔美俊逸的脸旁摇摆起伏，那神情、姿态、手臂动作，还有那泠泠妙音、铮铮切切的琴声，都令雨默忘记一切而叹为观止。

子衿低眉信手，轻勾慢挑，或抑郁，或激昂，一板一眼干净明澈，毫不含糊。她下指有力而不觉，重抵轻出，使弦发空朗纯粹之音。待她七弦一声，曲罢抬腕，雨默仍感到余音绕梁，陷入其中难以自拔，摇头赞叹道：

"太美了！青小姐，真想不到，您竟身怀绝技，还有这般造诣，今日相遇，真是令我大开眼界！"

子衿莞尔一笑："我其实是追随子云老师的琴声而来，遗憾的是他今天不在寺里。"

"的确。世界这么大，能遇上一位知音，实在难得。如果青小姐有兴，就请多弹几曲吧！"

子衿微笑着点头："正合我意，谢谢！听过子云老师两次弹奏这张琴，我今天几乎没花什么时间醒琴就直接上手。我曾弹过唐代的'九霄环佩'和'飞泉'，但这张琴的音质很独特，深沉，浑厚，明朗，发声高远。慷慨激昂容易奏出，但若下指过猛，委婉悠长之意就会有失，因此，需要琴者的修养和把控力。但我闻子云老师前两次抚奏，音色的表达都十分细腻，可见他心底的功力不凡。不介意的话，就请让我多抚几曲。"

"您是否愿意我为您在弹奏时做录音录像，因为您和这张琴的相遇机缘实在难得。"雨默期待地问子衿。

"那自是甚好，非常感谢！版权平分。"子衿含笑道。

"Deal。"雨默也笑起来，起身去为琴案调整了方位，又检查了琴下的桌旗和边上的琴穗，然后开始调整装饰布景：圆形格窗旁的修竹、墙上的书法和扇面、一盏白鹤吊灯，琴侧的案上放了一只蓝色球形花瓶，里面插了虬枝白梅；琴案上，左角是一支古朴的烛台，上面有一只白色小蜡烛，琴前是一只小巧的白玉茶壶和茶碗，右侧是一炉伽南香。雨默将蜡烛和香炉点燃，青白色的香烟袅袅升起。子衿看着，轻轻点头："子云老师每次抚琴时，都是这般场景和气氛吗？"她微笑着问。

"有时他会放一串佛珠在琴案上，有时是盆景，但伽南香却从不会缺席，是他从日本带来的。"雨默接着在五个方位架设了数码遥控摄像镜头，又隐藏好三个超少型麦克风，从另一边窗前挪来落地纸罩灯补光。为了不干扰子衿弹奏，他决定不做移动摄像。雨默是非常专业的，每次演出，还有上百次我在室内外不同场景中的演奏，都是他为我做录音录像。

窗外持续不断的雨声营造出一种奇绝氛围，子衿旋宫转调，静坐片刻，继而沉吟地缓缓抬起手臂，一曲千古的《流水》从她指间缓缓溢出。1977 年，美国旅行者号宇宙飞船曾搭载一张金唱片进入太空，唱片中便有这首从春秋时期流传至今的古琴曲。那晚，我曾为寺后湖塘月光下的伊演绎过的《流水》，此时时刻，伊就坐在我当时就坐的位置，从这里，可以透过芸窗看到寺后西面的湖塘，只是现在，外面一片茫茫雨幕，令我忽然意识到，流水也可以是多维的。曲中极尽烟波浩淼，辗转萦回，有幽涧之寒流、江海之坦平、瀑布之飞泻，溪湍潺潺，洋洋洒洒流于指间，令琴者与听者一时间物我两忘。

"这不是一把普通的古琴。"曲罢，子衿的手从琴弦上缓缓落下，放在琴身上，轻轻抚摸。整床琴黑漆披身，金光内闪，精工细作，质地温润，形体浑厚，庄重妍美，更有黄金作徽，田玉作轸。"我感觉，这张琴应是唐宋年间的大圣传音。自古凡良琴皆有铭文。"她侧头看着雨默，"若你信任我，能否赐教？"

"哦，不敢不敢！"雨默从座椅上欠了欠身，然后扶了扶眼镜，"青小姐是行家。子云老师交待过，若您慧眼识珠，能够凭听闻辨得此琴价值，就实不相瞒。这把瑶琴乃是北宋宋徽宗年间宣和二年由开封官琴局御制，为仲尼式，檀木岳、檀木尾、金徽玉轸、玉雁足，流传至今，已整整 892 年，曾被子云老师的曾外祖父收藏，一直秘不现世。"雨默说着，便起身来到子衿对面的琴案前，将琴身小心地立起，两手抱住。子衿一见，双手不禁按在胸前："松石间意！"

"是的，'松石间意'。乾隆帝御铭。"雨默道。

子衿惊叹的不仅是在这空寺中遇见的第二个乾隆帝御题，还有琴背上满满的金黄色铭文，连琴名共有文字题刻十二则，红色印章一枚。

　　"这是目前所见题刻数量最多的古琴。"雨默说，"在这上面落款的有宋、明、清著名文人，且以吴地文人为主，如这项间所刻'吴趋唐寅'，即唐伯虎，左刻'绍圣二年东坡居士'，即苏东坡，龙池两侧刻的是明代祝允明，即祝枝山，还有澂明、沈舟、文彭、张灵、雅宜山人等的题刻。公元1742年，松石间意琴与它的第三个皇室爱主相遇。乾隆亲自品鉴了这把琴后，顿时爱不释手，为它写下一首七言诗，铭刻在背项上，就是这首'古锦囊韬龙门琴，朱弦久歇霹雳声。安得伯牙移情手，为余一写山水心。'要知道，乾隆为古琴题诗仅此一首。到目前为止，'松石间意'是唯一一把流传在民间的乾隆收藏过的琴及琴盒。这枚红色印章'坡仙琴馆'是苏州怡园中专门收藏古琴的会馆。"

　　子衿用手指轻轻抚过琴背上的每一个铭文："明月入室，白云在天。万感皆息，琴言告欢。……明月千里，清风七弦。……步虚天上，遗响人间。……风瑟瑟，云冥冥。鹤起舞，龙出听。……歌且和，招仙灵。……无言之言，情不能已。……或抚三终，或吟一曲。淑性怡情，云和所独。在天莫如月，在乐莫如琴。"

　　"我相信，凡初见它的人，都无不惊艳。但这把琴从未暴露过身世，除了子云老师家族的人，认识它的人只有你我。"雨默道，"倘若不是在这座空寺中相遇，我们恐怕难有机会相识，因为子云老师从不参加古琴界的协会或琴社，也从不现身这方面的交流会，他主要是佛教和禅乐方面的琴家，乃琴中隐士。所以青小姐在此之前从未见过子云老师，也从未听闻过他。在弹奏过这张'松石间意'的历代琴师中，您是唯一一位女性。子云老师视您为知音，所以嘱咐过我，若青小姐来访，一定请您上楼品茗鉴琴。今天，我能亲眼目睹青小姐演奏，才真正是三生有幸！您的才艺与人品都配得上它，是最绝美的相遇。"

　　子衿再次躬身表示感谢，又重新端详抚摸琴身，仔细鉴赏，脸颊变得格外红润动人："号钟、绕梁、绿绮、焦尾，四大名琴都有一个唯美的名字和一个动人的故事。而这把琴，乃是琴中大隐，神器也。"她轻声道，"那日我在寺后塔上第一次听到它的音色时，就渴望能一睹其庐山真面目；我第一次听到子云老师弹奏，就期望有机会能拜会尊师。能有缘与你们相遇，并今日能够亲眼目睹且亲手抚奏'松石间意'，通过它与古代先皇文豪雅士们相会，实属三生有幸！宋代古琴遗世现存不多，都是国宝级文物，拍卖会上叫价千万，出手上亿。此琴更是无价之宝，收藏家们一定都在寻找它。我定会为'松石间意'保密，敬请放心。感谢你们对我的信任与分享！"

"知音相遇，人生之大幸。"雨默微笑道，"可惜子云老师今天不在。他若亲眼看到青小姐抚琴，不知该有多么快慰。敢问青小姐师从哪位高手名家学得琴艺？"

"尊师乃浙派高隐秦昭远先生。我从十岁开始跟他学琴。"子衿道。

"哦！难怪。听说李祥霆大师的女儿李蓬蓬也是从十岁开始随父学琴的。可谓名师出高徒。哦，请过来喝杯茶吧！不然要凉了。"

雨默把线上演播室场景中的子衿让到茶桌旁："子云老师平时最喜欢雨前龙井，不过眼下天色已晚，饮绿茶会影响睡眠。所以我给你备了熟普耳。请！"

"谢谢！"子衿接过茶碗儿，在圆桌边坐下，她掀起盖碗儿，只见淡淡的红茶中有三颗枸杞，外加一颗小小的红枣。子衿微笑着闭上眼睛，深深吸了口气，枣的甜香沁入心脾，"太体贴了。非常感谢！"她细细地抿了口茶。

雨默舒心地也陪着子衿饮茶，一边微笑着问："青小姐听过子云老师抚琴后，感觉如何？"

子衿轻轻放下茶碗："我第一次来宝寺时偶尔听到尊师的琴声，但我并未见过尊师的面。我曾多次参加全国古琴打谱会和一些琴社的活动，但我相信，我从未听过尊师的演奏。"

雨默点头："子云老师出生在加拿大温哥华，却一直跟随外祖父母生活在台湾，从小就随外祖父学习禅学和禅乐，喜欢隐居和闲云野鹤的生活，这一点很像您的老师秦昭远先生。子云老师来中国不过四、五年。您从他的琴曲中感觉到什么？"

子衿想了想："记得我在少年时学琴，老师第一句话便是：'琴能调心。'他借用清代一位琴家的话对我讲：'鼓琴曲而至神化者，要在于养心……凡鼓琴者，必养此心。先除其浮暴粗浊之气，得其平和淡静之性。'老师还说：'庸人以耳听，静者以心听，心听者能闻数里之外。'当今世上的文人雅士又喜琴者，屈指可数。学琴本身其实是一个修身养性的过程，在这个过程中，每个人所达到的境界都不尽相同。就同一个人而言，不同时不同境，可能一念之别，琴技琴意就会有天壤之离。从子云老师的琴声中，我可以听出，他一直在追求那种'重而不虐，轻而不鄙，疾而不促，缓而不弛'的自由境界，但在不同的心境下，它若成了一种控制力，就很难达到'兴到而不自纵，气到而不自豪，情到而不自扰，意到而不自浓'的洒脱自如。我同时也听出，子云先生的琴声中有行云流水的宽广和清亮，却也有在出世与入世之间上下求索的精神徘徊。这其实也是中国几千来文人隐士们在媚俗与脱俗之间的苦闷。就我本人而言，有时会洒脱，有时也会沉浮。我们都是修行中人。"

子衿说完看了看雨默，微笑道："你每天跟着子云老师，一定比我更了解他。"

雨默笑了笑道："晚生才疏学浅，实在没有资格枉论。其实我并不十分了解老师，我是他的学生，倒是青小姐更称得上是能够与他比肩的知音。子云老师很希望自己能够学贯中西，通今博古，精于儒释道，又善国学，承传中华文化，将其弘扬光大，又能成为东西方文化交流的使者。他说他也还是个学生，他的研修课题是禅美学和正念静心，所有方式的静心，包括各种宗教所倡导的，以及我们生活中的各种有益身心灵的动态静心，他希望能以此来帮助更多的人获得正念静心。他还在探索自己的理念，想建立起自己的一套思想体系。佛讲，要以出世心做入世事。子云老师说，尽管他已学禅并修行多年，但仍旧存有精神上的徬徨，不是出家或在家的修行方式，而是在出世与入世之间的定位。就好像奥修说的：Are you in or are you out? Where are you stuck? You have everything, but do you have yourself? 你是进来还是出去？你卡在哪儿了？你什么都有，但你是否拥有你自己？"

"这是普世存在的问题，"子衿用一只手撑着下巴说，"人的一生都是在寻找自己，成长，迷失，纠正，回归，安顿。可很多人一生都在执迷中，从没有得到身心的安顿。"

雨默点头："子云老师前日对我说：他学禅修行多年，还以为自己已经身心安顿，再不会有惊心、恐惧、忧虑、焦燥、烦恼或大喜大悲，但实际上这一直都是一种假象，因为他一直是一个与世无争的人，在我看来他简直就是一个书呆子，不会跟人打交道，不善言辞，有时整天都不说一句话，除了打坐，就是读书，写文章；而当什么事情真的发生的时候，他恐怕就只会发呆，连纸上谈兵的能力都没有，因为他的脑子每天都在禅定中空掉，他把自己变成了傻瓜。这是他自己说的。生活是百分之十发生了什么，而百分之九十是我们的反应。老师说，别看他游历了那么多国家，而实际上，他是个阅历丰富但经历浅薄的人，因为他的精神境界是从小被他外祖父给圈养出来的，从小到大他家境优渥，没吃过什么苦，没经历过什么挫折和磨难，除了父亲希望他经商而反对他顿入空门，其它没有任何事情障碍他的自由。虽然他一直尝试从多种方面修行砺炼自己，而一旦有些事情发生了，他担心自己会茫茫无措，因为他修炼的功夫还不到家，定力也还不够。"

"修行是一生的功课。"子衿道。

"那么，青小姐，我能否请问，您怎样理解神与静心？"雨默这时问。

要知道，这可是对一个人灵魂和三观的终极拷问，有些人一辈子都没有静下心来好好想过神是什么。如果你想真正了解一个人，你势必要了解他的神、他的道性和修养，因为我们与神的关系和我们的价值观决定了我们所有其它的关系。三观相近才可能志同道合。其实，这个问题是我托付雨默来问子衿的，因为我想了解她，因为我想与她共事，而这是了解她心灵最直接的方式。我事先告诉雨默，如果子衿的回答令他满意，就实施我的下一步计划：隆中对。

子衿非常平静地微笑了一下，显然这个问题对她来讲并不陌生，就好像是在问她的血型一样，难道她根本就是时刻与神同在的吗？且来听听。

子衿放下茶碗，然后轻声道："不错，每个人对神的理解都不尽相同。在我看来，神就代表这宇宙中的真理，发现真理，认识真理，了解了生命的真相，也就是认识神，也就是开悟；顺应真理，我们才能活得更明白，更真实，才能离苦得乐，灵魂解脱，才能更自在，更健康，更有意义和价值，才能登彼岸，入极乐。因此，得真理就是得到神的大爱。真正的宗教不是以神的名义叫人们去修建镀金的大教堂、大理石的清真寺和花园般的寺院，而是要用人心建造大教堂，用祈祷建造清真寺，用灵魂构筑佛寺庙宇。有些人敬拜神，是因为他们认为神有超能力，能行神迹，因此他们去寺庙或教堂里去朝拜那些木头的或石雕的神像，祈求神的保佑，那是迷信。在神像和佛像身上的确具有一些能量，但神像不是神，佛像也不是佛，佛性就在人的心里。神所具有的特性除了智慧还有慈悲和大爱。我们用智慧来解决自己的问题，我们用大爱和慈悲来对待众生，我们通过爱众生来爱神，我们通过提升他人来提升我们自己。一个人不能一边敬拜神一边又像对待垃圾一样地对待其它生命。一个只一味追求金钱、权利和美色而从不认识神的人，永远都不会得到真正的财富、真正的力量和真爱。一个从不读经，不学法，又不能自行开悟，看不破，参不透，不了解真理，不修行自省，不自度度人的人，他就没有神，也自然就没有真理的力量加持。"

雨默点头。

"其实，在我十四岁的时候，我父母就曾问过我这个问题，"子衿继续说，"他们问我怎样理解神，因为他们发现我一直在读佛经和《老子》，还有《圣经》和《古兰经》。我当时的回答是：如果你受了伤而感觉到痛，那说明你活着；如果你能感觉到他人的痛，那说明你是个人；如果你想帮助他人，治愈他们的痛苦，你就是一位天使；如果你能使他人避免灾难和痛苦，你就是神；如果你能教会他人如何避免痛苦，并帮助更多的人避免和摆脱痛苦，最终离苦得乐，你就是神中的神。"

雨默不由得笑了，同时点头。

"或许还可以打个比方来说明我怎样理解神："子衿继续说，"从宏观角度讲，我们都是微生物；从微观角度讲，我们都是宇宙。这是物质方面。从意识和精神方面来讲——在神的眼里，在那些智者和圣人的眼里，我们都像是无知的小孩子；而在小孩子的眼里，我们都像是万能的神。我们通过学习和成长来认识神，理解神，接近神。神就是真理，能保护和引导我们离苦得乐，因此神就是爱。无论是一个个人还是一个国家，无论是对内还是对外，凡事以天下公理为利，以良知和民心为心，都不会有大错。我们要学，要知，要行的就是这个理；要修，要养的就是这颗心。而正念静心能帮助我们调整，找到重心，清净心念，保持平衡，与神同在，与神同行。"

雨默再次点头。

"关于静心，"子衿接着说，"我们用祷告向神诉说，我们用静心来聆听神的话语和声音。生活是一门需要学习和懂得舍取以达到身心平衡的艺术。我们通过学习神的智慧来找到我们生命的平衡点，即那元气和正气的所在，找到我们生命的意义和动力，我们就不会浪费精力去走弯路，我们就能集中在那个元点上，无碍无挂，向天堂发射，飞升。通过静心修行，凡不及的，我们加补；凡过分的，我们收敛；凡歪邪的，我们修正。我们通过正念静心来接近自我身心的平衡、天人合一的平衡、阴阳的平衡。这是智慧。我们的生命就好像一盏油灯，过度地燃烧，那灯油很快就会耗尽，中医称之为阳亢；只燃烧却没有添加，迟早也会耗尽，中医称之为阴虚；平稳地燃烧又有不断地加油，就能成为一盏长明灯，就像武当山顶金殿中的长明灯，六百年不灭，无论外面雨雪交加或雷火炼殿，它都能保持八风不动，这便是正念静心。又好像我们在开车时，如果常常强力起动，加速，又常常变速，急刹车，那是最耗油的；而如果我们总是保持匀速，那便是最省油的状态。不折腾，不走弯路，不内耗，就不会浪费。不同的宗教针对不同的人施以不同的教法，但都是殊途同归。我认为打坐静心仍旧是修炼静心的基础，动态静心也是修行的功夫。在道家，身体不动，盘坐，收六根，是为修精之本；意念不起谓之心静，是为修炁之本；不知有我谓之意境，是为修神之本；无无我谓之真静，是为还虚之本；无无有谓之静极生动，否极泰来是为合道之本。静坐并要坐直，意念专注，才有可能修复正气；百日筑基，达到心清气定神凝，才有可能启动先天之炁；随着功夫的持续和加深，静至虚无，内真外应，天人合一，阳明正炁积少成多，阴消阳长，厚积薄发，才能运行，带动七大脉轮能量场一起运行，通过小周天到大周天，打通全身气脉和骨脉，炼成金刚不坏之身，乃至阳神出体。在动态中保持精不漏，气不乱，神不散则先要有心定的基本功。在禅家，有所谓'心念一转，万念皆转；心路一通，万路皆通。'一个逐物心迷之人，其神必定飘忽无主，其心必定涣散难定，内耗不断，不能专注，危机四伏，因其能量场光波暗淡薄弱，好运良机善缘便很难被吸引上身。因此要清除贪嗔痴慢见疑，扶植正气，凡事以清静心为本，物我两忘，内外皆空，无住不着虚相，是非温柔，随缘慈悲。保持念念清净，则禅境随时，处处清净，则净土随身。大道的感悟与修行皆以静心为本，一个灵性觉醒了的人，那些得了道的人，他们的智慧所散发出的能量场光芒，可以惊天动地，震古烁今。"

雨默怔怔地看着子衿："没想到，青小姐竟也是道中修行之人，难怪气质脱俗，才艺出众，且厚德载物。"他十分欣喜，合掌感念佛恩，"既结琴缘，又结佛缘，三生修得善因缘。阿弥陀佛！"

"学道有先后，功夫有深浅。小女子班门弄斧，还望师傅多多赐教！"子衿也合掌当胸。

　　二人微笑着饮茶。子衿这时注意到另一旁的红木几案上摆着一盘围棋残局，她端着茶碗好奇地审视起来。

　　"哦，这是几天前子云老师独弈的，"雨默说，"老师左手执黑，右手执白，黑子最后胜两目。他让我替白棋想想出路，可我一直没有好招数。青小姐对棋有研究吗？能否指点迷津？"

　　子衿摇摇头："我对棋并无研究，只是偶尔同我妹妹下两盘。"她歪头对着棋盘观察，过了一会儿道，"依我看，这棋顶多下个平手，却也不失为最高境界。"

　　"哎呀，子云老师也是这么说的。能看出这一步，已属难得。可我就是找不到突破，拍照发到网上问棋友，他们也都无计可施。请青小姐快快指教。"

　　子衿微笑着摇摇头："恐怕我也得琢磨一阵呢。"说罢她环顾琴房。墙上挂着用各种风格的字体书写的对联和条幅。子衿颇有兴致地逐一观赏起来，一边用她那柔美的嗓音低声吟诵：

　　"禅而无禅便是诗，诗而无诗禅俨然。"子衿一边品味，一边点头。

　　"'井上疏风竹有韵，台前月古琴无弦。'这是文君井的对联，好字。"子衿赞叹，"萧疏简远，妍美流畅。是子云老师的手笔吗？"

　　"是，无一例外。"

　　"他是一位修学颇高的隐士。"子衿继续观赏着书法。

　　"秦楼有迹传萧史，吴市何人识子胥。"

　　相传秦穆公时有个名叫萧史的人，善于吹箫，能招致孔雀、白鹤。穆公女儿弄玉喜欢听箫，遂嫁与萧史。后来萧史以箫声引来凤凰，二人便乘龙驾凤，双双仙去。伍子胥是春秋时人，曾鼓腹吹箫，乞食于吴市，后成为吴国大夫，军事谋略家。

　　子衿看到的最后一幅书联是："草积不除，时觉眼前生意满；庵门常掩，勿忘世上苦人多。"

　　"这是弘一法师的真迹吗？"子衿不由问道，"我曾在福建晋江草庵看到过这幅对联。"

　　"不，是子云老师临摹的。"

　　"那这最后一幅呢？"子衿指的是苏轼的《念奴娇·赤壁怀古》中的词句"白发渔樵江渚上，惯看秋月春风。一壶浊酒喜相逢，古今多少事，都付笑谈中。"

　　"这是子云老师临摹苏轼《寒石贴》中字体的风格写的。"雨默说。

　　子衿望着那幅字，道："苏坡居士乃是我最敬佩的中国古代文人，不仅是琴诗书画之大家，亦得佛学和禅修方面的造诣。少年时得志，才学深受皇帝器重，官居高位，却因乌台诗案获罪入狱，被贬黄州，然而他最著名的《念奴娇·赤壁怀古》、前后《赤壁赋》和天下第三行书《寒石帖》，以及作为故宫博物院镇馆之宝的《潇湘竹石图卷》，都是在这期间创作的。'宁可食无肉，不可居无竹。'后又因与朝政不同，被贬杭州和颍州，他在那里治理和疏浚西湖；五十九岁被贬广东惠州，在那里帮助地方军政，治理民间，在艰苦的条件下，他还活出了荔枝的滋味。后人有诗赞誉他：'一自坡公谪南海，天下不敢小惠州。'六十二岁时，苏轼又被贬到更远的海南儋州，临行前他已做好必死的准备，没想到，他又在那里活成了一个奇迹。他在儋州兴学，使那个蛮荒之地渐渐书声朗朗，弦声四起，他在那里甚至带出了海南第一位举人。受他的影响，儋州人至今都非常喜欢吟诗作对，曾获得全国诗词之乡和中国楹联之乡的美誉。对于他之被贬，人称为是：'东坡不幸海南幸。'那样的逆境却造就了真正的苏东坡。我喜欢苏轼的很多诗词，其中包括他最后的一首：'心似已灰之木，身如不系之舟，问汝平生功业，黄州惠州儋州。'"

　　雨默听到这时连连点头："子云老师也说过，弘一法师和苏东坡是他最喜爱的文人。"

　　子衿这时想了想，问："敢问子云老师……今年有多大岁数？"

　　雨默把茶水停在口中，定气咽下后，才仰头想了想："大概六十多岁吧。"

　　"六十多岁？！"子衿一听，不禁瞪大了眼睛，随即笑了起来。

　　"青小姐真的对子云老师一点不了解吗？"雨默放下茶碗儿。

　　"是的，我从未见过尊师。不过我猜，他少则也有八十岁，多则，说不定有一百多岁了呢！"

雨默终于忍不住笑起来："想不到，青小姐竟还如此幽默！子云老师其实刚过三十五岁。"

子衿立即现出惊异之色："真的吗？！这么年轻，却有如此资深的造诣和修学。"

"的确。"雨默想起我交托给他的要事，便说道，"子云老师曾两度前往法国南部的梅村正念修习中心，拜访一行禅师，学习和交流佛经颂唱音乐，并将一行禅师的著作翻译成日文。去年我陪同他去了印度普纳，探访奥修国际静心度假中心，我们看到来自世界各地一百多个国家的学员在那里学习冥想、打坐，还学习瑜珈、道教太极，聆听藏传佛教梵音，体验禅茶一味的日式茶道，学跳苏菲旋转舞，让他们体会和理解到多元文化和各种宗教殊途同归的静心方式。他们还通过阅读，绘画，射剑，游泳，打球，跑步，跳集体广场舞，以及自由奔放的赤足狂舞来获得心灵的释放、专注和静心。那里的多元静心学院培养师资，老师会分批分组带领和训练他们的学员，中心开设多种可供选择的静态静心和动态静心课程。中心设有酒店住宿和服务，设有自己的有机农场和设备一流的厨房，为学员们提供国际性和地方性美食。学员们在花园和泳池边一起吃自助餐，一边敞开心扉，相互交流。中心建造了12亩地的精致花园，园内有溪流、瀑布、小桥、竹林、浓荫蔽日的步道，有孔雀和各种美丽的小鸟穿棱，可以在其中聆听天籁；花园里各处都有经过精心设计的僻静角落，供学员们独处，静坐，在静心中自我疗愈，自我整合。这座花园从前只是一片荒野和废墟，如今却被赋予了真正的生命和意义，就像加拿大BC省维多利亚的布查特花园一样，从前那里只是废弃的矿坑，后来被布查特夫人打造成了世界上最美的花园。而奥修静心中心的花园却是一座主题花园，人们来此并非只是为了赏繁花观仙草，更是为了能通过与大自然和美的亲密接触，获得心灵的净化与回归，领悟生命的真谛、宇宙的真理、以及人与天地神的和谐共处，获得灵魂的超越与升华。在静心中心，人们以动态静心感受到内心宁静的暴发。现代人的生活节奏越来越快，紧张，压抑，各种竞争，相互间的隔阂、对立与纠纷，这些都使人们远离了本真的自我，从而变得造作、虚伪、扭曲甚至疯狂。而一来到静心中心，他们便感到宁静乍现，通过各种方式的引导而逐渐放弃了世间的种种烦恼、纷争、贪婪、嫉妒、歧视、傲慢、偏见、诽谤、欺骗、怨恨、怀疑、戒备、排斥，清除心里的垃圾和障碍，没有了利害关系，他们明白了从前只是一味地向外寻找认同、理解、敬重、爱和平安，而在静心中心，他们懂得了应开始向内，向自己寻求爱、认同、理解、尊重和内心的平安，应向生命做出真实的回应。他们开始爱自己，真正地回归自己，回归自然。他们放过了自己，也放过了别人。彼岸不在对面和远方，回头即是岸。他们开始觉知，从而改变了他们的思想和生活方式，获得了新的、更好的品质。这种重新获得的内心的平安和喜悦，使每个人的脸上都恢复了孩童般自由纯真的笑容。他们认识到生命原本的意义和真实的存在，因而调整意念，放下执着。他们来自不同国家，不同种族，但是在这个国际静心中心，他们理解到，其实人性的本质都一样，在人们的内心深处，并没有国家和种族的界限，世上的所有人因地域不同而产生生活方式的差异，以及语言、习俗、饮食、文化与信仰的差异，但在人们的内心深处，人性都是一样的，都渴望打破所有的壁垒而实现心灵的沟通。人类的整体理想和诉求是一致的，那就是健康、和平、理解、交流、互助、互惠、爱与平等。在这个静心中心，人们放下了所有的分歧与差异，就像兄弟姐妹都回到家一样相互以诚相待，释放所有的压力，纵情地哭，大声地笑，不再持有任何戒心，因而得到身心的解脱与回归。想想看，倘若我们的生活能够天天如此，每时每刻都如此，那么人生该有多么美好。这也是人类最终的目标，而这一目标其实当下就可以实现。它打开了生命真正的和本有的意义，一旦觉知到这一点，这个生命体便会成为一个新人类、一个完全的人类；一旦将这种意识付诸于生命的一言一行当中，人就会变得放松、宁静、平安、爱与喜乐，这个生命就会充满祝福。它让一个生命真正地开放，如花朵般灿烂，充满兴高采烈的能量，并向四周散发灵魂的芬芳。打坐只是静心的一种方式，静心和禅悦其实可以随时随地达到，那才是需要了解、学习和修炼的。无论用哪一种方式，使人开悟才是目的。如果到静心中心去一遭只是为了逃避现实，只是去度假，去参加了一场主题派对，离开后又回到原有的现实中，没有任何改变，那可就太糟糕了。子云老师希望能在世界各地创办更多的静心中心，创办国际静心禅修协会和网站，他想拥有自己主持的静心主题度假村和禅乐团，并力图说服他的父亲为他投资，但每次都遭到拒绝和反对，他正在想别的办法。"

子衿听罢点头："静心主题度假村，这个想法很好。在印度，已经有了不少灵修中心或瑜珈中心，但如果想在中国创办一个静心中心，就不能照搬奥修静心中心的模式，虽然我没有去过印度普纳，但我听说奥修在他的静心中心里提倡性开放，这可不符合我们的文化道德观和我国的法律。"

"的确。"雨默接着说，"我们要创建富有我们文化特色的正念静修中心，合法管理与经营。子云老师说，台湾圣严法师于三十多年前就在纽约创办了东初静心中心，后又在台湾为大专青年学生和社会人士举办禅修活动，在世界各地指导禅法修行，以此弘扬佛法。如今，圣严法师在台湾创立的法鼓山农禅寺定期举办静态和动态禅训班、都市禅修营。子云老师还说：星云大师创立了佛光山教团，并在全世界开设了上百座别院和分院。加拿大湛山精舍的三位开山长老和现任住持、美加佛教会会长达义大和尚，一直在筹划加拿大四大佛教名山的创建。既然在西方都能开道场，那也可以吸引国际人士来我们本土参学，在这里，汉传佛教的环境条件与东方文化的氛围更好。在这里创办一个静心主题国际度假村，还可以增加旅游业收入，创造更多的本地就业。子云老师自己也有著作，希望至少通过他的禅静音乐，帮助更多的人获得自然与内心的安宁，这对人的身心健康，对世界和平都有积极作用。"

"那么好。"子衿放下茶碗道，"我此次回去后，就向我们知音集团提交此建议，看能不能在我们知音城的爱乐岛上修建国际静心度假村，并配以一支禅乐团。人最大的功德是帮助他人开悟。用更实际，更亲民，更具普及性和大众化的方式来帮助人们正念静心，摆脱世俗烦恼和压力，回归自然，回归自我，真是一件有意义的事业。"

"若能如此，真是功德无量！阿弥陀佛。"雨默双手合十，"子云老师其实已经规划好了，他非常希望能够首先在杭州创建静心主题度假村，无论是从自然环境、历史文化底蕴、佛教文化资源和科技条件等方面，杭州都会以她得天独厚的魅力吸引来自世界各地的参访者和旅游者。子云老师已经把静心中心的蓝图绘制出来了。"雨默说着，便起身走到他们对面的墙边，拉开挡住整面墙的一帘浅蓝色帷帐。子衿一见，不由得站起身来。

墙上张贴着一大一小两张图纸。雨默挪过落地灯，从自己胸袋里摘下圆珠笔，首先指着那张半米见方的小图说："这是杭州地图。这是西湖，这是灵隐寺，这里是丝绸大厦、雷峰塔，净慈寺，这一片是吴山风景区，就在这里，子云老师就想在这山上建一座国际静心主题度假村，整个园区的周围都是茶园，从这里可以看到整座西湖。"

"好地方，可谓风水宝地。"子衿说，没有插话告诉雨默她从小就是在杭州长大的。

雨默这时就指着旁边的那张一米二见方的手绘大图："这就是子云老师的静心度假村蓝图。从空中俯瞰，整个园区要被设计成一个太极图形，以 S 形中线阴阳相隔，阳鱼部分是园林绿地，阴鱼部分是水域，但也是阴中有阳，阳中有阴。这个设计是出于风水的考量，但静心度假村不是道教场所，它是一个以禅学为主的、以多元文化方式参与和修习静心冥想的主题度假村。"

子衿理解并点头。

"子云老师这些年来一直在研究禅美学，在他的《禅美学》专著中收集和阐述了包括中式和日式禅院园林建筑美学、禅静音乐、中国书法与古诗词中的禅意、绘画与雕塑中的禅境、环境与家居用品及装饰艺术品的禅意设计、静心方式与意境的比较禅宗文化学、禅境的内心营造，等等。可以说，子云老师的这部专著为他的多元静心度假村打下了软件和硬件方面的理论基础和所有设计元素的理念。"

子衿又点头，没有对雨默说，她已经读过了我的《禅美学》。

于是雨默继续解释我的设计图："整个园区的外围是茶园和果蔬农场。园区内全部采用中式传统园林兼日式禅院风格建筑，以白色院墙围起，墙顶为卧龙形曲线，覆以灰瓦，开菱形、圆形、扇形花格窗。墙内置少许假山石、五针松盆景及日本小红枫盆景，种梧桐、银杏、小叶黄杨、竹篁、黑松、罗汉松、鸡爪槭、铁冬青、小垂柳、茶梅、芭蕉、女贞、辛夷、厚叶香斑木、华南十大功劳、铺地柏、白色百合花及马蹄莲，总之，树形与花色要优雅，要高低有致，间隔有韵，四季色彩要和谐，用于营造和装饰禅意典雅的庭院。在园区中心开设的这条太极 S 形主通道一边是太极阴鱼部分水域，其中有荷塘鱼港、山石瀑布、七级浮图玲珑小塔、一座水车、几处小喷泉、人工泳池和有篷水上餐饮区，泛舟区放养鸳鸯、天鹅；餐饮区在正餐时间之外，还可以用于学员学习茶道，学做手工艺品，户外阅读和交流的场所。主通道另一半是太极阳鱼部分区，为园林庭院及草坪，要遍植菩提、桑树、黑松、罗汉松、垂柳，将梧桐、翠竹、金桂、黄栌、樱花、碧桃、荷花玉兰、枫树、鸡爪槭、连香树、桦树、辛夷、白色婆罗花等种在门旁和甬道旁；用白色藤萝搭架，覆盖区域甬道；用山茶、红豆杉和龟甲冬青构筑绿篱，再用小竹类、蔓类、藓苔类覆被地面；不使用色彩鲜艳的花树，要营造仙风道骨之气，有利于禅思冥想，从自然景观中感受禅宗思想——'瞬间永恒'。园内还要有假山、盆景、盆栽、各种日式复古园林石雕灯、微雕佛塔，设各式座椅，建中式翼角茶亭、琴台、棋楼、书画阁、竹篱茅篷。园区内放养白孔雀和蓝孔雀。整个园区的圆周内要开凿一条八米宽的环园溪流，一半与太极水域相连，以白石、樱花、竹柳夹岸，其上可以泛舟。在院墙景观区与溪水之间修建亲水楼台度假别墅，环园共 18 座，象征禅宗的 18 颗手串佛珠；每座别墅均为两层，内设多间卧室，外设回廊和小中庭院，前后外墙均为玻璃横拉门，随意开大开小，以调节四季室温，可在面向后院墙和前面溪水景观的日式厅台中打坐，也可以通过厅内闭路电视，跟着老师学习和练习禅静冥想、打坐、站桩、太极、八段锦、瑜珈和苏菲旋转舞等。在园周环溪的内侧要修一条环溪廊桥，雨雪天亦可漫步其中；廊桥中挂白色灯笼，上面印上各种书法的"静心"二字，全部由学员们制作和书写，附上题名；长廊的每一对立柱上都要刻上一幅禅诗或对联，比如：'雨中山果落，灯下草虫鸣'、'水月无形，吾心常宁'、'时有落花至……'"雨默一下忘记了下句。

"远随流水香。"子衿为他对上。

雨默不禁笑起来，一时来兴："乾坤容我静，"

"名利任人忙。"子衿又对。

"茶煮禅空香自在，"雨默期待。

"琴鸣道妙韵天成。"子衿仍旧对上。

"流水下山非有意，片云归洞本无心。"

"人生若得如云水，铁树开花遍界春。"子衿对答如流。

雨默佩服得竖起大拇指，又言归正传道："这静心主题度假村的环溪廊桥就是一条禅诗长廊，要有 432 对柱为好。"

子衿点头。

"在环溪长廊的八卦位置建亭、台、阁、榭等共八座，建在环溪内岸水边，与外岸别墅拉开景观距离，其中一座仿西湖画船，为两层楼舫；溪上要建各式跨溪拱桥、廊桥等共二十四座。整个园区内要在各处分散放置一百零八尊雕塑，包括佛陀、佛头、打坐者、瑜珈者、苏菲旋转舞僧、抚琴的古人、太极拳，等等，不同风格的，构成一个静心主题的室内外雕塑艺术展，我们会在网上向全球征集这些艺术品。园区内的主要公共建筑有四座，在花园绿地园林区，也就是园区阳鱼部分的鱼眼位置上建度假村酒店；在阴鱼区水域的鱼眼位置上建多元静心学院，用于培养师资，以后说不定会发展成为大学。为什么是多元，我待会儿说明。静心学院分上下两层，首层包括学院、书店、图书馆、中心管理部门；上层是一个多功能大礼堂，可容纳 500 人，在那里举行集体讲座，举办较为大型的活动、禅乐音乐会，放电影。这是一个多功能的数字化剧场，每个座位都很宽大舒适，可以在上面打坐，还配有多种语言同声翻译耳机。想象一下，那么多人同时在烛光里打坐，气场该有多强。园区的后面是服务中心，它是一个沿园区边缘而建的月牙形建筑，包括厨房、室内餐厅、保安、客货运输、维修部门、信息商务服务，以及医务中心等。第四座建筑在服务中心前面的一个阴阳交界的中央区域，它也是整个园区的核心，这就是静修中心，它要被建成一个球形，与后面服务中心的月牙形构成立体的一阴一阳。"

子衿又默默地点头。

雨默喝了口茶，扶扶眼镜，继续在图纸上指点江山："静修中心要被设计成一座全玻璃结构的球形大厅，顶部及四面透光，最多可容纳 432 名学员在这里站桩，打坐，练瑜珈、太极、八段锦，跳苏菲旋转舞，演奏禅静音乐，唱经，等等。学员以 18 个人为一组，由一位指导老师带领，这样一共 24 组，因此静修中心内的圆形地面要被设计和划分成 24 个小圆形区域；小型禅乐队可以在大厅中央区域演奏，由总主持人带领大家面向中心，合唱梵音禅曲，或集体打坐，聚合能量，因此这个中心要有良好的音响设计效果。"

子衿又微笑点头。

"在静修中心前面建一个圆形广场，很大的广场，它其实就是一个露天的静修中心，把室内的活动搬到室外；天气好的时候，，学员们可以在老师的带领下，分组在这里打坐，站桩，练习瑜珈，打太极拳，练八段锦，跳苏菲旋转舞，跳集体广场舞和自由舞，从静态静心到动态静心；子云老师将这个广场同样设在园区阴阳鱼的交界线上，也就是园区平面太极图的 S 形中轴线上，并将它的地面也设计成一个太极阴阳图，半边是黑色大理石地面，半边是被钢化玻璃覆盖的水池，喻意阴中有阳，阳中有阴。一阴一阳是为道。静心不是要逃避现实，是要让身心达到阴阳平衡，让自己和这个世界达到一个和谐平衡的状态。就像青小姐所说的：生活就是一个取舍平衡、动静平衡的艺术。在园区阳鱼区的草坪上还要开辟射箭场、户外绘画及手工艺品制作区、枯山水园林、树下餐饮区，以及一个多功能活动区域。学员们还可以去采茶，学习茶道，从这种沉浸式的静心活动中体验禅茶一味；他们还可以自己创作枯山水作品——用刷耙在白沙禅园中划出各种水波图形，用黑砾石叠出各式假山；他们还可以在手工艺品制作体验中学习制作花伞、灯笼、折扇、风筝、面具、陶器和筷子；他们还可以学习制作、甚至自己创作禅悦主题的素食面点；他们还可以学习中国水墨画，画山画水，画亭画竹，画梅画鸟，画舟画月；他们还可以以描模子的方式学写中国书法，只学楷书的'静心'二字，署上名，然后把他们的书法做成纸灯笼，挂在园中的环溪禅诗廊桥里；他们也可以把自己的字画和制作的手工艺品带回家作纪念；他们还可以学下围棋，体验弹奏古筝和吹各种笛箫。我们还可以为学员们开设中医普及课，从经络学和人体能量学角度让学员们进一步了解佛家禅静与道家气功的原理。所谓多元就是通过多元的方式来学习和达到静心的效果。观音低眉，佛陀垂目，放低姿态，集百家之长。我们向多种宗教文化学习。无论是静心、参禅、开悟、明心见性、得道，目的都是让一个灵魂找到它超越生死，离苦得乐的出路和终极归宿。认识到大爱与内心的平安才是真理，以及阴阳平衡的智慧，才能从高维度看自己，看世界，看人生。在我们的多元文化的体验中，人们学习向内寻求美、和谐、自我开发和创造力、以获得爱、理解力、包容性、尊重、自我和谐、群体和谐、天人合一，提升价值观的自信、归属感、内心的平安与心灵的满足。这就是子云老师想做这一切的初衷和目的。"

"了不起的创意！"子衿将双手交叉在胸前，"我已经迫不及待想看到这个国际静心度假村了。"

"子云老师对我说，可以毫无保留地将他的蓝图构想告诉青小姐，即便你们至今从未谋面，但就他对您目前的了解，您是他最可信任的知己，因为您富有爱心、智慧、创造力和才华。只可惜今天他不在，不能亲口与您分享，但子云老师真诚地希望您能为他的构想和蓝图提出您的建议和补充。"

"非常感谢你们对我的信任！"子衿双手合十，"但愿我能助子云老师一臂之力，帮他实现这个梦想。不知子云老师有否做过预算，比如静心度假村的规模，我是说，度假村最多能容纳432人，是吗？一年要有多少访客和学员？每个人的收费标准，包括住宿、三餐、学费和各种服务费；同时需要多少工作人员，包括管理部门、师资、酒店全套管理和服务团队、园林工人、维修部门、医护部门、交通、保安，等等。需要投入的资金，一年的收入与开销，到底能不能赚钱？多长时间能收回成本？等等。"

雨默笑了起来："青小姐想得真周到。子云老师的家族经商，开学校和酒店，他多少都受到家族商业头脑的影响。的确，子云老师已经做了大体的预算和规划，前天他告诉我的，静心度假村最多同时接待432名学员，学时为一周，当然欢迎学员呆更久，同时也开设一日观光和两天一夜体验游。酒店将开设432个客房，每层24个房间，共18层，加上大堂、商店、商务层、服务层餐厅和空中花园餐厅，一共22层。整个静心中心的工作人员加起来不会超过120人，他们一年的总人工预算为一千万人民币。客人的收费标准为每天每晚三百美金，包括四星级以上住宿和三餐、学费及服务费等。按每天最高接待量432人以及一年360天计算，全年总收入高于三亿四千万人民币；扣去人工、原材料和维护费，一年可净赚三亿以上。多元学院、静修中心和服务中心都不算大型建筑，酒店和园区的资金投入比重较大，但就其总规模来讲，建筑总预算也不会太高，一两年内就应该能回本，并且利润可观。在杭州建一个静心主题度假村，客源应当不是问题。"

"听上去不错。"子衿道，"既然子云老师已经做了这么周详的策划和预算，可行性系数就更高了。我们不防试一试。请给我一份总策划书，我把它转呈给知音爱乐集团投资开发部。"

"有的，子云老师已经拟好了策划书。"雨默找出我的名片递给子衿，"您可以通过电邮和他联系。他会在与您商讨后，把策划书和可行性报告发给您。"

我无比感谢雨默，他没有错失良机，替我说了我本该亲口说的话，做了我本想亲自做的事，甚至比我能说和想做的还要出色。我们的师生缘分与同事情义是令我一生感到庆幸和珍惜的。这个雨夜、这一次会唔、这一场隆中对，它所产生的效果和影响，不知在今后将会造福多少人。雨默对我说，倘若静心中心建成，他愿意作我的助理，一同经营这一事业。我说："那样最好！你当然是不二人选。"

"我想，子云老师一定还有很多想法要与您交流。"雨默还在为我们的机会做着后期铺垫。

"我非常希望能帮助尊师达成心愿。我能否看一看子云老师的琴作？"子衿这时问。

"哦，当然！"雨默起身，到卧室书架上取来那本《雨琴月箫云禅寺》，里面装的都是我近年来创作的琴箫禅曲乐谱手稿，至今已有二十八首。

子衿用双手接过去，放到几案上，坐下来仔细观看。

琴谱中的第一首是《陋室铭》，子衿边看边流露出欣赏之色。看到第二首《箫中禅》，子衿已禁不住连连称赞。至于我临走前新创作的那首《青青子衿》，其谱已被子衿默默记了下来。

"这么好的作品，为何不送去出版？"子衿问。

"老师说再写几首，结专辑出版。"雨默答道。

子衿摇头，道："每创作完一首曲子，就应该尽快拿去演奏，录制音像，申请注册版权。"接着她又看另一些手稿——《风雅颂》、《楼台邀月》、《手谈窗》、《落雪听禅》、《扰圣听》、《物静星稀》、《玉人何处教吹箫》、《樱花雨》……还有《知音无古今》。

"太可惜了！将这么好的作品藏在这里，束之高阁，自娱自乐。早一天问世，早一天普惠世间，滋润万物！"子衿摇头，"没想到，我竟在这里遇上了高人！"

　　"所有这些曲子，子云老师都已经让我为他做了录音和录像。"雨默这时道。

　　"如果子云老师同意，我想帮他把这些原创琴曲拿到我们知音国际爱乐去出版，录制唱片。希望能用'松石间意'来演奏。不知我能否有这个荣幸？"子衿留下了她的名片。

　　"我一定向子云老师转达青小姐的美意。"雨默感激地收下了名片。

　　"我和妹妹子佩来此地度假两周，我们在609研究所有个亲戚，不过，后天我就要回北京了，已经订好火车票。感谢你们的知己之情和对我的信任！希望能有机会合作，尽快将子云老师的作品出版。真该为他举办一个专场演奏会。还有他的静心度假村，能为杭州再添一景。"

　　雨默深切地点着头，他一时不知说何是好，也许是想说的太多。

　　子衿这时看了看早已黑透的窗外。雨仍不见小，透过风雨的帘幕，可以看到远处依稀闪烁的灯火。子衿抱起有些发凉的两臂："这么好的一座千年古寺，空着太可惜了。"

　　"谁说不是呢？不过明年二月初，广德寺就要被湖北省佛教系统接管了，到时，黄梅五祖寺的方丈会亲自前来主持开光，还要打佛七呢。"雨默说，"其实，这就是我们此次来广德寺的目的，子云老师这段时间来一直在发掘整理和研究广德寺的历史文献，奔走于湖北省文物文化局、佛教协会和黄梅五祖寺，终于促成此事。"

　　"这么说，从那以后，广德寺就有僧人常住了？"子衿欣喜地问，双手合十当胸。

　　"是啊，周围百姓就能每天听到诵经和敲钟声了。"

　　"阿弥陀佛！善哉善哉！此乃功德无量！那时你们还住在这儿吗？"子衿问。

　　雨默摇头："下月初我们就要回杭州了。子云老师的外祖父南宫放先生是杭州人，在杭州省立第一师范学校就读时曾是李叔同大师的学生，他的夫人出身于中医世家，后来他们一同去了台湾。南宫放先生有两个兄弟两个姐妹，都是富商，家族子女也全都经商。子云老师的母亲曾留学加拿大 BC 大学，和一个意大利小伙结了婚，之后就在加拿大定居下来，和家人一起在台湾、加拿大和意大利经商，两边家族拥有三间花园酒店、一艘游轮、两所私立大学，还做汽车营销。但子云老师自幼在台湾长大，深受外祖父影响，对中国文化和佛教文化有深厚感情，无意随父母经商。他在日本京都花园大学留学期间还曾游历东西方，考察全球性佛教现状，在获得了禅乐与禅寺园林美学博士学位后来到中国，现任教杭州佛学院艺术系，人称'琴箫禅师'。他父亲多次劝他回台湾或去加拿大，以协助，接管和开发家族的生意，但都被他谢绝。他说：富贵有价，佛法无价。前一次他父亲和他叔父一家来杭州看他，住在四季酒店，一晚上千美元，而子云老师几年来一直住在灵隐寺，每晚只一卷清灯。他来中国后一直研习禅宗、禅境美学、创作禅乐，期间也曾参访过各地禅林寺院。我作为杭州佛学院艺术分院佛教音乐研究生，一直跟随子云老师在民间考察研究。子云老师希望能长期留在中国，他还创建了自己的工作室，专门制作禅静音乐（Zen Music）。如果青小姐上优酷，就可以看到很多由子云老师创作的静心冥想音乐（Meditation Music），包括减压音乐、放松音乐（Relaxing Music, Reduce Stress, Anxiety, Calm the Mind）、疗愈音乐（Healing Music）、学习和阅读背景音乐（Calm Music for study and reading）、深层睡眠音乐（Sleep Music）；用自然音响营造深层的神性氛围（Deep Shinto Ambient Music with Nature Sounds），比如他制作的水声疗愈音乐（Healing Waters Music），包括温泉音乐（Spa Music）、海浪音乐（Sea Wave Sounds Music）、溪流音乐 (Rive Sounds Music)、瀑布音乐 (Waterfall Sounds Music),以及在安祥古老的竹林禅院中的雨景和雨声系列(Rainy day and night in Serene Ancient Temples and bamboo Gardens–Zen Music Video），还有阿法波全身心疗愈音乐（Alpha Waves Heal the Whole Body and Spirit),用西藏颂钵制作的疗愈音乐,用以帮助释放褪黑激素,排除体内毒素（Tibetan Healing Flute and Bowl, Release of Melatonin and

Toxin）。子云老师还收集了西藏笛、日本笛、中国笛、印度笛和苏菲芦笛等，用来创作和制作静心音乐，还有用美洲原住民笛和手碟Handpan 合奏的静心音乐。目前他最大的希望是能在杭州创建静心主题国际度假村，用这种更加开放和自由的方式吸引更多的人来杭州，来中国，以此传承中国文化、东方文化和佛教文化，学习冥想静心，体验素食，乃至帮助人们开悟。"

子衿听罢连连点头："太好了！阿弥陀佛。愿子云老师早日实现宏图，达成夙愿。"

十四、广 陵 散

（慢商调）

僧问："如何是解脱？"

师曰："谁缚汝？"

问："如何是净土？"

师曰："谁垢汝？"

问："如何是涅槃？"

师曰："谁将生死与汝？"

——【宋】灵隐寺释普济《五灯会元》

因为雨大路黑，玖思没有回家，留在了寺内，临睡前将子衿的裙子烘干好，送上楼来。子衿此时正面对后窗站着，那是我第一次为她抚琴的地方，在那里，可以透过斑斑竹影看到寺后的多宝佛塔，以及塔上的佳人，当然还有寺后的那片池塘。子衿是否由此而得知，我已在此偷偷地领略了她的神采与天姿。

"天不早了，雨默，我得回去了。"子衿默默地说。

"青小姐，您的琴艺和这把古琴一样难得，今日有缘相遇，不如临走前再弹一曲吧。"雨默仍旧惜惜相留。

子衿这才回转过身，显然那正合她的心愿。

"您是否愿意我为您做录音录像？"雨默热情地问。

子衿想了想："好。能与'松石间意'相遇，是我莫大的荣幸。"

于是，雨默将伽南香炉重新点燃。子衿再次净了手，在琴案前就座，把一、二两弦调平，然后闭目，调心调息。雨默用蓝牙遥控开启录音录像机。窗外仍旧是绵绵的雨声，子衿这时轻轻抬腕，下指启弦。

桐琴发出四声琶音，继而奏出铿锵之声，似有离别的哀伤，亦有壮士一去不复返的悲壮。子衿的手指在弦丝上钩挑拨滚，击节捻压，一时间剑拔弩张，戈矛纵横，变化急促，错乱交织，有宁死不屈之激昂，亦有英雄末路唱大风的豪壮，连走手音都带着一股浩然之气。在一只七弦古琴上能创造出这样一首气氛紧张、情节壮烈、场景复杂的大曲，无右其二。

这就是嵇康那首已流传了一千八百年的《广陵散》，又名《广陵止息》，著名十大古琴曲之一。嵇康是三国曹魏时期著名的文学家、思想家和音乐家。嵇康与琴，在当时人们的心目中是不可分割的，他名冠"竹林七贤"之首，在音乐方面造诣尤深，曾著有《声无哀乐论》、《琴赋》两篇音乐美学专论。《广陵散》相传为嵇康孤馆清夜弹琴时，遇神人所授，曲调神奇，意谕深远，音取宏厚，指取古劲，抑扬顿挫，起伏灵虚。该曲分为小序、大序、正声、乱声、后序五大部分，连开指共四十五段，是至今得见的最长的琴曲之一。由于该曲结构宏大，宋代《乐书》中拿它与《诗经》相比拟，称其为"曲之师长"。

嵇康生前精于弹奏《广陵散》，有人向他请教，他却不予传授，认为《广陵散》的音乐形式极为飘忽、幽深，使人难于领会其真意。在《琴赋》中嵇康一再感叹："识音者希，孰能珍兮，能尽雅琴，唯至人兮。"因弹奏此曲需将一二两弦调平，被当时的君主认为有臣压君之嫌。嵇康因不附司马氏集团势力，蒙冤受害被杀。东市临刑前，七千太学生自发前来为他送行。嵇康神色不变，索琴弹奏了这首《广陵散》。激昂悲壮的琴声令所有人饮泣洒泪。嵇康最后昂首对天长叹："吾死不足惜，《广陵散》与今绝矣！"

而《广陵散》终未得以绝，它最早辗转于琴师们的手口之间，后被收入《神奇乐谱》。

子衿的演奏，已达到出神入化之境，如泣如诉，天空似乎也在悲叹，曲终一拨，余音久久回绕，随子衿长时间悬在半空中的手，演化成一股萦萦不绝的中国古今文人志士的气息，真乃此时无声胜有声。一曲奏完，窗外风雨像是被琴声召唤了一般，竟昏天暗地，倾盆如注，一切尘嚣似乎都被荡涤。

"大音希声"，绝响不绝。雨默恍若迷梦初醒，他那紧蹙的双眉抖动了一下，然后深深地吐了一口长气，半天才回过神来。

子衿这时将双手缓缓地从琴上放下，沉吟好一会儿，才抬起头来，轻声问："雨默，你子云老师与我素昧平生，为何他竟如此信任我？"

雨默点了点头："是的，子云老师不仅信任您，而且视您为知己。老师说：'灵魂认识灵魂不需要见过面，或打过交道，因为你可以感觉到那种同频共振。他第一次见到您的时候，就认识您了，可谓一眼万年。老师说：'Jin has me before Hello.'"

子衿静静地坐着，良久才道："希望，我不会辜负子云老师的信任。"

一阵雷声滚过。雨默这时看着窗外道："难为您在这样的天气里还来寻访我们。我去送您吧。"

子衿没有谢绝，因为她没带雨具，并且从广德寺到609研究所，一路上又黑又滑："我得把衣服换下来。"她说。

"你进去换吧。我再去给你找件雨衣来。"

"非常感谢！"

雨默回自己房里去了。子衿在我卧室里换了衣服。最后她环顾房间，思索片刻，来到书案前，取过纸笔，给我写了一封留言：

尊敬的南宫老师：

久仰！您签名的专著我收到了，并已全部拜读，收益匪浅。此间有缘相识并承蒙关照，不胜荣幸与感谢！

暑期将尽，后日我须返京。留下一套光盘，是我的演奏和古琴创作专辑，除独奏专辑外，其它合奏合唱曲目由我所执捧的知音国际爱乐乐团以及知音国际爱乐敦煌民乐团演奏。望今后予以赐教，并期待合作。

另外，玖思是个聪明好学的孩子，我将会尽所有努力帮他重返学校。我有个朋友在襄樊五中任教，我会请她帮忙，也希望到时能得到你们的配合。

"海内存知己，天涯若比邻。"

再会！

阿弥陀佛！

子衿　谨致

时已近子夜，窗外风雨大作，楼廊过道里都是积水。只有一把伞，而大雨如注，风车云马。走到609研究所宿舍区，顶风冒雨起码要一小时。途中有一段路，估计水深已没过漆盖，桥下洪水暴涨。在这种情况下，雨默该怎么办？他完全可以说服子衿留在寺内，等到天亮或者雨歇再走。

子衿默不作声，沉吟地站在窗前。雨默看着她，而子衿的脸上却没有一点表情。过了一阵，她拿出自己的手机。

"喂？子佩，你睡了吗？……我很好，在朋友这里，……你自己先睡吧，雨太大，路上不安全，我明早再回去。……好，请放心，晚安。"

雨默松了口气。子衿留了下来。

然而，雨默却不知，子衿一夜未眠，她一直坐在那张"松石间意"前，琴边放着我的琴谱，琴谱里夹着一首诗，子衿对着这首诗，在窗外绵绵不断的雨声中沉思了一宿。

不负如来不负卿

六世达赖 仓央嘉措

美人不是母胎生，应是桃花树长成，
已恨桃花容易落，落花比汝尚多情。
静时修止动修观，历历情人挂目前，
若将此心以学道，即生成佛有何难？
结尽同心缔尽缘，此生虽短意缠绵，
与卿再世相逢日，玉树临风一少年。
不观生灭与无常，但逐轮回向死亡，
绝顶聪明矜世智，叹他于此总茫茫。
山头野马性难驯，机陷犹堪制彼身，
自叹神通空具足，不能调伏枕边人。
欲倚绿窗伴卿卿，颇悔今生误道行。
有心持钵丛林去，又负美人一片情。
静坐修观法眼开，祈求三宝降灵台，
观中诸圣何曾见？不请情人却自来。
入山投谒得道僧，求教上师说因明。
争奈相思无拘检，意马心猿到卿卿。
曾虑多情损梵行，入山又恐别倾城，
世间安得两全法，不负如来不负卿。

十五、思 贤 操

（清商调）

求道之法，静为根，久久自静，道俱出。

——《太平经》

静身存神，即病不加也，年寿长矣，神明佑之。

——《太平经合校》

万物芸芸，各归其根。归根曰静，静曰复命。复命曰常，知常曰明。不知常，妄作凶。知常容，容乃公，公乃全，全乃天，天乃道，道乃久，没身不殆。

——老子《道德经》

那天夜里，我冒雨自驾从武汉赶回襄阳，到广德寺时已是早晨六点，但我没有看到子衿，而只有她留在我房间里的字条和光盘。雨默还睡在自己房里，玖思已经起来做早餐。雨仍旧下着，但已小了很多。

我无法安歇。坐在窗前藤椅里，面对案上那盘阴阳子，长久地沉思。

"宝鼎茶闲烟尚绿，幽窗棋罢指犹凉。"

琴音袅袅，子衿留给我的这套蓝色光碟名为《中国民乐大系·古琴卷》，共三张碟，其中古曲部分有：

《小雅》、《流水》、《埃乃》、《樵歌》、《离骚》、《淇奥》、《酒狂》、《幽兰》、《无羁》、《出尘》、《墨子悲丝》、《孔子读易》、《庄周梦蝶》、《屈原问渡》、《列子御风》、《乌夜啼》、《文王操》、《泣颜回》、《凤求凰》、《秋江夜泊》、《欧鹭忘机》、《归去来兮》、《寄隐者》、《清平乐》、《静观吟》、《长相思》、《平沙落雁》、《梅花三弄》、《阳关三叠》、《左手指月》、《胡笳十八拍》……分浙派、江派、虞山派、广陵派、闽派、岭南派、川派和诸城派等，共三十六首。

新作品部分不仅为子衿独奏，且全部由她创作，亦有三十二首：

《上善若水》、《云边飞瀑》、《云海摘星》、《雨落空山》；

《仙人棋经》、《八卦云台》、《赤壁怀古》、《华山论剑》；

《禅茶一味》、《终南别业》、《画船雨荷》、《空谷幽兰》；

《太极云游》、《一曲离忧》、《纵横捭阖》、《谁可补天》；

《采薇》、《真源》，《悬笔》、《醉剑》；

《兰亭序》、《上林赋》、《白头吟》、《逍遥游》；

《琴台赋》、《菩提心》、《千江月》、《竹里馆》；

《梅听雪》、《月满杯》、《空城计》、《临江仙》……

第三张碟，是由子衿作曲的影视音乐和几首现代配器风格作品，包括：新版《孔子》、新版《老子》、新版《兵圣》、以及《中国名山古刹》、《中国古诗词》、《中国文人山水画》、《中国书法狂想》。

在这些曲目当中，有些是古琴独奏，有些是琴箫合奏，有些是古琴与民乐队，还有古琴与中西乐队，有些还加入了合唱。

在琴师简介中我又得知，子衿的老师秦昭远先生一直是民间高隐，子衿从师期间又深入研究和学习了各门琴派，包括李祥霆、垄一、张子虚、查阜西、陈草农、蔡德允、谢孝苹等琴师的众家之长，之后形成自己的风格。子衿的琴音婉约多姿、雅静清远、幽奇古淡、中和疾徐，无论中浙之绸缪、金陵之顿挫、常熟之和静、三吴之含蓄、西蜀之古劲、八闽之激昂，子衿皆能刚柔在握，乾坤无阻，琴气条畅。最难得的，是子衿有众多古琴新曲推出，寓景抒臆，飘逸婉转，流淌诗情画意之风雅，又有相当的哲学和美学境界。

烛灯在壁龛里忽明忽暗，像在回忆和叙述。晚间不看书时我喜欢点蜡烛，听古琴，那感觉真好。音响里放着低沉的子衿的琴声，我却不能够想象她坐在我面前抚琴的样子，我只是望着窗外，屋檐上滴滴哒哒落着隔夜的雨声。

雨默坐在另一把藤椅里，他说了许多话，好像疲累了，半天不再出声。最后才补充说：

"我不知道她什么时候走的，我以为她会留宿一晚，显然她不想麻烦我去送。下那么大的雨，她就那样不声不响地一个人走了……"

雨默并没有发现，子衿临走前在我的棋盘上掷下一子，这样，黑白棋相围相持，走成了平手。而其他人，竟都没有这种超越的眼光，只盯着局部。其实，那一种棋势，也是我不久前才从《玄玄棋经》中悟到的，白为显，黑为隐。子衿懂得，我这是知白而守黑。她这样了解我，那么，倘若她就坐在我面前与我对奕的话，我会不会输个一败涂地？

雨又下了起来。这个夏季，这个八月，深深地打湿了我的心。

十六、鸥鹭忘机

（仲吕均）

风摇竹影有声图，雪打梅花无字书。
悬崖有轴长生画，瀑响无弦太古琴。

——【唐】陆羽 诗变奏

天阴着。

天总是阴着。

偶来松树下，高枕石头眠。山中无日历，一叶落知秋。

许多故事都只是发生在人们内心，没有动作片里抓人眼球的打斗、枪战、追杀、赛车、宇宙飞船、超人和外星火拼，然而，我们内心里发生的一切却是一波才动万波随，一念即出千载劫。

许多事情在发生之前，已经在我们内心被演绎过无数次了，或许这就是为什么，它最终还是发生了。

午后，伊独自走在沟壑纵横、覆荫被绿，云雾缭绕的山间。伊什么也没带，只在腕上挂了个葫芦，长发系在身后。她一手提着白色裙幅，边走边拨开挡在前面的枝条，以免被丛生漫长的树柯和荆棘剌伤，她浑身都已被浓重的雾气浸湿。

伊边走边用目光四下里搜寻。四周静极了，云树如织，气色沉浮，一片茫茫之中，只有风掠苍冠、鸟雀鸣啾、溪流潺动、虫穿草底的天籁之声，以及山林所涵养和吐纳的各种馥郁气息。伊顺着林中小径从西北往东南穿越，却未在这座竹苞松茂的山林中遇见一个人或一只野兔。抬头望望天，浓云压顶，看来又要下雨了，伊面容上显露出几分不安，但她仍旧继续往前走去。

不远处有一座坟。伊这时忽然发现前方一棵大树下歇着一只背篓，她一眼认出，那正是"云梦"的。伊蓦地站住，一手扶住树干，一手按住胸口，往周围快速地寻视了两遭，连半个人影都没有，也听不到任何有人类活动的声音。寂静之中，只有她的心跳咚咚作响。半晌，伊才从树后慢慢出来，向前面那棵女桢树走去。

伊来到树下，才发现在旁边的另一棵树下坐着一个人，她险些失声叫起来，忙捂住嘴，可是很快，又缓缓地放下了手臂。

那正是白衣"云梦"，他坐在一个蓝色蒲团上，两腿双盘，两手相叠，上身中正，闭着双眼，他竟在那里打坐。如果不是他的背篓，既便走到近前，伊也未必能发现他。

伊有些苍白的脸上此时泛起一阵红晕，她定定神，观察了"云梦"一阵，之后抬脚轻轻走到他近前，才发现"云梦"身边还放着另一个蒲团，就好像是给她留的座位一样。伊手上拿着葫芦，犹豫着是放下葫芦就走呢，还是等"云梦"出定，反正她不想打搅他。望望天色，伊决定守候在这里，况且她已跋涉半日，也想休息一下，于是便在"云梦"身旁的蒲团上坐了下来，将葫芦放到身旁。对面半山腰上云栖雾笼，静秘如仙境。伊仰头深深地吸了口清新的空气，然后盘起双腿，用长裙幅盖住双膝，也开始闭目打坐。

听到松果落地的声音，伊缓缓睁开双眼。泉水激石，泠泠作响；好鸟相鸣，嘤嘤成韵。伊侧过头去瞧瞧仍在禅定中的"云梦"，看上去他有些疲惫，面容中还含有一分忧楚与伤感，使伊想到佛祖释伽牟尼在证悟之前于菩提树下七七四十九天打坐时的情景。"云梦公子"的额头宽而明净，两道长长的黑眉端正有神，眼窝深陷，鼻梁挺直，一缕头发搭在额上。伊默默地凝视着他，想从这个人雕塑般的外表透视到他的内心。

微风掠过，雨随时都会下，伊又抬头望望天，横柯上蔽，在昼犹昏，疏条交映，阴阳难辨。行者休于树，云者任去留。此时此地，倒真是息心忘返之佳境。随后，伊又看了看"云梦公子"，一阵风掠过，撩起他的云纹蝉衣，露出他左小腿内侧一道细长的血印和一大片擦痕。伊的心猛地一颤，想了想，她松开双腿，从左边的裙兜里摸出一小盒清凉油，看了看，又放回去，从右边的裙兜里又摸出一小盒芦荟汁，然后她轻轻解下自己的白头帕，铺在自己腿上，在头帕上涂上芦荟汁。她看了看"云梦"，又看了看他腿上的伤，便轻轻挪到他左侧面，将那块头帕小心地覆在了他的腿上，这才定下心来，然后她决定就此离开。

云脚擦过山巅，一阵雷声滚过。伊提起裙摆，最后看了一眼一动不动的"云梦公子"，刚要转身离去，突然之间，她的右手臂被"云梦"的左手一把抓住。伊一下子站住，没有动。"云梦"也没有动，除了左手抓住了伊的右手腕，其它部分仍旧保持着打坐的姿式，甚至连眼睛都没有睁开。他不动声色，却以一股奇异的力量抓住了伊，顷刻间与她交融在一起。

伊在那一瞬间被带入一种丧失了记忆的永恒，她仍旧没有动。"云梦"的手顺着她的手腕轻轻地，慢慢地往下滑，最后抓住了她的手。伊仍旧没有动，他们相互感受着彼此，两个灵魂微妙地、无比深切地、无声地撞击出惊天动地的量子波，震荡着他们前生与来世的几千年，牵动着无数的灵魂。在这两个心灵深深的对视与交融中，伊已然没有了头脑中的时间、语言、社会习俗，也没有了身外的山林、细雨、鸟鸣、水声……不知过了多久，"云梦"的手轻轻松开了伊，仍旧闭着双眼，右手立于胸前，左手向前做了一个邀请的手势。伊领会，提起裙幅，重新坐回到"云梦"左前方的蒲团上，盘起双腿，和他一起重新入定，进入同频同谐，一起超越此时此地此境此我，一起超越古今。

　　世间有神仙眷侣，但不知有没有鸳鸯禅。两个从未对过话的人却可以心授神与；他们灵魂的交流与融合早在千年前就已开始，他们的相遇千年以前就已注定。雨水模糊了一切，时空已成为巨大的虚设，在两个灵魂脱胎换骨转世再生般的涅槃中，雨水、山林和宇宙都寂静无声……

　　雨珠从密枝间滴落，偶尔可以听到不远处淙淙的溪流。山林静极了，有云飘过的山林静极了，有云飘过的天籁的世界静极了。云卷云舒，于虚无漂渺间幻化而舞。这是高山，是流水，是人类最古老、充满了万物音乐般的气息。这音乐使万物牵手，万物连根，万物相爱，万物花开，生生不息……

　　雨滴坠落，坠落，坠入云雾，坠入山林，坠入泥土，坠入溪流，坠入丝竹管弦的万籁和声，每一滴都在倾诉着宇宙的秘密……

十七、阳 关 三 叠

（清羽调）

酒以不劝为欢，棋以不争为胜，笛以无腔为适，琴以无弦为高，会以不期约为真率，客以不迎送为坦夷。

——【明】洪应明

伊要走了。古道长亭，咫尺人孤零，愁听《阳关》第三声。

"江静棹歌歇，溪深樵语闻。归途未忍去，携手恋清芬。"

而就在子衿走后的当天，玖思一早从家里一路跑来，上气不接下气地对我和雨默说，他舅舅同意他去上学了。我们不知道究竟发生了什么，玖思说："昨天下午，你们出去的时候，子衿姑姑和五中的校长到寺里来找我和我舅，谈了两个多小时。"

我和雨默看着玖思，又相互看了看。我同关案山谈了许多次，劝他让玖思去上学，可都没能达到效果。子衿究竟是怎么做到的？

"昨天因为落雨，子衿姑姑和校长还有我舅就坐在下面的屋檐下，是我给搬的椅子。子衿姑姑指着对面的方丈堂对我舅说：'很久以前，这寺里住着一个老和尚和两个小和尚，老和尚是师傅，每天给两个徒弟讲经说法。有一天，师傅对两个徒弟说：这楼下有两间屋子空着。今天的功课是：我给你们每人一块钱，你们去买些东西来，太阳落山之前回来，要分别把其中一间屋子给填满。两个徒弟听罢，就高高兴兴地拿着钱下山去了。到了傍晚，师傅下楼来看两个徒弟的收获，只见一个徒弟用一块钱买了很多干草，山上山下跑了一天背运干草，到了傍晚时分，也还没有把一间空屋子给填满，而他自己已经累得不能动了；另一个徒弟用一块钱买了一只蜡烛和一把竹笛，太阳落山后，他在另一间空屋子里点燃烛灯，在窗前吹起竹笛，满屋充满了光明，满山都飘着他动听的笛声；月亮升起时，烛光透出窗棂，笛声则传得更高更远，他的师傅便来到他的屋子里来读经，打坐。'子衿姑姑说，这就是为什么要让孩子去上学。玖思现在做的就是在每天累死累活地背干草，填充他的人生，而这永远没有前途和希望。但一个有知识，有悟性，有智慧的人，就懂得'千年暗室，一灯即明。'然后五中的校长就说，如果玖思去上学，五中可以破格录取他，玖思可以住在学校里，学杂费全免；因为玖思是孤儿，子衿姑姑可以为玖思向国家希望工程基金会申请赞助。子衿姑姑还说：玖思是个非常聪明好学的孩子，禀赋颇高，是好苗子，应好好培养，前途无量。如果玖思成绩好，今后还可以帮他申请出国留学。校长说，如果我舅同意，明天就可以去五中报名，因为还有一个星期，新学期就要开学了。可是我舅当时还是没说同意，只说让他再想一想。校长说，想先测验一下我目前的成绩水平，就拿出一套卷子让我做，数学、语文、英语，还有常识。我做完一项，校长当时就给判了，语文 97.6，扣的是作文分，常识 98 分，数学和英语全是满分。校长说，开学跟同龄的孩子一起上初二，没问题。"

我和雨默听罢，高兴地和玖思相互击掌，然后拥抱了他。之后我们双手合十，连连感谢佛祖和子衿菩萨。

"子衿姑姑临走前在我耳边交待了一句话。我跟我舅回到家后，就照着子衿姑姑教我的说了，然后今天一早，我舅就同意我去上学了。"

"哦？"我和雨默看着玖思，又相互看了看，雨默蹲下身去，问玖思：“那子衿姑姑究竟跟你说了什么？”

玖思说：“子衿姑姑不让我告诉任何人，说是天机不可泄漏。”

我们看着这孩子，莫名其妙而又无奈地笑起来。

“我问子衿姑姑，为什么她那么聪明，是不是跟诸葛亮学的？她笑着说不是；我又问她是不是读过鬼谷子的纵横学？她说只是略知一二；我问她是不是学佛就能很聪明？她说学佛可以得大智慧和大慈悲。”玖思说。

我们由衷地为玖思感到高兴，三个人一起去大雄宝殿前给佛祖敬了香，然后我就开车送玖思去城里，到襄樊五中去报到。要知道，这可是一所百年名校，既是湖北省重点中学，也是全国一流中学，校园里还建有一座状元桥，每年高考后发榜，都有不少应届毕业生被清华北大等一流高校录取，被誉为优秀生源基地。重新返回校园，玖思高兴地禁不住哭起来，甚至连雨默的眼眶都湿润了，一再嘱咐玖思要好好读书，更要做个品学兼优的学生。玖思不住地点头，并说他会非常想念我们。

然而好景不长。第二天早上，我刚刚坐到书案电脑前，准备查看电子邮件，可是总感觉有什么事将要发生，结果事情就在那一刻发生了。

雨默匆匆走进来，手往桌边一撑，喘着气对我道：“我碰见子衿了。”

我一愣，抬头看着他，这就跟雨默说他碰见鬼了差不多。但我未动声色，思忖片刻问道：“在哪儿？”

“我去609所的早市地摊上买菜，就看见一个美女从我身后的大路上跑过来，她在晨跑，穿着一身白色运动服，还戴着耳机，长头发扎成高高的马尾辫。我一看见她就愣了，站在那儿盯着她。她因此也注意到我，可是就好像根本不认识我一样，就从我面前跑过去了。”

我定定地坐着，之后站起身来走到窗前。这消息非但没有令我惊喜，反而引起莫名的恐惧，没弄清楚，我还不能对之下百分之百的判断。但没弄清楚的不是事，而是理；令我困惑的也不是子衿，而是我自己。

真有这么蹊跷吗？子衿明明已经回了北京，前天我们在山上无言地分手，之后我便回到了寺中……而这时我忽然想起来，玖思说那天下午子衿和五中校长来了广德寺。

这是同时发生的！

为什么会是这样？

我的心乱了，头脑也要暴了。

我掩饰着，站在窗前，不敢回头去看雨默。

雨默这时却道："记得子衿说过，她有一个妹妹，叫子佩，和她一起来这里的。不知她们俩，长得是否相像，我怕……"

我闭上眼睛，忽然间感到头痛欲裂。

一个在隆中山上作画而遇上了"云梦公子"的子衿，他们从未说过话；还有一个三顾茅庐来寺里闻琴吟箫，现已离开襄阳古城的子衿。

难道说，竟会有两个子衿吗？！

难道说，竟会有两个我吗？！

两个一模一样的伊。

两个一模一样的我。

那么究竟伊是谁？

那么究竟谁是我？

尘间烦恼难以摒除，复又将我缠绕，以往的清静丧失殆尽，就连这隆中山，这广德寺都已无情鄙夷地将我抛弃，对我嘲笑。我是谁？我是谁呀？

要想弄清一个人的身份，并不难，只要上网搜索一下他的名字，马上就会水落石出。然而谁又能告诉我："我是谁？"

直到夜里我才略略平静下来，关好门躲进卧室，先做了祷告，仍旧战战兢兢地打开电脑，在谷歌上输入"青子佩"，看着这个名字，我只觉得头晕目眩，看了半天，才终于按键搜索。

　　然后便是令我心惊胆战的结果——青子佩，毕业于清华大学建筑与城市规划系，智能设计与建造专业硕士，同时她还曾在清华工艺美院学习过绘画和雕塑。目前她在知音国际爱乐集团建筑设计公司从事数字化建筑的技术研发与设计工作，包括使用智能机器人和3D打印技术来进行建筑与雕塑设计，她还从事智能化楼宇的设计。到目前为止，她的设计作品包括建于杭州的"华彩"中国丝绸大厦——Cadenza Silk World，这座大厦的玻璃外墙有如丝绸般的水波纹曲线，而整体造型就像一个穿着旗袍扭身38度的美女的三围；大厦下面围以喷泉水池，周边种的全是桑树和樱花树，夜景无比绚丽迷人。它获得了那一年度的中国建筑业最高奖鲁班奖，继而又被授予了国际建筑业含金量最高的普里兹克奖。

　　来中国以后我一直住在杭州灵隐寺，而丝绸大厦就在那附近的西湖边上，通高69层，是一座集丝绸艺术博物馆、丝绸国际商贸汇展中心、丝绸时装发布会四维展厅、中国民乐艺术中心和音乐厅，以及商务酒店为一体的多功能大厦。我曾多次去过，我外祖父母从台湾来访时，我还曾陪他们在那里住过几晚，老两口对之华美优雅赞不绝口。大厦首层是一个非常开阔的大堂，有上下手扶电梯和内外直升观光电梯，其内部装饰就像是一座丝绸博物馆和艺术馆，墙上挂着大型的"丝绸之路"壁画，各处都装饰有大小丝绸工艺品。大厦里的女服务生都是精选出来的江南美女，身穿各色丝绸旗袍或丝绸裙装，个个都是模特身材，并且她们确实也身兼模特，若有客人看见并且喜欢她们身着的某款丝绸服装，就可以当场记下编号，立即上网从大厦商贸中心订购或约见洽谈。整座大厦共有七大餐厅，包括顶层的"中国梦"空中花园餐厅、首层的"丝绸水乡"亭榭桥坞餐厅，从及设在各服务层的珍珠厅（白色系列）、翡翠厅（绿色系列）、蓝羽厅（蓝色系列）、皇家宫宴（金色和黄色系列）和福喜寿（红色系列）；天花板和树上挂着各色丝绸宫灯，连座椅的套子和靠枕都是丝绸的，各餐厅的服务生穿着他们的主题色系旗袍和丝绸工装；我亲眼所见，有就餐的外国客人喜欢女服务生脖子上系的丝绸小围巾，当即就在商贸中心的网站上下了单，为他们国际航空公司的空姐配了新妆。酒店花园里点缀着丝绸花伞，色彩绚丽，斑斓绮旎，流光溢彩，如梦如幻。丝绸商贸汇展销售中心占据了大厦的五层空间，来自中国内地各丝绸生产商、原料面料供应商、丝绸制品商和代理商都在此占有一席之地，展销的商品琳琅满目，华美绝伦，有各式服装、丝巾、家居用品、刺绣工艺品、礼品。我外祖父就在这里买了黄白两套练太极时穿的衣服，我外祖母苏媞（发音 shì，灵巧聪慧之意。）和她同名不同音的妹妹苏媞（发音 tí：美好，如"西施媞媞而不得见兮。"安详，如"有女怀芬芳，媞媞步东厢。"）也在这里为她们自己和家人买了丝绸内衣、旗袍、披肩、刺绣壁挂、扇子、枕头、中医手枕和中药香囊。

子佩的设计作品还有建于北京知音国际爱乐集团知音园内的爱乐艺术中心、爱乐美术馆和爱乐博物馆，以及建在苏州的顶部如莫比乌斯环的竹里民乐小馆。我同时还看到了子佩设计的一些雕塑作品，全部和音乐有关，或者说都含有音乐元素，其高雅的寓意与流畅的线条都使其具有颇高的观赏性和收藏价值。她所有的设计都具有一个特点，那就是曲线、曲线、曲线，因为直线是缺乏神性的。

这就是我在山中遇到的那位女画家，我看到了她在网上的照片，我的天，我把她和子衿误认成了一个人，她们是双胞胎姐妹，长得十分相像。我立刻就得了精神分裂症。我该怎么办？今后我该如何面对她们？上帝啊，你怎么能对我开这样的玩笑？！

之后我便在已经打开的电脑邮箱中看到了子衿回京后发给我的第一封信，她说："临走前的一天，为玖思上学的事和五中校长来寺中，本想借机和你们大家告别，遗憾仍没有遇见先生。"她因此附上一首诗："松下问童子，言师采药去。只在此山中，云深不知处。"

莫大的嘲讽。我去山中原本就是为了会她，与她告别，然而……然而却是"不识庐山真面目，只缘身在此山中。"

如何才能修成一个《华严经》中所说的"事无碍、理无碍、事理无碍"的不惑觉者呢？无论是东方还是西方，修行的僧侣和俗众大都会经历《苔依丝》中巴福尼斯的心路吧。

那天晚上我做了个梦。我已有许多年没有做过梦了。我梦见一个名叫巴福尼斯的天人，他终日逍遥，无忧无虑地在伊甸园中行走，遍尝满地美果。一日来到禁园，门上刻着神谕："不得入内！"

然而他被园中奇花异草吸引，蛇盘在树上……

巴福尼斯深知园中一切皆是妖魔鬼怪的化身，有些还带有剧毒，因此被神的诅咒禁闭在此园中，但想起当初亚当和夏娃偷吃禁果后不但没有死，反得智慧。

"既然始祖已吃了智慧树上的果子，又有许多人偷吃了各种禁果，我来品尝一回，又有何妨？"巴福尼斯心想。

情欲树上挂满了神的留言：

"情欲属于肉体，肉体必死；爱属于灵魂，灵魂可得永生。顺从情欲撒种的，必从情欲收败坏；顺从圣灵撒种的，必从圣灵收永生。"

可是巴福尼斯对神的话视而非见，终于偷吃禁果。一场魂飞魄散的欢愉过后，他被逐出伊甸园，带罪落入人间炼狱……

神派天使下诏，叫巴福尼斯在禁果树下修炼，净身，若他起愿发誓不再违反天规，神就准许他重返天国乐园，他仍有机会得永生；若他不思悔改，一再迷失堕落，神就会将他打入地狱。

禁果在上，请受我一拜……

不久，我终于又在禅定中平静下来。

我明白，像子衿和子佩这样的奇女子，无论走到哪里，都可能引发爱情故事，只是有没有人真正懂得她们。如果她们不遇见我，也会遇见其他一些人。迷恋上她们美貌的人很可能也会像我一样尴尬，因为很快便会发现，她有一个和她长得一模一样的孪生姐妹。她们两个在一起，总会把一些男人的心给搅乱，但那不是她们的错。对于那些没有兴趣也无能真正了解青氏姐妹才华与灵魂境界的好色者来说，美女只是路上的风景，都只不过是过眼云烟。色不迷人人自迷啊。

但对我而言，伊只是路过的一道风景吗？当然不，子衿是我今生今世可遇不可求的心交知己。而与子佩的神会与误解却缠绕成了一个结，真可谓剪不断，理还乱。不过，我对她而言，却好像只是一道路过的风景，因为我们之间甚至都没有留下彼此的姓名以及联系方式，她就那样地走了，抑或，我就那样地消失了。我只希望，我没有对她造成任何伤害。

岭边树色含风冷，石上泉声带雨秋。看云影当空，与水平分秋一色；闻箫声何处，玉人吹到夜三更。昔日伯牙瑶琴，留传千古韵事；而来楚客洞箫，但奏一曲含悲。

心乱如麻，不知那姐妹俩回去之后是否会谈起我。一夜月下抚琴，竟走板窜音，弹至一半便中断。雨默听到便笑问："何以乱弹琴？何以不了了之？"

我良久不语，而后道："世上人法无定法，然后知非法法也；天下事了犹未了，何妨以不了了之。"

"花开花落僧贫富，云去云来客往还。"这是我在广德寺写下的最后一幅字。可是，到了晚上，我一个人时，又战战兢兢地开始在网上搜索子佩。我看到她的微博，前日她将一幅水墨画放到网上拍卖，正是她在隆中山上创作的那一贴，我目睹了它的诞生，我甚至还成了画中的人物。画已经裱过，起价三千，竞价已过万。

这时我忽然收到子衿发来的电邮，令我着实心惊肉跳一番，不过却是好消息，她告诉我：知音国际爱乐集团已经接受了我的静心度假村的项目，并愿意作为投资方与合作方与我进一步洽谈，他们会派一个小组前往杭州和我一起去实地考察。与杭州市委、文化部门及建设开发总局商谈此事，得到批准就开始做施工测绘、水土植被等施工环境与条件论证，若一切条件成熟，知音集团将委托自己的建筑公司来进行设计。之后她告诉我，她对我的蓝图做了硬件和软件方面的补充，并与设计师反复讨论和协商后，重新绘制了蓝图，就在附件中。子衿说，如果我同意她的构想，就在后面打个钩，或附上意见与批语。

我立刻打开附件查看，内心激动难平。子衿为我的蓝图做了六个方面的补充和更改：

一、静心中心大门：

我原本只是画了个大门，还未构想出大门具体的设计样貌，子衿为此提出的构想是：子云国际静心度假村选址建在杭州南山之上，向西面对西湖，大门设在园区南北两端，北大门为正门，来静心度假村的客人和学员都在此门落车报到，之后进入园区，静心酒店将是他们入园后最近的建筑。南大门是度假村的服务、供应、工程车辆以及工作人员的进出口，园区服务中心就在南大门内。

园区全部由白色围墙围起，覆灰色卧龙曲形墙顶。大门的门框用黑色大理石建成，上面刻"子云国际静心度假村 Zi Yun International Meditation Resort"。大门采用金属工艺设计，可透视园内景观，左右两扇合拢时组成一个一米高的双手合十图形，在这双手的两侧分别是中文篆体的"静"和"心"二字。子衿在这个创意的后面附上了三张照片，一张是一个双盘打坐的和尚，双手合十，闭目静心，背景是在一个樱花盛开的寺院的禅堂中，外面下着雨，这是自我净化。另一张是一幅蓝色的绘画，那是德国画家丢勒的名作《祈祷的手》，子衿说这是她最喜欢的西方名画之一，因为在它背后有一个感人的故事：为兄弟祷告，为兄弟祈福，为兄弟的成功而牺牲自己；为兄弟的爱而感恩，这是亲人间的爱。这张照片是子衿在维也纳阿伯蒂娜博物馆中拍摄的原作。第三张是很多人聚集在一起，在烛光中为世界和平祷告，这是大爱。子衿以这三张照片向我大致呈现她在大门上设计这双合十的双手的喻意，它代表一个人从小乘到大乘，从自度到度人的过程与层次。子衿又补充说：这双合十的手也代表"欢迎来到子云国际静心度假村！"、"感谢您的光临和爱心！"、"祝您吉祥如意，一路平安！"，以及佛号"阿弥佗佛"。

静心中心大门两边要设一对石制雕塑，像一对上下半开的贝壳，实则为一对金石印章，一米八高，右边那一对的上方以经典繁方篆体阳刻"吉祥"二字，下方是它的阴刻，合二为一；左边是一对边缘为心形的印章，贝壳上方以经典繁角篆体阴刻"平安"二字，下方是它的阳刻，上下合二为一。入园区大门后，两侧是一对玻璃建筑，这里是中心的迎宾处。从这里来往杭州机场、火车站和最近的地铁站都有度假村的专车接送。来度假村的客人们在这里接受安检，注册登记，办理入住手续。之后就可以步行或乘坐园区内的电动观光车前往度假村酒店，在大堂前台领取学员卡和门卡。

二、园区总体设计：

完全按照子云老师原先策划的太极图形园林风水方案建造，园区的中央通道为S形，贯穿南北，连接两端大门，它分隔太极园区阳鱼部分的绿地园林和阴鱼部分的水上园林，也就是说，当人们沿着这条S形通道进入静心度假村，它的一边是园区的绿地花园，是阳鱼部分的鱼尾，另一边是人工湖，为阴鱼部分的鱼首。部分客人进入度假村大门后，可沿左右两边的环园大道前往他们预定的亲水别墅。

整个园区设计以传统苏式园林和日式禅院风格为主。从整个静心度假村圆形外墙往内共有五环：一环、园区院墙内的花园小道，二环、十八座亲水楼台环溪别墅，三环、环园人工溪及二十四桥，四环、环溪禅诗廊桥，五环、环园大道。子衿将环园大道以及S形太极线的中央区域划分成五个部分，象征金木水火土五行，它们是：竹林隧道（绿，木，位于园区东方）、樱花间红枫夹道（红，火，位于园区南方）、紫藤瀑布隧道（代表黑，水，位于园区北方）、银杏夹道（黄，土，位于园区中央）、白色花枝夹道（白，金，位于园区西方。）白色花枝夹道可以选用28种白色花卉：初步策划选用白玫瑰、白牡丹、白玉兰、白百合、马蹄莲、白郁金香、白色兰花、白色康乃馨、白色雏菊、白色非洲菊、白扶桑、白色绣球、白水仙、茉莉花、铃兰、白色山茶、梨花、银杯花、曼陀罗、白色鸢尾、白色月季、白色大丽花、白梅、白色四照花、白色孤挺花、白烛葵、白色郁金香、白芙蓉。根据花期、时令和高低层次来分布搭配。）环溪大道要考虑为施工运输和应急车辆保留足够的双向宽度和高度。

十八座亲水楼台环溪别墅采用现代式 Wabi Sabi 静寂式住宅美学

设计及禅美学内部装饰，原木家具、浅色调、天然纹理，主面风水墙采用天然浮石雕或原木雕装饰，使用陶土花盆／瓶、绿色植物、卵石及木雕装饰，采用磊石、瀑布、庭内外水池、树木、落地玻璃幕墙和玻璃顶蓬，多用曲线，少用棱角，打造自然、简洁、纯朴、静暄、和谐的空间，别墅内提供 432 赫兹禅乐 sound path 和疗愈音乐。

园区内还要在环溪内侧的八卦位置建亭台阁榭八座。设《道德经》墙、《心经》简林、各种"静心"书法石雕、风铃、以及关于静心的格言木牌，等等。传统建筑不柒红色，以棕黑色或黑红色为基调，力求达到形、色、神、韵、意、气与禅境的融合与谐调。在园内各处设可以冥想静坐的独处空间及座椅。子衿说：园内所有庭院及水上建筑，都请子云老师亲自命名。

三、OM 静修中心：

考虑到这座静心度假村的国际性、容纳规模及功能性，子衿想将园内的四座主要建筑——OM 静修中心、静心广场、多元静心学院和静心度假酒店都设计成新古典主义风格。OM 静修中心位于太极园区阴鱼水域的鱼眼位置，子衿想将它的外观造型设计成一座巨大的佛音圆磬，或叫梵音铜磬、天竺磬。禅林象器之大磬，是佛教中最为重要的一种法器。披佛衣，执玉槌，用击磬，声闻三千世界，亦是诸佛教诫弟子法。磬乃梵王所造，及佛灭度，娑竭罗龙王收入海宫。圆磬有如钵状，比钵盂要高而厚重，大者直径二、三尺，高约二、三尺。磬是法器中的主脑，大磬的敲用，多半是在寺僧集体行动时用以指挥大众进退起止，如起腔、收腔、合掌、放掌和佛号等处。圆磬有一种独特的声音，经过匠人细心调音后音色完美的圆磬，能以优雅的音程和波长发出延绵悠长的颤音，瞬间能让人感到心静神宁。不仅如此，铜磬还以其独特的音色传达自然清音，在我们这个时代也常被用于静心音乐、放松音乐和疗愈音乐的演奏，且现身于古典民乐家族。希望这个设计理念有助于静心中心的学员们身心放松，融入自然与禅定。

我不能说子衿别出心裁，竟想出这样一个点子，实际上我认为这是一个非常了不起的创意。她希望用蓝紫色钢化玻璃做这只大圆磬的外墙，但从其底部往上 1/4 高度，要用黑铜外墙筑基，表面装饰三层金色龟背纹，以增加其厚重感；磬壁顶端圆周边口也为金色。

下面是子衿对这座建筑设计创意的又一个亮点——书法外墙。首先，子衿想让我们看一下即将在迪拜建造的未来博物馆的设计图——阿拉伯书法外墙，这些文字窗户是由阿联酋艺术家 Mattar bin Lahej 设计，采用的是阿联酋副总统兼总理及迪拜酋长谢赫穆罕默德·本·拉希德·阿勒马克图姆的励志格句，其中一句的意思是："未来属于那些能够想象、设计和执行的人。不能等待未来，而要创造未来。"子衿说：我们的圆磬静心中心也可以采用这样一种文字窗户墙，晚间当内部灯光亮起时，这些透光的文字仍旧能够被看清和阅读。它们具体的内容是：外墙四面高处以金色字体分别题绘"满月钵磬"、"禅音悠扬"、"宁静致远"、"声抚大千"，还要以不同的书法字体刻印上金字"闻其声，烦恼清，智慧长，菩提增。"以竖向印上《金刚经》全文。

圆磬静心中心的顶部可以建成透明的玻璃圆顶，既可以采光，也可以排泄雨水。子衿希望能将圆磬静心中心的内部结构设计成一座流线型白色金字塔，采用扎哈·哈迪德风格，线条要简洁流畅而圆润，就像我们打坐时的姿式，而建筑外表包裹的一层钢化玻璃，也代表我们在打坐时周身所形成的看不见的气场。OM 静修中心内部，除了必要的服务设施，主要是高敞的活动大厅，其中间位置要放一尊真正的圆磬。活动区域的划分，遵循子云老师的原创。静修中心大门也是玻璃的，左右自动对开，中间合成一双合十的手，左右各印上中文"OM 静修中心"，以及英文"OM Meditation Center"。

OM 是什么？ OM 是一种声音，其振动可以影响整个宇宙。它是梵语音节 ॐ，拥有构成遍及整个宇宙的声音的巨大空间。根据吠陀经的记载，OM 音节在印度文化中非常神圣，它被认为是世界上所出现的第一个音，并代表一切创造。OM 也是婴儿出生后所发出的第一个音，是最原始自然的元音。OM 也是一个"种子咒语"。通过对

OM 的反复诵读，人们可以意识到真实的自我位于自我之内。它能清洁周围环境，减轻压力和焦虑，加强脊髓，改善消化系统，维持心脏的节律活动，增加血液中的氧气水平来减少疲劳。这就是为什么将 OM 的声音视为 Atman（灵魂之内）或 Brahman（最终现实）或上帝之声的原因。

关于 OM 静修中心里圆磬的设计灵感，子衿说来自我的琴曲《知音无古今》的结尾部分。她提出的想法还有：要以 432 赫兹定音，敲击一下后发出的声音要接近 OM 的音频，并能震动 72 次或以上——指我们的耳朵能听到至少 72 次。72 次颤音，我开始想象那个圆形的、蓝紫色半透明玻璃的高大建筑，想象我独自走进空无一人的 OM 静修中心，走到中央的大圆磬旁，在青色的蒲团上坐下来，盘起双腿，左手立在当胸，闭目，用右手拿起棒杵，敲击身旁的圆磬，然后倾听那清悦的声音不断发出的震颤，直至 72 声，甚至更久，更远……它传向宇宙，击发和唤起共鸣。我就在这穿越中进入冥想，在与自然融合的状态下入定……你能想象吗？

将静修中心设计成圆磬形，并以 OM 命名，你还有比子衿更好的创意吗？

子衿还说明：将 OM 静心中心建在阴鱼区的鱼眼位置上，这座水上建筑的外围要设地灯和喷泉，晚间打光，加上其水中倒影，景观会更迷人。那么通向静修中心的桥呢？有两条，一条在水下，为玻璃圆拱形通道，可观赏鱼群，还可以在通道两旁的几个球形玻璃空间里冥想打坐，听音乐，体验水下禅；另一条在水上，水上的这座桥在园区中心点和静修中心的连线上，长度不到园区半径的 1/2，它可以被建成一座露天玻璃拱桥，其造型就像是圆磬的敲棒，半截黑色，半截木色，其宽度与高度可供施工、供给和应急车辆通过。

看到这儿时我便开始推测和想象，静心度假村的另外两座建筑应该设计成什么样？但我又迫不及待地想往下读，看看子衿又有什么奇思妙想。

四、多元静心学院：

位于园区阴鱼水域的另一座建筑。子衿想将这座建筑设计成一个巨大的木鱼造型。木鱼？跟圆馨皆属法器，一大一小，一金一木，一吟一颂，和谐，我竟没有想到这一点。且看子衿下文，她仍旧选用深蓝色钢化玻璃做外墙，弧面处选用特制 U 形玻璃，使其表面光滑圆润；鱼背和鱼尾部分选用紫檀木，雕一对金龙鱼；还要设计出鱼嘴部分的立体造形，木槌棒插在其中，槌头是白色。建筑内分上中下三部分，下部占两层空间，设有中央大厅、多元静心学院、中心管理和技术支持部门；中部木鱼嘴槌棒层为通道走廊和书店，白色球形槌头部分用作图书馆和咖啡厅；上部是多功能礼堂，也是一座沉浸式剧场，占三层空间，阶梯座席可容纳 800 人，座椅宽大舒适，下面有筐，可存放外衣和背包，两边有旋转式小桌，可放置水杯、手机、书籍、电脑和捻珠等，还配有同声翻耳机。观众坐在上面可以观赏舞台上的音乐表演、佛乐演奏，听讲座，诵唱禅曲，集体打坐，同时还可以居高眺远，一览西湖美景，享受得天独厚的视觉体验。这座水上玻璃木鱼建筑不需要桥梁，因为它就建在 S 形大道边上，方便施工，也可留出更多的水域，供游人们放舟行船。晚间点亮曲线轮廓灯，加上水中倒影和 S 形大道沿岸的喷泉灯，又是另一景观，期望设计师能获奖。

看到这儿时我不禁笑了，其实从看到第一条时我就已经笑了，兴奋惊喜和赞叹，令我巴不得现在就授与子衿设计创意金奖。然而更精彩的还在后面，接着看子衿的构想。

五、静心广场：

将静心广场建在阳鱼区绿地园林上是不是更好？子衿建议，和 OM 静修中心一样，她修改了我先前的设计方案，理由是：将贯穿园区连接南北大门的 S 形大道全部贯通，这样更便于交通，若有意外事件发生，应急车辆出入园区会更方便快捷，也更安全。我立刻接受。子衿说，将静心广场建在地面上而不是水面会令学员们感到更脚踏实地，另外它也不会挡住同样建在地面上的静心酒店大厦和其景观，但仍可以按照我原先的想法，将广场的地面设计成阴阳图案。我当即赞同了这个全面布局。

六、平衡木：

子衿建议在园区内的三个地方架设长长的平衡木步道：一是在静心广场的周边上，它同时还可以用于在学员们练功休息时就坐；二是沿着整个园区周边的环溪大道，两边双向架设；三是沿着园区中心的S形主通道两边。理由：走平衡木需要平心定气，可以锻炼人的专注力，平衡力，也可以作为一项比赛，看学员们谁走得最长最稳，将其设立为静修的活动项目之一，也不失为乐趣。平衡木不必过高，半尺足以，两脚宽，安全为先，两侧要设脚灯，晚间可以照明，从空中看，又勾勒出静心中心太极图轮廓的夜景。

看完这一段，我立刻就想登上平衡木，去走那条长长的S形太极大道了。

七、静心酒店：

圆磬、木鱼，都是禅林中会发声的道器，那子衿又会怎么创意静心酒店，才能达到整体的和谐与圆满？我对这个以我自己命名的静心度假村的建筑设计一直拿不定主意，或者说一直想不出一套确定而又自信的好方案，既使按照子衿已经给出的两项建筑提案，我还是推理不出最后一个答案，她举一举二，我还是难以反三。真是惭愧。关于静心酒店，您有什么好主意吗？还是看看子衿的吧，凭她的潜力和才华，是否还能再给我们一个惊喜？我的心又开始呼呼乱跳。

静心酒店将会建在园区平面太极图阳鱼区的鱼眼上，子衿说，而对于我最关心的22层高的静心酒店的造型设计，她的提议竟大大出乎我的意料——她想把它建成一座立式的古琴，并且取名"松石间意"！我一下子站了起来，不禁大跌眼镜，这真是一个绝顶而又大胆的想法，我怎么就没有想到？！我应该可以想到的呀！可我偏偏就没有想到！我用两手撑着桌沿儿，弓腰紧盯着电脑屏幕，接着我打开子衿通过附件发给我的AI绘图——"松石间意"大厦完全按照比例被放大，矗立在静心园区的绿地中心，琴面冲着西湖方向，七根竖立的白色直线代表琴弦，十三金徽和玉轸、龙池、凤沼、玉雁足也一应俱全。同样是蓝紫色的玻璃外墙，背面上的金黄色铭文也全部按比例原位仿真，并构成了另一个艺术墙面的文字形玻璃窗，与OM圆磬静修中心的文字墙相呼应，一高一矮，一圆一方，一立一卧，一阴一阳。另外，酒店内部设计与艺术装饰也以中国文化元素、禅文化和静心为主题，采用数字化管理和服务，使之成为一座智能酒店。子衿在这里说，可以把整个子云国际静心度假村打造成一座智能环保的高科技绿色社区，在中国，在杭州，我们当然可以做到。最后，子衿补充道：连接S形园区中央大道和环湖大道，通向"松石间意"静心酒店的这条路，子衿想把它设计成一把琴箫的造型。我又一次拍案叫绝，不知隔壁的雨默是否又因此被我吓了一跳。

子衿进一步提示我：请想象一下，当黄昏降临，"松石间意"静心酒店亮起建筑轮廓灯，西湖对岸、周边、湖上乃至空中的人们都可以看到这件国宝古琴，钱江一侧的人们也会看到它背面金光闪烁的铭文。"松石间意"大厦的名字乃是乾隆皇帝于两百五十年前御题，我们吴地才子唐寅和大文豪苏轼的题名亦为它增辉添彩，不在杭州立它，更待何处？"松石间意"古琴是目前世界上卖价最昂贵的乐器，将它竖立成一座国乐乃至人类文化的丰碑也不足为过。它可以提醒人们：静心有多美，雅乐有多酷。

为什么我就没有想到这个创意？为什么为什么为什么？我一遍一遍地问自己，因为我的"松石间意"一直深藏不露，隐于江湖深山，因为我一直认为，我的琴从来都是横在我面前，尽管我也曾经去参观过浙江博物馆、三峡博物馆和西安的中国古琴博物馆，看到上千张古琴都被挂起展出，其中三百多床一级二级文物也因其背面的铭文题刻而被竖立在玻璃展柜中。我却怎么也没有意识到，我的已经892岁的"松石间意"也属于整个人类的文化遗产，应该让它的光彩普照人心，让它的神韵广播世间，让它的生命得以传承，仅仅隐世收藏，自娱其间，它的价值又何在？既便我修成了罗汉却不度人，又怎能成为大乘的佛菩萨？

　　水上圆磬静修中心、水边木鱼静心学院、古琴大厦静心酒店、洞箫通道，弦乐、管乐、打击乐，一园禅音。子衿最后向我提议——又一个非常重要的提议——见于我创作了那么多静心冥想和疗愈音乐，又有自己的制作工作室，为何不创建一个音乐治疗中心呢？就把它设在子云国际静心度假村内。子衿的想法又一次与我一拍即合，她总是能够点拨我，提醒我，发掘我，成就我。子衿告诉我，凡是来子云国际静心度假村的人，一进园区就能听到古琴"松石间意"的妙曲禅音。谁说曲高而和寡？古曲新奏，她想让古琴音乐传遍全世界，甚至再次送往太空。

　　我站起身来，搓着双手在屋里转来转去，我想给子衿回信，感谢她，可是我的手抖个不停，接着我就冲出房门，向楼下奔去，顺手从厨房外面拾起一根大木头。雨默听到咚咚咚的异常声响，不知发生了什么，连忙跑出自己房间来查看，却见我已跑下西楼，手里提着根棒子，好像要跟谁去拼命似地绕过大雄宝殿，直奔前面的院中甬道，扛起木棒，向着一座我想象中的大钟撞去，接着，寺外远近便听到了久违的钟鸣轰响，我在想象中一共敲了八下，回音不绝。突然，天就下起雨来，噼哩啪啦地打在我头上，身上。我仰起脸，闭上眼睛，感受那雨滴，我变成了一口自鸣钟，而老天就成了那被唤醒的玉磬。除了修行到一定功夫和境界的人，或许，只有诸葛孔明和尼古拉斯·特斯拉才知道我此时讲的疯话，我们互为知音。尘世中的人不认识他们，就好像关案山每天守着寺院却不认识佛。

　　我到大殿里去焚了十三柱高香，在佛前合掌冥目肃立了很久。最后，我在雨默诧异的眼神中回到楼上我的房间，关好房门。我开始抚琴，一曲接一曲，直至我意识到，雨默可能会因此无法入眠，于是，这才罢了手。但我却看到雨默从隔壁发来的手机短信，他询问我："老师，您没事吧？"

　　我对着手机想了想，然后回信问他："金声玉振是什么意思？"

　　过了一会儿收到他的回信，我一看便知是他从网上抄下来的解释："以钟发声，以磬收韵，奏乐从始至终。比喻音韵响亮、和谐。

也比喻人的知识渊博，才学精到。"

我轻轻笑了笑，回信道："以钟发声，而引玉磬共振。同频者相吸，同频者共振，知音也。"

雨默终于在雨声中踏踏实实地睡着了。我回到电脑前，将编辑整理好的那日子衿抚奏"松石间意"的三首录音录像，通过电子邮件发给了她，还有由雨默从他房间窗内偷拍到的子衿在寺后多宝佛塔上与我琴箫合奏的珍贵的录像，《春山外》、《梅花三弄》、《知音无古今》，经我编辑后，画面和声音都清晰了许多，思量再三，我也发给了她，并向她道歉，偷拍未经她允许，但并未发布，未侵犯她的肖像权，因为我作品的首映版权也在其中，所以，理应在知音间共享。之后我便盘坐在床上，佛珠静置一旁，心里久久难以平静。自从子衿在这张床上坐过并读了我偷偷写给她的诗后，她的琴声和她灵魂的气息便永久留在了我的生命里，还有我枕边的这条珍珠色的丝绸旗袍……实际上，自从第一次见到她后，自从我们交换题扇后，自从我们琴箫相悦后，子衿便成了我每晚临睡前最后的祷告，成了我的梦中之梦、曲中之曲，成了我每日醒来时的第一声呼唤。自从我请她走进我的静心度假村宏图，我的禅园也成了她的禅园，我们携手畅游其间，同栽菩提，共建大厦，泛舟西湖星海，在月光下让箫乐琴音充满园林，飞向太空……不知，这是否也是她的梦想，不知，她是否也同样地思念我……她在电邮中对我说，她就是想把我的静心度假村打造成一方净土、一座禅意花园，并让世人共建，共度，共享，同登极乐。

隆中山的夜雨静静地下着。雨中山果落，幽人应未觉。

临走前一天，所有的书籍画卷都已装箱。我们将会自驾返回杭州。之后，我叫上雨默，最后一次去登隆中山。

天仍旧阴着，只有丝丝微风。秋树覆盖山峦，在沉沉烟云中呈现深绿浅红又杂黄。日色哽咽，低云布雨。山下苍松万壑、修竹茂林，周围田垄交错，岗峦连绵，远处紫水云烟，气色茫茫。这时我问雨默：

"孟浩然有一首《与诸子登岘山》，读过吗？"

雨默点头，吟诵道：

"人事有代谢，往来成古今；江山留胜迹，我辈复登临……"

终于下起雨来，雨默撑伞，我用 SONY 相机拍摄记录了隆中山的雨景、山泉、溪流、亭阁，还有子佩作画的地方，我要把这段视频制作成禅静音乐，以疗愈自己和他人。

那天晚上，抱上我的丝桐琴，独自来到寺后，登上多宝佛塔。我在子衿坐过的西方坐下，凝望寺外流水和古隆中山，直到明月升起，映入水中。一片梧桐叶飘落到我的衣襟上，又有一片落在我的肩头，我将它们轻轻拾起，在月色中观看，我很想将其中一片叶收藏起来，将另一片寄给子衿。御笔亲赐"感应大将军"果真有感应，名不虚传。我和子衿两个从未见过面的人只是凭着感应而结此良缘。雨默已在四个方位架设好摄像机，我也在塔上设好香案，铺稳瑶琴。佳时已到，我闭上眼睛，盘坐进入空灵。琴，在山云水月之中，为我抚奏千年禅音……

十八、上善若水

（应钟调）

知止而后有定，定而后能静，静而后能安，安而后能虑，
虑而后能得。

——【春秋】曾参《礼记·大学》

翌日清晨，宝马车等在寺外，玖思和关案山前来送行。作为
一个好学的学生，玖思最后问了我一个问题："除了佛经和禅乐，
除了那些高深的哲学经典，在文学作品当中，您最喜欢的书是什
么？能向我推荐一本吗？"

我想了想，考虑到这孩子的年龄，我回答说："是丹麦童话
作家安徒生的《小人鱼》。"我这样说是因为我想起了昨天在子衿
脸书上看到她发布的一条箴言。

包括雨默在内，三个人都颇感意外。

我解释说："任何一部伟大的文学作品，势必揭示人间的苦
难，揭示人类精神发展历程中的盲区和误区，揭示所有的问题，
以警世醒世，或提出解决方案和指导思想。爱是一个永恒的主题，
无论是各种宗教还是古今中外所有的文学艺术作品，情致的也好，

理趣的也好，冷峻的也好，浪漫的也罢，大爱如《悲惨世界》，真爱如《圣母院的敲钟人》，关注的永远是人性本身。但在《小人鱼》这篇成人童话里，我看到的既有男女之间的私情，也有无私的大爱，因此被称为真爱。小人鱼公主因为爱上了王子而渴望来到人间，为了能够蜕掉鱼尾变成人，她忍受了由女巫药水带来的巨大的痛苦，还因此失去了美丽的声音，每走一步都如履针毡，而她为爱付出的所有代价都没有得到王子的回应，王子尽管喜欢这个美丽的哑巴女孩儿，却终要和邻国的公主结婚。小人鱼公主在绝望之余还是放弃了杀掉王子重回大海的机会，为真爱而牺牲了自己，变成了海里最卑微的泡沫，但她最终被天使接去了天堂，获得永生。我们都为小人鱼公主的牺牲所感动，赞美她无私的真爱和天使般的心，但换个角度想，小人鱼公主的真爱感天动地，王子却对她所做的一切一无所知。几乎所有的男孩子都希望自己是那个王子，全世界有多少个男孩子想过，他们也应当成为小人鱼公主，或者小人鱼公主那样的人？"我说完看了看他们三个，他们都在沉默，现今的世界上还有多少人能为所爱赴汤蹈火，乃至为对方的幸福付出自己全部的生命和灵魂？这样的故事在古装剧里居多，现今的影视和八卦里，人们大都在跟小三或者前任勾心斗角，纠缠不清呢。

"从鱼变成人，又从人变成天使，小人鱼公主只用她短短的一生，就超越了人类几亿年的进化。"这就是子衿昨天在她脸书上发布的箴言。

"那就是一个童话故事。"关案山这时笑起来，还拍了拍我的胳膊，"别当真，要我说呢，那王子根本就不值得小人鱼公主……"雨默在边上捅了他一把。

我知道，我点了点头："所以我们要用智慧来爱自己，用智慧来解决自己的问题，用慈悲去化人，度人，爱众生。"

时间不早了，大家相互握手，作揖告别。玖思终于忍不住，开始啜泣。我将他搂进怀里，抱了好一会儿，然后将一串佛珠挂在他脖子上，是我留给他的护念，并嘱咐他："种善缘，结善果。"

孩子不住地点头。

最后，我望了一眼云居楼。云居楼本不叫云居楼，只是我来此居住了一个月，才给它起名云居楼，待我离开后，人走楼空，不再有禅乐书声，不再有雨默玖思，不再有子衿琴箫相和，也就不再叫云居楼了。缘起缘散，似云卷云舒，一切皆为空。但知音相遇，内心的相守却可以超越时空。

当我踏出广德寺山门时，眺望隆中山的晨雾松云，身后响起玖思为我们送行的歌声。

> 茅庐承三顾，促膝纵横论
> 半生遇知己，蛰人感兴深
> 明朝携剑随君去，羽扇纶巾赴征尘
> 龙兮龙兮风云会，长啸一声抒怀襟
> 归去归去来兮，我夙愿，余年还做垅亩民
> 清风明月入怀抱，猿鹤听我再抚琴
> ……

我和雨默的眼眶都湿润了。

一路驾车向东向南，经随州、武汉、安庆，我们准备在铜陵挂单过夜。

许许多多故事都是在人的心里发生的，而非动作片，一个表面上看平平静静的人，内心可能正在经历着一场情感的狂风暴雨，或正在酝酿一部旷古的巨著、音乐、画作、诗篇。王子永远都不知道小人鱼公主为他所做的一切，但是通过爱，小人鱼公主却达到和完成了灵与肉的自我超越。

雨默只有两年驾龄，所以一路上主要由我开车，我有中国驾照、北美驾照和国际驾照，凡我去的国家和地区，我都喜欢在机场租车自驾，哪怕是在靠左行驶的日本和英国（印度就算了）。我喜欢在开车时听禅静音乐和古琴音乐，不知道全世界有多少人如此。我把

子衿演奏的曲目全部从优酷上下载，拷进了 U 盘，此时，我一边开车一边倾听子衿弹奏的古琴禅乐专辑，我的头脑里又浮现出那晚她在月光下独自畅游的情景，没有水花，静寂无声，只有一圈圈一层层绸缎般被她铺展开去的涟漪，连水中的鱼儿都没有被惊动，就像一只宁静高洁的白天鹅，那样舒缓而优雅。我也联想起京都的禅院，每当落雨时节，寺中池塘的水面上就会呈现出无数的水圈，满眼绿色，感觉比没有下雨时还幽静。当一个生命远离尘嚣，全身心放松并融入大自然时，便能吸收到宇宙的能量，那是何等的惬意。我此刻驾车时的心情，就好像子衿在月光池塘里无声的潜游。

我在胸口处贴了两个电极贴片，它们会把我在开车时的心电图表发送和存储到一个数码记录仪中，并会同时记录下时间和地点。这些数据的积累和统计是为了我能观察到自己的禅定状态，每天早中晚在禅室中打坐，我会选择一个时段在左右手腕和手指上固定好传感器贴片，它们能记录下我坐禅状态下的心率；另外，我还会在头上戴一个很轻的"头盔"，头盔上分布着 7 个电极传感器，包括太阳穴、头顶前后左右额叶及中央区，它们能测量到我从入禅、禅定到出禅整个过程中头部的脑电波，其频率、幅度和整体性。如果我的脑子里在胡思乱想，头盔就会发出粉红色的不稳定的光，而如果我进入了禅定状态，头盔就会发出蓝色的和渐进稳定的光。这套装置被称为"禅者心脑电波测量仪及头部按摩器"，它是由知音国际爱乐集团医科大学开发研制的，我从四年前一来到中国就购买了它，每天禅坐时都会使用一次，从某种意义上讲，这套仪器促进和提升了我的禅功。但它还有另一项功能，即它同时还是一个头部眼部和颈部的一体式热感应智能按摩器，它先通过传感器测量头部各区域的脑电波，若你需要按摩，它就会根据测量到的信息，用大小不同的梅花针对不同部位进行智能按摩，每次按摩之后，我都会感到头部、颈部和眼部血液循环增加，头清目明，非常舒服。在每每称赞这是一件好东西的同时，我却从未注意过它的发明者，她的名字叫青子衿，而在提出这项发明的创意时，子衿还只是一名音乐学院的大学生。我从不知道，在我遇到子衿之前，她的思想就早已进入我的生命和灵魂，每天都贴着我的心脏和大脑，深深地测探着我与神的最微妙的关系。

当雨默第一次无意间看到我戴着这套装置打坐时，他着实被吓了一跳。我向他解释：知音大学医学院以及美国加州大学医学院一个从事脑与宗教研究的小组，向全球征集了一些使用这套仪器的测试者，他们希望能通过实验跟踪、大数据采集分析和他们的综合研究，向世人阐明禅定的科学依据。爱因斯坦说："没有宗教的科学是跛子，没有科学的宗教是瞎子。"

我进一步向雨默解释："一个资深的曹洞宗禅师在进入禅定时，脑部会出现 50% 的 α 波，而一个初禅者只会产生大约 20% 的 α 波。曹洞宗和尚在坐禅 32 分钟后，α 波和 θ 波充满了额叶和顶叶，α 波也广泛地出现在他的枕叶和颞叶。打坐者进入深层第三期时，主要脑波为 β 波，对外界刺激的反应降低，专注于当下以取代时间，时间被暂停。在禅静中，我们空掉意识，大脑和全身得到放松，回归自然状态，没有任何干扰。这就好像我们用一只透明的桶从海里打上来一桶水，水是浑浊的，我们让它静止在那里，不去扰动它，慢慢地，水里的杂物开始分层，有些漂浮到水的表面，有些沉淀到水底，中间的部分越来越澄澈，把所有的杂质排放掉，把水过滤，就得到了一桶清净的水。"

在开车时可以进入禅静，做任何事时都可以以平安之心去做，不急不躁，无惊无虑。我一边开车，雨默一边观察测量仪上显示的我的心电图，幅度平稳，心率均匀，并一直保持着这种状态。但在经过武汉时却发生了意外，右边一个小路口上有一辆车突然横冲出来，几乎就要撞上我们的车，雨默吓得惊叫起来，我从内线急速向左打轮躲开了那辆车，但却进了反方向的车道，一辆大卡车迎面开过来，我又急速向右打轮回到右线，一场交通事故就这样被避免了，而完成这一切我只用了一秒种。雨默惊魂未定，右手抓着右车门，左手按住胸口，他看着前方，汽车平稳地向前行驶，好像什么也没有发生。雨默喘息了一阵，确定自己不是在做梦，这才看了看我，我气定神闲，面未改色，继续开着车，继续听着子衿的琴曲。雨默拿起测量仪，查看半分钟之前的记录，发现我的心电图并没有发生任何改变，心跳没有加快，幅度也没有升高，他惊呆了，以为测量仪出了问题。我可以在禅静状态下应对突发事件，心脏没有为此多跳一下。但是我完全能够理解雨默此时的感受，我第一次见到子衿时，就是他刚才那般的感觉——一场冲撞事故发生在了我们心里。

"我十六岁那年，就在加拿大考到了驾照，至今没有发生过事故。我希望永远也不会发生。"我平静地对雨默说，并且我说话时的音调、语调和节奏与正在播放的古琴曲非常和谐。"不过，初学驾驶时，我也很紧张，很胆怯，可是当我打开汽车音响，听到我熟悉的音乐时，我就忽然间变得放松和自信，变成了一个好像很有经验的司机，驾驶时还带着节奏，甚至动作优雅。"

"也从来没有被警察抓过？"雨默稍微放松了一点儿，手却仍旧按在胸口上。

"有过两次，"我看了一眼后视镜，然后减速转右，"一次是在日本，一次是在温哥华。因为我把车停在路边打闪灯，警察发现并过来寻问我是否遇到什么麻烦，我说我只是想看着这里的风景，把一首曲子听完。"

雨默终于忍不住笑了起来。我很高兴能帮他缓解情绪。

"那天你去609所，看的是什么电影？"我接着平静地轻声问。

雨默定了定神，扶了扶眼镜，又想了想："超人。"

我点点头："超人之所以为超人，你认为他有什么超人之处？"

雨默的脑子因为刚才受了惊吓而明显反应变慢。

"有一点，"我说，"他比我们普通人的时间快。"

雨默点了点头："耳听八方，眼观六路，还会飞。"

"止，而后观；静，而能听。气定则稳，气散则乱。当你进入禅静状态时，你的专注力会增强，你的敏感度、自制力和反应能力也会提升，你就控制了时间。所谓活在当下，就是把全部精力都集中在了当下。"我把车平稳地在山间公路上转了个弯，然后继续说，"你知道五中校长给玖思测试那天出的作文题是什么吗？"

雨默摇摇头，笑着问："你看了？"

我点点头："题目是'上善若水'。"

"上善若水？"雨默皱起眉头来，"这是给小学毕业生出的作文题吗？"

"的确，我也觉得这是老子给自己出的作文题。但是事后我听校长说，这其实是子衿给玖思选的作文题，她想看看在大洪水夺去了这孩子的家园、亲人和学校后，他是怎样认识和理解水的。你知道玖思是怎么写的？他说：没有什么比水更强大，看看海啸、洪水和大潮，人的思维、意识和情绪也会像海啸、洪水和大潮一样，释放出巨大的生物波和磁场，其辐射出的能量甚至不受时空的限制，如果不对其加以管束，它就会把它的周围泛滥成灾。所以我们要用水管和渠道把水管理起来，引导到我们需要的地方。也没有什么比水更柔弱，放到什么容器里就是什么形状，但如果把水加压至60,000 PSI 或以上，并从一个小孔压出，成为一股高压水线时，这个水刀甚至可以强大到能切割钻石。"

"这不是你在禅学讲座书中写的吗？"雨默笑起来，"这孩子读了你的书，难得他小小年纪。"

"是啊，"我说，"他还从其它方面写了水的道性，水善利万物而不争，我们的地球家园表面百分之七十都是水，我们人体的百分七十都是液体，我们得保护好我们的生命水资源，与大自然和平相处。最后压题的一句是：水是人类的老师，也是万物的生命之源，人类要跟水成为最好、最和谐的朋友。上善莫如水。没有什么比水更强大，也没有什么比水更柔弱，最柔弱的往往是最强大的。"

"不错不错！"雨默赞叹，"就算中学生写出这样的作文都应该给高分，为何校长给玖思的作文扣了 3.5 分？"

"因为他超过了限定的字数，把试卷背面都给写满了。"

雨默不禁大笑起来，拍掌叫好："五中校长没读过你写的书，不知道你给了玖思多大影响，他每天不仅要学课本上的知识，做那么多功课，还跟着研究生一起听道学法。阿弥陀佛！机会青睐有准备的人。真的感谢子衿菩萨！"

"是啊。我刚才想说呢，其实是静心。静心，把能量专注在当下，集中到一点上，就能形成巨大的能量。一个钉子，那么小，钉在墙上或木头上，却能承载重物，只因为它专注，专一；当你的专注力作用于一点上并不断地加强它之后，你的功夫可以使你用一根手指就能撑起你整个的身体，并能保持平衡和稳定，这就是一指禅。"

雨默领悟，不住地点头。

沿途找一家素菜馆并不容易，但雨默并不想在随意一家餐馆里点一道素食，坐在吃肉的人旁边，那并不是纯粹的素食。好在我们这个时代有了谷歌和百度，有了 GPS。过了安庆，路上车辆少了，我让雨默来开车，我需要休息一下。不料，开着开着，雨默突然把方向盘打向左边，又猛地打回右边，就像我先前做的那样，但右边并没有车冲撞过来。我并没有惊愕，只是侧过头去看着他。雨默用手背抹了一把额上的冷汗，道："抱歉！我走火入魔了。"

我非常理解，那个险些发生的事故在他的心里又发生了一次，可能还会发生多次，直到他放下；这次他躲过去了，而这使他心里的压力释放了许多。而我的心也没有因这一次在他心里发生的事故和作出的反应而多跳一下。学道有先后，功夫有深浅。我跟雨默 10% 是师生，90% 是同修。我知道他的气还未消，心里还在怨恨刚才那个冒失的家伙，这是一个施教传法的好时机，于是我说："有一次，苏东坡去大相国寺拜访佛印禅师，看到墙上有一首佛印新题的打油诗：'酒色财气四堵墙，人人都在里面藏。谁能跳出圈外头，不活百岁寿也长。'苏东坡看后不以为然，提笔在旁边和了一首：'饮酒不醉是英豪，恋色不迷最为高。不义之财不可取，有气不生气自消。'后来，宋神宗在王安石的陪同下来到大相国寺，看到墙上的诗，王安石也和了一首：'无酒不成礼仪，无色路断人稀。无财民不奋发，无气国无生机。'神宗看后大为赞赏，也乘兴和了一首：'酒助礼乐社稷康，色育生灵重纲常。财足粮丰家国盛，气凝太极定阴阳。'后世隔空和'酒色财气'的诗颇多，其中最著名的一首说：'酒是断肠毒药，色是剐骨钢刀，财是要命阎王，气是惹祸根苗。'"

雨默边开车边笑了笑。

"三寸气在千般用，一旦无常万事休。杀人，放火，嫉妒，诽谤，怨恨，自杀，施暴，复仇，皆因一口气；甚至一场战争，尸横满野，血流成河，也皆因一股气，其破坏力可致人祸天灾，后患无穷。人若生气而无门发泄，便会反噬其身。人在意念中造的业，有时当下就遭果报，只是人肉眼凡胎，看不到意念产生的能量生物场对环境造成的影响，其实每个人都是一个意识能量的发射塔，在收发各种能量，所谓一念泰山，一念星河，咫尺地狱，咫尺西天，放下屠刀，立地成佛。因此人要治心，要修得福慧法门度已度人。起念动心都是修行。这是我在每一次禅修讲座中一再提到的，因为有不少人既不嗜酒，也不好色，也不贪财，但就是过不了'气'这一关。"

"我爷爷就是被气死的，"雨默说，"被人诬陷至死。"

"阿弥陀佛。"我痛心地低声念道。

"我爷爷因心脏病去世的前一天，我刚出生，那天下着雨，爷爷在弥留之际为我做祷告，最后对我父亲说：高山无语，明月无言，花开无声，静水流深。天不言而四时行，地不语而万物生。万语万当，不如一默。"

我沉静了片刻，点点头道："有人受了别人的气，有人给别人气受。我们要修炼的，其实就是这口气，这个心念。有的人忍不了一口气，有的人气盛时要发泄。有太多的人都毁在了一口气上。给你讲两个例子：我有一个舅父，他有两个儿子，大儿子在上中学时，有一次在学校里犯了错，被老师请家长，我的舅母赶到学校，当着众师生的面痛骂她的儿子，并给了他一记大耳光，之后就忿然离去，留我表兄一个人站在众目睽睽之下，两分钟后，我表兄跳楼自尽，只有十四岁。可是，他那天究竟犯了什么错，事后没有人记得了。另一个例子，我有个堂妹，我叔叔的女儿，白人，小我十岁。

上次我回温哥华探亲，她执意要我和她还有她的女友一起去看泰勒·斯威夫特的演唱会，我知道泰勒是世界级的歌手，有铁粉无数，我也很钦佩她的才华，但我是个好静的人，我喜欢古典音乐，所以我不想去。可我堂妹非要我陪她去，因为我们全家人都想把我从空门中拉回来。我不想太让她扫兴，就陪她去了。那是一场在体育场里的大型演唱会，上万人都在欢叫，很多人都一直站着，跟着音乐和泰勒一起跳，就像一场盛大的 Party，我堂妹则是从泰勒的第一个歌词就一直跟着她在唱，尽管是坐在那里，却一直都在手舞足蹈。而我虽然也是坐在那里，其实一直都是在半闭着眼睛打坐，闹中修静，真是一个练功的好场合，可惜浪费了一张票，应该留给别的铁粉观众。演唱会之后，我堂妹还一直热血沸腾，说要一起去酒吧，然后开车送我回酒店，我对她说不顺路，并劝她把心静一静，早点回去休息，就自己打车走了，结果……她在路上出了车祸……那天，是农历八月十五。"

雨默摇着头，深深地叹了口气。

"所以庄子说：人之生，气之聚也，气聚则生，气壮则康，气衰则弱，气散则亡。智者知养生也，养生之妙在于养气，慎言语以养神气，忌狂喜以养心气，乐助人以养胆气，善制怒以养肝气，少忧思以养脾气，食清淡以养胃气，常咽津以养肾气，深呼吸以养肺气，多运动以养骨气，交挚友以养人气，好读书以养灵气，不显露以养元气，居中道以养和气，意内守以养真气，祛惰性以养志气，坦胸襟以养正气。修炼首先要修要养的，就是这口气。"

"我现在就想到子云静心度假村的园子里，去走太极弦平衡木。"雨默说。他还是没有悟到应该放下，活在当下，没有挂碍和执着，才能得大自在。他现在就是在走平衡木。作为音乐家、指挥家和古琴家，子衿看上去已修炼到高朋满座而坦然处之，曲终人散亦不觉孤寂。

"像青小姐那样中西方古典音乐和古典文化兼修并蓄的艺术家，又富有现代和超前创意思想，真是难得。"雨默说。看来，他的脑子里跟我一样，满是子衿。这很自然，我们平时接触的人不多，大多数时间都是在跟佛经、典籍、古乐和自己打交道，像子衿这样高能量美丽的灵魂出现在我们的生命里，谁能无动于衷？但我希望，雨默也能像我一样爱而无欲，恋而不迷。

"有机会，咱们一起去看她的音乐会吧，不管是古琴的，还是她指挥的交响乐。"我说。

"她今晚有演出吗？"雨默问。

我不禁笑起来。和同路人在一起，就有说不完的共同话题，人生之幸也。后天，西湖琴社有一场聚会交流演出，不知子衿会不会去参加。下个月，北京大学有一场中国宗教音乐雅集将会在百年讲堂举行，由北大宗教文化研究院举办，汇演将会集儒、释、道、伊斯兰教、基督教和原始宗教等音乐及舞蹈艺术于一堂，展现宗教艺术的圆融之美、和平之愿、超越之维、神圣之光，我刚刚收到邀请函，但还没有告诉雨默，他现在需要平静，稍然安息，平复心气。我从汽车的电子屏幕上选了一首曲目，对雨默说："听听这一段。这是子衿两天前刚上传的一个新视频，我在优酷上看到的，是她演奏的古琴曲，但是有交响乐队伴奏。难得一见古琴协奏曲，子衿亲自作曲、领奏；不仅如此，她还给这段音乐配了音，我是说，她以音乐为背景，还配了一段语音文字。真佩服她的创意。来听听这段音乐和朗诵。"

"太好了。"雨默非常期待。

音乐响起，古琴的筝筝一响，在山水流云间悠悠荡出，又潺潺铺展开去。交响乐队低声的协奏，营造出宽广而绝美的仙境。此时，我们的车所经过的山间景致，让我不由得想起了瑞士。如音乐般优美的语音这时响起：

"存在～是一支交响乐队，我们渴望与之合鸣。所以，音乐～才会那么吸引头脑和心灵，因为聆听音乐，有时能使我们～融入全宇宙的和谐。

"聆听贝多芬、莫扎特或东方的古典音乐，一个人会进入不同的世界，继而，一种完全不同的形态出现了。你的波段变了，你的频率变了，不再有思虑，换成了伟大的乐音在你周围，你的心里也开始跟着一起演奏，重新创造失去的旋律。

"这就是伟大音乐的定义：让你看到与整体合一的境界，那种天人合一的、更加接近神的崇高的美，即使只是一刹那，也让你感受到那难得的心灵的净化，平静，重新被注入能量，涌现出感动和喜悦。

"创造这种天人合一的方式还有很多，因为大自然和人的心灵就是一把无弦琴。靠在树上，感觉与它交会，融为一体；游泳，闭上眼睛，感觉融入水中，与水合一。坐在瀑布旁，聆听，坐在雨中的湖畔，聆听，坐在月光下，闭目聆听，行驶在云雾中，聆听……耳朵能听到的，是声音，而音乐，是用心灵。静心就是神圣的聆听的艺术。如果你听到了音乐，那便是你的心灵与神的合一。

"梵文 nada 的意思是'音乐'，西班牙文中也有同样的词 nada，意为'空无一物'，它们都是美的，因为我在谈论的～是一种因宁静而产生的～天人合一的音乐，它是一种内在的、和谐的、本有的音乐，只是我们在世事烦扰与喧嚣中遗忘了它，我们只需要安静下来，让我们的心停下来，与天地神合一，渐渐地，我们就能听到那极其美妙的旋律，那整个宇宙都在优雅起舞的乐音。那是一种星辰的、天体的和谐运转，整个存在就像一支交响乐团。除了人类以外，没有什么是不自然的，万事万物都和谐而又优雅。而人一旦产生欲望，就破坏了和谐，一旦表现出欲望，头脑在狂热的状态下，人就变得扭曲和丑陋。人从未满足过，总想要更多，始终贪得无厌，也无尽地向大自然索取。'地球能满足人类的需要，但满足不了人的欲望。'

"一旦你的心回归宁静，回到元点，归零，你就得到了疗愈，这时，音乐就会自然响起。热爱音乐的人，内心势必拥有更多的宁静、和谐与优雅。当音乐在你心中和周身流淌，它甚至会像绽放的花蕾一样，被传播、感染和洋溢到他人身上。诸佛就是如此的优雅，他们的内在充满了音乐、和谐，并且不断地流泻，洋溢到他人身上。"

雨默这时把头扭向窗外，在音乐和云雾美景中默默地流起泪来……

细密的雨滴打在车窗上。我问雨默："刚才那首曲子，你感觉如何？"

雨默想了想，问："音色有些特别。子衿用的是什么古琴？"

"她弹奏的不是古琴，而是吉它。"

"What?!"雨默又完蛋了。

"她把吉它平放在腿上，调好音调，然后就像弹古琴那样地弹吉它，右手弹拨，左手滑走音，听起来真像古琴一样。"我说。

雨默闭起眼睛开始在脑子里想象："六根弦……"

我又在屏幕上选了一首曲子："这是子衿用吉它演奏的《春江花月夜》，用的是琵琶的弹拨手法。"

雨默一边听一边就颤颤地笑了起来。

"再听下一首，子衿用古琴演奏的巴赫《哥德堡变奏曲》。"我说。

"What？！"雨默一边听一边摇头赞叹，"她解锁了这么多乐器，把自由还给了固有的音乐。她受过什么思维训练？脑子是什么构造？哦，对了，我在 YouTube 上看到青小姐的一个短视频，是去年她为温哥华爱乐岛的国际爱乐风筝节做的宣传片，是在爱乐岛的沙滩上，蓝天碧海，美极了，来自世界各地的参赛者都在放风筝，环岛海滩上空有上千只风筝，五彩缤纷，千奇百怪，什么样的都有。人们望着天上的风筝，又喊又叫，青小姐却一个人坐在水边太阳椅上，戴着墨镜，身边插着一根长长的渔竿，那样子就像是姜太公在钓鱼。要知道爱乐岛可是素食岛，禁止钓鱼，所以人们看见她的渔竿都感到非常惊异，可是原来，青小姐的渔竿不是用来钓鱼的，她的渔竿上栓着渔线，渔线上栓着风筝，她用渔竿和渔线放风筝，而她的风筝是一只名为'环宇知音号'的太空船，风筝放得老高老高，还在空中播放音乐。这个创意和设计获得了去年爱乐岛国际风筝节的特别奖，光是视频点击率就赚了一笔钱。"

我听罢不由得笑起来，因为终于使雨默重新笑起来："你喜欢那句诗吗？"我问。

"哪句？"雨默把脸转向我，眼睛却仍旧看着前方。

"两岸猿声啼不住，轻舟已过万重山。"

十九、归去来兮

（南吕调）

庐山烟雨浙江潮，未到千般恨未消，
到得还来无别事，庐山烟雨浙江潮。

——【宋】苏轼《观潮》

"终于回来了。"雨默一看到西湖，脸上露出了笑容。

"江南忆，最忆是杭州。山寺月中寻桂子，郡亭枕上看潮头。何日更重游！"两天一夜十一个小时的舟车，不觉劳顿，我们绕行西湖大半周。因为已是午餐时间，我建议雨默去庆春朴门素餐厅，雨默说上次去过了，这次去知竹，因为下雨人少，不会排队。于是他点了一碗知竹拌面、一碗素片儿川，最后一杯般若米花。我照例只是陪着他喝龙井茶。

"好吃吗？"我问。

"落胃。"雨默用杭州话说，"我们是不是该考虑子云静心度假村的国际素食菜单了？"他问。

我笑了笑，道："为时尚早，不急。"

雨默从手机里滑出一页给我看："这家非荤主义茶餐厅，你去过吗？在台湾。"

"非荤主义？"我不禁笑了笑。还没有告诉雨默，我手头目前正在撰写的《中国诗僧传灯录》已近结稿，待完成后，我就将开始另一部新书的编撰《禅艺素食美学》，从选料、颜色、营养与器皿的搭配到就餐环境的禅意设计，包括沙拉、前菜、主菜、主食、汤品、甜品、水果和饮品，我将会以中日素食料理为主，走访大陆、日本、台湾、东南亚和欧洲的素食餐厅，与素食料理大师及营养师们合作，编写出这套图文并茂的《禅艺素食美学》。我对这个选题项目感到兴趣，但我必须得说，这个想法不是从我头脑里产生的，它是子衿的主意。是的，又是子衿。子衿只用两天时间就读完了我的《禅美学》，随即就开始酝酿这个策划。那天她来广德寺，就是想拜会我，探访我的古琴，并分享她的《禅艺素食美学》创意，没想到却被我的"松石间意"古琴和国际静心度假村的策划大大震撼。昨晚在铜陵挂单时我收到她的电邮，子衿在信中说，如果在我的《禅美学》一书中加上《禅艺素食美学》，那就更完美了，不过我完全可以把它单独编成一本书，那将更完美，我还可以将书中收录的所有菜品及其配器作为菜单，用于子云国际静心度假村的餐厅。我看后非常欣喜，又十分感动，当即拍案敲定，接受了她的提议。但我并没有告诉子衿，其实在撰写《禅美学》一书时，我曾考虑过要把素食禅美学作为一章放进书中，但最终取消了这个计划，这其中是有原因的。不管怎么样，能与子衿保持长久的合作，是我莫大的荣幸和福分。子衿接着对我说，她曾多次率团访问日本，特别是在京都酒店、茶院和禅寺里的就餐体验给她印象颇深。很多人都喜欢日式料理的供餐方式——美食美器，精致典雅，像艺术品一样，又是小份量，品种多，能达到营养均衡。日本能成为世界上最长寿的国家，恐怕不仅在于他们吃什么，还在于他们的料理方式，以及那种富有禅意的用餐方式和用餐环境，洁净、朴实、自然、宽松、惬意、安静，又不失教养和仪式感。子衿说，如果我的新书《禅艺素食美学》和其中富有禅意美感的美食食谱能吸引更多的人吃素，使之成为一种更普遍的文化和修行，并吸引更多的人今后来子云国际静心度假村，那就是我们的目的。

我不知该怎样感谢她。

子衿说："价格不能衡量价值。志同道合者不谈交易，能量相吸法则。若能助君一臂之力，深感荣幸。"

我告诉她："岂止是一臂之力，你的能量大到惊人，几乎要把我点燃，发射去太空。"

她附了一个微笑的表情符，问我："先生可愿做这宇宙中的长明灯？"一句话道出她的修行第次，又是在委婉地暗示和提醒我，智者不内耗："慢慢来，我们一步一步走。我希望我们还能有更多的合作。"

我说当然，希望是一生一世的合作，甚至乘愿再来，下一世仍作知音，相遇无古今。

她说："阿弥陀佛！"接着她告诉我，因为打坐修行，她每天只吃中午一餐，原生态素食。最后她向我道了晚安，并祝我归途一路平安。

回到灵隐寺时，我决定从正门入寺。

香客如梭，游人如织，殿宇重重，林钟袅袅。有近一千七百年历史的灵隐寺号称华南香火第一。东晋咸和年间，印度僧人慧理来中国传教，寻游至此，见峰奇景幽，以为是仙灵所隐之地，便决定留下来，在此建立寺院，成为灵隐寺的开山鼻祖。南朝梁武帝赐田并扩建。唐末五代时期吴越国王笃信佛教，对灵隐寺倍加关注，由延寿大师重兴开拓，使灵隐寺达到九楼、十八阁、七十七殿堂、僧房一千三百间、僧众三千的规模，成为江南名刹。延寿禅师更在此著成规模宏大的传世经典《宗镜录》。南宋在杭州建都，高宗与孝宗又常兴驾灵隐寺。普济禅师在此编集禅宗史书《五灯会元》，共二十卷。宋嘉定年间，灵隐寺被誉为江南禅宗"五山"之一。清顺治年间，禅宗巨匠具德和尚住持灵隐，筹资重建，仅建殿堂时间就前后历十八年之久，其规模之宏伟跃居"东南之冠"。乾隆帝南巡时亲笔御题"云林禅寺"。然而灵隐寺却曾经遭受过十四次毁坏，以及十四次重建。

如今的灵隐寺背靠北高峰，面朝飞来峰，占地约 87000 平方米，其中轴线上，天王殿中供奉着弥勒佛，两旁是四大天王；经过殿后庭院，33.6 米高的大雄宝殿中供奉释迦牟尼莲花坐像，两侧为十八罗汉造像，后面为大型彩塑群像；大雄宝殿后面是药师殿、藏经楼和华严殿，两边还附以五百罗汉堂、济公殿、大悲楼和方丈堂等建筑；西侧云林图书馆现有收藏 3 万册，杭州市属八大寺院的僧众、杭州佛教学院师生、灵隐寺工作人员可以从此借阅藏书。寺中有一副对联，启发了无数前来探求佛法的信徒："人生哪能多如意，万事只求半称心。"

我让雨默把车开去寮房附近的侧门，自己决定从正门步行入寺。

经过长长的步道才与众多游人香客一同来到灵隐寺山门前，隔着石桥和广场，山门对面是一堵黄色的高墙，墙上赫然四个大字"咫尺西天"。

好大一座寺宇，走一遭拜一路，再上下一趟飞来峰，穿龙泓洞、一线天，观岸山石窟造像，至少都要两小时；而广德寺虽小，我却在那里占山为王，独享清幽。不过，我此去的目的却是为广德寺奔走，希望它能被佛教界接管，终于换来明年腊月初八佛成道日重新开光，从此重振佛恩，普惠造福一方。

灵隐的冷泉会让人从心里流淌出诗情与禅意，每当灵隐的钟声在山中云间响起，总是对人的一种感召。每每俯看杭州，漫游西湖，我总想做一次又一次的深呼吸，那是一种身心回家的感觉；而每每走进灵隐，我总是感觉跨越了上千年。

行至寺中理公塔时，我不由站下，双手合十敬拜。理公之塔相传是慧理高僧的瘗骨处。灵隐寺创建于 326 年，距今已有近 1700 年；而号称天下第一名刹的少林寺创建于北魏太和十九年（495 年），距今 1500 多年，当时的孝文帝元宏为了安顿来朝的印度僧人跋陀，在嵩山少室山建寺。因此少林寺建寺晚于灵隐寺 169 年。再说那唐僧取经，是在唐太宗贞观 3 年（629 年）至贞观 20 年，距今约 1360 年，我们都知道玄奘一路西行，虽然没有八十一难，也是九死一生，凭借一己之力，克服万难，历时 17 年，跋涉 5 万多里，取回梵文原典贝叶真经 657 部，价值连城，功绩不朽。但我们不知早于他 200 多年的慧理祖师是如何从印度来到中国的，期间都经历了什么，又是如何学得中文？我们都看过《西游记》，却没有人为慧理祖师写一部《东游记》。

中秋将至，我收到子衿的电邮，她给我带来了两个好消息：我的原创琴曲《雨琴月箫云禅寺》已经结集出版，知音国际爱乐集团音像出版公司想与我签约录制这套曲目的 CD 和 DVD。我高兴极了，要知道这可是我的第一张个人专辑。我该怎样感谢我的知音子衿，是她三顾茅庐发现了我。子衿回信说不用谢，这是她的荣幸，并向我提出又一个建议：

"在录制您的唱片之前，您能否考虑将您的作品按五音划分，把它们做成五行疗愈音乐，因我感到您的琴曲颇有抚慰身心的意境和慈悲的胸怀，亦有诗的韵律之美。古人把五音与五脏相配：脾应宫，其声漫而缓；肺应商，其声促以清；肝应角，其声呼以长；心应徵，其声雄以明；肾应羽，其声沉以细，此为五脏正音。五音可调节情志，在中医基础理论中，五音与五脏一一对应，五脏有五志，肝在志为怒，心在志为喜，脾在志为思，肺在志为忧，肾在志为恐。情志太过或不及均可导致人体气血运行紊乱，怒则气下，思则气结，喜则气缓，悲则气消，恐则气下。因此，调节情志也可以到达调节五脏的功效。这也正是五音疗法的重要基础。由此，我想可以把您的琴曲按五音分为宫调养脾音乐、商调养肺音乐、角调养肝音乐、徵调养心音乐、羽调养肾音乐。我也想把我自己的琴曲按此划分制作，再出一套光盘，并把视频放到网上。因为您一直在制作疗愈音乐，若把您的琴曲也放到您的 YouTube 频道上，一定会锦上添花，使更多人受益。据我所知，有很多失眠的人每晚都要靠疗愈音乐来帮助他们入眠。我本人在打坐时经常要听 432 赫兹的雨声、溪流声和钵磬声以帮我入定。"

我看后自然欣喜，因为正中我怀，当即确定，并深深地感谢子衿。

另一个好消息，子衿说："所有的审批都通过了，子云国际静心度假村项目正式上马。"她在恭喜我的同时还告诉我另一个惊人的消息，她的妹妹子佩将会是度假村的总建筑设计师。

我的头嗡嗡作响，好像快要爆炸了，一个人在禅房里打坐了很久。

傍晚之前，我独自来到南山西麓，也就是以我命名的国际静心度假村即将启动的建筑地点，站在那里，我望着眼前烟雨蒙蒙的西湖和满湖的蒙蒙烟雨，以及不远处的丝绸大厦。参禅修行多年，我还以为自己已无心可安，然而如今却迷恋上一位奇女子，所有修行都变成了口头禅。万法无咎错在我，心动干戈声即响，我在与自己交战。我究竟，该怎样重新面对子衿和子佩？在梦想与现实之间，我都无法逃避。无爱亦无怖，有情必有忧。我知道缘起不碍性空，意解心自开，灭碍得自在。但是，看破红尘易，放下色身难。

我想象过与子衿携手同游西湖，一起在雨中漫步苏堤，在湖上的龙船画舫中抚琴吟箫。我也可以永远都不见她，但我们心灵的相融已经跨越时空，并已开始结晶。她是我灵魂的亲人，是超越时空的家人，是万年一遇的知音。

子衿要我为子云静心度假村园内所有的庭院及水上别墅、亭台廊榭和二十四桥命名，并要翻译成多种文字，让来度假村的国际学员们领会。我一直在酝酿和考虑，面对子衿随电子邮件一起发给我的重新绘制的园区设计图，我首先开始给二十四座水上别墅命名，如何才能启发那些在别墅里面接荷塘水月打坐的人？

别墅一：水云间

别墅二：正法常住

别墅三：竹里馆

别墅四：悲智愿行

别墅五：神无方

别墅六：知行合一

别墅七：一雨普润

别墅八：成无上道

别墅九：弦音枕流

别墅十：至道绝尘

别墅十一：云湖烟树

别墅十二：一庭清韵

别墅十三：处处安心

别墅十四：坐看云起

别墅十五：缘起性空

别墅十六：千江沐月

别墅十七：金声玉振

别墅十八：云居楼

园内八座亭台阁榭：

一、无上辩才（流杯亭）

二、一念天堂（榭）

三、禅茶一味（茶亭）

四、畅音阁

五、无弦琴（琴台，立石碑，一面刻唐赵嘏《同赵二十二访张明府郊居联句》："古调诗吟山色里，无弦琴在月明中。"一面刻唐李白《赠临洺县令皓弟》："陶令去彭泽，茫然太古心。大音自成曲，但奏无弦琴。"）

六、画船听雨（榭舫）

七、八风不动（钟楼，钟上要刻金刚经。）

八、知音无古今（楼台）

园内 S 形中央大道：一曲通幽

园内 S 形中央大道平衡木：太极弦

环园廊桥：禅诗联联

我把上面的信息以电子文件方式签名后发给了子衿，并告诉她，我把二十四桥的命名权全部留给她。

只过了几分钟，我便收到子衿的回信，看来她早有准备。因为心心相印，所以有如此高的工作效率。

子云国际静心度假村，二十四桥：

一桥：一苇渡江

菩提达摩祖师于南朝刘宋年间，乘船从天竺来到广州，后继续北上传法，途经长江时，他脚踩一根芦苇渡过长江。这是传说，不过让我想起近代的两个传奇。据曲籍记载，于康熙 22 年出生的西藏第六世达赖喇嘛仓央嘉措只活了 24 岁，由于他又饮酒又写情诗，与清朝关系紧张，康熙联合蒙古大军打到西藏，抓到了仓央嘉措，要押他回京，途中经过青海湖时搭帐篷扎营，亲卫队看管。不料湖上传来仙乐之音，仓央嘉措的帐篷上空虹光密布，亲卫队进帐一看，仓央嘉措不见了，连忙四处寻找，却见他正在湖上，踏浪而行，最后消失不见。另一件，1980 年，因海大和尚在美国加州弘法，当时四川峨嵋山建了一座新的寺庙，大雄宝殿很大，众僧与弟子想请因海高僧回来加持一下。因海和尚在台湾桃园机场落地，下飞机时，有几百名众僧弟子去迎接，现场众目睽睽之下，有人发现，因海和尚下飞机时，双脚是离地在走，有悬空三、四公分。有人说，这就是"一苇渡江"。到了峨嵋山，当时正在下大雨，山路非常泥泞，因海和尚穿的是白色布鞋，他一路跟着那些人一起走，可是他的鞋却没有被打湿弄脏；到了大雄宝殿后，殿里的地面是非常光亮的，因海和尚一路行过去，他的鞋子没有在地面上留下任何印迹。他修行并做到了达摩祖师"一苇渡江"的高功力。

二桥：不二法门（单孔拱桥）

佛家指离开相对两个极端而直接入道的法门。

三桥：三无漏（三孔拱桥）

指戒定慧三无漏。子衿是我的知音，不仅因为她也是一位琴家，有琴棋书画的文人修养，更因为她在禅学与修行方面与我志同道合。那就是为什么我们能一拍即合，共同创建禅园净土。

四桥：桥流水不流

借用如此经典的禅宗公案，真让人叫绝！

五桥：五蕴皆空

佛家指五蕴为：色、受、想、行、识，出自《心经》，教导人们五蕴万法皆空，破除对有的虚妄执念，修行者才能度脱一切烦恼痛苦。

六桥：六如（亭桥）

子衿解释说：这是一座亭桥，取自"六如亭"，它记述了一段"红颜易得，知己难求"的故事。

宋神宗熙宁四年，苏东坡被贬为杭州通判，一日，宴饮时看到了轻盈曼舞的艺妓王朝云，备极宠爱，娶她为妾，此时的苏东坡已经四十岁，王朝云只有十二岁。王朝云因家境清寒，自幼沦落在歌舞班中，却独具一种清新洁雅的气质。在苏东坡的妻妾中，王朝云最善解苏东坡心意，说他满腹的不合时宜。苏东坡曾赞她："知我者，唯有朝云也。"后来，年近花甲的苏东坡被贬往南蛮之地广东惠州，身边姬妾陆续散去，只有王朝云长途跋涉，翻山越岭，始终相随。三年后，朝云染了瘟疫，溘然长逝。她在咽气之前握着苏东坡的手，念着《金刚经》上的谒语："一切有为法，如梦、幻、泡、影，如露，亦如电，应做如是观。"

按照朝云的心愿，苏东坡把她安葬在惠州西湖孤山南麓栖禅寺大圣塔下的松林之中。附近寺院的僧人筹款在墓上修了一座亭子，叫"六如亭"，亭柱上镌有苏东坡亲自撰写的一副楹联："不合时宜，惟有朝云能识我；独弹古调，每逢暮雨倍思卿。"

七桥：雀桥仙

又一个经典命名。且看每年农历七月初七的牛郎织女星。"金风玉露一相逢，便胜却人间无数。""两情若是久长时，又岂在朝朝暮暮。"心灵的相遇相知相守，乃天仙之恋。

八桥：八正道

喻意通过正见、正思惟、正业、正命、正精进、正念和正定来修成正果。

九桥：九曲云荷（九曲桥，桥边种白色莲荷和白色睡莲）

十桥：天阶月色（高拱桥）

十一桥：一弦禅（单向悬空锁吊桥，灵感来自于《神雕侠侣》中小龙女的绳床。）

多妙的创意。我竟没有想到静心园的二十四桥中竟可以架设吊桥，坐在上面打坐，就像小龙女睡绳床一般修炼定功，跟子衿的太极弦平衡木禅修原理同出一辄，只在于一静一动。

十二桥：云水禅心

十三桥：超越生死海

倘若我能帮助我的奶奶西尔维娅战胜癌症，我希望她今后一定能来中国，来子云国际静心度假村，到这座桥上来拍照留影。

十四桥：放下

这两个字，令多少修行者顿悟，又有多少修炼者一生都没能放下。

十五桥：洞庭月圆（单孔半圆形拱桥）

此桥位于园中接收月光的最佳位置，月明之夜，拱桥会与其倒影形成一轮正圆，喻人静心时，可反映天然本性，与自然天人合一。

十六桥：空谷回音（廊亭桥）

此桥建为梯形，桥身较高，沿桥台阶四边内侧设阶梯式木琴槽，由横向的长短木条设定音高，纵向的阶梯长度和跳跃高度决定音长和节奏。将一只较大的木球和一只较小的木球放在桥头最顶端，让它们同时沿两道木琴阶梯槽滚下，它们就会一路奏出一段优美的谐音乐曲，宁静的园林和山间会发出回声。

多好的 Idea！子衿说这是她的实用新型专利，名为"空谷回音"，在国内一些城市公园和森林公园内已建成七座这样的阶梯木琴。她为我们的子云国际静心度假村所推荐选用的四首曲目主题片段为：梅花三弄、埃尔加的 Salut d'Amour、巴赫的 Jesus Bleibet meine Freude、肖邦的"雨滴"。当然还可以再组合出更多的曲子。

十七桥：独钓寒江雪

十八桥：境随心转

十九桥：起心大悲

二十桥：梅听雪

二十一桥：睡仙崖

子衿说，她曾经在华山上看到过一位道士睡在道观的外墙上，那墙只有一尺宽，依陡峭的崖壁而建，外面便是万丈深渊，而道士却能气定神不乱，不惧而自在，何能功夫？！

但我劝各位大仙还是不要去睡那座墙吧，哪怕只是在桥上。若子衿胆敢去睡的话，我就把这桥给拆了，或者趁早改名。于是我在此划了个问号，并将其改名为"百福庄严"。

二十二桥：有容乃大（刻于桥壁一侧），无欲则刚（刻于桥壁另一侧）

二十三桥：慈航普渡（船形桥）

二十四桥：断舍离

此处为园内阴鱼区水域最宽广处。在环溪上设十八座脚踏石，以S形一线横跨，溪水从石间流下形成1米高瀑布，使园内环溪形成逆时针流向并循环，船行之路在此被从两边截断，需回头或弃筏登岸。桥头岸边立有石刻"回头是岸"，另有石刻"舍筏登岸"立于桥另一侧对岸。此处可供十八人在踏石上临水打坐。

看完后，我不知该说什么，实在忍不住，给子衿发了一个拥抱的表情符，感觉十分幼稚可笑，给删了，然后就一直坐在那里发呆。无论红颜还是素颜，无论能否成为眷属，我只希望，子衿能作我一生的知音。最后，我回复了一句话：

"亲：实在出于无奈，所以想请教你：当你无法用语言向一个人表达感恩与思念时，你会怎么办？"我的手指在键盘上悬着，不敢发出去；想了想，把第一个字给删了；又想了想，感觉如此庸俗苍白，幼稚可爱，于是把整句话也给删了。不是说吗——"Where words fail, music speaks."（无以言表之时，音乐就会响起。）那就把我的心声留给音乐去表达，既含蓄又寓意无限，这才叫文人雅士，毕竟，我们是通过音乐而相知的。忽然想起我最近新写的一首古琴曲，曲中饱含了我对子衿的思慕，还没有发表和录音，何不借此良机献给她？于是我把曲谱发给了子衿，并告诉她，我还没有想好曲名，不知她是否喜欢，并为之命名。我又在曲谱后面附了一首贾岛的《题诗后》：

"两句三年得，一吟双泪流。知音如不赏，归卧故山秋。"

邮件发出后我就闭上眼睛，耳朵却一直在等待收件提示音。终于听到了那一声轻响，却吓了我一大跳，睁开眼睛，仍不敢看。偷偷瞥了一眼，却见只是一个链接，这下喘了口气，连忙打开，原来是一首古琴曲，子衿新录制的音乐视频。

镜头一：她穿着白色汉服，纤腰宽袖，长发飘飘，手执一把白穗长箫，从九曲云荷桥上款款走来，有如闲庭信步，周围是景致悠静典雅的庭院，粉墙黛瓦与岸柳樱枝倒映在水中。

镜头二：天下起了蒙蒙细雨，在桥边的荷塘里画出无数水圈。

镜头三：子衿坐在凉亭荷塘边，从那里可以望见山下的西湖，正可谓"山色空蒙雨亦奇"。

镜头四：在细雨轻云的背景中，子衿开始吹奏，画面上打出文字：

知音无古今

南宫子云 / 曲

青子衿 / 琴箫合奏

我差点站了起来，不仅因为一下子没有反应过来——如何一个人能同时演奏琴箫合奏，更是因为我看到画面上这时出现的背景，竟是用电脑绘制的子云国际静心度假村的 3D 仿真空间图。对，这些都是用 AI 制作合成的。我的天，现在的数码技术，连仿真机器人都能做出来，更何况是三维建筑设计动态图。

这时我收到子衿的信息，她告诉我："这个视频只用于你我之间分享，不会发到公共平台上去，所有的创意已申请版权保护。"

我欣然微笑起来，接着看精美的视频，身穿珍珠色旗袍的子衿坐在楼台上抚琴，与她的箫声合成谐奏。这时镜头转向阁中的一座山水盆景，假山上刻着"知音无古今"。我不由闭了下眼睛。在悠扬的曲声里，我看到了园内环溪的沿途景色，二十四桥、五行环溪大道，甚至大道两旁的平衡木，然后是"禅诗联联"廊桥，接着是八座园中亭台楼榭，然后便是水上静修中心，那座高大的圆磬，还有多元静心学院，大木鱼。我的心突突跳着，仿佛是在梦中飞翔，然后便看到了静心广场，广场地面上的太极图。接着——我的心此时快要跳出来了——镜头开始仰起，升高，"松石间意"静心酒店大厦耸立在我眼前，它背面的金色铭文清晰可读。然后镜头拉开，凌空，我看到了整座静心度假村的空拍场景。在如双人舞曲般的琴韵中，夜晚降临，满园华灯初上，喷泉开始在音乐和灯光中绽放；对面山下的西湖上空，节日和庆典的礼花也开始绽放。天上，一轮皎洁的明月寂静如钩，子衿正拖着八幅长裙坐在上面，吹着悠悠的洞箫……乐曲结束时，一击磬声，悠悠扬扬，竟震颤了 72 声，才渐行消散，静美之境充满整个宇宙。我多么期待能亲眼见到，亲耳听到子衿演奏这首乐曲的那一天，并亲手在静心中心里为她击响那尊 OM 圆磬。

子衿这时又发来电邮，对我说："静心主题度假村的想法和策划都是很好的，能够培养和带动更多的人学习静心冥想，但作为实体店，它能接收的学员总归有限，所以我想，您能否考虑开设一个云上静心度假村，以系列 3D 动画片的方式在视频中教授冥想静心，让更多的人通过互联网在家里和在任何地方都能学习并修炼，从而产生更广大和深远的影响。一个庞大的迪斯尼王国就是从米老鼠和唐老鸭的动画片开始创建的，如今的迪斯尼已成为世界上最快乐的地方，吸引着来自世界各地所有年龄段的人们。但如果人们只是去迪斯尼乐园而没有迪斯尼动画片的话，那它的影响力就不会这么大。借此我想，您可以考虑请蔡志忠先生为您的教学视频做动漫。我相信，通过这种非常轻松和疗愈的方式把禅修、冥想和静心进行科普，再通过网路传播，一定会吸引更多的人，就像安迪·普迪科姆所做的那样。"

安迪·普迪科姆是谁？我喜欢子衿留给我后续的话题。我相信，凡是付诸时间与真心得到的，一定也会得到时间与真心的印证。

这时，子衿发来今天的最后一封电邮：

"感谢您发给我的曲子，我很喜欢，曲中饱含真情实意，曲调优美如歌，十分动人，一定会流传下去。但我想，曲名还是由您自己来定，我相信那会更好。"

二十、天 禅

（应钟调）

吹灭读书灯，满身净是月；天地无弦琴，万物皆知音。

——南宫子云

雨默约了亲友，今晚要去楼外楼。难为他跟着我住在山中小寺里，一遭下来竟瘦了四斤八两。

眼下的杭州正值中秋假日旅游旺季，超过三百万人汇集在这人间天堂，游人几乎挤暴了龙腾地铁站和银泰商圈，钱江新城核心区沿岸被几十万只 LED 灯照亮，宛如一条动态彩屏。城市阳台上同样挤满了人，在观赏音乐灯光秀和水舞表演。满城灯火，流光溢彩，绮箩锦绣，繁华千年。

七点钟，雨停了，一轮圆月从云朵中飘出。西湖喷泉在湖滨人潮兴奋的欢呼声里升空，开始旋转，起舞。

雨默这时发来短信，提醒我今晚在丝绸大厦，有人请我吃饭，却死活不说对方是谁，并再次提醒我，一定一定要去。

我不想去，理由当然是因为我不知道对方是谁。一听到丝绸大厦，我就害怕，我害怕尴尬，到目前为止，我还是分不清子衿和子佩姐妹。雨默只好坦白说，今晚相邀的是我父母。因前两次劝我回家都不欢而散，他们此次来杭州看我便请雨默搭了个桥，想与我共度中秋。我却不知，子佩这时正在京都考察，为子云静心度假村去学习日式禅院园林设计和 Wabi Sabi 室内设计。

其实我也想去京都看看，在花园大学留学的几年当中，我都没有走完京都的 1800 座寺院。此时，那里红叶银杏正浓，是前往游览观赏的好季节，到处都是各国游客。清水寺、宝严院、金阁寺、银阁寺、醍醐寺、南禅寺、常寂光寺、东西本愿寺、双林院、三千院、昆沙门、大德寺书院庭园，泛舟岚山，游中禅寺湖、观华严瀑布，赏北野天满宫和东寺夜景，漫步哲学之道，体验自然与精致相合的禅静之美。希望子佩此行能大有所获。

今晚的丝绸大厦空中花园仙乐飘飘，金桂弥香，由机器人装扮的玉兔与嫦娥正在翩翩起舞，现场民乐队演奏，筝箫悠扬。一个巨大的月饼像明月一般立在小型舞台背后。能同父母一起共度晚餐时光，一起观赏西湖中秋美景，眺望水色岚光中的吴山雷峰塔，此乃人生难得的天伦之乐，更何况他们远道而来，作儿子的怎能不赴约奉陪。可是当我走进餐厅见到他们时，我惊呆了，因为我看到西尔维娅奶奶竟微笑着安坐在父母中间，一见到我，他们都站了起来。八十五岁的西尔维娅没用人扶，自己起了身，尽管她瘦了不少，却身材苗条，气色温润，穿了一身显然是在这座大厦里刚刚买的红色印花中式套装，看上去宽松舒适又喜气，脖子上还挂着我送她的佛珠，像歌剧女高音那样优雅地向我伸出双手，呼唤我的小名"Angelo"（安吉罗），又用中文对我说"你好！孩子。"我连忙走过去，小心地放下我的古琴，然后激动地拥抱了奶奶，四个人全都禁不住热泪盈眶，然后我拥抱了我的母亲苏杭和父亲卡普瑞西奥，并感谢他们前来看望我。大家就座后，母亲告诉我，奶奶痊愈了，癌细胞没有了，医生不敢相信，反复检查确认，认为是个奇迹。父亲说，奶奶下个月要举办个人画展，还要去养老院和癌症治疗中心举办钢琴演奏会，虽然她会弹的曲子不多，但她同时还会分享她的抗癌经验，鼓励更多的人战胜病魔。我真为西尔维娅感到高兴和自豪，我吻了她的手背，祝贺她的成功，并夸赞她是一位英雄。奶奶说，她的目标是活到100岁，然后便不再理我们，因为这个时间她需要打坐，并且她已持午，不需要再吃晚餐，还说她已修炼成了知音女，便就在那个沙发椅上盘起腿来，闭上了眼睛。我们便只好笑着随她去。

我的已经六十岁的母亲看上去仍旧年轻，淑雅，也特地穿上了一条蓝色提花的丝绸旗袍，让我想起子衿穿过的那一条。父亲卡普瑞西奥说，当他第一次在温哥华的英属哥伦比亚大学里遇见穿旗袍的苏杭时，就被她给迷住了。而如今，我的英俊的意大利父亲已凭添了不少白发。他们点了一桌素菜，可是我真诚地告诉他们，自从西尔维娅奶奶开始吃素持午，也就是上次从意大利回来后，我就没有再吃过饭了。父母一听全傻了眼，以为我疯了，或者他们是在做梦。我平静地解释说，因为我已经修行成为了一个食光者，我甚至可以长时间不饮水，但我的身体却非常健康。我又告诉他们，全世界现在已有很多食光者和食气者，Solarian 和 Breatharian，还有吸食能量者和食超能量者，Pranarian 和 Manarian，世界各地都陆续组建了"不进食社区"。其实早在古罗马时期，就有基督徒长达52年不进食而生存。父母听罢，只好勉强接受了这个他们无法理解的事实——他们的儿子已经不食人间烟火，还没修成佛，倒先成了仙。不过我还是以喝茶的方式陪着他们，席间，父母一边想象着如果有朝一日全世界的人都不吃不喝了，那这地球会变成什么样，一边又问我，除了修行以外，最近还在忙什么。我说，我的人生很简单，因为我只做两件事：除了自己修行以外，就是帮助他人修行。然后我从包里拿出两本新书，是送给父母的见面礼，一本是我的《禅美学》，另一本是台湾漫画家蔡志忠先生的《我命由我不由天》。我说："小时候，外公总是拿着蔡志忠先生的漫画书来启蒙我的国学和禅学。"因为父亲是老外，还不了解蔡志忠，所以我先向他做了介绍：蔡志忠先生生于台湾，是全世界华人当中最负盛名的漫画大师，对儒释道都有很深的研究，以中国传统哲学、文学及宗教典籍为题材，出版了数十部漫画作品，被翻译成 20 多国文字，全球总销量超过 5000 万册，做出了史无前例的中华文化再创造。去年，我曾去蔡先生在杭州西溪湿地的工作室拜会他，两人相谈甚欢，我对他说，我从小就深受他的漫画启蒙，我决定学禅修行也是因为受了他的影响，如果没有他的漫画书，一个小孩子怎么会对那些深奥的国学思想和佛经故事感兴趣呢？我们了解一休大师不也是通过动画片吗？他笑起来，说是，就跟我谈起了禅。我说他的一幅漫画给我印象最深，触动也最大——一只小鸟对长颈鹿说："虽然你长得很高，但，我会飞。"他听罢就点头笑起来。《我命由我不由天》是由他签名送给我的，他希望父母们看了以后，能让孩子成为他们自己想成为的人，而不是父母希望他们成为的人。蔡志忠先生说：天才不是智商 200，而是从小有梦想，长大去实现自己的梦想，梦想才是成长的动力和目标，从毛毛虫蜕变成一只能展翅飞翔的蝴蝶，活出十倍的人生。蔡志忠先生只身在东京的 4 年当中，画了 8000 页画稿，连续 42 天没有打开房门，58 个小时没有离开椅子，最终完成漫画诸子百家系列。1990 年，蔡先生携妻女移民加拿大，他们就住在温哥华离我们家很近的同一条街区，是我们的街坊，只是我父亲不认识他们而已，我决定来杭州也跟蔡志忠先生有关。他研读了大量佛经，还收藏了 3000 多尊铜佛。上周，我和蔡志忠先生又曾在杭州的台湾同乡会上见过面，他对我说，他决定要去少林寺出家。

父母亲听罢都不作声，我知道，他们是在担心我也会决定出家。但是我又给他们讲了另一个故事。我问父亲有没有听说过安迪·普迪科姆？父亲想了想，说应该没有，问是否也是我们的街坊或邻居。我就拿出手机来给他看，告诉他："安迪·普迪科姆 1972 年出生在伦敦，18 岁那年圣诞节，他亲眼目睹了两位同学在车祸中丧生，仅仅三个月后，他非常亲近的姐姐也因车祸离世。那是安迪生命中最痛苦难熬的岁月，经过近 4 年的挣扎后，22 岁的安迪决定放弃大学学业，孤身前往喜马拉雅山脉，探寻生命的另一种可能性。之后，在近十年当中，安迪的足迹踏遍印度、尼泊尔、缅甸、泰国、澳大利亚和俄罗斯，并在喜马拉雅山脉的印度北部寺院内，跟随世界著名的师父长年修习，接受了全面系统的训练，他最终得以受戒，成为一名僧侣。但是在 2004，安迪却决定还俗。于是，32 岁的他告别了师父，返回英国，开始私人教授冥想练习。2008 年，安迪开发了 Headspace 冥想 App，并迅速风靡全球，以一种新颖的方式将冥想训练带给了全世界，成为了这款 App 的代言人；之后，安迪又与比尔盖茨坐到了一起，共同探讨如何用冥想促进人类健康，如何用冥想助力慈善事业，安迪所创立的 Headspace 正在与 NBA、苹果、亚马逊、谷歌等建立合作关系。目前，"说到这时，我看了看父母，他们都含笑看着我，我不由得愣了愣，尽管我是这个家族中唯一一个博士和教授，但我仍旧需要家人的理解和鼓励。父亲拍了拍我的胳膊，让我继续说，于是我接着说到，"目前，我正在考虑创作世界首个以正念静心和冥想为主题的系列 3D 动漫，我想，我想与蔡志忠先生合作，我想以一种更为简洁易懂、轻松有趣的方式，一种更为大众化的、寓教于乐的方式，将正念静心与冥想科普给全球。一提到冥想和正念这两个词，人们很容易就将它们与宗教联系在一起，以为只有成为僧侣或教徒才能去做。其实不然，冥想就跟健身一样，只不过锻炼的部位不同，冥想是要锻炼我们的大脑，消除多余情绪与杂念，保持大脑清净健康。我们的大脑有近一半的能量都耗散在情绪、烦恼与杂念中，而不能感知当下。冥想，就是帮助我们把那近一半的能量保存回来，锻炼我们的头脑专注于当下，专注于此时此刻此地，在得到放松与休息的同时，提升专注力，从而不会被情绪和外灵所干扰，也减少能量内耗，杜外养中，达到境由心转，心静常安，并由定而生智慧。"

父母听罢，都连连点头。母亲这时微笑着对我说："父亲经过再三考虑，已经同意为你的子云国际静心度假村投资。"

我不由吃了一惊，但还是笑了。

原来劝动他们的是外祖父和我奶奶。外公说：建一座有多元文化特色的静心主题度假村，这不是一个好主意吗？这不仅是为子云投资，也是为故乡杭州投资，为佛陀的事业投资，为我们的后世积德，为众生造福，何乐而不为？

父母和家族董事会最终同意了。这不仅仅是商业投资，这是父母对我生命价值观和事业选择做出的肯定，我终于以我多年来的努力，对信念的坚守和取得的一点成绩赢得了他们的理解和支持，我万分地感谢。阿弥陀佛！投资尽管晚了一步，知音国际爱乐集团已与我签约，子衿菩萨甚至也拿出了个人的大笔积蓄投资入股，但我建议父母，可以考虑在家族现有经营的酒店基础上，将位于温哥华的那一座改建成静心主题度假花园酒店，利用酒店的一整层开辟静修中心，开发出禅静花园；酒店内部包括大堂、餐厅，室内花园和顶层花园餐厅、电梯间、各楼层过道内、各客房内，都装饰禅静绘画、佛陀塑像、枯山水、竹林和微型景观，营造禅静主题氛围，增设 Wabi Sabi 风格室内装潢，至少一间餐厅采用全素食。富有特色的主题酒店一定会吸引更多的客人去体验。另外，我也需要一些资金来开发我的云上静心中心，策划和制作静心冥想科普动漫。

父母听后表示他们一定会考虑。

西尔维娅奶奶这时收功了，她问我，能否请餐厅乐队为她演奏一首最慢的曲子。我想了想，于是去和现场乐队商量，音乐家们很乐意助兴，我便取出了我的古琴，在家人和观众们惊异的目光中坐到了台上，与乐队一起合奏，餐厅里响起了我们久违了的中文歌曲，苏轼的《水调歌头·明月几时有》。家人都高兴地鼓起掌来，然后你知道发生了什么？西尔维娅这时站起身来，走到了舞台前面的空地中央，面向观众席站好，在人们惊异的目光中，她缓缓举臂起脚，竟在音乐的伴奏下打起了 24 式太极拳。现场观众全都发出"哇——"的惊叹声，纷纷举起手机开始抢拍录影。我一边在古琴上弹奏，一边微笑着看着我的奇迹般的奶奶。这时，有一对鹤发童颜的中国老人也从家庭餐桌边起身，来到台前助兴，和西尔维娅一起打起了太极拳，又有两位中老年食客和一个七、八岁的男孩走到观众席后面的空场地，和他们一起相对而舞。有人和着音乐一起唱起来：

"明月几时有，把酒问青天，不知天上宫阙，今夕是何年？我欲趁风归去，又恐琼楼玉宇，高处不胜寒。……人有悲欢离合，月有阴晴圆缺，此事古难全。但愿人长久，千里共婵娟。"

父亲看呆了，而此情此景，感动得我母亲禁不住热泪盈盈，一边为西尔维娅录视频，一边在微信上让小叔莱戛托一家观看。今夜月明人尽望，不知秋思落谁家。明月皓空，波光满湖。而真正的明月是在人的心中。接着，我就在那空中花园的楼阁上，为我的亲人，为我身边所有的人，也为我自己，用古琴独奏了一首他们都没听过的曲子，并录了音像，作为中秋祝福的回赠，我把此曲和我的明月寄给了子衿。我希望能在不久，在静心度假村的奠基典礼上，能和伊一起立下"静心"石碑，一起种下第一棵菩提树，一起在雨中或月下合奏一曲《知音无古今》……

（第一乐章完，待续）

第二乐章

神 的 知 音

前奏曲：**知 音 湖 畔**

无论你的梦想是什么，你都可以实现它。如果没有人嘲笑你的梦想，你的梦想太小了。无论你能想象什么，你都可以创造它，现在已被证实的一切，曾经都只是想象。

Whatever you dream, you can achieve it. If there's no one laughs at your dream, your dream is too small. Whatever you can imagine, you can create it, and everything is now proved was once only imagined.

1

（广板）

乘飞机从空中俯瞰，知音大厦闪闪发光的银色圆顶上，矗立着耀眼的知音标志——金色竖琴，以及面对三个方向～①呈弧形排列的巨大字母 ZHIYIN PHILHARMONIC GROUP——知音国际爱乐集团。

知音城也称知音园，环"知音湖"而建，整座城市便是一个大型国际集团企业，也是除了温哥华爱乐岛的环宇爱乐集团之外，世界上另一座以爱乐为主题的高科技绿色城市。知音园共分为七个区——B 区（事业区）、T 区（试验开发区）、S 区（综合商业服务区）、E 区（教育区）、A 区（公寓区）、H 区（酒店和度假村），以及 G 区（园林风景区）。

知音城汇集着世界众多的知名科学家、文学艺术家、教育家、学者和有识之士，吸引着来自世界各地的商贸及旅游观光者。到处都是绿树、鲜花、音乐、喷泉、雕塑、鸽子和知音女们的倩影，洋溢着世界一流文化大都会与中华传统文化的风采。

"东岸楼台西岸山，潇湘一片在中间。"知音城依山傍水而建，园区内绿树环抱，广厦林立，高桥飞架，好比一座现代建筑艺术的国际博览会。知音城街道排列整齐，连接着七座大广场、七座中型广场和七座小广场。雨果说："音乐、文学和数学是开启人类智慧的三把钥匙。"由此，知音城的每条街都以一位世界著名音乐家来命名，如李斯特大街、舒曼大街、海顿大街、拉赫玛尼诺夫大街，等等；公寓区的街道都以一位世界著名文学家来命名，如托尔斯泰大街、莎士比亚大街、雨果大街、泰戈尔大街等等；大学城的街道则都以科学家命名，如伽利略大街、牛顿大街、爱因斯坦大街、特斯拉大街，等等；知音城内广场的命名都与音乐有关，如：巴赫广场、莫扎特广场、贝多芬广场、普契尼广场、罗西尼广场、比才广场、帕格尼尼广场，等等。广场上常常有小型的演奏会，而在肖邦花园和鲁米花园则每晚都有小型演奏会。

现代化立体交通在知音城四通八达，行星桥从迪塞因工艺设计中心大厦的四至六间穿越而过。知音城实行封闭式管理和卫星监控，来往的内部车辆都持有自动过关卡。全城没有交叉路口，没有红绿灯，没有警察。这里也是国际一流绿色社区，所有车辆均为无噪音电动汽车。从知音机场到知音中心广场，驱车只需五分钟。从大兴国际机场到知音中央车站，乘高速磁浮列车，也只需要二十分钟。

知音湖总面积 8.28 平方公里，是知音内湖与外湖的总称。内湖水域宽渺，景色富丽，被无形地划分成东西两部分。东湖较大，靠近公共区，因有爱乐岛，又被叫做爱乐湖；西湖较小，靠近风景区，因有天鹅出没栖戏，又被叫做天鹅湖。内湖镶嵌在知音园不同民族风格、造型各异的建筑与山峦之间，堤岸全部为人工白色砌砖，湖畔秀木婆娑，丝柳千章，烟岚缭绕如织，更有春樱夏莲，秋桔冬柏。两米宽的花砖小路环在湖边，路旁是七米宽的绿化带，草地上每隔56 米有一座音乐家雕像，每座雕像之间都有一座电子显示的公益灯箱广告，内容除了新闻广告便是名人名言。在雕像和电子广告箱之间，设有供游人休憩的白色长椅。在湖边绿地与坡上公路之间，是一条白色环湖长廊，即便是雨雪天，人们也可以在长廊中尽情漫步游览，领略知音湖"山色空蒙雨亦奇"的北方西子美景。

此般风物，憩游胜境，吸引着众多中外游人前来采山之精华，携水之柔情，他们留连忘返，视云山倒映的知音湖为人间胜景。

知音湖的支流如碧罗萦带，穿梭环绕着整座知音园，二十四桥跨越其间，掩映在绿树佳木之中。一字形的白薇堤贯穿东西两岸，中间是迷人的湖心爱乐岛；罗旋形的紫薇堤向内三圈，转入堤中心的拜月亭。整座知音城就像一座秀丽的水上女儿国，而知音湖便是这女儿国中晶莹璀璨的明珠。

杨柳盈岸，清风习习，秀木婆娑，烟柳如织。八九座大小不等的湖心岛被水相隔，远看似断似续，烟水迷蒙，云雾飘泊，宛若一幅江南水墨画卷。这些小岛被叫做宫岛、商岛、角岛、徵岛和羽岛；爱乐岛最大，建有一座爱乐音乐厅；溜溜岛是一座小鸟天堂；最小的坨坨岛和丢丢岛只建有一蓬竹茅水榭、一方琴台、一檐湖上茶亭和几株杨柳花木。这些人工岛建造奇巧，在知音城宏图最初的创意构画阶段，知音园的总设计师们收到上千份海内外的设计蓝图，根据一致推举选出其中的最佳方案，用这些小岛把内湖划分成为四个洲：G 洲，又名黄金洲（Gold，黄金），D 洲，又名钻石洲（Diamond，钻石），A 洲，又名紫晶洲（Amethyst，紫晶），以及 E 洲，又名绿宝石洲（Emerald，绿宝石）。它们分别代表小提琴的 G、D、A、E 四根弦。

一年中有八、九个月，人们都可以看到一些珍禽异鸟，在知音湖上自由飞翔，仙鹤、白鹭、白鹳、苍鹭、鸳鸯和天鹅等等。它们象优雅的仙子一般时隐时现，在湖面及秀丽的小岛上栖戏，漫步，起舞，享受天堂般自由与安宁的生活。

知音湖的爱乐岛，每天早晚都是音乐演奏家们练琴的好地方，而每天清晨，第一个在湖面上响起的，几乎都是那把斯特拉迪瓦里小提琴……

注：①～为朗读或默读时的换气符。以下同。

2

（小广板）

这是一个北方初冬～寂静而寒冷的早晨，知音湖～还在黎明前一片苍芒的黑暗中沉睡。一个蓬头垢面、衣衫不整、十岁模样的男孩，肩上背着一只肮脏的大口袋，手里拿着一把锈渍斑斑的铁钩子，沿钻石洲湖边～那条被白雪覆盖的人行小路，低头款款走来。

每天晚上八点以后，男孩来到公寓区 A 楼，尽力避开人们的目光，带着一些黑色的空口袋和一只手电筒，潜入这栋楼下的垃圾道，他戴着口罩，打开废品回收箱的防火门，钻进去挑捡各种废品，他靠卖这些废品赚钱。他将废品装进几只大口袋，然后放到不会被发现的地方。垃圾清洁车会在每晚十点钟出来自动清装垃圾，之后运走。垃圾在公寓楼内是不会过夜的，男孩则必须要在晚十点以前完成捡废品的工作。但在八点钟以前，他总是会坐到这片公寓区花园的某个角落里，听楼上那些人家窗户里传出的钢琴声、小提琴声、木管声、圆号声、长笛声……还有女高音、男中音或童声的练唱声。每个周六的晚上则有不同，男孩会提早完成白天的工作，然后来到知音大学音乐学院，花上两块钱，去和那些学院附小和附中的学生们一起，看一场晚间视听欣赏。视听教室里黑着灯放音乐会录像，谁也看不见他，谁也不认识他。十点钟的时候，当所有这些令他沉醉和着迷的声音全都消失后，他才会心事重重地离开，返回到自己在知音园北面用以下榻的一个废工厂中的小仓房里去睡觉。但是到了后半夜，男孩又会从一处无人知晓的地方，再次溜进知音园，用一辆双轱辘小手推车，去把他那些大口袋，一只只地从公寓楼下面拖出来，装车捆好，悄悄地运出园区，运到自己营地的窝蓬里去。在那之后，他还会再次出来，背着一只空口袋，手里提着铁钩，捡一些园区路边弃物桶内零碎的废品。清晨五点钟，男孩会准时来到钻石洲的这片湖边。

　　知音园A区的高层公寓大厦全部为玻璃外墙，其顶部的造型和颜色各不不同。从空中俯瞰，它们沿内湖左岸～由南至北～排列组合成一串弧形的英文字母 PHILHARMONIC（爱乐），十二个字母的颜色依次排列为紫红、紫、蓝紫、蓝、青、绿、黄绿、黄、橙黄、橙、红橙和红。每个字母代表一栋公寓楼，A座公寓大厦居住的都是知音国际爱乐乐团、芭蕾舞团、歌舞剧团、广播电影交响乐团和知音大学音乐学院的音乐家们，以及知音集团其它从事音乐工作的人。

　　男孩对这些已了如指掌。六个月前，他花了一百二十八块五角六分，几经周折，从另一位绰号叫"音乐家"的同行手里，买下了A区的"废品所有权"。为了逼他说出要求转让的理由，又黑又高的"音乐家"把他打得鼻青脸肿，却怎么也不相信他所说的"我也想当个音乐家"这句天大的笑话。"音乐家值多少钱？我把这个绰号也转让给你，白送。"比男孩大两岁的"音乐家"操着东北口音笑道。男孩则躺在地上，鼻子里流着血。

　　一个靠捡破烂、卖废品为生的小穷光蛋，竟敢说他想当个音乐家！岂不是白日做梦！之后，这个又瘦又小的男孩～便在饥饿与病痛中苦熬了十几天，险些中暑死掉。

　　眼下已进入寒冬，昨夜下了今年的第一场雪。空气那么冷，对男孩来说，今天仍旧是一个～普通的早晨，当新年的太阳升起时，他依旧要回到～那间阴冷破旧的、堆满废物的小窝蓬里，在失望与希望的疲惫交困中～沉沉睡去。他那每日从心底涌出的泪水只意味着一个梦想——母亲和音乐。

在被积雪覆盖的、清晨深蓝色的湖边小路上，留下了一串长长的脚印，在他身后，长长的脚印，从一座座写着名言古训的广告灯箱和一座座音乐家塑像前走过——巴赫、亨德尔、瓦格纳、威尔弟、维瓦尔第、海顿、莫扎特、贝多芬、舒伯特、舒曼、门德尔松、布拉姆斯、施特劳斯、勋伯格、马勒、威尔第、维瓦尔第、德彪西、比才、圣·桑、罗西尼、普契尼、肖邦、李斯特、柏辽兹、格里格、德沃夏克、西贝柳斯、斯美塔纳、巴托克、埃尔加、拉赫玛尼诺夫、肖斯塔科维奇……长长的路在他心中留下了深深的印迹，但他知道，这只是他人生之路的开始，他为自己找到了起点，他的心终日在这起点上徘徊，希望有人能真正带他上路。像往常一样，他最后来到的，是柴可夫斯基塑像前。

男孩自己也说不清，为什么他会对柴可夫斯基情有独衷，也许因为从前～他曾在同一天当中，读了安徒生的童话《丑小鸭》，又听了柴可夫斯基的《天鹅湖》。仅仅只听了那一遍，音乐的旋律～便永远留在了男孩的梦里。他还不十分了解柴可夫斯基，在他心目中，柴可夫斯基就是个俄罗斯爷爷，他好像从来没有年轻过，男孩无法想象一个年轻的柴可夫斯基，更无法想象一个和自己现在一般大的柴可夫斯基。站在这座雕像前，仰望着柴可夫斯基那饱含忧伤的眼神，男孩心中～便也会产生一股无名的忧伤。这忧伤是悲切而深痛的，他简直以为～这是柴可夫斯基的幽灵～附在了他的身上。男孩和坐在雕塑基座上的柴可夫斯基一起，用忧伤的目光，眺望着知音天鹅湖上的小岛。这时，男孩便总能回想起～往昔在父母身边～和在学校里生活的～那些美好的日子。的确，哪一个孩子心中，不曾有过童话般的梦想与希望？是梦想与希望把他带到了这里，在孤独与流浪的期盼中，他一直在寻找，寻找他自己，寻找他的天使，寻找他心中最美的天鹅湖。他要在那里～重新诞生，诞生他真正的生命和灵魂。

雕像黑色大理石基座正面，用中英俄文镌刻着：

1840–1893

俄国音乐家

彼得·伊里奇·柴可夫斯基

这座雕像不是仿造任何柴可夫斯基雕像塑造的，它独一无二，是知音国际爱乐集团的艺术家根据一张俄罗斯发行的老唱片上柴可夫斯基的画像而设计的。基座上的柴可夫斯基坐在椅子上，左手撑着面颊，微微歪着头，陷入无边的沉思，显得有些苍老和孤独，他的沉思深而无内，大而无外，无人知晓，但在他沉思的神情和总是带着忧悒的目光中，你可以感受到他所有的音乐。雕像基座几乎和男孩一般高。男孩知道，自从他来到知音城，第一次见到"柴可夫斯基"，他就没有长过个儿。但是他确信，从这个位置凝望天鹅湖是最美的，爱乐岛也是最美的。

男孩把口袋和钩子往地上一撂，哆哆嗦嗦地～用戴着破手套的双手，搓了搓冻得生疼的耳朵："今天可真够冷的，先生。"他对着老柴说，却不敢抬头看他，因为那样冷风就会钻进他的脖子里。他在雕像背风的一面，紧靠着披雪的老柴，就在那破口袋上坐了下来，拽掉又黑又大的手套～掖在腿和胸口之间，把冻僵的双手揣进袖管里，之后长长地吐出一口白气。

湖面上依旧黑沉沉的，风似乎小了些，使这个清晨显得更加宁静。爱乐岛以及通向岛上的长长的白薇堤～被整齐排列的广告灯箱勾勒出轮廓，还有知音湖对岸，都沉浸在长长的寂静灯影里。所有景物都将会慢慢地呈现在晨曦中，男孩熟悉它们，因为他每天都在这个时刻来这里用心灵守望。此时他扭过头去，看了一眼自己左边的那座电子广告灯箱，上面显示出一张柴可夫斯基摄于 1860 年的、容貌非常年轻而文雅的半身黑白像，旁边写的是他的一句格言："音乐是上天给人类最伟大的礼物——给在黑暗中的流浪者的礼物。"

地上的积雪映着灯光，冷风中，男孩蜷缩着身子，脖子缩进黑色衣领里，他将帽子拉紧，靠着雕像，疲倦地阖上了眼睛。他本可以坐到长椅上去休息，但那里太冷，一躺下他就会立刻睡着，一睡着就有可能会被冻死。

已经有半年时间了，每天清晨，男孩都会在捡完废品之后，准时来到这个地方，在柴可夫斯基雕像脚下坐着，仰起他那稚气的脸，把目光～投向湖中心的爱乐岛，每当这时，他的眼睛就会变得异常热切而明亮，苍白的面孔也充满了虔诚与生气。周围还看不到人影，他就在那里静静地坐着，独自守望。他听到湖水的声音、风掠过水面的声音、树枝摇落隔夜积雪的声音、雾气飘蒙的声音，甚至草地上～那些在晨雾中暝思的雕像～灵魂带着音符～雾一般地～在水面和湖边游荡的声音，还有溜溜岛上的小鸟天堂～那些尚未醒透的鸟儿～被雾一般的灵魂～和灵魂一般的雾～所惊扰发出的～一两声娇嫩的啾鸣，还有这个噤若寒蝉的男孩自己～全然浸透在冰凉如水的早晨～那祈求曙光的心跳声。

不久，在清晨空荡而寂静的湖面上，一支轻柔的、优美而略带忧伤的小提琴曲，便从爱乐岛上的柳荫丛中准时而又悄然地响起了，它像雨丝一般，从男孩梦的边缘，细细地洒向空中，飘向湖面，飘向远山，像是为了～要抚慰那些四处飘荡的、在雾中冥思不安的灵魂；同时，它又好像怕惊扰了～周围安宁的一切，从一开始，便是那么地轻柔，轻柔而又优美，而又略带忧伤，仿佛白衣仙子～在水面上做着孤寂而又飘然的舞蹈。它是梦的延伸，继而从梦中悠然醒来。这琴声，音色细腻鲜润，音质纯正清晰，音域宽广明亮，回响震颤在湖面和空中，给一切都涂上童话般的色彩，妙音萦萦，*丝丝缕缕*，像诗歌与舞蹈一样美。男孩的脸上～露出了笑容，接着，两滴幸福的泪水，顺着他的脸颊，无声地～流淌下来。

每天如此，男孩总是在清晨五点钟来到这个地方，听那个他从未见过面的、甚至望不到身影的陌生音乐家，在湖心爱乐岛上练琴。他坐在那里，无论是晴天还是雨天，无论是白雪飘飘，天寒地冻，还是在星光下、晨曦中，那从梦境的柔美与忧伤里，逐渐走向悲怆、雄浑，继而如日出般壮丽的音乐，每天都滋润着他的身心，紧紧抓着他的梦，裹挟他，抚慰他，引他而去。那是一种濒死的感觉，这音乐中的人仿佛正在与命运作拼死的抗争，无论如何他也要挽救他之所爱，奔向他亲人的怀抱，尽管他疲惫，在大雪的寒风中跌跌撞撞，孑孓独行，在夜晚孤独的思念中无限悲伤，甚至他会恸哭哀诉，但他仍能听到远方爱人的呼唤与抚慰，那是他全部力量与希望的来源。琴声为他趋走黑暗、寒冷与饥困，给他无比的力量，男孩完全融入了音乐，与音乐成为一体。

琴声对这个男孩来说，就好比是每天的日出，是亲人期待的目光。而今天则是个特别的日子，他已经在这里～坐了一百八十个早晨。在这整整的半年当中，提琴的主人或许偶尔外出，或许是生了病，每当这种时候，男孩便要白白地～在那里坐上40分钟，保持一个固定姿势，一动不动，仿佛依旧有一支无形的小提琴，正在为他演奏，并且只是为他一个人演奏。所有的旋律他都熟悉了，虽然他还不知道那是什么曲子，但它已然成了他自己的音乐，从头至尾，他都可以在心中完全演绎出来，在那持续36分钟的无声的音乐中，他自己已然化身为音乐，直到结束。36分钟后，男孩还会坐在那里，坐上很长一段时间，保留那梦一般珍贵的回味，不忍离去。最后，他靠着雕像，不情愿地站起身，提上口袋和钩子，沿着湖边，怅惘地孤独离去。

他低头走过～那些无声的雕像，他早已熟悉～每座雕像的面孔，早已能够背下～他们的名字，以及那些演奏家、歌唱家、作曲家和指挥家的国籍～甚至生卒年月日，男孩崇敬他们，盲目地热爱他们，而这一切的起因，仅仅是由于他每天早晨所听到的～那首深深打动了他的小提琴曲。他认为那样的音乐～一定来自天国，而这些音乐家～也必定是天国的使者，因而他每天～便能够拥有这样36分钟～

被带入天国的时光，就好像他所读到的安徒生的童话里那个卖火柴的小女孩，在饥寒交迫中，在最后的、短暂的火柴的光焰里，看到了她过世的妈妈和祖母，看到了属于她和亲人的圣诞晚餐，以及世间所有温馨的美景……

走在湖边，男孩无数次地想象过～他所听到的～那首小提琴曲的作者和它的演奏者，他举头从每一座塑像身上～寻找那些音符、那种音乐的气质、灵感与光辉。他曾经想过，要去岛上寻找那位拉琴的人，但在凌晨这段时间里，爱乐岛并不对外开放，只供音乐家们使用。不久前，一个偶然的机会，男孩从一辆停在新大陆广场边上的汽车里，听到一首动人的小提琴曲，他几乎一下就听出了～是那把他熟悉的小提琴的音色。"是他，这一定是他！"男孩当时激动地站在那辆宝石蓝色的小汽车旁边，直到汽车音响里的乐曲声结束，汽车里的外国小女孩放下车窗，紧紧地盯着他。但是男孩并未得知～那把小提琴和它主人的名字，他多么希望～能够亲眼见到他们啊。然而，他只能每天像这样，在见不到人的时候，在黎明前无数个希望之中，站在知音湖边上，眺望爱乐岛上的曙光，眺望自己在无边黑暗中飘泊的梦想。爱乐岛成了他的希望岛、故乡岛、母亲岛，寄托着他无限的梦想、崇拜与渴望，寄托着他的灵魂；琴声的主人～则成了他全部的遐想、他灵魂的星辰、生命的太阳、信念的皈依。什么时候，他才能结束这流浪的、丑小鸭般的生活，像一只人人羡慕的白天鹅，乘上音乐的翅膀，飞到自己梦中向往的地方。音乐，啊，音乐为何会有～这么大的魔力，将一个孤独的穷孩子，迷惑到这般地步和模样。

酷暑严寒，风霜雪雨，男孩好像着了魔一般，每天早晨都会出现在柴可夫斯基雕像前，来聆听他也许终生都无法知晓其奥秘的、由一位陌生提琴家为他演奏的～这首天国的救赎的圣歌。

3

（从容的快板）

今天依旧如此，饥寒而又困乏的男孩来到这里，心中充满执著的希望。在此之前，他已经有七个早晨没有听到琴声了，他是多么地想念那音乐和它的主人。

时间到了，爱乐岛上仍旧静悄悄的，一点动静也没有。他的朋友此时在哪里？在做什么？还会来吗？这么冷的天气，什么也看不见的时候，他练琴不怕苦吗？手指不会冻僵吗？他是否知道，每天早晨，都有这么一位忠实的听众，在隔岸的湖边，在柴可夫斯基的雕像前～热切地听他练琴？他是否能感应到～一颗无比虔诚的童心，每天都随着他的琴声～一起跳动？会的，他会看到的，他一定能够感应到，因为音乐就是沟通人们心灵最好的媒介与桥梁。想到这儿的时候，男孩便会觉得～自己的手也不冷了，而且变得灵活有力了，他的心也同时变得温暖而愈发明亮起来。于是他继续等待着。

周围还是那么宁静。五半点钟已经过去，男孩仍旧坚定地坐在柴可夫斯基雕像脚下，将他期待的目光凝望着对岸的梦想之地。当一阵夹着雪片的、从树梢上轻轻吹落的风滑向水面时，远远地，从对面爱乐岛边沿的柳树荫下，那个天使所在而又谁也看不到的地方，这个早晨的琴声，终于再度响起。

它悄然地，悠悠地飞向整个爱乐岛、整片天鹅湖和整座知音园，新的一天终于开始了。男孩像见到了久别的亲人一般，听到第一个音符，他慢慢地站起了身，眼望着对岸琴声响起的地方，禁不住热泪潸然而下。多美啊，新年的第一天，他本以为琴声不会再响起，然而它真的又响起了，是为他奏响的，和他一起～迎接新的一天、新的一年、新的希望。是的，这是他的琴声，这是他的黎明。男孩激动地～用他全部的身心，投入这琴声忠诚的召唤，依偎在音乐温暖的怀抱中，旁若无人地微笑，旁若无人地哭泣起来。他被音乐深深地打动。一个人类的男孩，他的灵魂此时飞向天国。他站在那里，站在湖边，而他的灵魂却已然飞升。他站在那里，站在梦的湖边，眼望爱乐岛上~那从未见过面的~心中的亲人，他背靠着老柴的雕像，任凭冷风吹在脸上、身上，自己也好似变成了一座小小的雕塑。这小小的雕塑，跟他身后所有的雕塑一样，此时，他们属于音乐和永恒。

男孩站在湖边，站在自己的湖边，站在音乐的湖边，音乐的阳光沐浴着全身，照亮了他的心灵。音乐给他爱抚，给他注入来自天国的能量，给他新生。在人的心灵当中，有些地方或许终生都属于黑暗，都不会被发现和拓荒，但是这个男孩，此时却通体透明，因为他正在诞生，他在被音乐唤醒和点燃的崇高与光明之中~诞生着灵魂。他被激发和照耀得那么通彻，那么神圣，所有的天使都围绕在他光环的周围。那音乐并不是他所听到的，而正是从他心底发出的，与他呼应，与他相拥。他燃烧着，升腾着，他的心优雅地狂舞着，他的翅膀正在长出，他此刻的一切~都已汇注到永恒。不知不觉间，男孩那超越而生的灵感、那羽化而出的手臂~和着熟悉的旋律与音符，突然舞动起来。大地与万物，骤然间变成了一支庞大的交响乐队，风从头顶掠过，树冠前后摇摆，一切都开始向上飞舞。瘦小而高大的男孩儿举扬起头，从他灵魂中喷发出的火焰，通过挥动的手臂喷发出来，变成了大地上~此时一切光明的中心，所有喧响与和声的指挥。

4

（欢乐的快板）

36分钟的演奏，终于又结束了，男孩缓缓地放下了手臂，眼睛依旧望着前方，他的脸又红又亮，起伏的胸膛中发出有力的呼吸。他没有像以往那样，很快转过身去，离开湖边，而是仍旧笔直地站在那里，感到琴声仍在湖面上飘浮，在风中回荡，他徒劳地～想挽留住～这光芒四射的时刻，直到一阵冷风吹来，他潮热的身体不由颤抖了一下。

天已经亮了，雾还没有散去。男孩呼出的白气渐渐平静下来。他忽然感到疲倦，他像一个不情愿离开母亲怀抱的孩子，真想就这么站下去，追寻他的梦想，守住他的日出，变成雕像，再也不愿离开。

但这不行，早晨六点半钟，治安人员巡察经过此地，会立即把他带走。于是他只好～有些头重脚轻地挪了挪腿，揉揉湿热的眼睛，打起精神，转身抓起破口袋，将钩子往身后一挂。当他就要准备离开的时候，男孩习惯性地～回头瞧了瞧柴可夫斯基雕像，想和他的老友道别。可是忽然间，借助稀微的晨光，他发现在雕像左脚下有个东西，凑近一瞧，竟是一个挺大的塑胶信封。男孩好奇地御下肩上的东西，踮起脚，伸出胳膊，从雕像基座上取下那个信封。

信封没有封口，里面装的是一本书，一本深棕色的精装书，书名叫做《柴可夫斯基传》。几乎与此同时，男孩又发现书里夹着一只淡红色的信封，上面用清丽柔和的字体写着一行话：

"给每天早晨，在柴可夫斯基雕像前听琴的孩子"

捡垃圾的男孩惊呆了，他不能相信自己的眼睛，以为是在做梦，全身都麻了一下，他又将那句话反复看了几遍，心怦怦地狂跳，脸上跃起红光。他刚要打开红色信封，忽又放下，想了想，从身旁抓起一把积雪，使劲搓起手来。手搓净了，他在衣服上擦干，心都快要跳出胸膛。

柳枝垂挂在湖面上，雪又轻轻地飘落起来。捡垃圾的男孩重新在背风的雕塑旁蹲坐下来，借助晨光，用洗净的双手小心翼翼地打开了信封。

里面是一封信和一张金红色的音乐会入场券。男孩禁不住紧张和激动，浑身颤抖，他想平静自己来面对这如梦境般的现实，他每天都在梦想有人能够发现他，来帮助他，天使的手臂终会向他伸出，他来知音城的目的也正在于此，因为这里从来都是梦想和希望的诞生地。

"今天是个特别的日子，"男孩对自己说，"奇迹是会发生的。"他小心地～展开了那几页洁白的信纸，一股玫瑰花的芬芳温馨地扑面而来。

凭他所认识的字，男孩一字一句地读起信来：

亲爱的孩子：

早上好！

虽然我们彼此从未见过面，但我已对你有所了解，我决定，要用一种特殊方式，来向你表达我的感动、敬意和祝福。

每天清晨，你都来到这里，听一位看不见的小提琴家练琴。尽管我不是那位小提琴家，但是我发现了你，你坐在那儿是那么宁静，远远望去，就像是柴可夫斯基雕塑的一部分。但你的内心在想什么？你的世界又是什么样子？为什么你会来这里？有一天，我终于决定要去了解你。

那是一个很冷的风雨交加的晚上，我回家时在公寓楼下看见你，便决定偷偷跟着你，我来到了知音园北面的福音桥边。想不到你住的地方这么远，这么简陋，路又那么不好走，在很黑的地方，我几次险些滑倒。你在一个废弃的旧加工厂的破房子里栖身，周围一个人也没有，好在里面还有电有水，你在昏暗的台灯下读书，我记得你当时读的那一段话：

"在我发现世上有音乐之前，我一直都郁郁寡欢。我当时矮小瘦弱，经常生病，脸色苍白，常愀然不乐，并为气管炎及诸如此类的疾病所困扰。然后，到了十岁，拥有了钢琴，突然之间我找到了自己的世界。我从内心感到强大，我开始枝繁叶茂，长得很高；我开始从事体育锻炼，获得各式奖牌奖章。这一切都是同时发生的，我的生活彻底改变了。唯一的解释和秘密是：我发现了自己的苍穹，在其中我感到无比安全。这就是音乐，我被保护在她的羽翼下，我在其中有自己的家园，再没有谁能伤害我，能令我感到痛苦。"

　　读完这段话后你哭了。我知道，虽然这是上个世纪的音乐大师伯恩斯坦的经历，但同时也是你的心声，你是那种为梦想和灵魂而活着的人。之后你就开始弹你的电子琴，当我听到你的琴声时，我惊呆了，忍不住热泪盈眶，想不到一个靠卖废品谋生的小孩子竟有如此惊人的音乐天赋。在那一刻我了解了你的心，我决定要帮助你。

　　可你究竟是谁？那是我急于想知道的。第二天清晨，你离开住处后，我走进了你那没有锁的废墟中的小天地，我看到，你保留了很多回收到的音乐报刊，你有中小学各个年级的教科书，还有一本汉语辞典、一本成语辞典、一本初阶汉英辞典和一本音乐辞典。你在如此艰苦的条件下、恶劣的环境里，坚持不懈地自学，每天练琴，还在废纸上作曲。看到你写的曲子，我又禁不住流泪了。之后，我在你小桌子上的《爱乐知音》周刊上发现了你写给四川老家校长的信，由此我得知了吴校长的名字和地址。我立即在手机上查到那个地方，是她目前任教的学校，我查到校长室的电话，就立即拨打过去，但因为时间尚早，老师还没有到校。我留了言，然后就离开了你的住外，开车来到你每天早晨听琴的这个地方，停在离柴可夫斯基雕像不远的公路边，远远地看着你。离开那里后，你徒步半个小时，去了知音公共图书馆，有位图书管理员告诉我，你每天都到这里来，是开门后进来的第一位读者，一来就先去洗手间，然后就在这里自学，手边放着一摞书，认真地做笔记。我坐在你身后几米远的地方，看着你的背影，这时我期待已久的电话终于打来了，我走出音乐阅览室，一边接电话，一边隔着落地窗看着你。你的老校长非常激动地跟我通了话，并把一切都告诉了我。她对我说，你很小就爱上了音乐，但是没有充足的条件和环境学习。在你4岁生日那天，你得到了一把电子琴，从此开始了你的音乐生涯。没有人教你，但你是个天才，凡是从广播和电视上听到看到的曲子，只要你喜欢，你总能记下主旋律，并在你的小电子琴上复述下来。5岁时你得到了一架更大的电子琴，你的才能被更大地显现出来，你成了中央电视三台音乐频道的忠实观众，你看过很多由我专访、编导的中西方古典音乐节目，当然还有我的音乐会。你会弹的曲子越来越多。那一年你被作为超常生提前录取，走进了学校，学校里的那架钢琴就从此成了你课余时间的专属，每天你都是第一个来到学校，最后一个离开，校园里每天都回响着你的琴声。你的音乐才能令所有老师和同学惊讶，因为你竟然能够无师自通，大家都叫你'天才'、'神童'。不久你开始尝试自己作曲，组织学校合唱队，并担任指挥。若不是因为你父亲罹患肝癌过早去世，母亲需要你在家里帮忙，校长早就把你推荐到省音乐学院附小去了。可是去年，你的家乡遭遇了泥石流，你失去了所有亲人，失去了家园和学校，那天若不是因为你随吴校长去省里参加音乐比赛，后果不堪设想。之后，你带着一颗破碎的心，用吴校长给你的钱买了张火车票，背着你那架电子琴，孤身从四川来到北京，寻找和投靠亲友，但是你没能找到，你只好靠捡废品暂且谋生。

我知道你为什么来知音城，因为这里是希望的摇篮，是你一直向往的地方。但你没有任何证明和担保，也没有遇到好心人的帮助，所以进不了爱乐希望小学。我也知道你为什么会来公寓A区，我还知道你每次经过巴赫广场，都会给那个吹长笛的盲人投一块硬币（其实他不是为了挣钱），并能哼出他所吹奏的所有曲调；你看到一个坐在路边哭泣的小女孩，就带她去找妈妈，还给她买面包，给她唱歌。你是一个多么难得的善良而又聪慧的好孩子！可是为什么，一直没有人发现你并帮助你？我想，这或许就是上天留给你和我的缘分吧。

现在，让我来告诉你——每天早晨，你所听到的那首乐曲，它是十九世纪伟大的俄国作曲家彼得·伊里奇·柴可夫斯基于 1878 年创作的《D 大调小提琴协奏曲》。这首乐曲自诞生以来，感动过无数心灵，在世界各地经演不衰。它的演奏技巧很高难，一直是大师级的必选曲目、衡量小提琴演奏家的试金石。我第一次亲眼观看它的演奏是在莫斯科柴可夫斯基音乐学院的音乐厅，当时我随中国交响乐团少年女子合唱团前去参加国际复调童声合唱比赛，那时我也刚刚像你现在这么大。这首协奏曲是下半场的曲目，独奏是小提琴大师耶胡迪·梅纽因。那天我被完全震撼了，整个演出过程中我都被音乐吸引，忘记了一切。演出结束时全场沸腾，掌声和欢呼声经久不衰，献花的人将舞台层层包围。那是我从未见过的场面。当天晚上，我激动得彻夜难眠，之后我就开始学习这首曲子的指挥，但由于我的年龄又是女孩，一直没有得到机会执棒这首协奏曲，直到 17 岁那年，我参加黛尔伯格国际指挥比赛，我将它作为自选曲目，并获得了第二名的成绩，成为该比赛历史上最年轻的获奖者。

在我成长的历程中，每当我感到压力和疲惫时，我总会倾听这首曲子，而我总会从这首乐曲中找到力量。为什么它会百听不厌？关于它，另一次使我终生难忘的演出是在北京人民大会堂。世界著名的东方指挥家祖宾·梅塔大师率以色列爱乐乐团访华演出，小提琴独奏是世界著名的演奏家伊萨克·帕尔曼，他使用的是一把已有三百年历史的斯特拉迪瓦里小提琴。帕尔曼是位残疾音乐家，从小得了小儿麻痹症，当他拄着双拐走到台上时，（梅塔大师跟在他身后，替他拿着那把琴），观众席上立即暴发出热烈的掌声，向这位非凡的演奏家表达崇高敬意。帕尔曼向热情的中国观众鞠躬，频频致意。演出过程中，万人大会堂内寂静无声，只有音乐家的琴声在无形中掀动着人们情感的波澜。由于会场太大，必须使用扩音器，所以音响效果并不理想，但这并没有影响观众用心灵去感受音乐。帕尔曼大师坐在椅子上，用他全部的身心，诠释着柴可夫斯基艺术生命中最光辉的乐章，他以精湛的演技、对人类博大深沉的爱和澎湃的激情，将这首经典之作发挥得淋漓尽致，用琴声征服了在场所有人，演奏是那样投入，浑然天成，大师汗流满面，一直到乐曲完整地结束。观众们为音乐家的精湛表演抱以长时间热烈的掌声。帕尔曼大师想站起来谢幕，但他太疲惫了，旅行的时差和长时间的演奏消耗了大量体力，他想起身，但努力两次都失败了。坐在旁边的首席小提琴想上前去扶他，但被谢绝，帕尔曼大师再一次欠身，又跌坐在椅子上，但他顽强地执意要自己起身。观众们已无法再抑制感动的心情，全体起立，向这位非凡的艺术家鼓掌欢呼。第四次、第五次、跌倒再起身，第六次，大师终于凭着自己的力量，从椅子上站了起来。他仰起头，张开双臂，向由衷热爱他和崇敬他的中国观众发出会心的、成功的欢笑，然后深深鞠躬。许多观众都流泪了，为音乐家精神的成功、艺术的成功，为他强大的人格魅力、卓越的才华而深深折服，不息地赞叹。

我永远不会忘记那场音乐会，伊萨克·帕尔曼，使我懂得了许多比音乐本身更有意义的、更崇高的精神。迄今为止，那仍是我感受最深的一场音乐会，是我认为最伟大的一首协奏曲。

知音国际爱乐乐团将会于今晚七点在知音国际大剧院举办新年音乐会。现在，我正式邀请你，今晚和我一起共赴这场演出，你将会亲眼看到，由我担任指挥的这首柴氏不朽的《D 大调小提琴协奏曲》，这是我特意为你举办的演出，担任小提琴独奏的，就是每天早上你听到的那位练琴者——我的养女琴宫，她今年只有 12 岁，在去年柴可夫斯基国际音乐比赛中崭获了小提琴少年组第一名，并因此而得到了一把斯特拉迪瓦里小提琴。我还为今晚的演出安排了柴可夫斯基的第五交响曲第 4 乐章、暴风雨和第一钢琴协奏曲。你可以相信自己，完全有资格作为我的特邀佳宾去享有这个崇高的、至真至美的音乐之夜。

另外，我已把你的情况、吴校长传真过来的证明，写报告递交给了知音爱乐希望小学，他们已同意接收你。你可以结束目前的流浪生活了，重返学校，去接受最好的音乐教育。如果你愿意，也可以和我生活在一起，成为一家人，我可以做你的音乐老师，训练和培养你正确的、专业的演奏技法，培养你以中指而不是大拇指为轴心的触键技巧，帮助你建立最适合你自己手指人体工学的、自然舒适的演奏方法和良好习惯；你可以通过学习和练习，获得高超的钢琴演绎能力，快速读谱、记谱和背谱能力、音乐鉴赏、分析和创作能力，通过自己的音乐去表达一切。在钢琴、作曲、指挥、音乐会表演艺术、国内外音乐比赛和出国留学等各方面，我都可以给你正规的教育和专业指导。你的梦想，是一个孩子最正当的权利，现在，社会把这个权利重新还给你，好好珍惜吧，你的前途将是有保障的，也是无限光明美好的。知音城就是你的家，你的选择是对的，你对她的希望与信任终于有了回报，我由衷地为你感到高兴！

傍晚五点，请在大剧院门口等我。我知道，你不是第一次光顾大剧院了，但因为买不起票，你总是坐在场外，看着人们入场。不过今晚，你将会作为我的特邀嘉宾出席音乐会，坐在贵宾席上。尽管我是一个持午的素食者，但今晚演出前，我将会与你一起共进晚餐。希望你能准时赴约。今天你回住处去就收拾东西，午前会有人开车去接你，帮你搬家。请整理好所有你创作的曲子，今晚演出后我就想看到它们，在保留你原创作曲版权的基础上，我会帮你做专业修改，有望拿去发表、演出和参赛。

另外，我非常喜欢你的名字"欧阳方舟"，我可以叫你"舟舟"吗？如果你愿意，你可以叫我"姑姑"。

　　其实，当我第一次发现你坐在柴可夫斯基雕像前听琴的时候，我就感觉你是一颗星际种子，或是一个地球的老灵魂，在寻找你的灵魂家人，你来这世间，是为了要成长你的灵魂至不朽，也肩负着提升更多灵魂的使命，就像我一样。

　　最后，祝你生日快乐！今天你十岁了，我知道，你的心已远远超出这个年龄。这本书、今晚的音乐会，还有我、你的新家、你的新钢琴、你的新学校，都是上帝送给你的生日礼物。愿你梦想成真，愿美好的音乐陪伴你，给你带来永远的幸福和光明！

　　你真诚的朋友，青子衿

　　元月一日 于 知音国际爱乐城

　　捡垃圾的男孩读完信，呆呆地坐在那里。两行融化的雪水，从柴可夫斯基清癯的面颊上流淌下来。那天早晨，第二辆从这条园区公路上驶过的汽车经过这里，车上的人惊异地看到，一个浑身脏兮兮的男孩坐在湖边，头靠在柴可夫斯基雕像上，旁若无人地失声痛哭，胸前紧紧抱着一本深色的书。

　　"音乐是上天给人类最伟大的礼物——给在黑暗中的流浪者的礼物。"

——柴可夫斯基

5

（柔板）

那是我这一生中最重要的一天，是我重生的一天，我永远都不会忘记，而实际上，它对我的影响不仅是对我这一生，自从我的灵魂诞生以来，那一天成为了我灵魂超越时空的轴心。我把子衿妈妈给我的那封信看了好几遍，因为我不敢相信这一切是真的发生了，在漫长的寻找、流浪、期待、祷告和不懈的努力之后，我终于感动了神，他派天使来收留我。我像做梦一样开始想象那天将要和子衿妈妈见面的情景，我不知道自己是怎么走回我的小破屋的，我害怕极了，因为我想这一切或许只是我的幻觉，不是真的，就像卖火柴的小女孩在期待和临死前产生的种种幻觉一样，我想我可能是得了精神分裂症，或者回光返照了。那天回到住处后，我就一直静静地坐在小屋里等待，等待期望或者是幻灭。为了平复自己，我决定开始弹琴，并且我非常聪明地给自己当时的即兴曲录了音，我一直弹，直到外面传来汽车的声音。我生怕进来的人不是子衿妈妈派来接我的，而是派出所或者城管局的人，他们会把我带走，带到我不想去的地方，于是我赶紧藏了起来，直到我从黑暗中透过墙缝窥视到在外面呼唤和寻找我的人，可是当我从藏身处走出来时，我却一下子昏倒在地。

我的身心在那一天都发生了巨大的变化，我在疲惫的睡梦中听到轻柔的钢琴声，醒来后我见到的第一个人就是她，她守在我的床前，平静地微笑着，慈爱地看着我，并轻轻抚摸我的头发。我虚弱地呆呆望着她，我怎么也找不到想叫她'姑姑'的感觉，因为她看上去是那么年轻，美得让人百看不厌，她的目光深遂而平静，这让我感到我要用一生去读她的灵魂。你知道她对我说的第一话是什么？她看着我的眼睛，握住我的一只手，用音乐一般的声音轻声说："我们前世就相识了，甚至不只是前世，我们注定这一世要相遇，因为我们一直都在彼此寻找。”

　　后来，我对她坦言说：我其实骗了吴校长，我来北京不是找亲戚的，我在这里根本就没有亲戚，我是来找音乐的，我是来找知音的，我是来找你的……

第一章：音 乐 地 球 村

"我生本无乡，心安是归处。"

——【唐】白居易《初出城留别》

I was born without a hometown，and peace of mind is a place to belong.

1

温哥华国际机场，新移民入关安检通道。

所有的海关安检人员都非常忙碌，因为所有入关旅客的手提行李在通过扫描机后还要求被打开检查。通过了全身扫描的子衿带着舟舟在传送带旁等待他们的行李。周澄宇的行李正在被检查，不过显然已经通过了。

"这是谁的行李？"一位白人女安检官这时叫道，同时用目光寻视。另一位男安检官站在她边上等着，手上戴着白色胶皮手套，正用两只手在台面上无聊地敲着鼓点，以缓解紧张的工作压力，在子衿穿上鞋子时他就注意到了子衿，没想到子衿这时应声走了过来，

"你们好！这只箱子是我的。"

"那这一只是谁的？"男安检官这时拉过另一只旅行箱。

"也是我们的，我儿子的。"子衿面带平静的微笑。

"你儿子？！"两个安检官看了看子衿和舟舟。

"不是你弟弟？"男安检官问。

子衿笑了笑："谢谢。是我儿子。"

"很好，请把它们打开。"女安检官这时要求。

子衿从容地打开旅行箱，并叫舟舟看好他们的手提电脑。两位安检官很快便从两只旅行箱里找到了他们在扫描仪上看到的东西——两只蓝黑色的细长的盒子，一只15英寸长，一只14英寸短。

"这是什么？筷子，毛笔，还是……星球大战的玩具？"男安检官注视着子衿的表情。

"请把盒子打开。"女安检官要求。

子衿轻声叫舟舟，让他把盒子打开。舟舟照办了，把两个盒子盖放在一旁；但是子衿把那两个盖子翻过来，口朝上，各放到它们的盒子边上。

两位安检官看到盒子里那静静地躺在皇家蓝丝绒里的东西时都没有表情："这是什么？"

"是我们的指挥棒。"子衿微笑地回答。

两位安检官相互看了看，显然，这是他们第一次见到指挥棒，显然在所有过关的新移民当中，他们是唯一携带指挥棒的人。

子衿这时翻开旅行箱里黑白蓝灰单色的衣物、一本名叫《禅与脑》的书，露出一摞捆扎整齐的乐谱。

"这么说，你是指挥家？"男安检官问，流露出惊艳的神情，抬眼看着子衿。

"是的。"子衿平静地微微点头，"我儿子也是，他是波士顿新英格兰音乐学院的学生。"

男安检官立刻对舟舟挑起了眉毛，戏剧性地睁大一只眼睛，侧身探头低声问道："我能看看这指挥棒吗？"舟舟不禁被他逗笑了。

"当然，这是您的工作。"子衿微笑地轻声回答。

两位戴着白手套的安检官于是小心地从盒子里取出白色指挥棒，

拿到眼前端祥起来，只见上面分别印着 Wiener Philharmoniker（维也纳爱乐）、Carnegie Hall（卡耐基音乐厅）。他们看了看子衿和舟舟，子衿这时用眼神示意他们看看身后。两个人往身后一看，只见安检传送带已经停了下来，因为行李太多，已经积压在那里等待开包检查，其他的安检官都在忙个不停，入关新移民都在排着长队等候，一位主管站在扫描机边上，手上拿着步话机正看着他们这边，询问的眼神像是在问是否发现了恐怖分子。两位安检官见状立刻紧张起来，还没忘记像星球大战里的人那样将两根指挥棒相互交叉，轻轻碰了一下，就赶紧放回到盒子里，将两只旅行箱往前一推，对子衿和舟舟微笑道：

"你们可以走了。"女安检官转身便去处理后面的工作。

男安检官在转身之前微笑着向子衿行了个礼，竟用中文说道："欢迎来加拿大！"

"谢谢！"子衿用中文回答，仍旧平静地微笑着，没有告诉他："我经常来，工作签证。"不过这一次她持的是移民纸。

舟舟把子衿方才在过扫描机前取下的胸针递给她，并帮她系好腰带，两个人重新戴上智能手表，背上包，拉上旅行箱。周澄宇一直在不远处等着并看着他们。

"你知道为什么他们要检查我们的指挥棒吗？"下手扶电梯时子衿问舟舟。

"可能因为从安检扫描机上看，它的形状像是一把剑，尽管它并不是金属利器。"舟舟说，"我们去欧洲时，海关从未检查过我们的指挥棒，大概加拿大对新移民严格一些。另外，我猜是因为他们第一次见到指挥棒。"

"或许没有人是作为音乐指挥移民来加拿大的。"子衿说。

站在他们身后的周澄宇听了，心里很不是滋味，却只是一言不发。

子衿小心地下了电梯，舟舟去旁边找了辆行李车，将所有的行李放上去，自己推着，三个人继续往前走。

"加拿大是一个年轻的国家，"子衿这时对舟舟说，"这里地大物博，需要引进新移民——技术移民、投资移民、劳务移民，还有文化移民。目前，每年都有大约一百万的新移民从各个国家和地区来到加拿大，也带来了多元文化。但是大多数新移民都在为生活打拼，很少有人会去听古典音乐。因此这里的古典音乐就没有欧洲那么普及和发达，也逊色于美国。在维也纳，出租车司机会让你听莫扎特，但是在加拿大，很多新移民还从没有听过一场古典音乐会。这就是为什么，维也纳可以蝉联全球最佳城市第一名，而比它风景要美得多的温哥华却总是屈居第二、第三。也正是因为这个原因，我和你琴姨想要在这个佛系国家里创建爱乐岛，以音乐来融合各种族文化。"

"爱乐岛何止融合了这个国家的多元文化，也沟通和融合了全世界。音乐使万物相连，甚至连接整个宇宙。"舟舟说。

子衿微笑地看了看他："我选你为最佳乐评人。"

周澄宇看着他们，仍旧像个局外人一样一言不发，他是第一次出国，可这两个人早已熟门熟路。子衿这时接到电话，忙掏出手机，一边走一边和她的大姐青琴通话。

"琴姨好吗？"舟舟问。

"她很好，就是太忙，正在主持集团融资、投资和可持续发展峰会，否则她会过来看我们的。"子衿说。

"她从来都是很忙。"舟舟说。

"是的，跟我们一样。"子衿微笑道。

周澄宇这时咳嗽起来，子衿连忙回过身来寻问。周澄宇说没事。子衿说这就去给大家买热饮，还嘱咐他别忘了给他在温哥华的朋友打电话，舟舟提前给买好的本地电话卡已经帮他装进手机里了。周澄宇立即掏出手机拨号："喂！老姜！你们都好吗？我在哪儿？我在你们家门口呢！哈哈哈哈……"

打完电话周澄宇对子衿道："老姜说他的儿子上了圣乔治中学，说是李嘉诚的儿子、马云的儿子，还有谢霆锋上的是那所中学，那学校还出了好几任省长。要是咱们能在温哥华找到工作，就让咱们的孩子也去上那所贵族学校。"

说是这么说，可是出国前，周澄宇往温哥华发的十几封求职信和简历都石沉太平洋了。

2

登陆，入境，转机，总共需要四个多小时，但这座城市，对他们来说却意味着很多很多。面对高大明亮的落地窗，子衿坐在候机大厅长长的蓝色休息椅尽头，凝望着窗外繁忙的空港，那一架架在雨幕中起落的大小客机，还有跑道尽头的海湾和岛屿。舟舟坐在子衿身边，两人都沉默着，戴着耳机听音乐。他们的航班一落地，子衿的手机邮箱里就收到了一封信，只有一个链接和一句话：

"海内存知己，天涯若比邻。"

发件人是南宫子云。子衿打开那个链接，出乎意料，竟是一首钢琴曲，曲名为：

You Had Me BEFORE Hello
天涯一曲共悠扬

子衿用耳机倾听，原来竟是子云先前发给她的那首未命名的古琴曲的钢琴版。子衿闭上眼睛，一边听，一边感动地微笑起来。

南宫子云这时又发来邮件信息，道："这是我第一次用钢琴写曲子，献给一位钢琴家。见笑了。"

子衿想了想，回信道："衷心祝贺您的第一首钢琴作品诞生，能否授权，使我成为它的首演者。不过，我可能会对您的大作在和声和主题旋律的发展方面稍加改编。"

子云回信道："非常期待！是我莫大的荣幸！祝一路平安！"

"更是我的荣幸！阿弥陀佛！"子衿回言，微笑地看着那个标题：You Had Me BEFORE Hello。

"您还好吧？"舟舟这时在她耳旁轻声问。

子衿歪头看了看他，微笑了一下，摘掉耳机，握住舟舟的手，然后看着窗外的飞机，轻声道：

"温哥华是无数人向往的旅游目的地和梦想中的移居天堂，但为什么？有人幸运地出生在这里，在这里长大，却选择了离开故乡，去别的地方生活。"

舟舟想了想，道："我们原本也可以留在温哥华，在这里定居，就像琴姨那样，因为在无数人的心目中，爱乐岛是人间天堂，是温哥华的温哥华，但为什么？您还是选择了他乡，因此，我们这一次，只成为了温哥华的过客。"

子衿默默地望着窗外正在起落的飞机，还有雨幕中的远山和海湾，过了一会儿才说："虽然，有很多事情可以做，但是，对于很多人来说，这地方更适合养老。植物的生长需要适宜的条件，人类的开花却往往是在最恶劣的环境下。如果，没有沙粒进入身体，牡蛎就不会产生珍珠。为了抗拒痛苦和压力，人才能修炼出精神的珍宝。所谓的天堂，并不是一个可以在身外找到的人间最美的地方，一个人心灵的归属是要靠他自己去建造的，要通过修炼让自己的心灵成长到天堂。"

舟舟默默地点着头："我想起我们老家四川有一位诗人写过的一句话：'山顶上盖庙还嫌低，肩并肩坐着还想你。'若心不安，把庙盖到天上去也没用。"

子衿想了想，有些自言自语似地说道："是啊，有些人每天与你生活在同一屋檐下，甚至每夜同床共枕，彼此却从不相识，近在咫尺，心却远隔天涯；有些人从未见过面，与你远在天涯，甚至相隔千年，心灵却一直和你在一起；有些人喜欢与周围的人交流，有些人喜欢与自己和神交流，有些人喜欢与千百年来和千百年后的人交流。正如音乐可以超越时空，知音可以超越古今，心灵的相吸和相守远远超越身体的距离。房子是由砖石建造的，家是由爱建造的。心灵的归属才是我们真正的、最终的天堂。我是不是常常说：静心不是目的地，而是我们的护照。'吾心安处是吾乡。'"

3

周澄宇从洗手间回来后就坐到了子衿背后的那排椅子上，与一个刚认识的新移民家庭攀谈起来。

"你好！我在飞机上看到你。请问你们是从哪里来的？"一个中年男子带着他的家眷和大小行李走过来，还没落座就和周澄宇打招呼。

"你好！我们从北京来的。你们呢？"周澄宇笑着回答。

"也是北京。很高兴认识你们！我叫袁格物，叫我老袁就行。这是我爱人梁雨微，我儿子隆隆。这是我父母。"

"你们好！"大家相互招手致意，十五岁上下的隆隆谁也不搭理，一坐下来就开始埋头在手机上打游戏。

袁格物在周澄宇对面坐下后又换了个座位，因为这样能避开一个挡住他视线的白人旅客，从而更清楚地看到坐在休息椅另一头背对着他们的子衿。他们是乘坐同一架航班过来的，在飞机上，周澄宇一家三口坐在右边靠窗的位置，袁格物一家五口坐在他们后一排中间的位置，在十个多小时的飞行途中，袁格物一直在暗中注意这个秀发美女，她不是在阅读就是在打坐；一个十七、八岁非常帅气又文静的男孩子靠窗坐在子衿里面，一直戴着耳机在电脑上看乐谱，三口人偶尔交流时说话也很轻。子衿起身去用洗手间时，每一个看到她的乘客都无不为之惊艳，她穿着黑色的连身长筒裙，系着一条细细的黑色腰带，坐在那里时裹着一袭米白色的大披巾，而她素静的面容、专注的神情、端庄的气质和长腿细腰绝美的身材都透露着一股绝尘的孤寂和颏世惊俗的美。她领口的一边别着一枚小巧的竖琴胸针，上面还有一个细小精致的音符造型的坠链儿，对古典音乐一窍小通的袁格物并不知道，那是知音国际爱乐集团的金质徽章。袁格物很难判断这三个人的关系，因为周澄宇看上去大约四十岁，子衿看上去有二十岁。袁格物在飞机上还注意到，坐在他们前排的是一个操上海口音的家庭，夫妻俩带着一个十岁左右的女孩儿，那个男人也一直在不时地侧目注意子衿，而这一家三口此时也找到了这里，袁格物相信，那是出于和他同样的原因。这个圈子于是就这样被一个置身于圈外的人吸引，并暗暗地但迅速地形成。

"也是去多伦多的吗？"袁格物主动和他们打招呼，就好像和邻居打招呼一样。

"是。你们好！"三口之家也像见到老朋友似的高兴地将行李车推过来，就在周澄宇旁边的椅子上坐下来，那男人脸上的神情分明写着：总算找到你们了！

"从上海来的？"周澄宇笑着看着他们，"我在飞机上就想和你们聊一聊，只是怕影响别人休息。"

"哎，我们也是！我们也是！"这话可说到每个人的心里去了，"我们的移民中介跟我们说，到了加拿大要多交朋友，多一个朋友就跟多一个亲戚似的。"三口之家中的女人这时说，带着吾侬软语的上海口音，神情非常喜悦。

"没错没错！"周澄宇微笑着看着他们那个十岁上下、有着一双明眸的上海女孩。

"我叫唐斌，我爱人宋园，我女儿诗诗。"唐斌介绍说。

"很高兴认识你们。"大家相互做了介绍。

"为什么你们不想来温哥华？温哥华这么美？要不是行李多，我真想出机场到处去转转。"唐斌坐下后笑着问。

"等你在多伦多挣了钱，再过来玩，有钱搬过来更好。"袁格物的太太梁雨微这时笑着用带东北口音的普通话说。袁格物这时正暗暗地瞄着坐在另一边安安静静的子衿和舟舟。

"我在多伦多有几个同学和朋友，他们说那边好找工作。"周澄宇道。

"你的朋友找到专业工作了吗？"唐斌立即问他。

"他们去得早，86年就过去了，上学，工作，然后把爱人办过去，也是先上学，约克大学计算机专业，还没毕业就被CBC要走了。工作稳定，收入好，政府工的福利，自己买了大房子。另一个同学是国内的博士，三年前过去的，过去之前就联系好了一家大公司，网上面试，一步到位。过去后就支持他爱人去上中专，学园艺，学完之后，找不到满意的工作，又去学会计，现在他爱人在一家医务诊所做助理。他们也买了房子，过得都挺不错。"

"爸，那您也让我妈去上学不？"诗诗这时问唐斌。

"上学干吗？"宋园立即挤了下眼睛，"浪费时间浪费钱。得赶紧找工作养活你。"

"在加拿大打工很辛苦，"梁雨微这时说，"有条件的话，花上一两年上学，拿一个本地的学历，找一个专业工作，这是对今后最好的投资。"

"英文不行怎么上学？"宋园问。

"那就先去学英文。政府有给新移民办的免费英文班。"梁雨微说。

"你们要是有什么工作方面的信息回头告诉我们，行不？"唐斌问。对于新移民，这是最实际的问题。

"你们安顿下来后可以去华咨处，也可以去社区图书馆，那里有很多信息和对新移民的服务。"袁格物说。

"哦，好的，谢谢！"

"我们过来四年多了，所以有一些经验。这次是回国去接父母过来。"梁雨微说。

"哦！难怪。"大家笑起来，"请多给我们传授一些经验！"

"那你们找到专业工作了吗？你们那儿要人不？"唐斌立刻问。

"哦，我们那儿现在不要人，你得上网去找对口的工作，或者去找劳务中介。"袁格物说。

"你学什么专业的？"梁雨微问。

"机械工程。"唐斌回答。

"好找工作。"梁雨微说，"你把简历放到 LinkedIn 上了吗？"

"LinkedIn 是什么？"

梁雨微立即拿出自己的手机给唐斌看。

"一时半会儿找不到专业工作也可以先去打工，积累加拿大工作经验，先解决生活问题，有了两年稳定收入和报税记录，就可以向银行申请贷款买房了。"袁格物说。

"我这儿有一个劳务中介的电话，你们可以抄下来，需要的话可以去找他们，他们代理赫兹集团下属很多公司的劳务中介，保你有工作。"梁雨微说。

唐斌高兴地立即凑上去，抄下电话号码时手直发抖："Apple One。太感谢了！"周澄宇有点矜持，但还是过去把电话号码抄了下来。要知道，作为新移民，找工作是头等大事，人还没到，工作信息就已经到手，这是遇见大好人了，他们非常感谢，并表示这个朋友交定了。

"你们听说过赫兹国际汽车集团吗？"梁雨微这时问。

几个人都摇摇头。

"赫兹国际集团是北美一家非常大的汽车配件生产制造商，成立 60 年了，目前在全球有 87 间生产公司，遍布三大洲十几个国家，有近十万员工，下属五个子集团，都是上市公司。它的总部位于多伦多以北的极光区，像皇宫一样大，有自己的高尔夫球场和公园。赫兹集团的生产公司经常招聘工程师、技工和各类人才，员工福利堪与政府工相比，每个赫兹员工都持有赫兹集团的股票。作为咱们这些技术移民来的人，进赫兹是不错的选择，所以我向你们推荐。看你们自己的选择了。"

大家连连感谢梁雨微。

"把咱们的电话也给他们吧，"袁格物这时对梁雨微说，"找到工作后别忘了请我们吃饭啊。"

"一定一定！"几个人再次感谢。

"遇见你们太幸运了！五百年修得同船渡。"唐斌微笑着说。

袁格物不由得在心里笑了笑，他做这一切的目的，只是为了今后还能再见到那位美女。这会儿他不由得又瞄了瞄坐在另一头的子衿，然后转向周澄宇，问："你是搞什么专业的，老周？"

"计算机，软硬件工程师。"周澄宇将抄下电话号码的那张纸条小心地收好。

"那你出国前在哪工作？"梁雨微问。

"我在北京航空部一家电脑自动化控制工程公司做开发部经理。"

"哇——厉害！"几个人赞叹，"你肯定比我们更容易找到工作。"

"谁知道呢。每个人的运气不一样。"周澄宇笑了笑。

"我看你就像是运气好的人。"唐斌看了看坐在他们背后另一头的子衿。

"你们的住处联系好了吗？"袁格物这时问。

周澄宇："儿子已经帮我们租好了公寓。"

宋园："哇——好福气！我们得先去新移民接待站，然后再去找地方。回头你有什么租房的信息也告诉我们，行不？"

"好的。"周澄宇温厚地笑了笑，"等我们有了电话就先告诉老袁，老袁再帮我们转告给你们。行吗老袁？"

"没问题！"袁格物感到他已经了解了所有情况，现在可以问他最想问的问题了，"那边那两位是你的家人吗？我在飞机上看到你们坐在一起。"

"哦，我爱人和我儿子。"周澄宇笑了笑。

"您爱人？长得好年轻啊！你们有这么大的儿子了？"唐斌由衷地赞叹。

袁格物此时忍着没有说话。

"是啊，你爱人看上去就像二十出头的样子。"宋园笑着说，"我儿女在飞机上就跟我说：妈妈，妈妈，你看那边那个大姐姐，长得好美！身材保持得好好！"

"是啊，你真有福气！老周。"唐斌笑着道，把下面那句"今后一定得保持联系"给咽了下去。

"可是你爱人看上去很成熟，"梁雨微这时说，"气质不凡，虽然长得非常年轻。"

"他们俩都很忙，不爱讲话。"周澄宇笑了笑说。

"您爱人是搞音乐的吗？"袁格物问，他在飞机上时就已经观察到了，子衿和舟舟一直在电脑上研究乐谱。

"是，出国前她是知音国际乐乐团的指挥。"周澄宇说。

"哇——！"一片哗然，"才女，一看就跟我们不一样。阿姨是女指挥，诗诗，多厉害！"宋园对女儿说。

"女指挥？！喔塞！"诗诗羡慕地望着那边的子衿。

"那她出来干什么呢？"梁雨微这时轻声问。

"是，她不想移民，是我要出来的。"周澄宇坦白说。

所有人这会儿都想起了电视剧《北京人在纽约》，那故事里的王启明先前就是在中国广播交响乐团拉大提琴的。搞音乐的出国，都能变成郎朗和王羽佳吗？

"她那么好的工作辞了？不要太可惜喽！"宋园惋惜道。

"主要是为了孩子的教育才移民。"周澄宇有点心虚地说，"不过他们音乐家可以飞来飞去地跟不同的乐团合作演出。"

"当客座指挥会比较辛苦，"唐斌说，"首席指挥就好得多。"

周澄宇感到自己为了移民而让子衿做出巨大牺牲的事实正在被公众揭发和指责，他非常不爽地想立即离开这个圈子，同时心生对唐斌的忌恨，暗暗在心里骂道：关你什么屁事？！

"即是美女又是才女，还有那么帅又聪明的儿子。你们家今后错不了，老周。"袁格物这时笑着说。

　　"美的，都很危险。"周澄宇却忽然严肃起来，搞得大家一时有点尴尬而语塞，感觉这其中有些事还很复杂。子衿的那个儿子跟他们夫妻俩长得都不像，只是大家心照不喧，谁也没敢问，毕竟，他们只是刚相识，还谈不上是亲戚。

　　"你们落地以后有人接机吗？"梁雨微这时问。

　　"我们的移民服务公司会派人来接。"宋园说。

　　"我的同学会来接我们，再叫一辆车。"周澄宇说。

　　梁雨微点点头："不过你们最好小心一些。我们刚来的时候也是移民公司来接机，又叫了另一辆中国人的面包车，是专门跑接机的，我们得额外付费。我老公跟移民公司的车，我和我儿子坐那辆接机的车，司机一路上跟我聊天，问这问那，听口音是个广东或者福建人，说是来加拿大十几年了。我们先到了移民公司给安排的临时住处，当时都已经很晚了，还挺冷，把行李都拿下来了，四个大箱子、两个手提行李，我付了费，谢了司机，我儿子还好心把车门给拉上，可是那个司机却突然说，他的车钥匙在车里，门被关上，他打不开了，这可怎么办？走不了了，一边说一边还在身上找钥匙，一脸惊慌着急的样子，直埋怨我儿子多事，给他惹了麻烦。我很诧异，去试了试，果然门都打不开了，就说等会儿我老公和朋友的车到了，一起想想办法。那个司机却说，他没有时间等，他还得跑机场去接其它预约好的客人，这下耽误了他的生意，这损失可怎么办？我就问他，那你想怎么办？他就说："这天也黑了，外面又冷，不如你给我五十块钱，算是赔偿，然后你们就进屋去吧，我自己想办法。"这下我明白了，这是一个套儿，专门坑新移民的。我想了想，就走到他车后面，一下子就把后备箱给打开了，我问那个人，要不要让我儿子钻进去帮他把前门给打开？他一见我是个懂车的，连忙说："哦，算了算了，我自己来吧。你们快进去吧！"我儿子这会儿就出气说："我妈是汽车工程师！……"我赶紧捂住他的嘴。这时我老公他们的车到了，那个人赶紧跳上车，后备箱的盖都没关，安全带也没来得及系，就赶紧跑了。"

　　一圈人听罢都连连摇头叹息。

　　"我们一定会小心！谢谢你的分享！"唐斌说。

　　"还有就是租房子，你们也一定小心，"梁雨微继续说，"我跟你们讲，能不跟人合租就别合租，非常麻烦。我们家刚来的时候，跟另一家河南来的合租了一个半地下室，他们两卧一个厅，我们也两卧一个厅，各有独立的卫生间，但是要公用厨房、餐厅、冰箱和洗衣机。楼上一层，住的全是中国留学生。这种地上一层加地下一层的独立屋，英文叫 Bungalow，就是平房。房东是个香港人，不住在那儿，只是每月收房租的时候才来。我看那房子的结构很适合我们一家三口，空间也足够大，离华人超市、Wal-Mart 和学校也挺近，就租下来了。我们那个邻居比我们早来加拿大两、三个月，已经找到一份工作，问他们做什么？立马告诉我他们那里现在不要人。问他们的电话，也不想给我们。那就算了吧。然后，你知道怎么样？那个河南老姐，大约四十岁，长得又大又粗，比他老公还高，夏天在家里穿个破了洞的大背心，里面没有了。我从没见过这样的女人，这是个女人吗？不是我瞧不起她穷，没钱买件像样的衣服，他们也没那么穷，一家三口人出门时也都穿得人模人样的，在家里可以随便些，但毕竟我们是合租房子，要公用厨房，我老公和我儿子回来后就不敢再出我们的门，不敢跟那娘儿们打招呼。更有甚的，每天早晚抢先把他们的锅放到洗碗池里占上，抢先做饭。我就想，你们先做就先做吧，我们晚一点做，反正楼上门口那儿还有一个洗碗池，我可以走上去先在那里洗菜，不就是上下个楼梯吗？可是人家做完饭，一家三口坐下来开始吃饭了，用完的炊具不刷，全都堆在池子里，炒锅还放在炉子上，那我怎么做饭？我就去跟他们讲，你们能不能收拾一下把厨房腾出来，我好做饭，是吧？你知道怎么样？人家不理我，只顾埋头吃饭。我再去客客气气地问时，那河南老姐就跟我瞪起眼来，问我有完没完，能不能让人家把饭先吃完？我就说：你们家吃完饭了，我们家还没做饭呢，我儿子饿着肚子呢，他也得赶时间去上学，我们也得出门，我们也是人也得吃饭吧。人家河南老姐就说：那是你们的问题。我就说：你们吃饭不是问题，我们做饭怎么就成了问题？这是不是合租公用的厨房？！就这么吵起来了。人家就摔筷子站起来，指着我鼻子说：你不想住这儿就赶紧搬走。我于是明白了，这分明就是在欺负人，想把我们挤兑走，他们就不用公用厨房和冰箱了。说到冰箱，我放在冰箱里的鸡蛋每天少一个。我立马就给房东打电话，房东不接，我留了言，回屋去跟老袁商量怎么办。老袁说：跟丧心病狂的人有什么理可讲？再去找别的地方吧。我们于是又开始找出租房。可是，霸占厨房偷我的鸡蛋还不算，那河南老姐夜里来用洗衣机，我们都睡下来，全都被吵醒，我才知道那洗衣机跟我儿子的床只有一板之隔，房东改造了这个地下室就是为了出租，低成本做了个结构上的隔离，但根本不隔音。我就去问他们为什么不能白天洗衣服，非得夜里来吵我们睡不了觉？那河南老姐说没有人规定非得白天洗衣服，不想住在这儿就搬走，谁怕谁？我一听，不管他三七二十一，就去把那洗衣机给关了，然后我才发现，那洗衣机里根本就没有衣服，人家就是开着存心吵我们不能睡觉。世上竟然有这样的浑蛋！第二天我又给房东打电话，还是没人接，我又留了言，把情况给说了。可是房东一直没有回电话。

　　"你知道接着又发生了什么？"梁雨微继续说，"我但愿你们别摊上这样的邻居。住在我们楼上的留学生放暑假了，夜里也不睡觉，放音乐，玩电子游戏，在网上看电影，在一起打牌，喝酒，还闹猫；有时他们出去钓鱼，很晚才回来，闹腾到后半夜才消停。我知道给房东打电话也没用，就直接上去跟那帮学生说：我们得睡觉，我儿子明天得上学，我们得去找工作。你知道来给我开门的那个女留学生对我说啥？'阿姨，这里是加拿大！'于是我明白了，这些孩子我惹不起。听说他们都是CENECA学院的学生，每天上不上学我就不知道，但是看得出，他们在国内的父母都非常有钱，房子前面每天停着三、四辆豪车，宝时捷、野马、大奔、阿尔法·罗密欧，一辆跑车上还印着中国大字'京城四少'。每天他们都开着车，放着好大声的音乐，到街上去四处招摇。我从来没有在早上见到过他们，因为他全都睡懒觉。下午我接隆隆放学回来，有时会碰见他们，这几个二十岁上下的孩子全都是俊男靓女，穿着名牌衣服，打扮得都像电影明星似的。只要他们一出现，就惹得街坊邻居不停地看。有一天我接我们家隆隆从学校回来，看见我们家门口有一辆车在冒烟，两个男孩站在边上插着腰发愁，一脸的不知所措。我就过去问怎么了，他们见我是个女的，也不想跟我废话。我看了看车，让他们把前盖打开，然后确认是发动机在冒烟。其中一个叫邹琦的四川男孩儿就对我说，他上周去换机油的时候，修车行的老板说他的车可能漏油，跟他说如果发现漏油，可以自己往油箱里加点油，还告诉他每次不要加过多少量。今天早上他发现车身下果然漏油，不知道新车怎么会这样。他自己加了点油，结果开出去不久，车就冒烟了，而且喇叭也不响了，汽车音响也不工作了，他停下来给那个修车行老板打电话，老板叫他把车拖过去修，他已经叫了拖车。我说有可能是他把油加多了，并建议他别再把车送去那间修车行了。可是过了两天再碰到邹琦时，他对我说他后悔没有听我的劝告，那天又把车拖去了同一间修车行，车被留在了那里，老板说得花时间检查，让他去租车。拖车的电话和租车的电话都是那老板给的，都是中国人的生意。今天叫他去拿车的时候，开口就收他八百多块钱，说是给他换了喇叭和 CD Room，又换了刹车盘，说他开得太猛，刹车盘已经磨损，等进入冬季，一下雪可就不安全了。邹琦很生气，问那个老板为什么不先问问他，八百多块钱都能买张机票回国了。我一听就明白，这孩子被人给宰了，新车的配件被偷换了都说不定，问他干嘛不去买车的车行做保养？他说他没有付保养费，想省点钱，结果……"

"都是中国人，还专门坑中国人。"宋园摇着头说。

"有人就专门坑新移民，因为我们没有经验。"袁格物说，"特别是那些中国留学生，父母有钱，又不好好读书，整天胡造，拿钱不当回事。"

"还有一天，"梁雨微这时接着说，"我接隆隆放学回家，看到我们楼上的大门开着，屋里传出吵架和摔东西的声音，还有女孩歇斯底里的哭叫声，听着真吓人。一个男孩儿走出来，我一看是邹琦，邹琦小声告诉我，他们同屋的斐奥娜，就是那天教训我的那个女孩子，她昨天一拿到驾照就去买了辆宝马，刚一开上街就给撞烂了，还把另一辆车的司机给撞伤，对方是一名孕妇。斐奥娜的车没了，驾照被吊销，现在她麻烦大了，她的男朋友正在骂她。邹琦说他得躲出去清静清静，真受不了。这就叫'多行不义必自毙'。我也受不了，可我改变不了我的邻居，只能改变自己，我真想马上搬走。"

一圈子人听着都出了神，忘了自己还在温哥华。梁雨微接着分享自己的移民经验。

"我邻居那河南老姐的闺女跟我们隆隆上同一所学校，每天跟着我们同时出门，尾随我们一起走，一起过马路，这样她的父母去上班，就不用送她去学校了，因为在加拿大，不到12岁的孩子要有成年人陪同。你看人家多聪明。有一天我就问那个姑娘，他父母在做什么工作？她说，她爸妈不让说。我说你告诉阿姨，我不告诉你爸妈。她因为每天跟着我们，也不好意思，就告诉我说，她爸妈上个月找到一家中介，在一家冷藏食品加工厂里打工，去中介笔试的时候，她妈英文不行，完全是抄她爸的卷子。可是他们老得换班，做两周早班，再做两周下午班，再做两周夜班。下周他们就得换到下午班了。我心想，这样的工作多伤身体，还说他们不要人，不想告诉我，给我多少钱我都不去做。第二天送我们隆隆去上学后，我和老袁又去找出租房，当地华人超市门口有免费的华人报纸，上面有出租房广告，有些广告栏上也贴有私人信息，我们就一个一个地查，一个一个地打电话问，可都是要求立即入住的。但我们已经交了一个月的房租和一个月的押金，不住满一个月是不会退钱的。我们去社区图书馆查寻的时候，有一位会讲汉语的社会工作者就建议我们直接去租公寓，不要再有房东了，虽然每月要多出上百块钱，但可以过人的日子。哪怕租一个两室一厅的，再分租出去一间给个单身，自己做房东，就不会有人再欺负你们了。我们于是就下决心去找出租公寓，才发现其实有很多出租出寓，比较了一下各方面的条件，很快就找到了一个下个月头入住的公寓，只是我们的儿子得转学，那也没什么，我儿子说他巴不得转学，因为入学第一天，一个山西来的瘦高个的男同学就欺负他，偷走了他的午餐，我给孩子做的热干面，连保温饭盒同餐具一起偷走了。我儿子问我：'妈，咱们来加拿大干什么？在国内，我们根本不用带午餐，小学有国家配制的营养套餐，中学有学校食堂，上班有免费工作餐。到这儿上学第一天，我连自带的午餐都没吃上。'我好心痛啊！我对儿子说：咱们搬家，但愿这世上还是好人多。可是那一个月怎么过？我的老天，我们该怎样忍受那样的邻居？于是我就想办法，怎么样解决做饭和睡觉的问题。想来想去，我去把洗衣机的电源给切断了，让他们夜里洗不了，白天他们不在家时我再洗衣服；邻居那河南老姐和她老公都不懂电，以为洗衣机坏了，只能找房东解决，可是房东就是不接电话。至于楼上的那些个小祖宗，我也想出了招儿，我发现整栋房子的电源总闸和分闸都在我们地下室，所以，只要他们夜里闹腾，我就去拉闸，没了电，他们就跑出来敲我们楼上的门，我们已经睡了，死活不给他们开门，他们只好找房东，房东也不接电话，那一晚就消停了。另外，反正我和老袁那个月也不打算去找工了，毕竟是来加拿大的头一个月，需要熟悉和适应环境，搜集信息，于是，白天我们送儿子去学校后就回家睡觉，下午去上英文班，回来就早点做饭，夜里等邻居睡了我们再做一顿饭，留给早上用微波炉热了吃。邻居不知道我们买了个微波炉，放在我们自己厅里。他们问我们为什么夜里做饭，吵得他们睡不了觉？我说因为有人夜里吵得我睡不了觉，早上又占着厨房让我做不了饭，所以，我也是被逼无奈呀！"

说到这时，所有的听众都同时笑了起来，连袁格物都对他太太竖起大拇指。

"另外，"梁雨微接着说，"只要我发现我冰箱里的鸡蛋少了，我就从邻居家的鸡蛋盒里偷回来。奇怪的是他们竟然连问都没有问。可是更可怕的事情却发生了。有一天我们老袁去联系学校，我一个人接隆隆放学回来，在街口就发现好几辆警车闪着灯停在我们住的那栋房子前面，我们不知道发生了什么，不敢过去，就躲得远远地观望，看到警察已经把房子前面用黄线给封了，房东正站在房前的停车位上和警察说话，还有一男一女两个中国留学生也在接受警察的询问。我吓得两腿发抖，在心里反省是不是我私自切断电源在加拿大属于犯罪行为？是不是我把邻居偷我的鸡蛋给偷了回来也属于犯罪行为？所以邻居发现后报了警？这时房东给我打电话，我不敢接，他留了言，说警察是来调查一个留学生的，现在没事了，警察要走了，不用紧张，可以回家了。原来他看到我们啦！真是谢天谢地！警车走了以后，我们回到自家门前，发现楼上的留学生正在往他们的车里搬东西，我问他们究竟发生了什么，邹琦过来对我说，反正他们要搬走了，就告诉我们吧：一个月前，他们几个曾经住在楼下，楼上住的是另外几个中国留学生，其中一个叫唐文峰的和一个叫钱昆的同学经常去赌场，钱昆因为输光了钱又不敢向国内的父母要，只好向唐文峰借，唐文峰放了高利贷，可是钱昆又赌输了，赔了血本，唐文峰逼他还钱，两人发生了肢体冲突，接着就双双消失了。警察接到报案，开始立案侦破。不久有人在一个公园的桥底下河边发现了尸体，已经被肢解，警方验尸后确认是失踪了的唐文峰，立即逮捕了嫌疑人钱昆，但因为证据不足，所以还在搜证。昨天，邹琦碰见我时和我打招呼，问我在下面住得如何。我说：还过得去，就是邻居不够友善；另外厨房的天花板上老是聚着一群苍蝇，看着不舒服，喷了药也不行，赶了又来。没想到邹琦将这件事汇报给了警方，警察立即过来搜查，结果在地下室厨房的天花板里发现了一只棒球棍，上面有血迹，他们怀疑这可能就是钱昆杀死唐文峰的凶器，已带回警署化验。邹琦说事情一发生他们就去找了别处的房子，现在到了入住日，终于可以搬走了。他们不敢告诉我们，是因为房东不让说。我听到这些，腿一软就坐在了地上。想不到这里原来是一座凶宅，种种发生的事情都表明这里的风水大有问题。可是我的天，我还得在这儿住到月底吗？楼上的留学生刚一搬走，又搬进来几个福建人，都是做装修和在餐馆里打工的，他们老抽烟，烟味窜到地下室，我们睡觉还得戴着口罩。终于熬到最后一天，我们请了搬家公司，邻居不知道我们要搬走，河南老姐问我们搬去哪里，说他们也想搬，还没找到地方。我说那你们就慢慢找吧，反正我们也不想再和你们做邻居了。第二天，我回去检查是否落下什么东西，然后跟房东结账，交钥匙。可是那天下起了大暴雨，地下室与地面之间有几个窗户，窗户一半在地面以下，雨水很快积蓄到那个槽里，来不及渗透，便从窗户缝涌入屋中，地下室眼看着就涝了。邻居不在家，我也没有他们的电话，束手无策，只能等着房东过来。等邻居晚上回来的时候，地下室里的水已经没膝深了，他们屋里的东西全泡了汤。我们搬走了，搬到公寓楼上去住了，感谢邻居把我们给挤兑走了，不然我们家这会儿也全涝了。我走的时候在大门上留了张纸，上面写着：德不孤，必有邻。"

大家情不自禁地给梁雨微送上掌声，但是他们的心情却很沉重，一个个全都长长地叹了口气。初到异国他乡，前路茫茫，不知道会有什么样的命运在等着他们，所以大家需要抱团取暖。看看离登机的时间还有一个小时，这一堆人分头去上洗手间，买吃的，休息。他们不时地看着坐在另一头的子衿和舟舟，只是谁也不敢去打扰他们。

4

坐在子衿边上的舟舟这时闭着眼睛，戴着耳机仍在听音乐，他听得很投入，右手随着音乐在轻轻打着拍子。听着听着，他忽然直起上身，但仍旧闭着眼睛，子衿靠在椅背上瞧着他，只见舟舟微微欠着上身，扶了扶头上的耳机，然后两手做出准备的姿式，一根无形的指挥棒捏在右手里。子衿两眼一眨不眨地注视着他。接着，显

然是音乐开始了，舟舟的手臂挥动起来，4/8 拍强烈而热情的节奏与
停顿，渐强渐快，由低到高并一下子暴发出来。舟舟挺起上身，像
是在原地击剑似地，旁若无人地挥动着两臂，指挥着他自己想象中
的交响乐队，那架式与神情颇像卡拉扬，引得一些过往旅客好奇地
看着他。子衿不动声色地注视着舟舟的每一个细小动作。舟舟穿了
件白色长袖 T 衄衫，胸前用英文印着 "Philharmonic Boy"（爱乐男孩），
后背上也用英文印着一句话：

When we make music, the whole world is ready to listen, because
everything in the universe needs wings to fly.

—— Jin Qin

（当我们创作音乐的时候，整个世界都准备倾听，因为宇宙间
的一切都需要翅膀去飞翔。 ——青子衿）

此时，舟舟正在飞翔。他那被子衿亲自修剪得蓬松的长发，随
着身体一起在音乐中抖动弹跳着。窗外，客机在雨幕中昂首升起，
在大海蓝天的背景中，舟舟那潇洒自如的动作和鲜明的节奏吸引了
周围的人，尽管人们听不到音乐，但是可以从舟舟的动作中分明地
感受到音乐，此时，站在长椅后面的诗诗和她母亲宋园几乎看呆了，
袁格物和梁雨微也看呆了，唐斌立即举起手机开始录像。这时，一
个三十多岁、推着旅行箱的瘦高个儿白人和一个腰里系着夹克衫的
年轻白人忽然跑过来，在玻璃幕墙边停下，将他们的行李放在一起，
一个年轻的白人女子也跑过来，然后，他们三个就站到舟舟左右，
看了他几秒钟，微微躬身，好像要准备接球似的，接着便和着舟舟
的指挥手势，一个做出双手敲鼓的动作，另一个则假装在吹管乐，
而那个年轻女子则开始拉小提琴，子衿意外但仍旧保持冷静，注视
着他们，并立即看出，他们一起"演奏"的，正是舟舟此时指挥的
德沃夏克第 9 交响曲《新世界》的第 4 乐章，这三位无疑是专业的
演奏家，竟能从舟舟的手势里看出他所指挥的乐曲，并在听不到音

乐的情况下配合得恰如其分，这简直是个奇遇！一支演奏无形乐器的乐队，在听不到声音的状态下表演得张驰有度，收放自如，出神入画，和谐统一，他们旁若无人地投入在一起享受音乐的快感中，忘我地激情四射。这个临时组合起来的乐队吸引了越来越多莫名其妙的围观者，看不出行道的就在发笑。刚刚去洗手间回来的周澄宇不知发生了什么，挤进人群里想看个究竟，也被眼前的场面给惊呆了。人们完全搞不懂这四个人在演奏什么，有人还以为是现场行为艺术表演，但也都被这无声的音乐和音乐家的形体魅力给吸引，三个睁着眼的演奏家和一个闭着眼的完全沉浸在音乐之中的指挥一起用心灵和肢体演驿着人类最伟大的音乐篇章之一，把一股无比强大的力量传导给每一个来到这块新大陆的人，直到13分钟的乐曲结束时，围观的人群已经三四层，不少人都在举着手机录相。舟舟这时高扬起左手，往上做了一个手指渐渐合拢的收势动作，全曲结束。立刻掌声四起，舟舟被吓了一跳，睁眼一看，周围竟围了那么多人，全都笑着在为他拍视频和鼓掌。这回轮到舟舟傻眼了。两个白人男子这时相互击掌，笑着上前胡乱摸了摸舟舟的头发，好像他们早就是哥们儿了似的，其中一个这时掏出名片递给子衿，并且跟她握手：

"Great to meet you Ms. Qin! "他们认识子衿。

"Great to meet you too, guys!"子衿起身和他们三位握手，并相互开心地寒暄了一阵，然后，他们三个倒退着拿上行李，微笑地向舟舟挥手告别，便转身大步流星地赶他们的航班去了。

舟舟摸了摸自己的头，做梦似地不知究竟发生了什么。子衿坐回来，微笑地看着他，将那张名片递给他。舟舟接过去一看："洛杉矶爱乐乐团，打击乐声部长，丹尼尔·旁德森。哇——！你们认识？"

"是的，合作过，我的钢琴演奏会。我非常希望能有机会作为指挥登上迪斯尼音乐厅的舞台。"子衿说。

"那也是我的梦想。"舟舟说。

"一起加油。"子衿说，"如果你能拿下国际钢琴比赛的第一名，就一定有机会与洛杉矶乐团和纽约爱乐合作。"

　　"好的，妈妈。我一定努力！不过我在飞机上一直背乐谱，十个小时都快把我给憋死了，好想伸伸胳膊腿，好想跟你一起练琴，骑车，打球。"舟舟挺身伸了个懒腰说。

　　子衿微笑地看看他："我理解。辛苦你了。"

　　唐斌这时不失时机，凑过来给他们看自己刚才拍的视频，舟舟这才恍然大悟。这时诗诗和宋园他们也都围上前来，问舟舟刚才他们演奏的是什么。

　　重新登上前往多伦多的航班后，子衿在脸书上收到了庞德森他们乐团专业摄影师方才录制的视频，她发邮件感谢他们的分享。经过编辑和配乐后，子衿将视频通过自己的账号发到了优酷上，并附上一段话：

Travel not only for beautiful scenery in eyes, let's become an eternal omnipresent scenery in people's hearts.

—— Jin Qin

　　（不要只是为了眼中的美景去观光旅行，让我们也成为他人心目中无所不在的美景。——青子衿）

5

　　飞机起飞时，坐在他们前排的一个不到一岁的中东小男孩儿一直在哭，飞机在高空平稳后，那个小家伙还是哭，年轻的母亲抱着他，不停地晃着身子哄他，因为不想孩子影响其它旅客休息，年轻的父亲也拿着彩色玩具在手里晃着逗他，可是无济于事。周澄宇嫌吵，起身去上厕所。疲惫的母亲仍在徒劳地晃着身子，却不知为何，小家伙的哭声忽然止住了，消停了一会儿，转而开始哼哼叽叽，只见他站在妈妈腿上，晃着两条还站不大稳的小腿，往后透过父母座椅之间的空隙，正在盯着后面的一位女乘客，一边吸吮着大拇指，一边流着口水，甚至还傻笑起来。年轻父母不禁同时往后看去，便看到了正在冲他们儿子微笑的子衿。可是这时，舟舟却用飞机上的黑色薄毯一下子把子衿的头给蒙了起来，小男孩一见，立即又大哭起来。子衿把毯子拉下来，小男孩看见她，一脸的委屈，可是很快又转忧为喜，踮着小脚笑起来。

"My God！"舟舟用毯子把自己的头蒙了起来。

"他喜欢你。"年轻母亲说。那小家伙这时咯咯地笑起来，还在他妈妈腿上一颤一颤地挥着小胳膊，可是他妈妈这时却哭了起来，抑制不住地抹着泪。年轻父亲掏出手机，将这一情景录了下来，然后转身向子衿解释说，他们的儿子自出生以来从未笑过，这是第一次，他们还以为这孩子根本就不会笑，或者是不愿意来到这世上。说完自己的眼泪也涌上来，忙转过脸去。

子衿诧异地看着那个还在对她傻笑的小家伙，然后摘掉耳机，轻柔地说："请问他叫什么名字？"

"他叫鲁米。"鲁米的妈妈说。

"请问他多大了？"

"九个月。"

九个月没有笑过？天哪。子衿心想，这究竟是为什么？"我能抱抱他吗？"子衿轻柔地问。

"好啊好啊！"年轻母亲同意了。

于是子衿松开安全带，舟舟却一把拉住了她。

"就一会儿。"子衿轻声对他说，起身绕到前排座位旁边，从年轻的妈妈手中接过孩子。鲁米一下子兴奋起来，在子衿怀里面对面瞧着她，一边笑一边流着口水，还用双手摸子衿的脸，把口水也抹到她脸上，而他的父亲则一直都在录视频，旁边的乘客也都在瞧着他们。

子衿一手抱着鲁米，一手掏出自己的MP3，从中调出一首圆舞曲，然后将一只耳机搭在鲁米的肩上，另一只塞进自己的右耳朵。鲁米听到音乐，脸上充满了惊奇和兴奋，眼睛瞪得大大的，几乎充满了他的半个脸，这孩子有着一双罕见的大眼睛，一只是深蓝色，一只是深绿色。

"请问你们从哪里来？"子衿这时问。

"土耳其。"孩子的妈妈说，"我老公是伊朗人。"

"难怪，波斯人。"子衿微笑着点点头。

"你们呢？中国人？"

"是的。"子衿说，"我曾经去过伊斯坦布尔，还去过孔亚，鲁米是我最喜欢的诗人。"

夫妇俩一听，立即露出欢喜的神情，仿若他乡遇故知："我们曾经去过北京、上海、杭州和苏州。"

"我们来自北京，但杭州是我的故乡。"子衿微笑着说。

"难怪这么有缘分！好高兴认识你！"两个人把名字写在纸上，说他们还没有在加拿大的电话，但今后可以通过脸书联系。

子衿确认了他们名字的发音，伊丽哈姆和拉德普尔，然后将自己手机里脸书首页的照片拿给他们拍照。夫妇俩非常高兴。子衿左手抱着鲁米，右手拉住孩子的一只小手，在音乐声中轻轻摇摆起来。一曲过后，她试着将孩子还给母亲，可是，鲁米不干，又哭起来。子衿只好抱着他坐回到自己座位上，孩子坐在她怀里，就开始玩她的头发，还不时地抬起头来，看着子衿傻笑。

"我跟你说别去。"舟舟在一旁悄声说，他还在等着子衿和他一起分析曲谱。

"可我遇见了知音。"子衿轻声说，一边看着鲁米微笑。

"What?!"舟舟诧异地看着他们俩。

"你知道为什么他刚才不哭了，回头看我？"子衿问。

舟舟懵懂不解。

"因为他听到了我耳机里的音乐。"

舟舟仍旧吃惊地看着子衿："您刚才在听什么？我怎么什么也没听到？"

子衿笑了笑，把自己戴的耳机摘下，挂在舟舟的耳朵上。舟舟一听，是一首他从未听过的钢琴曲。

"这是什么曲子？"他问。

"《You Had Me BEFORE Hello — 天涯一曲共悠扬》。"子衿说。

"好名字！"舟舟一听就兴奋起来，转过身来问，"为什么我就没想起这个名字？！太棒了！是谁写的？"

子衿笑了笑："暂时保密。"

舟舟一撇嘴："这小孩儿，能从那么远，听到您耳机里的音乐？"他惊讶地看着鲁米。

"我十分肯定。"子衿又微笑着说。

周澄宇这时回来了，看到那个可爱的小家伙便笑起来，对子衿道："你又认了个干儿子？"然后又道，"刚才在转机时认识的那一家想请我过去聊一聊，就是那个老袁，他问你能不能让我暂时和他爱人换一下座位，他爱人也想和你聊一聊。"

子衿并不想聊天，她人坐在这里，却有很多事情要做，她想和舟舟一起分析歌剧《崔斯坦和伊索尔德》的曲谱，曲谱的前半部分已在上一航班上被标记了很多注解，可是她难以说 No，想到新移民需要交些新朋友，于是在接到换位通知后，子衿无奈地耸了耸肩。

梁雨微过来时飞机发生了气流颠波，空乘人员通知大家立即落座。子衿伸出一只手拉住像醉汉似的梁雨微，扶她在自己身边坐下，并系好安全带。舟舟礼貌地和梁雨微打招呼，又埋头看自己的乐谱。

梁雨微先是惊讶地看着子衿怀里一边听音乐一边玩子衿长发的波斯小孩儿，说她从未见过这么漂亮的孩子，真是太可爱了。

"听口音，你好像是东北人。出国前做什么工作？"子衿微笑地问，先把嗓门压低，就像音乐会开始前的定调。

"没错，我是大连人，清华大学汽车工程系，毕业后去德国留学，回国后一直在中国新能源汽车研究中心工作。"梁雨微操着她的东北口音说。

"跟我妹是清华校友，回头介绍你们认识。不过她学的是建筑设计和楼宇自动化工程，她下个月过来。"子衿说。

"哦，那太好了。真高兴认识你们！"梁雨微差点又握了握子衿的手，"其实我在上一个航班上就认出你和舟舟了，因为我也是古典音乐爱好者，是你们的粉丝，我曾经看过两场你的音乐会，还有一次是在北京的德国大使馆，是在一个周末音乐会上。我也曾留学德国斯图加特，当然我学的是汽车，可是我从小就热爱音乐，也想成为音乐家，但家里没有条件让我学音乐。你看过国产电影《立春》吗？"

子衿摇摇头。

"《立春》讲的是北方小城一个叫王彩玲的大龄音乐女教师，相貌丑陋却生就一副好嗓子，她通过听磁带录音学唱意大利歌剧，在广播里献声，并为自己的才能而清高，不甘于小城的平庸世俗生活，年年坐火车跑到北京去报考中央音乐学院，却屡考屡败。剧中还有其它几位也以悲剧与世俗生活做了断的逐梦者。其实生活中有无数的王彩玲，他们的梦想都破灭了，有的还在苦苦支撑，活在自我慰藉之中。每个人都有自己的梦想，在我看来，梦想破灭好过从没有过梦想。我就是这样的一个王彩玲，在我上中学的时候，开始通过听录音学唱意大利歌剧咏叹调，移民加拿大后，我还曾跟着胡晓晴老师学过一段时间，但我的嗓音先天条件不好，充其量也就能参加一下社区音乐会，其它时间也就自娱自乐了。我老公和我儿子都没有音乐细胞。所以我可羡慕你们这些大音乐家了。今天能遇见你们，跟你们坐在一起，真是莫大的荣幸！"

一聊起音乐，心里的距离就拉近了："不必客气，以后就是朋友了。"子衿微笑着说，"你是否有一个意大语名字，叫 Aria？"

梁雨微惊喜地捂住嘴，看着子衿道："你猜到的？！"

"是。如果我是你，也会给自己起这个名字——咏叹调。"

梁雨微遇上了知音，高兴得不知该把子衿怎么办。

　　“你是主申请人吗？”子衿这时转了话题，轻声问。

　　梁雨微：“是的。我们家老袁以前一直是做市场和客服的。”

　　子衿：“为什么想移民？”

　　梁雨微一听，叹了口气：“现在出来的人太多了。其实我从没有打算移民，可是发生了一些事情，到现在我都不知道移民是不是较好的选择。有一次我出差回来，休息一天，就去前门大栅栏买毛线，想给我儿子织毛衣。那天因为不是周末，街上的人并不多，大都是外地人。我在一家小店里挑毛线的时候，感觉我的包被人碰了一下，结果发现钱包被偷了，幸好我把钱分开来放，损失还不大。以前我曾经在西单商场和在地铁里被人扒过，丢过两次钱包，所以我小心了很多。我出了那家店，想去都一处买包子，走在街里的时候，一个穿白色西服的人一边走一边打手机，操着江浙口音，一看就是生意人，他一边打电话一边叫了辆人力三轮车，坐上去后就把黑皮包放到自己身边的座位上，立刻就被站在路边的一个人给盯上。那条街两边都是个体小商铺，卖衣服、箱包什么的，店主都在店门口当街拉生意。当那辆三轮车从那人身边经过时，他就悄悄地跟上去，趁那个打电话的人不注意时，就把他的黑皮包给拎走了。当时那附近不少人都看见了，有两个坐在边上的女摊主还发笑，说那家伙今天捞到了，可是没有一个人出来讲话，没有一个人出来主持正义，包括一个戴着红袖章的治安人员。如果这时有人站出来的话，那说不定就是一伙人当街群殴。社会风气和社会公德已经败坏到这种地步，我好心寒。可是这还没完，我到了都一处，叫了包子，坐在那里等餐的时候，店里一个老外忽然叫起来，神色惊慌，店员听不懂他讲的英语，我过去问那老外怎么了，他说他把他的背包和照相机放在座位上去前面取他叫的烧麦，转身回来的时候，东西就没了，他的护照、上千元现金和相机，一眨眼功夫全没了，他是一个澳大利亚旅游者，刚到中国两天，就发生了这样的事情，能来中国是他几十年的梦想，他真是太痛心了。我把他的话翻译给餐厅店长，店长打 911 报了警。警察来的时候，我把自己今天遇到的两起偷窃案也汇报给警察。之后我搭公车去幼儿园接我儿子。那天我们隆隆不舒服，我只好抱着他乘公车回家，公车上的人都坐着，只有我和隆隆没座位，我抱着 6 岁大的孩子站在前面售票员旁边，车上的人都能看见我们，可是没有一个人给让个座位，售票员也不管。我在心里问我自己：这个以前学雷锋的国家怎么了？我好心寒啊！后来，有一天下午我去北京展览馆参观，一个老同学给我来电话，约我去他家玩儿，说他儿子满月。我那天参观完后没别的事做，就去了，在玉泉营，中科院研究生院，我同学在那儿当助教。回家时我乘 337 路车，正赶上下班高峰，非常挤。可你知道在车上发生了什么？几个中学生，坐在后座上又吵又闹，还有两个学生站在他们边上，个子比我都高了，可是说的话简直不堪入耳。一个二、三十岁抱小孩儿的年轻母亲站在他们旁边，没有人给让座，在那么拥挤的车箱里她一手抱着孩子一手扶着把手，显得非常吃力，满脸是汗，实在坚持不住，就把孩子放在了售票员的售票台上。一个男学生站在她后边，在那女的屁股上捏了一把，那女人气忿地转身骂他，'浑蛋！流氓！'可是她一边骂，那男孩子还捏她，竟连一个出来帮忙制止的人都没有，售票员也不管。我知道那年轻女人想要还手，恨不能杀了那个坏男生，可是她有孩子，如果失控打起来她一定会吃亏，她得保护她的孩子，可是她羞忿难当，一边流泪一边说：'看到你们这样的人渣，活在这世上都没有意思！'我实在看不下去了，想想我抱着孩子没有人给让座的感受，我就开口斥责那几个学生，我问：'是谁把你们教养成这样的？是你们的老师还是父母？你们是不是人养的？是不是中国人？怎么连最基本的人性、善恶和伦理道德都不懂？从你们身上能看到这个国家的未来吗？'我不光是在谴责这几个孩子，我也是骂给车上其它人听的，我问他们有没有起码的良知和正义感？！那几个浑小子见势就想对我动手，问我是干什么的？我说我是导弹专家，为咱们国家的国防工业造航母——当然我不是导弹专家，我那么说是因为我父母是导弹专家，为我们国家造航母——我问那几个坏小子：你们想干什么？想当日本鬼子？今后如果我们国家又遭外国欺负，就像你们现在欺负这位母亲一样，你们会干什么？你们能干什么？你们有什么未来？把你们养这么大了还连个人都不是！吃人饭不说人话，不干人事！我说他们的时候，那位年轻的母亲哭得泣不起声，她的小儿子也被吓得直哭。这时车到站了，那几个坏男孩下了车，还回过身来指了指我，分明在说要我等着。我甩给他们一句：'你们自己小心别遭报应，多行不义必自毙，没学过吗？'车离站后，那位年轻的妈妈谢了我，对我说她本来也该在这站下车的，可是她不敢，她还得从下一站抱着孩子走回去，并且她几乎每天都会在车上碰见那几个坏男生。那天回到家后一直到晚上，我只对我们家老袁说了一句话：移民。"

梁雨微说完后抹了抹眼角的泪水，子衿默默地握住她的手。舟舟看着她们，然后默默地递上纸巾。

小鲁米这时已经在子衿怀里睡着了。子衿关掉音乐，然后将孩子小心地还给他的父母："如果他哭，就给他听音乐。"她嘱咐说，"但不需要大声。"

"谢谢！"伊丽哈姆感激地拥抱了子衿。

梁雨微回去自己的座位后，舟舟悄悄地问子衿："妈妈，您在国内丢过钱包吗？我是说，您遇上过扒手吗？"

子衿摇摇头："有生以来，我从未丢过任何东西，无论是在国内还是在国外。我也从不浪费我的时间和精力。自我管理就像走平衡木一样，少走弯路才能更快地到达目的地，选择自己的生活方式和生活环境，就是在选择你周围的人。谨慎和安全永远要放在第一位。"

舟舟点点头："不过，我很担心，您这一次为了我爸和我妹妹选择移居加拿大，在新的环境里是否安全。"

子衿望着机舱外的蓝天和云海，然后道："那么多人都移居国外了，这飞机上大多数的旅客都是新移民，他们当中有些人以前从未出过国，有些只会讲很少的英文。我好在曾经留学欧洲，世界各地到处飞去开演奏会。适应新环境肯定需要一个过程。我们小心行事就是了。”

舟舟叹了口气，闭上眼睛把头仰靠在椅背上："我知道您已经阅谱无数。但愿这一次，您所付出的一切都值得。"

6

周澄宇留在家里上网找工作。子衿请舟舟驾车，两人一起前往 Mount Pleasant 公墓去拜谒加拿大钢琴家格伦·古尔德的墓。公墓里一个人也没有，好不容易才根据编号 40 找到被大雪覆盖的墓碑，师生俩用手扫开积雪，直至完全露出雪下的墓碑，那只是一个与地面平行的很普通的墓碑，上面是一个钢琴音箱盖的图形，图形里面镌刻着 Glenn Gould 1932–1982，下面是一行乐谱。只活了 50 岁的钢琴家，墓碑上连出生和过世的日期都没有。

"至少，该把这座碑给立起来，让它不至被雪封。"舟舟有些心痛地说，毕竟，在它周围，有那么多普通人的立式墓碑，而音乐家的墓地不仅是供家族后人凭吊的，更有甚至来自万里之外的知音，哪怕是在这样的大雪严冬。

他们献了花，默立在墓前，用手机播放了一首由古尔德生前演奏的巴赫的《哥德堡变奏曲》，感觉那音乐与这雪中墓地的孤寂、清冷与宁静竟是这般绝尘地相似。

两人离开公墓，开车到附近的 Tim Horton's 咖啡店上厕所，什么也没买，因为他们车上带着自备的热饮和保温素食。之后便继续上路，车很快驶上了 QEW 高速。

"妈妈，您说，音乐是不是也有阴阳之分？有些音乐能给我们注入正能量，而有些音乐，却极为消极。"舟舟一边开车一边问。

子衿点点头："你听说过那首令很多人自杀的《忧郁的星期天》

吗？"

舟舟摇摇头。

"最好还是不要听吧。"子衿说，"音乐的影响是正能量还是负能量，也要看我们自身的能量有多强，音乐是内心的共鸣。所以说。平常心是道。我们要修炼自己的能量啊。"

舟舟点了点头。

他们一路上用车内音响播放着自己演奏的钢琴曲，两小时后，到达了美加边境的尼亚加拉大瀑布。这是他们第一次来这里。

尽管正值冰天雪地的寒冬，但由于今天是新年的第一天，白茫茫一片的大瀑布景区仍有不少游人。娘俩身上穿得很暖和，连眼睛都被防风镜罩起来，却仍感到从大瀑布上扑面而来的夹着水汽的寒风。他们站在水势浩荡的瀑布前，望着对岸的河水从远处奔涌而来，以山崩地裂之势倾泻而下，冲击与轰鸣声令人生畏。这时，子衿掏出蓝牙耳机让舟舟戴上，然后用手机播放德沃夏克的大提琴协奏曲。

"德沃夏克第一次看到尼亚加拉大瀑布时感叹说：'这是一首多么美妙的 b 小调交响曲！'之后，他就创作了这首 b 小调大提琴协奏曲，献给她的女学生，也是他的初恋情人约瑟芬娜；可是在他写第三乐章的时候，得知情人不幸去世的消息，他大幅度地修改了原谱，最后由勃拉姆斯校对完成。勃拉姆斯说：'我要从德沃夏克的垃圾桶里寻找旋律。"子衿说到这里，话锋一转，"1897 年，举世闻名的尼亚加拉大瀑布第一座 10 万马力发电站建成，成为水牛城的主要供电来源。其后，十多座大大小小的发电站相继建成，每日所产生的电力足以供应纽约州和加拿大安省总需求量的四分之一。至今，这座超过一百年的电力设施仍然运作正常，成为人类百年科学史上的奇迹。它是天才科学家特斯拉在三十多岁时的一项设计，其中运用了他的九项专利发明，包括交流发电机和交流电输电技术，也是人类第一次从大自然中提取能量。斯特拉一生取得了上千项发明专利，霓虹灯、收音机、变电站、感应发动机、远程自动化系统、变压器、放大发射机、人造闪电、粒子束、X 光，仅在他四十岁之前，平均每二十多天就会产生一项新技术发明。他发明的无线电技术目前应用在我们每天使用的手机、电脑、电视机、导弹、卫星、宇宙飞船、轮船、地图导航。在当时，他的交流电专利可以使他成为世界上最富有的人，可是在强大利益的驱动下，一些财团要胁特斯拉放弃此项专利，厚颜无耻地企图独占牟利。特斯拉最终放弃了专利，将其技术永久公开，无偿奉献给社会。当这座水电站启动以后，他对自己的合伙人西屋老板说，他要退出交流电这个领域了，因为，用河流点亮一座城市算不了什么，他还有一个更大的梦想，就是要用一座高塔点亮全世界，包括那些偏远的欠发达地区，而且电能是隔空无线传输的、最清洁的，取之不尽的，免费的。听说是费免的，特斯拉遭到了 JP 摩根的撤资，特斯拉百般争取也未能说服投资人，只得用自己的钱在纽约长岛建造他的沃登克里弗输电塔，但最终负债累累，不得不折除未完工的高塔以抵债。特斯拉的梦想破灭了。据说，我们当今世界 80% 的科技发明都与特斯拉有关，他拽着我们飞奔进了电气时代，可他晚年的命运却像他的沃登克里弗塔一样令人扼腕叹息。据说，特斯拉的无线输电塔与大金字塔的工作原理几乎一模一样。可是我们失去了特斯拉，汽车尾汽造成的污染和汽油费都在增长，能源危机之下，能源战争打了多少年？想象一下，如果特斯拉的沃登克里弗输电塔建成了，他的无线电力传输的梦想已实现，那我们现在的人类和地球将会是什么样子？可是我们与特斯拉失之交臂了，我们为此落后了不知多少年。有人说：这个充满贪婪和压迫的世界不配拥有特斯拉。从史前到未来，特斯拉的名字都是最光亮的。"

"听说这里有特斯拉的纪念碑？"舟舟这时问。

"是的，就在我们身后。"子衿说。

舟舟回头一看，果然看到马路对面的草地上矗立着一座塑像。

"我们去拍个照吧。"子衿说。

"好啊。除了音乐家之外，特斯拉也是我最崇拜的偶像。"

"如果有机会去贝尔格莱德演出，希望你能和我一起去，我很想带你去参观那里的尼古拉·特斯拉博物馆。他的骨灰和生前个人物品都存放在那里。"子衿说，从兜里掏出一枚印有特斯拉头像的硬币送给舟舟。

"我非常期待，妈妈。谢谢！这么有意义的礼物！"

在大瀑布的咆啸中，在飞雪的寒风里，在特斯拉的铜像前，舟舟搂住子衿的肩，两人合影留念。

希尔顿是尼亚加拉大瀑布景区最大的酒店，作为金卡会员，子衿得到酒店内 BRASA 巴西烤肉自助餐厅的优惠券，但娘俩都茹素，所以只吃了蔬菜沙拉和热汤，同时他们还欣赏到了店内的现场音乐，那是热情火辣的南美洲歌舞，子衿于是和舟舟聊起了南美洲的打击乐器，以及墨西哥作曲家阿图罗·马奎斯的作品。

"我喜欢他的丹戎舞曲。"子衿说，"如果今晚的演出你返场加演，最好能弹一首马奎斯的钢琴作品，没准马奎斯本人正好在此地度假。"

"不大可能。"舟舟说，"墨西哥很热，若来北方度假，也应该是在夏季，更何况，大师也快七十岁了吧。"

"但音乐的魅力超越时空。"子衿微笑着用下巴指了指离他们七八米外的一张餐桌。

舟舟扭过头去一看，不由立即瞪大了眼睛，笑起来："好，我加演他的作品。吃完饭就去练，您可要好好指导我。"

"当然。"

希尔顿酒店旁边的 OLG Stage 是舟舟今晚的钢琴演奏会场地。在全场一片热情的掌声中，年轻帅气的钢琴家走上舞台，当他站在钢琴边向观众鞠躬时，发现贵宾席上的子衿竟和阿图罗·马奎斯大师坐在一起，并在暗暗地为他加油，甚至还用手语对他说："生日快乐！"

第二章：美 女 禅

你的眼睛不认识我，我是灵魂的目光的源泉。

Your eyes don't recognize me; I'm the source of the sight of soul.

1

打第二遍铃时，斯蒂夫（Steve）、安迪（Andy）、我，还有另一位主管绰伊(Troy)，一溜儿站在主管办公室门前，看着所有员工通过这条只有两米宽的主通道，返回生产区他们各自的工作岗位。2592工厂一分厂下午班共有近400名员工，各种肤色，除了管理和技术人员，地面工人主要来自菲律宾、老挝、越南、柬埔寨、孟加拉、印度、韩国，以及非洲、东欧、中东、中南美洲和中国等三十多个国家，也有一些在本地长大的白人。现在，他们无论高矮胖瘦，形形色色，美的丑的、香的臭的，十六岁的或者六十岁的，信神的或者不信神的，有硕士学位的或者没上过学的，全都系着深蓝色围裙，穿着安全鞋，戴着安全眼镜，一溜儿从我面前走过。无论什么背景，他们在我面前就是一群普通工人，我对他们当中的任何一个都没有兴趣，说真的，我心里的确拥有作为下午班生产经理和所有人老板的优越感，只是我没有像主管斯蒂夫表现得那样过分。这时我看到人群中那位身材矮小的中国人冉紫霄边走边和另一个新来的中国人唐斌在用上海话交谈，头却在前后左右地转，像在找什么人。我不动声色地站在通道边，背着手，看上去一定像个监狱里的警察。绰伊和安迪都抱着两臂，显得随和一些。两米高的斯蒂夫则两手插在短裤口袋里，硕大的光头在"犯人们"面前闪烁着居高临下的威慑力，他的上身随着两腿一晃一晃地，正在人群中搜寻着猎物，就差腰上一把枪。他总是站在头一个，总想试图抓到一个没按规定穿戴安全鞋或安全眼镜的员工，若发现一个，就会伸手一指："你！"然后毫不留情地将那人提出，看架式似乎接下来就要一顿拳脚相加。我曾经提醒过他，加拿大是个讲民主法制和人权的国家，所有员工都是我们的同事，应当尊重和爱护他们，作为外来移民，他们经验不足，大都是没受过多少教育的东南亚难民，英语比不上我们本地长大的白人，但他们并不是猪猡和犯人，在人格上，他们与我们平等，种族歧视在这个国家是非法的。但斯蒂夫根本不听，看他那副得意痞子相，也就一高中毕业，论文化程度，还比不上这里一些技术移民过来的人。冉紫霄有硕士学位，因为在美国拿不到绿卡，所以才来加拿大，因为找不到专业工作，所以才来工厂里打工。冉紫霄见我在看他，忙满脸堆笑地冲我点点头。其实我是在想，冉紫霄左顾右盼，到底是在找谁？而奇怪的是，斯蒂夫今天竟漏掉了一个头发没按规定梳起，长过了肩的女工。他到底在搜寻什么？是否也在找我正想看到的那个人？

2

　　所有人都进去了，我仍旧一个人定定地站在办公室门外，看着若大的厂房。机器声又轰鸣起来，叮叮咚咚，此起彼伏。我的目光从每条生产线上掠过，直到看不见的地方。这时，就像幻觉一般，我期盼中的那个身影竟忽然出现在我的视野里——大家都进去工作了，她却匆匆地顺着生产区另一边的通道向外走来。我的心一下子跳起，我痛恨这种会让我在人前失控的感觉，我现在的角色是全厂下午班的生产经理。不知出了什么事，我的眼睛抓住她，显然她也是奔我而来的，像是有什么事情要问。虽然我还不知道她的名字，但我想，她应是姐妹俩中的妹妹，工休时我和斯蒂夫在工厂外散步时遇见她们，她们的面孔，你见到一次，就永远也不想再忘记。

　　"对不起，先生，我是新来的员工。这公司太大了，我迷了路。请问您能否指给我我的工作岗位在哪里？"我听到了她悦耳但平静的声音。

　　我差点笑起来，问道："你是哪条线的？"

　　她仰起头来想了想，耸耸肩道："我不太肯定。但我想，我不是在生产线上，好像是 EP……

　　"EPC？"我修饰着自己在她面前的举止。

　　"我想是的。"她不好意思地笑了笑。

　　看来她并不具有在工厂工作的经验，瞧她那气质和神态，俨然一个办公室女孩。

　　"这是你第一天在这儿工作吗？"我问，因为我以前从未见过她，还有那个和她长得几乎一模一样的双胞胎姐妹。

　　"是的。"她说。

　　"请问你叫什么名字？"这是我急于想知道的。

　　"Phil，Phil Sonnet（斐尔·桑内特），Last name is Qin."

　　"Phil？"

"是的，P–H–I–L。"

"请问它是什么意思？"我从未听过女孩叫这个名字。

"这个名字源于希腊语，意思是'喜爱，友好'。你知道 LA Phil 或者 NY Phil 吗？"她微笑着看着我。

我茫然地摇了摇头，看着这个奇特的美女。

"LA Phil 就是 Los Angeles Philharmonic（洛杉矶爱乐）的简称，NY……"

"就是 New York Philharmonic(纽约爱乐) 的简称。"我连忙说。

她微笑着点头，我却觉得自己像个小孩子似的。

"所以我的名字 Phil 就是 Philharmonic 的简称，中间名 Sonnet 是十四行诗，姓 Qin（琴）在中文当中泛指所有的乐器。"

我明白了，她是个喜欢音乐的女孩。这时我看到生产区线上的几个工人正在往我们这边瞧，有的还露出怪笑，我于是忙打住了对这位美女的好奇心："好吧，Phil 小姐，请跟我来。"我向她打了个潇洒的手势。

于是她跟着我，走过离通道最近的 GMT830 三线，在线上干活的七、八个工人都瞧着我们，伸着脖子，活像一群土拨鼠。我的脸上毫无表情，边走边用手机与主管安迪通话，向他确认 Phil 的岗位，并一直把她送到那里。这个位置比较偏僻，难怪她第一天会迷路。我用手机指着带她来的这条路，告诉她休息时最好先往那边走，这样更容易，也能更快地找到洗手间和餐厅，只是要小心过往的叉车，因为这里是存货区。

她点点头，谢了我，微笑的样子很优雅，带着一分妩媚、两分颖悟、三分端庄，还有七分平静；她的肌肤光洁雪白，脸上有两个浅浅的酒窝，灿然一笑，春光明媚。她把蓬松的长发在脑后梳了一根蜈蚣辫，上身穿了件较为宽松的浅金色丝绸短袖衫，款式很别致，系在下身一条黑色牛仔裤中，没有系腰带。时下早已流行低腰女式牛仔，低得前露肚脐后见股沟，还要再配上一条浅色条纹或闪闪发亮的腰带，而这位东方美女竟穿了一条罕见的高腰裤，可是我不能不说，这条牛仔裤就好像是给她量身订做，十分贴身地显露出那从纤腰到翘臀至两条修长美腿的自然迷人的曲线。只有对自己身材完全自信的人才敢穿这样的衣服。我也是第一次见到一个女工竟穿着丝绸上衣来打工，那丝绸的光泽像宝石一般富丽而又神秘，质地柔软而有形，让人忍不住想伸手去摸一摸。这样的搭配是完美的——上浅下深、上松下紧、上短下长。她的身材很年轻，气质却很成熟。她到底有多大年纪？十八？抑或二十八？她从哪个国家来的？韩国？中国？马来西亚？这里没有日本人和新加坡人。但不管怎么样，看起来，她是一个颇有文化韵味的女孩。

"你该去作模特。"我说，"来工厂里做工，纯属浪费。"

"谢谢！"她说，微笑了一下。

"你来加拿大多久了？"我边走边问。

"一周。"她说，见我一脸惊讶的样子，不禁微笑着点点头，"对，我是全新的。"

隔着长长的一溜儿货架，趁没人时我注意了一下她的身高，正好到我的眉毛，应该足有一米七，完美。

我们来到她的工作地点，那里排放了五只 $2\times2\times1$ 米见方的蓝色大箱子，面里码放着从生产线上下来的组装成品件，有一个人的胳膊那么长，形状像支弓，用固定好的泡沫塑料隔离，她的工作是最后检验，当然她的主管安迪已经给她培训过了。我不想停留，如此一位面容秀丽，模特身材的气质美女，在整个多伦多都难得一遇，人人见了都会血脉沸腾，在我们 2592 公司更是百年才来一个，何况她又在这里单独工作，肯定会引起他人的注意和议论，但我还是抑制不住好奇心，问了一句："和你一起来的那位，是你的姐妹吗？"

"是的，我姐姐，Jin。"Phil 微笑着回答，一边戴上工作手套，小心地从蓝色大塑料箱里拿出一只挺重的成品组装件，开始检查。

"Jin……"我在心里品味着这个名字。

"我能否问一句：您有德国血统吗？"她这时忽然说，一边将检查好的零件放回大箱子。

我不禁笑了。我喜欢聪明的女人，那些从一开始就被我控制的女人很快就会令我失去兴趣。只有能够将你轻轻推开的女人，才会对你构成更大的吸引力。虽然无论作为这里的经理，还是出于对女人的经验，我都提醒自己不要从一开始就暴露出对这位新来美女的野心，否则会给她留下一个印象——这男人和其他男人没什么两样，一见到漂亮女人就忘乎所以——那样的话我肯定不会成功。我要想办法调她的胃口，向她显示我的魅力，要花时间观察她是否对我也有兴趣，然后再开始进一步接触，建立彼此间的了解和默契。机会来到，让人惊喜，你想抓住一条美人鱼，却不能心急，得想办法让她自己上钩。

"你为何会这样认为呢？"我注意到另一边线上的工人们又在注意我们，但我仍旧抱着两臂，表情平静，端着老板的架子。我想那些人听不到我们这边的谈话，我看他们一眼，他们就会有所收敛。

Phil小心地逐个检查着大箱子里的零件，一边回答我的反问："因为你的名字——你的姓让我想起了一个德国人，克拉拉·维克；而你的名字让我想起了另一个德国人，约翰内斯·勃拉姆斯。"

见我对这两个名字都感到惶惑，她解释道："他们俩都是我喜爱的德国古典音乐家。"

我既不知道克拉拉·维克，也没有一下子想起约翰内斯·勃拉姆斯。第一次在一位女士面前露出愧色。我想她应该是在公司墙报的管理人员名单上看到我名字的，那张照片上的我流露出人们平时难以见到的笑容，蓝灰色的眼睛深深藏在两道浓眉下，眉眼之间亲密无间。我对自己英俊潇洒的魅力十分自信，我想得到更多漂亮的女人，这是很多男人的野心。我的太太维尼萨无法让我满足，但我不想离婚，那对我的名声、财产和事业将有很大损失，我爱我的儿女，因此我就只能像多数在这个年龄陷入心理和生理困境的男人一样，想法儿去寻找安全的外遇。对于男人来讲，这虽然刺激，却也是冒险。我看了看Phil，她比雪莉上成多了，高挑、苗条、白晰、目光稳定，微笑有度，关键是她毫不轻挑，而且气质不俗，颇有深度和韵味。

而雪莉，还未张口就透出俗气和妖媚。她们简直无法相比。

我想了解她。我现在最大的愿望就是像跟从前和目前所有的女友一样，有一天能神不知鬼不觉地带她去酒店里吃饭，去度假，向人们炫耀我身边这位优雅迷人的猎物。我真想把手放在她那丝绸衬衫下柔软饱满的胸脯上，还有那细得惊人的杨柳腰间。但是，会有那么一天吗？我们之间会发生什么？

我像喝醉了一样，强烈地感觉到已在承受欲望的煎烤。然而另一个感觉让我更为烦恼，那就是她的姐姐，Jin。工休时在工厂外面偶遇时，Jin沉静的目光在第一瞬间就对我的灵魂激起了强烈吸引力，但那种美成熟却似不可侵犯。

如果想把自己妆扮成绅士，就得学一些上流社会人士得以卖弄自己的名堂。倘若此时不是在工厂，而是在一个舞会、酒会或社交聚会上，一位身着丝绸晚装，手里轻轻晃着酒杯的年轻美女向我提出同样的问题，我一定会落得非常尴尬。但我小心地回避了这个不足，今天我显然遇上了一位品性颇高的对象，一位真正的淑女。试问这个工厂里的所有工人，那些东南亚难民，有几个知道古典音乐和勃拉姆斯？坐在办公室里的那几位白人女士，又有几个知道克拉拉·维克？就连我这个大经理都不知道。这姐妹俩到底是谁？她们为什么要来这里？

"的确，我的父亲是德裔。"我回答她。

她点点头，在一只零件上用白色蜡笔划了一个圈，然后拿给我看。那地方的确做坏了，被轧出一个小坑，不能通过。她并没有因为第一天在这里工作，同时又和一位经理、一位年轻英俊的白人讲话，就忽视了自己的工作，而她的经理却忽视了。这让我感到恐惧，因为我可能会被对方控制。看来她们姐妹俩那沉静的外表并不是逢场作戏，而的确具有一种文化底蕴，这种力量究竟从何而来，或许这才是她们吸引我的真正原因。佛教中讲的八风不动即是此境界，一个人能做到遇事不惊，淡定坦然，三分从容七分自若，在我来看就已经超凡入圣。别以为有些新移民讲英文像小孩似的，就小觑他们的教育背景和高智商。

"做得好！"我把那只不合格的组装件放到另外一只箱子里，对她第一天的工作表现予以肯定和鼓励。

"那么，"Phil这时又从大箱子里提出另一只配件来检查，"你是否看过电影《亲爱的克拉拉》？"

我看过很多电影，这几乎是除了找美女和泡妞儿之外我的最大爱好，但我不记得是否看过这部电影，我仰起头来想。

"是一部欧洲电影，讲的是德国音乐家舒曼、他的妻子克拉拉·舒曼和约翰内斯·勃拉姆斯的故事。"Phil提醒我。

"哦，我想我没有看过。"出生在加拿大的我是看好莱坞长大的。

"那么我建议你上YouTube看一看，因为如果有人再谈起你的名字，你就告诉他们，你是音乐家的后裔。"

我差点笑起来，幸好是背对着生产区的工人，但有辆叉车正好从我前面经过，不过司机正仰着头在货架上找编号，以便把叉车上的货箱对号入座。

"好的，我一定会看。谢谢你的推荐和分享！"这时我又想起一个问题，问Phil，"你的主管是否向你介绍了我们公司？"我尽量用简明易懂的英文问。

"您是指2592公司还是赫兹集团？"Phil不慌不忙地问。

聪明的回答，我不禁一笑，但马上又严肃起来，像面试似地问她："好吧，关于我们这家公司，你都了解什么？"

Phil仰起脸来眯起眼睛，现出一副不知是有意做出的还是真的为难的样子，好像她是迷迷糊糊来到这儿的，差点又把我逗笑了，然后她一边想一边说："2592公司主要为美国通用汽车、福特汽车和六家日本汽车公司装配电动车窗升降系统。2592公司附属于赫兹国际汽车集团，赫兹是北美数一数二的汽车配件生产和供应商，上市公司，已有60年历史，生产除了轮胎和汽车玻璃之外所有的汽车配件，在全球三大洲拥有87间生产工厂。"

她的回答令我基本上满意，可在我点头的时候她却说："这些不是安迪告诉我的，是我来 2592 之前，在网上查到的。"

我差点又笑起来："那么安迪都对你说了些什么？"表面上我是在考查主管的工作，实际上我是想了解安迪是否对她已有意，那家伙刚刚离婚。

"安迪只是说：不好好干就回家。"Phil 一耸肩道。

这次我终于忍不住笑出声来，然后我问了 Phil 下一个问题："在你来我们 2592 公司之前，你去中介 Apple One 面试的时候，他们有没有问过你：你是否知道赫兹集团名字的来历，以及为什么它下属的 87 间公司都以数字来命名？"八年前，当我向赫兹集团提交应聘申请并接受工作面试时，我的老板曾向我问过这个问题，可惜我当时没有答上来，幸好那没有影响我的面试结果。

"他们没有问。"Phil 一边检查着手上的组装件一边问答她老板的提问，"但我想，那是因为集团的创始人姓赫兹，他是奥地利人，喜欢古典音乐，他用钢琴上每个键的音频命名了集团下属的生产公司。"

我非常满意，一边点头一边向 Phil 竖起大拇指。可是 Phil 这时却反问了我一个问题："但是钢琴上有 88 个键，为什么赫兹集团只有 87 间子公司？"

我还是第一次听说钢琴上有 88 个键，我从未摸过钢琴，但我感到 Phil 的这个问题提得有点可笑："因为有一间公司还没有开。"

Phil 笑了笑，将检查好的组装件小心地放回大箱子里，又提出另一只，同时问我："您看过钢琴 88 个键的音频表吗？"

我不由得一愣，但我反应很快，立即拿出手机来上网查，并示意这位美女给我一分钟，然而当我看到搜索到的图表时，我却感到分外吃惊，因为上面布满了乱七八糟的小数点，我甚至没有在其中的整数群中找到我们公司的名字 2592。这是怎么回事？

"因为您看到的那张音频表是以 A=440 赫兹来定音的。440 赫兹是目前国际标准的定音频率。"Phil 这时平静地对我解释说，一边仍旧继续着她的工作，"而集团创始人赫兹先生却是用 432 赫兹定音的钢琴键音频来命名他的子公司的。他可真了不起，因为这始于60年前。"

"432赫兹？！"为赫兹公司工作了8年并且作为老板的我脸都红了，幸好Phil这时并没有看我的脸，而是在一个做坏的零件上用记号笔画了个圈，然后轻轻放到一旁，"您可以再查一下用432赫兹定音的钢琴音频表。"她说，提出下一支零件来检查。

我于是又在手机上搜索，看到的结果全部是整齐规则的整数，并且我看到了2592这个数。我顿时感到心明气朗，不禁笑了起来，同时对眼前这位美女更加刮目相看。

"在您现在看到的这张图表中，有一个数字，赫兹先生没有用来命名他的子公司。"Phil这时依旧平静地说。

我从没有注意过这件事，也从未听任何人谈起过这件事，当然也不知道是哪个数字，难道不是音频表中最后的、最高的那个5位数吗？

"不是表中最后的那个数。"Phil说，看了看我，"它们已经被用了。您知道赫兹集团总部的地址吗？"

我想了想，我曾去过集团总部，参加三年前的集团员工代表与赫兹老板的见面会，还有一次是刚入职的那年，去参加经理级会议和培训。总部离我们2592公司不离，就像一座宫殿、一所大学，周围都是高尔夫球场，非常安静，它的地址是赫兹大街432号，那条街很宽，但只跨一个街区长，几乎没有什么车辆经过，并且那条街上就只有一座建筑，一个地址，也就是说，它没有赫兹大街1号、2号、3号，在432这个数字之前和之后都没有其它编号的地址。我这时忽然明白了，赫兹集团没有432公司，因为赫兹先生把这个定调音频留给了集团总部，做了总部的地址。

我的天，这个刚来加拿大一周的年轻美女究竟是个什么来历？她是不是集团总部派来的探子？专门考察经理和主管工作的？我的天！但转而一想，这不大可能，于是我的心又放下来。

"你是……学音乐的吗？"我这时试探着问，"感到对她有些敬畏了。

Phil 微笑了一下，摇摇头。

我所有的问题都是为了要了解这位美女的英文水平和应变能力，当然还有她的知识和文化背景，以确认能否进一步接触。曾经有个越南美女，第一天来 2592 上班就吸引了我，可后来听斯蒂夫说，她的英文滥得一塌糊涂，像个傻子似的，根本无法交流，不久便被人事部辞退，为此我向中介 Apple One 提出了警告。

这时手机响起来，我向 Phil 点点头，一边查看短信一边问："哦，顺便问一下，你是从哪里来的？"

"天琴座。"她说。

"天琴座？！"我曾经向这里很多来自不同国家的员工提出过这个问题，却还是第一次听到这样的回答，我惊讶地从手机上抬眼看着这个外星人。

Phil 这时拿起身旁一个装小塑料滑轮配件的空纸箱，用手上的 China marker（中国制造的记号笔）指着箱子上的一行字样 Made in China 给我看。

于是我明白了，她是中国制造的。

所有回答都和她本人一样漂亮，她的睿智令我感兴趣，能和这样一位美女谈话实在有意思。可惜我做的已经有些过分，现在我必须得离开。于是我把手在她的大箱子边上拍了拍，像是在拍她的肩膀似的，说道："欢迎来到加拿大！很高兴认识你！希望你喜欢这儿的工作！"

手机又响起来，我一边倒退着一边接电话，同时看到 Phil 微笑着用无声的口形对我说了一句："谢谢！"

天赐良机！我兴奋地把手按在心口上，但我不会让人看到我在得意，这还只是撩妹的第一步。

3

走出生产区，来到经理室门口时，我忽然看到早班的女主管萨宾娜正从中介办公室出来，手上拿着一打信封，笑着和我打招呼。这个白人姑娘只有十八岁，已是单身母亲，刚刚从二分厂被调过来，也就一初中毕业，只因为人长得年轻漂亮，语言没有问题，一入厂就被老板看上，很快便被提拔起来。现在招进来的新员工大多是技术移民，至少都有大专以上学历，只是普遍存在语言问题。我对这位单身母亲没有兴趣，但因为是新同事，我于是礼貌地问她怎么还没有回家。她说今天是周四，她要给早班的临时工领发上周的工资，还要给新来的临时工做培训，可是中介今天给早班送来的新员工语言能力太差，几乎无法沟通，于是她去跟中介吵架。我便问那新员工是个什么样的人，她说是个老挝女人，二十五岁，已经当奶奶了，被她退回了中介。我叹口气摇摇头，待萨宾娜走后我想了想，也转进了旁边驻厂中介的办公室。

里面有两张办公桌，一张是 Man Power 薇薇安 (Vivian) 的，另一张是 Apple One 梅薇丝 (Mavis) 的。公司的临时工主要来自中介 Apple One，梅薇丝每周三天在这里办公，另外两天去二厂；而薇薇安每周只来一趟，给她们中介的临时工发工资单。我很幸运，梅薇丝正准备离开。

"今年，到目前为止，由我们 Apple One 介绍到你们 2592 的临时工已经超过十个，来了就走，来了就走，都是中国人。"这位漂亮的金发女郎先对我抱怨起来。

我微笑着在她桌子边上坐下，道："现在有的是劳工，新移民每天都是一飞机一飞机地飞过来，还怕没饭吃？！"我不想跟她拐弯抹角，她虽不年轻了，但仍旧衣着性感，我不想让人看见说闲话，以便影响我跟其它美女的机会。

"大驾光临，有什么能为您效劳的？"梅薇丝于是又坐下来。

　　我轻轻地咳了一声，目光从她那开得很低的衬衫领口边瞟过："我只是想来问问，你平时都是周三过来，今天怎么有空了？"

　　梅薇丝耸了下肩："看来你还不知道。你们下午班今天又来了三个新人，是我带来的。我留在这里是想看看她们第一天上班有没有问题，通常问题都不会留到午饭以后，所以现在，我准备走了。"

　　"那么好，"我在她那有些暧昧的眼神中不动声色地坐了几秒钟，"能否请你把他们的简历发到我邮箱里来，公司现在想从内部招几名工程师，无论正式工还是临时工，正式工的简历我都有，临时工的就只好麻烦你帮忙了。多谢！"说完我站起身便走了出去。可以想象梅薇丝冲着我的后背摇头晃脑做鬼脸的样子，但那之后，她还是得乖乖地从公司管理部门的通讯录里找到我的邮箱地址，五分钟后，我就应该能看到想要的东西了。

　　我的心可恶地呼呼直跳，期待着早一秒钟听到手机邮箱收到信件时发出的提示音。为了不被打扰，我想躲起来，可这时绰伊用步话机呼叫我，因为野马车线出了问题，我只好硬着头皮去查看。好不容易把事情处理完，我连忙回到自己的办公室，迫不及待地打开电脑，梅薇丝的邮件已经在信箱里了，可偏偏这时总经理保罗竟打来电话，向我询问本周废品统计报表中的几个问题和客户反馈的意见，然后又跟我商量本月公司全体员工例会中的一些细节，还强调了对新员工的安全教育问题，一谈就是半个多小时。我从未像今天这样极力地耐着性子，跟突击抽查我的老板把工作交待完毕，以致于全身都出了汗。放下电话后我仰倒在老板椅子，长长地吐了口气。还有吗？还有人来烦我吗？我看了看时间，立即点开邮箱。

　　像个作弊的坏男生那样，我的心口呼呼狂跳着，脸上发烧。邮件里有三份简历，我首先查看的是 Phil 的简历，她的全名是 Phil Sonnet Qin，来自中国北京，高中毕业，仅此而已。我摇了摇头，非常失望，立刻去看另一份简历，Phil 的姐姐 Jin Qin，正如我所料，除了名字不同，什么都一样。我生气地拍了一下桌子，站起身来走到窗前。如果她们的简历是真实的话，那一定是什么人担保她们来加拿大的，可能她们的配偶是技术移民的主申请人。如果简历不是真实的，其目的显然也就是为了先找一份工作，以积累加拿大工作经验，再慢慢寻找专业工作机会。据我对这姐妹俩的观察和判断，很可能是后者，落地才一周，显然是刚拿到工卡就出来打工，这我可以理解。但我想了解她们，否则对这对美女无从下手。忽然间一个主意涌上心头，我立刻回到电脑前，上了 LinkedIn，输入了 Phil 的全名，竟一下子就找到了，因为没有重名的人，果然她是独一无二的。我大喜过望，手直发抖，用左手捂住自己的嘴，庆幸这时没有人来打扰我，于是我像做贼似地紧张地浏览起来。

Phil 毕业于中国最顶尖的清华大学，建筑和工艺设计专业，还是机电自动化工程师，曾在清华工艺美院学习过绘画和雕塑。毕业后她一直在知音国际爱乐集团建筑设计公司从事数字化建筑的技术研发和设计工作，包括研发智能机器人和 3D 打印技术来进行建筑与工艺品设计，有国际认可的机电工程师认证和建筑设计师行业资格证。简历下面附有照片，是由她参与设计的一些风格颇为前卫的现代建筑，如建于杭州的中国丝绸大厦，它的玻璃外墙竟有如丝绸般的水波纹曲线造形；还有建于北京知音国际爱乐集团知音园的爱乐艺术中心、爱乐美术馆、爱乐博物馆，以及建在苏州的顶部如莫比乌斯环的竹里民乐小馆。我同时还看到了 Phil 设计的一些雕塑作品，全部和音乐有关，或者说都含有音乐元素，其高雅的寓意与流畅的线条都使其具有颇高的观赏性和收藏价值。她所有的设计都具有一个特点，那就是曲线、曲线、曲线，"因为直线是缺乏神性的。"她在简历最后说。

看到这儿时我不由闭上了眼睛，用双手捂住自己的嘴。我的天，这个美女，果然大有背景，果然她的美是出自如此高深的艺术造诣与教育背景，在塑造艺术品之前已先将自己塑造成了如此出色的佳作。我可怎么能把这样的美女给拿下？我配吗？有那个本事吗？她来这儿干嘛？是什么原因促使她放弃在中国那么好的工作而来这里打工？显然，这里只是她的跳板，她势必在寻找专业工作机会。而这时，我才忽然想起她的那位姐姐。我使劲喘了口气，搓了搓太阳穴，手还是有些发抖，终于输入了 Jin Qin，但是，没有结果。至于另一份简历，一个名叫唐斌的中国人，我压根就不想看。

我闭上眼睛，头靠到老板椅上，方才出了一身汗，心犹未定，桌上的电话忽然叫起来，吓了我一大跳。质量部门的人在找我，说福特车线的一个模具出现测量误差。

我几乎完全失去了自信，灰头土脸地从 GMT360 生产小组边上走过，看都不敢看在另一边工作的 Phil，却终于发现，她的姐姐 Jin 被分在了 360 三线上。

4

第二次工休时间有半小时，下午班的工人们都在餐厅里吃晚饭，我和斯蒂夫从工厂外面散步回来，在门厅里掸掉帽子上和皮夹克上的雪。斯蒂夫被安迪叫了去，我独自来到餐厅。大都已吃过饭的员工们有的在聊天，有的去了洗手间，如果是夏天的话，很多人都会呆在外面草坪上和树下。我没有见到 Qin 氏姐妹，晚餐工休时间一直没有见到她们的身影，不知躲去了哪里。就我的猜测，她们俩应该是去了洗手间，就呆在女士更衣室里，坐在自己的储物柜边上；要么就是在那里穿上外套，然后就从离洗手间最近的后门出去了，很可能是去了她们的车里。可是外面那么冷，她们呆在车里干嘛？她们自己开车还是搭同事的车？刚来加拿大就拿到驾照买了车？

我一边胡思乱想，一边穿过就餐区，咖啡间里空无一人，两边桌上的十几台微波炉都已冷却。我投币，然后从机器上取下一杯热咖啡，其实我现在并不需要咖啡。这时，GMT360 二线工人冉紫霄走进来洗饭盒，一见到我，他那张满是皱纹的脸上立刻绽起笑容，得意洋洋地向我介绍起他刚认识的 Qin 氏姐妹 Jin 和 Phil。他说他刚刚在中文网站上查到的信息，Jin 在来加拿大之前，曾是知音国际爱乐乐团的首席指挥，还兼职央视古典音乐栏目的特邀记者；同时她还是钢琴家，很小的时候就出了名，后来又留学德国去学习作曲和指挥，曾与欧洲很多乐团合作过。网上还有一篇报导说，Jin 在德国留学期间，有一次随她的导师去观摩一场音乐会，不巧的是，那位指挥因家中突然出事，不得以离开了演出。乐队正在为难之际，Jin 的导师鼓励她上去救场，做临时替补指挥。结果是，Jin 竟然不用乐谱，顺利地指挥了下半场演出，一举成名，后来很多乐团都想跟她签约。"

冉紫霄边说边开心地笑起来，抹了一把鼻子和嘴，问我这是不是很有意思？我当时的感觉是在震惊之余回到了童年时代，在听大人讲一个神话故事。

"那么另一个呢？"我问，假装平静，矜持地喝了口咖啡。

"Phil？哦！"冉紫霄又笑起来，他的笑容让我感到有些不怀好意，"Phil 是建筑设计师，她的设计还曾经获过奖。厉害吧？"

冉紫霄此刻的表情分明是在向我炫耀他有比我更多的资源和机会去接触这对美女姐妹，他想看看我是否会因此而产生嫉妒。我于是看了看冉紫霄那张笑得布满了皱纹的老脸和他那刚到我肩膀的身高，不禁摇了摇头，一边拿着咖啡做出准备离开的样子，一边毫无表情地问了一句："她们来这儿干嘛？"

冉紫霄立即又笑皱了脸，摊开两手道："我也不知道，我也很好奇。据说像 Jin 这样的钢琴家，一场音乐会就能挣到我一年的工资，而且是算上我的加班费，而且她还有其它方面的收入。我怎么也想不明白，究竟出了什么状况，她不玩音乐了，要来我们这里打工？实在太可惜了呀！是不是？！"

"那你为什么不问问她？"我说。

冉紫霄又笑了起来，一摆头道："我不知道该不该问，我怕人家不高兴。"

　　复工的铃声这时响了。当我走出餐厅大门时，我听到冉紫霄在我身后和另外那个新来的中国男工唐斌窃窃地低声笑起来，道："所有的老板，都是装腔作势的伪君子。哈哈哈哈！"不过，我并没有听懂这句带上海味的中国话。

　　看来，Jin 和 Phil 都非常明白，她们真实的学历和背景与在这个工厂里打工毫不相关，甚至会影响她们今后转为正式工——这是对的——但冉紫霄却没有意识到这一点，因为他自己曾在美国获得过硕士学位。那时我们招新工人并不太容易，现而今，新移民满街都是，劳务市场的法码已经倾向买方。亏得冉紫霄还是学经济地理的，在这儿磨了几年，脑袋已经锈成破机器了。那天下班时，我去问冉紫霄，还有其它人知道 Qin 氏姐妹的背景吗？冉紫霄竟忽然大笑起来，说所有人都已经知道了呀。我不禁在心里骂了一句："白痴！"这事如果传到人事部耳朵里，Qin 氏姐妹就别想在 2592 公司转正，公司绝不会多付钱给一个有其它专业背景、拿这里当跳板、迟早会离开的临时工。我忿忿地摇着头走了出去，恨不能一把掐死这个多嘴多舌的大喇叭冉紫霄。

　　夜里临睡前，我上网看了那部电影，《亲爱的克拉拉》，于是我明白了 Phil 的意思。我真想去问问我的祖父母，我是否真的是约翰内斯·勃拉姆斯或克拉拉·维克家族的后裔，因为我父亲说过，我的名字是祖父给起的，可惜他们已经过世了，而我父母、其它家人和我的成长环境从未给过我古典音乐方面的熏陶，我们家一直住在多伦多城北的小镇上，我甚至从未去过音乐厅。不过现在，两个中国美女的出现却把西方古典音乐带进了我这个德国后裔的生活中。看过影片《亲爱的克拉拉》后，我又在网上搜索了舒曼和勃拉姆斯的作品，这样，我今后就能和那对美女姐妹有资可谈了。

　　周末没有加班，因为年头公司业务不忙。整个周末我都有点失魂落魄，我太太维尼萨还以为我生病了。星期一回到公司，却没有人见到 Phil。我想去问她的主管安迪，但那不合乎我的身份，碰到总是满脸笑纹的冉紫霄，也没有听到他主动透露什么消息。一直到星期四，中介 Apple One 的梅薇丝来 2592 给临时工发工资，我见到她时张了张嘴，但也只是问了声好。

我并不后悔失去这次机会，谨慎比一切都重要。其实我明白，我在内心一直关注的首先不是 Phil，而是她的姐姐 Jin。尽管从外表上看，她们姐俩非常相像，但实际上，两人的性格、气质，还有许多内在方面都显出不同。Jin 比 Phil 更专注，她从不东张西望，仿佛周围的一切都在她的意料之中，仿佛她所做的一切早有计划，她只是自信从容地去做，丝毫没有迟疑和犹豫。她那种优雅深蓄的气质和流畅洒脱的风格实在罕见，她究竟是怎样修炼成的？最为令我好奇的是，作为一个国际级的音乐指挥，为什么她要放弃那么好的工作，来这里打工？她的生活究竟发生了什么？

Jin 很快就成为 GMT360 三线上的熟练工人，无论哪个岗位都干得很出色，甚至学会了所有女工都不愿做的工作——无论哪台机器，她都能独立完成模具的左右手更换，因为我们生产的配件要装在前后左右车门上。Jin 的勤恳、稳重、好学、友善和平易赢得了大家的好感。我甚至羡慕他们线上的人，因为他们每天都有机会同 Jin 讲话。她平静得深不可测的秀美面容让我着迷，成为我的梦中之梦。

没有直接的工作关系，到目前为止，我甚至没有和 Jin 说过话，她也是安迪主管线上的人。我总是在偷偷地观察她，甚至在我下班后，我的心仍旧在观察她。Jin 气质中所流露出的那种定力令我钦佩，仿佛人性中的喜怒哀乐都能被她控制，而不会控制她。若泰山崩于前，她会不会眨眼？我并不想超凡入圣，我只是希望能够找到一种方法，获得一种力量来控制自己，从而能够更加潇洒地控制别人。我怀疑 Jin 的那种从容不迫和不动声色只不过是一种假象，说不定我很容易就能让她失控。怎么样才能刺激她，比如激怒她，或者，在诱惑面前，她能无动于衷吗？我想试一试，倘若她真的能够八风不动，哪怕只有七分不动，我就一定拜她为师，我想揭开这美女的全部秘密，这成为我对 Jin 所有兴趣的中心。我知道总有一天她会离开这里，我知道总有一天，她会抖落身上的淤泥，成为一枝出水芙蓉，无声而又闪闪发亮地飞去，只是，我但愿她不会像 Phil 那样快地消失，留给我终身的遗憾。

可我不知道该怎样接触 Jin，她和我以前交往过的女人完全不同，机会，怎么样才能创造接近她的机会？每天，我只是默默地工作，远远地注视她，心惊胆战地唯恐她会随时飞走，唯恐哪一天上班来，就再也见不到她婀娜而又超凡脱俗的美好身姿。

Jin 在工作的时候，我特意观察过她，当她从地上搬起一箱零件时，她绝不会分腿下蹲，或者弯腰从自己身体的正前方把箱子搬起来，那样不仅容易伤到腰，而且十分不雅。但几乎所有的女工都是这样做的，有的女工本来就穿着低胸上衣，借此机会就对着前面的男工把腰弯下去，不仅后面蹶起来，前面衣服里的两团东西也露出来，所以，工厂里的一些男人几乎每天都可以看到其它男人的老婆在他们面前走光，相互嬉笑和私下里的一些小动作也时有发生。可能在这些女人的脑子里，根本就没有教养和自尊这样的概念，却唯恐自己不够风骚，因为和她们一样低俗的男人都喜欢这种风骚。我曾经见到两个东南亚来的女工在去年情人节那天等着下班打铃时相互嬉闹，其中一个竟动手去抓另一个的硕大乳房，旁边的男工全部看到，并痴痴地发笑。我当即通知人事部将她们解雇，并在员工守则上立下明文法规。

那么 Jin 是怎样从地上搬起零件箱的呢？她两脚先站到箱子的左侧，然后左脚在前，右脚在后，下蹲，右膝点地，靠在左脚内侧，两臂放到右腿的右侧，先把两手放在箱子靠近自己身体一侧的两边，轻轻一提，箱子底部的一边就搭在了她右脚安全鞋的鞋头上，这时她的手便得以空档，从箱子底部一下将其抱起，这个动作的完成在她只是一二三不到两秒钟的事。在我看来，这个姿式的好处是：一，两腿并拢，避免了暴露自己的下身；二，单腿下蹲，避免了过度突出臀部；三，两臂放到身体一侧，避免了过度猫腰，从而给人造成胸部走光的意向——尽管 Jin 从不穿低胸上衣；四，先抓住箱子上沿抬起箱子，放到一边鞋面上，这样就能马上抄起箱子底部，减少了弯腰和下蹲时间，是非常聪明的做法，动作文雅而又自然。

难以想象 Jin 在舞台上指挥交响曲的样子，究竟为什么她一定要来加拿大？一定是有什么地方不对劲了。Jin 不属于这里，她真该去找一份不需要常常这样下蹲和弯腰的工作。她站在那儿的时候，端庄，文雅，平静之中透着一股正气，临风玉树一般，煞是让人欣赏。而其他女工，在站着的时候，多半都会把肚子靠在工作台上，弯着一条腿，肩膀耷拉着，头歪向一边，眼神也不正。她们真该到学校里多受一点教育，增添一点气质。当然，不是每一个人都有机会或愿意接受良好教育的，也不是每一个人都有相当的悟性。

每天工休时间，我都会和斯蒂夫出去散步，经过餐厅里，我总会观察坐在那里的工人们，只有一次我看到了 Jin，她独自静静地坐在角落里，桌上摊着一本书，一条腿搭在另一条腿上，膝盖叠着膝盖，娴静而优雅，我因此便想象她们姐妹俩和我一起坐在法国餐厅里的情景，有这样的女友，男人脸上是有光的，因为她们是有教养的淑女。而再看看和 Jin 在一条线上工作的女工迪娜，二十四岁已活像四十二岁，因为肥胖，五短身材横着一圈一圈的肥肉，走起路来，两臂弯在体侧划着空气。当所有员工都在餐厅里吃饭时，她竟会脱掉安全鞋，把一只脚放在椅子上，边吃边哈哈大笑。如果你有一位太太，坐没坐相，站没站相，大大咧咧，粗俗不堪，你会得意吗？除非你跟她是同类。

为什么上帝要把两个如此不同的女人放在一起，上帝真是睡着了。对于 Jin，我从未产生过不良念头，或者应该说，她从未使我产生过任何邪念，她过于庄重，沉静，是我心中圣洁的白月光、净土花园。Phil 却是另外一种境界，她与 Jin 虽是孪生姐妹，Jin 显得比她成熟且沉稳，Phil 则仍带有少女的生气和聪灵。

我很羡慕中国皇帝，尤其那位乾隆爷，他风流，却能做到酒而不醉，色而不迷。我喜欢女人，我对自己的魅力颇为自信，迄今为止，我几乎得到了所有我想要的女人，且没有被我太太发现。这一次真不知会怎么样？我实在想不出安全而又可行的方法使我能够单独与

Jin 接触，又不被第三者看到，但是对她们姐妹的迷恋与好奇仍在与日俱增，超过从前我所遇见过的所有美女。那些女人当中有些人起先也假装神秘和矜持，最后却是比我更迫不及待。我想了解 Jin，她的自制力显然不是装出来的。我对她有上百个问题，但我不想让别人看到我们在一起，从而产生误解，因为 Jin 毕竟是个东方淑女，而且是公认的美女，我不想惹麻烦。我不敢太奢望一个过多打动我的女人，害怕贪心引起的失态，以及失望带给自己的伤害。但我想，至少，我应该留下她们美好的影像。

于是有一天，上班的时候我站在 360 三线附近，我早已在心里选了一个较好又不易被人察觉的角度，我假装在查看手机，然后抓住机会，偷拍了几张 Jin 工作时的照片，然后我又假装在打手机，转过身去，一边跟鬼讲话，一边很自然地离开了。我很快来到洗手间，插上门，查看手机里刚拍下的照片，结果令我大吃一惊——我看到了 Jin 左边的人和右边的人，我甚至看到了 360 二线上的冉紫霄，他正在可恶地对我笑着，不识实务地笑出满脸皱纹，仿佛识破了我的诡计；而 Jin，她却偏偏不在画面上，每一张照片都是如此，只有她的机器在那儿！我吓坏了，我明明看到她，离我并不远，一直站在那儿操作机器，她怎么会不在照片上？！我的头蒙了，我怀疑自己是在做白日梦或神经错乱或精神失常了，要么，她就是一个鬼，或者一个神灵？

第三章：放大镜下的美女

出生、家庭、种族、国籍、语言、信仰、习俗、头衔、名誉、地位、财富、健康、长相、年龄，并非这些造成了人们的不同，造成人们不同的只是品德。

It's not birth, family, race, nation, language, faith, mores, titles, fame, status, wealth, health, looking, age make people different, but only morality.

1

究竟怎样才能让那位身材苗条的中国美女上钩？我绞尽脑汁都无计可施，她太素，太矜持，跟我以前搭上的美女完全不同，那些女人巴不得能勾上一个像我这样的白人俊才，还假装在我面前羞羞答答，半遮半掩，只恨自己不能假装成处女，其实我根本不想要处女，那会很麻烦，她们事后可能会对你纠缠不休，让你负责。而我跟她们最终的结果就只有一个——被我玩腻之后或感觉不够安全时，毫不留情地甩掉。不错，我是个游蜂浪蝶的男人，绝不会对任何一个女人动真情。一开始我就会对她们每一个人说清楚：

我不想失去自己的家庭，我有两个孩子，但我太太维尼萨在生过孩子后就变得越来越肥胖，那就是为什么我需要情人的一个原因，但我绝对不打算离婚，稳定的家庭和良好的社会形象有助于我事业的发展，给我带来更多的机会、金钱、自由和享受。家里红旗不倒，外面彩旗飘飘。万花丛中过，片叶不粘身。既能稳坐江山，又能不失美人，我认为这才是真正聪明的、成功的男人。

有时候我会靠在老板台后面的沙发里，两脚搭在桌上，双手枕在脑后，像做梦一样地在心里历数从前那些被我征服过的女人，我傲人却又不敢向人炫耀的美人谱，她们当中大都是金发白人，讲法语的，讲西班牙语的，有直接或间接同事关系的不到一半，大多是我从网上套来的，或是在脱衣舞夜总会里瞄上的。曾有一个白皮肤的印度美女，可惜她太过保守，承受不了对她来说巨大的宗教和道德压力，不久便痛苦地放弃了我。这也没什么，她虽然漂亮，但我总觉得她行动迟缓，心事太重，完全放不开，身上还有咖喱味，也不会跳露脐的印度舞。我最向往的是委内瑞拉美女，可惜很难遇到，我因此梦想有朝一日能到那个盛产世界小姐的加勒比小国去寻求艳遇。

不过所有这些被我征服过的美女，没有一个是令我想要拿出去在不相识的众人面前炫耀的，她们各有姿色，但都不完美，有的只是面孔迷人，有的只是身材火辣，而她们的智商都令我感到不安，所以只能私下里秘密往来，偷偷行事。

管工安迪前年追上了一个在这儿打工的漂亮的法国女人，不过那女人结过婚，还有一个儿子，他们婚后的关系一直不好，不久前离了婚。可见追漂亮女人只是图虚荣和一时享乐，要是认真了，那可就不好玩了。我太太维尼萨现在每天都在拼命地减肥，同时又在狂吃，因为吃能减轻她的精神压力。

另一个下午班的管工绰伊是个身高 2 米的白人，娶了一个肤色棕黑、身材短粗、胸脯很大的柬埔寨女人，两人都是二婚，那女人与前夫有个年轻漂亮的女儿，名叫赛拉（Sarah），丰乳纤腰，眉眼和脸型都像洋娃娃一般甜美可爱，人们从她身上看到她母亲年轻时的写照，同时也从她母亲身上看到赛拉老去后的模样。赛拉也在这间工厂里做下午班，每天工休时，她总是一个人冲墙坐在那里，向人们展露她宽松低腰裤后面露出的股沟和 T 形内裤，那三角内裤的颜色每天都不同，但 Thera 身边既没有男人，也没有女人，谁都不敢靠近她。

下午班曾经有一个矮个子的白人管工叫马特，娶了个菲律宾女人，工厂里的其它菲律宾女人立即大大骚动起来，个个都认为自己也有机会和本事征服白人，一夜之间她们全都变得得意洋洋和风骚起来，好像都有了白人的亲戚。我趁机冒险把她们当中最漂亮的一个弄到手。那女人名叫安娜丽莎，已经结婚，有孩子，但看上去仍旧年轻，皮肤非常白嫩，听说她老公是个从牙买加来的黑人。每天上班她都穿着低胸上衣和低腰裤，很能干，活力四射，身体极富弹性，紧身衣在她身上似乎随时都会被胀破崩开，她的身体随时都在向周围发射着高频率的激素信号，惹得周围的男人个个眼热心热手热脑热。这女人做爱时真是疯狂之极，贪得无厌，毫无脸耻，差点毁了我，占有一个白人或许使她的虚荣心得到极大满足。我觉得像是被她给玩了，于是很快便把她给甩掉，并叫她的主管马特以风骚罪之名，将她给炒了。

我在这间工厂里已经做了七、八年生产经理，因为我一直非常小心。不少白人经理来了又走了，临走前总要试法在这里套上个年轻漂亮的女人，因为他们离开后，就不用担心会听到这里的同事说他们是色狼了。

而这里的中国女人，尤其是从大陆来的中国女人，我还没有见到一个能让我动心的，她们大都受过高等教育，有中国传统文化教养，以技术移民或随她们的配偶以技术移民来到加拿大，比较保守和谨慎，至少是因为初来乍到，她们还不了解这边的游戏，还玩不起。下午班以前有个从上海来的中国女人，嫁给了一个白人工程师，后来她考上 McMaster，就辞职去读 MBA 了。这几年我也见到越来越多的白人男子娶了中国女人，她们有的来自香港，有的来自台湾，有的是东南亚华侨，也有的来自中国大陆，但有一个共同点——她们都是受过高等教育的专业人士。斯蒂夫勾上了雪莉，这让我心生妒嫉，倒不是因为我也喜欢那个瘦条条肤色白晰的中国骚娘，而是至今我还没有征服过一个让我看得上眼的中国女人。而征服中国女人，对我来说就好像征服中国一样。

如今 Jin 和 Phil 来了，美得倾国倾城，搞得我日夜不宁。我渴望接近她们，欣赏她们，她们是让人看不够的美神。哪怕这一生只和她们做朋友，能一起聚一聚，一起去听一场音乐会，只要和她们在一起，我不知道自己会在外人眼中多么风光。可我却不知道究竟该怎样去征服她们。日子就这样一天天在没有自信的梦想和无为的空虚中过去了，我以往的撩妹经验全都派不上用场，Qin 氏姐妹是天上的星星，我真是快要气疯了。

<h2 style="text-align:center">2</h2>

那天是星期三，下午班的工人们正在工作，机器声如往日一样，一切运作正常。我和人事部的几位女士正在筹办一小时后的下午班员工每月例会，忽然间，所有的灯都熄灭了，电脑黑屏，暖气也停了，从办公室里，我们都能听到外面生产区所有的机器都停止了运转，接着便传来工人们的怪叫声。不知出了什么事，这可是我任期内头一次发生的意外，我一边担心着自己的饭碗，一边给电工组负责人打电话，寻问事故原因。

通道、卫生间和餐厅里的应急灯都亮了。工人们散坐在他们的工作区附近，在半明半暗中三两一堆地闲聊，有的用包装箱的纸盒制成简易的扇子扇着，因为通风系统已经不工作。所有人都在等待事故原因报告。一小时后，所有员工都被召集到餐厅里。当三百号人都落座后，斯蒂夫受我之托，顶着他那个硕大的光头走到台前来，两手撑在台子上，看了看坐在半明半暗中的所有人，然后拿起官腔开始说道：

"现在，不光是我们公司停电了，旁边的公司也没电了；不光是这里的公司没电了，你们所有人的家里也没电了。整个多伦多都没电了。发生了什么？不光是多伦多没电了，整个安大略省都没电了；不光安大略省没电了，"

"整个地球都没电了。"底下一个男工这时接话说。

"地球关灯了！"又一个男工怪叫道。

所有人"哗"地一声笑起来，连站在墙边的我和安迪也差点笑起来。

斯蒂夫瞪了一眼他根本就看不清的那两个男工，两手撑着讲台继续说道："1989 年 3 月 13 日，那时谁在加拿大？请举手。"

底下有少一半人举起了手，还有些人好像忘了自己是什么时候来加拿大的。

"好，"斯蒂夫接着说，"那一次是由于日冕物质抛射，导致加拿大魁北克省以及美国东北部一些地区停电，超过 600 万人的电力供应被切断了 9 个小时。而这一次，这次事故的原因我们刚刚收到，是因为纽约的核电站发生了事故。现在，从纽约到这里，电力系统全面瘫痪，不知道什么时候才能恢复。"他看了看下面的人，"现在，外面的交通没有了信号管控，在这样的情况下，你们回家，路上一定要注意安全，我们会在天黑前让大家回去，你们的家里现在已经没有电，可能还停了水。我们经理部门决定，让大家在这里等待一小时，趁这个时间把我们的每月例会开了，会议结束后，如果还没有通知电力恢复，大家就回家，照顾好你们的家人。今天，公司付给大家半天工资。明天，如果电力没有恢复，你们就不要来上班。傍晚六点后如果电力恢复了，你们可以自愿来上班，我们会有加班。好，现在就把时间交给人事部。"

斯蒂夫下来了，走到我身边，我点头谢了他，因为我现在真的不想讲话。人事部经理达芙妮这时走上台去，开始主持例会，无非就是上个月的总结，下个月的计划，当月的问题，信息更新。接下来的一项是给员工们放录像。经理和主管也不许走。每次开会都是这样，所有的工人都坐着，经理和主管则在边上靠墙站一溜儿。

记得是在去年九月份的例会上，我注意到斯蒂夫线上的两个员工没有到场，达芙妮讲话的时候，我低声在斯蒂夫耳边说了一句，他便悄悄地从后门出去。二十分钟后他才回来，脸胀得通红，像是刚跟谁吵过架，凑到我耳边低声说：

"会后请到保安办公室去一下。"

半小时后我来到保安办公室，斯蒂夫叫一个保安给我放录像。我一看，浑身的毛发都竖起来。一个四十多岁的东南亚男工和一个三十多岁的女工，双双躲在存货区一个平时鲜有人至的角落里，在一个闲置的大机器后面很黑的地方，两个人抱在一起，正在做那不堪入目的事情。这就是方才在开会时发生的。

我没有看完录像，在斯蒂夫和那个保安野兽般的笑声中起身离开。

公司在不同入口、通道、停车场和主要生产区都安装了监视器。一小时前，大家都集中在餐厅里开会的时候，U152线上的那一对男女偷偷来到存货区私混。他们并没有注意到附近一个几乎从来不用的安全出口门上装有监视器，监视器是红外线的，黑暗中的一切都能拍到。我不明白为什么他们就不能等到下班以后，只要出了这公司，所有的私事我们都管不着。

一小时后，财务部给这两个人结了账。第二天，人事部召集所有女工开会，出于对他人隐私的尊重，我们没有公开昨天发生的事，但向大家宣读了公司新修订的规章制度，女工上班时必须戴胸罩，不允许穿短裙或超短裤，违章者立即开除；每月例会必须出席并签到，无故违章者开除。

往事仍旧历历在目，我抱着两臂站在墙边儿，环顾整个餐厅里的与会员工，每一个穿着低胸短衫的女人都让我发颤。

电工启动公司的备用发电机接通电源。会议录相里开始播放日本一家汽车公司的生产和管理，厂房就像酒店一样干净，木质地板光亮得一尘不染，鲜红的叉车颜色簇新。厂房中央还饰有绿树、假山和喷水池。所有设备看上去都像是新的，整齐化一。工具挂在白色板壁上，从最小号到最大号，一目了然。所有员工都穿着浅蓝色工作服，戴着帽子和白手套，算上小组长共七个人的一个生产小组全是男工，开工前先站成一排，由主管训话，然后小组长放了一个碗大的圆柱形合金零件在雪白的工作台中央，一班人围着桌子站成一圈，指着桌上的那个零件，跟着小组长一同大声说："这是目前世界上最完美的汽车零件，是由我们制造的。质量是我们的生命和荣誉，今天，我们一定要继续做出同样完美的零件，一定要比其它汽车公司更努力，天天都努力，天天都领先！让我们的汽车在世界上遥遥领先！让它成为我们的不败和生命。我们要很好地团结，分工合作，共同加油。加油！"

许多员工看到这里都笑了起来，包括两个主管。但 Jin 没有笑，我看到她在思索。谁都知道日本人是工作狂，他们企业中的那种军事化管理，在高度自由化的北美几乎是难以想象的，这就是为什么那些人发笑。可是，正因为日本人有着这样的工作精神，他们的众多产品才会以不可企及的工艺和质量保持在世界市场中的领先地位。他们的汽车以质量高、性能好、款式多、小巧实用、价格适中和省油节能的种种优势，占领了全球市场，至使北美汽车工业正在迅速下滑，生产、管理和销售都已出现疲软。亚洲一些第三世界的发展中国家也正在以原材料和劳动力低廉的优势抢占市场。形势不容乐观，那些鼠目寸光，还坐在这里发笑的人竟为何丝毫没有从中感到巨大的压力和危机。当然他们也还不知道，公司从下个月起，就将开始逐步裁人，失业即将来临。

Jin 静静地坐着，我不知道她在想什么。她今天穿了一件 V 字领的黑白花短袖衫，黑色长裤，我曾多次亲耳听到一些女工赞美她优雅苗条的身材。她素静纯洁的面容总是那么安详和自敛，坐在人群中，她却总让我感到那个地方在发着珍珠色的光，她目不斜视地注视着大屏幕上正在播放的节目，似乎根本没有感到我的存在，难道像我这么英俊的男人从没有在她的内心激起过波澜吗？有多少亚裔女人都渴望得到白人男子的青睐，能嫁给白人或有一个白人男友，在她们看来是极大的荣耀。而 Jin 呢？她曾经留学欧洲，指挥过全是白人的交响乐队，见多识广，而我们这座小庙当然是留不住她的。她的心在哪里？我怎样才能走近她的内心世界，挖出这个精灵的根，看看她到底是不是个有血有肉的女人。

那天散会后，外面下起了大雪，员工们都冒雪回家了，我真想去嘱咐一下 Jin，一路小心开车，我甚至想送这个刚来加拿大不久，还没有什么经验的美女回家。外面的交通状况可想而知，警察把车停在各个路口，用人力来指挥交通，但因为警力有限，有些路口就失控了，还有些志愿者在指挥交通。最要命的是所有加油站都关闭了，有些加不了油的车只能在雪中坐以待毙。我处理完公司的事务，一直等到傍晚六半点才离开，一路小心翼翼，一边开车一边和家里通话，心里惦记的却全是 Jin。

直到星期五电力恢复后，大家都回来上班时再次见到 Jin，我悬着的心才放下来。员工们都在相互聊着这两天去超市抢购食物和饮用水的经历，Jin 却一如往常那样平静，仿佛什么也没有发生。

3

但是有一件不幸的事却发生了，GMT360 三线的中国工人唐斌没有回来上班，人事部接到通知，唐斌在大停电那天傍晚回家的途中遇到一辆大卡车在雪中失控……那天他刚拿到驾照，买了一辆二手车，第一天上路……

尽管是我们的临时工，我还是去参加了葬礼，因为我听冉紫霄说，唐斌一家是 Jin 的朋友，他们是乘同一驾航班来加拿大的，所以 Jin 也会去参加葬礼。

葬礼那天又下起了大雪，我果然在墓园里看见了 Jin，她打着伞，穿着一身黑色裙式长外套，裹着黑白灰三色豹纹围巾，戴着黑色手套，一直沉默地陪在唐斌的遗孀和女儿身边。我一见到她就产生了一种冲动，我想上前去拥抱她，好像唐斌是她刚刚过世的家人一样，我甚至都不知道唐斌太太和女儿的名字。当我和人事部经理达芙妮上前去和唐斌的家人握手时，Jin 低声向唐斌的太太用中文介绍我们的身份。我不知道还能为她们做些什么。葬礼之后，我们又去安慰了死者的亲属，便告辞离开。

我在自己车里一直等到 Jin 她们出来，看着她们上了自己的车离去，我却仍旧神不守舍地留在那里，任凭大雪覆盖了车身，我在想，如果我这辈子得不到 Jin，死后能不能葬在她的身边。由于对她的迷恋和痴想，我在孤独中拿起身边唯一一个有生命与我相伴的东西——我的手机——恍恍忽忽，我下意识地在谷歌首页上打出 Jin Qin 的名字，在这茫茫世界上寻找一个刚刚离开我不远的人，然而意外地，我却看到了无意中搜索的结果，竟出现了那么多条有她名字的链接，Face book、Apple Music、YouTube、Instagram、Twitter、TikTok……我惊呆了，一下子清醒过来，为什么这么长时间我都没有想到要用这么简单的方式搜索和了解有关她的信息？第一天 Jin 和 Phil 来到我们公司时，我只在 LinkedIn 上搜索了她，因为没有结果，所以我放弃了，加上后来从冉紫霄的嘴里听说他是从中文网站上查到 Jin 的屡历的，我就以为只有中文网站才有她的信息，我怎么这么笨！我的脑子连这点弯儿都转不过来，想想看，是因为那天我在上班时间偷偷上网干私事，当时过于紧张又兴奋，所以把自己给搞懵了。作为一个世界级的指挥，Jin 一直活跃在国际音乐舞台上，有关她的报导和消息肯定会在英文网站上显现，而我看到的第一条搜索结果竟是 Jin 在维基网站上的大名，她被作为世界名人收入维基百科，而我却一直傻傻地把自己蒙在鼓里。我顾不上再埋怨自己，赶紧浏览所有的信息，一个越来越清晰的 Jin 显现在我的眼前。

我点击查看了所有与 Jin 有关的网络链接，有关她的新闻报导、最新动态、图片、演出视频、演出时间表、购票网站、社交网站。她在 YouTube 上的视频几天几夜都看不完，包括她幼年时期初学音乐时的视频，以及此后她所有的参赛、获奖和演出视频。我看了几段，令我大宝眼福。作为一个钢琴家，每次演出她都会身穿紧身长裙闪亮登场，长袖的、短袖的、吊带的、裸肩的、白色的、黑色的、灰色的、银色、浅金色的、各种蓝色的，就是从来不穿红色和暖色的，但她的模特身材和高雅气质就足以迷倒所有人。虽然穿着高跟鞋，但 Jin 行步时总是自然平静，端庄从容，既便是刚刚结束了一曲难度极高、速度极快、足以让全场沸腾的曲子，她也仍旧会让自己立即放松到最自然平静的状态，不急不躁，微笑有度，温文尔雅地谢幕，下台，返场，而这种能力就是我一直对她痴迷和仰慕的原因，她令我惊为天人。而作为一个音乐指挥，Jin 站在指挥台上，总是身穿各种黑色紧身套装，她婆娑的长发和腰背的曲线甚是迷人，面对庞大的交响乐队，她手执银棒，英姿飒爽，有着非常深刻的把控力和流畅的表现力。我真为她目前的处境感到痛心，希望她能够重新掌握命运，早日重返音乐舞台。

Jin 和 Phil 青少年时期参加过中国交响乐团少年女子合唱团，这是一个世界级的专业合唱团，每一年都有出国演出，足迹遍及世界各地，曾在许多国际复调合唱比赛中获过大奖，一些国家的元首为他们签署过最高鉴赏证书；他们曾与国内外一些著名交响乐团合作过歌剧演出，并参加了北京奥运会开幕式上《奥林匹克颂》的演唱。

Jin 在脸书上有一个粉丝团，成员超过三十七万，此时像我这样正在浏览这个网页的就有四千多人，还有人在上传她的音乐活动信息、长短视频，并发表热议，她的演出票一开始在网上发售，几分钟内就会被抢光。Jin 也有自己在知音国际爱乐集团上的官网，以及社交平台上的个人网页，我发现她有两个英文脸书账户，一个叫 Jin Qin Quotes——Daily Soul Growth（子衿箴言——每日灵魂成长），Jin 经常在上面发表箴言，全是她自己的原创，至今已发布了四百余条，她用 AI 动态风景美图做背景，将她的箴言放在上面，制成精美的配乐短视频，非常吸引人，每一条的点赞率都上百 K，你甚至可以称她为格言作家，这些短视频全都转发自她的 YouTube 频道，并也被分享到她的 Instagram 和其它社交网页上。

Jin 的另一个脸书账户名叫"知音爱乐女子合唱组合"。在这里，我看到了 Jin 和 Phil 家的五个女孩，还有她们作为一个合唱组合的很多演出照以及视频，她们竟然在飞机上合唱，乘客和机组人员都为她们鼓掌。上帝！原来她们竟然收养了五个孤女和一个男孩。我的天，她们怎么养？怎么管？我看着她们这个特殊家庭的合照，这五个女孩虽不是美女，但个个都是冰雪气质，端庄文雅。最重要是我在这里找到了她们被收养的故事。原来，这五个女孩当中的三个来自一个名叫牧羊地的儿童村，这是一个由私人创办的儿童福利院，位于中国北京和天津之间的廊坊，它的创办者是一个名叫蒂姆·贝的美国人和他的太太。蒂姆夫妇原本在北京航空航天大学任英文教授，他们有三个孩子，之后他们又收养了三个有先天性残障的中国孤儿，帮助他们治愈后送往美国学习。蒂姆夫妇都是基督徒，热衷于慈善事业，他们想帮助更多的孤儿，于是创办了牧羊地儿童村，当地政府只象征性地收了他们 1 块钱，卖给他们 300 亩地，建起了儿童村。他们自己出资，并创建了基金会，向社会寻求赞助，十几年间他们已经收养了上千名孤儿，包括很多先天性残障儿童，为他们治病，给他们教育和全天候的照顾。儿童村里有专职妈妈和老师，还有后勤工作人员，孩子们就像在自己家里一样幸福快乐，和谐地生活在一起，他们不仅得到专业的康复治疗和训练，还学习语文、数学、音乐、手工和英语，他们爱蒂姆，叫他蒂姆爸爸。很多孩子都被来自世界各地的家庭收养，去了美国、加拿大、德国、意大利等国家，也有很多被中国家庭领养。Jin 和 Phil 就是在那里收养了三个女孩儿。

在收养了这三个女孩之后，Jin 又收养了另一个名叫梦娣的女孩，来自中国西北长城脚下一个偏远贫困的小山村。梦娣的父母都是文盲，只有她一个女儿，但父母一直想要个男孩，却因为家里太穷，实在生养不起。梦娣从小就聪明能干，像男孩子一样每日帮父母操劳。梦娣所能接触到的村里最有文化的人是供销社的吴伯，吴伯不仅识字会算账，还会讲普通话，是他教会了梦娣写自己的名字和二十以内的加减法。每次梦娣的父亲叫她去供销社买东西时，梦娣都希望能见到吴伯，但吴伯并非总在那里，掌柜的有时是他的雇员，他们从不忌讳梦娣去翻看架子上的儿童画册，那几本旧画册从来没有人买，放在那里就是为了给梦娣看的。梦娣七岁那年，对父母说她想去上学，可是父亲不同意，因为没有钱供她上学，并且需要她帮家里做许多事情。另外，他们那个地区只有一所小学，每天要走一个多小时山路才能到达，而当时全校师生也只有四个人，一个老师三个学生，来自周边三个村落，校舍也只是在一个破庙里，用棺材板搭成的黑板，在枯井台上写字，三个学生三个年级，一个老师要教他们所有的课程。但是梦娣却一直坚持要去上学，父亲说如果她再闹，就不要她了，因为他们想要个男孩。无奈的梦娣便想到要自学，她的求学梦从未中断。有一天，父亲给她一点钱，要她到供销社去买盐，可是梦娣却没有买盐，她买了一本新华字典，回来的时候谎称把钱弄丢了。她父亲气极，一个耳光将她打翻在地，她的左耳当即失聪。梦娣哭着跑出家门，怀里揣着那本字典，跑到小学校，见到老师就跪下，举着那本字典大声喊："我要上学！"中央电视台那一年正在做偏远地区失学儿童的调查，Jin 看到了有关梦娣的报导，她当即决定要去帮助她。Jin 坐火车换汽车，来到偏远的塞外，搭电斗车换驴车，在当地民政局向导的帮助下翻山越岭，终于找到了梦娣所在的陈家沟。在村长的陪同下，由吴伯做普通话和方言翻译，经过和梦娣父母的反复交谈，对他们讲'再穷不能穷教育，再苦不能苦孩子'的道理，终于说服他们，给了他们一笔钱，由民政部门办手续，Jin 正式收养了梦娣。这样，梦娣的父母就有机会再生一胎，是不是男孩就只有天知道了。梦娣的母亲无法接受骨肉分离，哭得不行。Jin 安慰她，今后一定会让梦娣回来看望他们。就这样，Jin 带着梦娣来到北京，像其它同龄的孩子一样成为一名小学生，并一直是学校里最优秀的学生。

看到这时，我抹去忍不住流下的泪水。是的，正如 Jin 所说：读书，上学，受教育乃是每一个孩子的权利，无论是男孩还是女孩，教育应是基本的人权，是全社会的责任，因为所有的孩子都是人类的未来。

再看看 Jin 收养的最小的女孩儿琴羽的故事：琴羽来自四川，在 2008 年汶川大地震中，琴羽失去了学校和她所有的家人，那一年她十岁。地震发生之后，她一边哭一边喊，一个人从地震的废墟瓦砾中救出了十一名同学和一位老师，自己的腿却受了重伤，最终因极度疲劳而昏倒。之后她被誉为中国少年英雄，还被邀请到北京，在央视接受佳奖，并作为中国代表团的队员之一，挂着双拐参加了北京夏季奥运会开幕式，之后她被 Jin 收养，成为了这个充满爱的大家庭中的一员。

Jin 在她的脸书上写道："在他人困难的时候帮助他们并为他们祷告，这是人类文明的起源。"

慈善机构为这五个孤儿的生活提供了赞助，政府还免了她们的学费。Jin 用中国古琴五根丝弦的名字给这五个姑娘重新起名，她们分别叫作宫、商、蕉（音近角）、徵、羽，琴为她们的姓。但是在家中，她们却互称对方的小名：大仙、二美、三丑、四怪、疯婆子；而她们的英文名或拉丁语名字则分别为：Cadenza（意为音乐中的华彩部分）、Bel Canto（美声）、Carol Poeme（欢唱 音诗）、Melody（旋律）、Chant（意为诵经，呗咏）。Jin 亲自培养这五个孩子的音乐素质，将她们组成了一个合唱队，并将她们送进她和 Phil 以前参加的中国交响乐团少年女子合唱团，使她们成为了专业的合唱队员，每年都出国参加各类国际性合唱比赛，并屡获大奖。五个女孩儿都非常优秀，其中大仙因从小就受到子衿的音乐培养而成为一名小提琴家，九岁开始在国内外的音乐比赛中屡屡获奖，十五岁就被美国柯蒂斯音乐学院录取；二美陈梦娣十六岁考入中国科技大学少年班。不仅如此，二美还学习了更高阶的声乐，并向子衿学习了合唱指挥艺术。三丑喜欢长笛和箫，四怪学了大提琴，疯婆子学了弹吉它，他们既是一个合唱队，也是一个家庭乐队。美中不足的是，疯婆子的左腿需要安装假肢，这个愿望他们尚未来得及在国内实现。

在她们的相册中，我发现了一张令我十分惊艳的照片，那是 Jin 和 Phil 身穿中式旗袍的合影，当时她们在美国加州演出，参加中国大使馆和当地华人代表及留学生的中国新年联谊活动，姐妹俩都梳着秀美的长发，妙若天仙。我被那丝绸里流溢出的光彩迷住了，我被那丝绸上的风花雪月迷住了，我被那如水般流淌的线条迷住了，我要说这是最为曼妙、精致、典雅而又华贵的衣裙了。看那丝绸里面女性成熟饱满的胸部，在光泽的曲线里多么富有立体感，再看那东方少女纤若绵柳的细腰、翘起的臀部，还有那高开衩的裙幅下若隐若现的修长玉腿，这样的身材与风韵是一般西方女性所罕见的。中国女性竟会创造出如此性感的衣裙，令人无法抗拒地想象，若是怀抱这样一位身穿丝绸旗袍的中国美女，抚摸那丝绸贴身的苗条胴体，将是一种何等美妙的享受……

我不顾时间的流逝，泡在网上尽情浏览这风情万种的旗袍美女，仿佛阿里巴巴发现了一座宝库。之后我又看到一套 Jin 身穿旗袍演奏一种中国古乐器的 CD 和 DVD 的封面照片，其中一款白色旗袍上印有云纹图案，面料看上去十分柔软而富有垂感，绝对是为她量身订做的，荷叶边短袖，立领，后背半裸，令我十分吃惊，与那位我所看到的平日在工厂里默默无闻打工的素女简直判若两人，想不到，Jin 还有如此鲜活与亮丽的一面，她那白晰如脂的肌肤、矇眬内敛的笑容、秀美颀长的天鹅颈，性感苗条的身体在富有光泽和立体感的绸衫下显露无遗；她的纤腰细得盈手可握，令人难以置信，像水蛇一般柔软；高于水平线 45 度角的跷臀曲线完美绝伦。这样的身材是我以前无法想象的，似乎只在动漫和 AI 图片里才有；这样纤瘦的裙衫不知世上几人能穿得进去，让我感到水晶鞋的童话并非只是杜撰。我曾经在多伦多的几大脱衣舞夜总会里领略过来自世界各地多种族美女的魔鬼身材，看罢也不过如此。西方女人的身体较为高大粗壮，而此时此刻，在我三十八岁时才终于领略到的东方女性纤柔细腻与温婉含蓄的体态却对我唤起了从未有过的巨大诱惑力，想不到在那个我从未去过的遥远而古老的东方国度里，竟会有这样的天造尤物！若 Jin 是我的女友，我会感到无比自豪，既使能成为她终生的朋友，我也会感到不胜荣幸。

真想马上看到 Jin 和 Phil 穿上旗袍的样子，她们令我血脉沸腾，简直想要发疯。我发誓，一定要得到一位丝绸旗袍里的东方美女。死在旗袍下，做鬼也风流！

最后，我发现了刚刚在网上公布的结止到去年底 Jin 的净收入，包括她作为指挥家、钢琴家和作曲家的演出收入、网上收入、获得的各类国际比赛奖项、甚至还有我没有注意到的专利发明，总数为 107 Million。我的天，她是个亿万富翁！那她为什么要来我们工厂里打工呢？脑子进水啦？连她妹妹 Phil 的脑子也进水了？还是她们的钱一夜蒸发了？我还从来不知道一个古典音乐家有这么高的收入，我对这个行业几乎一无所知。想了想，我又在网上搜索"收入最高的古典音乐家"，结果看到一个净收入从 10 Million 到 200 Million 的名单，小提琴家希拉里·韩、钢琴家郎朗、王羽佳、大提琴家马友友、小提琴家伊萨克·帕尔曼、安德烈·瑞欧。然后我又查到了收入最高的作曲家，约翰·威廉姆斯 100M。天哪，我要不要让我的儿女立即开始学习音乐？不仅能够早出道，此后的收入还有可能上千万！

　　不知不觉间，我已在车里呆了两个多小时，我的车已被大雪埋了，看上去就像一个没有立碑的大坟包。可是，我不能把自己给掩埋了，我必须得把这个坟包想象成蛋壳，我必须要在汽油和手机电池耗尽之前，把自己给孵化出去。

　　加满油后，我顺便洗车，当我被彩色的泡沫包裹在车里时，我一边吃着刚买的鸡肉汉堡，一边又打开手机，上了 Jin 的脸书，我看到她刚刚发布了一条箴言：

"Breaking an egg from outside, that's food; breaking an egg from inside, that's life."

（卵，从外部打破，是食物；从内部打破，是生命。）

　　不是吗？如果 Jin 像别的女人一样在这里被我给吃了，她就完了；但如果她凭自己的努力从这里挣脱出去，重新找回自己的天空，那就是她的新生。Phil 已经飞走了，她只是在这里垫了下脚。Jin 也会飞走的，迟早的事，在她飞走之前，我希望能成为她的朋友，因此说不定我在那之后还有机会吃掉她。

4

　　不久，又有两个中国人从 2592 公司辞职，一个是二十多岁的赛金顶，他通过了托福考试，就要去多伦多大学读书了。在这个工厂半年，他几乎每天都是一边工作一边背单词，很少与人讲话。功夫不负苦心人，他终于如愿以偿。另一个要走的是又高又瘦的四十来岁的程天门。程天门在这个厂里已做了两年零三个月，还没有被转正，本来上一批应该轮到他，却被雪莉顶了。人人都在说雪莉作了斯蒂夫的情妇，比她早来的还有五六个人，都被挤掉，理由是，斯蒂夫说雪莉做的Ford-Mustang生产线是全厂的重要部门，技术含量更高，所以推荐了她。实际上，谁都知道是他妈的怎么回事。程天门和冉紫霄都是GMT360二线的工人，刚来的时候白白净净，戴着副眼镜，一看就是从中国大陆技术移民过来的知识分子，可是程天门干起活来真卖力，工休时也常常不休息，手上、胳膊上总是带着伤。安迪常常对他竖大拇哥。程天门的妻子一开始也在这里打工，怀孕九个月都没请过假。我真佩服这些中国人。程天门的孩子出生时他高兴极了，见到中国同事就把手机里他宝贝女儿的照片给大家看。可是高兴归高兴，程天门肩上的担子从此重了，他太太产后体虚，程天门每天上午得帮着做家务，带孩子，下午上班，夜里也睡不好，听说他孩子老哭。他想把父母从国内接过来帮忙，可是没地方住，他一个人做临时工，每小时才挣十加币，租不起大房子，养不起一大家子，没有正式工作，一家人的医疗保险也没有保障。程天门明显地瘦了，工休和吃饭时常见他趴在桌子上睡觉，看着让人心酸。从人事部传出消息，今年年内又没有转正的名额了，程天门第二天便去找主管安迪辞职。那天下班后，除了雪莉，所有的中国人都没有走，到GMT360二线来为程天门送行。程天门在自己那个流血流汗拼了两年多，盼了两年多的生产线上默默地站着，大家也都陪他在那儿站着，一个女工忍不住掉了眼泪。冉紫霄问程天门，他是不是找到其它工作了，程天门摇摇头，说他准备去找，找一个公平的、能尽快转正的工作，反正他多一天也不想再呆在2592公司了。

赛金顶和程天门走后，中介Apple One的梅薇丝又带来了两个中国人，一个叫金治国，另一个叫尚谦。

工作日复一日，时间就这样在新移民的血汗和我无聊的茫然无措中过去，在一个月当中，我只得到一次机会，在中国新年那天用中文对Jin说了一声："新年好！"她则十分礼貌而又含蓄地用英文回答："Thank you! Happy lunar new year!"我非常想问问她是属什么的，但这显然不合适，并且我总觉得，她好像不在 12 生肖之内，也不属于 12 星座，她是天琴座来的新移民。

每天上班来一看到 Jin 还在那里，我就赶紧在心里感谢上帝，也就愈发催促自己：快想想办法吧！快想想办法吧！从前的那些女人，我还没有走过去，她们的眼睛就已经勾过来了，一有机会搭腔，早已准备好的电话号码就偷偷塞到对方手里了，就这么简单。而 Jin，一个深切打动了我的东方女性，她工作的时候是那么专注，从不多言，也从不乱看，令人敬而远之，不可冒渎，可她的内敛和美貌却令我日思夜想，魂牵梦绕。我该怎样开口对她说第一句话呢？

Jin 从来不加班，但只要 360 三线有加班，我一定会问她，这是公司的规定，也是我的期望。我还记得在 360 三线今年得到第一次加班机会时，我抑制着内心的兴奋，端着经理的架子绕去那条线，第一个先问 Jin："Stay tonight?"她感到突然而不解，对我说她没有理解我的意思，看来她还没有习惯我们的职场用语，于是我解释说："Your line over time tonight,2 hours. Would you want to stay?"我用期待的目光看着她，可是她微笑了一下，谢绝了。我十分不爽，问她："Why not?"她说家里有事要做，并再次谢了我。无可奈何，我带着失望的神情去找二线的冉紫霄来顶替她的位置。此后也一样，Jin 从来不加班，但我依旧契而不舍，直到有一天……由于这段时间公司的业务不忙，今年第一个公众假日前的那个星期五下午班只需要 GMT360 三线和 HONDA 两条线跑。

"明天你们线照常上班，你来不来？"我歪头盯着 Jin 的眼睛，右手拿着笔不礼貌地指着她，左手上拿着出勤人员登记表，我当时的样子就好像如果她敢说不，我就会一下子宰了她。我并没有抱太大希望，只是在跟她打趣开玩笑，没想到她笑了笑，点头轻声道："好。"我却立马傻了眼。

作为拿年薪的经理，那天我本可以不来，叫任何一个主管来盯着就可以了，反正只有两条线。难得的好机会，我本可以约上我的火辣女友瑞贝卡，去私奔快活一整天，像往常下班时间一样，玩到夜里 11 点再回家，我太太维尼萨绝不会有任何猜疑。可是当我对下午班的三个主管宣布他们可以有一个四天的长周末时，三个人的五官就都七扭八歪变了形，像一组动漫似地，似乎都看出了我的色狼野心。我才不管他们心里怎么想，谁叫我是他们的老板，并且我也知道，我们四个人中的任何一个人来，其它三个都会猜忌，因为有美女 Jin 在 360 三线上，所以，还是不如我来吧。

在我和维尼萨结婚之前，维尼萨曾经提出要我在结婚后把工资全部交给她管理，我没有答应，那等于从此再没有自由，我和她结婚只是图她长得漂亮，至于她的学历、工作、收入和家庭背景都没有任何优势敢拿出来和我讲条件，在她读商学院期间，父母不幸先后罹癌去世，孤独无助的她嫁给我是她的幸运。我承诺结婚后我会负担房子的所有费用和孩子的教育，她负责全家的伙食和日用品，两人各付各的车、衣服和私人用品，结果她还是乖乖地和我结了婚，因为那时她已经怀孕。

星期五的工作好轻松，因为只有两条线。我站在 Honda 线的另一头，抱着两臂，在隆隆的机器声中看着正在紧张操作的工人们。我看到三线上的 Jin，她和平常一样从容而又专注地工作，一边听着五十多岁的冉紫霄在她边上眉飞色舞地用上海话说笑，但 Jin 很少开口。冉紫霄今天是主动要求来三线的，因为胖迪娜也从来不加班。而冉紫霄是全厂出了名的全职加班狂，他从未错过任何一次加班，加班费甚至都超过了胖迪娜的正常收入，他去年的总收入是全厂平级工人当中最高的。

Jin 的腰身纤细婀娜，实在迷人，她的头发放下来有多长？她的脑子里此时正在想什么？这个精灵。可是忽然间，我看到她停下来，摘掉手套，按住自己的一根指尖，她受伤了。刚好搬箱子回来的冉紫霄也看到，急忙上前查看，可是，Jin 的手却被我的手先抓住了。我从身后抓住她的手指，看了一下，在工人们惊诧的目光中，我叫上冉紫霄：

“冉先生，请跟我来。”

他们两个跟着我来到不远处的模具加工组，我把他们带到一个比脸盆还要大的放大镜前。冉紫霄一路上用上海话埋怨 Jin 工作时不小心，手上扎了金属刺，要知道，这可是钢琴家的手。

Jin 苦笑着用英语回答：“抱歉！给大家添麻烦了。”

冉紫霄看到那个放大镜时不由笑了起来，说他从没有见过这么大的放大镜。在他对放大镜好奇的时候，我向一位模具师要来一枚小镊子，然后叫冉紫霄帮 Jin 把她手指上那根刺拨出来。冉紫霄高兴地接受了这个光荣任务。透过放大镜，我们看到了那是一枚很小的金属刺，是零件被切割时留下的，小得几乎看不见。我们三个人的头聚集在放大镜上面，看上去一定很好笑。冉紫霄一手拿着镊子，一手捏住 Jin 的右手无名指，Jin 的手指雪白纤细，那应是拿指挥棒的手和弹琴的手，而冉紫霄的手指则粗糙丑陋，像枯树枝一般，他自嘲地玩笑说，看他的皮有多厚，所以从来不扎刺。不知道是因为捏着美女的手太过紧张和激动，还是因为冉紫霄根本就是个粗人，他的手抖得厉害，完全做不来，他笑着摇着头，遗憾地放弃了。我不想冒险，说不定我的手会抖得比冉紫霄还厉害。我抱着两臂站在那，用手摸了摸下巴，看到 360 三线上的人都在往这边看，我不想叫那个老挝女人凯西过来，她的低胸内衣若暴露在放大镜上，那就更好看了。于是我冲着另一个和冉紫霄一起从二线过来加班的中国人金治国招招手，金治国却笑着摆了摆头，不敢胜任。还有一位白人女士伊迪斯，可是她在做 FTS，我不想让生产线停下来。正在为难之际，却见 Jin 从冉紫霄手上拿过镊子，把自己的手重新放到放大镜下，我和冉紫霄赶忙把头凑过去。只见她用右手大拇指顶在右手被扎了刺的无名指指尖上，让那根刺头凸出来，左手拿住镊子，镊子尖从一个恰到好处的角度轻轻靠近那根刺，停了下来。我和冉紫霄惊异地看到，Jin 的手竟纹丝不抖，只一个几乎不易查觉的动作，那根刺便被夹住。Jin 的左手停在那里，没有再动，然后，她的右手指以一个垂直动作往下轻轻离开，刺留在了镊子尖上。

我和冉紫霄立即鼓起掌来。

"Good job!"（干得好！）离我们最近的伊迪斯这时也冲着这边笑起来，上一次她的手上扎了金属毛刺，几乎不能再工作，整条生产线都停下来，直到安迪去其它线上临时找人来替。

动右手而不是左手，一个微妙的反向思维，更轻松地解决了问题。但我并不认为一个聪明的人会来工厂里打工。我对 Jin 的疑问越来越深，我恨不能立即就把她叫到经理办公室去，坐下来问个究竟，然后，凭我在加拿大的生活和工作经验为她出谋划策，帮助她尽快摆脱困境，并从此成为她的朋友。这就是我此时心里所想的，也是我一直所想的，我看着她在这里做苦工，受伤，浪废她的才华和时间，我的心里感到好痛，我的眼泪甚至都涌了上来，直想立刻救她于水火。可她自己知不知道现在到底在干什么？！

我本想吸收 Jin 为公司 First Aid（急救小组）的成员，但转念一想，这样会不会弄得那些男工动不动就扎个刺跑来找 Jin，中国人管这叫玩"苦肉计"。那可不行。

Jin 谢了我和冉紫霄，刚想回去工作，我叫住她，嘱咐她工作时多加小心，注意安全，出了事会影响生产；接着又对冉紫霄说："你是咱们这儿的老员工，要多多帮助新员工，工作时不要老是光说话聊天。"冉紫霄笑着接受了批评。Jin 再次感谢我，便转身和冉紫霄回去工作了。

我的心砰砰乱跳，看着那个放大镜，趁人不注意时，我把自己的双手放到下面，我看到我的每根手指都在抖动，以不同的方式和频率抖动，七上八下，忐忑不安，甚至我的腿也在发抖。这真是把我气疯了，我恨自己。

Jin 的手为什么不抖？她没有心吗？没有呼吸吗？她当然有心，可她的心何以如此镇定？

我太太维尼萨为了减肥，前年学过瑜伽，可没坚持多久就放弃了。但她从图书馆带回家的一盒 DVD 却给我留下了深刻印象。那影片里有一位中国禅师，他在打坐时几乎没有心跳，这样，他的身体就几乎不再消耗能量，他可以几天几夜不进食，在身心完全放松和放空的状况下，他甚至可以用肚脐，用皮肤来呼吸，呼吸日精、月精和大自然的精华。他修炼出的精华使他最后成了一个金刚不坏之身。他圆寂后的真身至今还保存在中国南方的一座高山名寺中。但维尼萨说，那只是电影，都是骗人的。

Jin 是不是也在练禅功或瑜珈？看样子不像是骗人的。若非如此，那为何她总是那么心静气定神凝？

几分钟后，我用经理卡在手套机上选了两副中号女士工作手套和两副小号男士手套。

夜里开始飘起小雪。那天由于人少，下班后我和保安站在公司大门口，看着所有的工人都走了，最后才等到冉紫霄和 Jin 从餐厅里出来。Jin 今天穿着上下一身黑，此时套上了一件长款的米褐色毛绒大衣，边走边往脖子上围一条黑色毛绒围巾，戴上黑色手套，工作时盘起的长发此时已梳成蓬松的高马尾，系着深褐色丝绒发圈，婆娑飘逸披在身后；她背着黑色背包，两手插进大衣口袋，神态淡定自若，无与伦比的优雅。

"你的手怎么样了？"当 Jin 走到我面前时我叫住了她。

Jin 微笑了一下，轻声道："没事了，请放心！"

我还是查看了一下她的手指。坦白地说，她这次受伤，让我感到十分心痛。如果我是她的老公或男友，我绝不会让她来工厂里做苦工。

"音乐家的手是否应该买保险？"我看着她问，想象着在视频里看到的她弹钢琴时的模样，心里像针扎一样疼。

Jin 点头说是的，然后感谢我们等候，并祝我们长周末节日愉快，最后道了晚安，就这样从容地离开了。冉紫霄跟在 Jin 身后，像看戏似地扭过头来，不怀好意地冲我直笑。

但我岂能就这样将她放走。保安锁好大门后，我马上跟了出去，我的工作职责是要确认每一个员工都安全离开厂区，离开之后若发生任何问题，公司概不负责。于是我终于在公司停车场上看到了

Jin 的车。

那是一辆银白色中型 SUV 电动车，黑色车窗，车身前低后翘，流线形设计使它看上去非常具有整体感，车门像是隐形的，而且前后门还是对开，是一对钢琴琴盖的阴阳吻合图形；车前灯也不是分装在左右，而是一条蓝白色的线，从中间往两边，一直延长到车身两侧，就像是提琴边缘的曲线，一个仰面躺着的大括号。车身左侧镶着它浅蓝色的金属品牌标志 Philhamonic（爱乐），前后是它的品牌系列标志 Muse One（女神一号），车牌号是 432Hz。第一次看到这样的车，让我这个当老板的惊艳又嫉妒。我很奇怪，每天和斯蒂夫一起在工休时散步，怎么从未发现过这辆车，甚至连冉紫霄好像也是第一次见到，正在那儿前前后后地打量，赞叹不已，甚至招手叫我过去看。于是我也凑到近前，并以一个汽车公司经理的身份问我的员工，否能让我见识一下她的车，幸好其他员工都走了，不然可能会引来一群人围观。

Jin 微笑着用遥控器打着发动机开始热车，并遥控放下车窗，示意让我们参观，于是我和冉紫霄便里里外外看了个究竟，真是太酷了，又靓又高敞，不过我们看到车的后备箱里放着一只白色旅行箱。

"我儿子给我买的。"Jin 这时说。

冉紫霄一下子笑起来，我理解他为什么笑，因为 Jin 看上去太年轻了，哪里像有个能给她买豪车的大儿子？

"真没必要，万一被撞坏了，多心疼。"Jin 说。

"我怎么从来没有见过这种车？新型的吗？"我问她。

"对，刚上市不久。"Jin 说；"是环宇爱乐的智能电动车品牌，超静音设计。"

"那么这 432Hz 是什么意思？"冉紫霄这时问。

"我用 A=432 赫兹来定音演奏。"子衿说。见我们俩都一头雾水，又说，"一般大家听到的音乐都是以 440 赫兹来做标准音高，但我使用 432 赫兹。致于为什么，你们可以自己上网查一下，只要搜索432htz。"这时她看了看手腕上的智能手表，说抱歉，她必须得走了，因为要去赶飞机，说着便上了车，一边系安全带一边从屏幕上调出音乐，最后从车窗里挥手向我们告别，说下雪了，路上小心开车，早点到家，并再祝我们长周末愉快。

我和冉紫霄站在雪中的路灯下，傻呆呆地看着 Jin 的车在音乐声中扬长而去。

"她要去哪儿？"我问冉紫霄。

"我也不知道。"冉紫霄又笑起来，"可能去什么地方开演奏会吧。"

"她没跟我告假呀。"我心想，或许 Jin 跟她的主管安迪说了什么，我并没有在网上看到她这个周末的演出预告。要去酒店和哪个男人过夜？我的脑子里立刻闪过这个念头，因为这是我经常在周末以加班为借口而离开家偷偷去干的事。

"没准儿星期二就回来上班了呢。"冉紫霄这时说。

"但愿如此。"我回了回神，我担心的是再也见不到这个美女了。

雪开始下大了，我和冉紫霄转身去找自己的车，发现我们的车就停在不远处，并且停在一起。

"冉先生你喜欢古典音乐吗？"我利用最后一分钟打探冉紫霄对 Jin 的兴趣从何而来。

冉紫霄一听，立刻仰头大笑起来，道："一窍不通。我一听古典音乐就想睡觉。"

我不禁也笑了起来。看来，他并不是古典音乐爱乐者，而是和我一样，都是美女爱好者。临别前，我将四副工作手套交给冉紫霄，嘱咐他下周二回来上班时转交给 Jin。他高兴地谢了我。

那晚临睡前，我照例又上了 Jin 的脸书，发现她一小时前刚上传了一条箴言：

"I'm not what you think I am, you're what you think

I am."

（我不是你认为的那样，你才是你认为我的那样。）

　　我被吓坏了，难道她能感觉到我在心里把她想象成是和我一样的花心骗子，跑到酒店开房去了？看了看早已在我身边睡熟的胖女人，所谓同床异梦，人心隔肚皮也，维尼萨毫不知晓我常常在周六以加班为名而去酒店泡妞儿的那些事，她早已预定好了这个长周末全家去看电影，然后晚上去中餐馆 Mandarin 吃自助大餐。

　　Jin 到底去了哪里？

5

　　冉紫霄说的没错，长周末过后，Jin 真的回来上班了，不过她迟到了一分钟，因为我一直在公司大门口眼巴巴地期盼着她的身影，她为迟到向我道歉，说刚从机场赶过来，因为飞机晚点了，不过她一落地就通知了主管安迪，以便安排别的工人先替她一会儿。

　　"Jin 你是不是天下第一大忙人？"我问她，但总算松了口气，很想知道她究竟飞去了哪里，可开经理会的时间到了。

　　那天上班时却发生了一件事。Jin 正在用手叉车换大铁箱里的零件，忽然听到她们线上的女工迪娜喊了起来，周围的工人都扭过头去看。只见迪娜叉着腰站在那里，用手指着二线的金治国，嘴里说着很难听的话。冉紫霄这时跑过去，问金治国发生了什么？金治国说："这女的叫我帮她搬箱子。那是她的工作，凭什么叫我帮她搬？我又不是他们三线上的人！"

　　谁都知道以前每天 Change over（左右车门工序更换）的时候，迪娜和凯西总是叫临时工程天门帮她们换零件和模具，她们自己就得空去洗手间，休息，吃东西，聊天。可是新来的金治国全然不理这一套。迪娜这时脸红脖子粗，嘴歪到一边，样子凶恶而又丑陋，她见人越围越多，便更加嚣张，叉着两腿站在那儿，指着金治国的鼻子道："告诉你，在这儿干活就得懂这儿的规矩！我叫你搬箱子是瞧得起你！让你多学一点，好早点转正！"

金治国一边干着自己手里的活儿一边笑起来，用十分流利的英语说："我用不着你瞧得起我，你是谁？！我凭什么帮你？你会说'请'吗？你会说'谢谢'吗？你会说'对不起'吗？你就会欺负临时工，凭你这种人，谁愿意帮你？！"

金治国话音未落，掌声和欢呼声四起。迪娜见状，脸骤然间胀得通红，浑身哆嗦，额上冒出汗，气急败坏地拽掉自己的工作手套，使劲往地上一扔，转身推开人群，哭着往主管办公室去了。

人群散去，大家回各自的工作岗位。冉紫霄这时笑着凑到 Jin 身边来，幸灾乐祸地悄声道："看见了吗？迪娜嚣张不起来了。"

Jin 没有说什么，这时才发现我和安迪正站在她身后，刚才发生的事都已看到。我抱着两臂，不动声色地看着她。Jin 摇摇头，拉上自己的手叉车走开了。

又过了一天，工休午餐时，冉紫霄抱着一个漂亮的大铁盒来到每张餐桌前给大家分发糖果。中国人都显得喜气洋洋，有人问冉紫霄到底是什么喜事？是不是他六十岁又喜添贵子？冉紫霄哈哈笑着一摆头，道："什么呀？！是金治国从今天起就不用来打工了，所以请大家吃糖。"

有人诧异，迪娜和凯西接过糖果也高兴地笑起来，问冉紫霄，那金治国是不是被公司开除了？冉紫霄一听，板起脸来："开除？开除为什么还要请你们吃糖？人家金治国是找到专业工作，辞职走了。"

迪娜"呲"地笑起来："被开除了还想找借口，给自己台阶下。中国人就是这么虚伪好面子！"

"哎？"冉紫霄扶了扶眼镜，"迪娜，我真的没有骗你。你知道是怎么回事吗？加拿大政府在BC省发现了一个很大的钻石矿，他们要立即开发那个宝矿，招聘搞地质的工程师。金治国以前在中国就是地质工程师，一来加拿大就把自己的简历放到网上去了，所以政府一下子就选中了他，年薪11万，金治国全家就要搬到温哥华去了呀！"

"呜哇——11万！"餐厅里的所有人闻之都惊叹起来。迪娜的脸刹时变得惨白，她一跃而起，把手里的糖果往桌上一摔，糖果反弹起来，正好打在凯西脸上，迪娜这时已夺门而去。

迪娜来自难民移民时代，现如今，她必须得面对、接受和适应加拿大的技术移民时代，比她后来的新移民和新同事并非一无所有来到这里白手起家，他们都受过高等专业教育，不仅是中国人，还有印度人、巴基斯坦人、孟加拉人、伊朗人、欧洲人……

他们会不断地给我们带来各种冲击，他们正在改变着这个国家的血液和结构。迪娜这辈子也就这样了，除非命里有贵人；金治国们可就不同了，他们将会前景无量。

而我呢？我这辈子也就这样了还是也能前景无量？

6

情人节这天下起了大雪。下午班的第一个工休时间，工人们坐在餐厅里闲聊。总是让人心跳的美女Jin照例不在人们的视线之内。冉紫霄一边无聊地喝着热咖啡，一边问身边的同事凯西：

"你先生今天给你买花了吗？"

凯西噗嗤一声笑起来，道："从来不买。都三个孩子了，老夫老妻的。"

冉紫霄笑着摇了摇头，指了指坐在另一边的白人女同事："你看人家伊迪斯，也三个孩子了，可她老公每年情人节都给她买玫瑰花，给孩子买巧克力。”

凯西耸了耸肩道："可你看咱们总经理保罗，五个孩子了，听说每年情人节，也不给他太太买花。”

"那是因为他太忙，等他下班的时候，花都卖完了。"老冉说着笑起来。

凯西这时转过头去问中国人尚谦："哎，你们中国有没有情人节？你给不给你太太买花？”

"从来没买过。"尚谦笑了笑说。

"那冉先生，你有没有给你太太买过花？"凯西这时又转回来问冉紫霄。

冉紫霄仰头大笑起来："我哪儿有钱给我太太买花，我的钱都交给我太太了呀！西兰花倒是有买。”

几个人说笑之间，却见人事部经理达芙妮这时神色阴郁地走进来，她轻声把伊迪斯叫了出去。

"好像有点不对劲。"冉紫霄凭着他在这里多年的经验说。

工休结束前，达芙妮又回到餐厅，对所有人心情沉痛地说："两小时前，伊迪斯的先生威恩在高速公路上出了车祸，当场就……”

人们目瞪口呆。达芙妮继续说："威恩公司里的同事说，威恩利用午餐时间出去给妻子买花，他担心下班后就买不到花了。没想到……”

所有人都沉浸在悲痛之中，凯西忍不住道："蠢！下这么大雪还要出去买花，真叫蠢！”

我坐在办公室的老板椅里，望着窗外仍旧下个不停的漫天大雪，脑子里乱乱纷纷而又一片空白。还有两分钟我就要去开会了，这时我拨通了人事部的电话："达芙妮，能否帮个忙，请派人，到最近的一家商店，代我买一打红色玫瑰花、两盒心型巧克力、一张情人卡。另外，请把伊迪斯家的地址和她的电话发给我。谢谢！”

达芙妮通常都是下午五点钟下班，但因为今天出了事而留下来，和我一起安排人力和铲雪车，清除公司外面道路上和停车场上的积雪，以便保障道路通畅。

2592 公司没有夜班，晚上十一点是下午班的下班时间，人事部经理达芙妮、作为下午班生产经理的我，还有各生产线主管安迪、斯蒂夫和绰伊，五个人一溜儿站在公司大门口，向每一位离开的下午班员工告别，并对他们逐个说："Drive safely home！ Happy Valentine's Day！"（安全驾驶！祝情人节快乐！）可是我却没有看到 Jin 出来，可能是走旁门歪道或者跳窗户出去了吧，要么就是有隐形术，真叫气人。

那一天，除了我约翰内斯，公司里每一个结了婚的男人都冒着大雪去给他们的妻子买了玫瑰花。我向我太太维尼萨推说今天没有给她买情人节礼物的理由是：大雪，工作忙，公司里一位女员工的丈夫死于交通事故……但真正的原因是：我根本就不想给她买花，我也不想给我的任何一个女友买花，我想送花的人，还只是我梦中假想的情人。但我却发了电邮，向 Jin 和 Phil 致以情人节的问候，并发了印有鲜花和巧克利的电子卡。她们回信表示感谢，同时也祝我情人节快乐。得知 Jin 那晚平安到家，我一颗悬着的心才落了地。

那天夜里，我难以入睡，我不敢看在我身旁早已入睡的维尼萨的脸，她目前对我唯一的希望是能找到一份早九晚五的工作，而不要再做下午班，不仅仅是因为两个孩子每天傍晚都不能与父亲一起共进晚餐，临睡前也不能说晚安。我半躺在床又上了 Jin 的社交网站，她今天在脸书上发布了三条箴言：

"Valentine's Day is neither a Chocolate Day nor a Flower Day; it's a day to remind us if we truly love someone every day."

（情人节既不是鲜花节也不是巧克力节，它是一个提醒我们的日子：我们是否每一天都真心地爱着某个人。）

"May all who love each other will be always together; may all who are together will always love each other."

（愿所有相爱的人都能在一起；愿所有在一起的人都相爱。）

"A thousand half-loves must be forsaken to take one whole
heart home."

—Jalaluddin Rumi

（必须放弃一千种三心二意，才能把一颗完整的心带回家。）

—杰拉鲁丁·鲁米

我笑了笑，就像所有玩世不恭的人那样。相爱的人都渴望在一起，可在一起后就慢慢冷却了，慢慢失去了新鲜感，直至相互厌烦，再加上生活的压力与种种分歧，离婚率就越来越高了。这就像两块异性的磁铁，因为某种缘分它们相遇，由于彼此的频率产生了某种共振和共鸣，它们之间产生了吸引力，在一定的距离之中若即若离，那时的吸引力最大。如果它们之间没有障碍，这两块磁石很快就会被吸引到一起，擦出火花，之后就牢牢地吸附在一起。然而当它们成为一体后，这两极磁石就会慢慢地产生审美疲劳，磁性慢慢地相互抵消，同化，直至彼此间失去了吸引力。除非它们能再次拉开一定距离，并一直保持在彼此的磁场引力范围内。这不知能否被算作是一种性吸引力法则。然而自古至今，婚姻在很大程度上都是一种交易，因为人们首先要满足于物质生活的需求，再去谈什么心灵上的追求。作为一个得到了经理头衔的年轻英俊的白人，我有资本和魅力赢得许多女性的青睐，我同样渴望得到更多美女，但我想要的是自由。除了女人性感的肉体，我从不敢带任何一个美女在大众化的公开场所露面，比如说一起出去吃饭，去酒吧，去脱衣舞俱乐部，更别梦想一起去度假。我为钱和安全问题伤透了脑筋。虽然我一次一次地成功，满足了我一时的欲望，但我从未爱过任何一个女人，我只是想征服她们，我只是在游戏人生。随着越来越多的新移民涌入，加拿大越发地成为了一个多元文化的国家，我们身边也越来越多地出现了来自不同国家和种族的美女。我很想尝尝不同国家的美食和美色，多伦多大街上已出现了越来越多的中餐馆和标出汉字的商铺，引发我的味蕾。中国女人，却还没有一个撩起过我的胃口。然而这一次，一对中国姐妹的出现，却激起了我莫大的兴趣，不同的是，她们激起的不是我想偷鸡摸狗的欲望，却是想带她们出去向所有人炫耀的欲望。她们美貌但优雅端庄，她们才华横溢且气质非凡，是每一个能有幸在她们身边的男人的荣耀。我从未想到过会遇上这样的美女，不知我这一生可否有幸，能与她们共进一次晚餐，共赴一场音乐会，或者……我真的很想让全世界都看到，她们是我的女友。

第二天，伊迪斯收到许多人代替威恩送给她的玫瑰花，以及很多很多送给她孩子们的心型巧克利，还有签了许多人名字的情人节贺卡。

第四章：八 风 不 动

每件乐器都在等待一个伟大的演奏家，每个身体都在等待一个美丽的灵魂，每个伟大的灵魂都在寻找它的知音。

Every instrument is waiting for a great player, every body is waiting for a beautiful soul, every great soul is seeking for its soul mate.

1

连日来情绪一直不好，真是百事不顺，不单单是因为 Jin，公司里杂事太多，生产下降，次品率上升，工人们心浮气躁，有一种山雨欲来风满楼的先兆，危机四伏。

可是有一天，一件连我做梦都想不到的事发生了。

那天最后一个工休的时候，我独自来到生产区，工人们都出去休息，我看见冉紫霄还站在 GMT360 二线的工作台前，正在看一张报纸，他发现我走过来，眼睛豁然一亮，笑着向我招手。我走过去，端着经理的架子，看到他手上拿着的是一份中文报纸。

“约翰内斯，你的名字上报纸了！”冉紫霄兴奋地笑着说，“看，《北美时报》。”他用手指着一篇豆腐块文章，我果真看到了自己的名字在上面，可其它内容我就看不懂了。

“只是个名字而已，真的与我有关吗？”我问。

“是的，我向你保证。”冉紫霄笑着说。

“那它写的是什么？”我按捺着急切的心情问，因为我从未上过报纸，想都没想过。

“哦，非常抱歉！我的英文不够好。但不必担心，这是件好事。你最好还是请它的作者给你翻译一下吧。”

“作者？谁是作者？”

“你猜猜！”冉紫霄一边卖官子一边笑起来。

“我猜不出。”我讨厌别人挑战我的耐心。

冉紫霄笑着指了指 360 三线，还神秘兮兮地挤了挤眼。

我一下便明白了他指的是哪一位，但还是装模作样地问：“你说的是 Jin 吗？”我不敢相信，难道我的心愿打动了上帝？我急于想知道那篇文章的内容，“你能把报纸借给我吗？冉先生。”

“哦，当然没问题！拿去吧。”冉紫霄爽快地答应了，尽管他的笑容总是让我感到有些不怀好意，但他却总是能够和我分享 Jin 的信息，因此我还是对他心怀感激的。

“非常感谢！哦，我过来是想问：你们线和三线今晚加班，你想留下来吗？”我补充了一句。

“哦，当然！非常感谢！”冉紫霄高兴地笑起来，好像成交了一笔生意，接着又神秘兮兮地压低声音对我说，“你知道 Jin 长周末去了哪里？”

我看着他：“不知道。她去哪儿了？”

冉紫霄笑得挤出满脸皱纹，凑在我耳边道：“我问了她，她说是陪她女儿去美国参加印第安纳波利斯国际小提琴比赛，她女儿拿了第二名。”

我也笑起来，竖起大拇指，然后拍了拍老冉的肩膀，便拿着那张报纸走开了。

在我的一再请求下，Jin 那晚留下来加了两小时班，因为二线也加班，我找不到人顶替她的岗位。

那天加班结束的时候，我从办公室里看到 Jin 最后一个收拾完从生产区走出来，这难道不是天赐良机吗？还等什么？我推开经理办公室的门，看看过道左右都没有人，便向 Jin 招了下手。

Jin 不紧不慢地走进办公室时，我已坐回桌子后面的老板椅里，她站在我的桌子前，两手插在深蓝色工作服围裙的口袋里，神情安常若素，平静地看着我，我把两手交叉放在胸前，歪头看了她片刻，她这才注意到面前的桌子上放着一张中文报纸。我凝神观察着她在那一秒钟的反映，她不动声色地看着那张报纸，然后又看着我，什么反映也没有，只是等待。我只好拿起那张报纸，翻过来，贴在胸前。Jin 这时便看到报纸上贴了一张黄色纸条，上面用英文写着：

"Thank you for the story! But I have no idea what it talks about."（感谢这篇故事！但我不知道它说的是什么。）

我看着她，我以为她会笑，但她仍旧什么反映也没有。我把报纸放回到桌上，两手重新交叉放在胸前，两个大拇指像是在打架。

"我希望你能亲自告诉我这个，因为我不相信其它任何人，一个标点符号都不信。"我尽可能平静温婉地说，可还是觉得有点喘不过气来。

Jin 仍旧站在那里，脸上浮现出一种奇怪的神情，像是要笑，她在我的凝视中思考了片刻，然后慢慢从围裙兜里抽出右手，她的手里不知何时捏着一张折叠的纸，她把那张纸放到桌上，准确地说是放在那张报纸上，更准确地说是放在那张我用英文写的黄纸条上，算是回答。然后，她微笑了一下，轻轻道了声："Good night, boss!"（晚安！老板。）便转身出去了。

我没有留她，因为她提醒我，我是她的老板；再者，她已经工作了十个小时，很累，也已经很晚了。

的确，此时已是夜里一点多钟了，大家都已回家，只有我一个人还坐在那间寂静的办公室里，盯着桌上的那张报纸。忽然间我笑了起来。命运多富有戏剧性。

Jin 留给我的是报纸上那篇文章的英文翻译，是打印的。难道她早已预料？或许冉紫霄告诉她我已知道了此事？不管怎么样，我迫不及待地去看那文章的英文版。

文章的题目叫《鼓励》。这样写的：

暑假，孩子们在 YouTube 上观看音乐视频，他们被一些幽默片段逗得哈哈大笑，疯婆子特别喜欢憨豆先生在伦敦奥运会开幕式音乐会上的表演。

开学后，老师让学生们写作文，说一说长大后他们想干什么。同学们都说想当经理、医生、律师、科学家、工程师、作家、警察或者教师，唯独疯婆子说，她想当一个舞台或电影里的喜剧演员，能逗所有人开心。老师惊讶之余感叹道："生旦净末丑，偏要做最差的一个。孺子不可教也！"

疯婆子感到十分委曲。

后来，我们全家移民来到加拿大，在新学校里，同样的一篇作文题，疯婆子仍旧写道，她长大后想当舞台或电影里的喜剧演员。老师阅后的批语是："希望你能像喜剧大师卓别林和憨豆先生那样，把欢乐带给全世界！"

其实疯婆子并不是真想当喜剧大师，她只是非常喜欢幽默，但老师的鼓励却令她十分开心。

当你带着梦想，来到一个陌生的地方时，你最需要的是什么？我的白人女同事伊迪斯经常对我说："干得好！真棒！"这使我在与从前完全不同的工作环境中获得许多鼓励。我知道，为了能在这块新大陆上生存下去，许多人每天都在咬着牙，忍受来自语言、经验、体能和心理方面的各种压力。

虽然我在一个千八百人的大公司里还只是一个不起眼

的临时工，由于经验不足，有时还会犯一些小错误，但我的经理约翰内斯每次见到我都会微笑致意，他总是耐心地帮助新员工解决问题。这位经理尤其非常善于鼓励员工，因此大家都喜欢他，尊敬他。有些员工真诚地称赞他，他便由衷地表示感谢说："谢谢你们对我的鼓励！"

青年时代的大提琴家巴勃罗·卡萨尔斯一直向往维也纳，但是他说：他不敢一步跨进这座城市，对他来说，海顿、莫扎特和贝多芬等大师的灵魂，仍旧在此回绕。第一次在爱乐友大厅登台演出时，由于紧张，卡萨尔斯的琴弓竟一下脱手，飞过了第一排观众的头顶。但是维也纳的观众却表现出了超凡的音乐素养，全场鸦雀无声，有人拾起琴弓，一个接一个地小心传过来，重新传回到卡萨尔斯手中。这时，卡萨尔斯才感觉到，他已经真正成为了维也纳的一员。

这是我来到异国他乡后学到的最有意义的一课。我希望每个人也都曾得到过这样的理解，包容，鼓励和尊重，并且也会给别人以同样的鼓励。

再寂寞的音乐也会有听众，再孤独的心灵也会有知音。晚上，夜深人静时，我有时会独自倾听由卡萨尔斯演奏的巴赫无伴奏大提琴套曲。一位老人坐在教堂的天窗下和月光里，用音乐诠释人生。那是人与神的对话，其中所包含的人性的美与神性的爱像月光一样深深浸透着我的心。

2

　　第二天，工休时我把伊迪斯叫到办公室，我让她看了 Jin 的那篇文章和它的英文翻译，因为她的名字也在报纸上。伊迪斯边看边笑，眼睛眯成了一条缝。工休后再见到子衿时，伊迪斯情不自禁地拥抱了她。

　　靠在办公桌后面的老板椅里，通过窗户我可以望到五十多米外的 360 三线，Jin 正在线头上那个机器旁忙着。她每天只穿两种颜色的衣服——黑色或白色，然而，她衣服的款式和搭配总是不同，在庄重与典雅之中，她把黑色和白色的美运用到了至高境界，我不能不佩服她是一个有着极高修养的艺术家。这里的其它女工个个都想把自己装扮成时装模特，不知她们要花多少时间和金钱去购买各式各样五色缤纷的衣服，然而，修女一般的 Jin 却仍在她们当中鹤立鸡群。

　　不久又从冉紫霄那个大喇叭的嘴里听说，他在中文网站上搜索到 Jin 和 Phil 竟有一项合作发明，叫做"音乐—彩色灯光数码转换系统"，获得过中国专利。我立即抓住时机，问他知不知道 Phil 去了哪里，冉紫霄立即笑得堆起满脸皱纹，道："哦，Phil 作为访问学者去了 MIT，就是位于波士顿的麻省理工学院，她去进修建筑 AI 工程。"

　　我谢了他。Phil 果然是最优秀的。就像一些曾经在这里工作过的中国人一样，Jin 迟早也会走，这只是时间问题。说真的，我好想帮帮她，可是我又无奈地摇摇头，因为我更希望她留在这里，这样我就可以每天见到她。我以为她从来没有在意过我，想不到她下班后也会想起我，并把我写进了文章里，这简直让我欣喜若狂。

　　这样从办公室里隔着桌子、窗户和生产区远远地望着 Jin 的日子不知还有多少，某一天，她就会像程天门、赛金顶和 Phil 一样，突然从我面前消失，再也见不到。世界之大，缘分是多么宝贵，我必须要抓住这个机会。

Jin 还不了解我是怎样的一个花花公子，但她已向我间接地表示出了好感。我于是不再迟疑。那天下班后，我决定开始通过电邮跟她通信。

我写道：

> 如果这封信打扰了你，请恕我冒昧。
>
> 非常感谢你的文章和你的鼓励！假如今后还有新文章发表，能否也让我先睹为快？当然，最好是英文版的。
>
> 另外，有一些问题想问你，不知你是否有时间和我通信？介绍一下我的教育背景：我曾在圣·劳伦斯学院学习美术和人力资源管理，在修伯特学院学过商科，在阿冈昆学院学习机电一体化机器人技术。
>
> 对你的发明很感兴趣，在艺术方面，或许我们也能有所交流。
>
> 你真诚的约翰内斯·维克
> 致礼！

我在盼着 Jin 的回信。不知是因为她真的很忙，还是因为她想吊我的胃口？

那天工休之后，我坐在办公室里，隔着窗户远远地望着 GMT360 三线上的 Jin，一边又打开电脑邮箱。终于，我看到了她的回信。

> "我想我可以挤出一些时间来回答您的问题，维克先生。如果您的问题是作为公司经理来调查的，您可以直接找我谈话，因为我非常之忙；但如果您的这封信是出于私人的好奇，那么对于有些问题，我可能会保留隐私权。坦白地说，这是我来加拿大之后的第四份工，前三个工作都只做了几天，因为总有人出于猎奇心理而对我纠缠不休，

还造出很多八卦，令我不胜其扰。如果我在这里难以生存，我将会离开加拿大。如果我令您失望，那么很抱歉！我只想像其它员工一样在这里工作，谋生，不掺杂任何其它目的和浪漫动机。既然您已经挖掘出了我的背景，我能否请您为我保密，特别是在公司管理层中保密。我想尽快成为一名正式工，我有一大家子要照顾，没有时间浪费。这是一个非常现实的问题，希望您能理解。谢谢！"

我傻了眼，心砰砰直跳，还从没有一个我看上的女人这样对我说过话，首先就摆出了警告，令我十分尴尬和难堪。但是从她的角度来讲，我又开始理解和同情她的处境。我想我应该让她知道，我是想帮她，而全无恶意。这样她或许会放下戒备，说不定还会接受我做她的朋友。于是我回信感谢她在百忙之中给我复信，然后毫不迟疑地将昨晚已经准备好的问题发给了她，并向她保证，所有的通信内容都不会向任何人透露，我了解她只是想帮助她，因为敬重和爱惜她的才华。

给 Jin 的信发出后，我的信箱里紧接着收到一封赫兹集团总公司传来的公函，看后我不由吃了一惊。

第二天下班后，所有人都走光了，我终于收到 Jin 给我的回信，我想她这个时间发信是为了不影响白天的工作。感谢上帝，她回答了我所有的问题。

问题一：你为什么要来加拿大？

回答：我并不想来，除非是为了巡演，开音乐会。在中国，我有很好的工作。但是我的先生坚持要来，他以工程师身份申请了技术移民，我无法劝阻。考虑到他身体不好，患有慢性乙肝，平时总是我照顾他，什么家务都不让他做，因此，我决定和他一起来。还有一个原因是为了孩子们的教育。

问题二：你的梦想和愿望是什么？

回答：尽快在本地找到我的专业工作，孩子们都能顺利考入北美的大学，实现他们的梦想。

问题三：我在网上看到了你的净收入，我不明白你为什么要来这里打工？你应该去找音乐团体，找你的专业工作。

回答：我的钱都拿去投资了，剩下的都是给孩子们的教育基金，雷打不动，以帮助他们完成最好的教育。在我来加拿大之前，就已经向这边的音乐团体发了求职信，但一直没有适合的职任空缺，我们是在移民部规定的登陆时间的最后一天才过来的。在我还没有找到专业工作之前，我需要一份工作养家。听说赫兹集团的福利很好，团体医保也很高，每个正式工都可以为全家上保险。我有两个女儿有残障，我想在加拿大为她们找最好的医生，安排最好的治疗。另外我还听说：作为赫兹的员工，如果子女上大学学的是工程，集团会给每人每年 2000 加币的资助。我有三个女儿都已决定要学工程专业。

问题四：你最喜欢的颜色是什么？

回答：您在古典音乐会的舞台上所能看到的所有颜色，特别是钢琴的颜色。我偏爱冷色调，黑色、白色、蓝色系列、灰色系列、银色和珍珠色。从色彩美学的角度来讲，色彩要有它的形式和载体，与它所存在的环境协调。色彩的搭配也至关重要——明暗、角度、对比度、节奏、静与动，等等，都要有黄金分割比例，还要有主题下整体的谐调性。我喜欢形式上简约，色调素静，线条优雅的色彩表现形式。

问题五：工作以外，你最喜欢做的事情是什么？游泳？跳舞？看电影？听音乐会？吃法国大餐？去海滨度假？

回答：工作本身就是我最喜欢做的事。以前在中国是这样，但现在不是了。我不想浪费自己的生命和价值，我正在寻找出路。

问题六：听说知音国际爱乐集团的人都吃素，你也吃素吗？

回答：我是天生的素食者，父母及祖上都是素食者。我吃素是基于健康和道德的原因，我是绿色地球和动物解放运动的支持者。

上小学的时候，曾在一本小说集里读到一篇加拿大的故事，想在此和你分享：

一个人在山中昏倒，被一个猎人救起，背他走了很远的山路，送到猎人自己家里养伤。后来这人再次到山中去探望那位救命恩人，猎人带着他一起去打猎。他打了一只狐狸，狐狸没有死，猎人就将它活活剥了皮。被剥了皮的狐狸在冷风中抖成一团，痛苦地呻吟，猎人却坐在一旁安闲地抽着烟。看到这番情景，这人便转身离开了，再也没有到山里去看望过猎人。

我们爱人，却不爱动物，爱我们身边的亲人，却不爱其它和我们一样有血有肉的生灵。我们宰杀有情世界中的万物，剥夺它们的所有和尊严。我希望更多的人选择食素，为我们地球的生态和未来的资源保护尽一份爱心。

问题七：你希望我能为你做些什么？我真的非常想帮帮你。

回答：首先非常感谢您的好意！但我希望您的好意不会超出您的工作职责，也不会给您的家庭带来困扰，因为那样的话不仅帮不到我，反会带来更多的麻烦。我不想成为员工当中特殊的一个，如果您读过小说《悲惨世界》、《德伯家的苔丝》、《安娜·卡列尼娜》以及莎士比亚的悲剧《奥赛罗》，您就会明白我的忧虑。

顺便说一下：我总是把我的巡演安排在周末，我会飞去欧洲、美国，甚至亚洲。旅行，倒时差，演出常常令我感到疲惫。若没有演出，我工作之外所有的时间也都要用来练琴，准备演出，照顾家人，还有孩子们的教育。所以，以后凡有加班，就不必麻烦再问我了。非常感谢您！

问题八：为什么你总是那么平静？有没有什么会让你感到吃惊、恐惧、激动或者气忿？

回答：人不作恶，不贪心，不杀生，没有邪念，心中无鬼，就没有什么可恐惧的。激动不会解决问题。人越伟大就越有自制力。根据多大的事情可以让一个人生气，就可以判断这个人的分量。在我们中医的养生学里有这样一句话，我非常想和世界上所有的人分享：怒伤肝，恐伤肾，悲伤肺，忧思伤脾，过喜伤心。只有慈悲心和平常心才是道。我一直在修炼，想成为一个没有情绪的人。

一个人的心有多宽，他的世界就有多大；一个人的心里装着多少人，他就能做多大的事。在我们公司停车场入口处旁边的草坪上，就是在公司旗杆下和公司标志碑旁有一块白色大石头，我相信您知道为什么要在那里立一块大石头，我们中国人管它叫镇宅石。我想您或多或少都了解一些中国的风水学，但风水并不仅仅作用于建筑的内外和我们周边的环境，一个人内心的风水格局也会影响和决定他的运气。

问题九：在你看来，人怎样才能超凡入圣？我非常欣赏你的定力，希望今后有机会赐教。

回答：我不是一个超凡入圣的人，修行而已。还望您今后在工作中多多指教。每个人都在努力追逐内心的梦想。您能否也和我分享一下，您的梦想和愿望是什么？

我以为 Jin 只会三言两语地敷衍我的问题，没想到她是个完美主义艺术家，笃笃地给我上了一课，厉害，但同时又以她的高智商和高情商给我留足了面子和余地。现在我终于明白了，Jin 眼下想要的是一份全职正式工的保险，为了给她的两个女儿治病——二美的耳聋和疯婆子的腿，而她又可以利用周末去开演奏会，一年就可以赚上百万美金。如果她在本地找到了乐团指挥的工作，有了员工保险，她立刻就会离开我们公司。就是这么回事。而这事还真的不能传出去。为什么她会信任我？当然我是不会出卖她的，出卖她就是出卖我自己。现在我们成朋友了，我非常高兴迈出了这一步。

在所有我曾经喜欢过的女人当中，Jin 是唯一一个触及我灵魂的人，她的才华、修养、她对慈善事业的奉献，还有她的箴言，那是她灵魂和思想境界的写照。在此之前，我从未真正接触过中国女性，Jin 的艺术才能与人格魅力远远超出了其它那些女人的外表对我产生的触动。

我看着还铺在桌上的那份中文报纸，那报纸上的一页，那一页中的一块文章，那文章中的一段文字，那文字中的我的名字，我在想关于这段文字背后的文章，我在想这份报纸究竟是怎样来到我手中的？ Jin 写这篇文章的动机是什么？它与我究竟有多少关系？我曾去问过冉紫霄，问他这份报纸是否是 Jin 送给他看的，冉紫霄说不是，是他自己从华人超市里拿到，偶然看到了那篇文章，Jin 也从未向他提起过。这一切说明，Jin 写这篇文章的目的并不在我，这可能是我一生当中唯一一次被人写进文章登在报纸上，却只是 Jin 一生思想中的几行文字而已。是我心胸狭隘，自作多情罢了。但不管怎么说，她的确想到了我，并对我有好感。她问我的梦想和愿望是什么。

我去办公室的冰柜里给自己拿了罐饮料，然后来到窗前，望着飘雪的深夜，我问自己还有没有梦想，回答是：有的。我一直想去温哥华生活，那里是北美的天堂，连续几年被评为全球最佳城市，世界上最适合人类居住的地方。我从小出生并在多伦多长大，一直没有离开过父母，既使他们离了婚，但因为从学生时代就一直和这里的美女纠缠不清，直到女友怀孕，也因为年龄的关系，我无耐地结了婚，之后便是家庭和责任，我几乎没有再想过还能去温哥华生活，直到认识了 Jin 后，我才意识到有这么多从世界各地来到加拿大的新移民，他们拖家带口，每人两个行李箱连根拔起，举家跨洋越海来到这片新大陆，重新扎根，何等不易。而我，作为一个本土出生长大的加拿大人，没有语言障碍，却满足于现状，不思进取与发展。

眼看着像温哥华那样的好地方都快要被新移民给占领了，我内心何甘？凭我的教育背景、我的工作屡历和经验、我目前的职称，还有我的年纪和长相，我就不信比不上那些要白手起家的新移民。现在我的孩子已经快十岁了，我没有负担却整天浑浑噩噩。我是不是该去干点正经事？是 Jin 激发了我，她激发出了我的梦想和潜质，在我还没有帮到她的时候，她却一下子激发了我的人生。难怪 Jin 会有那么多的创意和发明，难怪她会将六个孤儿培养成优秀的学子。我要感谢 Jin，感谢神让我遇见她，她发现并改变了我内心的风水格局，她是我命中的贵人和天使。

我要立即开始启动我的国内移民计划，赫兹集团招聘技术和管理人员时通常走两条线：在公司内部发布公告，在网上招聘。我在温哥华没有人脉关系，只能上网求职，所以我首先要上网搜索温哥华那边适合我的企业，锁定跟踪它们网站上的招聘信息更新，然后整理好自己的简历，注明目标是温哥华的企业，然后找人写推荐信，发到 LinkedIn 上求职，撒大网，以免漏掉更多的鱼。我不能让任何人知道我的移民计划，包括我太太维尼萨，万一我现在的老板得知我想跳槽，那我可就被动和麻烦了，所以我要神不知鬼不觉地去一步步实施，靠近我的梦想，直到给所有人一个大大的 surprise。

我看看时间，已经很晚了，全公司除了值夜保安就只剩下我一个人。这时我在手机上看到 Jin 刚刚上传到脸书上的她今天与世界分享的箴言：

"If it's not something you enjoy doing, then don't work overtime; if it's something you enjoy doing, then it's not called overtime."

（如果不是你喜欢做的事，那就不要加班；如果是你喜欢做的事，那就不叫加班。）

我微笑着放下手机。离开办公室之前，我给 Jin 回了信：

非常感谢你在百忙之中给我的回信。听君一席话，胜读十年书。我目前的愿望和梦想就是希望能继续和你保持联系，在我力所能及的情况下给你一些帮助，助你早日在本地找到乐团指挥的工作，不要浪费你的才华。我这样说是因为我刚刚收到总公司的电邮，从下周起，我就要被调到 2592 二分厂去了。

第五章：宇宙禅者

胜利不是赢得战争，而是赢得和平与内心的平安。

Victory is not about winning fighting, it's about winning peace and inner peace.

在那之后的每天夜里，我都会在临睡前上 Jin 的脸书和她们的知音爱乐女子合唱组合的页面，去浏览我所感兴趣的一切。就像一个打开的香甜的糖果盒，里面五彩缤纷的一切吸引着我。这一天，我看到了由 Jin 创意和主编，由她跟 Phil 以及孩子们一起编写的一本书，书名叫《爱——最好的礼物》。在这本书里，她们搜集了许多有关爱的感人的小故事，Jin 在序言里亲自撰写了这样一段话：

爱——世上最好的礼物，

爱——世上唯一的礼物；

爱——世间最好的教育，

爱——世间基本的教育；

爱——上帝创造万物的理由，

爱——万物生存的源泉；

爱——使我们成为人，

爱——使我们接近神。

　　我开心地读着那些故事，并为其中的真爱深深感动，也深深地惭愧，因为她们的家庭教育实在太出色了。

　　这一天夜里，我又读到了 Jin 创作的一部电影剧本，名字叫《宇宙禅者》，这部电影前年上映时，我儿子执意要去看，于是我和维尼萨带着两个孩子去了电影院，影效非常好，我们全家都非常喜欢，观众的反映和票房都显示了影片的成功。之后我们得知它获得了奥斯卡当年最佳编剧、摄影和配乐奖。此刻我才知道，Jin 原来竟是这部电影的原创作者，Jin 的养子 Ark Yonge 和她一起为影片配了乐，他们的女子合唱队还参加了影片中的合唱。她们的家庭教育和艺术合作真是令我惊叹而又羡慕。这令我深深地感到惭愧，作为一个父亲，我很少花时间在孩子的教育上，二十多年来，我课余和业余的大部分时间与精力都花在撩妹和泡妞，现在我的两个孩子都快十岁了，却没有任何特长。我的太太维尼萨除了脸长得漂亮，也没有任何特长，她在一家保险公司工作，很轻松，最大的爱好就是吃和无奈地减肥。我真恨不能立即就把我的两个孩子送到 Jin 那里，去学音乐，参加她们的合唱团，向 Phil 学习艺术。不过，显然这不太可能，我指望我的儿女长大后能成为律师或者医生，至少要做经理，当老板，就像我父亲当初对我期望的那样。

　　叹了口气，我再一次上线观赏《宇宙禅者》，聆听影片的配乐，感觉大为不同。

　　故事讲的是一个名叫亚当的卓亚星人，乘坐一艘名叫"宇宙坏虫"的太空飞船，来到地球作访问学者，在一所大学里修学禅宗与生命科学。亚当在大学里结识了一位名叫夏娃的地球姑娘，夏娃在大学里教授声乐，她有着天籁般的歌喉。亚当被她的美貌和声音吸引，无心修炼，却不断地向夏娃求爱。两人相爱，最终成为第一对地球人与外星人结合的夫妇。

后来，他们的儿子方舟出世了，亚当又重新开始修炼禅功。然而不久，亚当被卓亚星人秘密召回了"宇宙坏虫"，将其软禁，以令其安心修炼宇宙真禅。被抛弃的夏娃只得自己抚养方舟。在母亲的影响下，方舟从小就被送进少林禅寺，立志要修炼出宇宙真禅。当他的禅功已颇为深厚时，母亲送他进了大学，去研究一直无人揭秘的宇宙往生科学。毕业后，方舟同母亲一起，还有其它一些志同道合的宇宙科学家，登上了"宇宙禅者"号太空飞船，去实地研究和探索宇宙环境中的修行与往生。

太空船上共有二百八十人，都是来地球上各个国家以及外星球的学者、科学家、太空旅行家和禅修者，年龄最大的一百零八岁，最小的尚在娘胎中。他们在太空中遇上了"宇宙坏虫"太空船，太空船上的卓亚星人一直都在寻找亚当与地球人的后代方舟，希望能把他带回他父亲的本土卓亚星去生活，为他们工作。但是方舟认为，卓亚星人一方面想通过禅修达到往生极乐，同时却又贪图享乐，飞船上整日歌舞升平，它们不具备修成正果的意志和道性，于是拒绝了卓亚星人的邀请，继续和母亲一起留在"宇宙禅者"号太空船上。

"宇宙坏虫"派了三个人来到"宇宙禅者"号飞船上，表示要与地球人交流学习，共同研究和探讨宇宙真禅的修炼方法。这三个人当中有一位年轻姑娘，名叫爱玛，博学聪慧，美貌绝伦，另外两个则是"宇宙坏虫"的探子，他们三个来到"宇宙禅者"号上的目的就是要把方舟带回他们的飞船和星球，因为方舟身上已修炼出的一些宇宙真禅结晶被认为是宇宙中永生不坏的能量种子。

爱玛每天与方舟在一起修炼，研究和工作，并开始以各种手段引诱方舟，方舟难以抗拒她的美貌和热情，终于坠入情网，结晶能量被爱玛偷走。方舟发现自己的功夫被废，方如梦初醒。

此后，方舟以巨大的意志力抵制爱玛的进一步诱惑，并经受住了各种外星干扰。爱玛三个在"宇宙禅者"飞船上的卓亚人，以绑架夏娃等手段威逼方舟，想携迫他归顺卓亚星人。被囚禁在"宇宙坏虫"上的夏娃以自己美妙歌喉发出的宇宙声波向丈夫亚当和儿子方舟传递信心，激励他们不要向卓亚星人妥协，要坚持安心修炼，尽早为宇宙生灵修成往生正果。歌声甚至感动了卓亚星上的人和爱玛。"宇宙禅者"飞船上的所有地球人全力支持方舟，同他一起修炼，以自身的能量帮助方舟排除困扰。

上帝以环形彩虹为约，用七天流星雨，冲刷了地球和卓亚星所在的银河系太空垃圾，将它们吸入黑洞，重新炼造，做成新的星球。在这次七天七黑的冲洗当中，地球和卓亚星因制造过多宇宙垃圾而被上帝警告，如果它们继续污染太空，上帝将会把它们作为垃圾处理。

七天七夜的流星雨，令"宇宙坏虫"飞船上的卓亚人感到无比恐惧，他们停止了一切娱乐活动，用睡眠来度过这乏味的、暗无天日的七天，飞船在太空中被大雨冲得到处乱窜。而"宇宙禅者"号上的二百八十人却全部进入打坐禅寂状态，令他们的飞船稳若巨星。

七天七夜之后，方舟终于修成正果，成为宇宙中的第一位往生禅者。他的身体可以在宇宙中自由往来，穿越时空，他的原神不受任何外界干扰，八风不动。"宇宙禅者"号飞船乃至整个地球上的人们都为此欢欣鼓舞。人类看到了他们的真神，认识到他们自己每个人的体内都有这样一个真神，也都可以修炼成为宇宙中不死的真神。地球上从此再没有迷信的偶像崇拜和邪恶残忍的祭司，各大宗教之间也不再有纷争，人们认识到去天堂的路可以殊途同归。

爱玛发现自己真的爱上了方舟，由爱而升华为崇拜。她决定护送夏娃回"宇宙禅者"号飞船。亚当也被解禁，与夏娃一起回到地球，继续在那里修炼。方舟成为上帝的使者，现身往返于众多生命星球和太空船之间，向宇宙中的生命说法，指导他们修炼宇宙真禅，去共同维护一个清洁、平和、安详的宇宙空间。

《宇宙禅者》不是一部纯粹的科幻小说，子衿说："我更想把它称作是一部文幻小说。"影片中，"宇宙禅者"太空船上有一个被透明球体外壳包裹的民居空间站，上面有山有水，有寺院，有学校，有实验站和研究中心，有像桥梁一样架空建造的智能公寓，还有倒悬凌空建造的配给中心、集体功能中心以及旋转餐厅。宇宙美景的设计如史诗般壮美，令人称奇。

为这部电影所创作的配乐已被 Jin 改编成了一部可用于独立演奏的音乐会套曲：

第一乐章：外星留学生亚当
第二乐章：太空伊甸园，亚当和夏娃
第三乐章：方舟
第四乐章：太空修行
第五乐章：宇宙坏虫，爱玛
第六乐章：爱玛与方舟
第七乐章：流星雨，彩虹之约
第八乐章：宇宙禅者

这部庞大的交响音诗动用了最大规模的交响乐队来演奏，上百种中西乐器和自然天籁音响，还有人声，不仅有佛教音乐、梵呗颂唱，还有古琴独奏的《流水》，使用了音色非常美妙的各种笛子、箫和手盘，以及现代配器的电声乐器，鼓和其它打击乐器就用了不知多少种，最辉煌的部分钟鼓齐鸣，并有二百八十人的大合唱。

我真受不了她，Jin，她的气场如此强大，她哪儿来的这么大能量和那么多的创作灵感？我的天。我一夜都没有睡，幸好那天是周末。

第六章：**行 者 妩 媚**

王子，过去有，现在有，将来也会有，贝多芬只有一个！
美丽性感的女人，过去有，现在，将来也会有，真爱只为一人。

Princes, there were, there are, there will be; Beethoven, there is only one. Beautiful sexy women, there were, there are, there will be，true love is for only one.

1

"如果你和三丑今年也能考去波士顿，加上你佩姨也在那边，你们就能互相照应了。"子衿打开信箱，拿出当天的邮件。

"但如果舟舟明年去了朱莉尔，我们在波士顿就见不着他了。"二美说。

"是啊，谁能一辈子总在一起呢？你大姐十四岁就只身去了柯蒂斯音乐学院，不也过得好好的？我希望舟舟能拿下作曲指挥和钢琴双学位，就像门德尔松、马勒、李斯特和伯恩斯坦那样。"

她们抱着两纸袋蔬菜，一同上了电梯。

"可是我们在一起演出的机会就少了。"二美露出伤感之色。

"我会尽量安排咱们的线上排练，创造演出机会。"子衿分检着手中的信件，"这是什么？"她从邮件中抽出一封信，"UBC？"

两人进了屋，三丑和四怪迎上前来接过食材，今天她俩值日做午餐。子衿来到客厅沙发上坐下，拆开刚才的那封信。

一封来自温哥华的工作面试通知。她从未向不列颠哥伦比亚大学音乐系申请过助教兼图书管理员的工作，不知道对方是怎样找到她的。想了想，她给波士顿的子佩拨通电话。

"都是人找工作，很少听说有工作找人的，也就是像你这样的大音乐家。"子佩笑着在电话那头说。

"可我只想做个指挥和钢琴家，我需要一个乐团，无意去大学里工作。"子衿说。

"那也好过你为了全家的保险和福利在工厂里打工。"子佩道，"去试试吧！"

"那要是我拿到了那份工作呢？咱们全家再搬去温哥华？"子衿问。

"世界上有多少人都梦想能住在温哥华，你和大姐在温哥华创立了爱乐岛，大姐如今坐拥那个爱乐王国，你难道真的就不想住过去吗？"子佩道。

"那澄宇的工作呢？"

"你要是总考虑别人，你这辈子就完了。"子佩道，"周澄宇移民原本就是想去爱乐岛，至少是能定居在温哥华，你不知道吗？"

"你知道我不想靠大姐的关系，我们要凭自己的能力工作和生活。"子衿说，

"是啊，大姐太成功了。这就跟马斯克他们家似的，他的弟弟妹妹无论多么优秀，也难以超越世界首富哥哥的光环。"子佩说，"去温哥华工作也不是要在大姐家门口卖惨。而且你也不必担心周澄宇的工作，你若在温哥华找到工作，他还能沾你的光呢。他巴不得呢！他现在那份工作挣得也不多，还没有签约转正，也就一个小公司，

辞了回头跟你去温哥华，说不定还能在那边找到更好的工作。他来多伦多无非就是他的朋友和同学在这里，找工作不是还得靠他自己吗？你若不去温哥华，他心里才会记恨你呢。"

"可问题是：在工厂里打工，我还可以去开个人演奏会，做客席指挥，我请假，有人可以替我的工作。但是在大学里工作，能不能请假去巡演，有没有人替我的工作，那就难说了。再有：如果我签了工作合同，之后又有乐团聘我，我是去还是留在大学图书馆呢？"子衿问。

"你可以在面试的时候把这些情况跟他们谈一谈，要我说，其实这并不是工作面试，像你这样的人物，只需要工作面谈，双方摆条件协商。大学里的工作并没有那么繁忙，这明摆着就是有人想帮你，缓解你目前的困境，干嘛不去试一试？坐下来好好谈一谈，把你的情况、忧虑、想法都说出来，看双方有没有共同解决的办法。是人家先找到的你，对吧？说明人家对你有所了解。这样的好事还不抓紧，还犹豫。"子佩叹气摇着头，然后接着又说，"二美和三丑一过来就上大学预科，雅思和托福都考过了，如果她们被大学录取，你就更省心了。现在国内有那么多孩子都是自己过来留学的，没有家长陪着，你也不必操那么多心了。咱们的孩子比人家的孩子更早熟，独立能力更强不是？为你自己的前途着想吧，再晚些，你的专业都要荒了。"

子衿还在犹豫，她总觉得这事有点不对劲儿。

"面试是哪一天？"子佩催着问。

"他们让我来定日期，周末也可以。"

"太好了！去面试，订两个人的机票，周末，我陪你去。这段时间你有演出吗？"

子衿终于点了点头："好吧，让我先看一下我的演出时间表，然后再折腾。"

2

五月第一个周五下午五点，飞机准点抵达温哥华机场，姐妹俩顺利出了机场。约好子佩的朋友会到 4 号出口来接她们。子佩执意不向子衿透露她朋友的姓名，说要给她一个惊喜。她们其实不需要接机，但子佩的理由是，就是这位朋友向不列颠哥伦比亚大学推荐了子衿，才有了这次的工作面试机会。原来子佩竟是同谋，那这位朋友不仅要见，子衿还得感谢人家。

天上下着蒙蒙细雨，没有风，湿润中带着丝丝甜香，一出机场她们就爱上了这里的空气，同时做了个深呼吸。

"为什么每次我来温哥华都赶上雨天？"子衿问。

这时，一辆黑色小轿车飞驰到她们面前，在一米外停下来。想必这就应该是子佩的朋友了，而当子衿看到从车里走下来的人时，她感到颇为意外。

约翰内斯面带微笑走过来，张开两臂，却不知该先拥抱哪一个。

"请问你们是中国空姐吗？"

子佩笑起来，向他伸出右手："嗨！约翰内斯，真高兴在这里见到你！"

约翰内斯于是先拥抱了子佩，然后转向定定站在那里的子衿："Jin，你好吗？欢迎来到温哥华！"

"嗨，约翰内斯，很高兴又见到你！"子衿礼貌地向他欠身伸出右手，并感谢他前来接机。

"是我的荣幸！"

"你几点钟下班？"子佩像老熟人似地问。

"五点，正好赶过来，一点没耽误。"

"请问是谁策划了这个阴谋？"子衿微笑着问，"Phil 一点都没有透露。"

"当然是我。"约翰内斯微笑着帮她们把行李放进汽车后备箱，然后十分绅士地站到一旁，打开后座车门请两位女士上车，说为她们在酒店订了接风晚餐，离这里三十分钟行程。

车沿着潮湿发亮的快行道驶出机场，不久上了 Moray 大桥。雨色之中，远山近水都十分模糊，子衿索性把目光转移到约翰内斯身上。

约翰内斯只穿了件白色 T 衅，蓝色夹克衫，他比从前瘦了些，总体变化不大。不过就三十八岁的年龄而言，约翰内斯还是显得老了点，已经开始发福。没有人会认为他是单身而把他设想成为情人，因为他长得非常像一位有着良好工作和舒适家庭生活的中年绅士，不苟言笑，非常注重老板形象，一个看上去还算比较成功的男人。两个月前，约翰内斯曾经发电邮告诉子衿，他已经向总公司正式提出辞职，因为北美汽车行业现在大幅下滑，2592 公司将会在七月份停产期间解雇所有临时工和一部分正式工，想继续留在那里等待转正根本没有希望。他建议子衿在被载员之前尽快离开这个公司，因为若等到那时再去找别的工作，竞争将会更大，机会将会更少，不如提前掌握主动，多一些选择，他提早辞职就是为了不至于到时被动。约翰内斯还说，他已在温哥华找到另外一份工作，全家即将迁往西海岸。眼下，看来他已经在温哥华安顿下来了。

"你们一路上都好吗？"约翰内斯这时一边开车，一边从反光镜里看了看八风不动的子衿。

"都好，谢谢！"子佩回答。

"6 个小时飞行都做什么？"约翰内斯又问。

"很忙，"子佩说，"我有一个设计项目。Jin 背谱，打坐。"

"打坐？在飞机上？酷！"约翰内斯笑起来，"Jin 打算离开 2592 公司了吗？"他想让子衿开口。

"先看看这次面试的结果。不成功的话，回去就找赫兹 288 公司的中介。"子衿平静地回答。

"288 ？"约翰内斯不禁笑起来，"我知道那家公司，我表弟费尔南德·柯普兰在那里做分厂经理。我也见过他们的总经理克瑞斯，年轻又能干，他以前在赫兹总公司市场部工作过，手里有不少老客户，总能抓着订单，所以 288 公司总有加班。它附近其它几间赫兹的生产公司都在裁员，不少员工都被吸纳到了 288，它是赫兹集团目前在全球 87 间生产工厂中业绩相当不错的一间。你们是怎么知道 288 公司的？”

“我有个朋友在那里，是她介绍的。”子衿轻声说。

约翰内斯点点头：“但我更希望你能尽早找到专业工作。在工厂里打工对你来说终究是浪费生命，浪费才华。”

“多谢您的关照！”子衿轻声道。

“难得 Phil 能抽空从波士顿飞过来陪你。”约翰内斯从后视镜里看了看子佩，“在那边过得怎么样？研究和课题忙不忙？”

“忙。要学的很多，也总有设计项目找上门来。”子佩说。

约翰内斯笑了笑：“如果 Jin 明天拿到那份工作呢？”

“那他们就搬过来喽。”

约翰内斯不禁笑了：“老天保佑！”

“您的家人都好吗？”子衿这时问。

“他们都很好。谢谢！”

“您出来接我们，不会影响他们吗？”子衿又轻声问。

“不必担心，”约翰内斯将车拐了个弯，“我全家目前还在多伦多，我是一个人先过来的，公司在这里帮我租了房子，还租了这辆车。我想等过三个月，这边的工作稳定了，签了长期合约，就在温哥华买栋房子，再把我的家人接过来。”

“如此真好。”子衿点头，“能否问一下，您目前供职的公司是做什么的？”

“智能产品开发，我参加的项目是语音输入翻译，有好几位中国同事。”

“酷！”子佩笑起来，“以后不必再担心语言障碍问题，大家都能进入自由交流的世界语境了。”

“包括手语吗？”子衿问。

透过车窗，他们望着春意盎然、鲜花载道的海滨，隔着海峡可以眺望对面的群山，太平洋暖流纵深亲吻着这座花园般美丽的城市。温哥华是加拿大不列颠哥伦比亚（BC）省的第一大城市，也是加拿大西部最大的工商、金融、科技、文化中心和国际贸易口岸，三面环山，一面傍海，受太平洋季风和暖流影响，又有纵贯北美大陆的落基山脉，终年气候温和、湿润，环境宜人，是加拿大著名的旅游胜地，也是全球最适合人类居住的城市，整个BC省都被誉为是地球上是最好的地方，是无数人梦想中的目的地。

黄昏时分，满城灯火都在雨中和海湾水面上摇曳，满城都飘散着潮湿的春花气息和浪漫情调。约翰内斯感到如梦如幻，怀着一颗激情荡漾如平生第一次约会般的心情，在他认为美如天堂般的温哥华的街上小心翼翼地开着车，带两位来自天琴座的女士来到加拿大广场（Canada Place），这里是天堂的客厅。约翰内斯把车开到泛太平洋酒店门口，子衿已在网上下单订了这里的客房，这信息显然是子佩透露给约翰内斯的。当姐妹俩款步进入高大明亮的酒店大堂时，立即吸引了所有看到她们的人。两位淑女的身材、气质、仪容、步态、婆娑的长发和她们的着装，令一些人驻目驻足观望，他们十分肯定这两位是大明星，只是他们还不认识。趁约翰内斯去停车的功夫，姐妹俩办好了入住手续，顺便寄存了她们的旅行箱。等约翰内斯赶到后，他们一同踏上手扶电梯前往大堂二层。手扶电梯带着他们平稳地越过一旁的灯影瀑布墙，在他们上行的过程中，旁边下行电梯上的人全都在注视这三位俊男靓女，有人甚至拿出手机来偷拍她们的照片，而这种感觉正是约翰内斯期盼和谋划已久的，此时的他简直像是在平步青云。子衿走下电梯时瞥见大堂休息区另一侧高大的玻璃幕墙边有一架黑色三角钢琴。约翰内斯这时引两位女士走进左侧的五帆（Five Sails）西餐厅，他在这里为她们预订了晚餐。

3

　　餐厅里一侧都是高大的落地窗，音乐低回，颇有情调。大概因为是周末，客人不少，几乎都是白人。姐妹俩一进来，所有看到她们的人都被抓住了目光。侍者将他们领到里面拐角处的一张两面临窗的餐台前，在这里可以坐拥无敌山海美景，而另一边则是豪华游轮码头。子佩感谢约翰内斯订了最好的座位。子衿这时将身上那袭宽大的宝石蓝色毛披肩轻轻退下，小心地搭在椅背上，人们便看到她身上那件珍珠色的无袖旗袍裙，上面印有浅灰色、浅蓝色的中国书法，还有一枚浅红色落款印章；胸前左侧印有一位弹古琴的汉服美女的水墨画，就像是给她量身订做的一般贴身合体，凹凸玲珑，显现她纤细婀娜、苗条优雅的身姿，丝绸的神秘光泽使她身体的曲线完美绝伦，她的风韵与庄重令约翰内斯激动得头开始发晕，要知道，为了这一天，他梦想和期待了多久。

　　子佩这时也解开她米白色风衣的腰带，转过身去，先从一侧小心地脱下袖子，再脱下另一边，她穿的是一件蓝紫色印有白色和银灰提花图案的真丝旗袍，紫色镶边，白色珍珠搭扣，上面也印有中国书法和一位吹箫美女的水墨画；子佩还配戴了长长的珍珠耳坠，左手腕上一枚细润的白玉手镯。姐妹俩素丽的容颜和纤美的腰身吸引了在场所有惊艳的目光。

　　"我的天！真是太美了！"约翰内斯张开两臂欣赏着她们身上的旗袍，"这上面写的是什么？"

　　"是中国古诗，"子佩解释道，用左手五根手指的指背沿着子衿旗袍上的书法念道，"'古调诗吟山色里，无弦琴在月明中。'这画上画的是中国古琴，已有两千年的历史。"她对诗句作了解释，又让子衿转过身去，展示旗袍的背面，说，"这是一首古琴曲的曲谱，曲名叫《知音无古今》，用的是中国古代专用的竖版减字谱。"

　　约翰内斯看着那五行如天书一般的减字谱从子衿的后心往下直

至腰下，还带着她纤腰的曲线，不禁连连点头，赞美不绝。

“这上面的画是 Phil 画的，”子衿这时转过身来说，“书法是我作的。我们自己设计的旗袍，重磅真丝面料。她又指着子佩身上的旗袍说，“这也是一联中国古诗，出自两千年前的《诗经》：‘箫韶九成，凤凰来仪；窈窕淑女，琴瑟友之。’”她解释了诗意。

约翰内斯听罢不由得笑起来，看到子佩旗袍的后背上也有一首天书曲谱：“两千年前的中国古诗就这么浪漫？！”

“真是太美了！”这时他们听到旁边座位上的客人也在赞叹。

子衿和子佩微笑着向他们点头致谢。

“能否问一下，这旗袍是在哪里买的？多少钱一条？”有一位女客人问。

“仅此一套，纯手工制作，是为我们自己特制的，不作为出售。”子佩说，“如果你们感兴趣的话，可以上‘爱乐知音’官网上搜一搜，有很多款式，价格不同，从一百美金到上万美元不等，看你的选择。”

“上万美元？！”客人惊讶。

“这不仅是衣服，更是艺术品。还得要身材呢。”那位女客人说。

“哦！是，是。好的，谢谢！”

得意洋洋的约翰内斯十分绅士地为两位美女抻出椅子，请她们就座。另一位身穿白衬衫的侍者这时递上精美的菜单。

“我喜欢这丝绸的光泽，”约翰内斯落座后微笑着轻声说，“实在太迷人了。什么叫文化，我今天算是开了眼界。加拿大是移民国家，没有自己的民族服装。你们是真正的艺术家，你们本身就是绝美无双的艺术品。我想这旗袍价格不菲，我真怕你们回头一出门，就被人劫财劫色。从什么时候开始？你们定下目标，要迷倒所有人的？”

姐妹俩不禁被她逗得笑起来。

“我们的确学习和修炼了很多年，从很小的时候开始，但我们只是想展示我们的文化和修养，而不是为了要获得奥斯卡臭美奖，不想因此而令任何人迷倒，那不是文化和艺术的目的。”这是子佩的回答，“我们中国传统文化是很内敛而含蓄的。”她补充说。

"但同时也如此优雅而浪漫。"约翰内斯也补充说。

"从审美心理学的角度来说，不同的审美客体对同一审美对象的欣赏是因人而异的，有时甚至会与审美对象的出发点大相径庭。"子佩又补充说。

但这一次，约翰内斯没有听懂，他不失绅士风度地微笑了一下，没有看菜单，就点了一份烤牛排和龙虾套餐，"尽管点你们想吃的，我来买单。"他对两位女士说。

子衿和子佩只要了蔬菜沙拉和蘑菇汤。约翰内斯用询问的眼光看着她们："就吃这么一点吗？"

子衿微笑了一下道："我们食素。"

"而且我们持午。"子佩说，"就是过午不食。"

约翰内斯这才想起，他以前听子衿讲过的，可不知怎么就忘记了，大概他很难想象那是一种什么生活，而总觉得她们姐俩也应如平常人一样吃一日三餐吧。

"真对不起！我忘记了。不能……破一次例吗？"他关切地看着她们，在他的经验甚至可以说是习惯里面，每次带女友出去在酒店里吃饭，都必定会叫一瓶红酒，喝到七分醉，就回房间去趁醉狂欢。

"明天我有面试，很抱歉，真的无暇买醉。"子衿温婉地笑了笑。

想到今晚没有美女陪他在这家酒店里共度良宵，他还得开车回家，约翰内斯只得放弃红酒，取而为自己点了红石榴汁。子衿和子佩则只要了柠檬水。

"那你们的孩子，他们也是一日两餐吗？"

"是的，无一例外。"子佩笑了笑说。

约翰内斯点点头，又摇了摇头。进餐前，姐妹俩先做了餐前祈祷。约翰内斯看到他们邻座的两男一女不时地在观察他们，侍者们在忙碌中有条不紊地往来，但一有空就会撇一眼这一桌上的三位客人。姐妹俩把米白色餐巾放在左手边，坐在那里上体端正，白皙修长的两腿始终并拢，腹部没有赘肉，平坦匀称，举止舒缓，谈吐轻柔，神情自然，分明是在告诉人们：优雅不是穿出来的，优雅是由内而外的教养，不是钱能买得到的。

尽管以前曾是同事，约翰内斯却从未在工休时间见过这两位美女在公司餐厅里用餐，这是第一次看她们进餐，两人用刀叉也优雅娴熟，切好的小块食物都是一次性入口，没有用牙齿撕咬或张嘴咀嚼的动作，她们不会在将食物送进口和咀嚼时与任何人发生目光交流，以此拒绝在进餐时讲话和因此造成的不雅。饮水时她们会轻声慢语地交谈几句，而从邻座不时投来的艳羡的目光，使约翰内斯此时颇感得意，恍若身在梦中。他平生第一次遇上这样的美女，而且是真正的淑女，但同时也给他带来绅士教养方面的压力，他必须得时时小心，处处得体，绝不能失态，要保持同样的矜持和风度才配得上和她们在一起，但这样的束缚却并非他之所愿，和美女在一起的目的是为了放纵自己的天性和欲望，但现在这一出却只是为了满足男人的虚荣心。

"明天的面试，要不要我开车送你们去？"约翰内斯这时问。

"我们已经租了车。"子衿微笑着轻声说，"多谢您啦！"

约翰内斯有点失望，他原本打算全程陪着姐妹俩，做她们的司机，没想到他开口晚了一步。

"那么，面试结束后，你们打算去哪里？"约翰内斯又问，在等下一道菜时，他做出放松的样子，稍事休息并饮红石榴汁，"想不想去海滩？或者去斯坦利公园？我整天都可以陪你们。"

"明天面试后，我们给你电话。"子佩微笑着说。

"好。"约翰内斯点了点头，他很高兴明天还有机会和她们在一起，"真希望你们能到这里来生活。我好喜欢这座城市，它是我年轻时的梦想。可我却一直躺在家人身边，呆在自己熟悉的环境里。坦白地说，如果不是 Jin 问过我我的梦想是什么？一下子点醒了我，那么我现在一定还在多伦多，恐怕这一辈子也不会来到我的梦想之地。有那么多的人从不同国家移民来到加拿大，而作为这个国家的本土居民，我更有条件和理由成为更好的自己，而找到现在这份工作，并没有我想象的难，可见人的潜能有多大。感谢你们作我的朋友，感谢你们给我机会，让我在这里又见到你们！请允许我敬你们一杯。"

"谢谢你！约翰内斯。"姐妹俩微笑着端起自己的水杯，三人轻轻碰了杯。

"我真不知你跑来温哥华是听了 Jin 的点拨。"子佩微笑道，"不过她的确常常提醒我和孩子们，不要忘记自己的梦想和初心，她一直在帮助和激励我们去开发自我，提升自我，达到更高的梦想。"

"你们两个谁是姐姐？"约翰内斯这时问。

子衿微微笑了笑，没有作答。

"据说，Jin 比我早二十分钟出生。"子佩说。

"你们两个长得这么相像，可是性格却孑然不同。"约翰内斯说。

"我们两个血型也不同。"子佩说。

"哦？"约翰内斯诧异，"这还是我第一次听说，双胞胎的血型不同。"为了更能引起邻座的注意，他看了看子衿，为了能让子衿开口，他早已为这次见面准备好了一些话题。

"Jin，为什么你当初去德国学音乐，却要让你的孩子去美国留学？"约翰内斯话题一出，果然看到邻座的三个人又向他们这边转过头来。

子衿微笑了一下："是他们自己的选择，他们不想学德语，认为美式英语就能让音乐家走遍天下。至于我，我认为德奥是古典音乐的故乡，所以我当初选择了去欧洲。"

子佩知道约翰内斯还没有去过他祖辈的故乡德国，甚至还没有去过欧洲，她从自己包里拿出 iPad，调出里面的相册，拿给约翰内斯看："这是 Jin 在柏林艺术大学音乐学院，她还去过莱比锡音乐戏剧学院，就是由门德尔松创建的德国第一所音乐学院。这是在曼海姆大学，我们利用暑假去那里参观，这里是歌德故居、勃拉姆斯故居、内卡河、新天鹅堡。这是在观看柏林爱乐的演出；这是在巴登·巴登；这一张是在莱比锡的格万特豪斯音乐厅，音乐厅里装有一座非常大的管风琴，管风琴上刻有多年来乐团的座右铭'真正的欢乐是件严肃的事'。"

　　"Res Severa Verum Gaudium。"子衿这时用德语对约翰内斯说，她的声音又吸引了邻座的目光。

　　子佩看了看他们俩，微笑道："咱们要不要讲德语？"

　　约翰内斯赶忙一摆手："我不会讲德语。如果有人讲德语，我甚至听不出那是德语。"

　　"您是第二代移民吗？"子佩问。

　　"是的，不过我是在加拿大出生和长大的，我父亲没有教过我德语，但我可以讲一点法语。"

　　子佩微笑着点点头："那么好，我也不会讲德语。不过，如果不是因为您与德国音乐家约翰内斯·勃拉姆斯同名，恐怕我们就不会成为朋友了。"

　　三个人都笑起来。

　　子佩这时继续展示她的 iPad 上的照片："这是米兰斯卡拉歌剧院；这是在罗马的鲜花广场焦尔达诺·布鲁诺雕像；这张是在布拉格的 Kispipa 酒店，创作了《忧郁的星期天》的赖热·谢赖什（Rezso Seress）生前一直在那里弹钢琴，据说他长得又矮又丑，却赢得了美女 Helen 的衷爱，他一生穷困，死后却在纽约的 Irving 信托银行积存了几百万美元，这些钱是他生前无法支取的、别人支付给他的版税。这张是在伦敦的皇家阿尔伯特音乐厅，我去观看 BBC Proms 的音乐会，那天有 Jin 的演出，她指挥伦敦交响乐团演奏'行星组曲'；这是在巴黎的双偶咖啡馆，也是 Jin 喜欢的地方，有许多著名的思想家、哲学家、作家和艺术家都曾是那里的常客；这张是在维也纳，我和 Jin 去观看维也纳美泉宫的夏季晚间音乐会。Jin 每年元旦都是在维也纳度过的，她和她的团队在那里为中国央视转播维也纳新年音乐会，已经连续 8 年了。这张是在维也纳的中央咖啡馆，那里也曾是音乐界、艺术界、诗人和政界名流聚会的地方；这张是维也纳的中央公墓，这里安葬着海顿、莫扎特、贝多芬、舒伯特、施特劳斯父子、苏佩和勋伯格等著名音乐家。"

　　子佩收起了她的 iPad，以便让约翰内斯继续用餐。约翰内斯谢了子佩，又看看一边饮水一边微笑却一言不发的子衿："我真是太荣幸了，能和一位世界级的美女音乐家一起用餐。"

"而且是在世界上风景最美的餐厅。"子佩微笑着说。

"谢谢！"子衿轻声道，"我能否问一下，您是怎么帮我得到这次工作面试的？"

子佩一拍脑门，因为她竟然忘记了告诉子衿，而子衿竟忍了这么长时间才四平八稳地问。

"哦，是这样——"约翰内斯连忙解释，"我有个新同事的太太在 UBC 工作，在音乐系当助教，现在她有了 Baby，准备下个月开始休一年产假，需要有人接替她的工作。我听说了这事，就立刻把你介绍给了他们，他们觉得你的条件很不错，就为你争取到了这个机会。"

子衿点了点头，微笑着表示感谢。

"所有的条件你都可以向他们提，包括帮你临时租房子租车。他们说，非常欢迎你来加拿大！"

"我很荣幸！"子衿说，"加拿大出过像格伦·古尔德和获过肖邦国际大赛冠军的刘晓禹这样的钢琴家；还有像尼尔·杨、贾斯汀·比伯、席琳·迪翁、迈克尔·巴布尔这些世界知名的歌手；还有像希利·威兰、科林·麦克菲这样的新古典音乐作曲家；出生在多伦多的作曲家哈里·萨默斯曾当过出租车司机、抄写员、电台时事评论员、教师；还有作曲家琼·库尔撒德，她既是作曲家又是钢琴家，曾经执教于不列颠哥伦比亚大学；默里·谢弗既是作曲家还是作家和教师，曾经去维也纳和英国工作，后来回加拿大创建'千禧音乐会'，之后一直是温哥华西蒙·弗雷泽大学的常驻作曲家；约翰·温茨韦格也出生于多伦多，被誉为是加拿大现代音乐的教主，曾执教皇家音乐学院和多伦多大学，我曾经指挥过他的作品音乐会，也演奏过他的钢琴作品。"

"哇——以前从未听你谈起过。"子佩笑着对子衿说。

"要是你们能去爱乐岛工作和定居，那就再完美不过了。"约翰内斯这时说。

姐妹俩一听，不禁一时语塞。子衿点了点头："不错，除了不吃素的，很多音乐家都想迁到爱乐岛上去生活，那里是音乐天堂。就是不知道，在天堂里能不能创作出'命运交响曲'或者'悲怆'。"

几个人不禁一下子都笑起来。

"哎，约翰内斯，你有去过爱乐岛了吗？"子佩这时问。

"我很想去，很想很想去！可是买不到票！岛上限制游客数量和车辆密度，无论是上岛度假还是一日游，包括音乐会票，所有的登岛票两年前就预售光了，只能在视频上神游。不过我已经预订了后年的游览票。太遗憾了，现在我就住在岛边上，却可望不可及。"约翰内斯遗憾地摇着头。

子衿和子佩相互看了看。

"是啊，我也理解，谁不想去天堂？！要是不限制的话，岛上每天都会被挤暴。"约翰内斯说。

"那就没有风景，也没有天堂可言了。"子衿说，"所以要建更多的爱乐岛。"

"建更多的爱乐岛？哦！真的吗？"约翰内斯笑起来，"在哪里建？"

"下一个爱乐岛将会建在中国，"子佩说，"具体的地点还没有定，杭州千岛湖、厦门，或者深圳外岛，正在进行网上投票。"

除了北京、上海和香港，约翰内斯对中国的其它城市并不了解，但因为杭州是子衿姐妹的故乡，所以他上网查看过。

"杭州非常美，又是智慧城市，我投杭州的票。"他说。

姐妹俩不由都笑起来，向他竖起大拇指："的确。杭州还是下一届亚运会的举办地。中国承办亚运会都是按奥运会的规格来运作，到时你一定要看直播。"子佩说。

"其实在很多地方都能建爱乐岛，我们可以把整个地球都变成宇宙中的爱乐岛。"子衿这时微笑着说。

"我不在咖啡馆，就是在去咖啡馆的路上。我不在酒馆，就是在前往酒馆的路上。我不在音乐厅，就是在找票；我不在爱乐岛，心也在岛上盘旋。"子佩这时调侃起来，"这是 Jin 粉丝群里的人在脸书上发的。"

"哦，Jin，"约翰内斯忽然想起什么，"我在 2592 公司工作时，曾听冉先生讲过一段你在欧洲留学时的经历。"

"哦？是关于什么？"子衿平静地问。

"他说，有一次，你和你的导师去观摩一场交响音乐会，指挥因家中出了急事，不得以离开演出，之后你代替指挥登台，而且不用乐谱，成功地指挥了下半场的演奏。此事可是当真？"

约翰内斯的话题又把邻座惊异的目光引向了子衿。

子衿平淡地笑了笑道："哦，那都是过去的事了，当时是因为我的导师推荐，并非我自己主动要去上台的。"

"郎朗当初也是因为替人上场而出名的。"子佩说。

"机会青睐有准备的人。"子衿轻声道。

"我想，观众最佩服的是你的无谱演奏，无论作为钢琴家和指挥家，从你 6 岁第一次登台就没有带过曲谱。你怎么会有这么强的记忆力？"约翰内斯问，"你能记住多少首乐曲的谱子？"

"从门德尔松开始，钢琴家就离谱演奏了。"子衿回答，"王羽佳的记谱能力也十分惊人，她能随时演奏 200 首钢琴曲。至于指挥，带谱上台也大都是作作样子。你见过杜达梅尔带谱上台吗？"她问子佩。

子佩微笑着摇摇头。

"我在你的脸书粉丝群里曾经看到过一篇报导，"约翰内斯又道，"说是有一次在你指挥的音乐会前，有一位小号手对你说，他的小号上有一个键坏了，你检查了那个键说：'不要紧，今晚的演出，你用不上它。'"

子衿笑了笑："的确有这么回事。因为总谱都在我心里。"

"太了不起了！大师。"约翰内斯摇头赞叹，"为什么你总是那么低调，从不接受媒体采访？"

子衿："上传和报导我的演出视频，发布新唱片，音乐会预告宣传，这些就足够了，其它的不重要。有那么多音乐家和大师，他们都可以去采访。再说，我本人也是音乐媒体工作者。"

"你好像很喜欢参加国际大赛，拿获拿到手软。你还打算参加比赛吗？"约翰内斯毫不迟疑地提出下一个问题。

子衿却迟疑了一下，想了想，然后才道："在我参加过的比赛当中，只有两次拿到第一名，一次是钢琴，一次是指挥。但是，坦白地说，我并不喜欢参加比赛，比赛多为商机，真正的音乐大师不需要参加比赛，而且也不是比赛造就了大师。我参加比赛是为了获奖，但获奖不是为了荣誉，而是为了奖金，奖金也不是为我自己，而是为了拿去帮助更多的失学儿童和孤儿，帮助更多想学音乐的年轻人，是为了投资音乐和音乐教育事业。但是，每一次比赛的时候，我都会全身心地投入演奏，是为了音乐而演奏，就像我每次开演奏会一样，完全忘了获奖，也不在乎是否能获奖，那样的状态，我反而能更好地发挥，而同时，我也能从其它的参赛选手身上学到新的东西，并把我的临场经验分享给我的学生。"

"并非比赛造就了大师。说得好！那么你最崇拜的大师是谁？"约翰内斯又问。

子衿恬淡地一笑："如果你指的是指挥家的话，我崇敬很多大师。"

"比如说——"约翰内斯对子衿一贯简短的回答不甚满意，欲要引出她更多的谈话，"你最喜欢的是哪一位？"

子衿想了想："我的孩子们都很喜欢古斯塔夫·杜达梅尔，他现任洛杉矶爱乐首席指挥和艺术总监。我的儿子 Ark 虽然是我的学生，却一直在 YouTube 上学习他的指挥风格。可能，作为 80 后的年轻指挥家，他们比较接近。"

"古斯塔夫·杜达梅尔……"自从认识了青氏姐妹，约翰内斯就开始对古典音乐感兴趣起来，还特地去买了一部古典音乐辞典，以及一些 CD 和 DVD，学而时习之，听而时记之，到今天为止，许多古典音乐大师，包括作曲家、演奏家，以及一些曲目，他都已了然于胸。不过，可能古斯塔夫·杜达梅尔太年轻了，没有在老辞典里出现，所以把他漏掉了。但是，约翰内斯巧妙地掩饰了自己的弱项，转而又问，"Jin，我知道你有很多粉丝，我也是你的粉丝。但我想知道，你是不是也是哪些音乐家的粉丝？"

子衿这时轻轻咳嗽了一下，用手背挡住口，然后喝了口水。

约翰内斯关切地瞧着她，目光中分明是在询问："你没事吧？"

"Jin 昨晚没有睡好。下午班回到家都夜里 11 点多了，在飞机上还一直在看乐谱。"子佩说。

"我没事。"子衿微笑了一下。她不想多说话，一来她没有被事先告知会有这样一个晚餐聚会，她不喜欢被人操纵，浪费时间和精力，她非常忙；二来她知道子佩总想找机会练英语，所以除了必要的客气和礼貌，她选择闹中取静，她需要养精蓄锐，因为她还有很多重要的事情要做。

但子佩还是替她回答："我知道 Jin 崇敬很多大师，学生时代在音乐学院和欧洲的图书馆里，她看了所有能搜到的录音录像，电脑里储存了一部《古典音乐圣经》，从小时候一开始学习音乐到现在，她去观摩了上千场音乐会；作为我们中国央视古典音乐频道的特邀记者和艺术指导，她也采访过很多世界级的音乐家，包括指挥家、演奏家、作曲家、顶级的乐团，也采访各国的音乐节和国际音乐大赛，采访很多新星。但我从未听说她是哪位音乐家的粉丝，或者发烧友，因为她本身也是一个音乐家，她在这个领域里学习，工作，也总是很高兴能与她喜爱的一些音乐家和乐团合作。但是在所有的这些阅历和经历之后，有一天我发现，她对一位钢琴家感到震惊。那位钢琴家收获了很多狂热的粉丝，但 Jin 从不对任何人着迷，她说她只想冷静地观察这位音乐家，用音乐美学的视角分析他的魅力何来。她看了这位钢琴家演奏的几乎所有曲目的视频。自从网络媒体普及并如此发达以来，Jin 已经很久都没有作为一个普通观众买票去看一场别人的音乐会了，她非常忙，所以她只是看视频。每年她都要飞欧洲几十次——维也纳新年音乐会的转播工作、夏季各国的音乐节、BBC Proms、各重大国际音乐比赛，还有她自己的演出……但是，这位钢琴家，他是 Jin 在这么多年当中，唯一的一位令她真的想去看现场演奏的大师，她抢到央视的专访证，专程飞到美国去看这位钢琴家参加的范·克莱本国际音乐大赛。那次比赛有来自全球 51 个国家的 388 名钢琴家报名，30 名进入正式比赛。那天正好是 6 月份暑假，我和我们的 6 个孩子在 YouTube 上看了比赛的现场直播，我们看到这位钢琴家在决赛时一气连续演奏了全套的李斯特 12 首超技练习曲。据说，在他 16 岁时，就自己根据 Arcadi Volodos 的改编版结合原版改编出属于他自己的李斯特的《但丁奏鸣曲》，在比赛中他采用了非常冒险和大胆的弹奏法，但其效果却令人大为震惊，精确流畅的清晰度与广阔的遐想并存，无尽而有说服力的时间弯曲与空间维度，他把曲子演奏得像是一场梦境，那完全就是他自己的音乐。决赛中他演奏了非常漂亮的贝多芬第四和拉三，特别是拉三，他用出类拔萃的技巧驾驭住了这部难度非常夸张的协奏曲，要知道，连拉赫玛尼诺夫本人都驾驭不了他自己的作品。在演奏过程中，很多观众都是一边看一边流泪，特别是最后三分钟，演奏完毕时，观众们全都一跃而起，暴发出我从未听到过的极度热烈的掌声和长久的欢呼声，连音乐厅的屋顶都要被掀翻了，既使你是隔着屏幕在 YouTube 上看直播，也会被感动到热泪盈眶，网友们难以抑制的赞叹和好评一下子刷暴了屏。转播比赛的 YouTube 上其实早早就出现了预言这位选手会夺冠的留言，结果也证实了这一点，他在全球 3 万多名粉丝参与的网络人气票中获得了最多投票，因而获得了听众奖，获得了冠军的 10 万美元奖金、奖牌、新作品表演奖，还有 7500 美元的特别奖。这位大师在比赛中，在演奏中叱咤风云、一骑绝尘，上台领奖时却那么冷静，全场和整个古典乐坛都为他炸了，他却像个小孩儿似的羞涩紧张，他在获奖感言中说：他不是为了获奖而来，连 0.1% 都没有，他只是想更好地表达音乐，他要学习和挑战的曲目还很多。他的钢琴老师说他平时也很少说话，每天都沉浸在音乐当中，就像个生活在 18、19 世纪里的人。他在决赛中演奏的这部拉三，在

YouTube 上当天的点击率就超过了 480 万次，霍洛维茨于 1978 年在纽约埃弗里费舍尔音乐厅演奏了拉三，它的视频，目前 YouTube 上的累积点击率为 417 万次。这位钢琴新秀的人气大大超过了霍洛维茨，同时也创下了有史以来最高的古典音乐视频的点击率，成为世界音乐史上的里程碑。那次决赛和颁奖之后，Jin 写了长篇报导在现场发回中央电视台。我们看了颁奖音乐会后都彻夜难眠，比我们自己获得国际比赛大奖还要激动，因为感动我们的不是大奖，而是音乐。Jin 说她感到无比幸运，能亲临那次大赛做现场报导，亲眼见证一位音乐新星的诞生。那是神级的演奏，观众所有的掌声、喝彩、评价他都当之无愧。"

约翰内斯听罢，呆呆地看着子衿和子佩："那么，这位钢琴家究竟是谁？"他问。

"林允灿。"子衿微笑着回答。

"他是神赐给我们这个时代的天才。"子佩说。

"谁？"约翰内斯从没有听说过这个名字。

"林允灿，Yunchan Lim。"子佩又补充道，"Jin 在她的报导中说：林允灿让所有观众感动，他演奏的曲子，无论是轻重缓急的力度、音乐的呼吸、乐句走势、表情、意境渲染等各各方面，都把控得非常好，在李斯特超技练习曲难度最大的部分，他的音阶线都弹奏得非常清晰，匀均流畅，每颗音符都发光，漂亮；当你还没看清楚的时候，他的手指已经极快地掠过了成串的音。你来不及去捕捉他的技法，因为你的眼睛和脑子都跟不上他，你只能感受他用音乐营造出来的意境和对你心灵的震撼。伟大的音乐可以注入我们的灵魂，成为不朽。Jin 还评论林允灿的舞台表演艺术可谓出神入化，与交响乐队和指挥配合得相得益彰，交流充分，十分融洽，他甚至可以像指挥一样地激励和调动交响乐队的情绪以及观众的情绪，达到气宇轩昂，豪情万丈。他所营造出来的那种现场的气氛是很少见的，非常煽情。而且他擅长所有风格和时期的作品，他的才能是压倒性的。可以这样说，他是真正为音乐而生，专注，深沉，纯净，全然投入，他很少用表情来影响观众对音乐的理解和感受，但他的音乐表达却感人身心和灵魂。当 Jin 看林允灿演奏拉赫玛尼诺夫、贝多芬、莫扎特、肖邦和李斯特时，她都流泪了。据我所知，这是 Jin 从小学音乐以来，除了伊萨克·帕尔曼大师之外，第二位让她感动到难以自禁的音乐家。Jin 在她的电视报导中说：她感觉在林允灿演奏的时候，整个音乐厅都在颤抖，地球都在颤抖，他发出的声音和能量在辐射宇宙，连神都在倾听。既使是独奏曲，特别是他演奏李斯特的《玛捷帕》和长达 50 多分钟的《巡礼之年》时，我也忍不住流泪了。林允灿不仅是在用双手演奏，他是在用全身的每个细胞、每根头发、整个的心、全部的灵魂和生命在演奏，就好像他和钢琴是一对激情的舞伴，就好像他在钢琴上演功夫片，就好像钢琴是他的坐骑，他在驭马飞奔，在驾龙翱翔，在上下翻腾；就好像他是一个在急救的医生，拼了命也要让他的钢琴活过来，就好像他是那架钢琴的灵魂，他在用钢琴拼命地让自己的灵魂活起来。林允灿在演奏时就像个神，连他的钢琴都变成了神，和他成为一体。那些大师——巴赫、莫扎特、贝多芬、舒曼、李斯特、肖邦、拉赫玛尼诺夫都被他的琴声唤醒，所有的灵魂都被他唤醒。而且 Jin 觉得，林允灿好像不是在演奏别人的作品，而根本就是在演奏他自己的音乐，而且这音乐不是事先写好练好的，而是他即兴表达和喷发出来的，那么自然，浑然天成。有时他会在演奏时从琴凳上弹起来，有网友调侃说：别人是在弹琴，王羽佳是在毁琴，而林允灿是又毁琴又毁琴凳。如果你是一个人在 YouTube 上看林允灿的演奏视频，而又没有人去分享，你会感到非常孤独，甚至会发疯，因为他给出的能量实在是太强大了。"

子衿和约翰内斯这时都笑了起来，连他们的邻座也笑起来，其中一个人还高声接茬儿说："我看过林允灿的视频，真的是超级酷！"这一下让约翰内斯感到超级不爽，因为他想在人前炫燿他的美女，现在却被其它乐迷给比了下去，因为他不知道林允灿是谁，并且在子佩方才盛赞林允灿时，激起了他强烈的嫉妒。更可恶的是子佩这时竟微笑着向邻座竖起大拇指，并接着又道：

　　"自从林允灿在国际比赛中获得一等奖之后，古典音乐圈的视频几乎被刷暴了，全屏都是他，有关他的演出、比赛、采访、乐评和各种报导简直铺天盖地，我从未见过乐迷和网友们发出那么多的赞誉，所有的惊叹词和感叹词都被用光了，都不够用了，一时间他的粉丝剧增，但用所有的溢美之词来点赞他，似乎都显得苍白，他已超越形容词范围。你们一定听过这样一句话：'语言无力时，音乐就响起。'可是林允灿的琴声却让所有的语言都变得无力。他演奏了很多曲目，让人百看不厌。他已经成了万人迷，乐迷们对他狂热地追捧，在各社交媒体上都有他的粉丝团，有关他演出和采访的各种长短视频、照片、演出时间表、购票网站、画像、生活点滴、评论铺天盖地。可是，他看上去却是个非常单纯的人，非常低调，总是用谦卑的、沉静的、缓慢的、柔和的声音说话，他的脸总是那么平和，表情总是那么沉静，跟演奏钢琴时那个简直要暴发飞腾起来的人反差太大，简直判若两人。每次演出结束后，观众们都全体起立，发疯地为他鼓掌，喝采，他总要返场好几次，加演，鞠躬，而且总会给他的交响乐队鼓掌，如果音乐厅的舞台后面有观众席，他也都会在演出前和演出后向台后鞠躬，所以，观众和乐团都非常喜欢他。林允灿在接受媒体采访时，总是显得有些局促不安，紧张而又羞涩，回答得也非常简短，就像个孩子似的，从不哗众取宠。他说他更喜欢用音乐来表达自己。记者问他如何应付紧张感，他回答说：'在这个无限的宇宙之中，地球就像一颗灰尘那么渺小，而我比灰尘还要渺小，这样想的时候，我就感到放松了许多。'从前他每天都练琴 12 个小时，还想一个人住到山里去弹琴。为了弹好李斯特的《但丁幻想奏鸣曲》，他读了好多遍《神曲》，里面的句子甚至都能背下来。因为找不到莫扎特第 22 号钢琴协奏曲第 3 乐章中华彩部分的谱子，林允灿就根据爱德文·费舍的演奏录音，自己把谱子转抄下来，下了很多功夫。别人去参加国际大赛，而他根本就是去开演奏会的，对获不获奖毫无所谓，只是怕不能更好地表达音乐。获了国际大奖之后，他仍旧埋头学琴，继续深造。他的老师说他是'生而为奏者'。他在接受采访时说：'我的老师总是说：如果你想成为一个伟大的人，你就要对世界发声。我不是伟人，但我认为，这是每一位伟大艺术家的使命。'Jin 对林允灿的谦卑和胸怀非常敬佩，为此她在脸书上发了一句话，"

"我想 Jin 发的那句话是这样说的："约翰内斯这时忽然插话说，"你的根越深，你的枝干就会越高。让自己谦卑下来，你才会比这世界成长得更伟大。"

子佩不由得为他无声地鼓起掌来，子衿微笑着看着他们俩。

"我们这样评价林允灿，并不是说从前和现在那些钢琴大师都不如他，"子佩继续道，"每个人对音乐的理解和感受都不同，对吧？每个时代，人们的审美观点也不尽相同，对吧？就像是一个自助大餐，人们可以尽其所好，各取所爱。但是林允灿刷新了人们对古典音乐的感觉，并且他还在学习，成长。他的演奏技能、对音乐的理解和驾驭、谦卑的姿态，都超越了他的年龄，使他达到了大师的境界。但他还有很大空间，需要挑战的曲目还很多，而阿格里奇、基辛、王羽佳、郎朗和布尼特什维利他们已经覆盖了很多曲目，光是 Jin 的钢琴曲目单都有近三百首。但就目前来看，在技法最难的拉赫玛尼诺夫和李斯特的曲目上，林允灿已经超越了前人。他是新星，还有很长的路要走。我们试目以待。Jin 说，期待能有机会与他合作。"

"他是中国人吗？"约翰内斯这时问。

"不是，他是韩国人。"子衿回答。

"韩国人？！多大年纪？"约翰内斯对于韩国人在古典音乐界的实力尚一无所知，他想知道的其实只是子衿喜欢什么样的男人，她心里有没有偶像，更直白地说，就是他约翰内斯有没有机会。

"十八岁。"

"What？！！这么年轻？！"

"是的。"子佩补充说，"林允灿七岁开始学习钢琴，一年后进入首尔艺术中心音乐学院，十三岁被录取进入韩国国立艺术大学，他参加过三次国际钢琴大赛，分获二、三、一等奖。他经常在世界各地演出。如果你看到他的脸，他还只是一个充满稚气的孩子，非常可爱；但如果你看到他演奏音乐，你就会感到他浑身都是音乐，帅极了。他可以用音乐救赎很多灵魂，用音乐催生很多灵魂，用音乐升华很多灵魂，用音乐唤醒很多亡灵。至少，这是他给我的感觉，他所达到的艺术境界，是多少琴童的梦中之梦。有的人，可以用我们一半的年纪，活出我们十倍百倍的人生。我和 Jin 从小就和长辈一起学习禅修静心，可是林允灿实在让我发烧。我几乎不敢再看林允灿的演出视频，看了就感觉灵魂出窍，看了就睡不着觉，也理解了当初乐迷们对李斯特的狂热。但是 Jin 对我和孩子们说：年轻时可以活力四射，但只有沉潜的使命感才能让一个艺术家走得更远，更高。Jin 还在她的脸书上发了另一条箴言，是我非常赞赏的一条，她说：'不要花那么多时间和精力去追星，去煽别人的火焰，要让你自己也成为星星，让别人也围着你的星火歌唱，起舞。'"

"那么，"无论子佩怎么说，约翰内斯对小孩子林允灿还是不以为然，于是又问，"再举一位 Jin 最喜欢的指挥家。"他就是想知道，Jin 有没有心里喜欢的人，她喜欢什么样的男人。

子衿微笑了一下："很多大师，比如，托斯卡尼尼。"

约翰内斯这回果然高兴起来，十分肯定地说："意大利指挥家。"

子佩脸上浮起微笑，又暗暗伸出大拇指，夸赞约翰内斯的进步。

"托斯卡尼尼 19 岁时在意大利歌剧团担任大提琴演奏，是个默默无闻的小人物。"子佩这时又道。在约翰内斯看来，子佩根本就是子衿的代言人。

"那一年托斯卡尼尼随乐团前往巴西巡演。为了吸引更多的当地观众，经理罗希聘请了巴西著名指挥家奥波尔多·米盖尔做乐团的指挥，除他之外，乐队的其它成员都是意大利人。可是首演很不顺利，观众和当地媒体将那场演出评论得一无是处，乐队与指挥之间便相互指责，米盖尔一气之下退出了那次活动。第二场演出的曲目是歌剧《阿依达》，节目单早已印出，票几天前就已售空，巴西观众听说他们喜爱的指挥愤然辞职，都纷纷攻击意大利人，帷幕还没拉开，剧场内已是一片混乱。当指挥助理走到台前时，观众便向他吹口哨，掷塑料水瓶，扔纸团，他们执意要一位巴西人出任指挥。经理罗希无奈，只得亲自出场，却也被观众赶下了台，又立刻安排一位领唱前去救场，也落得个同样的下场，因为观众们在曲目单中找到了他的名字，知道他是意大利人。有的演员看到这种情况，开始哭泣起来，因为如果观众退票，这场演出被迫取消的话，也就意味着这次巡演将付之东流，剧团的所有人都将面临失去工作的危机。这时经理助理推荐说，可以让托斯卡尼尼上去试一试。19岁的托斯卡尼尼坐在乐队最后排，显得那么微不足道，有人曾对他说：整场演出时你溜出去一趟，都不会引起任何人注意。但这个对音乐无限衷情的男孩从未溜走过，此时，他被推上前台。观众们把曲目单翻得沙沙作响，也没有找到这个清瘦男孩的名字，便误以为是找到了一位巴西指挥，全场终于安静下来。演出开始前，年轻的托斯卡尼尼竟然当着全体观众的面，阖上了曲谱本，他要全凭记忆来指挥。此举令所有人瞠目结舌。接着，《阿依达》的前奏曲便在剧场中低沉、缓慢地响起了。整个过程都十分顺利，演出结束时，观众们才发现，原来这个指挥也是意大利人，但此时，他们已被音乐和托卡斯尼尼的才华深深打动。那场演出很快在音乐界引起轰动，为了一睹这位年轻指挥家的风采，许多外国人甚至赶到巴西来观看巡演。名不见经传的大提琴手托斯卡尼尼从此一举成名，谱写了音乐史上的一个传奇。后来有人问托斯卡尼尼说：'你的成功简直就像是一个奇迹，你这么年轻，却如此幸运。你自己怎么看？'托斯卡尼尼说：'我的成功绝非幸运。我出生在一个贫穷的裁缝家庭中，9岁就进入帕尔玛皇家音乐学院，学习大提琴，并偷偷地学习钢琴，十多岁就组建了自己的学生小乐队，担任指挥；18岁时从学院大提琴与作曲班毕业，成绩是最好的。之后仍旧不断地学习再学习，放弃了所有的娱乐时间。这十年来我一直都在努力地准备着！我知道，今天我若不在这里成功，有一天，我也会在那里成功，我对此坚信不疑。因为机会青睐于那些有准备的人。'"

约翰内斯深深地点了点头，然后，他提出了为这次会面准备的最后一个问题："Jin，你认为，机器人会不会取代音乐家的工作？智能翻译机会不会取代人工翻译？"

这次子佩无法代言了，她停下来，微笑着开始饮水。

"机器人会不会取代音乐家的工作？"子衿想了想，然后微笑了一下，道，"坦白地说，我从未担忧过这个问题。但我想，由机器人来作曲并演奏是绝对可能的，取代音乐家的工作也有可能，如果，听众也全都是机器人。"

约翰内斯和子佩一下子笑起来，连他们邻座的客人听到后也笑起来。

"至于 AI 翻译机，"子衿接着道，"我认为，语言的本质不仅是交换信息，更是心灵的沟通。在情感的传递与交流方面，AI 翻译可以无限地接近人类，但却永远无法取代人类语言和音乐的表达。有时，即使我们听不懂一种语言，却可以感受说话者声音中所包含的情感元素，通过语调，音高，节奏的变化，表情温度和肢体语言的传达，这是非常人格化的，是机器所永远无法取代的。记得在我们很小的时候，妈妈经常在我们入睡前为我们朗读和讲解中国古诗词和英文诗，一开始我们听不懂，但却总是被那些诗的韵律所营造出的意境所吸引，莎士比亚、济慈、乔叟、华兹华斯、布朗宁夫人、雪莱、弥尔顿、纪伯伦、朗费罗、泰戈尔……在我还听不懂那种语言的时候，那些诗听起来就那么优美，迷人，就像音乐一般。科技的进步表明我们创造出了更好的工具，但并不代表人类智慧的超越，也不代表我们因此而提升了安全感和幸福指数。机器只能作为工具，如果它反自然，也就反人性。如果机器人取代了音乐家，那么音乐就不再能传达真正的情感和连接心灵了，人类创作音乐的乐趣也将被剥夺。勃拉姆斯花 21 年创作的第一交响曲和由机器人花几分钟合成的一首交响曲，你觉得，哪一首会更打动你？"

4

　　约翰内斯感到自己今天达到了目的，经过这么长时间的努力和准备，他终于抓到机会，让这对美女姐妹和他一起坐到了温哥华环境最好的西餐厅里，她们还穿了那么迷人的旗袍。看了看时间，约翰内斯问两位女士是否还需要点些甜品，她们感谢说不必了，并请他尽兴。约翰内斯此时其实非常想吃这里的幕斯蛋糕，加一杯草莓酸奶，但因为没有人陪他，于是他举手叫身后的侍者买单，同时暗自叹了口气，心想：如果是美女瑞贝卡在这里，她一定会陪我去吃海鲜自助大餐，喝个痛快，然后再去泡脱衣舞夜总会。可这两位东方美女实在太素，拿出来炫耀一下，却无法一起享受。不过没关系，瑞贝卡下个周末就要从多伦多飞过来给他过生日了。约翰内斯看都没看那张比他的预算省了不少钱的账单，就直接刷了卡，最后将酒杯里的石榴汁一饮而尽。

　　三个人在旁人艳羡的目光中走出餐厅。子衿这时忽然说，她想在这里练会儿琴。约翰内斯一时没有反应过来，诧异之间，子衿指了指大堂落地窗边那架黑色三角钢琴。约翰内斯一见，不禁又惊又喜，忙把手放到胸前，欠身道："哦，那可真是太好了！我不胜荣幸能亲眼看到你的现场演奏！请！"

　　子佩也非常兴奋，帮子衿拿过她的背包和披肩，三个人来到大堂休息区的钢琴边，这里有绿色植物和按照太平洋西海岸形状设计成的水池，并能透过高大的落地幕墙，看到外面灯火闪耀中的水光山色。约翰内斯和子佩在钢琴左侧方的大沙发上就座，方才在餐厅里的那三位邻座客人这时也走了出来，在子衿钢琴的前侧方与后侧方站下，并拿出手机准备拍摄和录像，另一个人竟出了玻璃门，跑到外面落雨的露台上去，隔着玻璃幕墙要给子衿拍摄。子佩更是让约翰内斯吃惊，她竟从自己的背包里拿出一个手掌大小的无人机，然后将一个中心定位器放到子衿的钢琴上，无人机便无声地飞到了空中。约翰内斯愈加意识到，能看到子衿的一场现场演出多么难得啊，即使是一首曲子也是弥足珍贵的。

　　子衿这时打开琴盖，在钢琴前坐下，先试了音，调整好座位，然后，她竟脱掉了高跟鞋，用脚将鞋子放到脚踏板的右边，静息了几秒钟，子衿又从旗袍的兜里掏出一副在飞机上用的蓝色遮眼罩戴上，上面还印有"爱乐知音"的银色标志。众人都诧异地看着她，子衿这是要弹琴还是要睡觉？子衿这时微微地仰起头，等所有人都安静专注了，她才缓缓抬起手腕，一首轻柔的，如行云流水般的曲子在大堂里奏响，与窗外的雨声形成和谐的情境。约翰内斯立刻沉醉了。悠扬的琴声吸引了路过的一对白人老夫妇，他们走过来，也在沙发上坐下，看着美女，欣赏妙音；又有两个从餐厅里随后出来的客人被琴声吸引，也走过来驻足观看。约翰内斯感到以前似乎听过这首曲子，却完全不知是什么，他感到紧张，生怕姐妹俩事后会问起他。子佩似乎看出了他的心思，打开自己手机上的声音搜索功能，然后悄悄移到约翰内斯面前，搜索结果是亨德尔的《帕萨卡利亚》。约翰内斯点头，无声地赞叹道："太美了！"他一手托腮，凝视着盲奏的子衿，她既不看谱，也不看键。约翰内斯感觉如梦如幻，眼前的一切美得都不真实，他在心中祈求上帝再给他多一点时间享受这与才女佳人在一起的良宵美景，而不要让它很快就成为回忆或此生唯一的一次。

　　一曲结束，余音绕梁，观众们都没有反应，好像都沉醉了。子衿也意犹未尽，接着又弹起了另一首曲子。这一首同样轻巧，但速度较快，如诗如梦的意境，如浅唱低吟，深情如诉；又似海潮一般，一层层起伏涌落，忽明忽暗，时高时低；成串成串的上行音阶和下行音阶十分流畅，每一颗音符又都清晰可辩，高音区的琶音如夜空中一闪一闪明亮燿灿的星光，贯穿始终，华美而又浪漫。约翰内斯看到子衿那修长灵巧的双手快速而又优雅地在键盘上左右交错，有时左手越过右手，有时右手又越过左手，不知究竟是左手在伴奏还是右手在伴奏，忽而一同往左，一同往右，忽而又左右分开，忽而又往中间聚合，那轻轻提腕的动作仿佛在键盘上跳着优美的手指芭蕾，不仅曲调优美，演奏本身也极富美感，引人入胜。子衿的上身微微晃动着，赤裸的右脚几乎在每个小节都会踩一下踏板，她的浑身都在泛着宁静而神秘的灵光。这座酒店的大堂超级高大明亮，音响效果很好，宽广的音域和悠扬的曲调非常适合在这种场合演奏。琴声从二层飘出，洒向首层，传遍整个酒店大堂，有人闻声，从下面乘手扶电梯上来寻找和观看。

"酷！这是谁写的曲子？"约翰内斯心想，"人类为自己创作出了这么美的艺术，真是莫大的享受！"他感到无比地羡慕和钦佩这位作曲家，他问自己：在认识青氏姐妹之前怎么就没有发现古典音乐竟有如此至高的美，东方人尚如此热爱西方音乐，而他作为德国人的后裔，竟一直是个门外汉，甚至连一场古曲音乐会都没去过。要怪都怪他的父母，从未在这方面给过他培养和熏陶。约翰内斯此时忽然产生了一股强烈的冲动，他想立刻去买一架钢琴，一架三角钢琴，黑色的，闪闪发亮的，放在自己家中的大厅里，靠在落地窗前，上面悬挂着华丽的水晶吊灯，琴旁放着绿色植物，琴上放着白色的玫瑰、枝形烛台和一支香槟酒杯，然后他就开始弹琴。还有比这更酷更高雅的事情吗？是的，他要立即开始学习音乐，学习弹奏钢琴，有朝一日，也能像子衿这样在大厅广众之下弹奏优美的曲子，带漂亮的女友到星级大酒店，在大堂里弹奏钢琴，那样的话，他一定会出尽风头，征服世界上无数的美女。

约翰内斯这样浮想联翩的时候，子佩又用手机向他显示曲目，是李斯特的"叹息"。

李斯特，真是一位魔法大师，能写出这么美妙的曲子，留给世人玩了一百多年，还这么迷人，经演不衰。约翰内斯看到被琴声吸引而来的观众已经越来越多，他非常想让每一个人都知道，正在演奏的这位美女是他的女友。这显然是一场免费的高档演奏会。坐在他们另一侧的那位戴眼镜的白人老先生一边听一边轻轻晃着头，闭着眼睛，十分沉浸和陶醉。一曲结束，观众鼓起掌来，约翰内斯也使劲地鼓掌并叫好。子衿没有摘眼罩，侧身向大家微微点头致谢，接着又加演了一首曲子。这一首由轻渐强，由慢渐快，直至变得抒情而悠扬，大量的八度和弦与琶音，抒发浓郁而又细腻的浪漫情怀，非常适合在这种沙龙式的音乐会上演奏。子衿对力度的把握和对速度的控制使整个乐曲气息流畅，优美如歌。那位白人老先生动情地跟着旋律比划起来。约翰内斯这时看到子佩给他出示的曲名：由李斯特改编的舒曼献给他爱妻克拉拉的《献辞》。又是李斯特，这个魔法大师！

子衿从掌声中听出，此时观众已增至大约十五位。她静坐了片刻，也让听众静下来，因为接下来的这首曲子将非常静谧，且速度轻慢。在柴可夫斯基的《四季·六月船歌》中，人们又听到了窗外的雨声，音乐营造出的氛围在宁静中更具有时空的穿透力，也更能唤起人们的遐想。雨滴在水面上画出无数的圈圈和涟漪，如诗如画般的旋律似如歌的行板，时间在这里静止，船上的人已在树荫下睡着了，两臂枕在头下，在睡梦中思念着昔日的爱人，任无桨的船儿在湖上漫无目的地飘荡，花瓣轻轻飘落，美得令人忧伤。约翰内斯是听得最入迷的一个，他此时在想，这么慢却又这么美的曲子，如果他学钢琴的话，就把它作为第一首来学，因为看上去非常简单，闭着眼睛都能弹奏。全曲的最后一个音将镜头从湖面上渐渐拉远，却将听众的心绪留在了船上。没等听众的掌声落下，子衿又果断地开始了下一首曲子，速度和力度都一下子提上来，上行音阶、下行音阶，翻转往复。子佩立刻在约翰内斯耳边低声道："肖邦的黑键练习曲。"约翰内斯这才注意到子衿这时只是在黑键上演奏。全曲只有 2 分 12 秒，但尾音却较长。很多观众只看钢琴家的手，却从不懂看他们的脚，踏板的运用会使音乐表达非常不同。为了不让观众打断此曲的尾音，子衿发力弹下最后一个音后，双手停在身体左侧，低下头，定格在那里，这类似一个指挥动作，一直到沉沉轰响的琴音渐行渐弱，直到消失后，她这才把手和踏板上的脚慢慢收回。

这时掌声四起，夹杂着喝采声。子衿轻轻摘掉眼罩，双腿并拢挪向右边，从容地穿上高跟鞋，然后慢慢站起身，像正式演出一样，一手扶着钢琴，面带微笑，向观众缓缓鞠躬致礼。这时那位白人老先生走过来，往钢琴上放了两张二十块钱的纸币，并说了声："太美了！孩子，我都想给你献花了。"他的夫人也一边鼓掌一边道："Bravo! Bravo!"。其他人见状，有的也过来往钢琴上放了些硬币和纸币。子佩哭笑不得地看着这一切，然后收了她的无人机。

约翰内斯此时无法表达他激动的心情，一边鼓掌一边走上前来，在众人艳羡的目光中拥抱了子衿："真是太美了！亲爱的。感谢你精彩的演奏！我真希望今后能去看你的每一场演出！"

"感谢您这一次的帮助！"子衿微笑着轻声道，"如果把我换成机器人，刚才的演奏让您感到同样美妙吗？"

约翰内斯一下子笑起来："我宁愿和机器人下棋输掉，也不想看他们弹钢琴。"

观众们散去了。临走之前，子衿在那架钢琴上留了一张纸，上面写着："这琴该调音了。"然后她收走了刚刚挣得的 207 块加币，比她在 2592 公司打工一天挣得还多，而且全是现金。

想到子衿和子佩乘了 6 个小时的飞机，却被他拉到餐厅里吃了一顿她们本不需要的晚餐，又聊了那么长时间，到现在还没有休息，约翰内斯感到抱歉和内疚，他送姐妹俩来到大堂电梯门口，嘱咐她们好好休息，看着她们上了电梯，彼此道了晚安。电梯门关上后，约翰内斯就感到了失魂落魄，他独自回到刚才子衿弹琴的休息区，一个人坐到沙发上，面对着钢琴和仍在落雨的窗外发起呆来。余音绕梁，意犹未尽。他此时的心情复杂和又沉重，想起他背着太太维尼萨做的所有那些偷鸡摸狗的荒唐事，想起他从前幽会过那些女人，没有一个拥有 Jin 这样的修养和才华，她们简直就是两个世界中的人，无法相比。而他自己又是个什么人呢？约翰内斯不敢再想下去，只感到头昏脑胀，他真想留在这个酒店里，明天早上和姐妹俩一起在这里用早餐，然后开车陪她们去不列颠哥伦比亚大学面试，并当场听到好消息，然后开心地一起去游览温哥华，一起用午餐。可是，一想起维尼萨今晚临睡前要和他视频通话，约翰内斯看看时间，只好起身离开了酒店。

雨中开车回家的路上，约翰内斯在麦当劳店停下来买汉堡、薯条、饮料和冰激淋，因为刚才的晚餐他根本没有吃好，全程都在逢场作戏。这时他就坐在自己车里吃起来，一边望着外面的夜雨海滨出神。忽然他收到子佩发来的短信：

"如果你今晚难以入睡，可以在 YouTube 上看一部电影《Song Without End》（一曲相思情未了），它有助于你了解李斯特和他的钢琴曲。链接在下面。"

约翰内斯高兴地谢了她。这时便看到子衿在脸书上刚刚上传了一条箴言：

"三年学说话，十年学闭嘴，一生学音乐，千年学聆听。"

第七章：爱 乐 岛

音乐教育不仅仅是音乐家的教育，更是人的教育，是美、和平与优雅的教育，是和谐、智慧和高尚的教育。音乐远远大于音乐。

Music education is not just the education of musicians, but also the education of man – the education of beauty, peace and elegance, the education of harmony, wisdom and nobility. MUSIC is so much more than music.

1

第二天是星期六，在温哥华单身的约翰内斯决定以睡懒觉来打发等待的时间，果然他是被子佩的电话给叫醒的。

"面试怎么样？"约翰内斯一下子从床上坐起来。

"结果还没有出来，双方还要多一些时间考虑彼此提出的条件。"子佩说。

"哦……"约翰内斯感到还有希望，"那么，今天有什么打算？"他立即问。

"你想去爱乐岛吗？"子佩问。

“当然想去！”约翰内斯一下子掀开被单，“可是，怎么去？”

“我们弄到了登岛票，你来吗？”子佩说。

“我的天！我有没有听错？”约翰内斯就像是听到自己要去天堂了一般。

“你住得离机场远吗？”子佩问。

“不远。”

“因为岛上只允许无烟驾驶，你如果自己开车过来，还得在上跨海大桥前换车，租岛上的电动车。所以我建议你先到机场，去搭乘直通爱乐岛的磁悬浮专线高铁，我会在岛上的中央车站等你，我们可以一起在岛上吃午餐。怎么样？”子佩说。

“好啊好啊！”约翰内斯已经从床上蹦了下来。

“我现在把登岛的电子票发给你，是一日游的。你到了中央车站就给我打电话。请注意有些物品不允许带到岛上来，否则无法在上车前通过安检。我把岛上的违禁品清单也发给你。另外，爱乐岛官网上有一项活动，向今天登岛的游客征集格言和诗句，得票最多的将会被收录在环岛格言牌上，如果是原创的话，作者还能获得两张优惠的全岛周末游览票，包括一晚酒店和餐饮，价值不菲。”

“哦！太棒了太棒了！非常感谢！”这是约翰内斯有生以来最兴奋和激动的时刻，他几乎要跳起舞来。

“路上小心开车。回头见！”

约翰内斯收到子佩发来的电子票后，激动得回复了许多个感谢和拥抱的表情包。他不敢问子佩是怎么弄到登岛票的，只是在手机上做了好多个复制备份。

一小时后，约翰内斯跟昨天一样又冒雨趋车来到温哥华国际机场，在众人无比羡慕的目光中通过电子验票和安检，顺利地登上了直达爱乐岛的专线磁悬浮高铁观光列车。

拱形全透明钢化玻璃车顶让旅客可以全程欣赏沿途风光。约翰内斯的心都醉了，坐在窗边一直都在用手机录视频。实际上，他的梦想并不仅仅是能够来温哥华工作和生活，他此生最大的梦想是能够在爱乐岛上谋得一职，并从此在岛上定居。但有个前提条件：要想成为环宇爱乐的员工并住在岛上，那就首先得成为一名素食者，一个真正意义上的素食者。对此，约翰内斯还没有下定决心，但不管怎样，第一步，他得先登上这座音乐仙岛。

2

是的，全世界的人都想来爱乐岛，爱乐岛是所有人的梦中天堂，尤其对于音乐家和古典乐迷。这座主岛周长 80 公里的半人工岛和它周围的七座群岛究竟有什么魔力？那还得先从它的创始人说起。二十年前，一个名叫"青琴"的年仅二十岁的中国女音乐家发现了这座岛，从此开始开发，并在岛上创立了环宇爱乐集团，Cosmos Philhamonic Group，简称 CPG。

青琴（Qing Qin），华裔加拿大钢琴家、指挥家、作曲家、音乐制作人、环宇爱乐集团创始人、爱乐岛总策划设计师，被公认的世界级音乐家、艺术家和企业家。她三岁开始学习钢琴，四岁开始学习小提琴，五岁开始作曲，六岁首次登台指挥，引起音乐界极大反响。十二岁那年她毅然决定只身乘飞机前往美国留学，在纽约朱莉尔学院学习钢琴、作曲、指挥和表演艺术；还曾经在暑假期间前往维也纳学习音乐和芭蕾舞。在这期间，她仍旧不断地应邀参加演出、录音和录像，出唱片，参加各地音乐节的活动和国际比赛，举办个人钢琴演奏会，与世界各地的乐团合作。从朱莉尔音乐学院毕业后，演出之余，青琴又就读了伦敦大学金史密斯学院，学习"艺术、文化创意和传媒学"，二十岁创建了环宇爱乐，二十二岁获得时间与空间艺术美学博士学位，她的美学论文涉及音乐、绘画、雕塑、舞蹈、建筑、环境设计、文学、影视及传媒。青琴说她十二岁就独立生活了，她留学的所有费用都是她自己的演出收入。

如果不是全世界的话，那也可以说是"这个时代的整个古典音乐界都是看着她长大的。"一位电视音乐节目主持人曾经这样说。当然众所周知，青琴最大的成就是爱乐岛和由她创建的环宇爱乐集团。说到爱乐岛，就是在说青琴，但是青琴却远远大于爱乐岛。

下面我们先来看一下二十年前的爱乐岛原址，它位于加拿大BC省温哥华与维多利亚之间的乔治亚湾，青琴从地图上和空中发现了它，因为它的形状酷似一把大提琴，头向北，脚冲南，并有23.5度的地球自转倾斜角，几乎完全顺应地球磁力线的方向，其地理位置、自然环境和气候条件都显示出它是一块风水宝地，以及它的开发价值；再看一下现在的爱乐岛，对比一下，我们就能看出，从二十年前到今天这座岛和她周围的小岛的华丽变身，对它的策划，开发，建设和完善，全部出于青琴二十年前的设想，从她用一个音乐家和艺术家的慧眼在空中发现了这座琴岛，到她在头脑中产生灵感，展开联想，绘制出总体蓝图和各部分图纸，描述所有的具体细节乃至请专业公司完成了所有的专业地质磋查、风水学报告、经济价值开发可行性分析报告、策划书、设计图，投资与建筑预算，最后就像一本书一样递交给了地方政府。完成所有这一切只用了三个月，这三个月当中，青琴还有演出。事后当媒体采访时问她："你的灵感从哪里来的？每天有那么多架次的航班起落温哥华，飞去飞来，却从未有人从空中发现过这座形状像大提琴的岛。"

青琴回答说：不是她发现了这座岛，而是她找到了爱乐岛，因为她一直都有一个梦想，那就是在温哥华创建爱乐岛和环宇爱乐集团，策划书早就写好了，只等着找到一个合适的岛。温哥华非常美，是世界上最适合人类居住的地方，她很想在此定居，但比起另一座全球最佳城市——音乐之都维也纳，温哥华相对缺少文化消费。而作为一个音乐家，她非常想把温哥华变成一座美丽的北美音乐之都，以此提升它的文化生活质量，吸引更多的世界旅游者。这便引出了如何利用温哥华的优势来开发建设富有地方特色的音乐品牌和产业这一课题，青琴首先想到的是找一块地方来开发，而最美的地方她认为是在温哥华至维多利亚中间的乔治亚湾群岛上，这一片海湾和岛屿就像仙境一样美。她说其实在她很小的时候就曾经想象过要建一座自己认为最美的音乐王国，而且一定要建在一座仙岛上，那样的话，从岛上传出的音乐就能飞过海洋和天空，让所有的天使、外星人和上帝都听到，并会因此而光临她的音乐仙岛国。为此她早就在图纸上描绘了这个音乐王国，她在学习音乐和演出之余最大的乐趣就是不断地想象，描绘和完善这座音乐仙岛国，在她开始学习作曲后，她创作的第一首曲子就是《在我想象的音乐仙岛国上空飞翔》。对所有这一切的想象力和创造力都来自对音乐的热爱和激情。

"我在很小的时候就能够演奏和指挥技法性比较难以及篇幅比较长的乐曲，"青琴说，"人们说我是神童，但实际上，作为一个小孩子，没有什么经历和阅历，对音乐肯定是缺乏理解力的，肯定会有感到枯燥的时候，而我从小特别喜欢看迪斯尼的动画片和中国国产动画片《大闹天宫》，那些美丽的画面使我开阔眼界并激发了我无限的想象力，我就把对我的音乐仙岛国的想象加入到音乐当中，我在演奏所有乐曲的时候都在想象我是在我的音乐仙岛国中演奏，想象我有时是在山中的城堡上演奏，我的音乐吸引了很多美丽的仙鸟和仙兽，有时我又想象自己是在海边向着空中弹奏，众多美丽的天使和外星人都闪闪发亮地飞临到我的仙岛上来，那里鲜花盛开，祥云缭绕，四季如春，没有战争，没有疾病和痛苦，只有音乐，美景和人们的欢笑。我用对我的音乐仙岛国的想象来理解我所演奏的每一首乐曲，想象所有的乐曲都是在描绘我的音乐乌托邦，那就是为什么一开始我非常喜欢施特劳斯的圆舞曲，因为它们非常地美，尤其是在电视上看到每年的维也纳新年音乐会和那些美极了的鲜花，还有芭蕾舞，就让我联想到我的音乐仙岛国；还有那些仙乐飘飘的歌剧咏叹调、壮观的大合唱，我都迫不及待地想要尽快学会指挥它们，以使那些美妙无比的仙乐早日在仙岛上空飞扬；就算是那些比较沉重的作品，比如贝多芬的第五命运交响曲、柴可夫斯基的第六悲怆交响曲，或者拉赫玛尼诺夫的钢琴协奏曲，它们不会使我联想起一些仙岛上的美丽场景，但只要想象我是在音乐仙岛国的空中音乐厅、环宇大剧院或者音乐万神殿里演奏，音透环宇，力度冲天，震动四方，我也就充满了演奏的激情。这样，我就给我所演奏的音乐注入了我的想象、我的理解和灵魂，我所演奏的就不再是枯噪的音符，而成为发自我内心的有生命的音乐。"

爱因斯坦一再强调想象力的价值，知识是有限的，想象力是无限的。我们现在所创造的一切，一开始都始于想象。沃尔特·迪斯尼先生也曾说：只要你能够想象，你就能够去创造它。迪斯尼王国成为世界上最快乐的地方，而它最初只是始于与一位贫困艺术家同住在一个车库里的一只小老鼠。

"我就是想要建造一座音乐的迪斯尼王国，"青琴说，"使全世界无数人的音乐梦想变为现实，因为我知道，地球上所有的人，世界上所有的生命无不热爱音乐。没有音乐的教育根本不能称其为教育，没有音乐的人生根本不能称其为人生。"

这就是青琴成为一个音乐天才并创造了音乐仙岛国爱乐岛的动机和秘密所在。让我们来看一看从她童年时代就开始想象而今天已呈现在地图上的这座音乐仙岛国吧。

环宇爱乐集团总部设在的温哥华的爱乐岛上，以主岛为中心，环以七座群岛，是在天然岛屿基础上修建的半人工岛，身处海湾与海峡之间，是全加拿大气候最温和的地方，亦入围全球最适合人类居住的地方，堪称目前世界上最漂亮、最干净、最安全、最智能化的高尚绿色文化社区，也是目前世界上唯一一座以五大主题为核心的文化艺术科教大观园，它们是——

一、爱乐（古典和新古典）

二、素食、健康养生及智能医疗

三、园林、智能化绿色家居环境

四、全球化网络教育及文化艺术社区

五、高端智能化科技产品研发

爱乐岛碧海环绕，形状犹如一把大提琴，亦被称作"琴岛"，它周边的七座小岛则如七星捧月，一座长桥由东南向西北穿越琴岛中心，形如琴弓，连接两侧小岛，那便是爱乐大桥，全长 28 公里。琴岛主体部分总面积（不包括琴颈）为 375 平方公里，海岸线长 80 公里；琴颈部分是一条长岛，因而又延长了海岸线 48 公里，加上周边七座小岛，其所拥有的海岸线全长超过 220 公里。

由温哥华往返维多利亚，以前只有渡轮，由于爱乐岛的开发，起自温哥华的爱乐大桥跨海越岛，直抵爱乐岛东侧的迎宾岛，再由迎宾岛通向主岛，并连接通向周边群岛的外环岛大桥。爱乐大桥桥面为双向各 5 车道，两边由外向内分别限速 60、80、100、120 和 140 公里 / 小时；桥中间是高速磁悬浮观光单车道，时速 170 公里 / 小时，无人驾驶，单程 10 分钟到达，停留 10 分钟搭客再往返。爱乐大桥两侧还有自行车道和行人道，是目前世界上最长的跨海自行车道与人行道，每隔 1 公里便有一座向外半圆形突出的中途休息服务站，行人、自行车和自驾游的客人可以在此停留休息，有小型停车场、公共卫生间、小餐饮部、观景台和座椅，还有可以搭乘行人和自行车的中型公车服务；另外，每一个休息站上都立有一座高大的音乐雕塑，全程两侧共有 56 座，全部为白色，是通过爱乐岛官网向全球艺术家征集的设计作品，你会在汽车行驶的过程中看到手持竖琴的维纳斯，看到左肩架着小提琴，右手持着琴弓的米开朗基罗的"大卫"，还有怀抱大提琴沉思的罗丹的"思想者"，以及吹奏单簧管的达芬奇的"蒙娜莉莎"，也有抽象派和前卫风格的作品，因此，在上岛之前的这一路上，你已经开始感受爱乐岛的爱乐主题，一条海上的爱乐雕塑大道，这一切，全部是青琴最初的创意。如今，连接温哥华与爱乐岛的还有海底隧道高速公路，全程拱形内壁大屏幕，犹如同时间行驶在外面的爱乐大桥上。不过，所有上桥驶入爱乐岛的车辆要求必须是全电动汽车。

迎宾岛是上爱乐岛的中途岛，也是登上爱乐群岛的第一站。

岛上建有小型机场、农场、四座带有顶层 360 度旋转餐厅的多功能酒店，还有一座 72 层高的提琴造型的酒店及大型综合服务中心，名为"爱乐大厦"，爱乐大桥从它下面的提琴弦板部分、也就是大厦的第三层至六层中间穿越而过，就像是入岛的大门，提琴大厦的指板与琴弦部分为直升观光电梯，其顶部琴颈部分与三层琴轴部分为全钢化玻璃结构，提供观景餐饮服务。无论是从距离还是角度，除了其它六座环岛之外，迎宾岛也是观赏琴岛和整个爱乐群岛的最佳地点，每一个来爱乐岛的人都会在此停留，百分之四十的观光游客会在此入住，登上酒店的空中楼阁，一览爱乐岛、爱乐大桥和东面温哥华的壮美景观，海天之间碧蓝如洗，远山近屿若隐若现，云衫雾幔迤逦变幻，秀色神韵如诗如画，令人不禁心胸大开，陶醉忘返；更有晚间全岛灯火通明，霓虹激光交相辉映，长桥飞架，流光溢彩，与爱乐岛一同倒映在海面上，蔚为观壮，为爱乐岛 28 景之一，是无数人心弛神往的梦想之地。

琴岛主岛平均海拔 2.8 米，最高 6.8 米，外岛海拔最高 27 米。这里终年气候温和，夏季气温从摄氏 22 度到 28 度，冬季平均气温在 8 度，也基本都在 0 度以上，既无严冬也无酷暑，且降雨量充沛，植物种类丰富，奇花异卉繁盛，岛上森林茂密，有幽谷落泉，蓝桥飞架，鹿鹤鸣啾，空气清新宜人，山海间时常云雾漂渺，恍如仙境；游人可以来此骑车，露营，野餐，晚上观星河，听涛声，雨中漫步，更富浪漫诗情。按照青琴的话讲："如此绝佳的地理位置、气候、美景和物产，实为风水宝地，不加以开发利用，是对人类及自然资源的巨大浪废。"

"据说青琴最初在请专家一起考察当地水土、气候、植被等开发环境与条件时发现了两个亮点，一是在建于 1888 年的温哥华斯坦利公园里，有一块巨石屹立在海边，名为西沃石 Siwash Rock，据说已有 3200 万年的历史，其证明了当地的地质与气候稳定性；另一个是在温哥华岛上，有一棵名为"月之女神"的杜鹃花树，已有百年历史，此树高 7 米、宽 9 米，每当盛放时节，粉色的花朵使整棵树变成了一个大花球，引得无数游客前去观赏拍照，被誉为全世界最美的杜鹃花。尽管该地区长年气候宜人，也并非从未发生过自然灾害，实际上人们都知道，温哥华处于板块地震带上，历史上曾有过几次较大的地震，因此，在开发爱乐岛的地质选址与气候条件评估方面，青琴下了很大功夫，邀请过诸多专家进行考察和论证。

从爱乐岛开发至爱乐集团兴建发展的二十年来，已按照青琴最初的策划创建了包括环宇爱乐乐团、环宇爱乐青年交响乐团、环宇爱乐歌剧芭蕾舞团、环宇爱乐合唱团、环宇爱乐电视台、环宇爱乐影视制作中心、环宇爱乐图书音像出版公司、环宇爱乐智能图书馆、书店、环宇爱乐智能影院，等等。环宇爱乐智能音乐厅包括了世界上第一座空中音乐厅、BPS（Building Perfect Sound）水上音乐厅和海上游轮音乐厅，以及环宇歌剧院、环宇爱乐体育场（亦用作大型室外音乐会场）、环宇爱乐万神殿露天音乐会场、三才爱乐坛。

环宇爱乐音乐博物馆及音响花园占地总面积 28 万平方英尺，包括了目前世界上最大的乐器博物馆，收藏有从远古至当代的全球两百多个国家和民族的乐器及出土乐器上万件，涵盖了民间乐器、宗教乐器、皇家乐器、军用乐器、机械乐器、电子乐器，还有古埃及、古希腊、古罗马、古波斯乐器，以及一些名琴和著名演奏大师用过的乐器、私人收藏的乐器——比如爱因斯坦用过的小提琴——有时也会在这里亮相。在它的中国乐器展馆中，参观者可以看到距今 2700 年左右的春秋古琴、编钟、埙、磬、箫、竽、琵琶、搏拊、箜篌，等等，以及整个的一个中国民乐交响乐队的陶塑微缩编制。参观者可以在电子屏幕上观看每一种乐器的介绍、演奏方法、在乐队中的位置、其音域、音响效果及演奏的代表作品，参观者还可以在一个数码键盘琴上用这种乐器的音色进行试奏，甚至即兴作曲。这种互动是所有参观者最感兴趣的，也使这座乐器博物馆成为音乐家和音乐爱好者的大课堂；同时，所有人都可以在环宇爱乐的网站上下载环宇爱乐乐器博物馆的 APP，在手机和电脑上就可以选用馆内任何一种乐器的音色，下载所需要的乐谱，连接到自己的数码键盘上来进行演奏和作曲，像游戏一样，其乐无穷。环宇爱乐博物馆的藏品和规模都超过了美国凤凰城乐器博物馆、罗马国家乐器博物馆和比利时布鲁赛尔乐器博物馆而位居世界第一；其音乐家展馆内收藏有各个时期和流派的著名作曲家、演奏家和指挥家的大幅电子照片、录像，还有很多作品的手稿，甚至很多音乐家的双手的照片、他们曾经生活过的故居和音乐活动场所的照片及录像；这座音乐博物馆还有一个 5D 影院，游人可以在那里体验人类音乐历史的时空旅行，Time Travel of Music。

环宇爱乐美术馆是除了中国的知音爱乐园之外，目前世界上另一座爱乐主题美术馆，其中所展示的绘画、雕塑、动态雕塑和装饰艺术品设计等，都含有音乐元素。环宇爱乐服装服饰艺术展馆汇聚了历届环宇爱乐国际爱乐主题服装节的参赛入选作品，参观者可以根据自己喜爱的展品的编号，在爱乐岛网上购物平台订购适合自己号码的爱乐岛品牌服装服饰。

环宇爱乐天籁乐器行是目前世界上最大的乐器及音乐用品展销中心。

环宇爱乐大学城，包括音乐学院——从小学到大学、环宇爱乐艺术学院、环宇爱乐工商管理学院、环宇爱乐工程学院、新型材料学研发中心（目前主要是新能源蓄电池、新型环保材料和用于3D 打印的人体再生生物墨水材料及用于保健和智能医疗领域的材料）、环宇爱乐智能汽车及航空技术学院、环宇爱乐医科大学及其附属医院、加拿大第一所中医医院暨环宇爱乐五行综合全科中医院及附属医学院，其中包括了中西医结合的预防医学及免疫学研究中心、心血管疾病研究治疗中心、糖尿病及其病发症研究治疗中心、癌症及其病发症研究治疗中心，还设有劳动、运动及意外性伤害急救康复中心、环宇爱乐静心康复中心及音乐治疗中心、气功科学医学研究中心、素食营养学及药用植物学研发中心、环宇爱乐养老院及老年爱乐艺术大学，两年前又创建了信息医学研究团队及专科门诊。

此外，青琴还创建了环宇爱乐金融管理、投资与保险公司、环宇爱乐智能产品研发公司、环宇爱乐创意发明网站及专利代理开发公司、玫瑰圣经园、爱乐岛仙草园、环宇爱乐中草药智能生态栽培研究种植中心、环宇爱乐素食营养研究中心、环宇爱乐健康素食原料智能立体生态种植中心及农场、环宇爱乐旅游公司。

岛上的建筑还有国际爱乐村、环宇爱乐智能酒店公寓、环岛爱乐度假村酒店、环宇爱乐购物中心及素食美食城。还有圣乐天主教堂、平安基督堂、大乘无量净山寺、蓝水清真寺、樱莲谷竹音禅寺、茶文化及诗书画乐大观园、太极园。其中环宇爱乐大学城、环宇爱乐购物中心、环宇爱乐美术馆、环宇爱乐音乐博物馆及音响花园、EM（Ever Music）大厦酒店、行星塔五行智能大厦和爱乐大厦都获得了建筑业的奥斯卡奖"安波利斯摩天大厦奖"（Emporis Skyscraper Award），创造了建筑史上的奇迹。

岛上的购物中心及全岛各处出售的所有商品均为环宇爱乐品牌。必须一提的是，岛上所有建筑和设施的最初选址及功能性设计都是由青琴完成的，她对建筑师的挑选与沟通就可想而知，全岛建筑的三分之一由著名的伊拉克裔英国建筑师 Zaha Hadid 所设计，颇具未来感和太空感，其它部分均采用向全球竞标的优秀建筑师的作品，但总体的创意和规划方案全部出自青琴本人，因此全岛的整体谐调性、主题风格和美学理念就十分地清晰而又和谐统一：

1. 使用黄金分割法：全岛绿地、花园和森林覆盖率为 62%，建筑用地占 38%，此乃黄金比例；在所有形式的艺术设计中使用黄金分割法，包括平面艺术、立体艺术、时间艺术、三维艺术和多维艺术。

2. 色：除绿地之外，全岛的建筑外观及内部设计均以白色为主调（62%），以蓝色系、灰色系、黑色、银色和金色为辅调，以原木色、绿色和鲜花为装饰。

3. 形：最大化地不使用直线，因为直线缺乏神性；除了地面、桌台面和座椅等，其它所有的设计都使用自然流畅且具有音乐感的曲线条，简约、简洁、优雅，并富有个性化和创意。

4．爱乐岛上所有的设施都以爱乐为主题，从建筑设计到园林设计、街道规划，以及家居用品，包括爱乐人的服装服饰，无不彰显爱乐元素。

5．除了晚间树上的彩灯，全岛无露天电线，全部为地下光缆，家居电器和办公设备亦为隐藏电线和电源，因此看上去非常自然整洁。青琴说，她从小就想消除那些由塑料袋产生的和所有人为的噪音，还有那些裸露的、杂乱的、难看的电线。

青琴还是爱乐岛每年一度的众多国际比赛、文化节及博览会的发起创始人，包括——

1．环宇爱乐国际音乐比赛

2．环宇爱乐国际合唱比赛

3．环宇爱乐世界和平音乐节

4．环宇爱乐国际鲁米诗歌音乐节

5．环宇爱乐中国诗词大会海外比赛春季群英会和中秋嘉年华

6．环宇爱乐国际素食者华尔兹及探戈音乐节

7．环宇爱乐国际歌剧戏曲节

8．环宇爱乐国际健康素食节

9．环宇爱乐国际茶文化节

10．环宇爱乐国际太极及养生功法文化交流节

11．环宇爱乐国际音乐电影及微电影节

12．环宇爱乐国际爱乐风筝节

13．爱乐岛国际素食者环岛马拉松

14．爱乐岛国际素食者环岛游泳锦标赛

15．环宇爱乐国际爱乐艺术设计大赛

16．爱乐岛国际爱乐服装服饰设计大赛及文化节

其中第 15 和 16 两项国际赛事向全球征稿，任何个人、专业或非专业人士均可参加，利用环宇爱乐官网上的服装服饰设计 APP 平台进行设计和投稿，入选者作品可自动通过爱乐服装服饰生产公

司的数码全自动成衣系统加工出品或手工制作。

17．环宇爱乐网上绿色购物平台

18．爱乐岛乐器及音乐用品国际博览会

19．环宇爱乐大讲堂——名家演讲及公开课

20．爱乐岛国际智能机器人博览会

21．爱乐岛国际新型智能产品博览会

22．爱乐岛国际新型智能电动交通工具（电动车、船、小型飞机及无人机）博览会

22．环宇爱乐全球网上教育平台（目前包括音乐、艺术、影视、文学、语言、教育、传媒、商业管理、工程类、智能工程、医学、金融，等等，从小学至大学的全套线上课程）

青琴本人现拥有 287 项创意发明和实用新型专利被实施和正在实施，去年，青琴出版了她的新书《青琴创意学》，和世界分享她的创意性思维和出奇制胜的智慧，成为了该年度的最佳畅销书。

爱乐岛创造了游客计划人数饱和及零空房率的全球最佳酒店记录，每年都有上千万人前往温哥华爱乐岛旅游观光，爱乐岛官网更是从来都不睡觉地在赚钱——爱乐品牌电商平台、音乐会视频、影视节目、素食文化节目、医疗保健节目、旅游节目、读书节目、各类文化艺术节目、发明与创新产品栏目、名人演讲、各学科大讲堂栏目，等等，一直居于全球热搜榜首；爱乐全球化网上教育平台正在帮助无数青少年和有志者圆他们的梦想；Good Idea 平台向全球征集各类创意、设计，包括管理；全球有上万人是远程为爱乐集团工作的。

爱乐岛是一座素食文化城，不少人专程前去度假，去那里的农场、花圃、药用植物园参观甚至学习智能管理的玻璃大棚种植技术，每天吃健康的原生态天然有机食品，喝保健茶。人们在爱乐岛上可以充分享受山海美景、健康素食和独特的养生及爱乐文化。岛上没有警察，没有酒吧和歌舞厅，严禁吸烟、酗酒、赌博和任何色

情行为。岛上的居民都是环宇爱乐集团的员工和他们的家属，并且全部为素食者，有很高的文化素养。岛上医院接待的病人90%以上都来自岛外，岛上居民和内部员工的发病率极低，大都只做定期体检和保健。爱乐岛已连续十年被联合国评为全球最健康和安全的典范以及全球最佳文化旅游目的地。作为环宇爱乐集团的创始人，青琴已经创立了自己独有的全方位音乐品牌、包括以音乐为主题的园林、绿色智能家居产品、素食健康养生文化品牌、教育、科研及全球网上教育品牌、高端智能产品开发产业。作为音乐家和企业家的她现任环宇爱乐集团总裁兼环宇爱乐乐团首席指挥，曾被加拿大总理授以最佳创业贡献奖和联合国全球最佳文化名人奖。有人曾经说：青琴是世界上最好静的那种女性，却一直在创造着世界上最大的 Party。

琴岛主体部分（不包括琴颈部分）海岸被宽度平行的十二音阶彩带环绕，从空中俯看，它们构成了琴岛的提琴形轮廓，由海边向内，这十二音阶彩带分别为：

1、C 环，世界上最大的环岛人工海滨公共泳池，在比赛时只按逆时针方向使用；黄昏后，它则变身成为世界上最大的环岛音乐喷泉池。

2、#C 环，白色沙滩带，供游人自由活动。

3、D 环，步行观光道，只供游人逆时针单向行走，它也是爱乐岛每年一度的国际素食者马拉松比赛赛道。

4、#D 环，世界上最大的环岛音乐雕塑、格言牌及花树彩带，步行道上的游人按逆时针单向行进观赏。

5、E 环，环岛音乐花溪，逆时针方向流淌。

6、F环，中国诗词楹联书法廊桥，建于环岛花溪之上，为环中环。

7、#F 环，环岛器械健身道，由外而内分为三个功能环道：接地气步行道、足部按摩步行道和器械健身区。

8、G 环，环岛跑道，全长80公里，共有8条赛道。

9、#G 环，环岛滑板、旱冰、自行车道，只允许逆时针单向行驶，由两条白色曲谱线划分隔离，以保障安全；这里也是爱乐岛每年一度的国际素食者环岛自行车赛赛道。

10、A 环，环岛汽车道，双向各三股道。

11、#A 环，环岛音乐森林花园带，其中包含了世界著名音乐家雕像群、世界音乐建筑博览会，以及全球最大的爱乐主题户外家居用品博览会，游人被要求以逆时针方向参观，休息和网上选购。

12、B 环，磁悬浮环岛观光高铁道。

至于为什么除了在沙滩和森林公园内可以自由漫步，其它的环岛带都规定只能逆时针方向运行，那是因为在北半球，受地球自转偏向力的影响，自然水域的漩涡都是逆时针方向旋转的，在宽度有限的环岛观光彩带上，人流统一按逆时针方向运行可谓顺风顺水，能更有效地利用空间，也更安全。海滨和沙滩总是在你的右手边，而步行道左边的雕塑格言彩带上还有一部大书，你得从左往右看。

二十年来，爱乐岛吸引了无数人走进青琴的爱乐仙岛国，在亲身登岛之前，所有人都在爱乐岛的官网上看过了有关这座岛的视频，随着精心制作的画面神游了不知多少回。

先说爱乐岛的环岛第二环——12 米宽的白色沙滩带——这是一个人造海滩，全部为白色细沙，没有任何诸如卵石、树枝、水藻、枯叶等杂物，铺设了高密度固沙网，可防止任何较大的杂物陷入沙内，因此它是世界上最干净的沙滩；在气温与天气适宜的季节，沙滩上会为游客整齐地放置各色太阳椅和太阳伞，还有吊筐、吊椅、吊床和秋千；琴岛琴腰处的两侧海湾是游人最喜欢聚集的地方，四个尖嘴形白沙滩向海中突出，各设有一座白色凉亭、白色花拱门、白色秋千和一座较小型的海边音乐演奏厅，亦可举办大型的夏季海滩露天音乐会；尖角白沙滩亦是夏季举办户外婚礼的理想场地，在白色鲜花妆点的拱门下，在白色婚纱的飘舞中，在亲友们的祝福里，在白色婚礼蛋糕和香槟酒的甜蜜中，在小乐队的伴奏下，恋人们在此发海誓山盟，永结良缘。

再说第一环，白色人工沙滩外 21 米宽、环岛 80 公里长的水域实际上是一个人工无边际泳池，由内向外，由浅至深，最深处 1.5 米，泳池内的水质随时都被监控，它的外墙也是阶梯形，透明钢化玻璃筑成，其材料为防海水腐蚀且能抗海水压力的专利产品；泳池外墙比海面略高，将天然海水阻挡在外，却又似乎与海水有机相连，加上池底的颜色又接近天然海水，因此从视觉上看，就像是天然海滩，游人可以从沙滩一侧的泳池边游到对面的透明护墙边，倚在护墙上观看海上风光，或回过身来，坐在梯形护墙上，欣赏岸上的环岛景色；泳池外 10 米处还有一道略低于海面的防波堤，其横断面仍旧是梯形，纵向上它是弯曲的，这样更能够阻挡和减弱海潮的冲力；防波堤外还有两道防护网，因此没有海洋生物和船只可以进入，而在防波堤和防护网之间，还设有水下地震、火山和海潮监视报警系统，因此环岛泳池是目前世界上最大最长也最安全的海滨泳池。

全程 80 公里的爱乐岛环岛露天泳池还被划分成为多个不同功能的区域，比如环琴岛两侧各有 6 个儿童水上乐园暨亲子活动区、空中立体玻璃泳道区、三级跳水区、空中泳池餐厅、空中玻璃观景区、空中玻璃温泉水疗吧、空中面海坐禅区、小型水上音乐演奏区——供钢琴、奏鸣曲、四重奏或其它独奏表演；在人造海浪区，人们也可以听到海浪的起伏，漫步白色沙滩之上，海浪会不断亲吻你的双脚，仰卧在太阳伞下，也可以在平静的海浪与轻柔的海风中闭目养神，小憩片刻。整个环岛 80 公里人工泳池的底部呈现不同层次的蓝色，有的区域是浅翡翠绿，有的区域是如孔雀石般的蓝绿色，有的区域是加勒比蓝，有的区域是蓝水晶色，有的区域是乳蓝色，但它们之间的过度又十分自然；池水清澈剔透，一望见底，因此环岛露天泳池还有一个名字，被叫做"蓝色狂想曲"。夏季，在环岛人工游池里漫游时还可以坐在彩色半透明的充气多纳圈里或者充气天鹅背上，用双手划水，也可以仰卧或俯卧在充气床上晒太阳，水面上漂浮着各种充气小鸭子、小鱼、小龟，还有各种颜色的充气筏、充气椅，任客人们浮游；智能机器小海豚会给水上的客人送半杯饮料，智能机器美人鱼会为客人伴游；若是赶上雨天，游人们可以待在浅水区的伞形大雨蓬下，围着水上吧台坐成一圈，腿泡在水里，边喝边聊，或者躲到沙滩上的帐篷里去坐着或躺着观赏雨景。在空气清新、风景如画、宁静安全的爱乐岛上露天或半露天午睡是颇为享受的养生方式之一，体验最为舒适和惬意的时光。入秋后，天气逐渐转凉，当气温低于十度，环岛人工游池会变身成为环岛观光运河，游人可乘船环岛观光；同时，露天温泉区仍旧开放，也有为冬泳爱乐好者开放的特定泳区。

另外，爱乐环岛泳池全长 80 公里，远远打破了智利圣阿方索 1 公里长的世界最大室外泳池的纪录。意大利人莫罗·吉亚考尼亚（Mauro Giaconia）曾在他 37 岁时于南美洲的一家海水泳池内创造了 24 小时不间断畅游 101 公里的世界纪录，两年后他应青琴的邀请来到爱乐岛，想在环岛泳池内打破他自己的纪录，选定的那一天是当年 6 月的第一个星期一，那时正值旅游高峰季节，也是爱乐岛夏季国际音乐节开始的第一周，但环岛泳池仍为他特别设定了逆时针方向泳程经过之前半小时和经过之后 20 分钟对公众关闭的安全保障措施，包括环岛海滩，除了全程护航的安保和急救车，以及岸上、空中和海边三个方位的跟踪摄像机，莫罗全程只能看到环岛步行道上为他沿途加油的游人，在没有任何干扰的情况下，莫罗坚持完成了 24 小时不间断畅游，但却以微弱的差距未能打破他先前创造的纪录，事后他笑着对媒体说："条件方面不是问题，年纪大了点或许是一个问题，但环岛泳池两边的风光实在太迷人，无论是晨雾中的树木和鸟鸣、海上壮丽的日出和在朝霞中逐渐绽放盛开的花树，它们都实在太美了，我在水中都能闻到那些花云紫雾从步行道旁飘过沙滩而向水面上不断袭来的甜丝丝的芬芳，它们真是令我陶醉；还有那些屹立在花树间草坪上的音乐雕塑，它们似乎都在看着我，它们总是吸引我的目光，分散我的注意力；更有远方海面上被云雾缭绕的仙山，以及海上五颜六色的帆船、滑翔伞和热汽球；另外还有夜幕降临后岸上满树的彩灯、专门为我而投放到泳池边的莲花漂流灯和泳池上方悬挂的无数盏各式彩灯，借着我和自己比赛的这次机会，爱乐岛搞了一个世界上最大的环岛水上花灯展，我简直就是在给他们做广告。哈哈！我的天，所有这一切无疑都是拖我后腿的因素，我感到我的整个泳程都不是在和自己竞赛，而完全被岛上的美景所征服，我不是在试图打破一项世界纪录，而是在以游泳的方式做环岛观光游。在我的第一个疲劳点来临时，我就想放弃，真的，我想离水上岸，躺倒在沙滩椅上观海景，然后到步行道上去漫游，美美地逐一欣赏那些鲜艳欲滴的花朵，尽情地深呼吸，饱尝花的芬芳，然后倒在沙滩吊床上听音乐，我就跟神仙一样快活了。但我不能放弃，我知道不仅现场观众在给我加油，还有很多人都在互联网上观看，包括晚间。现在我获知，收视率在 24 小时内破了上千万。对我而言，那是一个除了美景、音乐和我的划水声就不能再安静的夜晚，我融入了自然、清新的空气和花香，还有星海、皓月和宇宙无限的美，我在美景和音乐的陪伴下坚持游完全程。尽管我没有打破先前的纪录，但我一点也不遗憾。我非常感谢青琴小姐的邀请，因为这是我一生中非常难得而又特别的经历，无比美好的经历，它让我更加深刻地了解到：一个人要战胜的只是他自己。我衷心希望有人能在这里打破我的纪录——80 公里用时 18:32:07，以及 24 小时 100.228 公里。祝大家健康，平安，快乐，好运！"

于是在莫罗之后，爱乐岛就从第二年正式开启了每年夏秋两季的环岛 80 公里及 24 小时国际素食者游泳锦标赛，而这又是青琴的创意。

环岛十二音阶彩带的第三环是海堤步行道，8 米宽，高出沙滩 0.5 米，高出海平面 1 米，其路面质量和宽度可以确保双线普通轿车以及环卫和环岛海滩工程用车的行驶，但步行道的主要用途是供游人慢步观光。环岛十二音阶彩带共有 80 公里长，为了方便那些走累了的游客和不便于行走的人，每隔 6 分钟便有一趟敞篷观光车，共可搭乘 24 位游客，可以随时停车方便游客上下。既便如此，很多游客、特别是第一次来爱乐岛度假观光的游人仍会选择花三天时间全程步行环岛观光，并且只是在步行道上，然后再转去下一环的环岛游。所谓一步一景，环岛十二音阶彩带上的任何一道美景都被创意和设计得那么富有吸引力，令人不想错过。在这条步行道与右边的沙滩之间有一道白色护栏，一米高，如果你按逆时针方向沿着下面的白沙滩散步或在环岛泳池中畅游，就会看到这条绵长80公路的护栏其实是由一首乐曲的五线谱构筑而成的，能认出它们的游人都会为自己的音乐素养而骄傲，那是巴赫的6首无伴奏大提琴组曲，演奏时长大约为两个半小时。环岛观光步行道也是爱乐岛每年一度的国际素食者马拉松比赛的赛道。

第四环，音乐雕塑、格言牌及花树彩带，在环岛步行道的内侧左手边，4米宽的绿地草坪，是由花树、音乐座椅、音乐雕塑和格言木牌组成的一条亮丽的风景线，在这条独特的环岛彩带上，高低有序地种植着一大圈花果树，在中医药学当中，它们皆可入药或为药食两用，有枣树、桑树、桂树、栗树、杏树、桃树、丁香、橘树、槐树、银杏、三尖杉、红豆杉、山楂、百合、吴茱萸、核桃、石榴、鸡蛋花、玉兰、女贞、辛夷、金银花、枸杞、黄芪、牡丹、合欢、紫荆、木槿、栀子花、腊梅、月季、芍药、山茶、菊花、红花、接骨木、熏衣草、密蒙花、凌霄花、旋覆花、厚朴花、佛手花，等等。此外，还有扶桑、芙蓉、紫楠、木槿、碧桃、金桂、海棠、紫薇、女贞等观赏花木。

且不说岛上的樱花，光是梅花就有上百种，按照花色花形可分为红梅、大红梅、宫粉梅、绿梅、金钱绿萼梅、美人梅、榆叶梅、玉蝶梅、洒金梅、照水梅、朱砂梅、珍珠梅，还有经过杂交的杏梅、李梅、樱梅；其姿态各异，有直枝、垂枝、游龙枝。爱乐岛上种植的梅花大都来自中国四大梅园，它们是南京梅花山梅园、无锡梅园、武汉东湖梅园和上海淀上湖梅园。岛上还移植了来自新疆伊黎杏花沟的杏花和来自西藏林芝波密桃花沟的桃花，以及从江西婺源和广西罗平引进的油菜花。更有来自贵州毕节市大方县普底乡大荒村的杜鹃花，那里享有"世界最大野生花园"和"地球彩带"的美誉，还有千年花王；春季一到，杜鹃花满山盛开，五彩斑斓，变成花山花海，有的一树花开七色，美不胜收。而这一切都被搬到了爱乐岛，将爱乐岛打造成了世界上最大最美的花园。

每年3月至5月间，仿佛挑着花篮的天仙们乘春风来到岛上，她们煊染描绘，织锦披绣，爱乐岛便成了春花岛，整座岛花团锦簇，绚烂茂盛，如云似雾，如烟似霞，花香弥漫，芬芳袭人，婆娑多姿，美伦美奂，连海水都被映得流光溢彩；彼时，在环岛十二音彩带、中央大道两旁、中央广场、岛上各处林园之内，赏花的人们都沉醉在温暖的春风和花海的人间仙境中，个个成花仙，流连而忘归。

岛上的每种花树都挂了牌子，刻有花树的名字、目科属种、花期和结果期。环岛十二音阶彩带第四环的花树下绿草如茵，每隔一棵树，都设有两张长椅，一张面向大海，一张面向第五环道，供游人休息，其造型、设计风格和材料各不相同，但都含有音乐元素，构思奇巧，让游人感到音乐艺术的无穷魅力和创意空间。在两张座椅之间，都立有一座音乐雕塑艺术品，环岛共有3600座，构成了一条长长的环岛音乐雕塑艺术展，畏为壮观；而每座雕塑的旁边，都立有一座一米多高的木牌，有的是乐器造型，有的是乐谱造型，各不相同，但上面都镌刻着一句格言，这些格言的内容围绕五大主题：音乐、和平与内心的平安、创新与创造力、智慧、爱。和这里的音乐雕塑一样，所有的格言都是通过爱乐岛官网，向全球征集的，格言下面刻有作者的姓名、国籍和出生年份，共有来自199个国家和地区的作品入选，其中最小的一位作者只有8岁，年纪最大的108岁。第一次来爱乐岛的人都会来到环岛步行道上，以近距离逐一观赏这些音乐艺术雕塑和格言，就像是阅读一本书，浏览一部画卷，争相与他们喜欢的雕塑和格言拍照合影。如果你想在环岛漫游的间隙坐下来休息，观海赏景，听听音乐，那么在音乐座椅上可以找到USP接口，你可以用它给手机充电，放音乐，然后享受这人间的妙音天堂。你或许会在身旁的一块格言木牌上看到这样一句话：

"静，而后能听；止，而后能观；定，而后能安；安，而后能虑；

虑，而后能得。”

"让所有的武器都变成乐器，让所有的炮声都变成节日的礼花，让所有离别的眼泪都变成重聚的欢笑，让世界成为一首欢乐颂。"

有些格言木牌还是空的，等待好的作品入选；网上征集活动是不限期的，还会结集出版，并在爱乐岛官网上以视频方式播出；所有来岛上观光旅游的人都可以为自己喜爱的格言点赞，也可以在爱乐岛官网上选择自己喜爱的爱乐 T 衃，不同颜色、款式和号码，然后将自己喜欢的格言印在上面。穿上一件爱乐岛的格言 T 衃是很酷的，有的客人会一次订上很多件。

傍晚，环岛海滩花树上会亮起闪烁的彩灯，草坪上和步道两旁设有地灯，从空中亦可看到琴岛的形状，五彩缤纷，如梦如幻，成为爱乐岛 28 景之一。

环岛十二音阶彩带的第五环是花溪带，人工建造的园林式环岛花溪有 10 米宽，两侧花树夹岸，粉色和白色的花枝倒映水中，水流轻缓，溪音悦耳祥和，水中有各式假山石，红莲、白莲、黄莲、粉莲、宣莲、重台莲、洒金莲、并蒂莲竞相绽放，还有睡莲，共 60 个品种；各色大小鲤鱼在莲叶间穿梭戏游；水中磊石上栖息着金钱龟；每隔一百米有一座小桥，造型各异，有平板桥、踏步石桥、曲桥、拱桥、廊桥、亭桥、吊桥、花篮桥、双边扶栏桥、单边扶栏桥、平面 8 字桥、立体 8 字桥，等等，环岛花溪上总共 600 座小桥，各不相同，小巧可爱。每座小桥的倩影都与两岸花树一起倒映在水中。环岛花溪沿途共有 240 座造型各异的小瀑布，与各种造型的石头形成三叠瀑、水帘瀑、台阶瀑、岩洞瀑、竹管瀑、轻纱瀑……溪中亦有音乐雕塑，有些瀑布从钢琴琴键上流出，有的小喷泉是从吹笛人雕像的竹笛中流出，有的是从单簧管里流出……配上两岸的竹桃樱李、瑶草幽兰，构成一幅山水园林的美妙画卷。

第六环，中国诗词楹联书法廊桥，2.8 米宽，4.5 米高，环岛全长 78 公里，建于环岛花溪之上，离水面 1 米高，为环中环；游人可以从廊桥两侧以及从廊桥的透明钢化玻璃步道上往下观赏花溪、莲荷、游鱼、浮萍和潺潺的流水。一幅长长的动态画卷就在脚下和身旁。廊桥为棕红色南美洲小相思木 Gidgee 建成，其木质硬度排名世界第三，能散发出紫罗兰的芳香；廊桥采用中国仿古全木建筑榫卯结构，没有一个钉子；每隔 9 米有一对圆形廊柱和方形横梁，每对柱廊上刻有一联中国古诗词或楹联名句，游人按逆时针方向单向游览，全程可观赏到上千联诗词，以不同的书法撰写，头顶横梁上有英文翻译。廊桥顶部为 120 度角亭式雨檐，慢步在廊桥中，头顶上是倒悬着的以音乐为主题而设计的各色花纸伞，两边纵梁内侧有各种题着诗书画的折扇，纵梁下悬挂着各式各色的手工花灯。游廊两旁为半米高的护栏式长椅，游人可随时坐下休息，品诗赏画观风景，面向海滩一边的护栏上环岛一周刻印着肖邦的 24 首钢琴练习曲，分别为作品第 10 号共 12 首和作品第 25 号共 12 首。

雨中游园，那就更是另一番情趣。入夜后，廊桥的轮廓灯和透明步道下面的地脚灯亮起，构成了环岛的另一道如梦如幻的提琴轮廓线。

第七环，环岛器械健身道。分为三个功能环道区：外环是草地，2.8 米宽，两边为树木，用于赤足行走，手摸树木，以帮助身体活化线粒体，提升免疫力，抗衰老；每两树间有休息椅，供游人坐着接地气；草地干净柔软，没有杂物，游人可以安全放心地在上面行走；每 100 米有温水笼头并提供纸巾，供游人坐下来濯足净足，穿上鞋袜离开草坪。中环是用孵石铺成的足部按摩步行道，2 米宽，由黑白两色大小不同的卵石按钢琴琴键图形铺设，游人可赤足或穿袜走在上面，以达到足底按摩的作用。内环健身区设置了近百种公园运动器械，如单杠、高低杠、吊环、吊绳、撬撬板、秋千、平衡木、平步机、立式摇步机、坐式摇步机、爬高器、原地摸高器、跳高摸高器、三位扭腰器、心肺功能训练器、坐式、卧式、站立式腰背按摩器、腹肌板、仰卧起坐平台、摇臂肩周活动器、大腿肌群训练器、直线和环形悬空摇步器、弯腰减腹器、多级压腿杠，还有跳绳和呼拉圈圆台、乒乓球台、羽毛球、网球区等等。也有为孩子们设置的体能训练和游戏区，可谓老少皆宜，集运动与娱乐为一体，深受人们的喜爱。

第八环，环岛跑道：全长 80 公里，是一条蓝色的国际标准田径赛道，共有 8 条跑道，每条跑道宽 1.22 米，用于爱乐岛居民、度假游客每日跑步锻炼，逆时针单向运行，其中最外两条为快跑道，向内两条为慢跑道，再向内两条为竞走和快步道，最内两条为慢步道。人们被建议，每日最佳的跑步时间段为早上 7 点到 9 点和下午 4 点到 6 点。

在第七环和第八环之间设立了一条长长的白色护栏，也是一道乐谱，那是巴赫的 6 首无伴奏小提琴奏鸣曲与组曲，演奏时长近两小时。

第九环，滑板、旱冰、自行车道，亦为逆时针单向运行。这条环岛健身道上有时被两侧高大的绿竹相夹，每年 4、5 月间和 8、9 月间被架起 3 米高的拱形藤萝瀑布所覆盖，白色、黄色、粉色、紫色，夏季又有茉莉花拱廊，秋季又会被金黄一片高大的银杏树与红枫所覆盖，冬季还有凌寒不败的金银花。每隔五百米有一个小服务站，里面有卫生间、小型餐饮休息区，游人可以在这里借还岛内自行车、滑板和旱冰鞋。

在雨天、风天和冬季，七环、八环和九环三条健身区道会被拱型钢化玻璃半封闭或全封闭，成为三条长长的环岛透明长廊，并配有内部空调、照明以保障运动者的安全，因此，岛上的居民和游人在任何天气条件下都可以在环岛上运动健身。从空中俯看，这三道环岛拱形玻璃罩就像是一条贝壳项链，构成全岛又一个大提琴形的轮廓，上面还有流动的乐谱；晚间，它会被七彩变幻的灯光点亮，营造出人们梦中的爱乐仙岛。在第八环和第九环之间亦设立了一首长长的白色环岛护栏，上面是另一首乐谱，那是巴赫的《哥德堡变奏曲》（全曲共 32 段，演奏时间大约 1 小时 30 分钟，被视为巴赫键盘作品中的杰作）。

　　环岛十二音阶彩带的第十环是汽车道，双向各三股道，用于岛上的交通和运输，从早上至晚间，每二十分钟有一趟环岛观光大巴车对开。岛内全部使用静音设计电动车，且不准鸣笛，车轮与公路的摩擦声也大都被公园绿化带吸收。爱乐岛奉行的宗旨之一是：只有音乐，没有噪音。在第九环和第十环之间亦设立了一道白色环岛护栏，上面有两首乐谱，一首是帕格尼尼的 24 首小提琴随想曲，其演奏时长为 1 小时 12 分左右。耶胡迪·梅纽因这样评价此曲：与巴赫的六首奏鸣曲和组曲相比，帕格尼尼的 24 首随想曲同为小提琴家的技巧奠定了基础，两者可被视为是小提琴《圣经》的旧约与新约。接着它的是李斯特的 12 首超技练习曲，演奏大约需要 1 小时零 7 分钟，这 12 首炫技作品被视为是钢琴大师的试金石。

　　第十一环是音乐森林花园带，绿树参天，浓荫覆盖，草坪如茵，野花散布其上，金色的花栗鼠在树间和草地上欢蹦乱跳，甚是可爱，如果你歇息在两树间的吊床或吊椅上，它们可能会跑来顽皮地吓你一跳；这里也是鸟儿们的天堂，有几十种鸟类在此栖息，树林里设置了人工小鸟窝，并悬挂了饲鸟器。有时，你还会看到孔雀悠闲自在地漫步徜徉，甚至振翅开屏——白孔雀、蓝孔雀、绿孔雀，花孔雀。林中草地上，每隔约 500 米，便有一座著名音乐家雕像，环岛共有 120 座，包括著名的作曲家、指挥家和演奏家，它们同样是通过爱乐岛官网向全球征集的，挑选出其中最优秀的作品，这些雕像屹立在树林草坪上，面向大海，有的立于石碑上，有的坐在长椅上，有的在演奏乐器，有的像是在沉思，散步，都和真人大小一般，构成了又一道独特的风景线。在这些音乐家雕像前面，有一条 2.8 米宽的林中人行步道，两旁种植着各色郁金香，花开季节，如诗如画。巴赫、莫扎特、海顿、贝多芬、舒伯特、舒曼、瓦格纳、布鲁克纳、马勒、威尔第、维瓦尔弟、罗西尼、勃拉姆斯、柴可夫斯基、李斯特、肖邦……哪些是您最喜爱的大师呢？此外，环岛公园绿化带上每隔约 1000 米便有一座不大不小的建筑，也都面向大海，它们是按照不同比例而仿建的 60 座世界著名音乐厅和歌剧院的小型版建筑，在建筑前面的草坪上附有该建筑的多语种简介，它们是：

1. 埃斯特哈希宫：位于奥地利的埃森斯塔特，始建于 13 世纪晚期，1622 年归为匈牙利埃斯特黑希王侯家族所有。海顿曾作为宫廷乐师在此受聘 30 年之久，现在它是一座博物馆，也是奥地利境内最美的巴洛克式演出场所。

2. 巴伐利亚国家歌剧院：位于德国慕尼黑，建于 1653 年，由冯·费舍尔设计。

3. 英国皇家歌剧院：坐落在伦敦科文特花园，于 1732 年建成首演，由爱德华·巴里设计。

4. 圣卡罗剧院：位于意大利南部第一大城市那不勒斯，于 1737 年完成，是欧洲最古老的歌剧院，其作为皇宫的附属建筑，按照当时的西班牙国王卡尔洛·波旁的旨意建造，为公众开放，至今仍旧活跃。

5. 柏林国家歌剧院：建于 1742 年，由克诺贝尔斯多夫设计。

6. 斯德哥尔摩皇家歌剧院：建于 1773 年，由弗里德里·阿德尔克兰茨设计。

7. 莫斯科大剧院：始建于 1776 年，在半个世纪里发生过两次火灾，于 1825 年由建筑师博维重新设计并主持修建，于 1856 年落成并一直保存至今。

8. 米兰斯卡拉歌剧院：于 1778 年建成，堪称世界上最著名的歌剧院之一，由建筑师朱塞佩·皮尔马里尼设计。

9. 圣彼得堡马林斯基剧院：建于 1860 年，由阿尔贝托·卡沃斯设计，是一个历史性的歌剧和芭蕾舞剧院。2013 年，马林斯基剧院第二舞台（Mariinsky II）落成之后，作为一个音乐艺术综合体，其规模已经接近于纽约的林肯中心，并且被称为俄罗斯第一个融合现代尖端建筑、声学技术和历史文化内涵的音乐建筑群。

10. 维也纳国家歌剧院，建成于 1869 年，由埃里希·波尔滕斯坦设计，素有"世界歌剧中心"之称，也是维也纳的主要象征，为世界四大歌剧院之一，始建于 1861 年，历时 8 年完工，总面积达 9000 平方米，坐落在维也纳老城环行大道上，原是皇家宫廷剧院。

11. 维也纳爱乐友协会大楼：建于 1870 年，由冯·汉森设计，其中的金色大厅为世界最著名的音乐厅之一，每年在这里举办的维也纳新年音乐会举世闻名。

12. 伦敦皇家阿尔伯特音乐厅，建于 1871 年，由英国皇家工程师亨利史葛少将设计，是英国伦敦西敏市区骑士桥的艺术地标，该音乐厅最众所周知的活动是自 1941 年以来一年一度的夏季逍遥音乐会 BBC Proms。

13. 巴黎歌剧院，位于法国巴黎第九区歌剧院广场，在拿破仑三世皇帝的授意下于 1861 至 1875 年间建造，并由建筑师夏尔·加尼叶所设计，被认为是新巴洛克式建筑的典范之一。该剧院自 1923 年以来一直是法国的历史古迹，被称为"世界上最著名的歌剧院"，与巴黎圣母院、卢浮宫以及圣心教堂被视为是巴黎的象征。

14. 拜洛伊特节日剧院，建成于 1876 年，由音乐家理查德·瓦格纳和建筑师奥托·布吕克瓦尔德共同设计。

15. 森珀歌剧院，位于德累斯顿，是德国排名第一位的歌剧院，也是世界著名的音乐厅，在歌剧院的艺术家与国际客席艺术家的参与下，极高水准的艺术呈现闻名于世，拥有超过 460 年历史的德累斯顿国家管弦乐团驻团于此。这座壮观的建筑以设计师戈特弗里德·森珀（Gottfried Semper）的名字命名，装饰着麦克白、墨菲斯托、歌德和席勒的雕像，自 1878 年以来一直吸引着世界各地的音乐爱好者。大厅可容纳 1300 人，每年约有 390 个活动。关于它，每月都有 201,000 次谷歌搜索，以及 Instagram 上的 34,600 个帖子。

16. 罗马歌剧院：于 1880 年落成，由著名建筑师科斯坦齐设计。意大利是歌剧的诞生地，罗马歌剧院在世界歌剧界有着特殊的地位和影响力，该剧院落成的当天以首演意大利著名作曲家罗西尼的歌剧《塞密拉米德》为开场，后来许多著名歌剧都是在这里首演的，其中最重要的有玛斯卡尼的《乡村骑士》、普契尼的《托斯卡》、罗西尼的《塞维利亚的理发师》等。1931 年将剧院大规模地改建并引进最新舞台设备，改建后的歌剧院以其极佳的音响效果而著称。

17．阿姆斯特丹皇家音乐厅：建于 1881 年，由阿道夫·雷纳德·冯·根德设计，被称为是最适合高水平乐团演奏的音乐厅之一，也是荷兰文化的象征。它是世界上排名第二的听众访问最频繁的音乐厅，这里每年有超过 85 万的听众欣赏约 800 多场音乐会。

18．纽约卡内基音乐厅：由美国钢铁大王兼慈善家安德鲁·卡内基于 1891 年在纽约市第 57 街建立的第一座大型音乐厅，由并不出名的大提琴手威廉·波奈特·杜斯尔设计。卡内基音乐厅的建筑采用意大利文艺复兴风格，并有号称世界一流的音响设备，在建成后的首演式上，由柴可夫斯基担任客座指挥，吸引了全纽约的名门雅士前去观看。多年以来，纽约爱乐乐团一直在此演出，指挥家包括托斯卡尼尼、斯托科夫斯基、布鲁诺·瓦尔特以及伯恩斯坦。能够在这里演出或登台亦成为跃登古典与流行音乐乐坛成功的标志。

19．亚马逊歌剧院，启用于 1896 年 12 月 31 日，位于巴西马瑙斯，建筑师为萨卡迪姆 Celestial Sacardim。

20．马西莫剧院，在奠基 22 年后，于 1897 年启用，位于意大利巴勒莫市的威尔第广场，为欧洲第三大剧院，仅次于巴黎歌剧院和维也纳歌剧院，以完美的音响效果而著称。建筑设计师乔瓦尼·巴蒂斯塔·巴西莱。

21．波士顿交响大厅，建成于 1900 年，由查尔斯·麦克基姆设计，位于美国马萨诸塞州波士顿市内。它目前是波士顿交响乐团与波士顿流行乐团的驻地，与新英格兰音乐学院仅一个街区之隔。

22．科隆歌剧院：1890 年 5 月 25 日，阿根廷的科隆歌剧院在布宜诺斯艾利斯奠定了它的基石，作为其主要建筑师的意大利人弗朗西斯科·坦布里尼在 1891 年突然去世，比利时建筑师 Jules Dormal 最终完成了该项目，科隆歌剧院终于在 1908 年 5 月 25 日首演，以朱塞佩威尔第的歌剧《阿依达》拉开了它的大幕。2010 年 5 月 24 日，在斥资 1 亿美元、经历了三年半的关闭装修后，剧院重新开放，效果令人惊叹。

23．加泰罗尼亚音乐宫（Palau de les Musica Catalana）：位于西班牙巴塞罗那，由著名建筑师路易·多梅内克·蒙塔内尔（Lluis Domenech i Montaner）设计，并于 1905 至 1908 年间建造，其外观就令人叹为观止，内部更是绚烂多彩。1997 年被联合国教科文组织命名为世界保护遗产之一。

24．洛杉矶好莱坞碗露天音乐厅：始建于 1922 年，由建筑大师法兰克·洛伊莱特之子小洛伊莱特设计其舞台外型，建有 17383 个座位。

25．墨西哥城艺术宫：启用于 1934 年，由意大利建筑师阿达摩·包里 (Adamo Boari) 于 1904 年设计。

26．纽约大都会歌剧院，于 1965 年建成，以华莱士·哈里逊为建筑师，附属于林肯表演艺术中心。

27．德国多特蒙德歌剧院，开放于 1966 年，由建筑师亨瑞奇·罗斯考腾和艾德加·崔塔特（Heinrich Rosskotten、Edgar Tritthart）设计。

28．华盛顿肯尼迪表演艺术中心音乐厅，建成于 1971 年，由爱德华·斯东担任总设计。

29．悉尼歌剧院：由丹麦建筑师约恩·伍重设计，位于澳大利亚新南威尔士州悉尼市区北部悉尼港的本尼朗角（Bennelong Point），1959 年 3 月动工建造，1973 年 10 月 20 日正式投入使用，是澳大利亚地标式建筑，其中包括一个 2700 座的音乐厅、一个 1550 座的歌剧院和一个 420 座的小剧场，还有展览、录音、酒吧、餐厅等大小房间 900 个。2007 年，悉尼歌剧院被联合国教科文组织世界遗产委员会批准为文化遗产列入《世界遗产名录》。

30．瑞士苏黎世音乐厅：建成于 1895 年，由维也纳建筑师设计。

31．澳大利亚墨尔本艺术中心：也称为维多利亚艺术中心；于 1984 年竣工首演，由 Roy Grounds 及其公司设计建造。

32．罗伊·汤姆森音乐厅：位于加拿大多伦多，1982 年启用，建筑师阿瑟·埃里克森。

33．柏林爱乐音乐厅：落成于 1987 年，由德国建筑师汉斯·沙龙设计，曾获二十世纪中期国际建筑设计竞赛首奖。

34．东京艺术剧场：于 1990 年 10 月对外开放，由日本著名建筑师芦原义信设计完成，其外观巨大的三角形玻璃入口大厅和建筑表面的蓝色墙壁独具特色。

35．瑞士琉森文化和会议中心音乐厅：于 1998 年落成，由法国建筑师让·努维尔设计。

36．新加坡滨海艺术中心 Esplanade 音乐厅：启用于 2002 年，由伦敦的 Michael Wilford Partners 与新加坡的 DP Architects 共同设计。

37．华特·迪斯尼音乐厅：位于美国洛杉矶，建成于 2003 年，由普利策克建筑奖得主弗兰克·盖瑞设计。

38．特内里费礼堂 (Auditorio de Tenerife)：位于西班牙金丝雀（Canary）岛，2003 年建成，建筑师为圣地亚哥·C·瓦尔斯（Santiago Calatrava Valls）。

39．英国的圣盖茨黑德音乐中心 Sage Gateshead：2004 年启用，由英国国宝级建筑大师诺曼福斯特设计。

40．丹麦哥本哈根歌剧院：于 2005 月开业，是目前世界上最现代化的歌剧院之一，由新未来主义建筑师亨宁·拉森设计。

41．柴可夫斯基音乐厅：1940 年开幕，是莫斯科的音乐文化中心之一，这里是著名的莫斯科爱乐协会（Moscow Philharmonic Society）所在地，是为了纪念著名音乐家柴科夫斯基诞辰 100 周年而建的。音乐厅可同时容纳 1505 名观众，每年有 300 余场演出，是俄罗斯国家交响乐团的所在地。

42．中国国家大剧院：于 2007 年建成，由法国建筑师保罗·安德鲁主持设计，外观呈半椭球形，位于北京市中心天安门广场以西，人民大会堂西侧，由主体建筑及南北两侧的水下长廊、地下停车场、人工湖、绿地组成，是新"北京十六景"之一的地标性建筑，设有歌剧院、音乐厅、戏剧场以及艺术展厅、餐厅、音像商店等配套设施。

43．英国曼彻斯特巴赫室内乐音乐厅，建于 2010 年，由 Melodie Leung，Gerhild Orthacker 团队设计。

44．加拿大蒙特利尔交响音乐厅，落成于 2011 年；Diamond and Schmit 建筑事务所设计。

45．知音国际爱乐中心，于 2008 年 6 月 28 日落成开放并首演，位于北京京西知音国际爱乐集团园区钻石洲，是知音爱乐大厦的一部分，共有大小三座演奏厅，其中水晶厅总容量为 2800 座，由年轻的中国设计师青子佩设计，知音爱乐集团建筑总公司承建，为目前世界上最大也是最高端的多功能智能音乐厅。

46．台中大都会歌剧院，2014 年完工，由日本建筑师伊东丰雄设计。

47．乐天音乐厅，于 2016 年 8 月开馆，位于韩国首尔地标乐天世界购物中心顶层，KPF 与剧院规划师 Fisher Dachs 联袂设计，并采用了世界著名的"永田声学"设计和超静音工作的 Martin MAC Quantum Wash 照明解决方案，其本身就是"最好的乐器"，堪称全亚洲最棒的音乐厅，受到世界级指挥家和演奏家们的高度评价。

48．挪威 Kilden 表演艺术中心，2018 年 1 月开放，由芬兰的 ALA Architects 设计。

……

还有作为爱乐岛主设计师的伊拉克裔英国女建筑师 Zaha Hadid 设计的中国长沙梅溪湖国际文化艺术中心多功能剧场、广州歌剧院、俄罗斯 Sverdlovsk 音乐厅、阿塞拜彊 Heydar Aliyev 文化中心、阿联酋阿布扎比表演艺术中心；这位天才女建筑师还设计了北京望京 SOHO、北京大兴国际机场、伦敦水族馆、米兰城市生活、开罗世博城等建筑。青琴说，Zaha Hidad 贯用的简洁的白色主调、蓝色系装饰色调和自然大气的流线形变化是她最喜爱的风格。

爱乐岛的 60 座环岛微缩版音乐厅被誉为世界音乐建筑博览会，根据其建筑原形的环境格局，它们前面有的是个音乐小广场，使建筑看上去庄重古典；有的是弧形喷泉池，多为使用玻璃外墙的现代音乐厅，建筑会倒映在水面上，在夜晚灯火通明时，会更富有灵动及辉煌的气质。但在它们的内部却不同，只提供了原建筑物内部的大幅壁画及大屏幕视频介绍，它们的主要功能是为环岛观光游客提供休息、餐饮服务，还有室内游泳池、健身房、台球、旅游纪念品店、小型室内乐表演，还有和音乐有关的娱乐活动，比如音乐电子游戏，等等；同时，建筑内也有一定数量的海景客房，被称为环岛音乐厅度假连锁酒店。每座音乐厅两侧都有停车场，建筑前的小广场上，都有一位著名音乐家的雕像，比如在柴可夫斯基音乐厅前就矗立着人们最为熟悉的柴可夫斯基塑像，很多游人前来献花，并与大师合影。

在环岛森林公园的最内侧，也就是在音乐家雕像和音乐建筑的后面是一道 16 米宽、环岛 76 公里长的圆拱形全玻璃建筑，不过一年当中大部分时间，它的顶部是全开放或半开放的，里面是世界上最大的爱乐主题庭院露台及室外家居用品博览会展厅，简称MPE，其设计种类多达几千套，亦为世界之最，全部为开放式展区，供游人参观，休息和网上购物。其中每隔三米便是一个大可到 100多平方米，小约 40 平方米的独立庭院展区，每个单位展区的露台庭院设计都不相同，露台多为木框结构或间以白色石材，通常高出地面三级台阶，台阶下设有隐藏式边线灯；露台建有一字形、L 形、C 形或 U 型幕墙及半高围墙，开放式或半开放式，有栅栏幕墙、植物幕墙、3D 造型石材幕墙、灯光水帘幕墙、镂空音乐图案幕墙、壁龛式幕墙、窗式幕墙、单纯的横格木或立柱幕墙、纱帘、玻璃拉门边墙、台式石围墙、花圃式矮围栏、竹林幕墙，等等；露台上设有各种户外家具——沙发、地毯、茶几、餐桌、各种不锈钢藤艺座椅、吊椅、吊床、秋千、柳编灯笼、花篮、盆栽植物、花卉，有的露台上还设有水疗按摩浴缸、户外淋浴区、壁炉、篝火、凹地圆形沙发休息区，有的露台上还有钢琴、提琴、萨克斯管和吉它等乐器。BBQ 炉？哦，没有，爱乐岛奉行素食主义，全岛食素，并且，出于健康的原因，也不提倡素食烧烤，全岛无烟尘排放。露台的顶部大都通高 3 米，多为横木梁，有的覆有防雨钢化玻璃板以及可伸缩式遮阳波纹布，可悬挂各种吊栽花盆、玻璃器皿吊栽植物、吊灯、风铃，亦可种植攀援藤萝植物；据说遍布在爱乐岛上的爱乐风铃就有上千种，同样是向全球征集的设计，木质的、竹质的、石质的、金属的、玻璃的，还有灌了水的，它们常常会在岛上的微风细雨甚至静谧如仙境般的雾气里发出幽幽的清脆的木管或铜管乐音，仿佛那些已故的音乐大师的灵魂在雾中散步漫游，据说这种清音对人的身心有着奇特的疗愈作用。露台内都设有台式、壁式、挂式或立式音乐艺术品，多为石雕、木雕、金属雕塑、陶瓷制品、玻璃制品、琉璃制品、壁画、镜框照片、装饰性镜子，以及壁挂类；除绿色植物外，露台上所有的设施均为白色、木色或浅灰色，沙发坐垫、靠枕、抱枕、披肩、盖毯等多为白色、各种蓝色、灰色或浅褐色，花瓶器皿类装饰品及各式香烛亦多为白色、银色或蓝色；晚间照明及灯饰亦为品种繁多，造型各异，有吊灯、壁灯、台式灯、立式灯、曲颈灯、漫射灯、反射灯、梭镜灯、地灯、线形灯、树挂灯、露台轮廓灯，每一款灯饰都是一件音乐艺术品；所有灯的亮度均为可调，很多还可以变换颜色。露台上所有设施的边缘均设计为曲线，是的，没有角，这是爱乐岛的美学设计理念；这里再强调一遍，露台和庭院里所有物品的设计都含有音乐元素并印有"环宇爱乐"品牌标志，除了爱乐岛设计师的作品，大部分是通过爱乐岛官网从全球征集来的设计作品。这里的每件东西，包括各式整套的露台和庭院都标价出售，这里是它们的样品展示厅，客人们可以根据标签上的号码或直接用手机扫码，从爱乐岛购物平台上订购下单。据统计，爱乐品牌的地毯、壁挂、油画、台式艺术品、沙发靠枕、打坐垫、餐具、以及灯饰、蜡烛、风铃、纪念品和礼品类等小件亦便于邮购的产品和爱乐品牌的服装、服饰、箱包类及养生食品一直排在有形商品销售榜前列。露台前面和两侧是庭院，铺有草坪、卵石、石板或木板步道，两旁设有各式地灯，种有可移动的盆栽花树、秀竹、立体层次的绿色植物，还有盆景、白色圆石、假山、日式枯山水，可以养观赏鱼的小型庭园水池、泳池、池中云纹水钵、各式人工小喷泉、水上步道、岸边浅水太阳椅、水上圆岛、水中圆形休息区和玻璃篝火吧台。在爱乐岛设计的露台庭院当中，装饰性花卉大都以白色品种为主，如：马蹄莲、白木兰、白玫瑰、白牡丹、白杜鹃、冰山月季、麝香百合、水仙、茉莉、昙花、鸡蛋花、白莲、白梅、白海棠、白色郁金香、白色茶花、梨花、白色扶桑、白色康乃馨、白色铃兰、白色非洲菊、白色波斯菊、绣线菊、甘菊、玉磬花、禾雀花、金银木、银合欢、石仙桃、文殊兰、百子莲、白色朱顶红、白色牵牛花、独占春、大花威灵仙、银莲、九里香、栀子花、东京樱花、六月雪、月光花、水石榴、葱兰、大花六道木、白掌、金樱子、白花红端木、珍珠梅、稠李、白晶菊、荷花玉兰、白雪割草、夏雪片莲、水鬼蕉、夜合花、凤尾兰、石楠花、白色孤挺花、白色绣球花、白色大丽花、白色苹果花、白色鲁冰花，还有白色藤萝……曼陀罗、夹竹桃、彼岸花、一品红、毛地黄、花烛、柴藤、八仙花、山谷百合、杜鹃等花卉有毒，为岛上禁品。游人可以在线上线下选购这里的花籽，种在自家院落里。据说青琴最喜欢的花是白玫瑰、白玉兰、白色马蹄莲、白百合和白莲。

如果您也是古典音乐爱好者甚至发烧友，您是否也想给您的家居、庭院和露台打造成为爱乐主题呢？这里就有上千种设计和成品供您选择。沐浴在丝丝款款的音乐、若隐若现的风铃、若即若离的轻风与丝丝缕缕的花影暗香中，无论是在温旭的阳光下、皎洁的月色里、水光灯影亦或绵绵细雨的浪漫诗情中，呆在庭院露台上闭目养神、打坐修炼、读书、品茶、冥想、小睡，或与家人、亲朋好友浅谈慢叙，令人远离尘嚣，享受人生最和平、清静、放松、优雅、芬芳的音乐时光。

十二音阶彩带的最后一环是环岛磁悬浮观光列车高架轨线，逆时针单向双股道，每隔半小时，南北站逆时针方向同时发车；外侧线时速60公里，环岛观光一周用时1小时20分钟；内侧线时速80公里，环岛一周60分钟。拱型透明车身和车顶，可以将爱乐岛及周边美景一览无余；游人还可以在平稳的列车上进餐，全部是健康而美味的素食套餐。

　　爱乐岛上所有的公路、广场等都以音乐家命名，琴岛上的主干线是贯通南北的中央大道。琴颈的狭长区域颇似长岛，为岛内居民住宅区，两侧为双向公路；琴首两侧的四个弦栓是私人码头，琴尾琴脚是公共码头区。中央大道中间是人工运河，被命名为"琴弦"，供观光游船使用，两岸依次是彩灯花树和音乐座椅、公路主干道、步行街、爱乐品牌专卖店、乐器店、爱乐岛旅游纪念品店、爱乐主题时装店、爱乐书店、爱乐图书馆、音乐健身房、爱乐俱乐部、爱乐花店、爱乐岛玫瑰产品专卖店、保健品专卖店、药店、爱乐茶餐厅、各类素食餐馆，有室外就餐区。夜晚灯火通明，河面上色彩斑斓，浮光掠影，仙乐飘飘，如梦如幻，颇似迪拜的人工运河区；再往外一条街才是较高的建筑区和公车道。琴腰中部的两个 F 孔中间是全岛中心区，矗立着行星塔五行大厦、EM 酒店大厦，以及全岛最大的公共区爱乐喷泉广场、购物中心（包括大型超市、各类品牌专卖店、美食广场、餐饮休息区、爱乐岛品牌专卖店、数码影院等）、多功能综合体育中心（有室内滑雪场、溜冰场、游泳池、网球馆、羽毛球馆、乒乓球馆、棋艺俱乐部、体操馆、篮球馆、排球馆等设施，中心体育竞技场用于大型体育项目的活动，如田径、足球、垒球、棒球和板球，等，还有太极广场、音乐万神殿、国际爱乐村；琴腰上半部西侧为爱乐博物馆、音乐厅区、媒体区，东侧为校区和大学城；琴腰下半部为花园、智能立体农场、药用植物园、食品及药材加工区；七个外岛分别为风景游览区、疗养度假村、医院、教堂寺院、高尔夫球场、小型机场和游轮码头。

　　除了所保留的原始树木，爱乐岛上所种植的每一种树都经过了精心挑选，大都为药用树种和最有营养价值的养生性果树，比如：银杏树、释迦果树、枣树、龙眼树、巴西果树、杏树、山楂树、橄榄树、桑寄生，等等；同时又有藤架类瓜果，如：百香果、石榴、各种葡萄、猕猴桃、西红柿、黄瓜、架豆、茄子、苦瓜、酪梨、孢子甘蓝，还有各种莓类；桑树是爱乐岛上的主要树种，桑枝、桑叶、桑皮、桑根及其果实桑椹，全身都是宝。而爱乐岛上的桑树只有两种，一种是青琴经过考查后，请人从中国四川米易县马井村的一棵已有650年的奶桑树上取枝，在爱乐岛上移植成功的，其母树是在中国发现的胸径最大、冠幅最大、树杆最高的桑树，果实为白色；另一种桑树也是青琴请人从中国取枝，在岛上嫁接成功而培育繁殖的，其母树乃是中国最古老的一棵桑树，位于福建泉州开元寺内，树龄已有1300多年，被誉为'世界桑王'。此外，爱乐岛上的核桃树乃是从中国西南博南彝族漾濞3300年前的核桃树上取枝，在岛上培育移植成功的。环宇爱乐集团的员工和岛上的素食居民每天都有这些岛上自产的养生饮食。

在爱乐岛的仙草百花园里有上千只风铃，大大小小，造型各异，有金属的、玻璃的、竹子的、木质的、石质的，还有玉的，它们在微风细雨中发出清幽奇妙的声音，那些细碎的叮咚妙音营造出一种仙境般的氛围，配以24座造型不同的小桥、18座瀑布、36座亭台楼榭，还有18座喷泉、72座音乐雕塑、一千只音乐小花伞和上万株瑶草奇葩，据统计，光是这一座花园的旅游收入，就能把这座岛上的人给养起来。

"玫瑰圣经"是爱乐岛28景之一，它搜集了目前世界上几乎所有品种的玫瑰，包括从法国、意大利、保加利亚、荷兰、波斯、中国、日本、印度，还有爱乐岛上自己培育的品种，目前总共1008种；按照颜色，可分为白玫瑰、黄玫瑰、香槟玫瑰、粉玫瑰、红玫瑰、紫玫瑰、黑玫瑰和蓝玫瑰；最为独特的是，用音乐的眼光来看世界的青琴不仅创造了这座爱乐岛，还给岛上几乎所有的元素冠以音乐之名，包括所有品种的玫瑰花，称她们为："致艾莉丝"、"Bravo"、"六重奏"、"我的太阳"、"蝴蝶夫人"、"四只小天鹅"、"自由探戈"、"月光奏鸣曲"、"冥想曲"、"卡门"、"阿伊达"、"祝酒歌"、"安慰曲"、"罗密欧与朱丽叶"、"春之声"、"婚礼进行曲"、"牧神的黄昏"、"回旋曲"、"如歌的行板"、"梦幻曲"、"升华之夜"、"为艺术，为爱情"、"蓝色狂想曲"、"少女的祈祷"、"仲夏夜之梦"、"献辞"、"小夜曲"、"爱之梦"、"今夜无人入睡"、"欢乐颂"……爱乐岛上的玫瑰不仅用于观赏，还生产玫瑰香水、玫瑰水、玫瑰保湿护肤凝胶、玫瑰精油、玫瑰果油、玫瑰线香、玫瑰茶、玫瑰花食品。

爱乐岛环岛十二音阶彩带已申请了创意及设计专利。第一次来爱乐岛观光或度假的游人大都会选择先在环岛十二音阶彩带的步行道上开始他们的环岛之旅，赏海景、海滩、花树、音乐雕塑和格言牌，如果不想错过沿途的每一道风景，这一圈80公里走下来，得花多少时间？然后还有一圈环岛花溪诗书画廊亭，还有环岛森林花园、其中的音乐建筑博览会和音乐主题庭院博览会，还有健身道上的乐趣，上百种公园运动器械，您不想体验一回吗？您不想也在宽阔的跑道上尽情奔跑一番，然后也租辆自行车做一回环岛观光游吗？一定还要去不同功能区的环岛游池里泡上半天，夕阳晚餐后，再做一次晚间灯光秀和音乐喷泉的环岛游。光是这环岛游，您就得花多少天？还有岛内各大景点、外岛游，水上音乐会、空中音乐会、露天大型音乐会，您不想也体验一回吗？如果您是来自温哥华以外，不想顺便去温哥华、维多利亚、温哥华岛、白石镇、惠斯勒奥林匹克公园、以及班夫国家公园也游览一番吗？那么在预订爱乐岛观光游的同时，通过爱乐岛旅行社也同时预订套餐游吧。有多少人梦想来爱乐岛，并在此流连忘返。旅游套票需要提前预订。控制来岛的游客数量和车辆，以保障岛上的人口密度、生活质量、旅游质量和安全性。能成为爱乐集团的员工并生活在爱乐岛上，那是何等有福气的幸事，因此有人会呼吁——能多建一些爱乐岛吗？

是的。青琴还在不断地开发和投资新的领域，特别是在音乐、教育和智能化医疗保健方面。比如，实现和普及远程智能医疗，以解决求医难、医院里拥挤，等待时间长，易交叉感染等问题。青琴说：未来的医院大多数时间是在网上给病人分诊，多语种服务，根据互联网的大数据，在全球范围内自动搜寻无需等待太久的专科医生，

并实现远程初诊，以最快做出治疗方案，给出建议、化验单和基本
药物，最快控制病情。青琴说：未来的教育亦会打破学院的围墙实
现全球化教学，学生不分国籍和年龄，都可以在网上自由选择学校、
老师和学科软件及在家中自行安排课程，这会大大减少住宿、上下
学路上的时间以及交通带来的污染和不安全隐患，提高学习效率，
降低教学成本，早出人才。

近二十年来，除了爱乐岛本土基地的创建，以及网上爱乐集
团的建设，青琴还曾向全球近两百个国家的教育部和文化部致电，
邀请他们派年轻人来爱乐岛学习合唱及合唱指挥艺术，诣在全球化
普及无伴奏复调合唱艺术，以增进世界各地的民族音乐的发展与交
流，增进人们的身心健康，增进世界和平。她本人则曾亲自前往六
个第三世界国家，在大学、中小学、医院、工厂、乡村教会、养老院、
军队和监狱里创建合唱团，与当地的音乐家一起开发和编撰合唱曲
目，亲自指导，教授，排练，直至达到专业水平。而所有经过她培
训的合唱指挥又去各地发起和创建了更多的合唱团。由爱乐岛音乐
大学的老师线上线下指导，全世界越来越多的年轻人学习了合唱及
合唱指挥艺术。每一年都有世界各地的民间合唱团前来爱乐岛参加
每年一度的国际合唱比赛，每支合唱团都被自豪地冠名为某某某爱
乐合唱团。迄今为上，由青琴和爱乐岛音乐大学在世界各地培养起
来的合唱团已超过了一千支。有两个国家三所监狱的犯人在组建
合唱团并学习了合唱艺术之后，由于表现良好而被全体提前释放，
由地区政府派往各地去组建更多的合唱团。

还有一个令无数人振奋的消息，由爱乐岛股东、著名钢琴家
和指挥家青子衿创意与策划，明年 6 月份，爱乐岛每年一度的国际
音乐大赛将会被改装成为一个新的超重量级品牌"国际音乐奥林匹
克大赛"。青琴说：我们有国际奥林匹克运动会，有国际奥林匹克
数学竞赛，为什么我们不能创办一个国际音乐奥林匹克？它的深远
的文化影响力、经济效益，以及对世界和平所做出的贡献将是不可
估量的。大赛将分为少年组、青年组、成年组和老年组，除了保留

传统的国际古典音乐比赛的项目，如钢琴、小提琴、大提琴、独奏、小型合奏、大型合奏、作曲、指挥、声乐——包括独唱、合唱、歌剧，等等，还纳入了舞曲创作、民乐创作、芭蕾舞音乐，等等。想象一下，各个国家至少都可以派出一个民乐代表队和一个合唱队（团）参加国际音乐奥林匹克，并打着本国的乐旗参加开幕式入场式，并且民乐只作为表演，而不作为比赛项目，目的是为了让全世界了解各个国家的民族传统音乐，通过音乐沟通世界人民的心，促进相互了解，理解，学习和尊重。必演曲目之一是在开幕式入场式时，以各国民族乐器演奏并以各国语言合唱由青子衿创作的国际音乐奥林匹克会歌《万物合唱》、以及在闭幕式上合唱《和平颂》，这两首曲子也将会由全体参赛音乐家合奏并合唱。国际音乐奥林匹克是一个前所未有的大胆设想，并正在筹备之中，令无数人翘首期盼其盛事礼炮鸣放之日。

到目前为止，爱乐集团已在全球七十多个国家的两百多个城市创建了爱乐主题酒店，每座爱乐酒店设计风格各异，但都设有至少一个爱乐音乐厅或剧院，酒店设有提供健康素食的爱乐餐厅，并不定期举办各种音乐节、音乐比赛与爱乐文化节等活动。另一个好消息是爱乐集团已经开始着手在本岛之外的全球其它地方兴建新的爱乐岛，当然同样是要选择那些有山有水、风景优美、气候宜人又能聚集人气的地方。

有媒体问青琴，最令她快乐的事情是什么？她说：音乐是世界性语言，能够连接所有的心灵；音乐又携手多种艺术，以音乐为导向可以提升人们的教育、教养和艺术修养，提高智商与情商，增进理解与融合，也能提高人们的身心健康。以音乐为主题的活动能打破语言、宗教与种族差异，激发和凝聚人们的热情，使这个世界更加和谐、健康、快乐。当她看到越来越多的人因为她而变得心灵充实、快乐、舒展、充满信心、力量，变得更加健康、善良、纯净、美丽、内心平和、充满创造力，从而使得这个世界更加和谐、和平、美好，她感到无比快乐。

青琴还说，她一直热爱世界音乐之都维也纳，但同时，对她本人而言，在温哥华更有发展空间，因为她想把温哥华打造成北美的维也纳，使这座美丽的海滨城市也能成为世界上生活质量最高的地方和全球最佳旅游目的地及宜居之城。青琴说："文化艺术能提升人们的教养，促进社会的和谐稳定与健康发展。我们不能总是吃老祖宗的，不能总是演奏和重复古典，不能总是做古典音乐的代言人，我们也要创新，为历史留下我们这个时代的经典和贡献。"由于青琴二十年来的努力，由于爱乐岛的建设所带动的全方位经济发展，使温哥华的国际形象及地位不断攀升，而明年的爱乐岛第一届国际音乐奥林匹克盛会更已成为全球焦点，众心所向，众目期盼。

"欢迎您来爱乐岛！欢迎加盟我们的事业！期待您也成为我们爱乐大家庭中的一员，成为我们万物合唱团中一个优美和谐的音符，一同去创建更多的爱乐岛，将我们的地球家园变成一个天地人合一、美丽、健康、和谐的爱乐星球。"

3

当磁悬浮列车驶离温哥华市区而终于驶上了细雨蒙蒙中的爱乐跨海大桥时，车上所有的旅客都听到了一首动人的由长笛、歌剧女高音和乐队演奏演唱的《You Had Me BEFORE Hello —— 天涯一曲共悠扬》，但约翰内斯并不知道那是由子衿填词并指挥、由她的养女二美担任独唱的爱乐岛登岛首曲。

我流浪到希腊，去寻找维纳斯的金竖琴；
我流浪到中国，去抚奏一首千年前的古琴；
我流浪到波斯，去聆听一支鲁米的芦笛；

我流浪到意大利，去见米开朗基罗的大卫，
他为我举起一把斯特拉迪瓦里。

我流浪，为每个孤独的星球和苦难的生灵
寻找至高的艺术、至善的美和至真的爱情；
尽管两手空空，尽管孑孓独行，
我仍在黑暗中守候希望和光明，
我的灵魂可以死而复生。

终至有一天，
神听到了我穿越万年的歌声，
所有的亡灵都被唤醒，
所有的天使都在聆听。
不必再去身外寻找，
你最好的乐器就是你的心灵。
看哪，整个宇宙都在和声，
万物都是知音。

原来我们一直都在相互寻找，
原来我们一直都在彼此创造，
即使世间有万种语言，
我们也都会用音乐说一声："你好！"
兄弟／姐妹（Brother/Sister），你好！
朋友（Friend），你好！
宇宙（Universe），你好！
万物（All Things），大家好！

因为爱和音乐，
我们未遇已倾心；

我们用音乐祈祷

对和平的祝福与渴望。

即使远隔星际重洋，

古今知音亦可同欢唱，

让我们天涯一曲共悠扬。

透过车窗，约翰内斯眺望着远山近海，还有前方的爱乐岛，感觉就像是在海面上如梦一般地飞翔。列车两侧的桥面公路上全部是电动车，没有拥堵，秩序井然。大桥两侧高大的爱乐雕塑列队迎送着来宾，有人在外线骑车，有人在漫步，也有不少游人立在桥边尽情观赏壮丽的爱乐大桥、不远处的爱乐岛以及海天美景。

终于踏上了梦中天堂爱乐岛，所有下车的游人都欢叫起来。约翰内斯一出站就看见了子佩，他确认那是子佩因为她的发辫和昨天一样，但穿了一件红色的过膝长丝绒外套，白色中式斜襟对攀扣，面料上印着银白色的莫高窟飞天图案和"知音爱乐"品牌标志，十二位仙人手持各不相同的乐器，精美曼妙，外套的领口和袖边还镶了白色的毛绒滚边，A 型版式十分可爱；子佩为这件外套配了一双白色的高腰皮靴，背了一个装饰有红色对攀扣的白色休闲包，上面有"反弹琵琶"的银白色图案和"知音爱乐"品牌标志。

约翰内斯每次见到子佩都会露出惊艳的目光，今天更加毫不掩饰，上上下下打量着纤腰长腿，秀发飘飘，就像这岛上仙人一般的美女。

"我的天哪，实在是太美了！"约翰内斯张开两臂。

子佩指了指自己套装上斜着绣上去的花体字中文签名，微笑道："这是我的设计。"

"哇——！太棒了！"约翰内斯不知还能说什么，以西人的礼节拥抱子佩，并再次感谢她的邀请，然后问，"Jin 在哪里？"

"她今天下午有个钢琴演奏会，就在岛上，1 点 15 分开始。"子佩微笑着说，一边带着约翰内斯出站。

"演奏会？我没有看到她的演出预告。"约翰内斯颇感遗憾。

"是她决定来温哥华面试时临时请经纪人安排的，演出广告是在爱乐岛官网发布的，上线不到七分钟票就售完了。Jin 从来不给亲友留票，她非常忙。不过没关系，我们事后可以在网上看到视频，而且一定要看，这将是一场非常特别的演出。"两人来到环岛观光高铁北站。

"那么，演出之后我们能见到她吗？"约翰内斯追问。

"很遗憾，今天你恐怕见不到 Jin 了。演出之后我们要和大姐一起出席 4 点钟的'海陆空难新型智能救生衣'新产品发布会，这个项目是 Jin 两年前提出的，环宇爱乐集团专门成立了研发团队，现在终于推出了成果，希望从今往后不会再有人死于空难、海难和陆路交通事故。Jin 说：这件事是人类必须做的，早一天不如晚一天。避免任何伤害和死亡也是人类要达到的目标。她的心里装着众生，所以她才会担起这个使命。今天晚上，Jin 还有一场音乐会，她要和环宇爱乐乐团合作演奏柴可夫斯基和约翰内斯·勃拉姆斯的钢琴协奏曲，今天是这两位大师的诞辰纪念日，我们家 Ark Yonge 将担任指挥。我大姐今晚也有演出，和 Bruce Liu 合作，也是柴可夫斯基和勃拉姆斯的作品。"

约翰内斯的脑子一下子有点反应不过来："Ark 也来了？"

"是的，今早到的，一上岛就去排练。"

"怎么没跟你一起来？他也住在波士顿不是吗？"

"是的，他在波士顿的新英格音乐学院学习，不过他很忙，总有演出，今天他是从瑞士卢赛恩飞过来的。"

"哦。还有，你方才说，你大姐也在岛上？"约翰内斯又问。

子佩看着他不禁微笑起来，领约翰内斯先上了环岛观光高铁列车，座位都是面向窗外的，这样可以尽情观赏环岛风景，桌上已经为客人预备了午餐的电子菜单。两人选好座位坐下，子佩这时才道："我还以为你知道。"

约翰内斯惊异地看着子佩，道："人人都知道这座岛的女王叫青琴，和你们同姓，难道说……？"

子佩不由得又微笑起来，点了点头。

"我的天！原来，青琴是你们的大姐……！"

子佩连忙把一根手指竖在嘴唇上，示意他噤声，然后转头看了看其它上车来的游客，这才凑近约翰内斯低声道："她们不让公开。"

"为什么不？"约翰内斯不解，"你们是一家人。"

"是，其实很多人都知道，知道的就知道了，不知道的就最好别知道，因为 Jin 从不想利用我们的姐妹关系在这岛上谋求一席之地，来岛上演出都是通过经纪人；移民，找工作，全凭我们自己。而其实，Jin 还有这座岛的股份，从建岛之初到现在，她贡献了上百个创意，包括你马上就要看到和游历的环岛十二音阶彩带，包括这条环岛观光高铁，包括明年的国际音乐奥林匹克。"

约翰内斯感到头都快要炸了，他用两手捂住自己的鼻子和嘴，闭上眼睛，他想起 Jin 在脸书上发过的一段话：

"如果我们不打算在自己的生命中创造奇迹，那就只能看着别人创造奇迹了。"

约翰内斯心想，他这一辈子还能创造什么奇迹吗？一个经理的头衔是不是已经很成功了？

这时列车开始平稳地启动了。

"你饿不饿？我想点餐了。"子佩这时微笑着问，"我们有一小时观光车程，得抓紧时间哦。"

"好的，我从早到现在还没吃东西。"约翰内斯拿起菜单，不知道这种无线电子菜单也是子衿的发明，这是他第一次见到，他所去过的西餐馆至今仍在延用传统菜单。

"今天你要在岛上吃素喽。"子佩微笑着说，帮约翰内斯一起点了两人的套餐。

一想起今天要和美女子佩单独在一起，可以更放松，约翰内斯又感到心花怒放。从高架铁路上望着车窗外的环岛十二音阶彩带，整座岛都在轻烟薄雾的雨幕中饱蘸春意。"海流天地外，山色有无中。"不远处的小岛宛若中国水墨画一般写意着诗情。约翰内斯这时忽然发现，海滨步行观光道上的游人竟都穿着各种民族服装和各国古装，好像是在拍电影，包括很多西人，不少中国女性都穿着各色旗袍或汉服，有的打着花伞，三三两两地漫步在花树下和长廊中，个个宛如画中仙人，就连此时来给他们送餐的机器人服务员身上都印着中国元素的京剧脸谱。

子佩微笑着解释说："时下正值爱乐岛上一年一度的'国际传统服装文化节'，为期一周，今天是第一天，届时，爱乐集团的员工和他们在岛上的家人，以及来岛上观光旅游的人们都可以穿上自己喜欢的各种民族传统服装，也可以在爱乐岛官网上预租自己喜欢的民族服装，包括古装，甚至戏装，比如中国各朝代的汉服、日本和服、韩服、印度传统服装、阿拉伯民族服装、波斯传统服装、非洲传统服装、两个世纪前的欧洲宫廷和民间服装，等等。在网上预租后，上岛时就可以去领取，换上，还有发型和化妆服务，甚至有面具，然后就可以穿着在全岛各处自由行，拍照和录像，有穿越古今和东西方的感觉，是不是？整个爱乐岛上就像是一个古装联合国大 Party。顺便告诉你一句：这也是 Jin 的创意，这个国际传统服装文化节的系列视频每年都会被刷暴。"

"太酷了！我早先不知道，否则也去租一套衣服。"约翰内斯笑起来。

"我怕你时间还不及，毕竟我们只有半天。不过我已经帮你租了，待会儿下了车我们就去取。"

"太感谢了！亲爱的。"约翰内斯受宠若惊，抻手搂住子佩，恨不能亲她一口。他端起印有爱乐岛品牌标志的造型奇特的茶杯，"为今天，为我一生中最美好的一天。谢谢！"

子佩微笑着和他轻轻碰了杯。两人点的全是中餐茶点，素的荠菜小馄饨、小笼包、三鲜煎饺、黑金南瓜饼、香菇山药黑木耳糯米烧麦、云豆杏仁酥、萝卜糕、草莓和紫薯馅儿的雪媚娘、腐皮卷、西湖粟米豆腐羹，还有芝麻馅、板栗馅、花生馅和榴槤馅的桂花酒酿四喜汤圆儿，一笼笼、一碟碟、一盘盘、一碗碗，摆满了一桌子，其实每样只供每人一份，加上四种醮料，一壶香片茶。

“嗯，太好吃了！”约翰内斯边吃边摇头赞叹，熟练地用着筷子。他一直想去吃中餐午茶，苦于没有中国朋友陪同，今天能在爱乐岛的环岛观光高铁上吃这一顿茶点，满眼都是天上人间第一美景，还有美女相伴，真是完美！他拿起手机录了一个短视频。

“你最喜欢吃的是什么？”他问子佩。

“山药、香菇、雪耳、豆腐、羽衣甘蓝、西蓝花、西红柿、胡萝卜、各色灯笼椒、石榴、亚麻籽、巴西果、栗子。”子佩说，“抗氧化，调节免疫力，提供优质蛋白，抗肿瘤，补钙。”

约翰内斯记下了。

“有人说，四种东西可以跨越时空而不朽。”子佩为约翰内斯添茶。

“哪四种？”约翰内斯在享受的时候不想动脑子，他微笑着看着子佩。

“真理，或者说伟大的思想，还有音乐、爱情和美食。”子佩说。

约翰内斯微笑着点了点头，心想，他拥有真理吗？他拥有音乐吗？他有不朽的爱情吗？没有，他只有美食，不过，每次周末带家人去吃自助大餐都像是拼命和打战一样，那不像是人吃饭，倒更像是饭吃人，吃到几乎站不起身，吃完了就迷糊，回家就是一大觉，老板肚就是这么养起来的。除了上班就是美食美色的享受，几乎没有运动，偶尔带儿子去打棒球和冰球。

“昨晚睡得好吗？”约翰内斯边吃边问。

“非常好。不过，你知道吗？昨晚你走后，Jin改了主意，我们退了太平洋酒店的房间。”

约翰内斯吃惊地停下咀嚼，看着子佩：“为什么？”

子佩一笑：“原本呢，我们打算一到温哥华就直接来爱乐岛，但是岛上的酒店全满了，所以我们就订了太平洋酒店。可是昨晚子衿接到通知，岛上有一处露营地的游客取消了预订，所以我们……"

"所以你们昨晚在岛上露营？"

"不错。"子佩从包里拿出自己的 iPad，调出昨晚拍的录像，"我们去的是外岛的水上露营地，设施非常齐全，很方便，也安全，就像迷你小别墅。我们租车上岛，直接去了外岛，那是一片建在岸边浅水区的玻璃帐篷，就像马尔代夫的岛上度假村那样，有栈桥连接每一个独立的帐篷；房间也足够大，两张单人吊床，还有电视，可以上网，有卫生间，有热饮，玻璃天窗可以看星空。夜里下起了小雨，偶尔还有一团团的雾，静极了，空气清新，天然大氧吧，真正的远离尘嚣，仙境天堂般的感受，超疗愈。Jin 关了灯在水边吹箫，那音乐美得都令我快要醉了。有机会你一定要去岛上的露营地体验一下，超级棒，我想每晚都睡在那儿。"

约翰内斯看着她们的录像早已心动，恨不能今晚就在那里过夜。

"哦，"子佩话还没说完，"今天早上 7 点，我和 Jin 骑单车横跨爱乐大桥。"

"横跨爱乐大桥？那可有 30 公路呢！穿着旗袍骑单车？！"约翰内斯夸张地瞪大眼睛。

子佩果然笑了，让他看视频："我们过桥总共用了一小时，在大桥中间停了近半小时，看日出，过桥后换电动车，换衣服，吃早餐，然后去不列颠哥伦比亚大学面试。"

"骑这么快！"

"不是光靠体能，我们用的是半人力半电动自行车，普通山地车踩十圈跑出去的距离，我们踩一圈就够了，休闲运动加观光。"

约翰内斯忘记了吃，只是盯着屏幕上子衿和子佩今早拍的视频，她们穿着专业的自行车运动服装，戴着护目镜、护肩、护肘、护膝、手套，还有用环保纸做成的轻型防震头盔，车后边还各插了两个彩色的小风车，胸前、车把前和后座上都装了摄像头，头上也装了一个冲右的摄像头，用以拍摄她们沿途的大桥外侧的海景，空中还放了无人机全程跟踪，虽然车速很快，但她们的动作却很悠闲自在，上下桥转弯换线时优雅地打手势，骑行过程中遇见其它骑车人，她们还挥手致意，相互问"早安"。

"太酷了！"约翰内斯立即也想去租辆自行车，也来一个跨海游，站在爱乐大桥上观海上日出，再到外岛的露营地去转一圈，躺在海边的吊床上休息，喝一杯爱乐岛特产的无酒精"图兰朵"。可是他上一次骑单车已经是大学时的事了。

"这是什么自行车？怎么没有轮毂？"这时他忽然发现。

"哦，这是一种新型的智能电动自行车，用的是可充电蓄电池，充一次电可以续航 4 小时，人力骑行时也可以充电，人力和电力可以自由调控；车前有一个屏幕，有蓝牙功能，可以在骑行时听音乐，通电话，还有导航功能、寻车功能、解锁防盗功能，还可以折叠，非常方便。它刚刚研发成功，我们今天的试骑其实是在为爱乐岛的这个新产品做广告。今天，爱乐岛也在举办本年度的国际新型电动智能交通工具博览会，届时，这种自行车正在亮相，还会有很多参展商展出他们的最新产品，包括各种功能的新型电动汽车、各种智能船只、小型智能飞机、无人机、空中无人驾驶出租车，还有首次亮相的 4 座电动飞机，可连续飞行 10 小时，落地后机翼可折叠收拢起来，变身成电动车在公路上行驶，可以开进自家车库里。我大姐打算买一架，作她的私人飞机，等我考到飞行驾照后，什么时候带你飞一次，从温哥华飞回多伦多。"

约翰内斯一下子就笑起来，他难以想象是否真有那么一天："你们平时经常骑车吗？"他边吃边问。

"是，除了太极、瑜珈、台球、射剑和围棋，游泳，滑冰，打网球和骑单车是我们最喜欢的运动。"子佩没等约翰内斯插话，又调出一段视频，道，"瞧，这是去年我们在中国杭州环千岛湖的骑行，这是在新疆的赛里木环湖骑行。"

"哦——好美的风景！"约翰内斯看到视频，发自内心地赞叹。

"这是上次来温哥华时，我和 Jin 在斯坦利公园的环岛游。我们一直想带孩子们去多伦多的中央岛公园和大瀑布骑车，但他们不想去，想专心功课，二美和三丑说，考不上大学绝不出去玩儿。"

约翰内斯看罢，当即就决定明天去买辆自行车，就算一时没机会再上爱乐岛，斯坦利公园和英吉利海滨还是可以去骑行的，温哥华的海滨大道很长，公园也很多，专设的单车道又宽又漂亮，比多伦多的骑车条件强多了，每年冬季过后，多伦多的路面都会被一冬化雪的盐给腐蚀得到处都是坑，五月初了，有些地方的积雪都还没有化完；而温哥华眼下正值一年中最好的时节，满城鲜花盛开，游人和漂亮的单车在花树下穿梭，若能有美女同游，那就更爽了。

约翰内斯偶而打打高尔夫球，因为那是老板的运动，他也只是挥杆做做样子而已；不过骑单车显然更有利于减肥，自行车运动员的身材和装备看上去都很酷。

"这是 Jin 的养子 Ark Yonge 吗？"他这时指着视频上的男孩问。

"是的。"

"他今年多大了？"

"18 岁。"

"这么高了。这孩子长得很英俊，又文雅又帅气。有女朋友了吗？"

子佩不禁笑了笑："没有。你 18 岁就有女朋友了？"

约翰内斯也不禁笑了笑，所问非所答道："我结婚很晚。"接着又问，"Ark 跟 Jin……很亲吗？"

子佩想了想，道："Jin 既是他的养母，也是他的老师，钢琴、作曲、指挥、表演艺术，都是 Jin 教的，演出和排练时，能带上他就带上他；Ark 参加比赛，都是 Jin 全程指导，连头发都是 Jin 亲自给他理的，没让外人动过。他的发型很像林允灿是不是？我非常喜欢。"

"谁？"

"就是昨晚我跟你谈起的那位韩国钢琴家。"

"……哦，哦，是的。"约翰内斯其实并没有上网查看过林允灿，

还不知道他的名字怎么拼写，以及他长什么样，他想了解的是跟
Jin 最亲密的人是谁。

子佩这时调出了林允灿的视频："这就是林允灿，这是他昨
晚在纽约卡耐基音乐厅演奏会的视频，演出结束后观众们不想放过
他，长时间鼓掌。你猜他多少次出来谢幕？"

约翰内斯看到了林允灿，这才意识到他在子佩心目中和在乐迷
心目中的分量。

"我所知道的大师最多返场三次，可是林允灿昨晚返场18次！"

"18次？！"约翰内斯真地非常震惊。

"看吧，观众给他计了数，他们简直疯了。史无前例。"

约翰内斯不禁吸了口气，他明白了，他不是古典音乐圈子的人，
现在还不是，作为男人，他可能永远都无法让子衿和子佩这样优秀
的美女崇拜。幸运的是他在她们低谷的时候相遇，好歹也做了朋友，
至少，美女子佩现在就和他在一起。

"你和林允灿是朋友吗？"约翰内斯这时问，一口吃掉一个三
鲜煎饺。

子佩想了想，笑笑说："不是，我只是他的粉丝。昨晚我在他
的粉丝群里看到，有二十几个粉丝在音乐会后一起到卡耐基音乐厅
附近的一家餐馆里去聚会，很晚了都不想走。他们是专程飞到纽约
去的，就为了看林允灿的演出。"

"那么……Jin 呢？她也是林的粉丝吗？"

"Jin？"子佩笑了笑，按桌上的呼叫键叫机器人来续茶水，"Jin
不是任何人的粉丝，但没准他们有机会合作演出。不过 Jin 说，她很
担心林允灿的手，因为他的演出太过频繁，对自己的要求太高，他
把自己置于完美主义的压力之下。但他必须得理性和小心行事，以
免受伤，甚至导致崩溃。许多伟大的音乐家如肖邦、拉赫玛尼诺夫、
霍洛维茨、卡拉斯和郎朗等，都曾挑战过自己的极限。《泰晤士报》
上的文章说：林允灿在台下与拉赫玛尼诺夫一样感到恐惧和不安。"

约翰内斯还是心生醋意，同时又想象着子衿给她的养子 Ark 理

发的情景，心里很不舒坦："你们五个女孩子的头发，也是 Jin 给理的吗？"他问。

子佩点头："是的，理发店从未赚过我们的钱，连我的发型有时也是 Jin 给做的，从小我们俩就相互给对方梳辫子。"

约翰内斯笑了，心里这才感觉好了些。两人继续吃茶点。约翰内斯问："你们的六个孩子也吃素吗？"

"是的。不过全是出于自愿，这也是我们收养她们的原因之一，是我们的缘分。"

"究竟你们为什么非要吃素？"约翰内斯问，"能否说给我听听？"

子佩点点头："即使你不问，我也想跟你说：我，和 Jin，非常希望，你，和你的全家，都成为健康素食者。而这，也是我今天邀请你来岛的原因。不杀生，不让动物受罪，不让它们受到惊吓，就像我们不希望被他人杀害和折磨，这是天地良心与道义，有助于和平以及保持地球的生态平衡。所谓'举头三尺有神明'。人在杀生的时候会产生罪恶感，哪怕只是意念中的罪恶感，其释放出的病态和负能量波会影响地球的生物场，被杀的动物会因为极度恐惧，体内释放出大量毒素。太多的人造业，就会给地球带来天灾。Jin 说：伤害其它生命就是伤害我们自己，这被称作'宇宙的痛'。素食能让我们的身体持碱性，不易生病。不过，芸芸素食，我们也不是什么都吃，我们只吃天然有机原生态食品，并且要根据一年五季、二十四节气和个人体质来调整。冷食冷饮，我们从来不吃，包括冰激淋，保持体温在 37 度，免疫力不会下降，不易得癌症，因为癌细胞喜欢低温；油炸食品高耗氧，不吃；工业加工的快餐食品和碳酸饮料，不吃；含糖高的水果和饮料，不吃，包括所有甜点和糖果，因为癌细胞也喜欢糖；刺激性的调味品和味重的香料，少吃，或根据身体状况，斟量使用，以调理体质的阴阳，比如说辣椒，我们有时也会吃，因为它能活血燥湿，还含有很高的铁元素；酒精、碳酸饮料，从来不沾；咖啡，斟量适时饮用；米面等碳水化合物，只占我们食量的八分之一。"

"等等，你说，你们从来不吃甜点和冰激凌？也没喝过可口可乐？没吃过麦当劳？"约翰内斯惊讶地问。

"是的。"子佩微笑，"就连巧克利，我们也只喝无糖的热饮，就是用纯天然可可粉冲泡的。我们家没有冰箱，从不喝冰水和冷饮，也从不喝煮过两次的热水，从不买外面的加工和冷冻食品，我们每天买新鲜的蔬果，现吃现做，从不剩饭；除了纳豆，从不吃任何腌菜酱菜。新鲜的食材对于健康非常重要。我们的母亲家，祖上七代都是中医，全食素，并且释道双修，禅净双修。肉食源于杀生，不会给人带来好运；而素食源于天地和日月精华。根据五行学说，植物都是风水物。五种颜色的素食具有五性五味，是可以帮我们改运的。比如喝洋葱汤可以改善失眠，花生酱能改善抑郁症，腰果可以改善晕船晕车，每天总在电脑前工作的人要多吃些苦瓜。吃素，特别是五彩的蔬菜，能帮助人体抗氧化，对抗自由基。少吃，会激发和强化细胞中的线粒体工作。不运动，吃得肚满肠肥，又是不健康的饮食，这是近一百年来人类物质文明带来的垢病。在非洲和世界各地的土著人当中，很少有人得三高和癌症。我们人体不需要的，吸取过量的，就对我们造成负担和疾病，我们必须得节制。每逢阴历的初一和十五，我们家都会断食一天，我和 Jin 每个月都至少会做一次 72 小时断食，只喝水。人体在断食状态下会开启细胞的自我修复和更新。"

约翰内斯呆呆地坐在那里，眼前浮现出他太太维尼萨和两个孩子坐在餐桌前，享受大桶的炸鸡、大盘的披萨、大盒的蛋糕、大筒的冰激淋，桌上放着各种碳酸饮料以及美酒。约翰内斯回了回神，深深地吸了口气，又想了想，问道："那你们觉得，这样的生活有什么享受吗？"

"是的，因为健康，身心的平安，还有因为对众生的爱而看到他人和更多的动物享受生活。"子佩回答。

约翰内斯沉吟地点点头："非常人能做到。那么，我也一直想问，你们俩皮肤和身材这么好，是怎么保养的？除了素食和运动以外，还能透露一点秘方吗？我想一定有不少人都问过你们吧？"

"确实，有很多人都问过我们这个问题，"子佩接着说，"有几家电视台曾邀请我们去做护肤品和化妆品的广告，报酬很高，但被我们谢绝了。"

"哦？为什么？！"约翰内斯放下筷子，不解地看着子佩。

"因为我们从来不用化妆品和外面卖的护肤品。"

"哦？为什么？！"

"我们自制面膜。"

"自制面膜？有这么神奇的功效！是专利吗？能透露一点秘密吗？"

子佩微笑了一下："不是什么秘密。市场上销售的护肤品，包括洗发剂和染发剂，多少都含有激素、汞、稳定剂等化学成分，激素被皮肤吸收，会引发乳腺癌。所以我们用天然材料自制面膜，用更安全的婴儿洗发露、沐浴液和润肤露。另外，美容，并不只是靠护肤，我们中国古人有这样一句话，叫做：'腹有诗书气自华'。"

约翰内斯点头："我完全赞同。"

"如果单从饮食和养生学方面来讲的话，我倒可以向你透露一点道家的方法。"

"好哇，快说来听听。"约翰内斯此时非常想做笔记和录音。

"早上起床后，先喝一杯温水，帮助身体排毒，补充水分；早餐宜多吃一些；晚上真气易溢出，要少吃或不吃，更不能吃宵夜，让脾胃休息。做到饥中饱，饱中饥，就会少生病。微渴时即饮，渴极再饮，伤血脉。忌食生冷粘硬。进食时要保持心情平稳，细嚼慢咽，不要讲话，不要出声。不要吃剩菜剩饭，隔夜的开水也不要喝。饱食后不要卧，易患头风。食后轻轻做面部按摩，叩齿吞津，可以养颜增寿。"

约翰内斯边听边点头，然后问："能重点讲讲过午不食的好处吗？"

子佩点头："道家养生经典中有这样的话：'食肉者勇敢而悍，食谷者智慧而巧，食气者神明而寿，不食者不死而仙。'人只要吃，哪怕只是食素，也会生病。道家养生是为了追求返老还童，长生不老。《黄庭经》上说：'百谷之食土地精，五味外美邪魔腥，臭乱神明胎气零，那从还老得还婴？'因此道家便有了辟谷术，就是不食而服气，吸风饮露。如何做到辟谷？那就要练习胎息法，胎儿在母体内不吃不喝，只靠脐带吸收营养，所以胎息法练到最后，就可以像婴儿一样地呼吸，那便可除百病而得返老还童。"

"不吃不喝，胎息法？"约翰内斯惊异，"那你们每天都吃什么？"

子佩毫不保留地分享："我们吃原生态食品，每天早上，我们都要吃一碗煲了一夜的雪耳羹，加点红枣、莲子、百合、杏仁，秋天时会加一点梨，然后吃一种二十八宝粥。上午我们喝柠檬姜茶。中午，我们吃沙拉，根据季节和自己的身体状况，选择植物的根、茎、叶、花、果，以及种子，包括青菜、瓜果、菌类、藻类、薯类、各种豆类、豆腐、纳豆、魔芋、各种干果，还有煮熟的玉米粒、小米、藜麦、荞麦，等等；我们从不用热油煎炒，做沙拉的食材都会用开水焯一下，去草酸，去嘌呤，杀菌；我们用牛油果、橄榄油、胡麻油和苹果醋拌沙拉，加一点盐，从不用外面卖的沙拉酱；沙拉的选材最好是五种颜色：红、黄、绿、白、黑，就好像音乐中的大调五声音阶，它们对应我们人体的五脏：心、肝、脾、肺、肾；五种颜色的天然食材也能调节我们的五种情绪：喜、忧、思、悲、恐，这是出自中国的五行学说。然后，作为蛋白质来源，我们选择饮用无糖的杏仁乳、燕麦乳、豆浆或者腰果乳等。据说，食素的最高境界是生吃芽菜，比如绿豆芽、黄豆芽、苜蓿芽，营养丰富，是最好的抗氧化食品。吃完沙拉后，我们会喝一小碗用南瓜、山药和粟子熬的小米粥，或者菌菇海带豆腐汤。下午我们喝茶，春季，我们通常喝一点玫瑰花茶，夏季喝绿茶，秋天喝菊花老白茶，冬季喝红茶；我们还会吃一点苹果、蓝莓和一小块香蕉，加五种但少量的干果，比如巴西果、核桃、开心果、南瓜籽、葵花籽、西瓜籽、山核桃、夏威夷果。晚上我们就不吃了。"

"你刚才说的二十八宝粥是什么？能具体说说吗？"约翰内斯

请教。

子佩不禁笑起来，看来约翰内斯是真的想学习。于是她说："你或许听说过我们中国人喜欢喝粥煲汤来养生。二十八宝粥是我们家自创，就是用二十八种食材按一定比例调配，煮成粥，根据季节和个人身体状况的变化，会做相应的配料调整。我们先把这二十八种食材用纳米料理机打成粉，然后倒入一种预制好的汤水，设置豆浆模式，不用管它，很快就煮好可以吃了。这二十八种食材是：山药、薏仁、芡实、茯苓，这就是中医里用来调理脾胃的四神汤；然后是黑豆、白扁豆、红豆、绿豆、黄豆、南瓜、葛粉、藕、糙米、小麦胚芽、黑芝麻、灵芝苞子粉、杏仁、花生、核桃、椰子、亚麻子、黑白奇亚籽、燕麦、高粱米、紫米、红曲米，适量加一些玉桂粉和姜黄粉。这些都可以在中国超市里买得到；煮粥用的是用黄芪和甘草煮的水。"

"我的天哪，"约翰内斯感叹，"我能否麻烦你把这个配方发到我的邮箱里。非常感谢！"

"没问题。不过我得提醒你，"子佩道，"二十八宝粥含淀粉高，升糖快，所以我们每天的用量只有三五汤勺，它是作为营养素来服用的，不要作主食。"

约翰内斯点头致谢。

"其实呢，你不用自己麻烦做我们的营养早餐和二十八宝粥，上爱乐岛的网站就可以配送到家了，这几乎就是岛上的爱乐人每天的健康食谱，是爱乐岛的品牌产品，开罐加热即食，也便于携带，全球有几千万的素食者和爱乐人每天都吃我们的营养餐，但这是一个系列产品，有不同的配方，要根据季节时令、地区和每个人的体质来选择。在不生病的情况下，上爱乐岛官网查一下你的五行体质，如果生病了，把你的病症、病因和用药发到网上去，就可以得到建议性营养配方，网购到家，速食，方便，健康，安全，你根本不用操心费力自己去找食材回家花时间做。"

"哦，这可真是太好了！"约翰内斯感到自己已经快要成为爱乐人了，开始过健康的生活。有这么好的健康饮食资源，他以前竟然不知道。他都干什么去了？

"包括我们每天吃的营养素食沙拉，加拿大的各大超市都有配制好的产品卖，也可以网购，有很多人买，有些人每天吃，跟我们家一样。"子佩说。

约翰内斯不吃素，也几乎从不去超市，所以一直没有关注过。他们家的每日三餐都是他太太维尼萨来做的。

"非常感谢分享！"约翰内斯点头，"我的父亲是心脑外科医生，我从未接触过中医。很多人都不相信中医，中医究竟是怎么治病的？"他这样问是因为子佩祖上七代都是中医，为了更多地接近她们姐妹俩，他认为有必要了解一点中医知识，并且他相信，子衿和子佩的健康美貌一定和她们家的中医养生有关，跟有学识、修养和智慧的人在一起能学到很多，近朱者赤，机会就在面前，只有傻子才不想学。

"在西医和西药传入中国之前，中国人几千年都是依靠中医和中草药，并发展成为全世界人口最多的国家。"子佩说，"中医更倾向于天人合一的自然疗法和预防医学，它的基本工作原理其实很容易理解，就是根据阴阳和五行相生相克的原理来调理和治病，帮助病人达到阴阳平衡。或许你听说过药食同源。中医把中草药和食物分为大致五种性味，平性、温性、热性、凉性和寒性。药比通常的食物要猛。比如大米、玉米、燕麦、大豆、蜂蜜、猪肉等属于平性，不会让我们的身体产生发热或发凉反应；而葱、姜、蒜、牛肉、羊肉、鸡肉、胡萝卜、椰子、面食等属于温性，能温补，养肾，理气，但若用过量了，就会使身体阴阳失衡；再比如红枣、辣椒、一些热带水果、红葡萄酒和一些刺激性香料等属于热性，更要小心使用，用过量就会出现上火反应，比如牙龈肿痛，眼睛发红，喉咙干痛，大脑兴奋，阳不入阴，无法入眠，等等；再比如说苦瓜、黄瓜、芹菜、西瓜、莴笋、莲藕、豆腐、秋葵、香蕉、柚子、柿子、火龙果、绿茶、啤酒、螃蟹、鸭肉、荞麦、薏仁、绿豆等属于寒凉食物，更细的还分为微凉、凉、微寒、寒和大寒，吃过量会拉肚子，把身体中的热量带走，造成体虚。绿色的食物属木，养肝；红色属火，能补心；黄色属土，养脾胃；白色属金，润肺；黑色属水，补肾脏。另外，我们人体有很多经络，每种食物被人体吸收后，入的经络不同，甜味的食物入脾，酸入肝，辛入肺，苦入心，咸入肾。但是，根据五行相克的原理，咸多会伤心，即水克火；酸多伤脾，即木克土；辛多伤肝，即金克木；苦多伤肺，即火克金；甘多伤肾，即土克水；久而成疾。总之，五味多食损五脏，饮食清淡才会令人神清气爽。你既要了解食物的性味和营养功效，也要了解自己的身体。如果你自己把握不了，那就请教营养科专家和中医。食物和中药可以调理人体内的风、湿、寒、燥、暑、热，那么针灸、按摩和砭石便是利用外部能量帮助疏通经络，打通气血。通就不痛了。"

约翰内斯大致明白了。

"所以我强烈建议你，在购买营养套餐之前，先充分了解一下自己的身体状况。"子佩说，"中医把人分为九种体质，不同体质的人要选择不同配方的饮食，吃了一段时间之后，体质发生变化，这时要再做调整。所以，你不能照搬我们的养生方法，因为我们的体质是不同的。这就是中医养生和治病的智慧，根据天人合一和阴阳五行的法则来做调理，因此它是辨证的，因人而异，一人一方，甚至要根据你身体在不同时期的不同状况来制定药食调理方案。你能理解吗？"

"理解。"约翰内斯点头。

"你上一次体检是什么时候？"子佩问。

"大概是去年夏天。"

"那么好，我建议你今天就在岛上看一下中医，给你做个面诊，再取指血验一下血常规，然后根据结果，医生会发电邮给出最适合你的营养套餐。"

"我从未看过中医。"约翰内斯有点紧张。

"我可以陪你去。"子佩又给他讲了中医面诊望、闻、问、切的步骤。

"在哪儿能看中医？"约翰内斯问。

　　"就在这岛上。我现在就帮你约。"子佩说，"来岛的客人都是免费的。"

　　"太感谢了！"约翰内斯此时非常感动，因为自他结婚有了孩子以后，从没有人真正关心过他的健康，他是家庭的供养者，他是女友的玩伴，仅此而已。

　　子佩这时从手机里找出一个中药方剂给约翰内斯看："这是我外婆给病人开的一剂药方，是给一位女病人用来调理气血的。这上面有七味草药。中医配药有君臣佐使之分，有的是主药，有的是辅药，有的药起谐调平衡作用。爱乐岛品牌的个性化营养配餐产品是 Jin 的创意，她说，既然中医有药方，那为什么不能请中医营养师开食疗保健方？预防、调理、保健先于治病。"

　　"太了不起了！"约翰内斯微笑起来，心想：为什么 Jin 这么聪明？！但最重要的是环宇爱乐集团和中国的知音国际爱乐集团为人们提供了创意平台和专利产品的代理研发机构，激发了无数人的创造力，使人们的梦想成为现实。生活中和工作中，有无数人都有过开发和研制新产品的好主意，但因为他们自己不是工程师或专业人士，不知道该如何实施，那些好的创意和想法就都变成泡沫而转瞬即逝了，人类智慧和潜能的巨大浪费。

　　"美容养颜还要保持平和的心情，"子佩补充说，"每天听听音乐，读读书，我们经常习练中国书法，画画，打坐静心。再就是一定要保证充足的睡眠，早睡早起。每天坚持走路、跑步。我们每天打一套太极拳，练八段锦，练健身操和拉筋。大致就是这些。没有什么秘密，只是功夫。功夫就是学而时习之，功夫就是修炼和坚持。"

　　约翰内斯连连点头并感谢："你们家，祖上七代都是中医，到了你们这一辈，却无人继承祖业，是不是，太可惜了。"他看着子佩问。

　　"我哥学中医。"子佩微笑着说。

　　"你还有个哥？！"

　　"是啊，比我大姐小两三岁，叫青五季。另外，我们最小的女儿疯婆子也想学中医，一直都在跟我母亲学，已经看了很多中医书。

等把她的腿治好了，我们就送她回国去读中医药大学。"

约翰内斯连连点头："甚好！甚好！祖传亲授，后继有人。我父亲以前很想让我也学医，可我实在没兴趣。我讨厌上医院，讨厌看医生，我从小就特别怕看牙医。"

子佩不由得笑起来，道："我也是。"

"不过，中医的自然疗法、饮食调理和预防保健医学更容易让人接受，是我们能学习和自我把控的。我很有兴趣。"约翰内斯道，"希望今后多多赐教和分享！"他又找到了与美女姐妹交往下去的话题：音乐、电影和中医。

"没问题，我们的传统中医文化博大精深。我和 Jin 之所以没有选择继承祖业学习中医，是因为我们从小听到外祖母讲过一句话，她说：'上医治国，中医治人，下医治病。'什么意思呢？就是说：最上等的医生治理好国家，让人民安居乐业，没有战争，没有瘟疫，没有污染，没有天灾人祸，因此避免了疾病；中等的医生治理人民，教育人们要以道养生，以德养命，互爱互助，心平气和，和睦相处，吃健康的食物，喝洁净的水，去除不良的习气，因此预防了疾病；而下等的医生是等到人生了病才去治人的身体，有的能治好，有些就治不了了。"

约翰内斯深深地点头，表示赞同。

子佩这时从自己手机里找出一张照片，给约翰内斯看："认识这个人吗？"

那是一个清瘦的白发老人，西装笔挺，约翰内斯感到这张照片他以前肯定见过，好像是音乐家海顿，但他不能肯定，于是摇了摇头。

"这是尼古拉·特斯拉在他生命最后几年的样子。"子佩说。

约翰内斯恍然大悟。

"你看看他脸上的皮肤，80 多岁了，几乎看不出有任何静态纹。"子佩说，"很少有人知道特斯拉梦想要活到 140 岁，甚至想开发一套特殊的营养系统来延长寿命。特斯拉一生保持贞操，没有结过婚，没有女友，从未接触过女性，同时，他一直监控着自己的饮食。1933 年，

77 岁的特斯拉接受《纽约时报》的专访，谈到有助于自己保持健康的习惯。大发明家说要努力多做运动，因为体育锻炼可以帮助身体清除毒素。他坚持每天走 16 公里。"

"16 公里？！"约翰内斯开始在脑子里计算那需要多长时间。

"健康的人体是偏弱碱性的，特斯拉知道并几乎没有吃过会导致加重胃酸形成的肉类和其它食品，因为这会使人的身体酸性化，导致疾病和衰老。"子佩说，"他知道定期食用蔬菜的重要性，这有助于大脑更好地工作。且每天睡觉前，会坚持握拳 100 次，他说这种锻炼有助于刺激他的脑细胞。同时代的人说，即使在 80 岁的时候，特斯拉仍然身体健康，体形保持良好。特斯拉相信，只要营养合理，一个人是可以活到 100 岁或以上的。他非常关心食物营养成分，因此他自己做了菜单，然后将其传递给了他所住酒店的厨师。特拉斯说：'人体就像是一台机器，需要细心照顾并保持清净，应该得到最好的营养。我努力根据科学原理和我们所生活的星球的科学原则来调整我的身体。'特斯拉从小就开始研究各种营养理论，得出的结论是：食物需要长时间仔细咀嚼，而不是快速吞咽。他还发现蔬菜汤、谷类食品和牛奶对胃有好处。他坚持每天吃两顿饭，早上 7 点和晚上 7 点，他认为午餐是多余的，是浪费。由于一生的饮食习惯，特斯拉看上去有些瘦弱，这引起一些好事者的谣言，以散布这位科学家正在挨饿的传闻。但是事实并非如此，他一直坚持工作和发明，直到生命结束。在他 81 岁那年，过马路时试图躲避汽车而跌倒，摔断了几根肋骨，但他没有去看医生。不久，尼古拉患上了肺炎，但他用自己的方法独自康复了。1943 年 1 月 7 日，特斯拉在纽约人旅馆因心脏衰竭去世，享年 86 岁。在那个年代，这已经算是长寿了。"

除了点头，约翰内斯不知还能说什么好，因为他目前还难以说服自己成为一个素食者。

"Jin 的老公怎么样？找到专业工作了吗？喜欢这里吗？"点心快吃完了，约翰内斯换了个话题。

子佩用一只手撑住下巴，想了想，才说："我们其实并没有计划要移民加拿大，是 Jin 的老公 James 要来，可是他患有慢性肝病，家里平时什么都不让他做，不用他操心，只让他安心养病。要我说呢，Jin 和 James 结婚根本不是出于爱情，而是出于同情。因为那个肝病，James 从前一直没有女朋友，用他自己的话说就是没人要了。他两人结婚后没要孩子，怕传染，怕遗传。要我说呢，这个老公其实也是 Jin 收养的一个大孩子。两个人志趣也不相同，Jame 对古典音乐没有兴趣，说是听不懂。他是一个非常保守的人，他认为世界上所有化妆的女人都是妓女。鉴于 James 要移民，Jin 考虑了很久，之后制定了一个能说服家里每个人的移民计划，这才下了决心，为此放弃了她在国内那么好的首席指挥的工作。然后我们这一大家子就连根拔起，一起过来了。其实 Jin 非常热爱她以前在中国的工作。成为一个指挥家，与世界各地的乐团合作，那是她少年时代的梦想。为央视工作，制作音乐节目，让更多的人了解和热爱古典音乐，那也是她的梦想。可是现在，Jin 根本就是在为别人活着。我希望她能尽快在这边找到全职专业工作。她是一个那么有才华，有创造力的艺术家。"

约翰内斯感到内疚，帮子衿介绍的这次工作面试他是知道的——那只是一个一年期的合同工，临时的。但他事先没有告诉子衿，一半是为了能见上她们姐妹一面，一半寄希望于子衿的面试，说不定会有奇迹发生。

"Jin 平时总是那么沉静，不爱讲话吗？"约翰内斯这时又问。

"是的，在家里，该说的她都说，但她是个没有情绪的人，从来都是心平气和，有礼有节，有法有度，有时还很幽默，一句顶一万句，总是启发人，提出建议，从不下命令和指挥，从不指责，批评或抱怨，所以大家都喜欢她。我从未见过她生气，发脾气，失控，从来没有。和乐队一起排练的时候，她也是这样，她总能说服人。但是她说话的时候总是很轻声，说得也比较慢，无论发生什么，她都能保持平静。不知道她身上有什么气场，每次我们去公园，总有一群大狗小狗跑来找她，前前后后地追着她；邻居的小孩儿看见她就不走，在电梯里直盯着她，出门的时候就撞在门上；就连在飞机上遇见的一个 9

个月大的小 baby，看见她都垂涎三尺。"

约翰内斯已经笑出了声，他知道 Jin 的魅力。

"Jin 从来都是素妆素颜，从不戴首饰，身上的衣服从来都是黑白灰，曾经她穿着慕斯林的黑袍子出门，还戴着面纱，可还是一样，她总是吸引人，她的气场、她的生物波频率有股特殊的吸引力。我相信，那是一个非常善良的人、有艺术修养、智慧和修行到一定境界的人所特有的。"

约翰内斯点头："Jin 的老公是做什么的？"他小心地把他感兴趣的话题拉回来。

"她老公是计算机工程师，有硕士学位，是我清华的大学校友，我朋友的同乡，他和 Jin 是通过我认识的，但谁也没想到他们俩竟能凑到一块儿，有那么多优秀的男子爱慕 Jin，十八、九岁的男孩子都给她写情书，富豪显贵各界名流都不乏追求者。她甚至可以成为第一夫人，但 Jin 从小就修炼，我是说，她是个禅修者，从不向男人放电，根本就是个绝缘体。我问她为什么会看上 James，你知道她说什么？'有儿童福利院，有老年福利院，可是没有成人福利院，有病的单身成年人也是弱势群体，也需要有人照顾。'我说那咱们就开个成人福利院吧。Jin 说'好主意！'真的就开了一间线上的私人护理机构，大都是小时工，还招募志愿者，定时或不定时地去帮助那些需要帮助的成年人和居家行动不便的老年人、残障人，根本不赚钱，还得靠募捐，纯粹是在做社会公益。Jin 没有时间，发起后就交给别人去管理了，可是他们却越做越大，至今已发展到上百人，帮助了成千上万人。"

"Jin 的老公真有福气。"约翰内斯又把话拉回来，"James 以前在中国是做什么的？"

"他曾是北京一家国企大公司的开发部经理，业务能力很强，业绩也一直不错。比如你们赫兹公司的自动化生产线、数控机床、工业机器人、数控管理系统，等等，都是 James 的业务范围。可他想来加拿大，因为他有几个同学和以前的同事在这里，人家很早就过来了，都买了大房子，总是劝他移民，说这边空气好，有利于健康，生活质量和社会福利也比国内好，一个人有全职工作，全家都能享受保险，看病治病不花钱。James 总是担心他自己那个病，因为他的父亲和哥哥都死于肝癌；其实他在国内的公司也给他买了医疗保险，90% 的医药费都可以报销。James 想移民其实另有原因和打算。来加拿大后，他在这里花了两三个月才找到专业工作机会，那也比你们 2592 公司那些从中国技术移民来的同事强多了，他们当中很多人都来了两三年了，还在工厂里做体力工。记得冉先生吗？在美国拿到硕士学位，可拿不到绿卡，不想回中国，就来了加拿大，也找不到专业工作，一直在工厂里打工，跟难民做同样的工作，所学全都浪费了，熬到退休也就完了。James 目前虽然薪水不高，但好歹也是他的专业工作，希望随着时间和经验的增长，会逐渐好起来。James 和 Jin 结婚才两年，是最后一个来到我们这个家的。他的老家在中国南方三线城市，还有一些亲戚在农村，他是他们家族中唯——一个高材生，他决定移民的另一个原因就是他老家的亲戚总是找他要钱，生孩子的，结婚的，赌博输光了的，想要投资的，想买股票的，有的坐火车直接到北京来找他借钱。说是借，可是从未有一分钱回头。James 尽力帮他们，可他受不了那些人像债主讨债一样地逼他。他所有的亲戚都知道他的太太是世界知名音乐家，有钱收养那么多孤儿，怎么就没钱救济一下穷亲戚呢？James 跟他们说，他的钱和 Jin 的钱是分开的。可是那帮人谁也不信，问他那他跟 Jin 结婚是为了什么？James 说这是他自己的事，他自己的钱也是辛辛苦苦挣来的。然后就遭来一痛骂。James 来加拿大之后，为了省钱，把家里的车让给我和 Jin，自己在网上买了一辆二十块钱的旧自行车，每天骑车上下班，风雨无阻，可是却三次被右转弯的汽车撞伤。两个月前，他从网上看到全球最大的计算机图像处理技术公司 AMD 要招聘一百名工程师，便准备好简历，周末和朋友一起去面试。没想到那天前去应聘的竟有好几千人，在 AMD 公司外面排队等候，把公司大楼围了几圈，来投简历应聘的人来自不同国家，个个西装革履，在寒风中瑟瑟发抖，冻了几个小时排队，看着好让人心痛。有面试者怀疑 AMD 公司其实并不需要招聘那么多工程师，而只是以此方式给他们做广告造声势罢了。为什么就不能先接收网上投档再安排面试呢？"子佩喝了口茶，转而问道："你们这些在本土长大的加拿大人，了解我们新移民的生活和不易吗？"

约翰内斯叹口气，摇了摇头，在他的头脑中，新移民应该就是租廉价的公寓或别人的房子，住地下室或与人合住，总之，为了省钱，衣食住行都应该是低水平的，同时就是拼命地找工作，找到了就拼命地工作，加班，养家糊口，以期早日脱贫，申请货款买房，慢慢接近本地的中产阶级水平。但他并不了解每个新移民家庭的具体情况，也没那个兴趣和必要，他以本地白人和高薪经理的身份自居自得，且年轻又英俊，能得到他的青睐，哪怕只有过一次疯狂的女人，都是她们一生中的大幸。但子衿姐妹却是第一次被他邀请一起在公共场合共进晚餐的美女，当然是因为他目前还没有家人在温哥华，他已经计划好要充分利用他人生中这段难得的自由时光，邀请所有他想约会的美女从多伦多飞来温哥华，投入他的怀抱，每个周末三晚要留给他最美的美女。在艳遇了温哥华本地的美女后，再做优胜劣汰。约翰内斯意识到自己走了神，一下子有太多的美女涌上心头，他微笑地摇了摇头。

子佩喝口茶，看着车窗外的环岛美景，继续又说："我们刚来加拿大的时候，住在出租的公寓楼里。住进去的第二天，我们最小的那个女孩疯婆子看到电梯旁边墙上有个红色按钮，孩子不懂上面的英文，又好奇，按了那个按钮，整个大厦里所有的报警器都鸣叫起来，所有人闻之都往外跑，救火车和急救车很快都来了。"

约翰内斯听罢不由得摇头。

"作为新移民，最大的压力是语言和经验。我们看到很多人在各种压力下扭曲，变态，有的甚至自杀；不少人已经放弃回国了，还有一些家庭破裂，都是一部部令人心酸的移民史。无论我们自己有多么努力和坚强，语言和经验都是要花时间才能逐渐增长的。"

约翰内斯沉默着，他真不知道新移民的生活竟有这么艰辛，作为在母语环境里长大的他是很难想象和感受到语言障碍带来的各种压力的。心存优越感，约翰内斯喝了口茶，想让谈话变得轻松一些，毕竟，他是来这里享受的。

"你一个人在美国过得怎么样？"他看着子佩问，"有男朋友了吗？"

子佩微笑了一下："没有。我很忙，但过得很自在，靠实力单身，没问题。"

"都三十多岁了，还不打算结婚吗？"约翰内斯看着她，不知是在喝茶还是在品美色，他所有的问题都只为一个目的——自己有没有机会得到这姐妹花中的任何一位，哪怕只是更亲密的接触，哪怕只是像这次这样见面，吃饭，在一起游玩，享受旁人艳羡的目光。

子佩也喝了口茶，反问他道："你相信婚姻吗？"

约翰内斯不由语塞，心里一时间五味杂陈："那么，"过了一会儿他问，"昨晚你提到的那个韩国男孩子，他叫什么来着……？"

"林允灿。"

"啊对。你那么喜欢他，不想和他成为朋友吗？"

子佩不禁微笑起来："你认为，我跟他会成为朋友吗？"

"为什么不能？"

"我比他大 15 岁。"

"那又怎么样？你不是说他长着一张孩子气的脸，却带着十九世纪的老灵魂吗？"约翰内斯这时拿出了他昨晚做的功课，口是心非地来套子佩的小心思，"梅克夫人年长柴可夫斯基 9 岁，克拉克·舒曼年长勃拉姆斯 14 岁，电影《Thor》（雷神）的男主角 Chris Hemsworth（克里斯·汉斯沃）娶了比他大 7 岁的西班牙太太，电影《X Man》的男主角 Hugh Jackman（休·杰克曼）比他的影星妻子 Deborra-Lee Furnes 年轻 13 岁，电影《水行侠》的男主 Jason Momoa（杰森·莫摩亚）更是好莱坞的宠妻男神，太太 Lisa Bonet 结过婚，还比他大 12 岁；影星 Aaron Taylor-Johnson（亚伦·泰勒·强森）比导演爱妻

Sam Talor Johnson 小 23 岁，麦当娜比她的男友年长 36 岁，法国总统马克隆更是娶了比他大 24 岁有两个孩子的布丽吉特。"

子佩露出颇为惊讶的神色看着约翰内斯，然后她把目光慢慢转向车窗外，边喝茶边沉吟起来。这时手机发出铃声，子佩从包里拿出来一看，是林允灿，通过 WhatsAPP 发来的短信，但她没有立即回信，又把手机放了回去。

"约翰内斯，你认为，和林允灿这么年轻的钢琴家做朋友，甚至成为恋人，有可能修成正果吗？"子佩问。

"当然有。"约翰内斯口是心非地说。

"一个那么成功的男孩子，圈粉上万，什么样的女友找不到？全天下都是他的，他要一个老女人干嘛？想与全天下为敌吗？"子佩这时自嘲似地问。

"首先，"约翰内斯此时表现出作为过来人和兄长的关心其实是在欲擒估纵，他放下茶杯，态度十分真诚地说，"首先你并不是什么老女人，你看上去就只有二十岁，论才华，你们是神级美女，你和 Jin，嫁给世界上最优秀的男人都不过分，当第一夫人也不令人意外，随你们挑。别说和你们联姻，就是能见上你们一面，那都是莫大的幸运。"

子佩平淡地笑了笑："谢谢你，我们只是普通人而已。问题在于联姻的意义，还有缘分。像林允灿那样年轻，成功，有的是时间，物质条件方面不是问题，更何况还是万人迷，如果你是他的话，会怎样挑选意中人？"

约翰内斯想了想："如果我是他的话，百分百要找一个懂音乐的女孩儿，对吧？如果周围认识的人里面没有让他动心的，那就在网上搜，在粉丝群里搜，对吧？找一个也是钢琴家，或者小提琴家什么的，既使不是搞音乐专业的，也得是个什么财伐的女儿，甚至本人就是什么 CEO，最容易认识的莫过于那些女明星，韩国女明星，会讲韩语的女明星，如果他英文不错，也可以像郎朗那样，找个西方美女或者混血儿，对吧？要我说呢，郎朗就发掘到了对他来说全世界最好的女孩儿，最适合他的完美女孩儿，比他小 12 岁。如果林允灿太忙了，或者因为性格的问题自己找不到合适的，他的家人和朋友也会给他介绍，像他这么炙手可热的明星，长得又帅，超有魅力，还怕找不到好女孩儿？他的目标是找到最好的女孩儿，对吧？我刚才说的那几种条件的，肯定跑不了，不是女音乐家就是女明星，要么就是财伐的千金，要么就是像你这样才华出众的美女，不信就等着瞧吧，人性不过如此，一眼就能看透。至于两人今后能否幸福，合得来，那就只有天知道了。"

子佩点头："分析得好！"又给两人续上茶。

约翰内斯喝了口茶，又叹了口气，道："我说，从前的和现在的那些音乐大师，他们的婚恋都如何？成名之后都顺利吗？幸福吗？"

子佩想了想："幸福的好像都没有什么报导，他们的配偶好像也都不是什么知名的音乐家或者什么名人，所以没什么八卦。而那些命运多舛的音乐家，众所周知，像贝多芬、威尔第、格鲁格、柏辽兹、舒伯特、门德尔松、勃拉姆斯、肖邦、格伦·古尔德，好像都没有结过婚，有些人还英年早逝。在我所知道的音乐家当中，李斯特、德彪西、柴可夫斯基、玛尔塔·阿格里奇和李云迪的婚恋都没修成正果。"

"Jin 幸福吗？"这才是约翰内斯想知道的。

"Jin?"子佩想了想，又轻轻笑了笑，"她的情况比较特别，不是说她要做这么多工作，还要教养这么多孩子，就像我刚才说的，她是一个修行的人，她已经没可能在婚姻关系甚至两性关系中找到世俗的定位，她的心灵，早已超越了那种境界。"

约翰内斯一时沉默，然后问："如果你被林允灿选中了呢？"

子佩又轻声一笑："我从来都不是任何人的选项。二选一的时候千万别选我，请放过我，我只想做我自己。在我看来，真爱是发自内心的，而不是选择出来的。当你真爱一个人时，他就会成为你的心、你的肝、你的梦中之梦、你灵魂的伴侣，而不是什么东西可以放在你面前进行挑选。至于林允灿，"子佩看了看车窗外远方的海面，"我敢肯定，他是天佑之子，他今后的婚姻肯定错不了，他选中的女友肯定是与他最般配的，对他来说最好的。对于所有名利双收的成功人士来说，我都希望他们得到真爱。"

约翰内斯默默地点了点头，心里却想："什么真爱？真爱只是在影视剧里才有，只存在于那些天真的童话和梦想里。真爱早就见鬼去了！"由于观点不和，约翰内斯想起了另一个问题："Jin 有没有跟谁吵过架？"这是关于子衿是否幸福的另一种问法，目的还是为了要找空子。所谓苍蝇不叮无缝的蛋。

"吵过，"回答出乎约翰内斯的意料，"不过，我知道的只有一次，吵得还很厉害。"子佩说。

"哦？"约翰内斯停下筷子，"跟谁吵架？因为什么？"

"跟这个岛的董事会。"子佩说，"是关于国际音乐奥林匹克大赛的策划方案。"

约翰内斯无法想象吵架时的子衿是什么样子，他看着子佩。

"最初呢，Jin 向我们大姐提出要创办国际音乐奥林匹克，大姐对这个创意非常高兴，立即提交给集团董事会讨论，董事会也非常赞成，但有人提出，要叫它'国际爱乐奥林匹克'，以古典音乐为主，这是爱乐岛的主题，不接受流行音乐和摇滚音乐，只按照传统的国际音乐比赛套路来设参赛项目。但子衿坚决反对，说我们怎么能无视流行音乐和摇滚音乐为人类音乐做出的贡献？那也是一种用音乐连接人心和世界的方式，真是岂有此理！然后大姐就让集团董事会投票表决，结果除了 Jin 和我大姐支持摇滚乐和流行音乐加入，其它人都投了反对票。有一位董事还说：'某些人所说的音乐，其实只是噪音。'可是 Jin 没有放弃，当场为董事们播放'全世界观看人数最多的演唱会和最伟大歌手'的视频。这是当时的会议录像，没有公开，你可以看看，但请千万不要把这事说出去。"

约翰内斯立即举手发誓，然后接过子佩的手机，看那段珍贵的具有历史性意义的会议录像。算上子衿，那天与会的有六位董事，还有两位是在线上，再加上总裁、执行总裁、相关部门经理和秘书，会议桌两旁共坐了 12 个人，只见子衿穿着白色短袖衬衫和黑色长摆裙，腰里系着宽腰带，胸前挂着蓝色的环宇爱乐董事会出席证，站在会议室的讲台前，手上拿着激光笔，正在给董事们播放和讲解视频上的内容：

"这是 1989 年，在英国利物浦的赛马场，麦克尔·杰克逊的演唱会，有 125,000 名歌迷到场，麦克尔从 1987 年至 1989 年的 BAP 世界巡演总共举办了 123 场，遍及欧美和日本，共吸引了 440 万观众，票房收入 1.25 亿美元，创下两项吉尼斯世界纪录，麦克尔的个人慈善捐款达 3 亿美元。下一个，皇后乐队，其唱片全球销量超过 3 亿张，他们是第一个在南美洲举办演唱会的乐队，8 天时间，3 个城市的 3 个世界杯球场座无虚席，观众超过 25 万人；1981 年的一场演唱会就超过了 131,000 狂热歌迷，打破了单场演唱会观众最多的世界记录；皇后乐队的吉它手布莱恩梅是帝国理工学院天体物理学博士，鼓手罗杰泰勒是医学院的高材生，主唱弗莱迪莫丘里被认为是 20 世纪最伟大的歌手和音乐人，他的每一首歌都能引起观众的共鸣，每一次呼吸都能引发全场的合唱。下一个：U2，世界上最大牌的乐队，不仅以 15 亿张唱片的销量和 22 项格莱美奖向世界展示了他们的音乐实力，更以充满社会意义的歌词和圣歌般的旋律深受全球百万歌迷的喜爱。下一个：1988 年 7 月，斯普林斯汀和他的美国东大街乐队在东柏林举行了一场历史性的演唱会，16 万张门票被抢售一空，而实际到场的人超过 30 万，还有数以百万的观众守在信号和图像模糊的电视机前，观看鲍勃·迪伦演唱《自由的钟声》，'总有一天，所有的围墙和壁垒都将不复存在。'这是他们当时向观众和全世界喊出的，激发了德国人对自由的渴望。16 个月后，柏林墙被推倒。下一个：罗杰·沃特斯，英国摇滚乐队平克·弗洛伊德的创始人之一，1990 年 7 月 21 日，为庆祝柏林墙的倒塌而在曾经的无人区策划了那场大型露天演唱会，门票售出 15 万张，可是当天来了多少观众？保守统计为 35 万人，举办方干脆把围墙都给拆了，还有全球 52 个国家和地区数百万的观众在电视上收看直播，当晚，墙被推倒，象征着音乐的胜利和人类精神的胜利。下一个：鲁西亚诺·利亚布，意大利摇滚界的巨星，不仅是歌手，还是电影导演和作家，2005年9月，在雷焦艾米利亚机场的一场演唱会超过165,200名狂热粉丝聚集在一起，成为利亚布的颠峰之作。下一位：摇滚女王、传奇歌手蒂娜·特纳，保持了30年的活力，获12项格莱美奖，1亿八千万张唱片销量，1988年在里约热内卢的一场演唱会吸引了18万名观众，创下当时的最高纪录。再下一位：保罗·麦卡特尼，披头士乐队主唱，1990年，他以184,000付费观众打破了新的纪录，他的《Yesterday》和《Let It Be》都成为不朽的篇章，1997年，因其贡献而获爵士爵位。他的财产高达8亿美元，是目前世界上最富有的音乐家。下一位：Glay，日本史诗级的乐队，1999年7月的Joy 99 EXpo Survival演唱会，20万张票一小时之内销售一空。舞台上配备了18个场地扬声器、8个巨型屏幕，1000盏舞台灯光照亮了整个城镇，1500枚特效烟火把夜空都变成了摇滚的颜色，到场的媒体有来自世界各地的1000多名记者、日本方面有35家电视台、15家报纸和50家杂志。演唱会设置了1500间流动厕所、2200名私人警卫、300名警察和足够的应急医疗服务，由于人数太多，演唱会后退场花了5个小时。下一位：2017年夏日的一个晚上，在意大利摩德纳的公园里，聚集了超过225,000人，这是摇滚歌星兼诗人瓦斯克·罗西为纪念其职业生涯40周年举办的大型演唱会，其唱片销量已突破3500万张。再下一位：罗德·斯图尔特，英国歌手及词作家，他的多首歌曲和专辑纷纷攻陷了70年代英国和美国排行榜，千禧年之后又有单曲稳坐排行榜前位，他创造了迄今为止人类历史上观众最多的摇滚音乐会，1994年12月31日的里约热内卢，有420万人聚集在科帕卡巴纳海滩上，随着新年钟声的敲响，海滩上的每一个灵魂都在音乐中找到了共鸣。还有猫王、约翰·列侬、大卫·鲍伊、麦当娜、阿戴尔、Lady GaGa、泰勒·斯威弗特、席琳·迪翁，还用我再说吗？先生们。在这里，我想分享一个我个人的经历：我的朋友 Angelo Flamingo 是一位禅师，他会弹奏中国古琴和箫，他研究并创作禅静音乐、琴箫音乐和疗愈音乐，他对中国的琴棋书画都有研究。但他却是出生在这里的——是的，温哥华，他的父亲是意大利移民，母亲是台湾人，Angelo 在台湾长大，后来去日本留学，毕业后去中国，在佛学院教授禅美学。我一直以为他只是一位古琴和禅乐音乐家，就像你们各位和我一样，只喜欢古典音乐，从不接触或很少接触现代流行音乐，直到我移居加拿大的那一天，在温哥华机场收到一首他创作的由古琴曲改变的钢琴曲，非常优美动听，在那之前，我甚至都不知道他还会弹钢琴，可见音乐是相通的。在我从温哥华飞往多伦多的航班上，我用耳机听这首曲子，它甚至吸引了前座一个只有 9 个月大的波斯小孩，据他的父母说，这个孩子自出生以来就没有笑过，而且总是哭，可他竟从我的耳机里听到了旁人都没有听到的音乐，并且止住了长时间的啼哭。就在那架飞机上，在那趟航行中，我为这首曲子填了词，它就是我们爱乐岛的登岛首曲《You Had Me BEFORE Hello——天涯一曲共悠扬》，我已将它编入《万物合唱》，并被选定为明年首届国际音乐奥林匹克开幕式会歌。我想说的是：每一首曲子都可以由不同的乐器和人声来演奏，表达。人生最伟大的时刻之一是：当我们围围没有音乐也找不到任何乐器时，我们可以随时随地在我们内心升起一首歌、一首乐曲。学习音乐并非要学习器乐，声乐——我们自身就是一件最方便的最好的乐器。这就是为什么，青琴一直致力于要在全球普及无伴奏合唱，不会乐器或没有条件学习乐器的人，都可以开发和利用自己的人声，随时随地表达音乐，传递正能量，沟通人心，传递和平与和谐。所以，我们千万不能排斥流行音乐，所有的古典音乐几乎都是它们那个时代的流行音乐，我们也要把我们这个时代的经典音乐留给后人。"

在座的所有人听到这里都纷纷点头，大姐青琴微笑着向子衿暗暗竖起大拇指。

子衿这时问大家："各位听过我唱歌吗？我是说独唱，都没有？只看过我弹钢琴和指挥？我在学生时代曾经是中国交响乐团少年女子合唱团的团员，我收养的五个女孩也都是在这个合唱团中长大的。不过没关系，你们也从没有见过卡拉扬和马友友手拿麦克风唱歌。那么现在，我要给诸位唱首歌，会唱的，请和我一起唱，歌词在屏幕上。"子衿说着，便从她的手机里调出《You Had Me BEFORE Hello——天涯一曲共悠扬》，就是人们每天听到的那首上岛首曲。

子衿拿起麦克风，开始和着音乐演唱起来，并用指挥手势邀请大家一起唱，于是，在场的每个人都跟着一起唱了起来：

我流浪到希腊，去寻找维纳斯的金竖琴；
我流浪到中国，去抚奏一首千年前的古琴；
我流浪到波斯，去聆听一支鲁米的芦笛；
我流浪到意大利，去见米开朗基罗的大卫，
他为我举起一把斯特拉迪瓦里。

我流浪，为每个孤独的星球和苦难的生灵
寻找至高的艺术、至善的美和至真的爱情；
尽管两手空空，尽管孑孑独行，
我仍在黑暗中守候希望和光明，
我的灵魂可以死而复生。

终至有一天，神听到了我穿越万年的歌声，
所有的亡灵都被唤醒，
所有的天使都在聆听。
不必再去身外寻找，
你最好的乐器就是你的心灵。
看哪，整个宇宙都在和声，
万物都是知音。

原来我们一直都在相互寻找，

原来我们一直都在彼此创造，
即使世间有万种语言，
我们也都会用音乐说一声："你好！"
兄弟／姐妹（Brother/Sister），你好！
朋友（Friend），你好！
宇宙（Universe），你好！
万物（Al lThings），大家好！

因为爱和音乐，
我们未遇已倾心；
我们用音乐祈祷
对和平的祝福与渴望。
即使远隔星际重洋，
古今知音亦可同欢唱，
让我们天涯一曲共悠扬。
……

歌声未落，掌声四起。子衿一边为大家鼓掌一边道："女士们、先生们，这是属于我们全人类的音乐，是发自内心真情的、经久不衰的伟大音乐。音乐可以沟通心灵，连接万物。在东西方的古老神话中，最早的音乐不是用于人类娱乐的，而是用于整合万物，调谐天下。今天，此时此刻，我们在这里讨论的问题，根本就不是一个问题，我们是在浪费时间讨论一个伪命题。如果你们担心会有太多的流行乐队和摇滚乐手报名参加第一届国际音乐奥林匹克，我们可以先通过网上报名筛选，入围现场比赛的选手和乐队也要经过评委和网上人气评选入围半决赛和决赛。如果你们还担心场地的安排问题，我们可以延长比赛天数，或借用爱乐岛以外的温哥华的音乐会场地。这些都是组委会和国际音乐奥林匹克委员会要做的工作，关键的问题是我们对音乐的认知，以及举办国际音乐奥林匹克的意义。比赛并不是最终的目的，我们是要用音乐来连接人心，促进文化交流，互通与融合，提升人的灵魂和对美与和谐的理解，以促进世界和平，而不是用音乐将人们区分。为什么那些吃肉的人不吃会唱歌的鸟儿？我相信，如果有更强大的外星人决定不吃我们，那一定不是因为人类有高端武器，而是因为人类有伟大的音乐。为什么我们用宇宙飞船把古琴曲《流水》和大合唱《欢乐颂》送入太空，因为《流水》是人类最早的在人间和万物天地间寻找知音的音乐，而《欢乐颂》是怎么唱的？"子衿接着便用德语原文朗诵起来，一边将歌词用英文在大屏幕上显示出来：

Freude，schöner Götterfunken,

Tochter aus Elisium,

Wir betreten feuertrunken,

Himmlische，dein Heiligthum.

Deine Zauber binden wieder,

Was die Mode streng getheilt,

Alle Menschen werden Br ü der,

Wo dein sanfter Fl ü gel weilt.

（Chor）

Seit umschlungen Millionen!

Diesen Kuß der ganzen Welt!

Br ü der － ü berm Sternenzelt

Muß ein lieber Vater wohnen.

Wem der große Wurf gelungen,

Eines Freundes Freund zu seyn,

Wer ein holdes Weib errungen,

Mische seinen Jubel ein!

Ja - wer auch nur eine Seele

Sein nennt auf dem Erdenrund!

Und wer＇s nie gekonnt，der stehle

Weinend sich aus diesem Bund!

（Chor）.

Was den großen Ring bewohnet,

Huldige der Sympathie!

Zu den Sternen leitet sie,

Wo der Unbekannte thronet.

……

欢乐啊，美丽的神奇的火花，

极乐世界的仙姑，

天女啊，我们如醉如狂，

踏进你神圣的天府。

被时尚无情地分割的一切，

你的魔力会把它们重新连接；

只要在你温柔的羽翼之下，

一切的人们都成为弟兄。

（合唱）

万民啊！拥抱在一处，

和全世界的人相吻！

弟兄们——在上界的天庭，

一定有天父在那里居住。

谁有那种极大的造化，

能和一位朋友友好相处，

谁能获得一位温柔的女性，
让他来一同欢呼！
真的——在这世界之上
只要有一位能称为知音之友！
否则，让他去向隅暗泣
离开我们这个同盟。

（合唱）
居住在大集体中的众生，
请尊重这共同的感情！
她会把你们向星空率领，
领你们去到冥冥的天庭。
……

　　"我们把这两首伟大的音乐送入太空，是为了寻找宇宙中的知音，寻求同谐共振的宇宙和平。音乐连接所有的土地和心灵，音乐可以连接万事万物，音乐可以连接宇宙中所有的星辰和生命。音乐无国界，音乐无星界，它超越所有的语言、种族、时空甚至物种，在音乐当中，所有的围墙和壁垒都将不复存在！"

　　子衿的演讲赢得了全场起立的掌声，有人禁不住流下热泪。青琴伸出双臂拥抱了她，在子衿耳边道："你是真正的指挥家和音乐家，是我们地球上的音乐和平大使，你是神的知音。我真为你骄傲！"

　　"国际音乐奥林匹克大会"，子衿的提议全票通过，她感谢大家的支持，并当场宣布："环宇爱乐集团董事会合唱团，今天正式宣告成立。"

　　约翰内斯看完录像也不禁笑着鼓起掌来，不停地点头赞叹："这是人类音乐史上的里程碑。太了不起了！祝贺Jin!"

　　这时，他们的列车到站了，回到了环岛原点。

4

雨暂时停歇，阳光时隐时现，他们决定租一辆敞篷电动观光车自驾游。

穿着红色中式外套驾着敞篷观光车的子佩戴上了白纱手套和一顶白色的帽子，还有白色面纱遮面，让坐在身边的约翰内斯感到就像是在电影里一样。

"待会儿回去的时候由你来驾车。"子佩说。

他们一路开去，欣赏着海滨的美景，因为是逆时针驾驶，子佩在左边，所以不防碍约翰内斯用手机拍摄海滨美景。环岛十二音阶彩带上的游人们有些在白色沙滩上漫步，或坐在长椅上晒太阳，有些在步行道上赏花，或坐下来沉醉于仙岛海景，有些游人慢步在环岛花溪上的诗画长廊中，那些身穿古装和民族服装的男女亦成为风景中的风景，让人好不艳羡。还有人在环岛跑道上跑步，健身，有人在骑单车，有人在滑滑板。他们的左边是第十一环的森林花园，也是 60 座世界著名音乐厅和歌剧院的环岛建筑博览会。他们的车来到一座水池上的玻璃音乐厅前，子佩把车停到旁边的停车场，两人下了车，约翰内斯问这是什么音乐厅。子佩没有马上回答，只是微笑着把他带到音乐厅前的小广场上，那里有一个斜面电子屏幕，上面有这座音乐厅原形的介绍。约翰内斯上前一看才知道，原来这是坐落在中国北京的知音国际爱乐集团的爱乐艺术中心音乐厅，是按照 1：4 的比例复制的，而它的设计师正是此时站在他身边的这位美女。约翰内斯激动地一下子抱住了子佩，一手勾住她的细腰，一手搂着她的后背，引得周围的游客都看着他们。子佩忙笑着示意约翰内斯放松。

"我真为你骄傲！"若不是子佩戴了面纱，约翰内斯此时真想在她脸上亲吻一下。而就在此时，子佩忽然发现在广场上喷泉池的另一头有一个似曾相识的身影，那是一个瘦高个儿的年轻男子，穿着一身白色汉服，却戴着太阳镜，尽管隔着喷泉的水柱看不清楚他的脸，却令子佩忽然想起一个人："云梦公子？！"那人也正在默默地凝视着她，那一秒钟有穿越千年的感觉，但很快，他就转过身去，消失在了古今人群当中。子佩怔怔在站在那里，直到约翰内斯发现不对劲，放开抱着她的手臂，问道："你怎么了？"

"哦，没什么。"子佩收回目光，"只是有点遗憾，这岛上没有我设计的建筑。"

"哦，是呀。"约翰内斯想了想，"你大姐没有给你机会吗？"

"那倒不是。爱乐岛初建时我还在上中学，没有设计师资格。"子佩伸手请约翰内斯进音乐厅去参观，"不过我已经准备好竞标下一座爱乐岛的设计项目了。"

约翰内斯微笑起来："试目以待。祝你成功！我好想去中国，去杭州看一看。"

"非常欢迎！我有一个新的项目正在杭州建设。"

"哦？是什么？"

"暂时保密。你先来看看这座音乐厅吧。"

二十分钟后，他们从那座音乐厅里出来，约翰内斯已经换上了子佩为他预租的一身套服，宽松的白衬衫、浅褐色长裤、棕褐色马甲、深蓝色长外套，与现代西装款式没多大区别，只是在马甲的后背上印着"约翰内斯·勃拉姆斯 1833 年 5 月 7 日 –1897 年 4 月 3 日"，今天是勃拉姆斯的诞辰纪念日，约翰内斯成了他的活纪念碑。这身套装是根据电影《亲爱的克拉拉》中勃拉姆斯的剧装仿制的。由于天气原因，约翰内斯不想穿那件大衣。

"我绝不会像勃拉姆斯那样穿着这身衣服在大街上倒立，或是从舒曼家的楼梯上顺着扶手滑下来。"约翰内斯记得影片中的情景，因为是认识子佩的第一天她推荐给他看的，第一次在 2592 公司见到子佩时可没有想到会有今天。

两人说笑着走出来，终于可以混进岛上的传统服装节人群里了，从未有过的世界民族服装、传统服装、古装甚至戏装大派对，穿着绚丽日本和服的精妆美女与穿着黑色阿巴亚的慕斯林妇女一同在樱花树下合影，连秦始皇和电影里的蜘蛛人也一起在大街上闲逛，女尼和修女相互打招呼，印第安人和西藏人是不是第一次见面？亏得子衿想起来要创办这样一个超越时空的人类服装文化大聚会，堪称创意女神。约翰内斯看到有些人穿的服装和戴的服饰，说他从未见过，便问子佩。

"哦，那是中国苗族的服装，那个是壮族，还有彝族、白族、京族，哦看，那是蒙古族，那个是新疆塔吉克族。很美，是不是？中国有五十多个少数民族，每个民族都有自己的服装和服饰，惊艳中华和世界。"

这时，有穿着明代汉服的帅哥见到穿着国风外套的子佩，就躬身作揖施礼，子佩则双手叠放在身侧，后撤半步，微微下蹲颔首，回万福礼；接着又有人向子佩行揖礼，并打招呼："美女吉祥。"

约翰内斯不解中文，子佩于是又向他解释道："我们中国古代有很多礼仪和礼节，出行有礼，坐卧有礼，宴饮有礼，宾客有礼，婚丧有礼，寿诞有礼，祭祀有礼，甚至在战场上都有礼，抬手投足，言行举止都有礼数，并非只是穿上汉服就能穿出文化来，我们的汉服节不是古装秀，而是文化节。所谓国风，乃是内在文化的外部体现。"

约翰内斯明白了，深深地点了点头："为什么Jin从不穿红色，而总是穿黑色、白色、蓝色或者灰色？"

子佩微笑了一下："Jin说那是她的幸运色。她向来是个低调的人，为了降低美女猎人的肾上线素。"

约翰内斯不禁笑着摇了摇头。

他们从花溪上的诗书画廊里穿过，来到外环热热闹闹的步行道上，在花树下和沙滩之间逍遥慢步，子佩边走边摇着扇子，约翰内斯则感到好不自在快活，他们相互给对方拍照录像。只是子佩显得有点魂不守舍，不时地在游人中寻视，像是在找什么人。

春花未谢，藤萝如瀑。在碧海蓝天与白色沙滩的背景中，环岛步行道两边的樱花喷芳吐艳。子佩对约翰内斯介绍说："这些樱花也是移民，它们来自中国无锡的鼋头渚、福建龙岩永福、贵州平坝、台湾杉林溪和日本京都等地，共有上百个品种，包括中国红、绯寒樱、云南樱、染井吉野樱、牡丹樱、福建山樱、白色福尔摩沙樱、八重霞樱、雏菊樱、雨晴垂枝，等等。"

"真是太美了！"约翰内斯望着在微风中轻轻摇曳的花枝，又去嗅他身旁的辛夷花和杜鹃花，整个人都快醉了。

路边有古装美女在弹奏中国民乐，约翰内斯好奇地停下来观看，子佩于是向约翰内斯介绍那些中国乐器。听到叫卖声，子佩这时看到街边的小吃花车，丢下正在观赏古筝表演的约翰内斯，跑去买了两串糖葫芦，一串豆沙馅山楂，一串红黄绿白紫的杂果，亮闪闪地举到约翰内斯面前，两人就坐到长椅上去，一边欣赏着海滩和外岛美景，一边吃起了糖葫芦，还相互"碰杯"。子佩咬了一口，就眯起眼睛，美滋滋地摇着脑袋。

"嗯！好吃好吃！"约翰内斯说，"又好吃又好看。"他用手机给又红又亮的冰糖葫芦拍了照片和视频，然后边吃边陶醉在眼前的美景当中，有生以来感到最快乐的一天。

"我其实还想带你去参观岛上的智能农场。"子佩这时说，"那里生产供全岛食用的果蔬、粮食和保健药材，还培育各种花卉，全是机器人作业，玻璃大棚立体种植，从土壤选配、选种、育种、移栽、施肥、授粉、嫁接、光照、温湿度调控、监测、采摘、装箱、保鲜、运输，全部为数码自动化操作。这套技术和设备能解决全人类的吃饭问题，可以在全球各地应用，只要有块地，有水有电力，不需要担心土壤、气候、病虫害问题。农场长年不断地开设培训班，全球招生，培养相应的技术人员和农场管理人员。一套这样的标准化智能农场，每年的产值都可以达到几百上千万。果蔬新鲜得可以直接摘下来吃。我们午餐吃的饺子馅里有荠菜、菀豆苗、枸杞叶、地瓜叶和蘑菇，还有我们现在吃的这个糖葫芦上的山楂、菠萝、桔子、草莓、哈蜜瓜、白桃和葡萄，都是今天早上从岛上农场里刚摘下来的。”

“哦哇——！”约翰内斯不由得又看了看手上的糖葫芦，“这么新鲜！真是太美了，人间天堂。难以想象天堂会比这里更好。”他说，“哎，我听说：当我们死后到了天堂，会被问起两个问题，”

“什么问题？”子佩边吃边看着他。

“第一个问题是：你此生过得幸福吗？第二个问题是：别人也因为你而感到幸福吗？若两个问题你都回答是，那么下辈子你还会转世做人。你认为怎么样？”

子佩眯起眼睛想了想，道：“在我看来，人是生活在一个多维时空中的，天堂、人间和地狱同时并存，而不仅仅只是因果轮回，它们存在于人的意念和当下的感受之中。比如此时，面对和身处同样的情境，有人会感觉像是在天堂，有人却感到像是在地狱。一些孤独、空虚和内心痛苦的人来到岛上看美景，以为来到了天堂，回去以后仍旧还是孤独和空虚；而很多从没有来过爱乐岛的人，他们一直生活在内心的平安和幸福之中，这便是所谓的人间天堂和人间地狱，也便是佛教中讲的咫尺西天。全在人的一念之间，心念一闪，震动十方，一念地狱，一念天堂。”

约翰内斯忽然感到悲从中来，因为他不幸福，他渴望得到崇拜他的美女，但美女从没有令他感到满足，却给他带来罪恶感、更大的空虚和更深的孤独。约翰内斯把脸扭向一边，以不让子佩发觉他的失态，口中的糖葫芦也变得酸涩起来。

“欲念、贪娈和期待，这是所有心痛的根源。”子佩这时还在自顾自地说，“没有爱的味道，就没有美食；正如《圣经》中所说的：‘吃素食而彼此相爱胜过吃肥牛而彼此憎恨。’真正的幸福是分享和分担，而不是拥有超过他人的名利。不是有人解释过天堂与地狱的区别吗？天堂里的人都用长长的大筷子吃饭，他们吃不到自己夹的食物，就相互投喂，因而彼此快乐；而地狱里的人同样也用长筷子吃饭，却只是自顾自，所以谁也吃不到食物，因此他们总是怨天尤人，相互憎恨。差别不过如此。”

　　约翰内斯越发难受了，他背着太太维尼萨在外偷鸡摸狗的那些事此时像是在面对天堂的审判。好在这时审判官收到手机短信，才让他得以缓解了一下地狱般的心痛。

　　"我小女儿发来短信，说二美、三丑和四怪都通过了路考，刚刚拿到了驾照。"子佩微笑着收起手机。

　　"哇——恭喜！"约翰内斯恨不能自己 10 岁的儿子现在也去考到驾照，"她们都满 16 岁了？"

　　"是的，二美和三丑已过 17 岁。她们在中国就有驾照了，她们可以自己换轮胎。"

　　"我的天。"约翰内斯摇摇头，"她们什么都得学吗？"

　　"很简单，只要学，动手做就是了。她们将来都要成为工程师。"子佩微笑着说。

　　"她们自己在家行吗？"约翰内斯对于把子衿姐妹骗到温哥华而把女孩子们留在家里感到愧疚。

　　"她们都大了，早就能自理了。今天下午她们要去社区中心的图书馆，然后打网球，游泳，回家后她们会练琴，然后一直自学到晚上。"

　　"她们的确都很优秀。"约翰内斯称赞道，却不知自己的两个孩子现在在做什么，心里不由酸酸的，"你们小女儿的腿怎么样了？装假肢了吗？"

　　"哦，你还知道这件事。"子佩微笑起来，"最好的医院和专科医生已经找好了，现在只等着 Jin 转为正式工，拿到员工保险，希望能在这个暑假实现，不会太耽误孩子的学习。"

　　约翰内斯点点头："你们为了这些孩子，付出了这么多的爱，这么多心血和努力，真是让人感动。"

　　子佩微笑了一下："他们都是最好的孩子，是值得的。在两千三百多年前的中国，有一位与老子和孔子同时代的思想家和教育家，人们尊称他为'孟子'。孟子幼年丧父，与母亲相依为命。孟母曾三次搬家，为了给孟子创造一个良好的成长环境。我们决定带我们的六个孩子来美加，也是为了能使他们接受最好的教育。"

约翰内斯点点头，内心越发感到愧疚，因为他在儿女的教育上没有尽过多少心，都是因为维尼萨生了孩子后就变得越来越肥，使得他完全丧失了性趣而出轨，心都不在家里了，周末常常以加班的名义外出寻欢，连他们家的狗都讨厌他。但约翰内斯还想做个好父亲，他决定等这个周末过后，就开始抓孩子的教育，让他们开始学音乐，每天骑车，游泳，打球，学习制作视频，等他在这边工作稳定了，就给孩子在温哥华找最好的学校，在学校附近买房定居，最好是屋前整条街两旁都是樱花树的海景大房，等孩子长大后送他们去美国留学。想到这儿，约翰内斯感到心里舒畅了许多，满满的都是正能量。这时他看了看子佩："哎？你不是不吃甜食吗？"

子佩仰起头来道："这可是我从小吃到大的最喜欢的甜食，我可以什么都不吃，但就是无法拒绝糖葫芦。小时候每逢过中国新年，我都拉着 Jin 去庙会上买糖葫芦，吃了一串想两串，就连新年的饺子里都被我们偷偷包进了山楂馅儿，是怕吃坏了牙齿才给戒掉了。"

"戒糖葫芦。"约翰内斯差点笑弯了腰。

"哎，你知道吗？"子佩这时压低嗓音道，"一个想要学佛的人，不管是出家的还是在家的，首先要做到五戒。"

"哪五戒？"

"你认为呢？"子佩看着他。

约翰内斯懒得想，摇了摇头，继续吃糖葫芦。

"戒杀生，戒偷盗，戒淫邪，戒妄语，戒饮酒。"

约翰内斯的脸僵住了，糖葫芦又没了味道。他真想求求子佩别再说教了。

"你知道为什么修行要先戒？"可是子佩不罢休，"因为只有戒才能生定，只有定才能生智慧。人心就好像水面，如果你总往水中扔石头，吹风，水面就无法平静；如果所有的干扰都停止了，水面就平息了，就会像镜子一样映照出月亮，映照出事物的本来面目，映照出我们真实的本性。所谓的真理就是这宇宙、人生和万事万物的本真面目。"

约翰内斯不信教，从小就不受束缚。作为出生在本土的加拿大人，他看到越来越多的新移民来到这个国家，看到越来越多的不同种族的美女出现在他周围，怀着作为白人的优越感和一个美女猎人的野心，他总在暗中观察和物色新的目标，刚刚来到温哥华，他就看上了新同事中的一个伊朗美女，可是试过两次之后，他就知道了，他将无法逾越宗教的防火墙。此时他也明白了，他将永远无法接受子衿和子佩神仙般的生活方式，还有她们的三观，可谓望神莫及，他想要的只有美食和美色，不接受其它文化渗透，即使他的女友是个哲学家，他也不会和她讨论哲学，而只想占有她的美色，他这辈子只想做个俗人，享受生活，跟佛无缘，见面也不相识，他讨厌有人跟他谈论任何宗教，能和两位美女保持现在这种关系已属不易，他不想因为拒绝同化而和她们搞僵，于是他想换个话题："我能问个问题吗？"

子佩看着他："请讲。"

"据我所知，一些知名的钢琴家都比指挥和作曲家收入高，凭 Jin 的才能，就当个钢琴家不好吗？每天练练琴，开演奏会时顺便旅行度假，多潇洒，多简单。你看王羽佳，活得多飒，多快活，多逍遥；再看郎朗，多风光，还有时间教他太太吉娜说中文，一起养兔子，神仙伴侣。干嘛 Jin 还非要去当指挥，多劳神？！还要当作曲家，更劳神，还要搞发明，超劳神！还养这么多孩子，她是超人还是神？还写作，当神都嫌屈才？她想拯救宇宙吗？"

子佩听罢笑起来，道："宇宙需要拯救吗？"她夸约翰内斯越来越像是他们音乐圈里的人了，然后道，"只作钢琴家的话太单调，你看郎朗每天练琴，大量的演出，结果伤了手。昨天我们谈论林允灿的时候 Jin 不是说吗，她很担心那孩子的手，因为林允灿的经纪公司给他的演出日程排得太满，林允灿又把自己置于完美主义的压力下，天才也不能挑战自己体能的底线。所以 Jin 就想同时还作指挥家，全身性的头脑运动，对身体好，指挥家会更长寿；有灵感的时候还能作曲，这多有意思。但无论做什么，都是因为Jin喜欢。"

约翰内斯点头表示赞同，接着又问："那她喜欢孩子，为什么不自己生？为什么要收养这么多孤儿？"

"Jin 说，地球人的生育率正在可怕地下降，但同时又缺乏高素质的人。她不想造人，她忙着培养和造就高素质的人，而她的工作是无人能够替代的。"子佩道，"还有一个原因，是因为……因为我和 Jin 也是孤儿。"

约翰内斯一下子怔住了。

过了好半天他才从伤感的情绪中让自己平复下来，低着头道："对不起，我不知道这些。"

子佩点了点头，轻声道："这是一个价值观的问题。也就是说我们为什么活着，是为了自己活着还是为了人类共同的福祉。Jin 曾经说过：'如果你不了解他人的不幸，你也不会了解你自己的幸运。'Jin 还说："一个自私、孤傲和冷血的人，永远成不了顶级的艺术家，既使他的技巧再好，他的作品当中也不会有真情实感和伟大的灵魂。只作古典大师的代言人是不够的，我们的后人会问：为什么我们这个时代没有留下经典之作？我们发掘，保留和传承先人的文化当然是好的，我们穿古人的衣服是不是在羡慕古人？我们在科技方面越来越发达了，不用坐马车了，有电动车和太空船了，但在文化方面，在某些方面我们是不是还不如古人？我们的灵性增长了吗？在人性、道德、教育、和平、公益事业、社会福祉和智慧的开发与提升方面，我们进步了吗？我记得 Jin 也说过：'没有音乐的教育不是完整的教育。只培养头脑而不培育心灵，根本就不是教育。'这也就是为什么，我们要把人类最伟大的音乐发到太空去，去寻求宇宙的知音和我们灵魂的家人；这也就是为什么，月亮上的第一个男人阿姆斯特朗说：'人能在月球上行走是伟大的，但神能在地上行走更伟大。'""

约翰内斯意识到了自己的灵魂，他闭上眼睛，沉噤了好一阵。

子佩转过头来看着他："你说，有哪些事业可以令人不计报酬，甚至为之献身？"

约翰内斯开始想。

"为艺术，为爱情，为信仰，为真理，为科学，为自由，为人权，为和平，无数人献身了。"子佩说，"价值不是能用价格来衡量的。这世上有太多的东西都是钱买不来的。钱可以给你带来食物，但不会带来胃口；钱可以给你带来医药，但不会带来健康；钱可以给你带来衣服，但不会带来优雅；钱可以给你带来豪宅，但不会带来家；钱可以给你带来熟人，但不会带来朋友；钱可以给你带来仆人，但不会带来忠诚；钱可以给你带来女人，但不会带来爱；钱可以给你带来享受，但不会带来快乐。如果一个人不热爱他所从事的事业，既使能挣很多钱，也不会达到真正的成功。"

约翰内斯不想听这些大话，她关心的是现实问题，是子衿在工厂里打工受的苦和她的承受能力，他不想子衿为任何事为任何人献身："我想问个问题，"他说，"在你们来加拿大之前，你认为，你们成长得是否很顺利？你们三姐妹都这么出色和优秀，是否得益于良好的家庭教育和影响？你们受过苦吗？"

"这个问题也曾经有媒体问过我大姐。"子佩说，"我记得她当时回答：我们并非成长得一帆风顺。所有的成就都不是偶然获得的，势必饱含了超乎常人的努力，甚至多次的失败。当同龄的孩子玩耍时，我们还在学习和练琴，我们只是用知识和我们所学到的先人的智慧以及自律，避免，减少，分散和化解了很多常人遭遇的问题、烦恼、痛苦和挫折，因此少走了弯路，时省了时间和精力，去做了更多有意义的事情。但我们的学习和修炼是无止境的。这就像走平衡木一样，需要明确而坚定的目标、定力、意志力和自我调控能力。我知道，你不忍心看到 Jin 那么辛苦，我何尝不是。可是这么多年来，她从未倒下过，这个宝藏女孩儿的潜能和才华让我吃惊。你看看这座岛，还有来到岛上的这些人，你就知道她的创造力、影响力和她灵魂的力量。"

约翰内斯望着远方的海面和群岛，还有从他们面前走过的快乐的人们，他知道自己是一个非常现实的男人，一个及时行乐的男人，没有太多梦想，只图名利和享受。他永远也达不到子衿这样的境界。沉吟了一会儿，他忽然说：

"我能否……问一下，你们的生日，是哪天？"

"这个……"子佩微笑了一下，想了想，"我能否……先问一下 Jin，因为我们俩的生日是同一天，如果她同意，我再告诉你，如何？"

约翰内斯一耸肩："没问题。我等着。"

这时，一直低回在岛上公共区的音乐停下来，接着响起了语音广播，游人们开始就近在他们所处的位置自动排列好，全都面向大海，每人之间拉开两米距离，连正在游泳的人都纷纷上岸来到沙滩上，弹奏古筝的美女和卖糖葫芦的小贩也加入了行列，除了环岛公路和观光高铁之外，环岛彩带上的人们都在列队，站好位的人有些在整理衣袍，有些在活动手腕和脚腕，开始热身。约翰内斯不知发生了何事，惊异地看着自己前前后后的众人，然后转向问子佩。子佩微笑着说：

"看来你还不知道，每天早上，爱乐岛上几乎所有的居民、集团工作人员，不论老幼，以及很多在岛上度假和疗养的人，都会来到岛上的太极广场、体育馆、环岛彩带和公园里集体晨练，每个人都按照在网上预定的位置站好，前后左右相隔 2 米，所以秩序井然。七点整，全岛各处同时播放音乐，所有人就开始一起打太极拳，有时是杨式 24 式，有时是陈式 18 式，有时是武当 28 式，然后是八段锦，站桩，五行瑜珈，之后是一段广场舞，每天的广场舞都不同，目前共有七套，一周轮换一次，其中三套是从印度电影中学来的；最后一项是华尔兹，两人一组，每天一曲，两周一轮。集体晨练之后，大家就解散，自由活动。无论春夏秋冬，爱乐人每天都坚持集体晨练。下午 2 点至 5 点间，全岛健身活动还会再来一次，根据岛上的其它活动来安排时间，主要是给来岛上观光、特别是一日游的客人们，他们当中的很多人在来岛之前，就已经在家中上爱乐岛官网自学过了。Jin 是这项全民健身运动的创意者和发起人，而我大姐青琴给大家创造了最好的环境和条件，来到爱乐岛的人是世界上最有福气的人，能享受自然清新的空气、海天仙岛美景和这种高度的人文氛围。你知道，很多人都想健身，但是光想不练，因为人们普遍缺乏自律性，但群体的力量可以带动个体的潜能。爱乐岛的居民和爱乐集团员工一直保持着高度的健康水平。爱乐岛的晨练活动通过爱乐岛官网辐射全球，越来越多的人通过互联网学习爱乐岛的保健操，每天早上，在世界各地，越来越多的人在他们的家中和周边公园里学习和练习爱乐岛的晨练保健操，这个活动被作为全球最大型的社区健身运动已载入吉尼斯世界记录。"

约翰内斯明白了，可惜他从不知道岛上的这项全民运动。子佩微笑着说："没关系，你就坐在这里观看吧，其它不会做的人也会坐在椅子上观看的。"说着她就站起身来，把两个人吃完的糖葫芦棍儿丢进旁边的垃圾箱里，然后走到约翰内斯前面的步行道上，和其它游人一起站好，背对着约翰内斯。设置在环岛各处的公共电子大屏幕上这时显示出了领操人的背影，不熟练的人就可以看着领操人一起做了。

大屏幕上这时显示出字幕，接着响起了女声轻柔的口令："武当28式太极拳。请站好，调息，静心……"舒缓的太极音乐响起了，爱乐岛上此时有上万人开始跟着音乐一起打起了太极拳，并且今天正值国际传统民族服装和古装文化节，从空中俯看，这是一道何等壮观的景象，何等强大的气场。难怪"万人太极，置心一处"被列为爱乐岛的人文28景之一。

约翰内斯这时坐在长椅上看了看他面前和两边长长的环岛步行道上的人，左边看不到头，右边也看不到头，而花树下的座椅上，此时就只有他一个人，他身后的环岛花溪画廊中也站满了人，并且全都面向他这边，后面健身环线上的人们也是如此。约翰内斯就觉得自已此时十分另类和难堪，无处藏身。然而，没有人把他放在眼里，连他前面的子佩此时都已将他忘在脑后，全岛的人都在平心静气地打着太极拳，动作整齐划一，蔚为壮观。约翰内斯索性放松下来，举起手机开始拍视频，一边欣赏美女子佩的迷人身姿，脸上洋溢着世界之王般得意的笑容，而当子佩和众人一起跳起印度电影里的广场舞时，她旁边的人因为转反了方向，把约翰内斯逗得笑起来，而最令他开心的是最后一项华尔兹，约翰内斯终于得到他施展才能的机会，听到音乐后，他起身来到子佩面前，左手背到身后，躬身伸出右手，子佩立刻向他行了个宫廷屈膝礼，约翰内斯便牵起子佩的手，搂住她苗条的腰身，在众中艳羡的目光中与全岛最美的舞伴双双起舞。大屏幕上这时显示出维也纳爱乐乐团在金色大厅演奏新年音乐会的场景，小约翰·施特劳斯旋律优美的《皇帝圆舞曲》响彻全岛，一时间裙裾飘飘，舞姿翩翩，忽上忽下，左转右旋；整座岛似乎都开了花，全世界最盛大的舞会旋转起来，真可谓一曲倾国，一舞倾城。男女老少，高矮肥瘦，不同民族、服装、肤色和语言的人们欢聚在一起，所有人的脸上都洋溢着幸福的欢笑，所有人都在美妙的音乐中陶醉了。这真好似是一场狂欢，但所有人都保持着秩序和优雅，因为他们还是在表演，要同心同德把这世间最美的时刻通过视频传播出去，感染和调动起更多的人起舞，净化身心，提升灵魂。当全曲结束时，舞伴们相互鞠躬行礼，不相识的舞伴也握手行礼，互致感谢和祝福，所有人都原地鼓起掌来，有些人已激动到流泪。这时好多人都举起手臂，并在空中兴奋地抖动。约翰内斯不解，子佩告诉他："如果有超过一半的人举手，就会加一首舞曲。"约翰内斯一听，立即高举起双手。音乐再次响起，人们欣喜地又搭起舞伴的手，约翰内斯将子佩的纤腰再次揽住，大屏幕上这时显示出安德烈·瑞欧和他的交响乐团在维也纳美泉宫广场上演出的场景，小约翰·施特劳斯《南国的玫瑰》，在金碧辉煌的宫殿内，同时还有盛大的集体华尔兹，以及冰上华尔兹，美如天国的仙乐。足足旋转了八分钟才舞裙落定，很多人都拥抱在一起，不想放开这人间天堂的至美时刻，音乐超越语言和时空，连接并融化了所有人的心。有些气喘嘘嘘的约翰内斯将子佩拥抱了好一阵才放开，并在子佩戴着白手套的手背上行了鞠躬吻手礼。

"我们每天都练。"子佩微笑着说，挽着约翰内斯的胳膊回到长椅上，坐下来休息，"我大姐最初创建爱乐岛，就是想把这里打造成北美的维也纳。"她从自己包里拿出一瓶爱乐岛品牌的"贝多芬"系列无糖养生水递给约翰内斯，并拿出自己的保温杯来饮热水。约翰内斯看到那印有贝多芬头像的玻璃瓶上还有一句贝多芬的引语：

"我是为人类酿造琼浆玉液的酒神，给予人们精神上的神圣颠狂。"

约翰内斯不禁笑起来："是最好的信息能量水。"他喝了一口，接着问子佩，"你喝的是什么？"他不想放过美女的每一个养生环节。

"蒲公英茶。"子佩微笑着说，指了指草地上的黄花，"就是它的叶子。"

"这也能当茶喝？！"

"是啊，它是一味中草药，能清热解毒、消肿散结、抗菌、保肝利尿、防治肿瘤、改善尿道炎、护胃助消化、祛湿热、治疗口腔溃疡。但是，不适合孕妇和哺乳期女性服用。而对我来说，它也是季节茶。"

约翰内斯点头。

"大自然赐给了我们所有的药，帮助我们保持健康平衡，只是我们不知道。化学药物都有毒副作用。所以，天人合一的大智慧才是我们应该学习的。"子佩道。

"太有意思了。"约翰内斯道，"哦，刚才那套太极拳叫什么名字？好酷！"

"武当28式。"子佩说，"你看过电影《功夫小子》吗？"

约翰内斯想了想："就是 Jackie Chen（成龙）和 Jaden Smith 合演的那部电影吗？"

"对。电影里面，Jackie Chen 带 Jaden 去的那座山就是武当山，中国的道教名山。Jin 还去那里拍过视频呢，她在山上练太极剑，弹中国古琴。"

"哇——那我一定得把这套太极拳给学会。"

"你可以先从最简单的太极 18 式学起，然后再学 24 式和 28 式。"子佩说，"全球每天都有几百万人在学习和练习太极拳，迟早要被列入奥运会的比赛项目。一套太极拳打下来，可以活动到全身筋骨、肌肉和经络。还有八段锦，在中国已有 800 年历史，是调理人体三焦的最佳养生运动，也调理脏器间彼此协调的功能，以各个方位的舒展拉抻动作来缓解和消除上中下三焦中的瘀滞憋闷，一张一弛，活化气血，简单易学，在方寸之地就能练。就好像你在工作疲劳的时候伸个懒腰，实际上就是一种非常自然的深度调理动作，打哈欠是深度呼吸，流眼泪是深度的人体水道疏通。一套八段锦打下来，立刻神清气爽，非常疗愈。太极拳、八段锦和站桩是中国古人为全人类发掘，创造和总结出的养生绝学，对健康十分有利，我们建议和希望所有人都学。你可以上爱乐岛官网，搜索查看它们的养生原理，在网上学，跟着视频练习。爱乐岛不光是风景和旅游圣地，更是全球独一无二的主题文化社区。"

约翰内斯不住地点着头，表示回去一定上网学习，下次来爱乐岛时就能加入这声势浩大的万人太极了。

"等着看你的成绩哦。"子佩微笑着点头，"想告诉你，刚才你听到的太极拳和八段锦的音乐是 Jin 创作的。"

"哦？！"约翰内斯欣喜地笑起来，"Jin 真是太棒了！"

"她还学习过中国古典民乐，为爱乐岛上选用的三套太极拳和一套八段锦配了乐，如果你熟悉了它们的动作和音乐，就可以跟着音乐闭着眼睛来练习了，而不必看着领操人或跟着众人，这更有助于你把气沉静下来，达到更好的出神入化的锻炼效果。Jin 还为三套太极剑配过乐，她还创作了不少中国古琴和琴箫合奏曲子，也有为影视配乐的大型民乐作品，你若有兴趣，都可以在网上看到。"

　　"我一定看。太美了！谢谢！"约翰内斯将右手放在左胸前表示感谢，想了想，他又问，"你们都喜欢看什么书？为什么你们姐妹三个都那么富有想象力和创造力，你们哪儿来的那么多灵感？还有你们的孩子，全都那么优秀！我对你们的家庭教育非常感兴趣，能多分享一些你们的经验和秘诀吗？"

　　子佩笑了笑，道："想象力和创造力是可以培养和激发的。我记得 Jin 说过这样一句话：所有的孩子都是艺术家，直到有人对他们说'你不是'。至于读书，我们有一个家庭图书馆，从祖辈就开始收藏最好的书、最经典的书，除了课本之外，我们家的每个人都读过 1000 至 2000 本书。《圣经》、《古兰经》、《伦语》、《吠陀经》、一套禅净双修的经典佛经、《道德经》、中医养生经典、历史和名人传记、经典文学名著、经典哲学著作、艺术史、美学、全套古典音乐圣经、经典科学与自然科学论著、心理学、管理学、人际关系学、创意性思维模式训练，等等。但我们不培养书呆子，因此，动手，动脑，实践和创新也是同步的。Jin 曾经对我们的孩子说：真正的教育不只是教授年轻人知识，还要教他们学习文化、教养、如何做人；不能只教他们某种学科和技能，还要教他们生活、智慧、爱、美、平和、正义、良知、真理、自我开发和自律；不能只教他们如何挣钱，更要教他们如何创造财富；不能只教他们认识价格，更要教他们懂得什么是价值；真正的教育不只是传授，还要启发，引导，培养，训练和激励；不能只教学生如何获得毕业证书和一纸文凭，更要教会他们如何一生进行自我教育，因为人生是一所更大的课堂。基础教育还在于要帮助孩子们发现他们的爱好、特长，激发他们的梦想和潜能，鼓励他们去追求梦想，实现自我价值，这样，他们的一生都将会为着目标而充满动力、勇气、信心、创造力和快乐，而不会浪费自己的时间和生命陷入迷茫，沦入歧途，变成金钱的奴隶。从娘胎的时候开始，就要对孩子开始实施心灵教育，胎教先从听音乐开始，还有诗歌朗诵。到孩子们三四岁时，就开始学习一种乐器，通过绘画、积木、游戏和阅读来培养他们的想象力和创造力，太极拳和八段锦在我们孩子很小的时候就学会了，还有各种体育锻炼、思维训练、头脑体操、做饭以及各种独立生活能力的培养、应急应变能力的培养、救生与急救知识和能力的训练、爱心和责任感的培养、团队合作能力、分享意识、心理素质培养、大量的阅读。Jin 特别强调了阅读、音乐、写作和冥想能最好地帮助开发大脑、培养理解力、分析力、想象力、创造力、逻辑思维能力和良好的沟通能力。但是 Jin 也对孩子们说：很多人都知道 ABC，但很少有人理解 XYZ。阅读不能生吞活剥，不要把任何名著当成《圣经》来读，即使是《圣经》，因为每个人的阅历、经历、理解力和观点都不同，只有那些能真正触动你心灵，能激发你和提升你的文字、人和事，才是你的《圣经》。大致就是这些。"

约翰内斯听罢不由连连摇头，道："我的天，你们一定非常非常忙，没有时间玩。"

子佩又笑了笑，道："玩是为了快乐，而做自己喜欢做的事，这本身就很快乐，有目标有主题地玩，人生才会更充实，更有价值。"

约翰内斯连连点头，从一开始在 2592 公司遇见并认识了子衿姐妹，他就被她们的魅力所吸引，一直想探知和了解她们以及她们的孩子是如何被造就的，现在他了解了这一切的背景和由来，相比较于自己，约翰内斯感到他根本就没有给他的两个孩子甚至给他自己多少教育，除了学校里教的知识，他几乎没读过什么书，当维尼萨带着他的儿女周末去社区图书馆时，他常常都是在秘密约会女友，他也从未去过教会，美女就是他的神。想到这时，约翰内斯不由自惭形秽地低下了头，但他心里却开始打算明天就去买本《圣经》，也同时开始抓起自己孩子的教育，制定目标和学习计划。

子佩这时饮完了水，将水瓶放回包里，指了指他们座椅左手边花树下的一块格言木牌，对约翰内斯说："看看那上面写的是什么？咱们坐在这儿，说不定跟它有缘。"

约翰内斯于是起身走过去，站在木牌前读上面的英文：

"Raise our music, not voice. It is rain that grows the flowers of our souls, not thunder."

—— Jin Qin

（提升我们的音乐，而不是声高。滋润灵魂之花生长的是雨，不是雷声。）

"是 Jin 的格言！果然和咱们有缘！"约翰内斯微笑起来，又顺势去看下一块木牌。

"Music education is not just the education of musicians, but also the education of man – the education of beauty, peace and elegance, the education of harmony, wisdom and nobility. Music is so much more than music."

——Jin Qin

（音乐教育不仅仅是音乐家的教育，更是人的教育，是美、和平与优雅的教育，是和谐、智慧和高尚的教育。音乐远远大于音乐。）

约翰内斯点头，又走向下一块木牌，一个只有他一半高的小男孩正在用手指着上面的文字念着：

"Heaven is not a place to be found, but a place to be created. Without love, peace and wisdom within, we will never find heaven outside of ourselves."

——Jin Qin

（天堂不是一个要去寻找的地方，而是一个要去创建的地方。如果内心没有爱、平安和智慧，我们将永远无法在身外找到天堂。——青子衿）

约翰内斯站在那里沉吟时，听到子佩叫他："来看这一块，全岛最长的格言。"

418

约翰内斯于是又来到下一块木牌前，只见上面印着：

"If I were a mother, I would form my family to be a choir;

If I were a teacher, I would build my school to be a choir;

If I were a manager, I would build my company to be a choir.

If I were a priest, I would build my church to be a choir;

If I were a general, I would build my army to be a choir;

If I were a president, I would build my country to be a choir;

If I were God, I would create the world – the whole universe to be a choir."

—— Jin Qin

它的中文意思是：

如果我是一位母亲，我会把我的家组建成一个合唱团；

如果我是一个教师，我会把我的学校组建成一个合唱团；

如果我是一个经理，我会把我的公司组建成一个合唱团；

如果我是一位牧师，我会把我的教会组建成一个合唱团；

如果我是一位将军，我会把我的军队组建成一个合唱团；

如果我是一位总统，我会把我的国家创建成一个合唱团；

如果我是上帝，我会把这个世界——整个的宇宙变成一个合唱团。

——青子衿

"你知道吗？约翰内斯，"子佩这时在他旁边说，"在爱乐岛上收集的所有有关音乐的格言当中，孔子、贝多芬、约翰内斯·勃拉姆斯和 Jin 的格言是被收录最多的。孔子说：如果一个人想要知道一个国家被治理得好不好，道德好与坏，这个国家音乐的质量就是回答。"

约翰内斯点点头，然后问："你最喜欢的格言是什么？"。

"很多。但对我来说最受用的一句是：'少则得，多则惑。'"子佩说。

"'少则得，多则惑？'"

"很简单，是吧。它出自老子的《道德经》。"

约翰内斯一边琢磨一边点头，不错，他不就是已经迷惑在太多的美色当中了吗？他的那些女友，衣服多得每天都不知该穿哪件出门，而 Jin 只穿黑白两色却为何更有魅力？穿上慕斯林的黑袍也能征服天下，难道真像她在脸书上说的那样："最性感的不是三围，而是大脑和心灵。"

"那么……那么，你知不知道 Jin 最喜欢的格言是什么？"约翰内斯问。

子佩不禁笑了笑："问得好！四、五年前，我们家 Ark 也曾问过 Jin 这个问题。Jin 当时的回答是：'没有最喜欢的，也没有最好的，只有在当下最适合你的。就好像你今天的身体状况适合喝粥，但这并不意味着你每天都需要喝粥。真理没有绝对的，所以要辩证地看待。'Ark 就问：'那您认为现在最适合您的一句格言是什么？'Jin 说：'就是我刚才说的那句话。'然后她又说：'如果你想让我再告诉你一句话，那我想和你分享这一句：'善行，无辙迹；善言，无瑕谪；善数，不用筹策；善闭，无关楗而不可开；善结，无绳约而不可解。是以圣人常善救人，故无弃人；常善救物，故无弃物。是谓袭明。故善人者，不善人之师；不善人者，善人之资。不贵其师，不爱其资，虽智大迷，是谓要妙。'"子佩此时讲的是中文。

"那是什么意思？"约翰内斯此时非常想了解子衿头脑中最顶级的智慧。

"它的意思是：善于行走的，不会留下辙迹；善于言谈的，不会出现瑕疵；善于计算的，用不着筹码；善于关闭的，不用栓梢而使人不能打开；善于结缚的，不用绳索而使人不能解开。因此，圣人总是挽救人，所以没有被遗弃的人，总是善于物尽其用，所以没有被废弃的物品。这就叫做内藏着的聪明智慧。所以善人可以做为不善人的老师，不善人可以作为善人的借鉴。不尊重自己的老师，不珍惜借鉴的作用，虽然自以为聪明，其实是大大的糊涂。这就是精深微妙的道理。以善人为师而学习，以不善人为资而借鉴。师资就是这样来的。”

约翰内斯听罢连连点头："这真是大智慧。"

"这句话出自老子的《道德经》，第二十七章。你若有兴趣，可以找它的英文版来读一读。"

"我会的。谢谢分享！"

"我知道 Jin 还喜欢一句话，也是老子的思想：大道至简，天人合一。"子佩又用中文说，"它的意思是说——越是复杂的，人们往往越加追捧；越是简单的，人们往往越是不信。然而，最伟大的真理却是最简单的，大道至简。人道若与天道相合，天地人同频共振，人就能活在自然与和谐之中，就能与神同行。"

约翰内斯似解非解，似悟非悟，心想：无论大道简单还是复杂，不懂的还是不懂。

"真理都是简单而朴实的，不需要华丽的文藻与复杂的修辞，却是一句顶一万句。"子佩这时又说，"这就是为什么 Jin 非常喜欢格言，因为它们是精华中的精华。Jin 创立了一项非常特别而卓有成效的家教管理方法，可以说在很大程度上教养和造就了我们全家这6 个优秀的孩子，甚至我们自己——每晚 6 点到 7 点，这大概是别人家的晚餐时间，我们家没有晚餐，但我们会在这个时间全家聚集在一起，围坐在餐桌边，6 个孩子，加上我和 Jin，开一个家庭分享会，分享会共有四项主题内容：第一项是我们分享一天的工作、校内校外的学习和生活，我们在这一天当中遇到了什么特别的人和特别的事，遇到了什么问题和麻烦，每个人都说出来，大家一起分析，共同解决；遇到了什么感人的事，为他人、集体和社会做了什么贡献，有了什么好成绩，也都分享给全家；听了什么好的音乐，读了什么好书，也都分享给大家；然后是'创意与合作'，每个人有什么创意与创新，有什么好的主意、建议和想法，都说出来，让大家来一起分析和完善它，比如二美曾提议想全家合编一本书，合画一幅画，最后真的就做成了；比如疯婆子提议暑假全家骑车沿着大运河从北京骑到杭州，结果所有人都投了反对票。分享会的第三项是每个人都分享一句当天读到的或自己写的格言，这样就等于每人每天都读了 8 句格言；我们把所有我们喜欢的和分享的格言都汇总在一起，作为我们全家的精神晚餐和励志经典。分享会的最后一项是，每天轮流由我们当中的一个人带领全家祷告，为每个人的身心健康与平安，为每个人的灵魂成长，为人类的大爱、正义与世界和平，我们集体祷告。这个家庭分享会自 Jin 创办以来从未间断过，它大大促进了我们全家每个人心灵的健康成长和这个大家庭的感情交流、精神互通与思想互动，保持并不断增强我们这个特殊家庭的凝聚力，在互帮互助中挖掘每个人的潜能，激发正能量，汇聚集体智慧。如果 Jin 晚上有演出或者出国巡演，分享会也照旧每日举行。后来我们最大的两个孩子出国留学了，分享会就改为线上。总之，我们的心从未分开过，一直在相互关爱，鼓励和支持。我们大姐青琴还把 Jin 的家庭分享会模式发布到爱乐岛的官网上，建议和鼓励更多的家庭效仿，增进父母与孩子之间的沟通，也是非常有效的家教方法，两代甚至三代甚至同代家人之间教学互长，势必会促进家庭的和睦与社会稳定，以家庭为单位的创意和创新之风，更会带动全社会的健康快速发展。"

"真是太棒了！"约翰内斯几乎要鼓起掌来，"这真是一个非常好的主意，家庭分享会，我也会把它运用到我的家庭中。"他几乎忘记了他接近子衿和子佩姐妹的初衷和目的，而越来越多地被她们的精神魅力而不是美貌所打动和感染，他的心灵正在被她们影响和改变。

"我们最小的女儿疯婆子长得很矮小，一个只有 10 岁的女孩子，在地震中失去了所有家人和学校，却独自救出了 11 个人，因此伤了她的腿，导致终生残疾，她是受到我们国家表彰的少年英雄，Jin 因此收养了她。可是后来，当她长大一些后，她非常羡慕我和 Jin 的身材，曾经一度为自己的身高和残疾而自卑。Jin 给她看了一幅蔡志忠先生的漫画，一只小鸟儿对长颈鹿说：'你比我高，但是我会飞。'Jin 对她说：有很多身材高大的人住在小灵魂里，也有很多伟大的灵魂住在小身躯里。有很多身体健全的人心灵却很虚弱，有很多身患残疾的人心灵却无比强大。你不顾失去亲人的痛苦和地震带来的恐惧，为救他人而失去了半条腿，你的灵魂何等伟大！澳大利亚有一位名叫尼克·胡哲的年轻人，生来没有四肢，他不仅能够独立行走，上下楼梯，洗脸游泳，还能操作电脑，获得了两个学位。尼克 19 岁开始前往 10 多个国家，向千百万人传福音，后来还结了婚，有了两个儿子之后又添了一对双胞胎女儿。Jin 说：'比起身体的破碎和痛苦，自卑、恐惧和放弃更会让一个人的心灵瘫痪。如果你总是纠结于你没有的和不想要的，那你就会失去你真正拥有的。不要去爱慕虚荣，要相信来自灵魂的爱与美的力量，追求心灵的成长，相信有人会了解并爱上你真实的样貌与心灵的魂力。完美的外形和健全的身体若无益于灵魂的成长，等同于残疾，甚至废物。而残疾和病体却往往更能鉴证神的力量，甚至创造奇迹。'Jin 还为爱乐岛的环岛格言牌专门选了尼克·胡哲的一句格言，他说：'我也会伤心，我有时候也会哭，那倒并不是因为我没有手脚，这倒容易接受，我是担心如果我爱的人受了伤，我却什么也不能做，这会让我感到十分痛苦。"

约翰内斯的眼泪瞬间流了下来，他此时好想立即回到家人的身边，对他们说"我爱你们！"他再也不想偷偷地跑出去或远离他们了。子佩把手轻轻放在他的背上，道："我希望，你今天能带着满满的正能量，回家。"

约翰内斯点头，他感受到那"回家"的含义，是心灵真正的回归："非常感谢，给了我一生当中最难忘的一天！"

子佩这时看看时间，微笑道："走，去草地上走走。"

"好。"约翰内斯跟着子佩穿过小桥，来到器械健身带，当看到子佩脱掉鞋袜，赤足踏上了草坪，他却犹豫了。

　　"来接接地气吧，能活化线粒体。"子佩将自己的鞋子装在机器人提供的网兜里，挂在脖子上，一边招手鼓励约翰内斯。约翰内斯不懂什么叫接地气，也不知道线粒体是什么玩意儿，但为了陪美女，他还是脱掉鞋袜上了草坪。子佩一边走就一边给他讲起来这接地气对人体的益处，以及其它活化线粒体的方法，包括晒太阳，洗冷水澡，以达到助眠，消炎，提升免疫力和抗衰老的目的，还能逆转糖尿病。"

　　"你们每天都接地气吗？"约翰内斯问。

　　"是的，每天光脚在泥地或草坪上走，最好再把双手放到树上去，非常有益健康。"子佩说着，就光脚走到草坪边上去抱树。

　　"怎么走？公园里到处都是狗屎和大雁屎，弄不好还会扎到脚，还有小虫和蚯蚓。在自家院子里弄一块草坪倒可以，可是冬天太冷了，又下雪。"约翰内斯像企鹅似地跟过去，也把手放到树杆上。

　　"不错，Jin 跟我大姐商讨过这个问题，她们已经在岛上设立了这个开发项目，要研制出一种特殊的小地毯，放在家里就能接地气。"

　　"这可真是太好了！又一项造福社会的发明，非常期待。"约翰内斯微笑起来。

　　"人的创造力是在不断地发现和解决问题的过程中被激发的。"子佩看看时间，道，"走，带你去看中医。"

5

　　他们驾车来到爱乐岛的中心广场，进了环宇爱乐大厦里的购物中心。

　　"这座大厦共有 108 层，88 个单位，每个单位大小不一，它们的门牌号是按照钢琴 88 个键的音频来设定的。"乘内部观光电梯时子佩对约翰内斯说。

　　"是按照 A=432Hz 来设定的。"约翰内斯补充说，"跟赫兹集团一样。"

　　子佩笑着看了看他。两人来到第三层，子佩带约翰内斯走进"五行中医诊所"。

　　"这是爱乐岛五行联合中医研究院为方便来岛观光的游客在这里特设的门诊店。"子佩说。

　　"你总想喝水，是吗？"中医给约翰内斯看完后问他，"还容易失眠，脱发。"

　　"是的。"约翰内斯感觉这有点像算命。

　　"肾阴虚。"中医说，"不要再喝啤酒了，房事一定要节制。你的心律不齐，少饮酒，吃清淡一些的食物，预防心血管疾病。你可以选购我们爱乐岛的第 6 号营养配餐。连吃三周后再看一次中医，可以在岛外看，也可以上我们的官网在网上面诊，我现在就帮你预约。"

　　约翰内斯很庆幸子佩没有跟着他一起进去看医生，而医生也能讲标准的英语。

　　接着，子佩便带他上了大厦第五层，进了一间名为"丝绸古韵"的中国品牌店，进门之后约翰内斯才明白，这是一间旗袍店，顷刻间，他被那些琳琅满目绚丽多彩的衣裙给迷倒了。

　　店面很大，宽敞明亮，雪白的墙壁，灯影柔和，设有古色古香的红木家具、中式格扇窗、绿竹芭蕉、花伞绸灯、青瓷绣屏、水墨书画，还有老留声机、茶具和中式乐器，暗香浮动，妙音绕梁。里面共有十二个展区："盛世霓裳"、"梦中情袍"、"贵气袭人"、"水墨琴书"、"风韵无边"、"绮罗散尽"、"以衣载道"、"云锦功夫"、"国风诗经"、"一曲倾城"，"有凤来仪"、"中国娃"，等等。约翰内斯无比惊艳地看着那些旗袍的立领斜襟、高衩收腰、盘结搭扣、雷丝滚边、飞龙舞凤、手绘贴花、流苏吊穗、丝网薄纱、钉珠亮片、钻石水晶，它们都梦一般地在流光溢彩，熠熠生辉；别说这些手工精致的旗袍，光是那些绫罗绸缎的面料就让人迷了眼，或素雅清新，或华丽妍美，但都线条流畅，曲直有型，如浮云水波，暗香袭人。约翰内斯不知道中国人是怎样制造出这些泛着立体光泽和梦幻般多层神秘色彩的面料的，还有无数种各色雷丝，呈现出宝石般光晕的各色珠子。店内的旗袍足有几百款，条条美不胜收，件件举世无双。这是何等的工艺和功夫，什么叫优雅，什么叫文化，全在中国旗袍的色泽、光韵和曲线里。一袍修身，风情万种。

"My God!"约翰内斯一时间就想再纠集一支八国联军，把这店中所有的宝贝包括旗袍美女全都搜罗抢走。可是在这之前，中国人已经用他们几千年的文化和灿烂的文明开辟出了丝绸之路，征服了世界。

"太美了！真是美妙绝伦！"约翰内斯一下子掉进了温柔乡和锦绣洞天。

"请帮我沏两杯雨前龙井。"子佩对店内穿着旗袍的女服务员轻声交待，然后便带着约翰内斯继续参观。

还有几处可以取景试衣的镜阁，墙上有真人大小的身穿各式旗袍的明星彩照，大屏幕上播放着在中式园林中取景的模特走秀和汉服民乐演奏。

"这是香云纱面料，这是桑蚕丝面料，这是日本正绢，这是南韩丝，这是桃皮绒，这是罗，这些是混纺面料。试试手感，超舒适。还有春秋款的丝绒面料，加绒加厚的冬季面料。这一件是纯手工刺绣的'百鸟朝凤'，琵琶盘扣，标价一万四千美元。这几件都是本店收藏品，有近一百年了，镇店之宝，从我曾外祖母那一辈流传下来的。这些是京派旗袍，高立领，窝云盘扣，颜色比较深，但亮度高，很大气；这些是海派旗袍，比较柔和，一字纽盘扣，也更温婉清秀。这些不是旗袍，是秀禾，婚礼套装，也叫龙凤褂。这些是配套的披风、开衫、马甲、斗篷、仿毛领；长款都是单色系的，看上去非常大气，以型取胜。还有配套的项链、耳坠、发簪和压襟饰品，这边是配套的背包和袖套，还有很多款的扇子和花伞。这间是现代版中国风外套、上衣、长裤和长外套，结合中式与欧美风于一体，非常流行，我很喜欢这些马甲裙。看看这些腰带，各种材料和款式的，超酷；还有这些围巾，丝绸的、缕空钩织的、仿狐狸毛的。这一间是专门为中国民乐演奏者设计和制作的服装，还有专门为太极练习者制作的各款中式服装，旁边这间是儿童区，另一间是男士专区，最后一间是其它丝绸制品区，里面有丝巾、荷包、香囊、抱枕、绣枕、桌旗、绢扇、花伞、灯笼和绣屏，全部为'知音爱乐'品牌，每一件上面都有品牌标志，是我设计的。这墙上的字画也都是我的作品，标价出售。店里还卖文房四宝。"

"我的天哪，这是你画的？！"约翰内斯这才明白子佩为何带他来这里。

"我和 Jin 是这间品牌店的创始人，也是这个品牌的设计师，我们请人管理和制作。在北京、上海和杭州我们也有店，原本我想在香港、新加坡、巴黎、米兰、纽约和洛杉矶也开分店，但是 Jin 说，投资有风险，店太多也打理不过来，开网店就好，有时间多发发视频和广告。"

约翰内斯此时又想拥抱子佩了，仿佛一下子中了两百万彩票。碍于店内有他人在场，他不知该怎样表达自己此刻的心情，忍不住问子佩："你的腰围是多少？"

子佩将右臂从身后绕到身前，竟能够到肚脐："5 尺 4 寸。"她说，怕约翰内斯不信，还叫服务员拿来软尺量，竟分毫不差。

约翰内斯没好意思问她的胸围和臂围，只是在想，他太太维尼萨的腰围恐怕是子佩的三倍，不是桶腰，而早已成了救生圈。子佩微笑着请他坐下来饮茶休息，一边给他表演茶道一边说："约翰内斯，你是否认为只有世界观、人生观、价值观相同的人才能做朋友？"

约翰内斯想了想："应该是吧。"

"那么，你认为世界上最美的女人是谁？"

约翰内斯不由得笑了，因为他从前所有的女友都问过他这个问题，而她们所期待的回答就只有同一个。

"从前，我认为戴安娜王妃是世界上最美的女人，她曾经在加拿大国庆节也是她生日的时候随查尔斯王子访问过加拿大。不幸的是她过世了。现在，我认为你和 Jin 是我眼中最美的女人。"

子佩笑了笑，把茶递给约翰内斯，两人同时说了声："谢谢！"

"我大姐在十几年前曾经问过 Jin，想不想创立和参加环宇爱乐世界小姐竞选，其中一项参选条件是要有音乐才艺，Jin 当时说，她对任何形式的选美都没有兴趣，因为真正的美女都在忙于心灵的成长和修炼。Jin 说：华丽的外表只会吸引爱慕虚荣的眼睛，而真正的美不是为了抓人眼球，而是为了要打动人心，提升灵魂。她还说：美貌并不能表达一个女性的教养，华美的服饰也不会造就一个优秀的女人。宇宙间真正的美是用心灵感受的，当一个人的心灵沉睡时，眼睛是没有用的。你知道为什么我们钟爱旗袍吗？"

"为什么？"约翰内斯微笑着看着她，美女香茶让他感觉非常惬意和舒服，所以子佩说什么都可以，只要不冷场。

"几乎任何类型的服装，你都可以根据自己的号码去挑，唯有旗袍是衣挑人，因为它既修身，又修心。"

约翰内斯明白了，不住地点头。

子佩这时看了看时间，说她需要去一下洗手间，便起身离开。几分钟后，约翰内斯收到子佩发来的语音短信，他放下茶碗儿，才得知子佩已经离开这座大厦，因为子衿的演奏会已经结束，她们要赶去参加 4 点钟的新型智能救生衣发布会；晚间的演奏会结束后，子衿就要离开温哥华，连夜飞回多伦多；而子佩将会飞往上海，然后前往杭州，现场勘察她手上正在施工建设的一个项目的工程进展，但很快就会返回波士顿。子佩再次感谢约翰内斯此次为子衿提供的面试机会，并请他原谅自己的不辞而别，希望他在岛上再多转转，度过美好的一天；另外，她已经为他预订了 6 点钟在岛上游轮酒店里的火锅自助晚餐，他可以自驾过去，她把车留给了他。用他手机中的电子登岛票在车门上扫一下就可以打开车门了，在车上的全岛电子地图上选择目的地，车可以自动驾驶，带他去他想要去的地方。最后，子佩又发给约翰内斯一个爱乐岛官网上的链接，作为友情提示：

"爱乐岛的居民和环宇爱乐集团的员工不仅都食素，而且都持午，岛上各处餐厅的素食晚餐只提供给来岛观光的客人，但我们仍旧建议来岛旅游的人们在岛上度假期间也能体验一下过午不食的养生方法。每晚7点至9点是环宇爱乐集团全球员工和爱乐岛居民的打坐冥想时段，因为这个时间是十二时辰中的戌时，正是西北方天门打开之时，而人体的天门是百会穴，此时静坐并接收宇宙正能量从百会穴灌入，有事半功倍的效果。诸如失眠、多梦、易醒、健忘、郁闷、心烦、神经衰弱等诸多问题，都是人体经脉手厥阴心包经不通的症状，而晚上7至9时是心包经当令的时间，此时静坐，可疏通心包经，缓解和消除这些问题。另外，胃与心包通，脾与小肠通，脾胃相表里，心包经与三焦经相表里，心经与小肠经相表里，小肠是吸收营养的，在心包经当令时静坐，接收宇宙正能量的加持，就是人体吸收营养的最佳时段。人体阴阳的平衡，是杜绝疾病的根本。人只有让身心静下来，把自己调整到与宇宙共谐共振，才能接收天地正能量。人体内的正能量多了，负能量被排出了，人自然就健康了。爱乐岛的晚间音乐会都是在6点至8点，演出之后，音乐家们会进入静坐时间。最后提醒：爱乐岛每晚9点闭岛，所有公共场所和服务设施都会关闭，最后一班送客人离岛的高铁列车和旅游巴士在8点半，请勿错过，否则会被安保人员送出岛并罚款。岛上居民都会在晚10点入睡，子时11点进入深睡，早上5点至6点起床，7点钟全岛集体晨练健身，午餐时间后也会小睡，这叫'睡子午觉'。这是人体最佳的睡眠养生时间。祝您在岛上度过健康平安和愉快的时光！欢迎再次光临爱乐岛！"

约翰内斯的心里一下子空了，他呆呆地坐在那里，茶未凉，人已走。不过，他知道，告别是迟早的事，这样的告别或许是最好的。这时，店里的女服务员走过来，交给约翰内斯一个礼品袋，告诉他这是子佩小姐吩咐送给他的纪念品，她从口袋里拿出一个精美的漆盒放到红木茶桌上，替约翰内斯打开，里面是一对小巧的青瓷花瓶，花瓶外套着一对迷你版旗袍，一青一白。另外，盒子里还有一只钢琴键造型的 U 盘，服务员说，这是子衿小姐送给他的，里面存储了八百首最好的古典和新古典音乐曲目，包括交响乐、协奏曲、独奏曲、交响合唱、歌剧选段、咏叹调、序曲、艺术合唱、芭蕾舞剧等所有形式的最著名曲目，名字叫《音乐圣经》，用以帮助他更多地了解、学习和欣赏古典音乐。这对约翰内斯来说的确是最好的礼物，他给子佩回了短信，深深感谢姐妹俩的厚赠和此次令他毕生难忘的首度爱乐岛之行。

之后，约翰内斯便一个人在爱乐大厦的购物中心里闲逛，选购了爱乐岛品牌的多种纪念品，包括 T 衂衫和印有子衿箴言的文化衫，又从大厦最顶层的 360 度观景台上俯看全岛风光。最后他回到大厦的中央大堂里，高大的落地窗边有一架黑色三角钢琴，一位穿着黑色礼服的年轻男子正在弹奏；旁边还有一架心型的精美的竖琴，一位身穿白色长裙的美女正在和着钢琴一起弹奏。约翰内斯这时看到大堂金色的中央立柱下有一个高大的圆桶形玻璃柜，里面陈设着一座有两米高的中国花瓶，绚丽的彩釉上有精致的立体图案，上面描绘的是手持各种乐器和指挥棒的各个种族的音乐人，花瓶全身用各种文字印着"爱"与"和平"，花瓶的名字叫"和平尊"。大堂的另一侧是一面以"爱与和平"为主题的电子屏幕墙，墙两边是人造瀑布和高大的绿色植物，墙的上方悬挂着一排五彩缤纷的万国旗，电子墙上显示着地球自然美景的画面，以及人与动物和谐共处的动人场景，在画面下方缓缓滚动的五线谱上布满了签名，还有当天留下的签名，所有来过这里的人都可以留下签名。约翰内斯看到一些名人的签名，他不由得走过去，拿起电子笔，在签名处留下了自己到此一游的证明。之后，他转过身，仰起头来，望着穹拱形天花板上的巨幅壁画《创造亚当》，但与米开朗基罗的原作不同，亚当的手中拿着耶和华赐给他的提琴，而上帝的手中则拿着弓；而这也是子衿的创意。在巨幅壁画的下方还印有子衿的箴言：

When music，art，culture，education，beauty，respect，love，

peace, human rights and God are better understood, there will be no violence and war. And this is a lesson that every human being needs to spend whole lifetime learning.

（当音乐、艺术、文化、教养、美、尊重、爱、和平、人权和神被更好地理解之后，就不会再有暴力和战争，包括语言和意念中的暴力。这是每一个人类需要用一生去学习的课程。）

约翰内斯被这句话中的每个词都触动了灵魂，特别是"教养"，他感到羞愧。

随后，约翰内斯开车去海边的游轮酒店里吃了顿超美的火锅自助大餐，这是他有生以来第一次全天素食，他感到自己的血液都干净了许多，脑清目明；因为减轻了灵魂上的罪恶感和沉重感，甚至已变得身轻体健了，满满地吸收了一整天的正能量。

晚餐后，约翰内斯来到中心广场上看音乐喷泉。据说，上爱乐岛官网，就可以点一首曲子，然后看全岛的音乐喷泉在这首乐曲声中为你起舞，而这也是 Jin 的创意。约翰内斯想了想，于是拿出手机，上了爱乐岛的音乐喷泉 APP，搜索 Jin Qin，竟有几百首 Jin 演奏或指挥的曲子。看了看线上等待的时间不长，约翰内斯于是选了一首最新上传的由子衿作曲并演奏的钢琴曲《我无所不在》。这时，他也看到了子衿今天刚刚上传到脸书上的一条箴言：

"不要只是为了眼中的美景去观光旅游，让我们也成为他人心目中无所不在的美景。"

二十分钟后，优美的钢琴曲响起，全岛的彩灯音乐喷泉都开始为约翰内斯起舞，时而像华尔兹一般扭转，时而从左到右一线冲天，时而紧密，时而舒展。约翰内斯的眼眶不禁湿润起来，他明白了，虽然子衿不在这里，但是她的灵魂却一直在陪伴和影响着无数人，子衿才是真正的风景，她为众生所创造的这一切美好使她成为最美的人。正如她曾经说过的："对于那些只认识我面容的人，我只是一个陌生人；而对于那些认识我灵魂的人，我无所不在，超越时空。"

　　晚上九点闭岛之前，约翰内斯还了车，退了约翰内斯·勃拉姆斯的套装，换回自己的衣服。他好想留下来，哪怕只是一晚，参观爱乐酒店的内部装饰，尽情享受爱乐岛无与伦比的美妙夜景，可他不得不乘最后一班专线高铁离岛，在仙乐飘飘的钢琴曲中恋恋不舍地经过爱乐跨海大桥，想着有朝一日再来大桥上散步，骑车，观日出，看日落，听音乐会，还有晚间的礼花在群岛上空的海面上绽放。只是，他能为这座灵魂岛贡献一句怎样的格言，或分享一首什么好诗呢？这时，已经登上前往上海航班的子佩从温哥华国际机场给他发来了短信，转发了今天入选的由登岛游客贡献的格言和诗句，其中得票最多的是一首泰戈尔的诗，因为今天 5 月 7 日也是泰戈尔的生日：

用生命影响生命

罗宾德拉纳特·泰戈尔

　　把自己活成一道光，因为你不知道，谁会借着你的光，走出了黑暗。

　　请保持心中的善良，因为你不知道，谁会借着你的善良，走出了绝望。

　　请保持你心中的信仰，因为你不知道，谁会借着你的信仰，走出了迷茫。

　　请相信自己的力量，因为你不知道，谁会因为相信你，开始相信了自己。

　　愿我们每个人都能活成一束光，绽放着所有的美好！

第八章：一 曲 倾 城

欲望是填不满的海，能淹没人格与良知；
爱是无限的宇宙，能提升灵魂至永生。

Lust is an endless sea，can drown personality and conscience;
Love is the infinite universe，can lift soul to be eternal.

1

因为住得离机场比较近，飞机的起落声构成了约翰内斯的乡愁，但他思念的不是他出生长大的多伦多，而是从前的那些女友。尽管来到了他梦想中的天堂温哥华，他却觉得好似把一箱非常贵重的珠宝丢在了多伦多。温哥华的美女还没到手，所以这种青黄不接的日子实在让他感到寂寞难耐。

快中午了他才睡醒，发现子佩一早就给他发了电邮，关于子衿的面试结果。

"校方说，那个职位只是临时的，合同期一年，因为前面那位助教休产假一年。子衿认为一大家子为此搬过来不大现实，所以没有签约。不过还是再次感谢你的好意和帮助！"

意料之中。约翰内斯两手摊在床上，又闭上了眼睛。虽然姐妹俩给他留足了面子，可他还是对自己感到恶心。听着窗外从空中传来的飞机声，约翰内斯的心里空空荡荡，孤独笼罩了他。原本他想的是在昨天面试后，姐妹俩能留下来和他一起共度周末，他已经计划好要开车带她们去斯坦利公园，去英伦海滩和吊桥公园，傍晚去 Vancouver Lookout360 度的观景台，并在上面的旋转餐厅享用海鲜晚餐；周日再带她们去乘坐渡轮，到维多利亚的布查特花园，然后去费尔蒙特女王酒店享受英式午茶，晚上回温哥华，去 River Roc 赌场酒店用自助餐。可是，她们是谁？她们竟是爱乐岛天堂的主人，她们做了他的精神导游，丝毫没有因为他而浪废时间，子衿更是一天就在岛上赚了个满钵满盆，以她那 5 尺 4 寸的水蛇腰穿着上万美金的真丝旗袍飞了个来回，可笑的是回去后，她又要到约翰内斯表弟费尔南德·卡普兰所在的 288 赫兹公司去打工，非要挣得个全职工作和保险，给她的两个养女治病。她们不是无缝的蛋，她们是天琴座上闪亮的星星，令他望神莫及。约翰内斯此时只有独自一人在床上自叹自嘲。

"没有灵魂。"这是约翰内斯对自己的评价。

拿什么来填补他空虚的灵魂？一下午时间，约翰内斯开着车在温哥华市里乱转，他想去唐人街淘一件宝贝，但由于对这座城市还不熟悉，他误入了 Hastings 东街，他惊讶地看到由很多流浪汉在遍地垃圾的路边搭的帐篷，起先他还以为这是一个什么地摊集市或跳蚤市场，直到他看到那些神态恍惚怪异又蓬头垢面的人，还有一些半卧在街头的吸毒者，因为这里有一个免费的毒品注射站，有的吸毒者弯着腰，半折着站在路边，身上还插着管子，他们看上去还很年轻。以前从未见过的满条街脏乱臭的景象和病态残疾的人使约翰内斯紧张起来，令他感到恐怖，开始为自己的安全担忧，立刻关上了所有车窗。在地球上最美的地方也有贫民区，正因为温哥华是全球最宜居的城市，吸引了大量来自世界各地的旅游者和新移民，至使这里物价和房价暴涨，有些负担不起房租的人只得流落街头，在无数人向往的梦中天堂变成了一个无家可归者，他们的健康和精神状况令人担忧。

警车和急救车鸣叫着从约翰内斯边上驰过，又一个吸毒者在街头倒毙了。

无家可归是什么感觉？那就是约翰内斯此时的感觉——他正开着车如恶梦般四处游荡，他的灵魂无家可归，他的心无处安放。

温哥华的唐人街与方才那条 Hastings 东街只有一街之隔，很多店铺的门窗都上了防盗铁槛。一直到傍晚五点，约翰内斯终于在一间华人服装店里找到了一条鲜红色印花立领旗袍裙，这旗袍两肩和后背全裸，前胸与侧腰半裸，两腿开叉很高，十分性感，没有手工提花刺绣，只是平面印染，但丝绸的光泽和手感却是约翰内斯所梦想的，虽然店老板给他这个"老外"开出的价格不菲，约翰内斯还是豁出去买了下来。之后他又在一家成人用品店里买了一副化妆舞会用的、头上饰有羽毛的意大利面具。装好这些玩意儿，他开车来到附近的麦当劳店，买了一个巨无霸鸡肉汉堡和一大杯可乐套餐，一边吃着薯条一边驾车来到市中心，进入红灯区，尽管还是初来乍到，但他最敏感的神经早已探知到这里最撩人的触角。他的车使上 Main街，经过 No.5 Orange，这是温哥华一家世界知名的成人娱乐场所，网上有人说这家的舞者最性感，也最疯狂，比美国还要开放，因此有美国人特意跑到温哥华来看这里的脱衣舞表演。不过这家不是约翰内斯今晚的菜，他要把它留到下个周末，和他的美女瑞贝卡同享。很快，他的车又转到了 Seymour 街，上个周末他已经光顾了的这里著名的脱衣舞俱乐部，始建于 1947 年的 The Penthouse，门口的牌子上还显示着 "No pass, just ass"（不要走过，只要屁股）。像子衿姐妹那种文化背景的人若经过这里，她们会不会对此嗤之以鼻，称之为垃圾？今天约翰内斯要去尝鲜的是附近的另一家俱乐部，他把车又转回到 Hornby 大街，坐落在街角的一家店，这里离头天晚上带子衿姐妹去用餐的加拿大广场泛太平洋酒店只有十分钟步行路程。

　　建筑的侧墙上赫然印着 Rossie's Show Lounge。约翰内斯在附近泊了车，之后步行进了那栋建筑，乘电梯来到第五层。暧昧又有些愤世嫉俗的音乐声扑面而来，当然不是子衿弹奏的钢琴曲。这家脱衣舞厅场子不大也不小，设施豪华，蓝紫色的灯和紫红色的环形沙发座椅，中间一个圆形表演台，两根钢管，周围被白色环形吧台围着，坐在那里，客人可以近距离地在旋转闪灯的忽明忽暗中欣赏舞者的表演，台后还有几个用白色帷帐隔开的圆桶形单间，是为客人单独表演的地方。约翰内斯不是多伦多脱衣舞俱乐部的常客，因为考虑到自己的身份，他怕碰上熟人，公司里的人太多，每到周末都有些工友结三伴五地去泡那些地方，非周末时间去比较安全，但如果是下午班上班前去，那影响工作，大白天的感觉也不好。下班后去放松消遣，太太会打电话追问，公司没有夜班，没有理由留下来加班。请假去，影响收入，因为你有家有孩子要养，每年还要带着全家去度假。现在好了，约翰内斯得到了一生中难得的自由时光，他要趁此机会好好享乐一番，也不枉此生。

　　人满了，两个身材火辣的舞女正在台上围着钢管扭来扭去，约翰内斯坐下来要了啤酒，啤酒一般不会影响他开车，除非倒霉遇上警察。他开始在台上台下搜寻。今晚共有六个脱衣舞娘轮番上场，其中两个是东方人。过了不久，一个打扮成饭店客房服务员的白人舞娘穿着红格子短裙和白色坦胸衫，闪着像乌鸦羽毛一样长的假睫毛和厚厚的红唇扭到约翰内斯面前，仿佛发现了珍宝，一边打量他，一边将手搭在他肩上，眯起眼睛，在约翰内斯大腿上坐下来，凑到他耳边说他好英俊，想不想要单独服务。约翰内斯没有看她，只是盯着台上一个东方女孩，一边慢慢地品酒，一边用握着酒杯的手指了指那个舞女，问："她叫什么名字？"

　　白人舞女一边用食指抚摸着约翰内斯的脸，一边不高兴地扭过头去看了看。台上的东方女孩很年轻，皮肤光洁白晰，两乳浑圆高耸，看上去颇有弹性，两腿修长，最美莫过于她的腰身，是所有舞女当中最为纤细柔软的。当她转身时，又黑又亮的长发便使约翰内斯想起了子衿姐妹。他对着大腿上的舞娘说道：

"抱歉，我要那一位。"

舞台后面的单间表演区是个非常小的空间，约翰内斯坐在白色帷帐内的红色沙发上，看着他面前的东方舞女在小圆台的钢管上缓慢地做着各种姿式，约翰内斯不动声色地盯着她已近乎脱光的身体。

一连跳了三首曲子。

"今晚有空吗？"约翰内斯这时低声问道，脸上毫无表情。

年轻的舞女愣了一下，看看旁边没人注意他们，保安这会儿也不在，便微笑了一下。

约翰内斯把钱塞给她，放下酒杯，起身便走了。

2

晚上十点后，一直等在泛太平洋酒店二层大堂休息区沙发上的约翰内斯终于看到那个东方舞女乘手扶电梯上来了，她只穿了件十分普通的外衣，毫无身材可言，以免被人认出。坐下后她把约翰内斯刚才夹在钱里的小纸条还给他，她已事先把可以提供服务的时间及价钱发短信告知约翰内斯。约翰内斯凝视了她片刻，然后轻声道："在这里等我的短信。"说完便起身离开，离开时还是偷偷瞥了一眼前晚子衿弹过的那架钢琴。

十分钟后，约翰内斯开了房，从电梯里出来时，他看到那女孩已站在楼道另一头的窗边在等他。楼道里没有人，约翰内斯打了个手势叫她过来。

泛太平洋酒店拥有五百多间客房，位于酒店最高层的这间全景套房有 527 平方英尺，宽大的弧面玻璃墙此时向他们展现的不知是不是温哥华最佳的观景点，一张特大号床就在落地窗边，怀拥美女，躺着享受世界上最佳城市的最美景观也不知是不是他约翰内斯此生唯一的一次放纵，虽然他此时提心吊胆，因为毫不确定这一晚的一掷千金为买一夜雨中疯狂且奢华的春宵是否值得，或许这是每一个男人一生中的梦想，但毕竟，这不是他的蜜月或初夜，被他情急之下带来分享今晚的不是他的情人，而只是一个陌生的替身。

只有窗边的落地灯发出麻木的一度微光。约翰内斯从购物袋里拿出那件红色旗袍裙让舞女换上，并叫她把头发高盘起来，以全部露出东方美女的天鹅颈，那是和细腰同样优雅而迷人的曲线。约翰内斯坐到大沙发上，看着舞女站在毫无遮掩的落地窗前脱去身上的衣服，再小心地穿上那条红丝绸，最后戴上翎毛面具，就面对落地窗外等候客人上身。外面的雨声和约翰内斯此时的心跳一起密集起来，可以看到整座城市所面对着的婆娑迷幻的海湾夜景，空气中飘着一丝红酒的淡淡的醉意。

约翰内斯脑袋里嗡嗡作响，可以听到自己血流加快的声音，他两腿发颤，两臂发抖，一半是因为天赐给他的这个机会令他兴奋而紧张，一半是因为负罪感。他有过很多情人，这么多年来背着他太太在外面风花雪月，云雨巫山，但他一直非常小心，使维尼萨对此一无所知。不过今天却是他有生以来第一次嫖妓。他好不容易才站起身，来到舞女身后，脑子里不断浮现出子佩的身影。他开始把眼前这个东方女孩极力想象成子佩，他不跟她讲话，也不敢多看她的脸，因为那样会破坏他的想象和感觉。他不敢把这女孩想象成子衿，因为那会让他感到是在冒渎神灵，且毫无性感可言。今晚所做的一切，只是为了要"梦想成真"，虽然只是"以假乱真"，可也总比一直受欲望折磨要好得多。约翰内斯起身来到舞女身后，他站在那儿，脑子里却一片混沌，亦真亦幻，半醉半醒。他首先盯着女孩半露的脊背，尤其是脊背中间那条深深的、长长的、迷人的沟股，约翰内斯从前所有的白人女友都没有这道沟。舞女的腰围顶多不过60公分，约翰内斯用两只手就能盈盈一握，是真正令他一见就发狂的水蛇腰。舞女身高将近一米六五，比子佩略矮，苗条但并不骨感，只是东方人的骨架细小罢了，身上该大的地方都大，该小的地方都小，玲珑玉润，饱满可人。约翰内斯从未享受过这种身材曲线的女人，他感到这是他手中真正容易操纵的玩物，激起了他作为男人的强烈欲望。难怪中国皇帝要有三宫六院，佳丽三千。这贴身的丝绸真像是女人的第二肌肤，东方女性含蓄温柔的情态也更富有神秘感和诱惑力。

透过整面的落地玻璃窗，约翰内斯可以从这座五星酒店最高层的豪华套间里，看到外面五光十色、花树缤纷、美酒香车、喷泉四溢、水光摇曳的海滨城市，正在雨幕的暖流中蕴藏和激荡着种种暧昧的欲望，约翰内斯一时间竟忘记了它的名字，此时他有充分的时间、金钱和精力来享受他盛年时光中的自由，可以细细品味这座全球最佳城市的每一处美景、美色和美味，他感到自己正在慢慢地征服这座无数人梦想中的天堂，他眼前的这一切和他手中的这个美女，让他感到自己是一个如此成功的男人。他的脑子醉薰薰的，将舞女带到大床边，头冲着床脚仰面躺下，这样他就能面向落地窗外，感到是骑在女孩身上，飞翔在这座天堂城市的雨夜美景中，无限地自由，犹如君临天下。可是舞女却突然尖叫起来。约翰内斯停下手，不知发生了什么，是不是弄疼了她。

舞女摘掉面具，起身离开了床，褪下那件旗袍裙扔在地上，很快地跑进卫生间去冲淋浴，然后她换上了自己的衣服。

约翰内斯仿若忽然间失去了坐骑，跌坐在床沿儿上，呆呆地看着地毯上那条腥红的旗袍裙。

舞女这时在黑暗中走到他面前，用一种被揉皱的目光看了他一会儿，然后在他边上坐下，又用一种被揉皱的声音问道："你是艺术家吗？"

约翰内斯诧异地愣了愣，也用一种被揉皱的声音回答："不是。"过了一会儿他低声反问道，"你是中国人吗？"

舞女也愣了愣，过了一会儿才道："不是。"

约翰内斯的脸上骤然间流露出巨大无边如这雨夜般的失望，他的心颤抖着，病态地叹了口气，掏出一叠纸币递给她。

舞女接过钱，没有数，甚至没有看，两个人都显得失魂落魄，甲方乙方都对这笔交易感到失望，没有赢家。过了一会儿女孩儿低声问道："我曾经在一本书里读到过这样一句话：'生活的品质不在声色犬马，花天酒地。一味追求肉体和感官的享乐，最终只会得到空虚和痛苦。因为你丧失了灵魂。'"

约翰内斯不禁苦笑了一下，心想：你是妓女还是牧师？然后他问："那为什么你要干这一行？"他不明白为什么连这么年轻的妓女都敢教育他，是因为他长得太英俊而他的灵魂却太丑陋，配不上他的长相，浪废了他的美貌，才让女人们感到可惜和不甘而想要改变他，拯救他，乃至完善他吗？

舞女在半明半暗中望着窗外宁静的雨色，低声回答约翰内斯的问题："对我来说，这丝毫不是享乐。我6岁时就想当作家，酷爱写作，13岁时获得过大报征文奖，在学校里，我的成绩很优异，父母希望我能成为医生或者律师，他们反对我当作家，并禁止我写作。但我无法放弃我的梦想，父母的责骂令我忍无可忍，14岁那年我离家出走，流浪街头，从此当舞女为生，但我从未间断写作。16岁那年我的第一部小说问世，被翻译成14种文字，CBC要把它改编成电视剧。我的第二部小说也快要问世了。"

约翰内斯吃惊地看着身旁这个东方女孩，他浑身发抖，第一个反应是怀疑这个人是不是有妄想症或精神分裂症。可是看到她那么平静，约翰内斯极力想让自己的内心平静一些，但他仍旧用发颤的声音问道："你已经成功了，为什么还干这个？"

女孩冷笑了一下："我不是妓女，而只是舞女，因为来钱快，我不出卖灵魂，也不想得性病。我需要钱读大学，我目前是大不列颠哥伦比亚大学文学专业的学生。我跟你到这儿来，是因为看你长得面善，我还以为你能帮我脱苦海。"女孩说完，不禁自嘲地笑了笑。

约翰内斯闭上眼睛，羞愧地低下头，不敢再看这个女孩儿。两个被各自揉皱了的人沉默了一会儿，约翰内斯沉重地说道："你不回家吗？你的父母一定想你想疯了。"

　　女孩冷笑了一下："他们还有一儿一女，已经放弃了我。我也不会再回那个家，我要让世界上所有的父母知道，每个孩子都有独立的人格和梦想的权力。每个孩子想要成为自己的力量是不可低估的，那是我们生命和成长的动力。我还想说，虽然我不认识你，但我敢肯定，你并不爱你的工作，你可能是个老板、经理，有不错的收入、体面的家庭，像大多数男人想成为的那样，但你从未在工作中付诸过你的灵魂，像尼古拉·特斯拉那样爱你的工作，你的故作矜持只是一个虚伪的绅士的外表。如果你爱你所做的，如果你在这世上对某个人某件事有一份真爱，你就不会到这里来，做这样的事，因为你灵魂空虚，所以才来寻求物质和肉体享乐，但这永远也填不满你空虚的心灵，什么也征服不了，而只是堕落，最终只会感到更加孤独和寂寞。一个人一生最不幸的就是从未真正爱过。"

　　三十八岁的约翰内斯在他一生中第一次试图嫖妓时，被一个十八岁的舞女给心平气和地羞辱和教育了一通，他无话可说，因为他知道她是对的，他甚至应该感到庆幸遇见了这个女孩子。但他该如何从自己的空虚和欲望中解脱出来？巨大的失落感完全笼罩了他，他变成了一个躯壳。

　　舞女看了看他，摇摇头："可怜的家伙，只剩下钱了。你需要重生。"说完，她抽出五十元车费，把剩下的那迭钱扔在了地上那条一生只被一个女孩穿过不到半小时的旗袍裙上，起身去沙发那儿拿起自己的包，在黑暗中最后看了看已经丢了魂的约翰内斯，最后轻轻道了声："保重。"便兀自离开了。

　　约翰内斯听到房门被关上的声音，将他关在了令人窒息的无边的黑暗与孤独之中。他缓缓地从床沿上滑下来，坐到地毯上，看到面前的那条旗袍裙仿佛是一个被砍了头的尸体，血肉模糊。他的头垂到胸前，想到那个舞女说不定会把他写进小说，弄得他身败名裂，约翰内斯恨不能自杀。他抓起那件旗袍，发疯似地撕扯起来，然后狠狠地扔了出去，他开始骂自己，又捶胸又蹬腿，把床上的被子枕头都扔到了地上，小时候因为没有从父亲那里得到他想要的玩具，他也曾这么闹腾过，其结果就是被罚站一整天，不给饭吃。

过了不知多久，约翰内斯在黑暗中"啪"地给了自己一记耳光，然后开始抽泣，不过他的哭泣声被窗外此时的雨声给淹没了，约翰内斯甚至没有听到他太太维尼萨和女友瑞贝卡同时给他发来短信的声音。

3

仰瘫在落地窗前的沙发里，一手拿着酒瓶，约翰内斯在黑暗的雨声中不知呆坐了多久，望着窗外的海滨，他半醉半醒，在孤独中难以自拨。他想起子衿和子佩前晚在爱乐岛上的玻璃帐篷里露营，子衿在雨夜中吟箫，又想起子衿曾经在脸书上发过的一条箴言：

"你的年龄不代表你的成熟，你的学历不代表你的教养，你的外表不代表你的内心，你的收入不代表你的价值，你的头衔不代表你是谁，你当下的灵魂才是真实的你。"

忽然间手机响起来，约翰内斯木然地从茶几上拿起来看了一眼，没有接，却发现有子佩通过脸书发给他的短信。这才是他眼下所期待和需要的，他还以为从此长久都不会再有姐妹俩的音信。正在苦海中挣扎下沉的人仿佛得到了救赎，连忙起身打开页面，子佩在短信中说：

"这是子衿昨天在爱乐岛上的钢琴演奏会的视频。"

约翰内斯立刻点击进入视频链接。

子衿昨日下午的演奏会是在爱乐岛的水上音乐厅，能容纳2000名观众的场内座无虚席，包括媒体和记者席，因为这是一场划时代的演奏会，它已被载入音乐史册。子衿一上台就引起观众惊艳的欢呼与掌声，因为她穿了一身蓝丝绒长裙，是十九世纪奥地利宫廷的款式，短袖露着雪白的肩头，束着纤腰，长摆用了裙撑，还戴了白色的长臂手套，露着十指，高贵典雅，是维也纳新年音乐会芭蕾舞的裙装，但上面却斜着印有"环宇爱乐"的银白色标志，深色更加突显了子衿的细腰长腿和优雅内敛的气质，似穿越两个世纪走上台来，观众们发出惊喜的欢叫和兴奋的掌声，因为时下正值爱乐岛上的国际传统服装节，有穿着海顿、莫扎特、贝多芬、舒伯特和奥地利宫廷服装的男女观众起身向子衿鼓掌，行同袍礼。

"真是太迷人了！作为爱乐岛国际传统服装节的创始人，在古今和未来任何一个时代及民族的文化背景中，青子衿都堪称是美女，气场沉定、高雅而又超越，是真正跨时空的艺术家。"这是她的丝粉们在网上给她的评价。

子衿走到钢琴前，左手扶着钢琴，向全场举头含蓄地露出笑容，然后缓缓地屈膝行了一个颔首宫廷礼。而她为这场演奏会使用的钢琴则是由她创意的爱乐岛自行研制的最新品牌"天琴座"108键竖琴钢琴，如海藻般在水中轻舞的大曲线造型和如梦幻般半透明的蓝色流线形琴身都超越了古典钢琴，就连黑色的琴键也被做成了彩色的，而整个琴键则被设计成了小度弧形，可以根据演奏家的需要调节弧度，尽管弧度不大，但它更合乎人体工学，能够减少对演奏家手指和手腕的伤害，特别适合年幼臂短的孩子练习和演奏，因此更加人性化；另外，这还是一架智能数码钢琴，具有作曲功能，可以根据乐谱自动合成一个交响乐队，模拟演奏效果，甚至可以在它的和键盘一样长的凹弧形屏幕上显示模拟现场演奏的场景效果，甚至可以自由选择上千种不同的室内外演出场地和背景，包括目前世界上所有音乐厅和歌剧院的内景；系统内部更是存储了所有的曲目以及所有乐器的音色，供作曲家使用；对所有的演奏和即兴演奏都有键盘重复和乐谱转换记忆功能。

作为创意发明人和这个新品牌的代言人，子衿上半场要演奏的是勃拉姆斯的钢琴作曲。她提着宽幅裙摆坐到那架大写意线条的竖琴钢琴前，这时，整个舞台的背墙变身成了电子大屏幕，显示出这场演奏的所有曲目均为 A=432 赫兹。观众们安静下来后，子衿拿出一条白色丝带，然后将自己的眼睛蒙了起来。观众们又吃了一惊，一个多小时的演奏，竟然要全程盲奏，他们又兴奋地鼓起掌来，但很快又安静下来。截然不同的体验，音乐响起，勃拉姆斯的随想曲第2号、第7号和第8号，舞台背景墙上显示出青年时代的约翰内斯·勃拉姆斯的照片，还有他的一些有关音乐的语录：

"美不是在旁观者的眼中，而是在创造者的心中。"

"真正的艺术是天地间的桥梁，连接着人与神圣。"

"音乐是最纯净的表达方式，它超越语言和文化，直接对着我们存在的核心发声。"

"伟大的音乐是一次通往我们灵魂神秘深处的旅程。"

"最伟大的作品是那些超越时空的创作，诉说宇宙的情感和连接我们一切的真理。"

最后是子衿送给这场演出的赠言：

"愿每一场音乐会、每一首伟大的音乐和每一次聆听，都能成为一场心灵的洗礼、疗愈和升华。"

观众们被深深地吸引，他们生命的磁场正在被净化，被调理，被加强，被提升，他们会因此而变得更美，更纯净，更通透，更有力，更富有神性。

"天琴座"竖琴钢琴的音色和音响效果惊人地清晰，颗颗音符像水晶一般漂亮，玲珑的烁，流畅的旋律线传播到音乐厅内的各个方位和角落，背景大屏幕上这时展现出不同的景像，那是从岛上不同区域的摄像头发来的场景，岛上各处的游人们穿着各式各样的民族传统服装或古装，正悠闲自在地徜徉在环岛美景之中，让现场的观众们意识到，原来古典浪漫曲也可以这样被表达，而且很美，很和谐。子衿又演奏了勃拉姆拉斯的帕格尼尼主题变奏曲和第2号奏鸣曲，最后以第5号匈牙利舞曲结束上半场，搏得观众如潮般的掌声。

下半场，子衿一出场又让观众们兴奋地站了起来，因为她竟换上了一身珍珠色的中式旗袍，那玲珑曲线可谓一步倾人城，再步倾人国。有谁见过穿着旗袍开钢琴演奏会的？青子衿为音乐史上第一人。而钢琴这时竟呈现出了多层次的海蓝色光泽，琴身上也显现出海水和天空的影像，连舞台的地屏也仿佛海水在荡漾。

下半场的曲目为《一曲千秋》奏鸣曲集，共有 12 首，和李斯特的 12 首超技练习曲一样分别使用了 12 种调性，由子衿作曲并亲自演奏，首演时的时长为 1 小时零 8 分钟。分段标题为：1、《You Had Me BEFORE Helo——天涯一曲共悠扬》，2、《小人鱼之舞》，3、《老人与海》，4、《比死神更有力量》，5、《为所有沉睡和流浪的灵魂而奏》，6、《一曲连心》，7、《有众神、天使和魔鬼光临的音乐会》，8、《至死是少年》，9、《重写星空》，10、《一曲绝尘》，11、《我要留下我的灵魂》，12、《重生》。青琴对子衿的这部作品予以极高赞赏，并将其中的《You Had Me BEFORE Hello——天涯一曲共悠扬》作为爱乐岛的"登岛首曲"，子衿将南宫子云原创的这首曲子改编成为不同乐器与人声的独奏形式，以及以不同乐器独奏与人声递进，合奏，直至交响结尾的复合音乐会演奏形式，它们依次或独立为：钢琴独奏、小提琴独奏、大提琴独奏、长笛独奏、双簧管独奏、萨克斯独奏、竖琴独奏、古琴独奏、波斯芦笛独奏、手碟独奏、歌剧女高音、无伴奏合唱、交响诗，融东西方古今音乐为一体，由这样的复合曲式创作的作品史无前例；其中的歌词部分是由子衿填写的，那便是每一个乘坐爱乐岛专线高铁来岛的游客在经过爱乐跨海大桥时都会听到的曲子，他们同时也会在沿途的大桥两边看到手持竖琴的维纳斯白色塑像，还有手持小提琴的大卫、闭目吹奏芦笛的苏菲诗人鲁米、静坐抚奏古琴的中国古人，还有手持各种乐器的天使。长笛以云中之舞般优美的旋律将人们带入海空和岛上仙乐飘飘的境界，让人感到仿佛是在音乐中飞翔，美妙醉人。

下半场的演奏子衿没有再蒙眼，但却是全程都闭着眼睛，完全将自己融入了音乐中。听众可以从某些曲子当中感受到东方古典音乐中的诗画意境，亦能让人联想起肖邦的夜曲《雨滴》、李斯特的《艾斯特庄园的喷泉》、德彪西的《雾》、《雨中花园》，铺展空灵与宁静之美，又饱含了文学以及哲学的思想境界，其深度令人回味无穷；在有些曲子当中，听众还能感受到如肖邦降 A 大调波兰舞曲"英雄"般的磅礴气势与雄壮疾驰的暴风雨般的万丈豪情，在主题表现、力度对比、张力的收放、旋律的流畅性、音符和旋律线的清晰度、速度和节奏的把握、戏剧性的变化等等因素中，无不表现出色彩与诗境之美，也为众多的钢琴演奏者所喜爱，更使听众对肖邦和李斯特作品意犹未尽的渴望在另一位音乐家的作品中得到一次满足。

好一场前所未有的音乐视听盛宴。激烈的掌声与欢呼声，子衿却像是大梦初醒一般慢慢地睁开眼睛，然后从她的"天琴座"竖琴钢琴前优雅地站起身来，向被她倾倒的观众鞠躬致谢。预定曲目结束了，可是观众不想放走子衿，不是为了要看她穿着旗袍走秀场，而是她的才华感人至深。子衿返场加演了两首李斯特的曲子，一首是柏辽兹主题变奏曲，华丽的圆舞曲调令听众身心愉悦；另一首是根据帕格尼尼的第 24 首小提琴随想曲改编的 A 小调第 6 练习曲，一个小提琴恶魔加上一个钢琴恶魔的联手作品，精彩的演奏却让发狂的观众更不想放过子衿，长时间不息的掌声与喝采声让子衿再次返场，又加演了李斯特的《玛捷帕》，而在演奏这首乐曲时，"天琴座"竖琴钢琴竟随着音乐的旋律开始变色，又随着节奏和音强一起发光，魔幻叠出，闪烁如星，旗袍女的暴发力更是让观众们一时间又发了狂，网评如潮般飞梭在弹幕上。

子佩这时给约翰内斯又发来一条信息，向他介绍了这首曲子。

玛捷帕是一首交响诗，以雨果的长诗《玛捷帕》为标题。玛捷帕是乌克兰的民族英雄，年轻时曾在波兰国王约翰·卡吉米尔的宫廷中担任侍卫，由于和一位贵族夫人私通被发现，被剥光衣服绑在马上，放逐于荒野，垂死之际在乌克兰获救，加入哥萨克骑兵队，因其英勇善战，最终成为英雄。李斯特最早在他的《12 首超技练习曲》的第四曲中使用了此标题，完成于 1826 年。玛捷帕从痛苦中解脱，获得再生。子佩说，子衿希望所有坠落的人听过这首曲子后都能获得新生。

约翰内斯那被自己灌醉的脑子已经清醒过来，三个小时的视频演奏会也还没有让他犯困，他感到自己正在重生。子衿的演奏竟像男人一样充满了暴发力，而且是在这么长时间的演奏之后，她不仅是在用手臂和十指弹奏，连她的头发和全身都弹跳起来，仅仅是从手机上传播出的能量就压倒了窗外此时铺天盖地的雨幕。

约翰内斯完全被音乐征服了："我的天！"他从没有如此地迷上音乐，被那种令人震撼的力量和美感动。还没等最后一个长长的尾音结束，现场所有观众就一跃而起，镜头就被掌声、Bravo 和鲜花给盖没了。

子衿昨晚与舟舟合作的纪念柴可夫斯基诞辰音乐会的视频还没有出来，不过子佩告诉约翰内斯，昨天 5 月 7 日是她和子衿的生日。子衿在她的脸书上发了一张照片，是她和舟舟以及大仙去年 5 月 7 日在德国汉堡的勃拉姆斯故居合拍的，还附了她写的箴言：

"有梦想、才华与智慧的人不是变老，而是变得更加成熟。所有伟大的灵魂都无龄。"

而就在这时，约翰内斯的手机上弹出了他女友瑞贝卡的信息，准确地说是瑞贝卡的情敌通过她的 Insgram 和脸书发的讣告，瑞贝卡于两小时前死于心梗，地点是在多伦多的一家酒店客房里，当时她正和她的另一个婚外男友在一起，年仅 33 岁，警方正在调查。

手机从约翰内斯的手上掉到地毯上，他完全惊呆了，出了一身冷汗并颤抖起来，接着他用双手抱住自己的头，只感到自己也得了心梗并正在死去，就要死在这个他放纵自己的酒店客房里，死后令他的家人终生蒙受耻辱。他意识到自己应该放声大哭，但他并不真的想哭，相反却突然感到一种解脱，因为他不必再为摆脱瑞贝卡而烦恼，那是迟早的事，他迷恋美女，但从不留恋她们当中的任何一个，过把瘾就另寻新欢。但是约翰内斯此时仍旧感到悲伤和惶恐，不是因为他失去了瑞贝卡，而是因为他迷失了自己。他逃离家庭以拥抱自由，而此时，他却感到自己正被所有人唾弃，就像贫民区街上的那些流浪汉一样，他也是一个吸毒者，他上瘾的是美女，他此时变得半人半鬼，不人不鬼，并正在被黑暗和孤独所吞噬。

窗外，温哥华的夜雨仍在默默地下着。垂死般的约翰内斯只想到一个能给他救赎的人，他真希望能被这个人收养。他通过脸书给子衿发了一条短信：

亲爱的 Jin：

我知道你很忙，抱歉打扰你！我刚刚看过你昨天在爱乐岛上演奏会的视频，它是那么美且令人震撼，祝贺你演出成功！昨天，Phil 和我分享了有关你们全家养生保健方面的知识和家教的经验，令我受益匪浅。我非常感谢！可是就在刚才，我收到通知，我的一个朋友两小时前去世了，非常年经。我十分难过。关于生死，我想听听你的观点，或许能帮我从现在的痛苦心情里得到一些解脱。其实，早在 2592 公司临时工唐斌因车祸去世时，在他的葬礼那天，我就想问你这个问题了。谢谢！

希望你能好好休息，倒时差。

你真诚的约翰内斯

信发出后，约翰内斯就在无边无际的雨声中闭上眼睛，他的头很痛，每一秒钟的等待都伴随着太阳穴的胀痛，他开始耳鸣眼花，然而很快，他就收到了子衿的回信。

你好！约翰内斯

为你失去的朋友和我们又一位人类年轻的同伴，我表示深深的哀悼！关于生死这个永恒的话题，我会把我的一些观点分享到脸书上，过一会儿请查阅我的主页，希望能对你有所安慰和助益。

向你推荐一部我每每想起来都会流泪的电影《日本妻子》，是由一位印度女导演执导的。讲的是一个印度男人和一个日本姑娘，两人从未见过面，却吃力地通过英文书信往来成为笔友，彼此产生了感情，之后交换了婚姻誓盟。可是妻子不幸得了癌症，男人想用印度的吠陀疗法帮她治病。为了帮妻子寻医找药，他在雨季四处奔走得了疟疾，结果送了命，妻子却因为服了他寄来的药而痊愈，远道从日本去印度祭拜他。两个灵魂的伴侣相恋十五年，从未见过面，却以生死相许。

保重！祝一切安好！感谢你关注我的音乐会！

Jin

很快，约翰内斯便在子衿的脸书上看到了她发布的一个新视频，那是她在维也纳中央公墓里拍摄的，里面有海顿、莫扎特、贝多芬、舒伯特、勃拉姆斯、苏佩、施特劳斯父子、勋伯格和指挥家雅科夫·克莱兹伯格等音乐大师的墓碑，子衿将她关于生死的原创箴言以文字形式展示在这个视频上，每一句都深深触动着约翰内斯。

"智者不惧肉体的死亡，而畏惧灵魂的死亡。"

"前往天堂的护照不是我们漂亮的面容，而是我们美丽的灵魂。"

"蜕变，才能使自己更强大；涅槃，才能让自己重生。"

"肉体的死亡并不是生命中最大的损失。最大的损失是在我们活着时，那些在我们内心和灵魂中死去的和丧失的。"

"若死有尊严，那又有何悲伤？若生无尊严，那又有何喜乐？"

"我只是这个星球的过访者，来学习超越它的秘密，以修炼和成长我的灵魂到永生。"

"有一个地方，超越天堂与地狱；有一种语言，超越时空和所有语言；有另一个你，超越肉体的生死，来自永恒。你知道那是什么吗？"

"不要只相信你的肉体，肉体终会死去；要让你的肉体也相信你，因灵魂可以得永生。"

"我认识许多人的脸，但从不认识他们的灵魂；我认识很多人的灵魂，却从未见过他们的面。"

"为什么有人会认为当一个人的眼睛闭上时，他一定是睡着了或者死了，而当一个人的眼睛睁着时，他就一定是清醒的和活着的？"

"秦始皇想要长生不老，修建了巨大的陵墓以保存自己的肉身；耶稣基督只活了三十三岁，死后三天离开墓穴，得复活永生。"

"一个读了上千本书的人如同活了上千次，一个拥有百万读者的作家等于活了百万次。"

"失败者是那种对命运不战而败的人，而一个英雄即使被消灭了肉体，灵魂也不可战胜。"

"得到的，未必是福；失去的，未必是祸。有些失去，比得到更让人安心。"

"若一个人不顾品德与灵魂的成长而只一味寻求肉体的健康长寿，他永远也达不到目的。"

"对于某些人来说，死亡是永恒的开端。"

"或许你不信神，也不相信任何宗教，但宗教不仅仅关乎信仰，也关乎教养。任何一个真正的宗教都是为了要让你的灵魂活在永生的道中。"

"生命的价值不在于长短，而在于它是否精彩，有意义。"

"从鱼变成人，又从人成为天使，小人鱼公主只用她短短的一生就超越了人类上亿年的进化。"

"普通人的一生要经历四个阶段：出生，长大，衰老，死亡；而一个伟人只经过出生和成长——成长到天堂，成长到不朽。"

"我的灵魂跑得太快，以至于我没有时间等待我的跟从者；我在鲁米 800 年后才成为他的跟从者，我落后老子 2500 年。"

"死亡不是失去生命，而是走出了时间。甚至在你活着的时候，你也可以超越时间。"

"无论多美的风景也会过去，留下来的才是生命；无论多美的生命也会逝去，唯有真爱和伟大的灵魂能得永生。"

"肉体存在的意义是为了要诞生灵魂，灵魂寄寓于肉体的意义是为了要修炼，寻找它超越肉体和这个世界的真理。"

"有些小人住在大身躯里，有些伟人住在小身躯里。"

"为什么你会为肉体的衰老和死亡而悲伤？若你把自己美好的灵魂留给世间，就像所有那些先贤和大师，把他们的大爱、伟大的思想和艺术注入我们的灵魂，你就不会畏惧死亡，因你死而无憾，这才是真正的长生不老，因你虽死犹生。"

"好痛心，当我看到有些人如此浪费他们的时间、金钱、精力和人生。我因此想要发明一种能量转换机，把那些被浪费掉的生命能量回收过来，用于最有意义的事业，造福众生。"

"有些东西是我们永远都不会失去的，既使死神也不会触碰真理、真爱、内心的平安、真正的美和不朽的灵魂。"

"人生不是以年龄来衡量的，而是以灵魂的价值。"

"无论你到哪里，成为那个地方的灵魂。"

"我们所敬爱的人永远不会死去，他们不在他们的墓里，而是一直活在我们的心里，与我们成为一体，合为一灵。"

"不要以成败论英雄。有些人会死而复生。——@复活节在耶路撒冷"

"肉体的葬礼应成为灵魂与永恒的婚礼。"

"知音无古今。"

约翰内斯看完后仰头靠在沙发上，闭起眼睛，心想："Jin 乃吾师也，瑞贝卡乃吾资。"

手机一边充着电一边播放着子衿的钢琴曲《重生》，约翰内斯在浴室里和音乐声中哗哗地冲着澡，他要把自己里里外外都冲洗干净，从明天起，开始新的人生，正如雨果在《玛捷帕》诗中的句子所说：

"是时候了，坠落之后，重获新生，并成为王者。"

（第二乐章完，待续）

第三乐章

静 如 神 曲

第一章：横吹是笛，竖吹是箫

宇宙中有音乐，是给那些想倾听的人；世间有真理、真爱和真正的美，是给那些寻求的人。

The universe has music for those who listen; the world has truth, true love and true beauty for those who seek.

1

隔着中央停车场，288 公司有南、北、西三个分厂，北厂和西厂是连体的，与南厂隔着一个停车场，每个分厂都有沃尔玛超市那么大，早、中、晚三个班的员工加上管理部门、技术部门和开发部门等，有近三千名员工，是赫兹国际汽车集团在全球 87 间生产工厂中最大的一间，且业绩突出。

在拐入公司停车场之前的路口处，子衿和子佩看到路边的大草坪上竖立有五根旗杆，上面分别悬挂着英联邦国旗、加拿大国旗、赫兹国际汽车集团旗、288 公司旗，还有 Ford 汽车公司奖给 288 的质量优胜旗，不过 288 公司旗被降了一半，子佩不解，子衿一边把车拐进停车场一边说："可能因为这家公司有员工刚刚去世了。但愿不是。"

子佩不由在胸前划了个十字。

换好安全鞋，带上安全眼镜，子衿和子佩还有另外两名来自中介 HCR 的印度临时工一到 288 公司，便被他们的主管带去了不同岗位。子衿被分到西厂，子佩被分到公司管理部门所在的南厂。

288 公司以生产汽车车身外部配件为主，如汽车前后和车门两边的防撞杠、车窗边框、车顶封条，等等，有金属的，有 PVC 材料的，主要是为美国三大汽车集团和多款日本车提供配件，宝马车配件是他们唯一一条欧洲车生产线。子佩看到这里的机床都很大，而工人几乎全都来自亚洲、南美洲、非洲和中东。

由于有了在 2592 公司的经验，这里不会再有人知道子衿和子佩的来历，除了梁雨微、约翰内斯的表弟费尔南德·卡普兰和伊朗人阿德普尔。但是子佩只计划在这里工作一周，因为她手上还有课题论文和新的设计项目，她想陪子衿进这间新公司，如果她不来看看这里的工作和环境，他们将永远都不会知道子衿为家人所付出的艰辛，也不知道是否能在某些方面分担她。

子佩的主管是一个四、五十岁矮个子的菲律宾人，名叫 Rolando（柔兰德），皮肤棕黑，上唇留着一字胡，样子挺平易，他带子佩去她的小组，子佩想起她第一天去 2592 公司上班时的情景，一路上，被漆成海蓝色的通道两旁正在工作的工人们纷纷把目光投过来，有个黑人见到美女子佩，就冲着柔兰德吹口哨。通道两旁是六、七米高的金属货架，共有三层，上面码放着各种贴着标签的生产原料和金属模具，一个五十多岁小个子的叉车司机正在他们前面的通道上装货，子佩抬头看到那整车零件被升降杆晃晃悠悠地举到四、五米高的货架上，心里不由发颤，她和柔兰德站到一旁等候，以免影响司机工作，直到货物在最高层被安放稳妥，升降杆落下，叉车司机看了子佩一眼，又看了柔兰德一眼，便匆匆驾车离去，子佩这才跟着柔兰德继续往前走。拐了个弯，趁这段路上没人，柔兰德忽然问子佩：

“你结婚了吗？”

子佩已经习惯了这个问题，回答说她已经有孙子了。柔兰德就弯下腰去，差点笑吐了血，还说：“这个坏姑娘！”

子佩被分到 GMT-PN99-HB 小组，只有三个人，她负责给长条形 PVC 零件两端涂胶水，另外两个男工操作注塑机。子佩的这两位新同事都是四十岁上下的华侨——来自澳门的陈俊聪和来自越南的方伟雄。傍晚六点开始每人半小时工休，子佩这时要停下涂胶水的工作，去轮流替陈俊聪和方伟雄操作机器，以便让他们两人分别去吃饭。可是一小时过后，子佩自己就没有时间去休息了，因为她先前涂好胶水的零件都已被用完，她只好继续涂。先前那个小个子的叉车司机不知是因为太忙还是欺生，把两架子零件摞在一起送给子佩，直接就往地上一放，最上面的零件太高，子佩够不着，只好找个塑料货箱垫脚。涂胶水时要格外小心，稍不留神就会把胶水弄到零件表面上去，便成了废品。听到陈俊聪叫她，子佩从箱子上转过身，冷不丁看到一个人站在她身后，几乎贴着了她的后背。那是一个瘦高个儿的白人，三十多岁，褐色头发，深蓝色眼睛，看到子佩受惊的样子忍不住笑起来，问她：

“你还好吗？”

子佩用手背擦了擦额上的细汗，道：“我还好，只是这里有点热。”

“你长得也很热。”那人笑着说。

“这个人是谁？”子佩心里想。

“他是我们下午班西厂的生产经理，名叫费尔南德·卡普兰。”陈俊聪向子佩介绍说，接着又低声警告她，“小心，这家伙可是个花花公子，没事就南厂北厂到处闲逛。以前他是阿桃的男朋友，后来大奶婆吉姆来了，他又去套吉姆。阿桃吃醋，跑去人事部告状，说吉姆上班时和男人说话太多，不好好工作，人事部就把吉姆调到北厂去了，这下正和了费尔南德的意，索性把阿桃给甩了。阿桃气得发疯，有一天工作时不小心自己拌倒，把胳膊摔伤，再也不能上班了。”

"费尔南德·卡普兰？"子佩想起来了，他就是约翰内斯的表弟，西厂下午班的生产经理，那不就是子衿的老板吗？

第二个工休时间只有十五分钟，子佩又得替两名操作员上机工作，忙得连喝水上厕所的时间都没有，还得为下一班的人涂好一整车零件。

终于下班了，288的第一天可比在2592的第一天紧张好几倍。出南厂大门时，子佩在门口刷卡机上方的墙上看到一张讣告，一个只有四十四的亚裔女工两天前死于癌症。

子衿从西厂过来找她，说自己这一天也没顾上休息，于是两人拖着沉重的身体一起到楼上餐厅去休息。

子佩问子衿今天的工作是什么？子衿说，她被分到西厂一条名叫GMT900的新生产线，据说是288与通用公司新签的合同，生产一种轻型客货两用车装在前后门外侧的PVC防撞杠，有多种颜色和型号。这个项目刚上马，每班共需二十个人，分前门左手、右手和后门左手、右手四个小组，开早中晚三班，共需六十名员工，是288公司目前最大的一个work cell，所以新招了一批临时工。今天是这条新生产线开工第一天，所有人都要接受全面培训。子衿也被主管Eric（艾瑞克）分配去给零件两端涂胶水，跟子佩的工作性质一样，她还感到满轻松，虽然胶水的气味令她头痛。第一个工休时，子衿在餐厅里见到了梁雨微，就是梁雨微把赫兹的工作介绍给子衿和唐斌的，只是，在子衿她们刚到多伦多时，中介HCR没有288的工作名额，所以他们三个先去了2592。梁斌的爱人宋研因为英文不行，无法通过考试进入西人公司，找了一个华人清洁公司。梁雨微已经在288工作了三、四年，早已是正式工。一起休息时，梁雨微一边吃饭一边对不吃饭的子衿说，这间公司比较老，设施比较陈旧，工作环境和条件也比较差，但是很忙，因为订单多，所以有机会转正，工资和福利都不错。他还把另外两个下午班的中国同事齐家和叶闻泠介绍给子衿。齐家是上海人，曾在北京工作，机械工程师，他来288已有八、九年，当过生产小组长，感觉压力大，就去开叉车；他太太曲丹是北京人，在另一间赫兹的生产公司工作，离 288 不远。叶闻泠也是北京人，和曲丹是北京工业大学的校友，学的是化工，她在 288 西厂实验室作实验员，已经工作了十年。梁雨微向大家介绍说，子衿以前在国内的一家乐团做管理工作，这样的背景对几个学工科的同事来说很陌生，所以话题也就集中在了目前的这个公司。

"就在前不久，"叶闻泠这时说，"咱们这儿的一个中国人孔敬李被主管艾瑞克给炒了，因为不知是谁说的，孔敬李是清华的毕业生，刚来加拿大。艾瑞克是越南华侨，年轻时作为难民过来的，他的英文不错，会讲汉语和越南话，人也比较聪明，所以当了主管，因为这里有很多越南人和越南华侨，英文都不好。艾瑞克认为自己是这儿的老板，容不下任何人比他强，一听说孔敬李是清华毕业的，嫉妒得嘴都歪了，就找荐儿把孔敬李给吵了。其实孔敬李刚来加拿大，一直很低调，工作也很努力，都快要转正了，结果……"

齐家叹了口气，道："在人屋檐下啊。现在越来越多的中国人从大陆技术移民过来，都是受过高等教育的专业人士，而这里的老工人大都是以前以难民身份过来的，还有由他们担保过来的亲戚，都没受过多少教育，文化反差是这里最大的交流障碍。"

四个人围坐在一起吃饭，操着南腔北调的普通话。餐厅里的其它工人都纷纷朝他们这桌上观望，因为新来了一位中国美女。

工休之后，主管艾瑞克对做 molding（用注塑机塑 PVC 零件）的印度人阿尔凡实在恼火，阿尔凡从注塑机上做出来的零件一半不合格，不是开口就是弯曲，艾瑞克便把他换下来，叫子衿上去操作注塑机。其它七个操作注塑机的都是高大的男人，只有子衿一个女人，她虽然比阿尔凡做得好一点，但也好不了多少，她的手掌太细小，不够力气，加上没有经验，便有太多的次品需要返工重做，来不及往机器上放零件时，就让机器空转一次，否则，PVC 不被及时放出来，会在机膛里被烧焦。小组长多莉丝看见了，站在过道里冲子衿大叫，问她为什么让机器空转，浪费时间和 PVC 原料，接着就冲过来，当着众人的面把子衿正在返工的零件一下子夺过来扔到过道里去。子衿修禅二十年，却也是第一次遇到如此粗暴的女领导，但她还是心平气和地对多莉丝说："没有人想把零件做坏。"她问多莉丝能否再给她示范一次，多莉丝只好耐下性来亲自操作，她做得很快，可是塑出来的零件每条边缘都弯曲，比子衿做的也好不到哪儿去。然而，做下一道质检和装箱的俄罗斯女工桑妮娅却什么也没说，都给通过了，但如果是子衿做的，她则全部打回来要子衿返工。叉车司机齐家和实验员叶闻泠抽空跑来看子衿，提醒她一定要小心那个多莉丝，她是主管艾瑞克的小蜜，多莉丝以前是288公司对面216公司的工人，他们那边裁人，五个正式工被分到288，多莉丝一来就搭上了主管艾瑞克，很快被提升为小组长，可是这个东南亚女人三十多岁了也不结婚，因为她不想生小孩，可是她却和男人睡觉，据她以前的同事桑妮娅透露，多莉丝在216时就勾搭他们的主管，害得人家离了婚，三个孩子的家庭破裂，一到288又故技重演，利用男人往上爬。多莉丝每天非常享受做老板的感觉，虽然只是个最小的老板，可是每天在她的二十个组员面前摆着架子，她不喜欢的人就会让艾瑞克给赶走，因为她而被裁掉的临时工已经有四个。齐家和叶闻泠暗示子衿一定要小心那个疯女人。

子衿小组负责检验和装箱的桑妮娅好像从一开始就不喜欢子衿，大概是因为头一天来，就有不少男人过来和子衿打招呼，却没人主动理睬这个五十多岁高大肥胖的东欧女人，只要一发现子衿做的零件有点弯，桑妮娅就用钳子把塑好的边缘给揪下来，毫不客气地重新放回到子衿的零件架子上，让她返工。桑妮娅的大手做这个工作显然比子衿轻松多了。拼死拼活累了大半天，子衿只做了别人的一半。

还有令子衿头疼的是在她旁边操作另一台机器的一个五十多岁的南美洲男工阿杜恩，每做好一个零件，他都会"啪"的一声，很使劲地往身边的金属台面上丢下去，子衿每半分钟都会被这个人为的噪音吓一跳。面对这样的工作环境，还要盼着早日能转正，子衿的眼前不由一片漆黑。

公司总经理 Chris Cambell(克瑞斯·坎贝尔)来西厂下午班寻视

新生产线时，看到子衿在工休时间还留在机器上，一个人在拼命，就过来问是怎么回事。子衿说她做出的成品太少，没有心情去休息。克瑞斯便告诉她，第一天都不容易，别太心急，而吃饭休息是每一个员工的权利，这里是加拿大，不是中国。说得子衿不由得笑起来，问克瑞斯怎么知道中国的事？克瑞斯说，他知道，如果子衿明天还不去工休吃饭的话，他就把她发回到中国去。

不久，生产经理费尔南德·卡普兰便来看子衿，非常耐心地手把手教她，并对桑妮娅说，刚从注塑机上做好的零件还很热，很软，放一会儿等它们凉了，涂胶的地方就不会开了，不可以每一个都给揪下来，把好的原件都给揪变了型，更不好重新塑边，几乎全成了废品。之后他去到各个小组下达规定，注塑机上做好的零件，至少有三个排在架子上冷却，多的才可以由检验员来做。新线还在试验阶段，需要摸索经验。果然，桑妮娅看到冷却后的零件真的不开口了，她冲子衿竖起大拇指，子衿不失时机地用俄语对她说了一声："谢谢！"桑妮娅不由大吃一惊，随即笑了，之后，两人便一边干活一边聊了起来，听说子衿喜欢古典音乐，并曾七次去过俄罗斯，桑妮娅来加拿大四年多了，每天在工厂里工作，还是第一次有人和她聊起柴可夫斯基、拉赫玛尼诺夫、普罗科菲耶夫、肖斯塔科维奇，以及大文豪托尔斯泰、契可夫、果戈里，还有诗人普希金，桑妮娅像遇见老朋友一般，高兴得差点拥抱了子衿。这就是文化的魅力，文化产生共鸣，文化沟通人心。

下班前，主管艾瑞克来收生产报表，对子衿和桑妮娅说，她们小组做出的零件是整条线的冠军，甚至超过早班各小组第一天的生产量。两个女人相互击掌欢呼："Bravo！"

肌肉紧张了一天，子衿和子佩的手都在发抖，甚至抬不起胳膊去握方向盘，索性就在汽车里打坐，以便尽快让全身放松下来。

子佩叹了口气，道："累还不算，这一天下来，好几个男人跑过来问我结婚了没有，甚至有些女人也跑过来打听，当头一句就是：'你结婚了吗？有男朋友吗？'真吓人。听我们小组的陈俊聪说，美女一来，这下又有好戏看了。记得咱们刚到 2592 公司的时候，老冉也讲过类似的话，他说：'你们姐俩一来，这里又有好戏看喽！'好像咱们俩是到处唱戏的一样。"

子衿疲惫地微微一笑道："其实在咱们俩没来之前，这戏就已经唱上了，而且，已经唱了好几千年了。"

"哎——"子佩这时又叹了口气，"真不忍心看你这样受累，为了孩子的教育，把自己的所学都给浪费了。真的值得吗？"

子衿微笑着安慰她："感谢你来陪我受累。工作没有什么，学就是了。我们是有计划，带着希望来的，不是吗？要说累，累的是心，是这里的人际关系。我们一定要调整好心态。"

"再找找其它工作，哪怕是到音乐厅里做领位员。"子佩说。

"查过了，没有全职工，没有福利。"

"图书馆怎么样？"

"需要本地图书馆专科教育背景。银行、医生诊所助理，连保安的工作都需要专科证书。凡和音乐相关的工作我都申请了，也打了电话，没有职位空缺。等机会吧。"

子佩闭上眼睛靠在座椅上，摇了摇头。

"你记得唐斌的太太宋园吗？"过了一会儿子衿问。

子佩睁开眼睛想了想，她和宋园不熟。

"她们全家和我们同一天移民来加拿大，她老公拿到驾照开车上班的第一天就出车祸去世了，可想而知宋园有多难。她一个人带着女儿，又不懂英文，去华人公司做清洁，也不是什么公司，就是一个女老板打电话拉客户，叫几个人去干，收他们一半所得，像个中介。可是宋园很聪明，自己以低价位拉了一群客户，把她的老板给甩了，之后越做客户越多，专做华人和中国留学生的生意，活儿都干不完，又找人一起干，没有周末，没有节假日。每天工作十几个小时，不到半年，她挣的现金就差不多有三万，托亲戚把上海的房子给卖了，在这里借高利贷买了栋房子，还要把她弟妹也担保过来和她一起挣钱，叫她弟妹把她母亲也带过来，把她侄女也办过来留学。她说以前她在国内时都是她老公挣钱，她在家里养尊处优，什么都不干，没想到她自己现在这么能干。"

"都是给逼出来的。"子佩道，"你可别逼自己啊。"

2

　　两天后，听了经理费尔南德·卡普兰的意见，主管艾瑞克将子衿和桑妮娅的工作对换，费尔南德认为身材高大的桑妮娅更适合操作注塑机。小组长多莉丝一听，五官立即变了形，带着满脸醋意一路走去，所到之处，每个小组都放了风，很快，子衿是费尔南德小蜜的谣言便连工厂里的苍蝇都知道了，所有人都以鄙视和嘲笑的眼神看向子衿。南美洲男工阿杜恩想替桑妮娅报不平，过来问子衿为什么多莉丝说她是费尔南德的小蜜？一起从216公司过来的桑妮娅了解多莉丝，一边向子衿学习操作机器，一边冷笑一声道："那个女人！"子衿也笑了笑，平静地回答："I'm not what she said I am, she's what she said I am."阿杜恩一下子开悟，点了点头。

　　对其它人的冷嘲热讽，子衿置若罔闻，只专注自己的工作。又过了两天，主管艾瑞克拿着一张成品箱标签来到子衿的工作台前，"啪"地一声摔在她的台面上，冷着脸道："看看这是什么？！"

　　子衿一看，是她两小时前出的一箱货，但是她注意到，标签上产品的数量是60，但实际上应当是120。通常来讲，他们生产的每种型号的零件都有样品，扫描样品上的标准标签，该型号产品的数量等信息也就自动输进了电脑，成品箱标签被打印出来时是不会错的。只有一种情况会造成误差，那就是有人手动修改了电脑上的某些数据。

　　根据时间来判断，这是子衿他们第一个工休前出的最后一箱货，子衿贴上标签后，将它留在了小组外面的通道边，等叉车司机午餐回来后运走。显然，有人在大家都离开去休息时来过这里，手动改了电脑里的数据，做了一个错误的标签，替换了子衿原来贴的标签。会是谁干的呢？子衿立即想到一个人——多莉丝，因为只有主管和小组长可以使用他们的员工卡进入系统修改数目，普通员工是无法做到的。子衿立即意识到自己的处境。多莉丝明显一直在嫉妒她，只要白人经理费尔南德来找子衿说话，多莉丝的脸就立即生成两层法令纹，头发都能竖起来。现在，正如中国同事提醒子衿的，多莉丝正在想办法除掉子衿，这个女人利用艾瑞克得到了主管小秘的职位，她便可以利用职权给子衿找麻烦。子衿该怎么办？她首先要保护自己。

"看见了没有？！"艾瑞克对着这个曾拒绝了和他下班后去喝咖啡的中国美女敲着桌子，"发货司机发现的，要不然从我们的客户手里打回来，你还想不想在这里混？！"艾瑞克抱着两臂岔着腿，端着老板的架子，线上陆陆续续工休回来的员工们都不解地往这边瞧，相互窃窃私语，有的在偷笑。

子衿没有说什么，去小组后面的架子上找来那个零件的样品，来到电脑前扫描标签，重新打印了一张新标签，然后问艾瑞克那箱货在哪儿？艾瑞克看着她，然后问："这回肯定是对的吗？"

子衿拿出他们小组当天的生产计划表，让艾瑞克看，对他说："这个型号我们需要做三箱。都已经做完，"她又指着电脑上的打印记录说，"算上这张标签，我一共打了4张，但电脑上显示的是5张，我为什么会多打印一张？每个零件都是经过标签扫描后才装箱的，达到120只，成品箱的标签就会自动打印出来。我根本没必要手动打标签，就算是这样，也不必手动修改它的数量。除非有别人在工休时来过这里。"

艾瑞克不说话了，一手托着下巴开始思考。子衿这时指着电脑上显示的标签打印记录："这里，第四张标签，数量60支，打印时间是在我们工休时，我当时在餐厅里，坐在我边上的人都可以证明。

当时谁来过这里？上面有监控器，可以调出录像来看看。"

但不了解事情真相的员工们个个都以另类的眼光看着子衿，一边干活一边在底下纷纷传说子衿打错了标签，老板很生气。子衿仍旧视而不见。从前受过多莉丝气的桑妮娅对子衿说："别理他们，一群白痴！"

叉车司机齐家也听说了这件事，他做过生产小组长，忙里偷闲过来安慰子衿，对她说："这里有些人每天都无聊得巴不得出点事，无事还会捕风捉影，搬弄是非，八卦、十卦、十八卦，好给自己找点乐子。你别理他们！"

子衿却想出一个办法，因为每个型号成品箱的标签看似都一样，实际上也有标签编号，只是印在最下方，又很小，但她注意到了这个细节。因此，每发一箱货，她都会在一张纸上抄下那个号码，并在旁边贴上零件标签和序号，上面也有日期和时间。她同时还在成品箱标签的背面贴上另一张小标签，并在上面写下成品箱序号，以便核对。这样一来，是不是她贴的标签，将会很容易被查明。

但是子衿知道，那个小人下一次不知又会给她找什么麻烦，她可能会防不胜防，要首先保护好自己的劳动成果，不出漏洞，这并非只关乎她一个人的工作，也关乎到整个小组的名誉和公司的利益，以及他们在客户中的信誉。而一个小人却会仅仅出于无端的嫉妒和膨胀的私欲而毁坏所有这一切。

从那一刻开始，子衿对他们小组每一天的每箱成品都做了详细记录。

两周过去，几乎又是在同一时间，午餐工休回来后，艾瑞克手上拿着一只深红色的防撞杠零件来到子衿小组，"啪"地扔在她的工作台上，瞪着眼睛道："又是你，为什么总是你？"

子衿看到那条零件上有一块非常大的瑕疵，被用白色记号笔圈点，旁边贴着他们小组上周三的标签，但子衿一看就知，那不是她贴的成品箱标签，背面没有她贴的小标签和序号记录。

"拿着它，到经理办公室去，跟费尔南德承认错误，说'对不起’！”艾瑞克生气地说。

线上的其它工人又纷纷往这边张望，正在子衿前面那个小组帮越南女人吉姆换打印纸的多莉丝，脸上这时现出诡异的笑容，对吉姆使了一个幸灾乐祸的眼神。

子衿脸上毫无表情，她从自己工作包里找出上周的工作记录，然后拿起那条零件，给他们小组做模具机的阿杜恩看了看，阿杜恩立即摇头道：“我做模具机8年啦！我瞎了看不见这么大一块斑？！”

子衿又给做另一台模具机的桑妮娅看，桑妮娅立刻生气地对艾瑞克叫起来：“No Way！这绝不会是我们出的货！”

子衿拿着那条零件，不紧不慢地来到经理办公室，费尔南德正在等她。

子衿并没有说：“这不是我出手的货。”她想拿出证据来说明事实，水落自然石出。

“就算我没有看见这么大一块斑，”子衿平静地说，“操作模具机的人在我之前就应该看到了，甚至切割原件的人也应该看到，甚至上游的人都应该看到，根本不会发这块料。”她将上周三的工作记录拿给费尔南德看，“那天我们小组根本就没做过这个编号，你可以在系统里查一下那天的生产计划表，绝不会是我们下午班的货。那天多莉丝在我们小组边上查另一箱货，可能是早班或者夜班的，我记得她当时说，那一箱少两只，要添满发货。这个标签应该是她做的。我们小组上方的墙上有摄像镜头，不防查看一下这两天是谁额外打印了这个标签。”

费尔南德坐在办公桌后面看着子衿，又看了看桌子上那条坏零件，之后拿起子衿记录详细的工作报告，上面有那一天他们小组产品的标签和成品箱编号及序号，因为电脑里的时间是自动设置的，无法被事后更改，再说子衿也没有时间在来经理办公室前做这个报告，她手上拿着两周的手写报告。

“你们900的每个装检员都自己做这样的记录吗？”费尔南德问。

"我不是很清楚，但这是我自己做的。"子衿说，"我之所以花时间这样做，是因为有人在暗地里算计我，找我的麻烦。我并没有得罪谁，但原因很简单——如果你喜欢古典文学并经常观看影视剧的话，就会知道嫉妒是个什么东西，因为嫉妒，光是史书和小说戏剧中记载的就不知有多少英雄、才子、忠臣和美女被诬陷并惨遭迫害。嫉妒可以杀人，嫉妒毁掉了许多家庭，嫉妒甚至可以灭国。"

费尔南德看看她，沉吟了片刻，然后点点头："我明白了。回去工作吧。"

子衿于是站起来。费尔南德这时向她伸出手："Jin，谢谢你！"

子衿迟疑了片刻，办公室里这时没有其它人，但子衿还是不动声色地用她那音乐家的耳朵听了听门外，确定没有人在那里，然后才接住费尔南德的手："也谢谢你！"说罢便准备离开。

"哦，你上次向我推荐的那部电影《Amadeus》（莫扎特）我已经在网上看过了。我很喜欢。谢谢分享！"费尔南德微笑着说，他自始至终都没有表现出像他表哥约翰内斯那样的老板作派，也许是因为他还太年轻，也许是因为他已经从约翰内斯那里得到了有关青氏姐妹的介绍。

"我很高兴你看了，并且喜欢。"子衿站在门边微笑了一下，"莫扎特是因遭人嫉妒而被害死的，死时才 35 岁。那样的天才，被誉为上帝的宠儿。我没有他那样的才能，所以我 35 岁了还活着。"

费尔南德看着她，苦笑了一下，道："为什么我没有早一点认识你？Jin。你真是一个有趣的灵魂。"

子衿微笑着推门出去了。

回到 GMT900 小组时，只见多莉丝站在那里，手里拿着一杯 Tim Horton's 咖啡，除了她和主管艾瑞克，没有人会在上班时喝咖啡，那是一个年轻的菲律宾临时工给她买的，每天一杯，免费送给她，为了早点转正。多莉丝拿着老板的架子，一边享受着咖啡，一边正在和吉姆说笑："她是费尔南德的小蜜，没有问题。哈哈！"

子衿听到了，她想停下来，然后不紧不慢地走到那两个女人面前，她开始想象多莉丝和吉姆见她走过来不由紧张起来，盯着她。子衿则半侧着身，一副随时要走开的样子，用非常平稳的语调对那两个女人说："对不起，我能问个问题吗？"多莉丝既看不出也听不出子衿话里的意思，便拿出上司的架子来，道："什么问题？"子衿看着她们俩，让她们着实心虚紧张了片刻，然后才问：'不知你们看电视了没有，我昨天在新闻上看到的，据官方统计，我们公司所在的旺市被评为全加拿大最粗鲁无礼的城市，而离我们不远的马克汉姆市却被评为全加拿大最有礼貌和教养的城市。我来这里不久，还不熟悉。你们能告诉我这是为什么吗？"多莉丝和吉姆被问得愣在那儿。没等她们回答，子衿接着又平静地说："今天我听到有人讲：人类很可能会毁在自己手上，因为人的自私、贪婪和腐败，总有一些小人在破坏别人，甚至不顾群体利益，同时也在自毁。这些人的恶念散布到空气中，地球的气候都发生了改变，越来越多的天灾人祸将会来临，这都是人造业要遭的报应。你们认为人类真的会毁在自己手里吗？你们相信神吗？"没等两个被问呆的女人反应过来，子衿看了看自己手机上的时间，礼貌地向她们抬了下手，便从容地走开了，剩下两个女人，半天说不出话。"有病！"之后一个说。"脑子进水了。"另一个附和道。

　　但这只是子衿的想象，她并没有停下来，甚至看也没看那两个女人，便平静地走了过去。所谓智者远虑，庸人自扰。既然善恶有报，那就把她们留给神吧。

　　那天傍晚6点，288公司下午班午餐工休时间，所有员工都在餐厅里吃饭，已经二十多年过午不食的青子衿独自走到餐厅前面，那里由公司管理部门特设了一台电脑，专门用于让员工们提建议。子衿用自己的临时员工卡刷进页面，然后用音乐般流畅而有节奏的敲键声输入了两条建议，一个是："凡打产品标签，先刷员工卡，使员工卡号输入电脑，并打印到标签上。"二："每一条零件都应被打印上生产日期和时间，不可贴标签，因为标签可能会脱落或被更换。"将这两条建议提交之后，子衿又在电脑上打了一句话，并发送到楼下地面上他们 GMT900 小组的打印机上，那里便出了一张标签纸，很快就会有人在上面看到这样一句话：

"We never look good trying to make someone else look bad. We rise by lifting others. "

（让别人不好看，我们自己也不会好看；我们通过提升他人而提升自己。）

之后，子衿便在所有观众的目光中旁若无人地走出了员工餐厅。

3

下班回家的路上下起了雨，子衿闭上眼睛，想让自己被折腾了一天的大脑清静一会儿。来接她下班的子佩一边开车一边道："你知道刚才发生了什么？我在车里等你的时候，一辆夜班的车停到我前面，车尾冲着我，车里下来三个人，很年轻，两个女的和一个男的，天黑他们没看见我在车里，打开后备箱换安全鞋，却把 Tim Horton's 咖啡放在我车的前盖上，还坐在我的车前盖上。我用手机拍了录像，当即发给了你们人事部——我还留着人事部的电话呢——然后我打开车灯鸣笛示警。像这么没教养的人是不是得接受一次集团员工章程的教育？"

"我希望他们没看见咱们的车牌。"子衿这时却说。

子佩想了想："我想没有，我一直开着大灯，直到他们离开。"

"在这个鱼龙混杂的地方，首先要学会保护自己，不要因小失大。"子衿说。

子佩点点头："嗯，你总是顾全大局，在家里是，在外面也是，小心别人利用和欺负你，人都是被惯坏的。"她小心地拐了个弯，把车开进路边的 Tim Horton's 咖啡厅，在雨中开车排队买热饮。等候的时间，子佩看着路边立着的电子菜单，道："要是也开个这样的快餐连锁店，卖咱们国内的小吃就好了，把汉堡改成包子、饺子、锅贴、油饼、烧麦、馅饼、芝麻火烧、葱油饼、炸酱面、片儿川、凉粉儿、米线，把多纳圈改成糖耳朵、麻花、炸糕、驴打滚儿、萨琪玛、栗子面小窝头、得胜糕，把高糖汽水饮料改成豆浆、豆腐脑、杏仁茶、馄饨、小米粥、红豆粥、玉米面粥、紫米粥、燕麦粥、山药南瓜粥……"

子衿知道她想念家乡了，开始还想笑，鼻子却一酸，把脸扭到一边去。

"我在你们公司上班的最后一天，差点和一个男人吵起来，"子佩这时又道。

子衿看着她："为什么？你更年期啦？"

"不是，"子佩一下子笑起来，也消了火，解释说，"一个五十来岁的印度人，他喜欢我们小组的一个越南女人。我那天听到他说，越南人和中国人都一样，我就问他哪里一样？越南人都会讲汉语吗？有中国护照吗？都去过中国吗？都上过中文学校吗？都会背中国古诗吗？都了解中国历史吗？都懂中医吗？都学过老子和孔子吗？都有中文名字吗？哪里一样？长得跟中国人差不多就一样？想成为一个真正意义上的中国人可没那么容易，我们的国学、国萃、五千年博大精深的文化是一张脸就能当护照的吗？岂有此理？！在有些男人眼里，女人只有皮毛，只是个肉体，没所谓思想、教育、文化，这种人不是文盲也是文化盲。"

子衿想说："没人请我们来这里。这不是别人的错。"但她望着外面的雨夜，选择了沉默。

从窗口接过热饮，子佩递给子衿，然后把车开出去，停到 Tim Horton's 的停车场上，两人开始喝热饮，这一天下来太辛苦了，子衿真的需要解解乏。

哗哗的雨水把车窗给罩住了。子衿手上拿着热饮，头靠在座椅上，这时问子佩："你这两天，还有别的不开心的事吗？"

子佩侧过头来看着她："怎么看出来的？"

子衿的嘴角微微扬了扬，道："我在娘胎里就认识你了。我们不仅是一起出生的，还一起长大。如果你不想在家庭分享会上跟孩子们说，那就这会儿说说，我帮你一起梳理梳理。"

子佩歪头靠在椅背上看着子衿，她知道，一个真爱你的人，就会在最细微的方面留心你，时时在意你。子佩把目光投向车窗外的雨色，然后叹了口气：

"其实，也没什么，就是那个，那个林允灿。"

子衿一听，转过脸来看了看她。

子佩喝了口热饮，道："你知道的，我是他的粉丝。我加入了他脸书的粉丝群，粉丝们在群里分享有关他的演出动态、音乐会票信息、照片、视频和其它媒体的报导，还有他生活中的一些花絮，就跟你的粉丝群一样；我看粉丝们对林允灿的评论和热议，包括有些人谈论他的长相、身高和头发。林允灿个人的脸书则疏于打理，创建的时间也不长，头像非常小，是他演奏钢琴时的一张从远距离拍的侧像，背景是黑的，根本看不清那是谁；他很少更新他的信息，大概因为他太忙，其它媒体对他的报导已经足够了。我直接在他的脸书上加他为好友，没想到他竟接受了我，并给我回了信。我感到有些意外是因为他那么忙，又有上万的粉丝，怎么会注意到我。可他还是和我开始了通信，第一天就拉我进了 WhatApp，理由是出于网络安全方面的考虑，他不在脸书上与人交流，他通过这个方式得知了我的电话号码，不过我给他的是我在多伦多用的号码，你知道我有两部手机，我留在脸书上的关于我目前所在的城市也是多伦多；他也告知了我他的电话号码，但他手机号码的区位号也不是波士顿地区，我查了一下，属于美国东南部沿海地区，这引起了我的一些警觉。他三天两头给我发来问候，说是有兴趣更多地了解我。我在他的粉丝群里发了对他的乐评，他看后非常感动，说没有人能比我说得更好，因为我把他夸上了天。我问他喜不喜欢勃拉姆斯和格里格的钢琴协奏曲，因为还没有看到他演奏这些曲子的音乐会和视频，他说喜欢，将会试一试；我问他怎样保护他的手，因为他练琴时间太长，郎朗就曾经因为左手腱鞘炎而停演一年；我也表达了对他健康的关心，因为我在他的粉丝群里看到有人说，他在前往美国参加国际钢琴比赛的前一天，曾在新加坡转机时得了感冒，好在很快就恢复了，如果他错过了那场比赛，古典音乐的历史就要改写了。他跟我分享他最喜欢的食物，他说他最喜欢吃意大利面和炸鸡，还喜欢吃米饭、海鲜、生鱼片和面条，他喜欢吃家里做的食物，也喜欢做饭，在他很小的时候，他妈妈就教他做饭了。我又问他喜欢喝什么？他说他喜欢喝红葡萄酒，配意大利面很合适。如果喝混合饮料的话，通常就是朗姆酒加可乐，偶尔也喜欢喝马提尼，吃生鱼片时一定会要一杯玛格丽特。你知道韩国人很能喝酒，有些女士比男人还能喝。然后他问我最喜欢什么食物，我就告诉他我是个素食者，把我们家每天的饮食菜谱分享给他，还发了我们自制的沙拉的照片；他说他也喜欢沙拉，又问我最喜欢的颜色是什么，我说我喜欢古典音乐舞台上所有的颜色，以及允灿身上所有的颜色。他很高兴，告诉我他最喜欢红色和白色，因为红色象征爱，而白色象征纯洁，他说他会用最纯洁的心去爱。我说我在中文网站上看到有关他的报导并不多，我想向中国的古典乐迷更多地介绍他，分享他在北美、欧洲、日本和韩国的演出视频，并开通他的中文脸书粉丝群。他非常高兴，还给我发了一张他特别可爱的照片，我从未在网上或任何社交平台上看到过那张照片，我相信这肯定是他本人寄给我的，我非常珍爱这张照片，夸他是世界上最可爱的男孩，并将它设为我电脑桌面的背景图片。我问他有没有时间看电影，我跟他分享了一些有关音乐家的老电影，比如：

1. Amadeus(莫扎特)

2. My Name is Bach （巴赫）

3. Copy Beethoven （贝多芬）

4. Galiebte Clara（克拉拉·舒曼、罗伯特·舒曼和勃拉姆斯）

5. Song without End（李斯特）

6. A Song for Remember（肖邦、李斯特和乔治·桑）

7. Desire of Love（肖邦和乔治·桑）

8. The Conductor（安冬妮娅·布里科）

9. Hilary and Jackie（杰奎琳·杜·普尔）

10. The Piano

11. 1900

"我问林允灿，在这样的年龄就取得这样的成功，是什么感觉？他说他还有很多曲子要 Cover，并希望我一直支持他。上周，他问我是否知道他最新的一个项目，我以为他指的是他的音乐会，就把我在网上获知的他将于本月底回韩国和日本的演出行程发给他，他说不是，他正在搞一项募捐，是针对加沙战争罪行而为受害的儿童募捐，他说加沙已被暴力封锁 10 多年，加沙人民一直生活在以色列实施的封锁之下，这严重限制了超过 200 万居民的日常生活、贸易和旅行，其影响是非常残酷的：80% 的加沙人依靠国际援助生存；超过 50% 的人口失业；医院所需用品和药品的短缺率一直高达 40%；加沙大约 96% 的水无法饮用；电力仅偶尔可用。由于行动限制，很多家人被迫离散。封锁严重影响加沙所有巴勒斯坦人的生命和健康，很多人因无法获得医疗救助而死亡，儿童因营养不良而发育迟缓。我看后对他说，没想到他也有时间做公益事业，郎朗也曾担任过联合国儿童基金会亲善大使近十年。他说他希望我能捐款 100 美元，并把付款账号发给了我。我问他这个募捐活动是否在网上公开，因为我没有在跟他有关的任何媒体以及他的个人账号上看到这个活动的官方信息。他说他不想在网上公开，他只想我募捐，如果我募捐了，他会非常高兴。我考虑了一下，对他说：出于网络安全的原因，我不想在网上募捐。他一听，就表示非常失望，还说我不爱孩子，令他十分失望。我解释说：我爱孩子，我和姐姐收养了 6 个孤儿，为了他们的教育我们才来到北美，我们也曾接受过来自社会、政府、教会和公益组织的捐赠。但是这个事情跟钱无关，而是关乎网络安全，我并没有说我经常收到网络诈骗信息，我只是说我需要先了解和确认这项募捐活动的公正性，了解它的发起人和组织，在这之后，我甚至可以把捐款直接交给他，因为我跟他一样，也在波士顿留学，从我们 MIT 到他们新英格兰音乐学院只需 14 分钟车程，但我目前还在多伦多，要在几天后前往波士顿。他听后感到十分吃惊，却说来不及了，因为今天是这个项目的最后一天；我说那我也可以让我的儿子把捐款给他送去，我的儿子也在新英格兰学习，并且是他的邻居。可是他并没有问他的邻居和同学的名字，只是说，他现在并不在波士顿，所以只能接受网上募捐。我说那你能否先帮我捐 100 美元，回头等你回学校后，我会把钱当面还给你；我还对他说：'网上有公开，你去年的净收入为两百万美元，帮我垫 100 美元应该没问题吧？'可是他没有回应。从那天到现在，他没有再来过信息，今天我看到，他的脸书被更新了，用他名字和头像新开设的账号有 4 个，可是里面除了他的两三张照片，什么也没有。"

子佩说完后摇了摇头，望着窗外的雨幕："有粉丝甚至把林允灿誉为神的第二个儿子。可是，如果这个偶像坍塌了，粉丝们将会多么失望？！"

"是啊，"子衿这时终于明白了，轻声道，"有太多比钱更重要东西：信任、理解、尊重、良知、真爱、神的正义，还有，我们内心的平安……。作为一颗燦灿的新星，如果有人毁了他的形象，那殒落的就是一颗本可以照耀我们三生的巨星，太令人遗憾。林允灿不善于言辞表达，可能还有英文的障碍，希望你们在交流中不要出现误会，如果难免的话，希望也能说清，化解，千万不要像柴可夫斯基和梅特夫人那样，辛苦相爱了 14 年，通信上千封，最后却因误解而断交，没有比这更不幸和令人心痛的了。"子衿这时用左手拍了拍子佩的右手，轻声道："你听说了吗？在全球范围内，发达国家的生育率都在下降，但没有一个国家像韩国那样极端，韩国是目前生育率最低的国家，全球垫底，且还在持续下降，年复一年地打破惊人的最低纪录。很多韩国女性超时工作，也很难找到愿意照顾家庭和孩子的男友，所以很多韩国女性选择不结婚，不生育。你想想看：像林允灿这样成功的男孩，他一定想找到一位完美的女生作他的生活伴侣，但如果一个他喜欢的女生不喜欢孩子，那势必就会被淘汰。"

"那也没必要用募捐的方式来试探吧？"子佩道，"这是个好主意吗？"

"顺便试探一下你的经济状况和年龄喽。"子衿笑笑说。

子佩一边揉太阳穴一边道："不要让人疑心是网络诈骗好吧！说不定就是有人冒了他的名在行诈骗。"

"不管怎么样，他知道你收养了 6 个孩子，所以他就逃走了。"

子佩重新把头仰靠到椅背上："我对小孩子没兴趣，我对男人也没兴趣。随他去吧。"

子衿看着她不由得笑了笑："不到二十岁的钢琴大师看上了你，又是那么帅气有才华的男孩儿，你却让他失望了。真遗憾。"

子佩也笑起来："拜托——我会不会比他妈妈还大几岁？我还是吃素的呢。"

子衿忍住笑，摇了摇头："我已经让舟舟去找林允灿问过了，允灿说那根本就不是他自己的账户，有人盗用他的名字开的，他没介意是因为有人为他做宣传，这应该是好事，是对他的支持，不是也有以贝多芬和肖邦的名字开的脸书账户吗？但没有想到，有人竟然以他的名义为幌子，暗地里诈骗。他得清理门户，为自己正名。"

子佩使劲地瞪着子衿，她真不愿相信这段时间接触的并不是真正的林允灿，而是一个骗子。好不令人伤心。但这其中似乎有真有假，难辨其实。

子衿笑了笑，安慰她道："没关系，我们还有机会见到真正的林允灿。"

4

外面下着雨，天已经快黑了，子佩走进布鲁尔大街街角咖啡店旁的那家法国画店。她不紧不慢地用心欣赏着店中的每一幅作品，好像她并不是今天这最后半小时的最后的顾客，也丝毫不介意自己被雨水淋湿的头发，以及正在准备结账收摊的店员。尼克一边收拾，一边不时地看一眼这个年轻的东方女性，她专注的神情好像是在欣赏卢浮宫里的作品，以至于还有最后十分钟时，尼克也没忍心去打扰子佩，提醒她快要关门了。子佩的脚步这时停在了挂在西墙正中位置的一幅油画前，她的脸上流露出惊异的神色，好像是在极力辨认和回忆着什么，以至于尼克站在了她身后，她也没有察觉。

画上画的也是这样一个雨天，地点是在中国一条雕廊画栋的仿古街道上，石板路两旁一家挨一家的古董字画店和工艺品店，一些中国人和外国游客正流连其间，街边有卖廉价首饰、民间工艺品和风味食品的小商贩。画面的显著位置上画的是一座两层楼的红色仿古建筑，匾额上写着"荣宝斋"。在荣宝斋的门口路边，一个身穿白色长裙的少女正坐在那里专心作画，细雨淋湿了所有景物，包括少女身后一位头发花白的西人老太太，她正举着一把红伞，为作画的少女遮雨。

画没有标价，右下角的署名已经有些看不清，时间为十六年前，画的名字叫《艺术家》，标签上注明"此画为本店收藏"。

"请问这幅画的作者是谁？我可以见见他吗？"子佩这时转过身来，有些激动地问。

尼克没有说什么，示意子佩给他一分钟，然后转身到柜台里去拨电话。很快他便转过身来对子佩道："对不起！小姐，我们老板现在意大利，你能过一周再来吗？"

一周后，同样是黄昏，同样是雨天。

"对不起，小姐，我们老板转程去了法国，下周还要到阿姆斯特丹去参加拍卖会，恐怕，你还要再等一周。"

因为是暑假，所以子佩有时间等。又过了一周，天早早地黑了，子佩夹着一幅画走进法国画店，她把画小心地放到柜台上，示意尼克把画打开。尼克一层层地剥开被雨水淋湿的塑料布和里面的白色包装纸，最后他看到的竟是和店中那幅《艺术家》几乎一模一样的一幅油画。

"是我自己凭着记忆画下来的。"子佩指了指画面上的那个少女，"这个人就是我。我给我的这幅画换了个名字，也叫《艺术家》，但是，是复数。请把这幅画转交给那一位画家，并请转告他，我想知道画上的这位老夫人是谁，我能否见到她。"

外面不知何时又下起雨来。子佩站在画店外面的街边，凝神望着布鲁尔大街上的灯光，听着有轨电车叮叮咚咚地驶过，嗅着潮湿的空气中咖啡的浓香。十六年前，她刚刚高中毕业，从杭州考入北京清华大学建筑系，那个周末，她独自来到琉璃厂仿古文化街去作画。但是，她却不知道，有一位来自地球另一边的素不相识的外国老夫人，在雨中为她撑起过一把阳光般的红伞，为了使她能专心绘画而不至被雨天中断。当时她的确正全心投入习作，竟全然不知身后有一位天使莅临相助。这天使不知不觉地来了，雨停后，又在她不知不觉中走了。直到十六年后，命运把她带到了地球这一边，让她有缘看到了这幅画和它无声地讲述的故事。她曾去过欧洲乃至世界各地所有著名的美术馆和艺术博物馆，领略过无数绘画大师的杰作，也光顾过无数的画店，但是只有这一次，她才真正看到了一种高于艺术的精神，它来自于艺术家的灵魂。

"马奎斯夫人当年去中国旅行，收集绘画和艺术品，这幅'艺术家'是她自己根据朋友当时为她和你拍下的照片描绘下来的。"尼克说，"马奎斯夫人非常珍爱这幅作品，同样作为画家，她说这是她自己最喜爱的一幅画。"

一把雨伞在子佩头上撑起，这次她感觉到了，她回过身来，她看到了，仿佛十六年未见的老朋友一般，她们从一开始就不陌生，一位年轻的东方艺术家，一位年迈的西方艺术家，两双手同时相握，之后她们紧紧地拥抱在一起。尼克为她们拍下了这珍贵的一瞬间。

"夫人，"子佩含着热泪说，"直到今天，我才真正完成了我十六年前的那幅画。"

"是的，孩子，"已经八十多岁的马奎斯夫人欣慰地拍着子佩的手，"你长大了，你完成了自己，你的艺术生命成熟了。真高兴我们能有缘再次相遇！"

"感谢上帝，十六年前为我送来一位知音！"子佩说。

"感谢上帝，十六年后也为我送来一位知音！"马奎斯夫人说。

5

因为姑娘们那天要用车，子佩便又要负责接送子衿上下班，她收到子衿的电话留言，说下班后先别回家，有要事相谈，约她到288公司南厂楼上餐厅见。子佩看后不由一笑，自语道："我也有要事相告。"

餐厅很大，可以容纳两百多人同时用餐。子衿进来时看到一个下午班的亚裔男工，坐在后门靠近微波炉的地方，正在吃饭准备去加班，还有一个孟加拉男工，正匍伏在地上，向着东南方向做礼拜。当子佩出现在餐厅门口时，子衿第一时间将一根手指竖在嘴唇上，示意她轻声。子佩于是停在门外，等慕斯林兄弟祷告完了，从地上起身后才推门进来。姐妹俩在离那两个人最远的窗边角落里坐下，确定那个亚裔工人不是华裔，不懂汉语，子佩于是请子衿先讲。

"好，还记得我们五月份去温哥华，晚上租车去爱乐岛的路上，看到两辆车追尾吗？"

"记得，那天一直在下雨，又是晚上。"子佩说。

"是的。"子衿道，"在我看到意外发生的那一瞬间，一个想法就跑进了我的头脑里。"

子佩兴奋而又期待地看着子衿，她知道又一项发明就要诞生了。

"我想，如果能在车尾装一个车速显示灯，告诉后面的车你是在加速还是在减速，以及速度的变化值，这样是不是就可以提醒后车，减少追尾事故的发生了呢？周末我一直在想这个问题。目前几乎所有种类和型号的车辆后面，都装有高位刹车灯，普通刹车灯装置在车尾两边，高位刹车灯则装置在后窗的上部或下部，有些车的高位刹车灯装置在尾翼中部或后备箱盖的上部。我想发明一种新型后示速度灯，它在现有的汽车高位刹车灯的基础上改造而成，其形状与结构与现有的汽车高位刹车灯基本相同，但作用与功能却大不一样。现有的汽车高位刹车灯与车尾两端的刹车灯具有同等功能，它们只显示汽车在减速，以提醒后面及旁边的车辆注意，却并不显示刹车速度，甚至当驾驶员把脚轻轻放在刹车板上，刹车灯就会亮，极不明显的减速跟急刹车的速度没有任何不同信号显示。在雨雪天路滑，或黑天雾天能见度较差的情况下，特别是在行驶速度较快的高速路上，有时只看到前车的刹车灯亮了，却很难判别其刹车速度，有时前车已停下，后车还以为它只是在减速，看不清在前车的前面发生了什么，当开到近前时已刹车不及，便容易发生追尾事故，而这种事故在全世界各地随时都在发生，造成不计其数的生命和财产损失，这就是为什么我想发明这种汽车后示速度灯，让它向其它车辆显示你汽车行驶的速度，尤其是刹车速度，在任何交通繁忙的城市、地区和高速公路上，在任何天气和路面状况下，为后面和附近的车辆随时提供信息警示，以帮助驾驶员及时调整与前车的距离，保持安全驾驶。尽管现在很多智能汽车上都已经安装了安全距离报警信号，但我认为那是不够的。"

"太好了！ Great idea ！（很棒的主意）"子佩兴奋地拍了拍桌子，但并没有发出声音。

　　"这种新型汽车后示速度灯不仅可以像现有的高位刹车灯那样装置在轿车、面包车和吉普车上，也可以装在其它种类任何型号的汽车上，包括卡车、经常跑高速的长途货车、公共汽车、一些国家特有的校车及各种特种车辆，如工程车、救护车、救火车，或许除了警车，等等。它的工作原理我初步这样设想：后示速度灯的结构与现有的汽车高位刹车灯大致相同，装在汽车后部左右正中位置，高度随各款车而不同。它呈一字型，由 32 个红色的小灯组成，每对称的两个灯代表每小时 10 公里车速。当汽车刹车并完全停下来，即速度为 0 时，32 个小灯全部亮起；当汽车起步，速度达到每小时 0 至 10 公里时，30 个灯亮，两边的两个灯不亮；当车速增加到每小时 10 至 20 公里时，28 个灯亮；以此类推，当车速达到每小时 140–150 公里时，中间最后的两个灯亮，车速超过 150 公里 1 小时，后示速度灯就全不亮了。反之亦然，当汽车减速时，后示速度灯就会逐渐由中间向两边亮起来，完全停止时，32 个灯就全部亮起来，提醒两边和后面的车注意，以保持车辆间的安全距离。"

　　子衿说着从包里取出一张数据表，拿给子佩看。

速度（公里 / 小时）	后示速度灯的工作数目（个）
0	32
0–10	30
10–20	28
20–30	26
30–40	24
40–50	22
50–60	20
60–70	18
70–80	16
80–90	14
90–100	12

100–110	10
110–120	8
120–130	6
130–140	4
140–150	2
150	0

"我曾想过，把这种后示速度灯做成数字化电子显示型，但考虑到在能见度较差的雨雪雾天，数字可能会被部分或全部遮住，造成错觉，更容易引起事故，不如没有；并且，数字显示灯做得不够大，后面的车在一定距离之外也看不清楚，不如就保持现有高位刹车灯的造型结构，最为直观合理，由于它是中间对衬型，即使在冬天被雪挡住一半，另一半也还可以起作用。倘若像很多汽车的高位刹车灯那样，后示速度灯被安装在后窗内中上部或中下部，当遇到雪天时，由于后窗玻璃有电热化雪功能，所以，后示速度灯通常都能不受太大影响而正常工作。"

子佩点头。

子衿继续轻声说："我想，设计和制造这种汽车后示速度灯应该完全没有技术上的困难，可以说，根本就已经有了现成的工艺和技术，不需要发明，而只是一个新功能的新型产品。由于汽车驾驶席前面已经装有速度表，所以，后示速度灯只不过是一个电路和数据转换问题。市场方面的分析：目前，全球范围内的各种类汽车均未有这种后示速度灯，也就是说，它拥有绝对的市场。成本低，工艺简单，现有的技术，功能新型，轻便小巧，很容易大批量生产，运输和装配，使汽车更加高档，美观，实用，安全。谁率先生产并占有市场，谁就能率先获利。"

"为什么不呢？ JUST DO IT !!!"子佩这时兴奋地说道。

子衿的构思和设想已经成形，她想申请专利，以保护自己的Idea，申请专利就需要完备的材料，最重要的是电路和结构图。由谁来做呢？子衿当然不懂这些，她是学音乐的。

"我想还像以往那样，交给我们知音爱乐国际集团的专利代理公司去做，拿到成形专利申请文件后，翻译成英文，在美国、加拿大、欧洲、日本和韩国申请专利。"

"好，真是太好了！这样一来，我们上一次的温哥华之行又多了一份收获，你也没白在赫兹汽车公司泡一回，多了一项有关汽车的发明。是金子在哪儿都能发光。有什么要我帮忙的，尽管说。"子佩微笑着道。

"帮我准备专利申请材料吧，我真的是太忙了。"子衿也微笑道。

"好的。"子佩看看表，这时忽然看见费尔南德·卡普兰正倒骑在后门边的一把椅子上，两肘放在餐桌上，一手撑着头，一手握着他的步话机，正在瞧着她们姐儿俩。

"这家伙。"子佩诧异地眨眨眼睛，"他怎么还在这儿？！"

"你不是也有事要跟我说吗？"子衿这时轻声问。

子佩于是看着她，看了几秒钟不说话。子衿平静地笑了笑道："搞什么鬼？"

子佩终于忍不住了，轻声笑起来，道："我忍了八个小时了。你今天刚上班不久，我就收到二美发来的短信，她被哈佛大学医学院录取了！她要学习和研究频率振动对细胞和生命的影响。"

子衿一下子捂住了嘴，闭上眼睛，十年前那个哭着喊着"我要上学"的穷山沟里的女孩感动了子衿也感动了神，现在她被哈佛医学院录取了，要不是费尔南德·卡普兰还在那里耐心地看着她们，子衿这时怕是泪崩了。

"可是二美说她很遗憾，因为没有被她最想去的伦敦帝国理工录取。"子佩说。

"帝国理工学院太难考了。"子衿说，"哈佛医学院同样值得骄傲！"

"是的。还有，"子佩压低嗓音继续道，"三丑，被 MIT 录取了，AI 机器人专业，跟我成同学和校友了。"

子衿再也忍不住，起身和子佩拥抱在一起。费尔南德坐在那里目瞪口呆地看着她们，完全听不懂她们讲的中文，不知发生了什么。

"走，回家！"子佩这时看看时间，从椅子上拿起背包，"明天好好庆祝一下！"

姐妹俩背上包刚要离开，费尔南德却抬起手拦住了她们："你们现在走不了。"他用手上的步话机指了指窗外。子衿和子佩往窗外望去，立即呆住了。员工餐厅整面墙都是玻璃窗，从二层可以清楚地看到外面，隔着公司南厂停车场，对面北厂停车场上此时全是警车，警灯闪烁好像开了锅，黄色警戒线封锁了整个厂区。

"出什么事了？"姐妹俩转向费尔南德问。

"出了人命案。"费尔南德说，"警察把公司出口都给封了，你们现在出不去，得等警察处理完现场才能走。"

子衿默默地在胸前划了个十字，然后重新坐下来。

"是你们公司的人吗？"子佩这时问。

费尔南德看看她，又看看子衿，道："你们认识北厂工具室的Suraj（瑟如阿治）吗？"

姐妹俩摇摇头。

"那么Jin应该认识咱们西厂GMT900小组的Flora（弗劳拉）吧。"

子衿想了想："你说的是那个菲律宾女人吗？"

费尔南德点点头："是她老公Julius（朱琉斯），把瑟如阿治给杀了。就在刚才，下午班下班以后，在北厂停车场上。"

GMT900工作组比较大，弗劳拉和子衿不在一个小分组，碰面打个招呼而已。这个菲律宾女人不到五十岁，脖子上每天挂着一条十字架金项链，嘴上常常会冒出一句"Oh my lord!"（哦，我的主。）她老公朱琉斯是个瘦小的菲律宾男人，在288公司北厂做早班，平日少言寡语，面色灰暗，碰见过几次都不会给人留下印象。他们有个已二十出头的女儿，但是很多人都知道，弗劳拉有个男朋友，就是那个皮肤棕黑的圭亚那人瑟如阿治，下午班的机修工。五十多岁的瑟如阿治身材粗壮，相貌普通，和他太太有三个孩子。弗劳拉虽然身材较胖，但在菲律宾人当中，她的肤色较白，以她那样的年纪和身材，夏天还穿露脐装，惹来许多闲话。有人好心提醒过她，说瑟如阿治是个花花公子，他和工厂里那个有名的女人吉姆关系不正当。吉姆四十五岁，已经做了外祖母，离婚多年，每天都穿得十分性感来上班，还做了隆胸术，人送外号"好莱坞"。有人说，吉姆每天不是来上班，而是来上台表演。吉姆跟瑟如阿治曾在晚上下班后躲在工具室里以及在停车场汽车里鬼混，被人看见。尽管如此，弗劳拉仍旧不接受他人的劝告，鬼迷心窍了一般，仍旧保持和瑟如阿治的亲密接触，乃至有一天，弗劳拉的老公不顾家中唯一一个女儿，从早班调到了下午班，紧盯着弗劳拉不放，但仍旧未能改善他们的关系。事情发展到今天，显然是朱琉斯终于忍无可忍，作为男人，他在这间工厂里抬不起头来，经过痛苦的努力和忍耐，显然还是无济无事，终于暴发了今天的悲剧，两个家庭就这样破碎了。

姐妹俩闭上眼睛，开始祷告。

"既然现在走不了，我还有事要和你说。"子衿对子佩说。

子佩看着她，想看出是好事还是坏事。

"明天我得飞伦敦，指挥一场 BBC Proms 的音乐会，是我们知音爱乐乐团；然后飞维也纳，去参加萨尔斯堡夏季音乐节。临时安排的，我与另一位指挥调换时间，一周后回来。不用和公司请假，我们小组下周停工，因为美国通用汽车公司工会罢工，不需要我们的货。"

子佩点点头，她早已习惯子衿的太空人音乐生涯："你去吧，家里有我呢。你说这美国汽车工人的工资都那么高了，有没有加拿大汽车工人的三倍？美国的个人所得税又比加拿大低，他们还罢工，还要涨工资，苦了上游的加拿大汽车工人，工厂停工，正式工可以拿假期工资，临时工就什么都没有了。惨呀！赫兹集团没有工会。"

"所幸我可以去开音乐会。"子衿道，"舟舟和我一起去。明天我让二美送我们去机场，你好好休息，睡足了再起来，带姑娘们到中央岛去骑车，野餐，后天去大瀑布，好好玩一玩，庆祝一下。

澄宇不会去的，说是要加班。”

　　“好吧。你们一路上保重，祝你演出成功！”

　　“多谢啦！你们出去玩也要多加小心！上岛前在湖滨街边上租共享单车，可以带上渡轮，比在岛上租便宜多了。”

　　“好的！谢谢啦！咱们保持通话。”子佩这时看了看仍坐在餐厅后面看着她们的费尔南德，又扭头看了看窗外，“还没有解禁？我们要不要先到车里去睡一会儿？”

　　“好的。”子衿说。

　　姐妹俩于是又起身，背上包，和费尔南德打招呼。

　　“我们会和警察说放行的。”子佩道，“你也早点回家休息吧。”

　　“哦，不不不，我是想跟你们说，我和我太太想去中国，领养一个孤儿。”费尔南德这时解释说。

　　姐妹一听，不由愣在了原地。费尔南德摊开双手道：“我一直坐在这里等你们，就是为了这件事。你们能帮我这个忙吗？能把那位儿童村的蒂姆爸爸的联系方式告诉我吗？”

　　子衿和子佩相互看了看，又看着费尔南德。

　　“你是认真的吗？”子佩问。

第二章：结 无 绳 约

　　宁愿和灵魂的伴侣生活在一起，也不要和一个同屋住在一起，这样，你就不会感到无家可归；宁愿和神单独在一起，也不要和没有神的人在一起，如此，你就不会感到迷失。

It's better to live with a soul mate rather than a roommate, so you won't feel homeless; it's better to stay alone with God rather than someone whom is godless, so you will never get lost.

1

　　8月12号这天，在赫兹集团288公司工作了3个月的子衿和其它几名临时工被聘为了正式员工，不仅涨了工资，有了福利，最重要的是子衿一家八口从此有了全加拿大最好的医疗保险，这才是子衿苦苦拼搏想得到的，她立刻通知全家以及他们早已找好的专科医生，安排给两个女孩儿琴宫和琴羽的治疗手术。

　　子衿戴着她的新员工卡回到GMT900生产小组时，有些男工一看见她，熟悉不熟悉的都跑过来要跟她握手，恭喜她转正，同时欣赏她工卡上的美照。生产经理费尔南德·卡普兰也亲自过来和她握手，向子衿表示祝贺的同时，还告诉她已将这个好消息发邮件告知了他表哥约翰内斯。子衿谢了他，并请他今后还多多关照。费尔南德笑着说："我会的，我的荣幸。"同时他又告诉子衿，他已和中国廊坊的牧羊地儿童村取得联系，了解了那里所有孩子的情况，他和他太太准备办理中国签证，亲自前往，认领一个孤儿。子衿听罢非常高兴，衷心地祝他一切顺利。

费尔南德刚一走，小组长多莉丝脸上带着惯有的骄慢和嘲讽便走过来，对子衿说，公司要把她放去夜班，因为新转正的员工大都要去夜班，夜班的正式工才有机会回到早班或下午班来。

子衿心里不由一沉，祖上没人做过夜班、当过工人又注重养生的她为此感到恐惧，她从未听说过公司还有这样的规定，工休时间她找到主管艾瑞克，艾瑞克说他并没有接到人事部的通知，说要把子衿放去夜班。子衿心里便明白了，多莉丝巴不得子衿立即从她眼前消失，她想在下午班称女王，容不得任何一个女人比她强。多莉丝甚至等不到上级的通知，就向子衿表达了她的个人意愿，想让这位刚转正的新员工再也得意不起来。

工休时间过后，外面下起雨来，不大也不小。工人们返回工作岗位，机器重又开动。可是不多时，火警报警器突然响了，响彻整个厂房，南厂立即紧张起来，几个部门的主管和小组长呼叫所有员工停产，从几个安全出口往外快速撤离。停车场上，工人们在雨中分散聚集着，只有几个人打着伞，几乎全都淋在雨中，各部门的主管和小组长正在清点他们的人员。救火车几分钟后便赶到了。有过火警经验也受过安全培训的子衿在出来前去自己的储物柜里拿了雨伞，可是他们小组里竟没有一个人打伞，子衿不管，点完名后便钻进自己的车里，听音乐，看书，收发短信和邮件。她没有时间生病，没有时间聊天，没有时间听旁人的闲言碎语，她有太多的事情要做。

那天下班后，子衿在大门口碰见了梁雨微，梁雨微是特意在这里等她的，以向子衿表示祝贺。子衿深深地感谢她，并要请梁雨微吃饭，梁雨微高兴地答应了。子衿接着又问梁雨微，她是否在转正后做过夜班。梁雨微说没有，不是每一个转正的新员工都一定要去夜班，因为如果你那个部门没有夜班的同事想到下午班来，那你就不需要被对调去夜班。

两个人说话间已经出了厂房，来到外面的公司停车场，空气好多了。梁雨微建议子衿和她一起坐一会儿，说说话，休息一下再走。子衿给子佩发了个短信，两人于是便在公司草坪上的野餐木桌边坐下。

这晚的月亮好圆，又圆又亮，再过一个月就要到中秋节了。

"我其实很希望你来我们上游部门工作，离开多莉丝那个组。"梁雨微对子衿说，"因为工资比较高。你出门前经过的北厂那五条长长的生产线就是我们的上游生产线，用中文说就叫注塑成型生产线，我们用的滚轧金属成型机还是从中国宁波进口的，我们生产出来的原件供你们下游各个小组细加工再组装，比如说你们 GMT900 小组用的原料，就是我那条线生产出来的。每条上游生产线主要有两个工人，一个是线主操作员，一个是线助理。主操作负责整条线的运行，属于中级技工，工资目前是每小时 27 加币；线助理负责产品质量检验和装货，线运行的时候非常忙，因为线跑得很快，经验不足或稍不留神，就可能把坏的零件给放过去，发到下游或被质量部门的人发现，我们就得吃不了兜着走。线停下来的时候，线助理要帮主操作更换各种原材料和模具，准备下一个型号产品的启动。线助理的工资目前是每小时 23.6 加币，就是我现在的工资。你今天转正了，工资是多少？"

"20 加币。"子衿说，"从安大略省的最低工资 16 加币涨到 20 加币，三个月后再涨到 21 加币，就跟所有的正式机器操作员一样了。"

梁雨微点点头："所以如果人事部贴出招聘通告，你考虑考虑，要不要申请来上游。"

"非常感谢！有机会我到你们线上去看看，了解和学习一下。"

子衿微笑着说。

"不过，"梁雨微说，"如果你真的来了我们上游，有些事是一定会发生的。"

子衿看着她。

"像你们那个小组长多莉丝那样的人，在哪儿都有。只要你长得有些姿色，就会被一些男人给盯上，就会有一些女人嫉妒，更不要说像你这样的世界级美女，你不去演艺圈里发财，所有人都会认为你是个傻子，跑到这个鬼地方来浪废颜值。有嫉妒你的女人会想方设法把你给弄死或者赶走，你不告诉我，我都能猜出多莉丝对你做了什么，除非你在这儿有个硬靠山。你想给某某老板做小蜜吗？或者小蜜之一？你当然不会。我刚来这个工厂的时候，也在你们Downstream，也是三个月转正。我学历高，长得也还行，咱们下午班的生产经理费尔南德·卡普兰亲自来找我，要我做小组长，并要我的电话号码。我谢了他，表示让我考虑一下。工休吃饭时我去问齐家，齐大哥对我说，那个费尔南德是个花花公子，整天游手好闲，得机会就去找漂亮女人搭话，要人家的电话，然后就出去约会，他自己有太太，在这儿又有一串儿女朋友。齐家要我小心，做了费尔南德点名的小组长得付出代价回报他，这里所有人都知道，这是不言而喻的潜规则。我不想陷入那种肮脏的交易和危险的游戏，不想冒着丢掉自己清白名誉的风险去挣钱，所以我谢绝了费尔南德，说我刚来不久，缺乏经验，英语也不好，恐怕胜任不了领导工作，我更希望得到工程师的工作机会。然后，从对面216公司过来不久的多莉丝就得到了那个小组长职位，可是，人人都知道，这个三十多岁的单身女人一来就套上了主管艾瑞克，因为费尔南德看不上她，她太瘦了，不是费尔南德的菜。多莉丝一上任就开始耀武扬威，接二连三地给我找麻烦，目的很明显。我就开始想办法，准备离开那个小组。我来这个公司可是以工程师的资历来找专业工作的，我一直在关注公司内部和网上的招聘信息。不久人事部发出公告，上游生产部门要招线助理。叶闻泠对我说，她在这个公司的实验室工作十年了，实验室紧挨着我们上游生产线，上游从来就只有线操作员和装检员，这是公司第一次设立生产线助理这个职位，对目前的装检员工作提出了新要求，即不仅要进行产品质量检查并装货，还要在线停下来后，根据生产计划，帮助主操作员进行下一项产品型号的换手工作，以及生产线的清理与维护工作等等，有很多要学的和要做的，但薪水比目前的装检员工资每小时提高了两块多加币。我们公司南厂和北厂共有15条上游生产线，三班运行，所以要招45名线助理。我立刻修改了简历并发给人事部，之后每天下班后都跑到夜班的上游生产线上去看，去学，去问，每天留下两个小时。夜班的主管非常高兴，亲自带着我去转，从线头到线尾，每一道工序都讲解了，连他们线上所用的所有化学品存库都带我去参观了一下，连安全知识都面授了。结果弄得他们线上的工人还以为我们俩有什么关系呢。学了一个多月，终于收到人事部的通知，定了笔试时间，笔试的问题都是我们国内小学的算术和结合本公司生产的应用题，给我三十分钟，我十分钟就答完了。又学了一个多月，终于等到面试通知。给我面试的是上游的生产经理杰夫、早班的主管罗纳德和人事部的乔安娜女士，我回答上了所有问题，并且拿出一大本笔记，里面是我两、三个月来利用下班后的时间在夜班学到的所有知识，每一种零件的编号、长度、所需原材料、质量标准已全都在我的脑袋里，他们三个都非常惊讶并当面称赞我。一周后，费尔南德来通知我，要我到经理办公室去一趟，上游生产经理杰夫正在那里等我，亲手把人事部的聘书交到我手上，并且告诉我，这次共有三百多人报名申请这个职位，包括目前在线上工作的三个班共45名装检员和9名机动装检员，不过，虽然他们比外面的人更具有工作经验，但有些人因为文化基础太差，连笔试都没有通过，有些人面试时紧张，英语表达不过关，也被淘汰了，总共被淘汰了6个人，其中三个是临时工。我被录用了，并且不需要去夜班。就这样，我甩掉了那个要除掉我的多莉丝。"

梁雨微这时长长地叹了口气："子衿啊，我们不属于这里，你和我。别陷得太深，趁早另谋出路。我们不像那些难民，他们一心一意地在这里谋生，因为他们没有别的选择，可我们总是心有不甘的，我恨不能早一天离开这里，早一秒钟离开这里，除非在这儿得到了专业工作机会。我知道你都是为了家人，为了孩子，但也不能太委屈自己，你老公知道你每天在这里受的罪吗？他知道你每天有多辛苦和你心里的感受吗？"

这时一阵烟味飘过来，两人回头一看，一个夜班的亚裔男工正在附近吸烟。

"走，回家。"梁雨微说。

两人刚起身，却听那个六十来岁的男工操着广东口音问道："嗨，米驴（美女），你们可真米（美）！卖不卖，多少钱？"

梁雨微刚想发火，子衿拦住了她，梁雨微还是还了一句："你老婆值多少钱？卖不卖？"

"我老婆早就卖了。"那人笑起来说。

梁雨微刚要说什么，又被子衿拉住，对那人道："请自重！"

那人又笑了笑，一边吐着烟一边道："你们光卖给老板，不卖给别人啊？"

梁雨微急了，子衿死命拉住她，并用英文对那人道："We're not what you think we are, you are what you think we are."

可惜那家伙没听懂，两个女人出了口气便离开了。

"你看到了吗？连夜班的人都知道白班的事，看你长得是'米驴'就知道你老板要对你做什么。"梁雨微忿然地摇着头，"他们习惯了跟他们那个层次的人讲这些鬼话，可我们是技术移民过来的，我们都受过高等教育，找不到专业工作，才跟他们这帮人混在一起，在工厂里做体力工。多大的浪费啊！子衿。好可悲啊！"

2

　　第二天上午，为了稳妥起见，考虑了一夜的子衿给 288 公司人事部经理凯瑟琳打了电话，想确认一下轮班的事，得到的回答是确有此事，但还没有定，因为在等夜班正式工的申请。子衿表示她不想被调去夜班，并解释了自己家中的情况，她有六个孩子和一个有肝病的老公要照料，她还进一步说明了这六个孩子全是她收养的孤儿，其中两个有残疾，正在等待就医，需要加倍照料。凯瑟琳听罢，深为子衿的善举所打动，当即表示会安排她留在下午班。子衿深表感谢，放下电话，她深深地松了口气。

　　很快，子衿被人事部和生产经理安排调到了 GMT351 生产小组，因为是新项目，没有开夜班，这样子衿就被名正言顺地留在了下午班，她也因此摆脱了多莉丝。可还是有谣言被散布出来，说子衿是利用了和费尔南德的关系才留在下午班的，工人们看子衿时的样子又带上了鄙夷和怪笑，一个无形的红色的 A 字被贴在了遭人嫉妒的美女身上，子衿在同事眼中成了和阿桃、"好莱坞"吉姆、弗劳拉、以及那个散布谣言者本身同样的货色。

　　GMT351 生产小组为通用汽车公司加工一种客货两用车车窗边缘的金属框，开前门后门左手右手共四个小组，每个小组四个工人，两个操作冲压机，两个负责质量检查和装箱。子衿被分在前门左手小组，她的工作是站在一个半米高的宽大的工作台上，操作一部三米高的冲压机，她要将一片一片的银白色金属薄板放到清洁干净的冲压机床模块上，固定好，清洁上下冲面，然后按动身旁的电钮，使冲压机运作，把冲压好的零件取出来检查，没有问题的就放到右边的架子上，给下一位印度女操作员 Jaya(扎娅) 再次冲压。在她们工作台下面的是两个四十多岁，肤色较黑，个子较矮的菲律宾女工，浓眉大眼，都留着短发，穿着正式工的蓝色工作服，一个叫 Barbara(芭芭拉)，一个叫 Jessica（杰西卡）。他们的小组长是一个年轻高大的菲律宾人，名叫 Edmont（爱德蒙）。

尽管子衿一直拒绝戴耳塞，怕造成颅内高压，影响她的大脑和听力失真，但这次却没有选择，因为冲压机产生的声响震聋发聩，并且在她周围还有三台这样的冲压机在同时运转。这里不是她的音乐会指挥台，这是她的机器操作台；这不是她的钢琴，而是一部高大的金属冲压机，积满黑色的油泥和被冲压下来的金属碎屑；这不是她的妆点了鲜花的音乐厅，而是一个充斥着烟尘和噪音的大工厂；这里没有观众，她做的零件，被装到汽车上后，连她自己都认不出来。但她想坚持下去，直到把两个女孩儿治好，把她们一个个地送进北美的大学。

子衿很快摸熟了她的新工作，并形成自己一套最省时、流畅、协调的动作，这得益于她的指挥经验和钢琴演奏功夫，她的双手协调能力、手脚协调能力及全身的协调能力都超乎一般人，因此她做得很快，一个星期下来，她已经能够达到八小时 1000 只的生产量，超出他们每班 800 件的生产定额。可是扎娅动作慢，总是跟不上子衿，架子上放满了货。为了加快速度，扎娅不再仔细检查，做完了就放给下面的人，至使废品量增加，货都堆了起来，质检包装员杰西卡对此很不满，子衿也不高兴，因为扎娅浪费了她的劳动成果。来帮她们做纸箱的小组长爱德蒙只是摇头，私下里对她们说，扎娅是被北厂的主管发到这边来的，说再也不想见到这位女士。28 岁的扎娅体胖且皮肤棕黑而粗糙，看上去活像是 48 岁，两年前她回印度和一个男人结婚，那人来加拿大不久便跟她离了婚，根本就是利用她移民。扎娅深受打击，整天无精打采。相距三、四米远，扎娅身上浓重刺鼻的腋臭味让子衿不得不戴上了口罩，子衿为了保证自己的成品率，只好抽空来替扎娅验货，给自己增加工作量，她的速度放慢到一天 900 件，但成品率还是上不去，下班的时候，杰西卡的报告说，成品只有 700 支，废品竟高达 200 支。子衿不相信会有这么多废品，因为从她手上出去的每一条零件都经过了检查，除非全是由扎娅造成的。

　　为了达到定额，子衿不再去工休，到别人去吃饭时，她又一个人继续在机器上操作。受到警告的扎娅也会在饭后提前回来，配合她的工作。因为这个小组没有夜班，下午班常常有两个小时加班，但是子衿和扎娅从不留下来，她们很累，而芭芭拉和杰西卡每天都会留下来加班，一个操作冲压机，另一个验货装箱，每晚都能完成定额，不需要加人，老板非常高兴，还给她俩发了奖金。但是每天不休息连续工作，子衿感到越来越吃不消。费尔南德·卡普兰在工休时听到还有人在操作机器，便过来查看。听到子衿的汇报后，便去找了他们的小组长爱德蒙。第二天，费尔南德决定把子衿和扎娅互换，并把杰西卡调走，放了前门右手小组的另一个菲律宾女工陶莉来子衿小组做检货员，并告诉陶莉，把每一只检查出的坏零件划上记号，放到桌子上，等他过来亲自复查。结果，那一天的生产报告显示，成品量为 896 支，废品只有 4 支，是这个新项目两个班所有小组的冠军。陶莉为她们竖起大拇指，子衿和扎娅激动地拥抱在一起。她们感谢费尔南德领导有方，还跟他握了手。费尔南德笑着赞扬她们为公司做的贡献，成为全组冠军，对告诉她们说，据爱德蒙观察和发现，杰西卡隐瞒了她们每天 8 小时的实际生产量，因为子衿和扎娅站在操作台上背对着她们工作，看不见两个质检员在台下的活动，杰西卡和芭芭拉每天都偷偷地将 4 箱共两百只成品搬去另一边，藏在冲压机操作台的下面，留到子衿和扎娅下班后没人看见时再拿出来，充当她们两个小时加班的成果，这样，她们加班的那两个小时也就是装装样子，轻轻松松地赚了 1.5 倍的加班费。子衿和扎娅每天辛辛苦苦地加时工作，饭都不吃，却全然不知在她们操作的大机器下面，就在她们脚下，竟藏着她们的劳动成果，为他人赚取了不劳而获的 1.5 倍加班费和奖金。世上竟有这么黑心的女人，每天就在她们眼皮底下欺骗自己的同事。杰西卡干这种事已不是第一次，第二次，无论她在哪个小组，总有人投诉她，她早已在人事部的档案里留有前科案底，考虑到她在这个工厂已工作十多年，又有一大家子亲戚关系，所以至今还留着她，这次她和芭芭拉将会被罚以停工三天反省，扣除两周加班费以及奖金，这笔钱将会被转到子衿和扎娅名下作为补偿。倘若此次警告后再有类似事件发生，这两个人将会被开除，并永远不许再进赫兹集团的任何一间公司。

3

8月底的一天，下午班刚刚开工一个多小时，工人们便听到外面一阵雷声，不久，子衿感到鼻子尖上落了一滴水，她奇怪地摸了摸，又是一滴，抬头一看，只见高大的厂房屋顶上漏了水，她赶紧从机器上下来，帮忙去把成品箱挪开。这时，只听另一个小组的阿杜恩大叫起来："漏水了！漏水了！"

外面又响起轰隆隆的雷声，顷刻间，风激电飞，冰雹砸在天窗上的声音清晰可闻。员工们正不知所措，却见一股水柱哗地从屋顶倾泻下来。接着他们便听到生产经理费尔南德·卡普兰的紧急广播声，他要大家立即关掉所有机器，把零件挪到不会被漏水淋湿的地方，然后立即离开生产区，到各安全出口去，主管和电工关闭所有电源。地面上已经全湿了，雨水从屋顶的各个薄弱之处如水帘般落下。

所有人都在往外跑，整个厂房里的灯唰地熄灭了。外面白哗哗一片，飙发电举，大雨倾盆，声势之大，似要天翻地覆。

"上帝又要惩罚人类啦！"阿杜恩在人群中大声喊，慌乱之中引来一片怪笑声。

隔着停车场，北边和西边的厂房几乎已看不见，冰雹砸在所有的汽车上，很多辆车的安全系统已发出鸣叫警报，停在低处的汽车已被水淹过底盘。

所有人都焦虑地挤在狭窄的门口和楼梯过道上，没有人敢出去。一个男工在屋檐下弯腰伸手，捡了一颗桃核大的冰雹给身后的女工看。

　　"我来加拿大二十年，这是第一次看到下这么大的雨和冰雹。"那个柬埔寨女工说。

　　子衿离开乱糟糟的人群，一个人来到楼上餐厅，她认为这里应该是安全的。餐厅里一个人也没有，子衿在昏暗中坐下来。此时是下午四点钟，舟舟三天前去巴黎开演奏会，此时正在返程的飞机上，已经接近安省的雷暴区，因此子衿非常担心他航班的安全。二美和三丑在做暑期工，四怪和疯婆子在上托福课，周澄宇这时应该在他公司里。子衿和子佩通上了电话，子佩说她已经把四怪和疯婆子接回了家。二美这时也打来电话，说她和三丑还在安省科技馆试飞无人机，等雨小了再回家，叫子衿不必担心，还问她这边的情况如何。

　　子衿现在便开始担心周澄宇，但是周澄宇没有回她的电话和短信，她独自坐在窗边，凝望着窗外的暴雨。此时已在家中的子佩正在客厅里走来走去，手上一直拿着手机，她在想一个问题，那就是她已经很久没有见到周澄宇了。子衿夫妇带着两个小姑娘住在她们同一个物业管理区内比邻的公寓楼里，因为当初租房的时候没有两套相连的户型，但是自从子佩暑假从波士顿回来就一直没有见到周澄宇，周末的家庭聚会也总是少他一人，子衿说他忙，周末老是加班，可是四怪当时的神情却有些异样，子佩就觉得这事有点奇怪。此时她皱着眉头站在窗前，外面仍旧风潇雨晦，楼下的停车场已成了白花花一片水溏。思忖片刻后，子佩决定亲自给周澄宇的公司打电话。竟有人接了，是前台的接待员，但回答却让子佩吃了一惊。

　　"周澄宇不在这家公司了。"

　　"请问他去了哪里？"

　　"对不起，不清楚。"

　　"那请问他离开多久了？"

　　"差不多两个月了。"

　　"？！……"

　　周澄宇换了工作，却没听子衿说起过。究竟出了什么事？子佩愣愣地放下手机。

　　暴雨肆虐了两、三个小时，终于放慢行脚，但多伦多的大部分地区都因此断了电。因为路面上仍有积水和冰雹，所有滞留的车辆都缓缓地小心地重新驶上公路，有些车因发动机打不着火，只好泡在水里，等待不知何时才能来到的拖车。

　　零零星星的小雨仍旧下着，空气倒是清爽了许多。

　　因为暴雨造成的停电，288公司只好停产，下午班的人都在想办法把自己的车从水里开出去回家。舟舟给子衿买的 Philhamonic Muse One(爱乐女神一号)SUV 比较高，子衿也总是把车停在地势较高的地方，所以没有问题。梁雨微的二手车就惨了，几乎一半被淹，她打电话向子衿求救，子衿叫她把车留在原地，等明天水退了再说，然后就送梁雨微回家，一路上看到很多车都因路面打滑而与其它车辆发生了碰撞，还有陷在桥下水坑里的。子衿小心翼翼地开车并一路祷告，最后终于平安地把车开回自己的住处。她在小区内那栋两层的独立屋前一停下车，就给四怪和疯婆子打电话。四怪说周澄宇已经搭同事的车回来了，现在他们已经把子衿白天为他们准备好的饭菜用小煤汽炉热好，虽然停了电，但汤在电热陶瓷锅里还是热的。

　　自从上次纽约和安省大停电后，子衿就给家里预备了小煤气炉和充足的小煤气罐，还有充电宝和手电筒。子衿嘱咐四怪利用家里所有的容器蓄水，用烛灯照明要十分小心。她准备用手上所有的现金到附近超市里去买食品和饮用水，明天上午会给他们送去。四怪都一一答应，还说今晚若不来电，就可以在阳台上看星星了。

4

想起梁雨微全家刚来加拿大时曾经住过的地下室在夏天暴雨时遭受过窗户漏水，子衿从自己车里下来后先去检查了一下地下室的半地下窗户，清理了泄水漕里的落叶杂物，又围着房子转了一圈，确认没有积水，便用随身带的手电筒照亮，进了那幢独立房的地下室，只有她一个人住在地下室，房主是一对广东夫妇，带着孩子住在楼上，还有七个小矮人合租楼上的两间卧室，每天出门去打工时都排着队。到目前为止，子佩还不知道子衿和周澄宇分手的事，子衿总觉得，能瞒一天算一天，最好能瞒到子佩、二美和三丑离开多伦多去波士顿上学，那时她就搬去她们现在的公寓，把四怪和疯婆子也带过去。她想息事宁人，不想让子佩和姑娘们为她担心，更不想让她们看到她目前的住处，所以多次嘱咐四怪和疯婆子，不要对任何人讲，说不定哪一天，周澄宇冷静下来，回心转意了，就会叫她搬回公寓，那样的话，对于子佩她们三个来说，就等于什么也没有发生。所以至今，子佩尚对此毫无所知。

子衿有些疲惫地在黑暗中坐下来，感到自己的身体在往下沉，仿佛掉进一个无底的深潭，一直往下沉，但是她还在担心舟舟的航班。此时此刻，没有人知道她身在何处，她像只灰不溜湫的小老鼠独自蜷缩在一个又冷又黑，密不透风的小地洞里，这里静得仿若坟墓，与世隔绝。往事潮水般一层层舔着她的记忆，此时此刻，她本应站在舞台上，受万人瞩目，在辉煌的交响乐中叱咤风云。从地球那边来到这边，生活发生了骤然断裂，以往在中国的日子，仿佛已成了前朝往世，遥远得无岸回头。巨大无边的黑暗镇压着她，浸泡着她，没有上没有下，没有左没有右，她消失在一片虚空之中。

不知过了多久，一首曲子在无边而又浓重的黑暗里响起，子衿开始弹奏她的电子琴。这架电子琴是舟舟从国内带来的，也是唯一一件随舟舟从四川老家带到北京的物品，在舟舟无依无靠孤独流浪的那段时间里，他就是靠着这把琴支撑着自己的音乐梦想，在他避难栖身的那间废弃的加工厂的小屋里，这把琴曾是舟舟唯一的亲人和伙伴，这孩子在那间小屋里，用这把琴练习，并创作了十余首键盘曲，经过子衿后来的修改，有三首在音乐比赛中获了奖。子衿此时弹奏的，就是她第一次听到舟舟在那个雨夜里弹的曲子，曲名叫《我的头发在起舞》，这是一首非常华丽的大圆舞曲，不仅旋律优美，甚至还有戏剧性的跌荡起伏，有急板，有静音，舟舟在弹奏时，他蓬松的长发不时地弹跳抖动，最重的击键处，他整个人都从凳子上弹起来。在那一曲之间，子衿爱上了这个孩子，视他为天赐。收养舟舟后，子衿每天亲手给舟舟梳理头发，所有的落发都被子衿给收藏起来，每年装一包，还贴上标签。舟舟笑着说："妈妈，我不是李斯特，我死后，没人会把我的头发作国际钢琴比赛的奖品。"子衿微笑着说："你是 Ark Yonge，欧阳方舟，我的孩子。"

难以想象，一个背井离乡，漂泊在外的小孩儿，一边谋生，一边自学音乐，孤身住在那样破旧的屋子里，竟创作出如此绚丽浪漫的乐曲，当时他还不到十岁。若不是对音乐有着执着的爱和天赋的才华，他怎么会有那样顽强的生命力？而子衿目前的处境难道还不如舟舟当年的那间小屋吗？她定会走出黑暗，光明的舞台还在等着她重生。

子衿在黑暗中弹奏着，她的头发也开始起舞，相隔十年她才进一步理解了这首曲子和她的学生。每年在舟舟生日那天，舟舟都会拉着她的手，一起在这首舞曲中双双起舞。子衿一边在黑暗中弹奏，一边祷告让她的舟舟平安落地，平安回家。

但是电子琴的电池很快用完了，没有备用电池，因为她习惯了电力和光明。子衿颓然倒在床上，闭上眼睛。她的脑子里乱乱纷纷，她想打坐，却像个病人似地在黑暗中缓缓睁开眼睛，这时她无意中看到墙上有个地方在隐隐发光，那是什么？她记得那个位置应该是尼古拉·特斯拉的画像，于是她慢慢起身，在黑暗中向那个地方一步步小心走过去，走到近前，看到那的确是特斯拉的画像，而这张画像是舟舟送给她的，舟舟一个人住在那间废弃的工厂小屋里时，墙上就挂着贝多芬和特斯拉的画像，舟舟说这两位是他最崇拜的与命运抗挣的天才和英雄。子衿却从不知道特斯拉的画像能在黑暗中发光，想到特斯拉的一生，他拼命地读书，拼命地工作，前半生创造奇迹，后半生惨遭封杀，发明被人剽窃，专利被人争夺，同行的竞争对手不断对其打压，甚至烧了他20年心血的实验室，晚年因交不起房租被酒店起诉，折掉了他用所有心血和积蓄建造的沃登克里弗塔，81岁时被出租车撞伤，断了三根肋骨，没有去医院，回去继续他的研究和发明，又顽强地活了5年，很多专利在他死后才被承认。一个梦想点亮全世界的人，为什么他自己的命运却像那座无线输电塔一样让人扼腕叹息。想到这儿，子衿凝视着黑暗中特斯拉的眼睛，这时窗外一阵雷声，她看到了特斯拉眼中的闪电，音乐猛地在子衿头脑中炸响，来不及打开电脑，她一把扯下胸前那支24小时不离身的带电光的灵感笔，就在特斯拉画像下面的墙上开始忿笔疾书，成串成串的音符从她的指间涌出，她的另一只手同时在指挥着无形的乐队，脑海中的音乐冲破了这黑暗的地下室，像雷电一般在空中闪耀轰鸣，为所有给人类身心带来光明和力量的特斯拉们呐喊，为所有献身真理的先驱们呈上最高的敬意。

　　不知过了多久，黑暗中，手机发出闪光，电话那头传来子佩的声音："姐，出什么事了？这么久才接电话？手机没电了？"

　　"哦，对不起！我一直在作曲。你们都好吗？"子衿问。

　　"我们都好。你在哪儿呢？"

　　"我？在车里。"

　　"别骗人了，让我省点心吧。快把地址告诉我。"

　　"我真的，在汽车里。"

　　"那按一声喇叭让我听听。"

　　子衿一时语塞。

　　十几分钟后，子佩和子衿一起坐在了被点起蜡烛的地下室里。这是一个一卧、一厅加独立卫生间的套房，厅也是厨房和餐厅兼起居室，卧室大约十五平米，折叠床、折叠书桌、两把折叠椅。桌上放着子衿的便携式电脑，上面显示着她的邮箱，另一把椅子供她弹琴时就座。子衿的两只旅行箱靠墙卧着，一只里面是她的衣物，另一只是她的书籍、DVD 和音乐资料。没有窗户，但是三面墙上都挂满了图片或照片。左面墙上挂着一些音乐家照片，有作曲家、演奏家、指挥家，包括与社会反对派作斗争而成为第一位成功指挥大型交响乐团的荷兰女指挥家安东尼娅·布里科（Antonia Brico），还有美国女指挥家马琳·阿尔索普（Marin Alsop）、墨西哥女指挥家阿朗德拉·德·拉·帕拉（Alondra de la Parra）、英国女指挥家艾丽丝·法汉姆（Alic Farnham）、加拿大女指挥家芭芭拉·海因甘（Barbara Hannigan）、法国女指挥家兼钢琴家阿丽亚娜·马蒂亚赫（Ariane Matiakh）、日本女指挥家西本智实，以及杰出的女钢琴家玛尔塔·阿格里奇（Martha Argerich）和王羽佳；正面墙上挂着一幅大照片，视角是从舞台上面向观众席——全场空无一人，只有台上一架黑色三角钢琴，正默默等待着钢琴家和他们的听众。在这张大照片的两侧，挂着她们两姐妹与五个姑娘和舟舟的合影、她们与父母和祖父母的合影、中国交响乐团少年女子合唱团在斯坦弗大学的合影。在这些照片的下方是壁炉，壁炉台上放着一只铺了蓝色天鹅绒的长条形盒子，里面圣物一般静静地盛着子衿的白色指挥棒，仿佛匣中宝剑，等待着下一次寒光出鞘，神采重现。壁炉一边是一盆从宜家买的高大的翠竹，另一边是一面高大的立镜。壁炉前，一边放着子衿的古琴，另一边放着电子琴。另一面墙上，挂着一幅半米多高的蓝调油画，身穿白色长裙、长着一对若隐若现的白色翅膀的美人鱼公主，坐在海底宫殿一架巨大的竖琴钢琴前弹奏，她的周围浮游着各种鱼类、藻类，还有美丽的珊瑚，而她的梦想却是超越这一切，进入更高的自由维度。画的右下角有一个小标签，上面用英文写着："由鱼变成人，又由人变为天使，小人鱼公主只用她短短的一生就超越了人类上亿年的进化。"作者署名：西尔维娅·莉西，作于 83 岁抗癌期间。子佩不知道子衿从哪里弄来的这么伟大的一幅原创画作，转而去看它旁边的另一幅几乎盖住了整面墙的丝绸挂帘，上面印着一幅她熟悉的美景，那是杭州，她们的故乡，西湖、雷峰塔、丝绸大厦、灵隐寺，中间部分是子云国际静心度假村的 AI 绘图，就如同是从空中俯看一样逼真，那是她们奉献给故乡的爱与梦想。这时，子佩注意到在这幅壁挂下边露出的墙面上有两行乐谱，她意识到什么，一边低头看着那些乐谱，一手轻轻地撩开了挂帘，瞬刻，她被完全惊呆了，半面墙上写满了如天书一般的乐谱。

当子佩在黑暗中打着手电筒，参观这个空间狭小但藏品丰富而又闪闪发光的地下艺术馆时，子衿仍旧在电脑上整理着自己的乐谱。子佩一直等到她完成工作，才敢说第一句话。

"为什么不搬去和我们一起住？"

"你们那里已经很挤了。再说我也想清静清静，有好多事情要想。"子衿轻声说，"这里离家很近，开回公寓只需一两分钟，每天上午我回去清理房间，给他们爷仨做好当天的饭菜，然后练琴，只是暂时不跟周澄宇见面而已。是他不想见我，把我关在门外，下班后回不了家，还不许四怪和疯婆子给我开门，否则就要怎么怎么样。我叫两个孩子踏踏实实地呆在那儿，该干嘛干嘛，由我想办法解决问题。"

"二美和三丑这个月底就要跟我一起去波士顿读大学了，到时如果还是这种状况，你就带四怪和疯婆子搬过来，房子就不用退租了。"子佩说。

"我也是这么想的。"子衿说，在幽暗的烛影中，她的声音听起来有点空洞。

"究竟发生了什么？我们今年犯太岁还是怎么了？"子佩坐到子衿身边来，"你在这儿住多久了？"

"疯婆子只是从桌上拿了两块钱硬币，拄着拐杖到一元店去买了一只扳手，因为家里当时没有人，而水笼头在漏水。澄宇因为孩子没跟他打招呼就擅自拿了钱，被他披头盖脸骂了一痛，还动手打了那孩子。"子衿说不下去了，强忍住眼泪，"她们都是孤儿，我们是她们唯一的依靠，疯婆子曾在地震中冒死舍身救了十一个同学和老师的命，伤了自己的腿，造成终生残疾，却因为两块钱挨打……换了谁受得了？！疯婆子跑出家门，我好不容易才和四怪一起找到她……"

子佩搂住子衿的肩安抚她："周澄宇不知道家暴是犯法的吗？哪有这样管教孩子的，不分青红皂白！"

"他的情绪有些不对劲，我担心他的肝功能失常。但我无法说服他冷静下来，他偷看了我的邮箱，之后就失控，把我关在门外不让我回家。我在工厂里辛苦了一天，却有家难回，没有地方洗澡上厕所，没有地方睡觉，我只好另找地方安身。这里是我在那两天能找到的附近唯一的出租房。我想带两个孩子一起走，可是我做下午班，又无法转去早班，孩子要是跟我一起住，从下午放学到晚上入睡这段时间都见不到我，留下周澄宇一个人我也不放心。另外，没有人愿意把楼上的房间租给我，因为我下班太晚，会影响房东休息，所以我眼下就只能租地下室。这里没有阳光，又潮又冷，如果孩子们和我一起住，我怕会影响他们的健康。所以我决定，让她们先留在周澄宇身边，只是要小心他，我只带走自己的个人用品。我还有家里的钥匙，白天周澄宇去上班，我上午就回去料理家务。我最不放心的，是周澄宇的安全，他每天骑自行车上下班，屡次三番被右转弯的汽车撞伤，考驾照又总是通不过，我就每天早起开车送他去上班。现在他不想见我，我就只好每天早上开车偷偷地跟着他，开慢车沿途护送，万一他又出事，我好及时出手帮忙。我怕他目前精神状态异常，神情恍惚，更容易发生事故，不过我发现他似乎倒比以前更加小心了。我也曾告诫过周澄宇，如果他再打孩子的话，我就立刻把她们带走。我觉得他是在小题大作，希望他冷静下来和我好好谈谈，可是他不接我的电话，也不回我的短信。四怪对我说，周澄宇每天都回家很晚，而且根本不在家吃晚饭，回到家也不跟她们说话，回到自己的主人房里就不再出来。这种冷战不知会持续多久。"

子佩沉重地叹了口气："他凭什么偷看你的邮箱？"

"我也这样问他，他没有权力侵入我的电脑，偷看我的私人信件。可是他回答说：'老子是学这个的，老子是以计算机工程师的身份带你们移民来加拿大的！'"

"真是岂有此理！太过分了！"子佩忿然道，"随便打人，侵犯人权，没有起码的尊重。那么就凭约翰内斯太太发现了一条旗袍裙，周澄宇就断定你和约翰内斯有不正当关系吗？"

子衿摇摇头："是啊，现在就算你去跟他解释，也说服不了他，他说我们姐俩都不是什么正经东西。你，不结婚，要自由；我，整天飞来飞去地去演出，不着家，住酒店，晚上跟谁在一起，不知道。"

"他真的是有病了。追求你的时候就知道你们音乐家的生活是这样，那为什么还要和你结婚？要不要给约翰内斯发 E-mail，请他帮忙把事情解释一下。"

子衿苦笑了一下："他自己那边还不知道能不能解释清楚呢，不知道他从哪儿弄了一条旗袍，让他太太发现，产生了怀疑，吵得不可开交。周澄宇把我和他的通信全都转发给了他太太维尼萨。"

"那怕什么？反正清者自清。周澄宇不相信你，那是他自己的问题。他有没有想过，你是为了他才来加拿大的，放弃了国内那么好的工作，连傻子都不敢相信你会为他做出这么大的牺牲；也是为了他能安心在这儿的专业工作，又放弃了温哥华那边的机会，继续在工厂里做苦工！如果你跟约翰内斯有关系，你为什么不借机到温哥华去工作？周澄宇考虑问题有逻辑性吗？"

"他说如果我跟约翰内斯没有关系，那为什么约翰内斯会给我介绍工作？他为什么不给你们2592公司的其它人介绍工作？"

子佩一摊手道："朋友关系有什么不对吗？你的粉丝上百万，都跟你有不正当关系不成？朋友帮忙介绍个工作，不感谢别人还心生猜忌。有本事别让自己的老婆去受苦，若他能找到稳定的专业工作，给全家上保险，你立马就能从工厂里辞职。我看周澄宇就是在小题大作，没事找事。他到底想怎么样？再演一出《奥赛罗》？"

子衿沉默着。

子佩长长地叹了口气："那么，那个叫子云的又是怎么回事？周澄宇凭什么说你去寺里勾引和尚？子云不是我们杭州那个项目的甲方吗？"她指了指墙上的子云国际静心中心挂图。

子衿轻声地笑了笑："这事就更好笑，更冤枉了。我根本就没见过子云老师。还记得去年咱们一起去襄樊吗？"

子衿于是讲起了隆中山下的广德寺。子佩惊愕地睁大眼睛。

"子云国际静心中心的合作项目就是这么来的，我为它向知音集团申请到了投资，还请你加入设计团队，作总设计师。但我从没有见过子云老师，我们一直都是通过电子邮件联系，我连他的声音都没有听到过。"子衿说，"可没想到，周澄宇会为此产生猜忌，他偷看了我的邮件以后，竟给子云老师发电邮，将他羞辱了一通。子云老师回信解释，周澄宇仍不相信我们，认定是我去广德寺诱僧，还说什么'古来芳饵下，谁者不吞钩？'你看看他们的通信吧。"子衿把她的笔记本电脑转向子佩。

子佩于是看到两个男人通过邮件方式的对话。

子云："我并不认为尊夫人是您说的那种人，她正直，善良，德才兼备，威仪俱足，富有智慧，并且是品境高深的修行者。"

周澄宇："你是在为你自己开脱吧？你了解青子衿吗？你凭什么信任她？你怎么就知道她收养了六个孤儿不是为了扬名？你怎么就肯定她接近你不是为了你那把古琴？那琴值多少钱呢？"

子云："是的，我从一开始就相信她。如果人行善都是为了名利，那这个世界上就没有好人了。她为这些孤儿付出了多少，你应该比我更了解。我的古琴再值钱，也不如子衿为国际静心度假村付出的投资。"

周澄宇："那你是好人吗？你心里就没有鬼吗？你想别人的女人还把自己装成圣人？她为什么会给你投资？她怎么不给别人投资？她是你的红颜知已吧？！"

子云："请注意您的言辞。我没有对您的太太说过任何不敬的话，也从没有做过任何冒犯她的事。我们从未谋面。如果您认为同事和朋友关系是不正当的，那么你有没有异性的同事、同学和朋友？世界上没有什么东西是不干净的，只有你认为它不干净，那么对于你来说，它才是不干净的。"

周澄宇："你的意思是我不干净喽？你们自己干得的那些脏事，还腆着脸说我不干净？！老子就是认为你们不干净，怎么着？！"

子云："We're not what you think we are. You are what you think we are."

周澄宇："教训老子，你配吗？你是个什么玩意儿？！"

子云："我希望你不是在污辱我，我是个修行的人。"

周澄宇："是我污辱你还是你自取其辱？等你们那个什么狗屁子云静心中心建好了，老子会去一把火把它给烧了，你信不信？老子还会到灵隐寺去大闹一场，让所有人都知道你是个什么狗屁东西！你信不信？"

子云："我信。有些人什么事都做得出来，什么话都说得出口。不过我还是相信，青小姐的先生一定是个受过高等教育的有教养的人，不会是那种不可理喻的人，否则为什么青小姐不嫁给别人而嫁给了你？所以还是奉劝您要遵纪守法，自重自爱，以正当方式来解决您的个人问题和你们的家庭问题。天下本无事，您没必要小题大作，损人不利己。'本来无芳饵，何处惹吞钩。'阿弥陀佛！"

子佩看完后连连点头："子云老师说得好！"

"周澄宇对我投资子云静心度假村的事一直非常嫉妒，耿耿于怀。"子衿这时说。

"但你们婚前有协议，他无权干涉你的财政，这事跟他无关，且光明正大。他不是也出钱救济老家的亲戚吗？他这样对你，这么独断专行，大男子主义，什么都想控制你，不信任你，不尊重你，把你当成什么了？"

"三观不合啊。"子衿叹了口气，"嫉妒这个东西，《圣经》中是怎么说的？'你们心里若怀着苦毒的嫉妒和纷争，就不可自夸，也不可说谎话抵挡真道。''内心安静才是肉体的生命，嫉妒能使骨头朽烂。’”

“周澄宇好好地读过《圣经》和佛经吗？所以你们三观不合。”
子佩道。

“他把我和子云老师的中文通信都转发给了约翰内斯，连我们
对子云国际静心度假村的创意这样的商业秘密都公开了，又把我和
约翰内斯的通信全都转发给了子云老师，两边诋毁我的名誉，说要
让他们看看，青子衿到底是个什么婊子，到处钩引男人。我们只是
朋友而已，但在他看来，男女之间根本没有友谊。”

“太过分了！他这样做是违法的。”子佩忿然道，“我看明白
了，子衿，周澄宇现在就是想毁了你，因为他从你这得不到他所期
望的，他是在找荐儿，找借口让外人认为都是你的错，他就可以堂
而皇之地离开你了。依我看，你们的关系已经无法再挽回。这叫什
么关系？！”

子衿的邮箱这时收到来信，是约翰内斯，他在信中写道：

亲爱的 Jin：

你还好吗？

我很遗憾你的老公竟是这样的人。但你没有做错什么，
不用担心害怕，神会保佑你！你和子云先生的通信被你老
公转发到我的邮箱里，我没有看，已经全部删除。请放心！
子云先生也删掉了你和我的通信。我们都是绅士，都相信
你的清白，并永远尊敬你，支持你。

请多多保重！有什么需要帮助的地方，请告诉我们。
我们永远是你最忠诚的朋友和粉丝！

请转达我对 Phil 的问候！

子衿一手捂住脸，眼泪禁不住流下来。子佩搂住她的肩，道：“这
才是真正的朋友，这才叫善有善报。有些人，每天见面，甚至住在一起，
却从不相识，知人知面不知心；而有些人，从未见过面，远在天边，

却能成为灵魂的伴侣和知音。这就叫作：善结，无绳约而不可解。"

然而子佩此时却忽然想起了自己在隆中山上遇见的"云梦公子"，那个与她神交却从未说过一句话的神秘男子，他悄无声息地来，又悄无声息地走了，此后再未出现过。子佩一直以为她遇见的是山里的神仙，此时此刻，一种直觉使她不由浑身战栗——"云梦公子"不是神仙，他的本名叫子云，当时住在隆中山下的广德寺，就是子云国际静心度假村的创始人。子衿在广德寺里遇见子云，但她从未见过子云，他们因佛结缘，因琴结缘，并建立了合作及通信往来；子云在隆中山上遇见子佩，但从未和她说过一句话。很有可能，是子云把子佩当成了子衿，因为她们姐俩长得太像，子云当时也不知道子衿有个孪生姐妹，但无论如何，他都没有冒犯过她们。

子衿这时在烛光里摇了摇头："既使没有那些信，澄宇也一直怀疑我有外遇，因为我总是到处去巡演，旅行，住酒店，还有那么多的粉丝。他说我们搞艺术的人都是戏子，都花心。"

子佩沉默地叹了口气："这是不是李斯特式的悲哀？"

"是啊，澄宇说我们独奏家都像是吉普赛人，为了演出到处流浪，卖艺为生，是逐水草而居的艺术游牧民族。"

"这话应该问问郎朗的太太吉娜，她是否也有同感？"子佩沉默地说，"既然周澄宇把你看成这样的人，那他当初为什么要追你，和你结婚？他有肝病，又想躲那帮老是追着他要钱的亲戚，来到加拿大一直没有找到理想的工作，作为男人，他缺乏自信，所以他总是害怕和担心你会在外面有别的男人，因为你太优秀了。"子佩说。

子衿叹了口气："他总是说，所有的男人都会看上我。他也总是对周围的人说：找媳别找漂亮的，太危险。让别人，甚至让我们两边的家人都觉得，好像我已有什么出轨行为。我一直忍耐着，为工作、家务和孩子们的教育整天忙碌，既使这样，都不能得到他的信任。那就是为什么他会想法偷看我的邮件，一点风吹草动，似乎就印证了他的猜疑。或许，我们的相遇就是一场错误，分开是迟早的事，我只希望他能得到解脱，重新找到一种身心平安的生活。"

子佩撑着额头，沉默着："我知道，你们俩从一开始就不合适。你太善良，收留这个收养那个，婚姻可不是做慈善。你也得对自己慈悲一些，先爱自己，才能去爱别人。人生最大的不幸不是得不到或失去了你所爱的人，而是因为你所爱的人而失去了自己。你给周澄宇的，并不是他想要的，他不是吃素的，可是来到我们家，却要和我们一起吃素，虽然这对他的健康有利，但他却并非心甘情愿，他偷偷在外面吃肉；他移民是想去爱乐岛，可你不想帮他。"

"我知道他在外面吃荤，但不必偷偷地。问题是：若他不吃素，我怎么能帮他去爱乐岛定居呢？那是一座素食主义岛；不是古典音乐爱好者，他也无法通过工作面试成为环宇爱乐集团的员工。"子衿这时说。

子佩点了点头："啊，是呀。总归，你想给他的，不是他想要的，这样的婚姻不正常，对双方都是扭曲和折磨，不如趁早放过彼此，好聚好散，一切随缘。你知道我不相信婚姻。但愿老天也别让我对任何人动心，我只求能有身心平安的生活，一心修炼，有朝一日能从这个虚枉、疯狂的世界中往生彼岸，再不回来投胎。"

这时子衿的手机响起来，是四怪，她告诉子衿，可以回家了。

"发生了什么？你爸改变主意了？"接电话的是子佩。

"没有，他走了，把他自己的东西都带走了。"四怪说。

"他去了哪里？"子佩吃惊地问。

"他没有说。我从窗户里看见楼下有人开车来接他。"

"是什么人？"

四怪发了一张照片过来。

"宋园？！"子佩大吃一惊，她瞪大眼睛，半天才转过脸来看着子衿。

子衿这时轻声笑了笑："其实，我早就知道了。"

子佩怔怔地看着她："你是说，周澄宇，演了一出戏？"

"是的，不是《奥赛罗》，而是一出苦肉计，为的是让他的亲戚朋友、同学和同事都认为，我们分手，是因为我出轨，都是我的错，而他是受害者，所以他就可以名正言顺，堂而皇之地离开了。现在，他已经把谎言给做实，所有人都相信了他。"

子佩愣愣地坐在那里，半天才问："你，你是怎以知道的？"

"有一次我偶然听见澄宇在电话里对一个人说：我跟他结婚是为了要利用他移民。"

"放屁！是他提出要移民的，害得你放弃驻团指挥工作，跑到这儿来在工厂里打工，辛辛苦苦给全家挣保险。亏他说得出来！"子佩气得挥着双手，"竟有这么没良心的人！"

子衿点头："那天我没有去上班，在家准备当晚去欧洲的演出。疯婆子和四怪在学校里有活动，回家晚。澄宇下班回来，以为我不在家，给别人打电话，被我在小卧室里听到，我整个人当时都傻了，可是我没有现身，没有去质问他，揭穿他。他打完电话就出去了，很晚才回来。四怪说他经常这样，周澄宇就说他加班，要不就是到老袁他们家打牌去了。后来我从他的手机账单上查到了那天的通话记录，并且我认识对方的电话号码。从那天起，我就知道，我们快要走到头了，我已经做好了心理准备。可我没想到……"

"没想到他会这么虚伪，来这么一手，演了这么一出好戏！"子佩摇着头，"太可怕了。可他怎么跟宋园好起来的呢？"

子衿揉了揉眼睛，道："自从唐斌走后，我和周澄宇一起去看过宋园几次。宋园很坚强，她和两、三个人一起做清洁，一天忙到头，周末和节假日都不休息，挣了不少钱。她老公唐斌给她留下一笔钱，是他们以前在上海的房子，宋园又通过高息贷款买了房子，三室一厅的独立屋，在 CENECA 学院附近，地下室和楼上一间出租给中国留学生，自己和女儿住两间。一个没有读过大学也不会讲英语的女人，能在加拿大这样生存，真的很让人佩服。"

子佩这时沉吟着道："我想，男人都需要崇拜，而周澄宇在你这儿得不到崇拜，而只有同情，没有自信，只有危机感。他移民是想去爱乐岛，这也可以理解，谁不想去爱乐岛？更何况大姐在岛上，也愿意帮我们。可你偏偏不想利用大姐的关系，即使你也是爱乐岛的股东，为岛的开发建设贡献了那么多。周澄宇原本期望你能回心转意，在这里找不到全职工作，就会去向大姐开口，没想到你去了一趟不列颠哥伦比亚大学，却为了他能安心在多伦多的工作而放弃了去温哥华，又回到工厂里去打工，你可真是让他失望透了，你以为你是为了他好，却反遭了他的嫉恨。道不同，不相为谋啊。他非但没有感激你，反而找理由编借口诋毁你，现在他要离开你了。对他来说，在宋园那儿比在你这儿更能让他感到自己像个男人。幸好你们签了婚前协议，不然他现在提出离婚的话，就要分走你一半的财产，那你麻烦可就大了。"

电话这时响起来，子衿一听那来电音乐便知是舟舟，楼上同时有人喊："芝麻，开门！"

子衿站起身来，看着子佩道："请先不要对父母提起这件事，我们回头再说。现在，收拾东西，咱们回家。"说着她便走出房间。

子佩怔怔地站在原地，自语道："不想让人知道，多天真，全世界都已经知道了呀。"

子衿跑出地下室，从车库里打开那幢房子的侧门，只见欧阳方舟站在门外，一手扶着墙，浑身都被雨水淋湿，头发沾在额头上，因为收到子佩的短信，他一下飞机就打车跑了过来，旅行箱也在身旁淋着雨，一见到子衿，舟舟一把抱住了她。娘俩紧紧地拥在一起，几乎同时流泪了。

"您为什么不告诉我？！您一个人搬出来，住到这里，你这个坏妈妈！"舟舟在子衿耳边尽量压低嗓音说。

子衿在舟舟肩上笑了笑："没什么。所有的大师都曾经历过至暗时刻，所有的黑天使都是神派来成就我们的，心不死，道不生。"这时她看到大仙她们五姐妹也冒雨跑了来，一见到她便开始叫，像一群鸟儿似地扑过来，将子衿抱成一团。

子佩这时提着子衿的行李箱从地下室里出来，站在他们身后道："哎，能过来一个帮我开车门不？"

晚上，电力恢复了。月光融化了云层，厅里却没有开灯。三丑、四怪和疯婆子站在阳台上看星星。

"我看见了织女星！"疯婆子指着空中说。

"我看见了天琴座。"四怪说。

"织女星是天琴座最亮的一颗恒星。"三丑说。

舟舟给钢琴调好了音，子衿拿着整理好的曲谱坐到他身边，两人开始在半明半暗中四手联奏子衿在地下室里创作的新曲《光明之子——纪念尼古拉·特斯拉》，子佩手上拿着水杯，和大仙、二美一起坐在沙发上聆听，屋里静得仿佛只有神的声音。

第三章：坐 看 云 起

时间对于等待的人来说是如此之慢，对于享受的人来说是如此之快，对于哀叹的人来说是如此漫长，对于庆祝的人来说是如此短暂；但对于相爱的人来说，时间却是永恒。

Time is slow for those who wait, fast for those who enjoy, long for those who lament, short for those who celebrate; but for those who love, time is eternal.

1

12月23号晚上10点钟，288公司下午班所有的机器都关掉了，这是圣诞节前的最后一个工作日，员工们收拾完后就纷纷离开工作岗位，带着公司发给他们的圣诞贺卡、圣诞礼物、节日购物卡，个个喜气洋洋地排队刷卡离开了公司。但梁雨微所在的上游生产线是10：30收工，所以还能看到他们那个区的灯光。下游生产区已经安静下来，大部分区域都已关了灯，子衿却仍旧一个人站在她操作台上的高大的机器旁，抱着两臂，斜靠在机器上，面无表情地望着若大的厂房，每一个生产小组、所有的机器、设备、空无一人的过道、过道边上三层 6 米高的货架和上面的原料、过道尽头的办公区、更衣室，还有楼上的人事部、会议室、餐厅……如果你看过由嘉宝主演的电影《瑞典女王》，那么，子衿此时的神情就犹如影片结尾时孤立在船上的克莉斯蒂娜，她的眼睛一眨不眨，凝望着一个不为人知的地方，也没有人知道此时此刻，她的内心在想什么……

终于，子衿走下了操作台，从打印机上撕下一页空白的标签纸，然后，她就在半明半暗中独自离开了生产区。

从更衣室的储物柜里拿出自己的背包和大衣，将公司发的圣诞礼物装进包里，子衿没有向往常那样锁上柜门，她把人事部提供的数码锁挂在了门上，然后把那张标签纸贴在储物柜门的内侧，在上面留了一句话：

"卵，从外部打破，是食物；从内部打破，是生命。"

掩上柜门后，她离开了更衣室。独自从长长的通道经过时，她注意到左边的墙报上新贴出一个男工的照片，以及人事部的讣告，子衿不由得站下来，那是一个中国同事，名叫邵恩，是西厂上游生产线的操作员，子衿没见过他，但听曾在西厂工作过一周的子佩提起过，邵恩毕业于北京理工大学，是汽车专业博士，已在 288 公司工作了十多年，只有五十六岁，不知为何突然去世。子衿默默地站在那里，然后便看到了墙报上她自己的照片。在 288 工作七个月的时间里，子衿向公司贡献了十项建议，还获得一项发明专利，她的照片因此上了榜。子衿默默地看着照片上的自己，然后轻轻说了一句：
"Good Bye."

走出 288 公司时，子衿来到几乎空旷无人的停车场上，她仰起头来，看到今晚的月光分外明亮，她对着圆月闭上眼睛，此时的感觉只有一个：冲破了蛋壳，飞！

2

288 公司南厂下午班六个从大陆来的中国人，年纪从三十多岁到六十出头，除了子衿，其它那几个每天工休吃饭时都凑成一堆儿，在餐厅里有说有笑，讲着其它国家同事听不懂的南腔北调的汉语普通话，这回他们决定在圣诞节期间一起出去"搓一顿"。

每次提议要出去聚餐的都是叶闻泠。长得又瘦又小的实验室技术员叶闻泠走起路来总像是随时要起跑，李袭明送她绰号"风火轮"。出国前，叶闻泠在化工部外贸局工作，二十六岁那年，她嫁给了一个又高又大，比她年长十岁的加拿大白人，从此成了汉德森太太。汉德森先生在加拿大移民部工作，与叶闻泠在香港相识，婚后他们一直没有孩子，夫妻俩倒也逍遥自在，年年出去度假旅行。因为平时总在家里做西餐，叶闻泠于是经常提议要和下午班的同事出去吃中餐。

他们这次选定的是位于马克汉姆区的龙珠汇中式自助餐厅。来自深圳的李袭明是下午班的电工，每次聚餐都不来，因为要照顾孩子，又兼职做滑雪教练，实在太忙，但这次却破例带了他太太宫宇宁出席。宫宇宁在赫兹集团下属的 384 公司做财务出纳，离 288 公司也不远，两口子贷款买了自己的大房子，生养了五个孩子，让他们国内的亲友和同学羡煞不已。

288 公司下午班工龄最长的中国人是齐家，大家都说他长得像演员王刚，李袭明送他外号"笑佛"。这次聚会，齐家带来了他的太太曲丹，曲丹一来，就和她的校友叶闻泠坐到了一块儿。

来参加这次聚餐会的还有"胶水博士"华天平。华博士祖籍南京，毕业于东京大学高分子化学专业，毕业时他研制出一种高强度工业用胶水，其论文在网上发表，被赫兹集团看中，其专利被赫兹买下，并聘他为赫兹的终身工程师。华博士现年已六十多岁，身材瘦小，总是面带笑容，厂里的中国人都以他为自豪，据说他不仅乒乓球打得很棒，还参加了老年合唱团。

李袭明对大家说："本来西厂下午班的电工陈肖盟也要来，不过他刚刚辞了职，决定去卡尔加里做户外架线工，据说工资很高，连续工作两个月，休息一个月。那个工作是他在卡尔加里的兄弟给介绍的，他兄弟在那里开大货车，跑长途运输，有时一天就能挣几千块钱。他们还有一个朋友在那里开农场，还是北大的高材生，全大棚智能化种植，一年能挣十万，我们大统华超市卖的一些蔬菜就是他家种的。"李袭明问大家要不要也去卡尔加里发财，所有人都回应说："可以考虑，可以考虑。"

没有人提起邵恩，看来大家还不知道。子衿决定对此保持沉默，以免影响大家的就餐心情，毕竟，节日过后，他们一回去上班就会得知。

3

龙珠汇可以说是多伦多最好的大型中式自助餐厅，兼有西餐，装修古朴独特，菜式丰富，吸引了各种肤色的食客，周末总是暴满。子衿很忙，又食素，原本不想来参加聚会，梁雨微好说歹说才把她给拉来。叶闻泠说，她老公汉德森原本想来，因为他以前从不陪叶闻泠出席288公司的圣诞聚餐会，公司里一些喜欢八卦又好嫉妒的女工便传说叶闻泠的白人老公跟她离了婚，但是想到这是中国人的聚会，汉德森不讲汉语，可能会弄得大家都不自在，还是作罢。

大家各取所需，然后坐下来用餐，桌上一时间七嘴八舌，所有的谈话都没有主题。

"以前，每年圣诞节，咱们公司都开大Party，公司出钱，租好大的宴会厅场地，每个员工都可以带家属来。"作为老员工的叶闻泠说，"每次宴会都是按照西餐的程序一道一道菜上，然后还有舞会，抽奖。有人曾经抽到过大电视。"

"现在没那个景了。"齐家说，"以前圣诞节还给我们发火鸡呢。"

"哎——你们听说了吗？"李袭明这时道，"费尔南德·卡普兰和他太太要去天津收养一个孤儿，而且要和他们教会的另一对夫妇一起去。"

"好事啊。"曲丹说，"听说有好多人都去中国收养孤儿，美国家庭是中国孤儿最大的海外收养国，超过了9万。世界首富贝佐斯，就是亚马逊的创始人，还有美国副国务聊，前驻华大使，都收养了中国孤儿。"

梁雨微这时微笑着看了看身边的子衿，她听子衿说了，子佩即将利用圣诞节假期回国探望父母，顺便带卡普兰夫妇前往廊坊的牧羊地儿童村，大仙因为回国演出，此次也陪他们同往，回牧羊地老家看望蒂姆爸爸和老师们，还要给那里所有的孩子带去礼物，并要现场演奏小提琴。但这是子衿的秘密，所以梁雨微便替她守口如瓶。

"你们最喜欢加拿大的是什么？"华博士这时提出了一个话题。

大家先是一愣，李袭明反应最快，回答道："我喜欢这边的社区中心。周末我常带孩子去游泳，滑冰，打球。这里的图书馆也很大，一次可以借五十本书，中文图书也越来越多。"

"我喜欢这边的高考制度，高中各学期成绩的累积给学生更灵活的时间和空间，还可以跨年级修课。"齐家说。

"我喜欢这边的社会保险，得了大病不用为医药费发愁，政府全包。一个人有正式工作和公司保险，全家都受益。"五个孩子的母亲宫宇宁说。

"好多人就是冲着这个移民来的。"叶闻泠说，"你看有好多的电影和电视剧里讲某某某得了重病，没钱治，到处找亲友借钱。在加拿大就没这个压力，去医院不用排队挂号，付费拿药。"

"我还喜欢这边的牛奶金，政府帮着养孩子，福利很好。"李袭明又笑着说。

“我喜欢这里的空气。加拿大自然环境保护得好。”齐家说。

“我喜欢这里的多国美食。”叶闻泠补充。

大家笑起来。

“还有人喜欢这里的多国美女。”梁雨微这时忽然说，大家一听，感觉有些不对劲，全都看着她。梁雨微接着便宣布了一个出人意料的消息。她说，今天来，是借机要向朋友们告别的，她已准备辞职离开 288 公司。

“你找到专业工作啦？”齐家问。

“对。”

大家一听，都纷纷向梁雨微表示祝贺。

“但不是在加拿大。”梁雨微说。

“在美国？”叶闻泠问。

梁雨微摇摇头：“不，在中国。”

所有人闻之，都停下了筷子。

“你要回流？”

“那你先生和你儿子呢？”

梁雨微的眼圈这时红起来，摇了摇头：“六年前，我们全家和许多新移民家庭一样，满怀希望来到加拿大。落地多伦多的第二天，我们去沃尔玛买了一些生活用品，包括一台不到一百块钱的小电视机。那天是周末，晚上，我们一家三口坐在租来的地下室里，准备看电视，没想到，电视一打开，看到的竟是妓女的广告，我赶紧把我儿子拉开，因为我还不习惯用那个遥控器换频道。之后的这几年当中，我一直找不到专业工作，从一小时只挣几块钱的体力工做起，拼死拼活支持我们家老袁去上学，能加班就加班，每个周末都加班，就这样成年累月承受着体能、语言、经验和精神压力。开始的时候，我们省吃俭用，连公车都舍不得花钱坐，有时一走就是三、四个钟头。老袁毕业后，花了半年多才找到专业工作，有了经验，跳了几家公司，现在成了公司客户服务部的骨干，负责美加分部的工作，成年累月在外面跑。我们贷款买了房子和汽车，可我一点也不开心，我不喜欢这里的生活，因为这里有太多的色情服务场所。或许你们会笑我——都什么年头了？还这么老土，这么保守！"

餐桌上的人和盘子里的美食一时全都冷了下来，但大家也意识到他们聚会的目的是为了同胞间的相互交流和帮助。梁雨微接着说道：

"我老公有了钱，可是我在这里作女人，却一点没有意思，没有快乐。最初我发觉老袁对我的冷漠后，还以为他是因为工作太忙，或是生了病，后来我儿子隆隆偶然在老袁的一个电脑内存卡里，发现了一张庞大的信息表，上面有名字、地址、电话、营业时间，甚至还有妓女的照片和老袁的打分。从这份名单上，我看到从多伦多到温哥华，从蒙特利尔到奎北克，所有的色情按摩院、脱衣舞夜总会、成人俱乐部、卡拉 OK 酒吧，还有那些私人会所，所谓的伴游、Spa，老袁都尝试过了，为他提供过服务的辣妹数不胜数。不仅是加拿大，美国那边，洛杉矶、好莱坞、拉斯维加斯、旧金山、纽约、迈阿密，几十家脱衣舞酒吧、绅士俱乐部、夜总会、娃娃屋、小猫屋、色情舞厅，他大概都去过了。震惊之余，我花了半天时间，趁老袁不在家，打开了他藏在书房衣柜里的密码旅行箱，里面竟全是成人DVD，还有许多美国妓女的广告、杂志和带彩照的名片，还有他乘豪华邮轮去加勒比和夏威夷，在船上游泳池边拍的那些穿比基尼的女人的照片、那些在海滩上晒日光浴的女人的照片，甚至还有他偷拍的两个和他在船上发生交易的女人的录像。对我说是去出差，应酬，谈生意，借机就去干这些事。后来，我又发现他是北美一个包养网站的注册成员，有很多大学生在这个拉皮条的网站上找'甜爹'、'甜妈'，以求被包养；而像老袁这样的'甜爹'，则不断地在上面找'甜心宝贝'。大学生在这个网站上注册的'宝贝'已有近五百人。有些华裔女生削价求出位。老袁是否包养了女学生，我还没有找到证据。他哪儿来的这么多钱？除了拿回家的工资，我了解到公司还有给他的回扣和红利，他公司下属的那些分公司为了订单和通过客服调查，总会给老袁塞红包，或陪他去消费。老袁现在变成了一个什么人，我已经看得很清楚。"

没有人再动筷子，大家沉默着，个个神情冷俊，菜也全都凉了。梁雨微摇了摇头，继续说道：

"我的公婆，六十八年生活在甘肃省一个偏僻的小山村里，从没有出过门，连普通话都听不懂，大字不识几个。村里没有电话，没有广播，没有电视，从村子这边的山坡往对面山坡上喊一声，全村都听得见，山两边的方言都不同。从他们那个村子里走出去的人都没有再回去过，那里祖祖辈辈就只出过一个高中生和一个大学生，就是袁格物。老袁是他们家的独生子，一直想把父母接出来与我们同住。我公婆第一次走出那个小山村就来到了加拿大，他们甚至没有在镇上，在兰州，在北京停留过，一路晕车晕机折腾过来。到多伦多后他们不敢出门，因为谁说话他们也听不懂，而且谁也听不懂他们说的话，就连我和隆隆也很难跟他们交流。他们不敢上街，因为不会讲英语和普通话，他们不认识加币，不会买东西，不会自己乘车；家里的电器他们也全都不会用，因为看不懂上面的文字。每天我在288工厂辛辛苦苦工作一整天，回到家还要做一大家子的饭，做所有的家务。老袁常常不在家，两位长辈不习惯新环境的生活，对他们来讲，仿佛是从几百年前一下子飞到了现在，我要像照顾小孩子一样照顾他们，但我从来没有一句怨言。我的老公，当年纯朴得被我认为是世界上最忠厚老实的男人，现在，这个农民的儿子，吃喝嫖赌全学会了，无论我怎么劝，他死都不愿意改。他没有跟我离婚，是因为他希望我能照顾他的父母和儿子，使他在外能逍遥自在，没有后顾之忧。对老袁来说，这里有多国美食，也有多国美色，是天堂，而对我来讲，这样的生活，没有平等，没有尊重，没有安宁，没有快乐，活像地狱。有时我一气之下，真想去把多伦多乃至全世界所有的脱衣舞俱乐部、色情按摩院和成人夜总会统统炸掉，让飞机上的人都能看到地面上爆炸的火焰。我已经四十多岁了，不想去跟那些有本钱的年轻女人争男人，就把我老公让给她们好了。但是，有一天……有一天，我儿子学校的老师打来电话，说隆隆最近常常旷课，逃学，有同学说，曾看到他和另外几个男女同学去脱衣舞酒吧。他还不到十八岁，因为个子高，就敢混进成人娱乐场所，荒废学业，我知道这是他偷看了老袁那些肮脏宝贝的结果，老袁把他儿子给害了。他跟隆隆谈了很多次，他嫌我啰嗦，嘴上什么都答应我，可晚上照样偷偷外出。我做下午班，夜里十一点才到家，老袁不在家时，隆隆就去跟一帮坏朋友鬼混，有时甚至带朋友来家，关着门偷看老袁的那些 A 片，他爷爷奶奶与我们语言不通，什么也管不了，什么也帮不上。下午班工休时，我打电话回家，没有人接，我就知道隆隆又不知跑到哪里去了。我向公司申请去早班，可是，为了照顾家庭而申请去早班的人都已经排了几年队。我吃不下饭，睡不好觉，为我的孩子痛心，他是我唯一的希望，现在，我所有的梦想都破灭了。这么多年来我辛辛苦苦支撑这个家，付出那么多时间和精力，牺牲了我的专业工作，为什么我的老公和儿子就这么没良心！……我失败啊……"

梁雨微用手抹去涌出的泪水，坐在边上的子衿递过纸巾。大家全都面色灰暗，冷着刀叉，连连摇头叹气。

"依我看，"齐家这时咳嗽了一声，看着梁雨微道，"不管怎么样，你现在做出了选择，可以解脱了，还是得多保重自己。"

"是啊是啊。"大家纷纷点头。

"你完全可以重新选择自己的生活。"宫宇宁说。

"过不到一块儿就分，省得活受罪，不值得。"曲丹说。

"是啊，道不同，不相为谋。"华博士说。

"哎，你们听说了吗？咱们公司昨天炒了个经理。"叶闻泠说。

"没有哇，炒了哪一个？"李袭明问。

"听说是北厂技术部的。"叶闻泠。

"我知道那家伙，整天不干正经事，光是游来游去，找漂亮女人聊天。"齐家说。

"听说那家伙上班的时候，经常泡在黄色网站上，还有什么约会网站，被人事部发现，就把他给炒了。"叶闻泠说。

　　"听说他太太跟他离婚了，现在又丢了工作。"齐家说。

　　又是一阵摇头叹息。

　　齐家摇了摇头，一只胳膊搭在椅背上，另一只手拿起杯子，道："你们知道咱们早班的石卯隼吧，妈的他在市中心开了一个咖啡馆，赚了些钱，我说不错。前不久他来找我，说想合伙开个酒吧，又怕有人会在酒吧里滋事，想开个卡啦 OK 厅，又嫌卡啦 OK 赚钱太慢。他说以前早班有个越南主管，叫'阿基'，被开除好几年了，他那时候和他老婆开了个卡拉 OK 厅，就在太古广场附近，地上一层，地下一层，地上是歌厅，地下就是他妈妓院，招了几个小姐在那儿，还在咱们工友当中拉客，一到周末就叫人，说：'走走走，下班到我那儿去捧场！'据说他赚了不少钱，也被警察抄过。后来搬走了，好像是搬到东区唐人街去了。石卯隼跟我说这些话的意思，就是也想开这么一间卡拉 OK 厅，问我想不想合资入伙和他一起干。我说你小子是钱多了烧的还是太穷了？咱们从大陆技术移民过来的人都是受过高等教育的，怎么能去干那种事？我说你自己想造孽可别拉我下水。我做人有一个原则，那就是不欠自己良心的债！就算找不到专业工作，在 288 工厂当一辈子工人，我也睡得踏实。别忘了我们是中国人！"

　　"就是就是！"大家纷纷点头。

　　"现在国内发展得越来越好了。有魄力回去的，从此就翻身，比我们这些洋插队的强。再也不用做苦工了。"李袭明说。

　　"来来来，干一杯！祝雨微回国发展顺利。"齐家提议。

　　"好好好！干杯！回去后跟我们保持联系，说不定还能再见面。"叶闻泠说。

　　"谢谢大家……"梁雨微抹去眼泪，笑着举起酒杯。

4

聚会散后，子衿说想和梁雨微谈谈。两人来到附近的 Tim Horton's 咖啡店。

"你已经向公司辞职了吗？"子衿问，把茶递给梁雨微。

"过完元旦假期回去就辞职。"梁雨微说。

"那么……你儿子怎么办？"子衿有些不安地看着她。

梁雨微伤心地看着窗外，摇了摇头："我跟隆隆谈了，我要跟他爸离婚，然后回国。隆隆说：'您要走就走吧，反正我是不会跟您回国的，您走了以后，我爸会再找一个。'"梁雨微的眼泪止不住地流下来，"隆隆还说，自从来到加拿大后，我就一直在工厂里打工，找不到专业工作，什么也不是。我辛辛苦苦打工，支持他爸去上学，直到找到专业工作，反倒让我儿子瞧不起；我辛辛苦苦撑着这个家，每天下午班上班前给他们做好晚饭，每天晚上下班回来洗澡，他们嫌我吵，没有人体谅我，没有人支持我去上学深造，拿本地学历，找专业工作，反倒成了'我什么也不是'，我连这家的保姆和佣人都不如。我问隆隆：你以后想成为什么？他说什么赚钱做什么。我说那是你想做什么就能做什么的吗？你得有那个条件啊，你得是那块料啊，你得有那个本事啊。整天去泡妞儿，泡脱衣舞厅，整天只想着吃喝玩乐，那能成个什么？有未来吗？隆隆一听，张口就骂我，还说我没资格教训他，还说这里是加拿大，要我趁早滚回中国去。我就问他：加拿大的法律允许未成年人进入成人娱乐场所吗？你什么时候才能长大成人？！他一听摔门就走了。我亲生的儿子，还不如你收养的孩子亲。我好失败啊，子衿，做下午班，白天晚上都见不着这孩子，我不知道该怎么教养和修理他！"梁雨微说不下去了，用手捂住满是泪水的脸。

子衿伤心地抚慰着她，过了一会儿才说："那么，你回国打算去哪儿？回北京？"

梁雨微摇摇头："我们出国的时候，工作辞了，房子交回去了。我在北京也没有亲戚朋友。我想先回大连，陪我父母住上一阵，再找工作。"

子衿点点头，又想了想："我能给你一个建议吗？"

"好，你说。"梁雨微看着她。

"我有个同事，叫桑妮娅，俄罗斯来的，两个月前，她老公的父亲在他们国内过世，给他们留下一笔遗产。桑妮娅向公司辞了职，打算和她老公一起回国去处理丧事，继承遗产，说是不回来了。可是，上周她却回来了，人看上去老了十岁。我问她是怎么回事，她说她老公突然去世了，和他父亲一样是心脑血管病，他父亲的遗产转给了他妹妹，桑妮娅落得个人财两空，只好又回来了，她有两个孩子。更不幸的是，她是以临时工的身份回来的，因为凡是向赫兹公司辞职的员工，若想回来，都只能从临时工做起，以前作为正式工的所有福利和保险都没有了，只能重新开始。所以，我想你最好慎重。我知道，你现在心情不好，急于要摆脱现状，但我建议你，先不要向 288 公司辞职，辞职之前去做一次全面体检，把你在加拿大的福利好好用一下，看看体检结果再说。过完元旦后先拿明年的带薪假期，把一切都打理好后再决定辞职。"

梁雨微想了想，叹了口气："我想你是对的。"

"可以先在网上找国内的工作，不要急着辞职回去，要打有准备的仗。不然的话，你飞回去时的心情就会是完全失落的，我不希望你以那样的心情回国，你父母也不希望看到你这个样子。"

梁雨微闭上眼睛，摇了摇垂下的头。

子衿握住她的手："不管发生什么，我都是你的朋友。别怕，先把心情调整好。能摆脱现有的状况，需要极大的勇气才能做出决择。能迈出这一步，非常不易。理智，小心为上，不要失控。"

梁雨微点头："好！"

"体检结果出来后，让我知道。"

"好！谢谢子衿！"

　　"另外，在微信群里跟咱们刚才聚会的同事说，请先不要把你决定辞职的事公开出去，不要让公司里的任何人和人事部知道。"

　　"好！你想得真周到，我的脑子现在已经乱了。谢谢！"梁雨微紧紧握住子衿的手，"你女儿的假肢手术做完了吗？"

　　子衿微笑着点点头："非常顺利，三个月的恢复和观察期已经结束，复查没有问题。"

　　"太好了！祝贺祝贺！你的心愿总算了了！"

　　"是啊。困难的时期终会过去。我们是大活人，可以做自我调整，要给自己留余地，留退路，留选择。该放过自己的就要放过自己。我妹妹常常对我说：我们首先要爱自己，然后才能去爱别人。"

　　"说得对！"梁雨微终于微笑起来。

　　12月31日，梁雨微约子衿在同一间咖啡厅见面。刚刚下飞机回到多伦多的子衿一见到梁雨微便愣住了，梁雨微呆呆地坐在窗边，两眼空洞地望着雨加雪的窗外，那失魂落魄的神情让子衿做好了心理准备。梁雨微递给她一份体检报告，什么也没说，闭上了眼睛。

　　子衿在她身边坐下来，先握住了梁雨微冰凉的手，然后才开始看那份乳腺穿刺活检报告，看完后，她更紧地握住梁雨微的手。

　　"老袁知道了吗？"子衿轻声问。

　　梁雨微的眼泪已经无声地滚落下来，吃力地点点头，紧闭着眼睛道："他，他叫我滚出去，因为，我在这之前，已经向他提出了离婚。"

　　子衿点点头："明白了。隆隆呢？"

　　梁雨微摇摇头，忍不住哭了起来："医生说，左乳……要全部切除……"

　　子衿搂住她的肩，安慰道："不要怕，可以先搬到我那儿去，我会照顾你。中期乳腺癌，还不晚，可以治愈。我知道有很多女士都得过乳腺癌，都治好了。在我们288公司早班做我那个位置的同事也是一位从国内来的大姐，名叫伊芙琳，听说她得过两次乳腺癌，都治好了，六十七岁了，还在工作。她说现在这个病非常普遍，特别是我们新移民，生活和工作压力大，语言障碍也是一大因素，当我们听不懂也看不懂英文时，就会着急，焦虑，抑郁，气滞肝瘀，这会对我们的情志和身体造成能量反噬及伤害，更年期前后荷尔蒙紊乱，更是乳腺癌高发期。伊芙琳大姐说，在她治疗期间，加入了一个中国姐妹的乳腺癌患者互助微信群，名叫'火凤凰'，光是咱们多伦多地区，光是讲普通话的，光是同一时期的患者，光是这个群里的患者，就有三百多人，年龄从二十多岁到八十多岁。群主詹妮十七年前得了乳腺癌，治愈后开了一间卖义乳和术后整型文胸的专卖店，并发起了这个微信群，姐妹们在这个群里互通信息，交流经验，相互安慰和鼓励，抱团取暖，还有义工服务和线下活动。回头我请伊芙琳大姐拉你进群。我国内的亲戚和同学，听说有三个得了这个病，都治好了，有的都过去十年了，现在都好好的。叶闻泠的老公五年前得了血癌，经过治疗，现在也好好的呢；齐家大哥的小姨，就是曲丹的妹妹也得过乳腺癌，现在也好了；咱们多伦多的新市长曾经得过两次癌症，现在不也好好的，还当上了市长；我认识一位禅师，他的祖母西尔维娅是意大利人，都八十岁了，被查出乳腺癌，无法承受化疗，听禅师的建议，开始学习念佛，打坐，冥想，吃素，每天出去散步，画画，弹琴。禅师让她每天听 10000 赫兹音频的疗愈音乐，能够治疗全身细胞，促进松果体全面排毒，还有 528 赫兹的音乐，帮助打开太阳神经丛脉轮，修复 DNA，432 赫兹正能量音乐，可以将身体调谐到地球的自然意识状态；加上饮食调理，过了一年，癌细胞竟然消失了，不药而愈，比从前精神还好。西尔维娅到老人院里分享她抗癌成功的经验，为老人们弹琴，办画展，接受媒体采访，现在过了八十三岁，还好好的。有科学家研究发现，癌细胞和健康细胞的共振生长速率之间存在差异。从理论上讲，该差异意味着用精心调谐的声波可能会导致癌细胞的细胞膜振动至破裂的程度，而不会损害健康细胞。他们正在探索使用低强度脉冲超声，以期创造出更具选择性的癌症治疗方法。很多人谈癌色变，先把自己给吓死了。但是癌症不是绝症，现在的医药和技术越来越先进，特别是乳腺癌，最好治。精神作用对于战胜癌魔与药物治疗一样重要。人体的自身免疫系统在精神作用的调控之下，会发挥意想不到的免疫效果。所以首先，你要有信心，从现在开始，不许再哭，配合医生积极治疗，保证好休息和营养。你需要马上向公司人事部提交诊断证明，申请大病保险。我听伊芙琳大姐说，她先领了六个月的短期保险，是正常工资的一半，半年后转为长期保险，好像是正常工资的 60%；医疗费和药费，政府和保险公司全部 Cover。你不用担心，安心治病养病就好。我会陪你打赢这一仗。尼采说：'凡是不能杀死我们的，都会使我们更坚强。'尽管眼下艰难，可是，每个人的潜能都超出自己的想象，挺过去后，这段经历就会变成你的财富。这两年在加拿大的经历让我感到，人在逆境时，更有机会看到生活的真相，看到世态炎凉和人情冷暖。所有的励炼，都会留在灵魂上，肉体只是个中介。凤凰可以浴火重生。我相信，你也会和很多姐妹一样战胜疾病，浴火重生！"

梁雨微此时已泣不成声："谢谢子衿！能遇见你这样的天使，真是我不幸中的万幸！谢谢！"

子衿抱住她安慰道："不要怕，我现在就去帮你搬家。我和两个小女儿住在一起。我已经和我们公寓管理处说过了，如果有两套同层相邻的单位空出来，我们就租下来搬过去，这样，我妹妹、我儿子和三个大女儿假期回来的时候就有地方住了。"

"太麻烦你了，我会付房租的。"梁雨微说。

"不用担心，合租只会省钱，又能相互照料。"子衿说，又看了看梁雨微的活检报告："医生怎么安排你的治疗？"

"说是需要先做一系列体检，然后尽快安排化疗，需要四个月共八次化疗，然后手术，手术后根据情况决定是否放疗，以及预后治疗。"梁雨微说。

"哪家医院？"子衿问。

"士嘉堡总医院。我刚来加拿大的时候住在那个区，家庭医生一直在那个区，虽然后来搬到了马克汉姆区，但家庭医生还是原来的，新的不好找，都不收新病人。"

子衿点点头："我建议你最好去玛格丽特公主医院，是加拿大最好的治疗肿瘤的医院，我女儿的腿就是在那里治好的，伊芙琳大姐也是在那里的癌症中心治好的。我听伊芙琳大姐说，这里的医院一般不会安排病人住院接受化疗，当天做完就回家，她除了第一次化疗时身体出现反应，后来就适应了，每次都是她自己开车去，自己开车回家，反应是从第二天开始的，持续一周，第二周开始恢复。第三周再去做。第二次化疗后，她的头发开始脱落。但是每个人的情况不同，你每次去化疗，我都会安排好时间陪你，你不要自己开车，不安全。另外我还听伊芙琳大姐说有一种冰帽，戴上它就不会掉头发了，我帮你去订。从现在开始，你要好好休息，治病，什么也别多想，饮食要清淡，补充足够的蛋白质，以保持免疫力。在化疗之前，每天就开始吃抗癌食品，亚麻籽、西兰花、蘑菇、洋葱、蓝莓、芦笋、大蒜、甘蓝、绿茶、柑橘、酸奶、泡菜、纳豆、巴西果……我们全家都吃素，但我们会帮你去大统华超市买些熟食。"

"我愿意成为一个素食者。"梁雨微这时说。

子衿看着她："你肯定吗？"

梁雨微点点头："你们家是中医，你又学佛，我从你身上看到健康和慈悲，我非常羡慕。要不是我每天得给我们全家做饭，还老得捡他们四个人的剩饭，我早就成为素食者了。"

子衿微笑地看着她，然后点了点头："那么你现在解放了，每天跟着我们家吃新鲜有机的原生态食品。不过，最好还是慢慢来，你现在需要高蛋白质，可以每天吃无糖酸奶，避免含有雌激素的食物，深海鱼和海参也可以吃一些。你吃枸杞吗？"

"吃，每天一把，泡水喝，然后连水一起吃了。"梁雨微说。

"我建议你先把枸杞停掉。因为枸杞会加重痰湿，服用过量会引发结节、囊肿、息肉、乳腺增生、淋巴肿大、脂肪瘤、甚至导致乳腺癌、甲状腺癌。"

"真的？！我从来都不知道枸杞会……"梁雨微甚是吃惊。

"我感到你的身体有湿气，不仅肝郁，脾胃也不好。在化疗之前先去看看中医，给你调理一下。一旦开始化疗了，西医就不希望有中药干预，也会把控你所有的其它药物。"

"好，我听你的。"梁雨微点头，"我得病的事，不想告诉公司同事，我知道有些人会幸灾乐祸。我也不想告诉国内的父母和家人，我不想让他们为我担忧着急。"

"我理解。"子衿说，"那我们就不告诉他们。伊芙琳大姐当时也没告诉国内的家人，而且她是一个人住，完全挺过来了，治好后回国探亲时才说出实情。"

梁雨微点头："好。我现在总算明白了你离婚时说过的那句话：生活不在于我们拥有什么，而在于我们拥有谁。"

"是的，当时我妹还对我说了一句话：人生最大的不幸不是得不到或失去了你最爱的人，而是因为你最爱的人而失去了你自己。"

梁雨微点头："的确，我们付出了那么多，人家还不领情，都是被我们给惯的。随他们去吧。"

"那么，"子衿道，"尽快去跟你的家庭医生说，安排你去玛格丽特公主医院，然后联系公司人事部和保险公司。"

"好。谢谢！"梁雨微深深地感谢，收起了那张沉重的诊断书。

"老袁现在在家吗？"子衿这时看了看时间。

梁雨微摇摇头："我昨天把诊断结果告诉了他，他说既然我已经向他提出了离婚，那他就管不着我了，还叫我趁早滚出去。他刚从拉斯维加斯度假回来，今天一早又飞到温哥华去了。"

子衿点点头："那么好，没什么可留恋的了。你现在要开始好好照顾自己了，治病养病。走，帮你去搬家。你的车在哪儿？我可是打车从机场过来的。"说着她站起身，弯腰去扶梁雨微。

梁雨微没让子衿扶："我没事。医生说我得了癌症，可我一点感觉也没有。他们有没有搞错？！"

"好，那咱们先去药店买褪黑激素，我肯定你需要它。我的也吃完了，飞来飞去，老得倒时差。"

两小时后，在袁格物父母诧异紧张的眼神中，梁雨微搬出了她在加拿大亲手买下的房子和辛苦供养了十几年的家。

"老袁一直想请你到我们家来玩，"梁雨微说，"可是每次来的都是你们家周澄宇。老袁绝对想不到，你第一次来我们家是为了帮我滚出去。"

十六岁的隆隆在外面参加完圣诞和新年派对回来的时候，看到子衿正帮梁雨微把最后一箱行李吃力地搬上车，他摊开两手，不相信眼前发生的一切，完全傻了眼，显然，他从未想过母亲真会离开他们。梁雨微看到儿子，禁不住泪如雨下，哽噎着说了最后一句话："孩子，妈要和你爸离婚，你知道为什么。这房子，有妈一半，但是妈决定，把这一半产权留给你，作为给你的抚养费和读大学的费用。我会写在离婚协议书上。妈什么都不要，只带着癌症走。我只希望，你的后妈会对你好过我。我希望你永远也不要生病，因为我怕你生病的时候，没人会照顾你，因为你什么都不是，还会让你滚出去……"

车开走了，留下隆隆和两位如聋哑一般的老人呆呆地站在新年前夜的风雪中，今晚，没有人给他们做晚餐。

梁雨微已经哭成了泪人。子衿一边开车一边抹去泪水，她习惯性地打开汽车音响，里面响起梁雨微在社区艺术团音乐会上演唱的亨德尔的歌剧《瑞卡尔多》中的咏叹调"让我哭吧"。

"让我哭吧
为我悲惨的命运哭泣，
我所追求的
是自由

愿悲伤粉碎重重枷锁
怜悯我所受的苦难……"

元旦过后，梁雨微没有回来上班，有人以为她辞职了，其实她是拿了假期；子衿也没有回来上班，大家以为她提前休年假，其实她是辞职了。

第四章：432 赫兹

拥有真爱，一生足矣；爱我所爱，三生三世尚不足矣。
我有音乐，一生足矣；音乐有我，永生永世亦不足兮。

A true love is enough for a life time, but tree life times are not enough for a soul mate;

Music is enough for a life time, but an eternal life is not enough for music.

1

这天晚上刮起了狂风，已近子夜时分，Ian Ingram（晏·英格拉姆）阖上一直在试奏的钢琴总谱，关掉床头灯，在黑暗中点起一支香烟，然后慢慢走到窗前。外面的一切都在风中摇曳，连室内的落地窗纱似乎也在微微颤抖，隔音效果极佳的双层玻璃窗阻挡了外面的喧嚣，立体声音响里播放着里赫特演奏的拉赫玛尼诺夫 c 小调第二钢琴协奏曲。宽广的气息、浩荡的气势，沉稳深厚，气若长河，撼人肺腹的旋律重重敲击在晏的心上，将他带入一个渴望重生的情感世界。

这时，一个白色身影走进他的视线，他的目光无意间注意到楼下树影散乱的花园里，在紫藤秋千架旁，有一个身穿白色运动服的女人，他凝神注视，那是一个面目清秀，体态优雅的东方女子，梳着长长的马尾辫，围着一条白色的长围巾。这么晚了，她一个人在那里干什么？她正独自走在一根平衡木上。

深秋凄寒昏暗的夜晚，狂风像个醉汉似的东摇西撞，更何况，风还是从安大略湖面上吹来的，人站在平地上也会晃三晃，而那女子却抱着两臂，来回来去地走在那么高、那么窄、沾满五彩落叶的木头上，单薄的身体在风中不时地晃动，却一直保持着平衡，节奏平稳，仿若闲庭信步，与她周围躁动的一切形成一动一静巨大的反差。她是不是疯了？或者她的生活中出现了什么大问题？在一瞬间，晏产生了一种冲动，他想飞下楼去，像超人那样无声地飞落在那孤单的年轻女子身后，将她从狂暴的黑夜和女巫的魔咒中解救出来，把她带回温暖安全的城堡……

女子微微低着头，腰却挺得很直，看上去和晏一样若有所思。凄厉的寒风鬼哭狼嚎般嘶叫，暴虐地冲撞着女子的身体，将她长长的黑发和白色的围巾扯得飞舞起来，然而她看上去却仿佛是沉浸在另一个世界中，神情坚毅、专注，深不可测，完全不感到寒冷和孤单，也不为这恶魔肆意横行的黑夜所恐惧，那行步的姿态仿佛是在做着林中、海边抑或御花园中悠闲的漫步，周围世界狂乱的一切仿佛都与她毫不相干，她内心显然耀动着一团火焰，把持着一颗定盘星，坚守着一个不可动摇的信念，而因使她此时能够泰然自若地成为这欲要吞噬和摧败她的疯狂世界的中心。

晏明白了，需要拯救的不是那女子，而是他自己。但这女子为什么要在这样的夜晚和恶劣天气里独自出来？晏以前从未发现有人在夜里待在这又黑又冷的花园中，也从未有人去走在那根平衡木。白天会有些顽皮的孩子在平衡木上嬉耍，前天夜里，一个伤心的男人坐在那根木头上，吊着两条腿，就着皎洁的月光抽了半宿烟。

浮想联翩和不知不觉中，晏已在窗前伫立了近半小时，而那女子竟还在平衡木上来回走着，思虑着，每一个尽头的转身都稳健而从容，像芭蕾舞演员一样优雅。又一阵狂风吹来，她的身体晃了晃，很快又恢复平衡。她周身明显表现出一种深沉的孤独，然而这孤独却使她具有了一种近乎神明的力量，她那在黑夜中有些苍白的脸上毫无表情。此时此刻她究竟在想什么？表面上看，她就像一个回不了家的落难的公主、一个落拓的情人、一个独居在孤岛上行踪不定的仙女、一只从灯火窗帘的诗歌里飞出，在夜的海面上落在一只白色独木舟上的鸽子。晏不由得也在自己的落地窗前来回走起来，困惑与莫名的兴奋搅扰着他，当他再往窗下看时，那女子已经不见了，晏却仍旧怅惘地在窗前呆立了许多。

第二天晚上，子夜时分，连续工作了十个小时的晏·英格拉姆关掉电脑，打开音响，给自己浅浅地斟了杯红葡萄酒，照例点上香烟来到窗前。

楼下没有人，平衡木上铺满了落叶，宁静而明亮的月光洒满花园。晏沉吟着，直到香烟自己燃尽。

第三天亦然。晏感到自己的期待幼稚而可笑，同时又感到些许失望和悲凉。

第四天晚上下起了大雨，虽然没有风，雨的声音仍旧令人惶恐不安，似要冲垮一切，一向独居而易感的晏有种世界末日的感觉，他祈求上帝让他所住的这栋房子成为一只挪亚方舟。

零点时分，夜猫子晏无心收拾凌乱的曲谱，熄了灯，热了杯牛奶，又来到落地窗前。然而他的心里却唯恐会透过被雨水打湿的玻璃窗，看到他期盼的那个身影。

外面除了大雨，一个人也没有，连鬼都躲了起来。可偏偏，那个女子又出现在花园中了，她打着一把透明的塑料伞，一手插在米白色风雨衣的口袋里，和那天晚上一样，一步一步，不紧不慢地低头走在那根淌着水的平衡木上。难道她真的疯了？但一个疯子会在暴风雨之夜稳稳当当地走在平衡木上吗？因为斑驳的雨幕和夜色，晏看不清女子的脸，只远远地看到她迈着两条修长的腿和一双灵巧稳健的脚，她究竟是在练就自己体能的素质，还是在极力平衡自己的内心？她为什么要这样做？她显得那么镇定，完整，八风不动，沉溺在自己的世界中，简直超凡入圣，似乎没有什么可以打扰她，动摇她。晏知道，具有这种定力的人一定不是凡人。他感到激动不安，觉得自己一定得做点儿什么，他在屋子里走来走去，搓着双手，可一时又想不出任何行动的意义和方式，仿佛笼子里的找不到出路的困兽。他可以为一场音乐会鼓掌喝彩，为他的蓝鸟球队呐喊助威，可当他独自鉴证了神迹，他能做什么？最后他站下来，站在窗前，定定地看着雨中的女子，想看看这次她究竟会怎样收场。

一个小时过去了，风车雨马都累了，仿佛都被那女子的自信和力量降服，一切又都安静下来，月光重新漂出云层。女子这时也停在了平衡木的一端，仿佛立在山崖顶上独自面对大海，她凝望着被她降服了的海面，之后，晏看到了什么？女子这时扔掉手中的雨伞，双手合十，然后，右手缓缓向前，手心向上，手臂向前外侧伸展出去，接着，右脚沿着左腿内侧缓缓弓起，至左膝内侧，随后，右腿大腿从右侧缓缓抬起，越抬越高，右腿小腿随后举起，最后，竟亮出一个一百八十度的一字马动作，右手向上拖住右腿，定住，左手仍旧立在胸前，就这样结束了她的雨中芭蕾。

年终的雪也是入冬以来的第一场雪，昼夜之间平地盈尺，满目银妆素裹，树木都变成了白色，姿态婀娜，如玲珑玉雕，映衬着挺拔的圣诞树和迷人的圣诞彩灯。蔌蔌的、洁白的雪花轻盈飞舞，覆盖了街心花园，安德烈·瑞欧和他的约翰·施特劳斯交响乐团的圣诞舞曲在雪花和灯影中回旋着。至宁静的平安夜子时，一个女子打着伞，独自款步来到这片公寓楼中心的圣诞花园里，她走到那根平衡木前，站住了，因为她此时听到一阵钢琴声。此后的十来分钟里，女子就一直靠在平衡木上，在透明的半球形塑料伞下，在漫漫无边的落雪中，静静地听着那首她从未听过的钢琴曲，她从曲中听到了狂风和暴雨，也听到了其中的一股神力，在动乱之中夹杂着似能压倒一切的平稳的脚步，最后，狂暴的一切终被降服，与节奏坚韧平稳的脚步一同停下来，最后只剩下缕缕微风、优美宁静、辽阔的海空与星月彩云的祥和。女子的脸上现出一种微妙的笑容，这微笑在她那平静的脸上持续了很久，然后她抬起头来，深深地吸了口清凉的空气，便起身离开了那根积雪的平衡木。

从那以后，晏再也没有在花园里见过那位精灵。

2

每天傍晚灯火初上时，一些人开车经过多伦多湖滨区音乐花园附近的这条街道，在路口遇上红灯停车，他们或许都不会去留意路旁那栋玻璃大厦公寓五层的一扇落地窗，但晏·英格拉姆有一天却注意到了，因为透过那扇窗里的灯光，他看到窗帘上印着一些音符，实际上，那就像是一篇乐谱。这是晏第一次见到印有乐谱的窗帘，酷，于是他想，如果他也有这样的一幅窗帘，他希望在上面印上什么曲子呢？回答是：他想印上由他自己创作的曲子。从那以后，每当行车路过这里遇上红灯停下时，晏都会扭过头去，辨认那窗帘上的乐谱，有几次，因为绿灯时他还不走，便被后面的车按了嗽叭。

其实晏就住在这个区，与这栋楼隔着中心花园的另一栋公寓里，开车过了路口，他就拐向公寓区的另一个方向。从他的窗户里可以望见中心花园对面的这一栋楼，但那扇窗帘上印着乐谱的窗户却冲着南边，从那里，隔着 Queens Quay 湖滨大道，另一边就是音乐花园、安大略湖、湖心岛公园和多伦多 Billy Bishop 机场，往左就可以望见国家电视塔，是多伦多最好的风景游览区；夏季或天气好的时候，湖滨到处都是来自世界各地的游人，还有很多本地人在路上骑车，跑步，滑板，在花园里漫步，溜狗，健身，野餐，露营；湖面上各种游艇往来，不时地有中小型飞机在岛上起落，赶上公众假日时，坐在家里就可以望见湖上的烟花。晏一直想搬到朝南的公寓单元去，不过到目前为目，他还没有得到空房信息。

三月份复活节这天下起了雨，天早早地就黑了。晏开车回寓所，又在那个路口遇上红灯，他停下来，放下车窗，扭头去望路边公寓楼上的那个窗帘，这时他忽然听到一阵钢琴声，琴声在雨雪中不够清晰，晏凝神屏息，闭上眼睛，凭着音乐家敏感的耳朵，几秒钟后，晏一下子睁开眼睛，他惊呆了，因为他听出，那竟是他写的曲子，是那首他去年圣诞节期间谱写的"平衡木上的芭蕾"，还没有发表和公演过，是哪个音乐家邻居听到了它？并记下了几乎完整的曲谱？！晏的心快要跳出胸膛，他的手指在方向盘上敲着，红灯刚一变绿灯，他的车就一下子冲了出去。很快，晏拐进了公寓区的另一侧，飞驰来到那栋楼下。他跳下车，站在雨雪中，竖起黑色大衣的领子，仰头找到那扇窗户。可是钢琴声却没有了。晏仰头站在楼下，在雨雪中直呆呆地望着那个窗户，几分钟过去，他打了个冷战，正在他想着如何能混过保安溜进这栋楼时，忽然，一首无伴奏童声合唱曲响起，从那窗户里轻轻地飘出，仿佛教堂里的唱诗，旋律纯净优美，无比虔诚的圣歌，它的高音区简直像是从天堂里传出的。晏仔细倾听，确认那不是录音而是有人正在歌唱，可以说是非常专业的复调合唱，随着平静的雨丝飘洒下来，仿佛来自天国，美得令晏不禁闭上眼睛，他用心去感受这难得的身心滋润与洗礼，但却一时想不起这首曲子的名字。晏拿出手机，录下了那段歌声。

回到车上，他一边理着被雨水淋湿的头发，一边给他的老板和朋友瑞卡多（Riccardo）打电话。随后，他应邀来到瑞卡多的豪宅中，用手机放了那段不大清晰的录音，还自己哼唱了一段，然后问瑞卡多这是什么曲子。

瑞卡多去给晏倒了杯红酒暖身，然后从自己电脑的音乐图书馆中调出一首曲子，让他的德国音响开始播放。

"对，对对，就是它！"晏兴奋地说，"真是太美了！上帝，这是谁写的？"

"这是十七世纪作曲家葛利高里欧·阿莱格里的《求主怜悯》

(Miserere Mei Deus)，按照《圣经·诗篇》中第 51 篇 (Psalm 51) 的设定所谱写，共有九个乐章。因为它的曲调异常优美，当时被教宗限定只能在受难节圣周（Tenebrae，Holy Week）于西斯汀礼拜堂（Sistine Chapel）演唱，不得外传，任何拷贝或复写此曲的行为都是禁止的。在主后 1770 年，这首曲子只有三份正版授权的乐谱，一份给罗马帝国皇帝利奥波德一世 (Leopold1)，一份给了葡萄牙国王约翰五世 (John V of Portugal)，一份给了音乐家乔凡尼·巴蒂塔斯·马蒂尼 (Giovanni Battista Martini)。后来，这首歌曲在一次宫廷演唱时被另一位到罗马拜访的音乐家听到，并在当天就把这首 Miserere mei Deus 凭记忆整曲抄录下来。教宗克莱蒙十四世 (Pope Clement XIV) 非常惊异这位音乐家的才能，并召见了他，授予他金马刺骑士团勋章 (Order of the Gold Spur)。这位音乐家就是莫扎特，当时他只有十四岁。从此，这首曲子无法再被禁演，乃至跨越时空，被你这位鉴赏力极高的知音今天听到。

晏听罢十分吃惊并表示惭愧，说他今年 34 岁了，学音乐三十年，甚至还不知道这首曲子，也只记下了它的一小段。

瑞卡多笑着安慰了他几句，便问晏到底是从哪里听到的。晏于是讲起了那个乐谱窗帘、他的钢琴曲，以及雨中迷人的童声合唱。

3

是日傍晚仍旧雨雪绵绵，晏和瑞卡多凭着他们堂堂正正的音乐家外表，尾随一位拄着拐杖的上了年纪的白人女住户，从大堂保安的眼皮子底下混进了那栋有乐谱窗帘的公寓楼里。下了电梯，两人都转了向，东张西望不知该往左还是该往右。某家住户的门缝里这时飘出炒菜的味道。

"嗯，好香！中国人过年，整个地球都是香的。"一向热衷于中餐的瑞卡多吸着鼻子。

"嘘——"晏示意瑞卡多噤声，"今天是复活节，不是中国新年。"他竖起兔子般的耳朵倾听起来。瑞卡多也弓下腰来，屏息宁神，果然隐隐听到乐音，他指了指右边，晏连忙点头，两人便顺着乐音的方向往右边轻轻走去，走到尽头时又站下来，辨别乐音的来源，然后又往右，最后停在了楼道尽头的那扇门前，门牌号是 528。

"这是什么乐器？"晏把耳朵几乎贴在了门上，仔细倾听着。

"我也不肯定，好像从未听过。"瑞卡多悄声说，"可能是一种什么民族乐器。"

晏又把另一只耳朵贴到门上去。

两个大男人鬼鬼祟祟地正在偷听并交头接耳之际，忽然发现一个人站在他们身后，两人立即被吓了一跳，尤其是晏，当他看到来人时，他彻底惊呆了。

站在他们面前的是一位细腰长腿秀发婆娑的东方美女，足有一米七高，穿着白色的带毛绒滚边的中长斗篷，带有中式国风元素的盘云对攀扣，搭扣两边一长一短垂下来，吊着一大一小两个白色的小荷包，斗篷里面穿着的是一条浅蓝色加绒丝绸旗袍，立领斜襟，上面有银白色提花，精美素雅，加上那个苗条的身材和临风不动的气场，甚是令人惊艳。这位长眉星眸的东方美女怀里抱着一个 Whole Food 大纸口袋，像抱着一大束鲜花，不过里面装的全是有机蔬菜。她平静地看着两个大男人，开启红唇皓齿，轻声道："那是古琴，一种中国乐器，已有上千年的历史。二位对此感兴趣吗？"

"哦，是的是的！"瑞卡多立即笑起来。晏却仍旧傻傻地看着面前的大美女。

这时房门在他们身后打开，老五疯婆子探出头来，两个男人回头看去，疯婆子不禁吃了一惊，指着晏道："勃，勃拉姆斯！"

两位男士一听立即大笑起来，高大的瑞卡多晃了晃脑袋说："哦，对不起！女士，打扰了。我的朋友勃拉姆斯每天开车经过你们楼下，听到有仙女在唱歌，几次都差点出了车祸。所以，我们今天想来会会仙女。"说完他向美女递上自己的名片和带照片的驾照。

晏也连忙递上自己的名片，说："我是，我是勃拉姆斯的亲戚，所以，长得有点像。"

美女看后将证件还给他们，然后掏出手机，将二人的名片拍了照片，发给里面的屋主，通知有客人到访，是被音乐吸引而来。

"很高兴认识你们！我是 Phil Sonnet Qin。"子佩微笑着也掏出自己的名片递上。

"不过，对不起，先生们！家里有些乱。实际上，我们明天就要搬家了。"子佩请客人进屋，疯婆子已经打开房门。

瑞卡多不禁吹了声口哨："明天？！这么说，我们差一点就见不着了？"

"这或许就是中国人说的缘分吧。"晏神情激动，几乎迈不动腿，像木偶似的随瑞卡多一起进了屋，"你们要搬去哪里？"他问子佩。

"我们要搬到花园对面的那栋楼去，最高层，我们等了很久才等到那边有合适的空房出租。目前的这套公寓临街，有些吵。"子佩回答。

两个男人点头，音乐家需要安静隔音的空间。他们在门厅里换了鞋，然后步入客厅。原来这是一套复式公寓，晏第一眼就看到了两层高的玻璃落地窗前那架黑色三角钢琴，然后是落地窗边的墙上，一个立式的大约 50 英吋的电子大屏幕，上面显示着一幅照片，它一下子吸引了晏，瑞卡多这时也站在了他身后。照片上有个年轻的女子，但不是安娜·卡列尼娜，她身穿白色衬衫，黑色长裤，系着黑色腰带，手持指挥棒，站在一个露天音乐会的舞台上，正在指挥一支交响乐队演奏，但是晏和瑞卡尔多只看到她的侧后方，看不到她的脸；台下坐满了各种肤色的观众，周边草地上也坐了很多人，音乐会的地点是在一个白色的沙滩上。这实际上是一场户外音乐会的海报，屏幕上显示的是"多伦多夏季古典音乐节 TSC Proms"。

"这是在什么地方？"瑞卡多这时看着屏幕问。

"好像是湖滨，中央岛公园。"晏说，凝视着海报上的女指挥。

"可我从未听说过多伦多有夏季古典音乐 Proms。"瑞卡多说，"这是什么时候的演出？什么乐团？"

"我也没听说过。"晏说。

"这还只是一个梦想，一个创意。"这时他们听到一个悦耳但平静的女声说。

两人抬头一看，只见一位身材修长，穿着白色长裙的年轻女子站在楼梯上。

子佩这时端着茶盘从厨房里走出来："哦，介绍一下，这是我姐姐 Jin。"

晏完全呆住了，瑞卡多也僵住了，他们的脑子在一瞬间快速地做着推理和判断。

子衿款步走下楼梯，微笑地伸出右手："你们好！我是 Jin Qin。"

作为老板的瑞卡多反应最快，连忙上前接住子衿的手："你好，青小姐！久仰大名！幸会幸会！请原谅我们的冒昧来访。我是瑞卡多，皇家音乐学院交响乐团团长。"

"很高兴见到你们，先生们，欢迎光临！"子衿微笑地颔首与他握手。

有法国血统的晏这时伸出双手，捧住子衿的右手鞠躬，象征性地行了吻手礼："幸会！青小姐，久仰大名！我方才开车从您楼下经过，听到有人在弹我的钢琴曲，所以，就找了上来。"

子衿眼睛一亮，她看着晏，脸上漾起欣喜的笑容："这么说，你是那首曲子的原作者？"

"正是蔽才，晏·英格拉姆，皇家音乐学院交响乐团驻团作曲家、钢琴师。非常高兴遇见你！"晏又微微地鞠了一躬。

子衿再次握住晏他的双手："我太高兴了！能见到你，英格拉姆先生，我非常喜欢你的曲子！"

"你一定是在花园里听到我弹那首曲子的，竟然全记了下来。"

晏抑制着激动的心情道。

“不错，因为我非常喜欢，可惜我一直没有在网上找到原曲和作者。没想到……”

“没想到今天被我幸运地听到了你的弹奏。感谢上帝让我们相遇！真高兴能和青小姐作邻居！”晏说。

“请问它的曲名是什么？”子衿高兴地追问。

“‘平衡木上的芭蕾’。其实，它是为你而作的。”晏说，“至今还未发表。”

子衿全明白了，感动地双手按在胸口上：“我太荣幸了！谢谢你！这简直是一场奇遇。”两人不由得相互拥抱在一起。

“是的！你是我的知音。”晏满怀无限的感慨，似在拥抱久别的亲人，“真是相见恨晚。青小姐愿意作这首曲子的首演吗？”

“哦，当然当然！我十分愿意！非常荣幸！谢谢！”

瑞卡多看着此时如他乡遇故知般的晏和子衿，又看了看愣在一旁莫名其妙的子佩，不由得笑了起来。

子衿请大家就座，然后从 iPad 上调出晏通过电邮刚刚发给她的钢琴曲原谱，随即就和晏一起在钢琴上试奏起来，并请晏给予纠正和指导，最后将全谱打印出来。听罢子衿整曲的演奏，坐在沙发上的瑞卡多和子佩掌声未落，子衿便热情地向晏建议道：“你是否愿意把它用于芭蕾舞音乐？”

晏一听，看着子衿，又看了看瑞卡多。

“我看可行，这是个非常好的提议。”瑞卡多微笑着说。

“可以举办一个与芭蕾舞同台的音乐会，只用钢琴。”子衿说，“比如我很喜欢李斯特的《柏辽兹主题变奏曲》，一直想把它用于芭蕾舞伴奏曲目，我们可以再一起想一想其它曲目，举办一台现代和古典芭蕾舞音乐会，请多伦多的加拿大国家芭蕾舞团合作演出，还可以与温哥华的环宇爱乐芭蕾舞团同台。”

“好主意！那么，这首《平衡木上的芭蕾》就请青小姐作编舞的艺术指导吧，非你莫属。”晏说，“结束动作一定要用那个直腿一字马，双手合十。”

“什么，什么直腿一字马，双手合十？”瑞卡多看着他两人问。

晏不由得笑起来，连说带比划解释了一下：“简直酷呆了，中国功夫，绝活儿。”

“哇——！”瑞卡多和子佩也笑起来。

子衿坐到沙发上来，子佩为大家递上香茶。

“谢谢！”

“印象当中，我记得青小姐指挥过纽约中央公园的夏季音乐会，还有……”

“还有洛杉矶好莱坞碗的音乐会。”晏说，他知道瑞卡多有意聊聊夏季户外音乐节。

“还有萨尔斯堡和柏林的夏季音乐节。”子佩这时补充，“巴黎和布达佩斯的夏季晚间户外音乐会。”

“哦，是的，还有 BBC Proms。”晏又说。

“还有每一年的温哥华爱乐岛夏季晚间户外音乐会。”疯婆子这时忽然从楼上探出头来补充。

“哦，谢谢姑娘！”大家都仰头冲她笑起来。

“我记得还有维也纳美泉宫的夏季晚间音乐会。”瑞卡多说。

“是的，不过那不是作为指挥，而是钢琴独奏，就像王羽佳一样。在意大利也是。”子衿微笑道。

“也就是说，在夏季户外音乐节方面，青小姐是极富经验的。难怪你会想到要在多伦多创办户外音乐节。”瑞卡多说。

“可是我没有乐队。”子衿托着茶杯说。

“所以，我们来了。”瑞卡多笑着从沙发上欠身道，“你有经验，我们有乐队，一拍即合。”

“太好了！”子佩高兴地快要鼓掌了。

“就在中央岛湖滨沙滩上搭台怎么样？我想青小姐已经实地考察过了。”晏说。

“我们能上台合唱吗？疯婆子这时又站在楼上扶栏边向下请缨。

"没问题！姑娘们。"瑞卡多高兴地一挥手，楼上立即响起一片欢呼。

"我们这个城市，早就该有夏季户外音乐节了，只是一直没有人去做。"晏说。

"那就让我们来做吧，我们与青小姐是天赐良缘。"瑞卡多说，"如果青小姐愿意，可以来我们团作艺术总监，我们的指挥还有两个月就合同期满了，目前正在招聘新指挥，青小姐愿意为我们续弦吗？"

"我非常荣幸！"子衿起身与新老板握手，并深表感谢。

"那么，为我们的相遇，干杯！"晏拿想茶杯。

"干杯！愿我们合作愉快！"

"谢谢你们给我这个机会！也感谢你们的到访！"子衿和大家碰了杯。

子佩高兴得快要流泪了，只恨家里没有酒。

剩下的时间，四个人便坐在落地窗前的沙发上，一边喝着热茶，欣赏外面的湖滨大道、音乐花园和中央岛风景，看飞机在岛上此起彼落，一边就开始聊起了首届多伦多夏季户外古曲音乐节的具体策划。

4

多伦多玛格丽特公主医院。梁雨微穿着蓝色病号服从放疗室出来，等在过道里的子衿连忙迎上去。

"你感觉如何？"她轻声问，扶住梁雨微。

"哎呀——我没事的，你别紧张。"梁雨微笑着说，"跟上次一样，放疗时没什么感觉，就是跟着医生的口令吸气，呼气。不过医生刚才批评我了。"

　　"为什么？"子衿陪她进了更衣室。

　　"上次来的时候，我建议他们把背景音乐换成古典音乐或是Spa音乐，有助于病人放松和疗愈。其实我只是在开玩笑，总共就那么十分钟不是。"

　　"他们放的是什么音乐？"子衿微笑着问，帮梁雨微拿出护肤膏，让她涂在放疗区域的皮肤上。

　　"他们放的就是咖啡厅、快餐店和商场里放的那种流行歌曲和摇滚音乐，广播里24小时播放的。可是你知道怎么着？这次我来，他们竟然给我放了古典音乐。本来医生已经给我固定好姿式，在我身上做了记号，然后他们就出去到操作室去了，可是我躺在那儿听到施特劳斯的圆舞曲，我就跟着音乐开始摇头晃脚，医生从监控器里看到我在乱动，两个二、三十岁的男医生，一个韩国人，一个白人，两个小伙子，就跑回来把我给说了一通，叫我别淘气。然后又跑出去，留我一个人在那儿，之后我又听到意大利歌剧咏叹调，这回我不敢动了，可是我的眼泪，就止不住流下来了……"

　　子衿已经掩口笑起来，但她从不笑出声，特别是在医院里。她帮梁雨微从背后系上术后义乳文胸，因为她的左乳被全部拿掉，包括左腋下15个淋巴豆，现在她还不能把胳膊像从前那样往后伸。

　　"你知道吗？做完放疗后，我向他们表示感谢。那个白人小伙子对我说，他父母都是这个医院的医生，自从这家医院建立以来，六十多年了，一直给病人播放流行歌曲，今天就因为我的要求，从此改放古典音乐和疗愈音乐，整个医院里都改了，所有病人现在听到的都是轻音乐，其实他们自己也喜欢轻音乐，只是医院的传统，他们从未想过要改，直到这位女病人提议，他们还想谢我呢。他们还问我是不是音乐家，并且告诉我，他们两个都会弹吉它，另一个韩国医生还会吹萨克斯风。我就问那个韩国小伙子知不知道林允灿，他高兴地说知道知道，是他们韩国人的骄傲。"

　　子衿听到这儿，禁不住无声地拍起手来，笑着向梁雨微竖起大拇指，然后帮她穿好衣服，戴上假发，整理好。两人挽着手走出医院。

　　"你那么忙，下回不用陪我来了，我自己能行。停车费这么贵，回头我坐公车和地铁过来，就停在医院门口，非常方便。而且现在已经是夏天了，正好晒晒太阳。医生要求我每天至少走半小时，以保持心脏功能，因为现在给我做的免疫治疗药对心肺有些许伤害，所以我想适当地运动，走走路。"

　　"好的。"子衿说，"今天是你的四十五岁生日，天气又好，带你到湖边去走走，我也一个冬天都没去湖边了。"

　　梁雨微一听又高兴起来，还说她的老家大连现在已经发展成为北方最美的海滨城市了，她好想回去看看，陪父母到海边去走走。两人驾车回到住处，然后换乘水上 Taxi 来到中央岛公园。坐在湖边树下的长椅上，看着沙滩上游泳戏水的人，想到梁雨微不能穿泳装了，子衿心里又为她伤感起来。

　　"手术医生说，过两年，可以给你做整型手术，以后，新的皮肤还会长出来，你还可以穿泳装去游泳。"子衿说。

　　梁雨微苦笑了一下："四十五岁，已经老了，一边乳房又没有了，已经不再是女人，没有男人会要我了，连我儿子都嫌弃我，要是工厂里那几个嫉妒我的女人知道了，不定得多高兴呢。穿不穿泳装，没所谓了，癌症不再复发，就谢天谢地了。"

　　子衿搂住她的肩："你有我，不要怕。那么多女士得了乳腺癌，那么多人得了癌症，他们都在与病魔抗争，都很坚强。最性感的，不是年轻的肌肤、完美的身材和长长的美发，不是一张没有暇眦的脸，而是健全的头脑和心灵。"

　　梁雨微第一次听到有人说头脑最性感，她看着子衿，心想："所有的男人都对你着迷，都梦想得到你，你真是站着说话不腰痛。若你得了乳腺癌，成了我现在这副模样，你会是什么感觉？"

　　子衿似乎看出了她的心思，微笑了一下，道："抛弃外表的虚荣，让心灵成长并变得强大。迷上你外表的，只是庸俗的男人，他们也会去迷恋其它女人的外表，根本不值得你付出。我对我的小女儿也说过：比起身体的破碎和痛苦，自卑、恐惧、怯懦和放弃，更会让一个人的心灵瘫痪。如果你总是纠结于你失去的和不想要的，那你就会失去你真正拥有的。不要去爱慕虚荣，要相信来自灵魂的爱与美的力量，追求心灵的成长，相信有人会了解，理解并爱上你真实的样貌与心灵的魅力。世界上最美好的事物是看不见的，甚至是摸不着的，我们必须用心去感受。完美的外形和健全的身体若无益于灵魂的成长，等同于残疾，甚至废物。即使是再健康再美丽的人，也会面对衰老，也终有一天都要面对死亡。有很多年轻人，因为战争、疾病、意外，还没来得及变老就离开了人世。舒伯特只活了 31 岁，莫扎特活了 35 岁，孟德尔松活了 38 岁，肖邦活了 39 岁，但他们把灵魂留给了后人，滋养更多的心灵。这个问题，每个人都应该看破，看透。佛祖在两千年前就已经帮我们悟到了人世间的生老病死离别苦，以及解脱的法门。智者不是变老，而是更加成熟。智者不畏肉体的残缺与死亡，而唯恐灵魂的衰败与腐朽。肉体活着的意义是为了要诞生这个灵魂，灵魂要借肉体这个家来修炼，待肉体死去的时候，灵魂可以像蜕茧而出的蝴蝶，超越肉体而得自由。没有灵性的成长，一个人想要健康长寿，很难达到。如果我们懂得了灵魂永生的秘密，学到了超越这个世界所有世俗烦恼与痛苦的智慧，我们就不会惧怕肉体的残缺与死亡。对于灵魂坚强的人来说，残疾和病体往往更能鉴证神的力量，甚至创造奇迹，因为有些东西我们永远都不会失去，即使死神也不能触碰真爱、真理、内心的平安、真正的美和永生的灵魂。"

梁雨微静静地坐着，之后深深地叹了口气："子衿啊，你这一口气，把生老病死离别苦都给我讲透了。感谢你！我现在不能上班工作了，每天呆在家里，好无聊，没有任何成就感可言，早上一醒过来，脑子里就浮现出两个字：癌症，就不知道是醒了还是在做噩梦，感觉人生已不再有希望了。"

子衿轻轻地点点头，表示理解："当你注视地狱的时候，地狱也在注视你。人生从来不会完美，有很多人每天都在面对还不如你的困境和压力。身体难免得病甚至残缺，但心灵要保持健全。海伦·凯勒说：'当一扇幸福之门关闭时，另一扇门就会打开；只是，我们常常只盯着紧闭的门，以至于看不到为我们打开的另一扇门。'你现在的工作就是要战胜病魔，战胜自己的消极情绪。抗癌成功了，就是最大的成就。而你的成功也会激励其它更多的人。没有疾病能打败一个积极的人，也没有良药能够挽救一个消极的人。一个失败者是没有经过抗争就放弃的人，而英雄就是一个即使被消灭了肉体，灵魂也绝不会屈服的人。建议你每天打打太极拳，练练八段锦，做做复健运动，出去散散步，最好学学冥想和打坐，再听听疗愈音乐，唱唱歌，上网搜索一下防癌和抗癌的饮食及养生方法，看看电影和电视剧，一天也就过去了。"

梁雨微点点头，面对辽阔的湖面做了个深呼吸："不错，但总觉得，还是缺少了点什么。"

子衿想了想，道："如果你还想做一些更有成就感，让自己觉得更充实的事情，我倒有个建议，或许可以帮你打开另一扇门。"

梁雨微又转头看着她："说说看。"她知道子衿有不少发明和好多的 ideas。

"你知道，"子衿于是说，"现在加拿大的汽车盗窃案越来越猖獗，平均每 40 分钟，大多伦多地区就会有一辆车被盗。盗窃团伙通常先去找目标车，发现后偷拍，将照片和短视频发给买主，确认后就跟踪目标车，找机会下手。他们有严密的计划，不管什么车，开锁只要几秒钟，然后就把车开到多伦多或蒙特利尔的货运火车站，装入预订好的集装箱。有时，车主还没发现自己的汽车被盗，他们的车就已经被运出安省了。我在网上看到有一个名叫安德鲁的白人，他的爱车被盗后，警方无法帮他找回，他又买了一辆同款的新车，并在车上装了两个云上跟踪器，结果那辆车又被盗了。安德鲁在自己的手机地图上可以跟踪看到他的车正在驶往旺市的火车货运站，就是我们 288 公司附近的那个货运站，安德鲁报了警，可是警方说他们无权要求打开集装箱检查，要向铁路运输部门提出申请，而得到批准，可能要花一周的时间，被盗的汽车就早已被运走了。安德鲁眼看着自己的车在手机地图上移动，沿着铁路线被越运越远，三天后被运到了阿联酋的迪拜。安德鲁非常气忿，把警方、铁路运输部和政府都告上了法庭。他的父亲是律师，委托他们在迪拜的律师朋友去找他们的车，发现他们的车被运到一个二手车市场出售，车上还带着安省的车牌，旁边还有几排从美国和加拿大盗窃来的车，都还带着原产地的车牌。他们的律师朋友去向车行老板询问车的来路，对方说他们只负责售车，至于这些车从哪里来的，与他们无关。根据地方法律，他们绝不会放任何一辆车回去。律师朋友只好向安德鲁建议说，向保险公司索陪，再买辆新车吧。可是新车的保险长到了天价。安德鲁说他一定要和父亲一起打这场官司，政府和警方不给他个公道的话，他誓不罢休，如果他打不赢，就让他的儿子接着打，打成祖传官司。"

梁雨微听到这时已经闭上了眼睛，连连摇头，道："你知道吗？去年你帮我从家里搬出来的头一天，我跟老袁说我得了癌症，他说很遗憾，我们已经不再是夫妻了，他也管不着我了，叫我赶紧滚出那个家。当晚他一个人出去，说是去找周澄宇，可是回来的时候，却是打的 Uber，刚买不久的新车 SUV 被盗了。回到家后跟我说，明天帮他通知保险公司，因为他一早要飞温哥华，他早已习惯把他老爹老妈、他儿子、家里所有的事和烂摊子都丢给我，甚至丢给一个刚要被他踢出去的癌症病人。我打电话问了宋园，宋园说老袁昨晚并没有来过他们家，周澄宇也不在家，我甚至无法向警方和保险公司提供丢车地点的证明。不久前我在电视上看到新闻，说是司法局长的车也被盗了，车上还有国防部的机密文件，政府已将此列为国家安全问题。可是到目前为止，也没有出台任何有效措施，只是呼吁汽车公司生产汽车防盗产品。持枪破门入室抢动的案件现在也在飙升。以前，我在欧洲留学的时候，曾经和同学一起去意大利观光，看歌剧，我的同学一边吃着 Gelato 一边对我说：意大利很不安全，到处都是贼，看过电影《偷自行车的人》吗？现在人家偷汽车了，就连罗马也几乎家家被盗，甚至警察局长家也被盗。我们移民来加拿大的时候，都说这个国家很安全，可是现在，也快成意大利了。我们能做什么呢？子衿，你有什么想法吗？”

“我想开发研制一种有效的汽车防盗产品。”子衿说，“你是汽车工程师，如果你有兴趣，抽空想一想，考虑考虑，如果能搞出来，说不定还可以申报专利，有了专利，你回国或者留下来，都多了一分筹码和胜算。”

“呀！这确实是个好主意！”梁雨微立即就开始想，对着蓝色的湖水长长地吐了口气，“这真是一道门啊，我又有事干了。”

子衿这时看看时间：“你感觉体力怎么样？我今晚请你听音乐会。”

“音乐会？！”梁雨微高兴地几乎从长椅上跳起来，“我上一次听音乐会还是几年前？”她望着天想了想，“是王羽佳的演奏会。”

“今天是为你的生日。”子衿微笑着说，“我希望你今后的每一个生日都有音乐会。”

“太感谢了！在哪儿？”

“就在这儿。湖心岛。多伦多首届夏季露天音乐节。我指挥。”

5

被邀请参加一个音乐梦想者沙龙，自从来到北美后还是第一次。子衿收到邀请函时，发现信中并没有说明是谁在向她介绍这个沙龙，或者说是谁把她介绍给了这个沙龙。更有趣的是，谁都知道有化妆舞会，但子衿却从未见识过化妆沙龙——邀请信上说，参加这个沙龙的来宾到时都要选择沙龙所提供的一副面具戴上，且不必做自我介绍。因此，这个以“音乐梦想”为主题的聚会从一开始就令她产生了浓厚兴趣与期待。信中还说，能有资格被邀请参加这个沙龙的人为数不多，希望她不要错过机会，并希望她能够在聚会上与大家一起分享自己的音乐经历、音乐创意和音乐梦想。另外，分享会将会被录音录像，制作成视频上传到 YouTube，与世界分享。

对这个沙龙子衿一无所闻，但令她欣喜的是，子佩也同样受到了邀请，子衿因此便猜到了几分。

这天傍晚微微地飘着零星小雨。子衿和子佩的车沿 QEW 高速来到多伦多西南的密西沙加市，她们经过了两栋 50 层高的花瓶似的大厦，那是由 MAD 北京建筑事务所马岩松团队设计的 The Absolute Tower，即玛莉莲·梦露双塔大厦，流线舒畅，梦幻优美，富有创意，让人一看就想拍照，并走进去参观。

"我喜欢这曲线。"子衿一边开车一边说，通过车窗观赏着高大气派的双塔，它们与周围的直角形建筑形成不同时代的差别。

"它击败了其它 91 个设计方案，包括其它 5 个主要设计方案，最终中标，是中国建筑师首次通过国际公开竞赛获得设计权，并赢得了北美高层建筑最高奖和安波利斯摩天大楼奖。"子佩说，"如果这对大厦能建在湖边或建在水面之上，那效果将会更加迷人。"

经过一片公园和高尔夫球场，她们的车来到一幢高宅大院前停下，房前和路边已经停了八、九辆车。

钢琴声随着灯光一起流泻出来，为她们开门的是一位身穿侍者服装的男士，子佩不禁笑起来，因为这位侍者戴了一副肖邦的面具。

"晚上好！弗雷德里克！"子衿还是一眼就认出了，这是她们的邻居晏·英格拉姆。弗雷德里克是肖邦的名字（波兰语：Fryderyk Franciszek Chopin）。

"晚上好！尊敬的女士们。欢迎光临！""肖邦"彬彬有礼地向她们鞠躬致意，将姐妹俩引进大门，接过她们的外衣，请二人在来宾薄上登记，然后领她们来到侧厅一张长桌前。

桌上摆满了面具，都是一些著名音乐家的脸谱，其中女性的有钢琴家玛尔塔·阿格里奇 (Martha Argerich)、小提琴家安妮·索菲·穆特（Anne-Sophie Mutter）、歌唱家瑞尼·弗莱明（Renee Fleming）

等。子衿最后选中的是世界首位交响乐女指挥家安冬妮娅·布里科（Antonia Brico）的面具，子佩选了美国小提琴家希拉瑞·韩（Hilary Hahn）的面具。

"愿你们度过一个美好的夜晚！""肖邦"随后将她们领进一间宽敞的聚会厅。

灯光有些暗淡，整个厅里装修完好，十分宽大，铺着暗红色的吸音地毯，看上去就像一个小型室内乐演奏厅。背对着他们的五排棕色沙发上已落座了二十几位来宾，全都戴着面具，面冲前方的演奏区。演奏区是一个半圆形台面，上面是一架黑色三角钢琴，壁炉上方墙上是一部八十时大屏幕电视，壁炉两侧是落地窗，墙角是一套音质极好的发烧设备，还有高大婆娑的绿色植物，透过落地窗和窗外的雨幕，可以近乎完美地看到不远处的玛莉莲·梦露双塔。

观众席后面靠墙全部是玻璃书柜，里面收藏了成套的各种版本的古典音乐 CD 和 DVD 以及音乐书刊；墙上挂着音乐大师们的画像和油画作品，一尊一人高的手持小竖琴的白色维纳斯雕像显然是爱乐岛出品。看来，主人有极高的音乐修养，若不是一位专业人士，也是一位烧得相当高的发烧友，且收入不薄。

子衿和子佩在最后一排就座，看到电视里正在播放一部歌剧，子衿一眼便看出，那是 1998 年 9 月，由祖宾·梅塔大师指挥，意大利节日歌剧院在北京紫禁城太庙上演的歌剧《图兰多》，子衿去看了现场，票是她的朋友、青年指挥家杨力先生送的，当时子衿刚刚从欧洲演出回来，在北京地铁站里看到演出广告时，票已售罄，因此她至今仍对杨力先生深怀感谢。子衿也仍旧清晰地记得，那天入场时碰见女高音歌唱家王霞和男高音歌唱家刘维维，他们看到上千名乐迷兴致勃勃前来观看歌剧，仿佛盛大节日一般，不由得为我们的古典音乐发出欣喜的欢笑。那晚真的是盛况空前，加上张艺谋的出色导演和精彩的舞美设计，博得观众满堂喝彩。演出结束时，观众全体起立，长达二十多分钟的掌声，意犹未尽。那天因为鼓掌时间太长，晚上回到家时，子衿的手仍在发麻。转眼十余年过去了，此时此刻，身处异国他乡，触景生情，怎不让人深深怀念旧日的朋友和好时光。

有人用遥控器换掉了《图兰多》，取而播放由祖宾·梅塔指挥维也纳爱乐乐团在美泉宫夏季音乐节上的演出，视频中的梅塔大师正在邀请郎朗演奏肖邦的 A 大调"英雄"波兰舞曲。子衿回头看了看正在观众席后面的暗影里设置录像机的"肖邦"，自从她们姐妹俩进来后，"肖邦"就一直站在那里，也就是说，姐妹俩是今晚的最后来宾。子衿这时开始观察坐在前排的那二十多位客人，大半都是浅色头发的西人，有一位黑发女士让子衿感到很像是作家贝拉。再看另一位来宾，不由让子衿暗吃一惊，从后面望去非常之像郎朗，想郎朗眼下确实正在多伦多开演奏会呢，而坐在"郎朗"旁边的是指挥家"祖宾·梅塔"，"梅塔大师"正和"郎朗"一起开心地看着电视屏幕上自己的高光时刻。

子衿第一次见到郎朗时，郎朗十三岁，他和十四岁的陆威刚刚去日本参加第二届柴可夫斯基国际青少年音乐比赛获奖归来，在北京音乐厅举办汇报演出。郎朗当时是个小胖子，陆威却很瘦。演出过程中，二层侧座观众席上有个小孩子哭，郎朗不满地多次回头观望，但他的演奏并没有受到干扰，准确而充满活力，小小年纪已颇具大师风范。不久，郎朗便出国留学去了。之后，陆威也应著名小提琴家安妮·索菲·穆特的邀请，去德国参加她的大师班。如今，陆威已成为德意志交响乐团的小提琴首席，郎朗更是已名噪世界乐坛。

子衿在回想这些时，那位背影颇像郎朗的年轻人侧过头来和他旁边的"梅塔大师"低语，见之不由令子衿再吃一惊——他竟然戴着郎朗的面具！

"你不是邀请了张翎老师吗？她来了吗？"子佩这时侧身低声问子衿。

"她忙，好像是回国度假去了。"

"哦，"子佩点点头，"你怎么找到张翎老师的？"

"从北京来的女子十二乐坊在多伦多开演奏会，我在罗伊·汤姆斯音乐厅碰见了张翎老师，她当时就坐在和我同排，隔着三个人的座位上，我就上前跟她打了个招呼，音乐会后就在大厅里聊了起来，互相留了名片。"

"哦。"子佩笑起来，"天下英雄识英雄，才女识才女。"

七点钟到了，聚会厅的观众席后面以及两侧都架好了摄像机，虽然只是一个小小的音乐沙龙，没想到也这么正式。坐在观众席里的子衿和子佩这时看到克罗地亚大提琴双杰 Luka Šulić（卢卡·苏里科）和 Stjepan Hauser（斯蒂潘·豪瑟）以及一位竟然戴着青子衿面具的女士分别站在摄像机后面开始录像。子衿吃惊地看着那个戴着自己面具的女士，然后和子佩对视了一眼，两人就忍不住掩声笑了起来。

"刚才怎么没有看到你的面具？"子佩低声说。

这时，身穿燕尾服的"肖邦"走到台前来，全场立即响起掌声。像正式演出一样，"肖邦"对大家鞠了一躬，然后在钢琴前坐下，开始演奏一首降 B 小调夜曲。

这是肖邦最著名的夜曲之一，音乐起处，一股行云流水般的清凉感觉在人们心里和皮肤上升起，每一颗音符都晶莹剔透，鲜活而充满诗情画意，令人联想到夜空中熠熠生辉的星光，仿佛置身于星空下的海边、夜幕中的花园。悠远，恬淡，安详，静谧，渐渐坠入甜美的梦乡。窗外，细雨静静地下着……

乐曲在掌声中结束，"肖邦"站起身，一手扶着钢琴，向全场谢幕，然后离开。这时，一位戴着钢琴家李斯特面具的高个儿男子来到台前，子衿立即辨认出，那是瑞卡多，说不定，这里正是他的豪宅。"李斯特大师"首先向来宾们表示欢迎，然后说道：

"人类早就梦想登月，向往飞向太空，而今天到场的一位女士曾经对我说，她的梦想是在太空举办音乐会，让宇宙间所有的知音都能跨越时空而相聚。这个沙龙，就是为了给大家提供一个展示自己音乐梦想的场所，以期相互交流，共同探讨，寻求实现这些梦想的可能性。事实证明，我们有些古典音乐爱好者，甚至比专业音乐家们更具有超前眼光，更具有悟性和创造性。希望，我们今天的梦想，在不久的将来，会成为美好的现实。毕竟，我们今天看到的和被证实的一切，从前都只是想象和梦想。"

"李斯特大师"在充满感激的掌声中把道具麦克风递给观众席第一排的一位来宾，然后就在钢琴旁坐下。

第一位发言的来宾戴着指挥家卡拉扬的面具，发型也颇像卡拉扬，他说："大家有没有在音乐会上听到过翻乐谱的声音呢？我还曾看到过一场没有人在旁边帮忙翻乐谱的钢琴演奏，演奏家在演奏时忙不迭地翻乐谱，可是有一页怎么也翻不过去，因为她没有时间将那一页纸按好，它老是反弹回来，这种情况让演出效果大打折扣。但如果有了电子乐谱，就不需要在演奏时手动翻印刷乐谱了，像传统乐谱那么大的 iPad 可以存储无限量的乐谱，有着电脑的所有功能，又便于携带；乐谱上可以有图标跟随演奏，引导演奏家们的眼睛，无需翻页，只由下而上滚动。如此，就可以把演奏家们解放出来，不必再去翻印刷乐谱，可以全然地投入演奏，观众也不会再听到翻乐谱的杂音了。随着科技的发展，纸乐谱时代很快就会过去。"

热烈的掌声，大家纷纷点头。话筒传给第二位想发言的来宾，他戴着指挥家伯恩斯坦的面具："电子乐谱固然比纸乐谱先进了，但是我希望，我排练的乐队，能够达到无乐谱演奏的境界，我希望有更多的音乐家，都进入无乐谱演奏的时代。需要乐谱演奏的，不能称为独奏家，不能成为大师，而只是演奏员，或是乐师。但是演奏家，这才是我所期望的。作为一个交响乐团，需要有整体表现的档次，整体合作的艺术。这种档次的开发与提高，我个人认为，有极大潜力。因此，记谱并不是最终的，要在技术和精神上摆脱对乐谱的依赖，从形式中解放和超脱出来，使演奏家的身心能够更全然地投入，从而使自己变成独立的、自由的、完整的和有灵魂的，用演奏家的神、气、他们全部的身体和心灵来驾驭音乐，使整个乐队在演奏时形成一股浑然有力而又完整的气——就像一个人在呼吸。这团完整的气，会产生一股极富感染力的气势，把音乐内在的精神与气息传递给观众，与他们气息相通，打开他们，调动他们，席卷和征服他们，携他们而去，让他们随音乐一同起伏。通过音乐的情感与气势，把乐队与观众变成一对热恋的情人，心在一起跳，形神合一，这就是我最终想看到的。

"有些时候，我还是要让乐谱架保留在舞台上，并且要绝对排列整齐，以尊重观众，尊重音乐，保留音乐演奏在形式上的传统美。有些演奏员，在整个演出过程中都很少看指挥，总是盯着乐谱，他们把乐谱与指挥的位置颠倒了。我想要他们更多地注意指挥，以此把你们的气更紧密地凝聚在一起。每个人都只看自己的乐谱，整个乐队的气看上去就是散的，大家都看指挥，整体的气势和表现力就出来了。在指挥的手上，乐队要变成一个人，好像这乐队就是指挥手中的一件得心应手的乐器，这样，音乐的神才能表现出来。

"音乐是视听艺术，不仅用来听，那么多人花钱买票到音乐厅到剧院来，是为了同时享受音乐的观赏艺术，因此，音乐家就不仅仅要学会演奏音乐，更要学习舞台表演艺术，不仅是用手演奏，还要用服装、用形体，用眼神，用表情，用头发，用气韵，用生命，用灵魂，让自己全然化身为音乐。一个总是盯着乐谱的演奏家不是在演奏音乐，而是在被乐谱控制，会像机器人一样呆板，缺乏生气。为什么有那么多人喜欢郎朗、王羽佳和林允灿？因为他们有活力，能够自信地抓住音乐，有力地把音乐倾注给你，他们浑身的每一个细胞都在演奏，所以他们的音乐是活的！"

热烈的掌声。

6

下一位发言的是女指挥家"安冬妮娅·布里科"，她走到台前来。

"我想首先感谢这次沙龙的主办者和邀请者，给了大家这样一个富有神性的交流场所和机会，我想说这本身就是富有梦想和创意的，我感到十分荣幸。我想请问在座的各位，有谁看过《水知道答案》这本书？""安冬妮娅"问。

没有人举手，连"小泽征尔"也说没看过。

"好，那我就向大家先介绍一下这本书中所谈到的有关水、生命和音乐的关系。"说着，"安冬妮娅"将一只U盘插进电脑，用遥控器打开文件，屏幕上出现了那本书日文、英文和两种中文版的封面。

"日本有一位江本胜博士，是国际波动之友协会会长。""安冬妮娅"开始介绍，"自1994年开始，他在低温实验室中，用高速摄影机拍摄水结晶的照片进行研究。1999年，江本胜博士出版了这本《水知道答案》，在书中，他用大量照片证明了一个现象，那就是，水能够接收并分辨来自声音、文字、图像、音乐、意念等信息中的正邪善恶——水竟是有生命的。在实验中，江本胜博士给水听音乐，看各国文字，也给水传播善良或者邪恶的意念，结果，令人不可思议的是，水在动听的音乐、美好的文字和善良的意念下呈现出来的结晶是美丽的，有规则的；相反，听到噪音的水的结晶则是破碎而散乱的。"

"安冬妮娅"换了一个页面，屏幕上出现了许多水结晶的照片，来宾们发出惊叹声。

"这个实验，是让装在玻璃瓶中的纯净水听音乐后产生结晶。我们都知道，美好的音乐对人的身心和精神都有疗愈作用。声音的振动对水的波动会产生怎样的影响呢？大家请看这组照片。这一张是给水听了斯美塔那的《沃尔塔瓦河》后产生的结晶，非常美丽，结晶忠实地再现了原曲的优美和音乐中蕴含的母亲般的慈爱。下一幅是给水听了施特劳斯的《蓝色多瑙河》后产生的结晶。下面这些是听了舒伯特的《圣母颂》、门德尔松的小提琴协奏曲、贝多芬的《田园交响曲》、莫扎特的《第40号交响曲》、肖斯塔科维奇的《第二首华尔兹》、歌剧《诺玛》中的咏叹调Casta Diva之后产生的结晶，每一幅水结晶都华丽而工整，显得生机勃勃。大家再看下面这幅，这是让水听了充满愤怒与反抗色彩的重金属音乐后，水的结晶形状就全都是凌乱而破碎的。"

"安冬妮娅"放下手中的摇控器："好，现在，我们了解到，我们的生命是需要爱和感恩的，也需要智慧和美好的音乐。在座的各位都是幸运而有智慧的，因为我们热爱美好的音乐。在这个世界上，并非每一个人都有缘认识古典音乐，但音乐不是奢侈品，音乐是我们生活的必须品。音乐所产生和带给我们的正能量对我们的生命起着不可估量的影响作用。因此，我们要尽量创造和寻找美好的信息，让我们的生活环境中充满美好的音乐和语言。每一种信息都是一种能量，一种波动，无论是我们听到的、看到的、闻到的、感触到的。在道教当中，把宇宙自然界中的波动规律称之为'道'，随顺波动则称之为'德'；随顺道德，则宇宙、世界和谐安定，亦即天人合一。因此，道德是宇宙中最完美健康的波动现象。

"台湾佛教界知名的净空法师在接受媒体采访时讲道：有一年他随僧团去中国山西，在一家肿瘤医院看望病人时，遇见一些被医院诊断为不治，准备回家等死的病人。净空法师对他们说：你们回家后，每天要不断地念阿弥陀佛，坚持念下去，看看会怎么样？几个月后，这些病人不但没有死，反而都奇迹般地康复了。这是迷信吗？不是，这就是波动原理产生的结果。佛号本身已经带有最好的能量，它是最好的福音和最上乘的信息，诵经念佛菩萨，这是最好的意念。不断地念佛，以一念带万念，念念相继，就能持续保持自己身心的清静美好，没有杂念杂染，就把你的癌细胞通通恢复正常了。这不就跟水一样吗？水的本质也没有好坏，我们的身体大部分是水，你有不好的意念，它就变坏，你就生病了；你在最好的意念下，它就会恢复正常，你就健康了。所以，是意念，是你接受的信息能量改变了你，你如果懂得了这个道理，坚持接收好的信息，多听美好的音乐，保持良好的意念和有节奏的生活规律，你一生都不会生病了。这才是真正的、根本的、不生病的智慧。"

掌声。

"2001 年，净空法师在澳大利亚的图文巴创立了净宗学院，在学院里，老师和学生们一起在课余种下一大片菜地，园子里的菜都是采用传统种植方法，绝不施化肥，绝不撒农药。净空法师说：他们种菜的秘诀是，让这些蔬菜瓜果们听佛号。学院在乡下，院子大小合 160 多亩，很大的菜园。平常他们供应 300 人，吃不完。气候好的时候就会大丰收。这些瓜果蔬菜和院子里的花草树木一起，每天都听他们念佛号，唱经，菜长得非常漂亮，菜市场的人看到都说：'你们的菜长得太好了，你们是怎么种的？'他们说就是每天念阿弥陀佛种的。这是阿弥陀佛的信息，最好的信息，把植物的细胞组织都变成最美好的了，瓜果蔬菜中的汁液都形成了美好的结晶，所以个个都长得精神挺拔，充满生命力。人吃了这样的瓜果蔬菜以后也不容易得病。为什么说'人逢喜事精神爽'，人一开心，笑起来的时候就是最美好的时候，脸上都有光泽，为什么呢？因为身体在那一瞬间产生了美好的波动和结晶。"

大家鼓掌微笑。

"安冬妮娅"接着说："去年我通过知音国际爱乐集团申请了一项实用新型专利，叫作'音乐水结晶'，我们开设了一个实验室，让水听很多美妙的音乐，我们将每首曲子所产生的水结晶放大成不同倍数，用水晶玻璃或各种水晶石复制出来，制成项链、胸针、汽车挂件、居室工艺品，用来作礼物、纪念品，或作为墙饰、雕塑来装饰我们的生活空间、公共场所，以提示大家：'多听音乐，多接收好的波动能量，以保持身心的愉悦和健康。'比如我今天给大家带来的这条项链——大家可以在屏幕上看一下它的放大图——这个水晶坠就是一个水结晶的复制品，它是给实验室中的水听了我弹奏的古琴曲《知音无古今》后产生的结晶，非常漂亮，我把这个项链送给了这首曲子的曲作者，他收到这个礼物后非常高兴，说这是最好的纪念品，也是天人合一的心灵结晶。"

来宾们立即又鼓起掌来。

　　"安冬妮娅"这时从屏幕上调出另一组照片："这是我们将不同音乐水结晶的图片印在了 T 衅衫上，比如这件，这是水听了肖邦的第 9 号第 1 小夜曲后所产生的结晶，就是刚才肖邦大师弹奏的那首曲子，瞧，它多美。"

　　又是掌声和赞叹。

　　"这是水听了李斯特的《爱之梦》后产生的结晶，出奇地优美。""安冬妮娅"继续说，"这是水在听了波斯诗人鲁米的爱情诗《我是你的芦笛》后所产生的结晶，这是水在读了以不同文字书写的'爱'字后产生的结晶，这是水在读了以不同文字书写的'和平'后产生的结晶，这两款 T 衅的销量是最好的。而我们制作出来的第一枚水结晶，直径有近两米，作为音乐工艺品，我们把它挂在了知音国际爱乐集团爱乐音乐厅的大堂里，它是让水听了贝多芬的《欢乐颂》后产生的结晶。大家现在看一看，""安冬妮娅"在屏幕上调出那只水结晶的视频，"看它有多美，多神气，把它做成项链，印在丝巾和文化衫上，在我们爱乐知音的网站上一日订空七万件。"

　　"哇——！"会厅里又暴发出热烈的喝采。

　　"目前我们也以个性化的选择来定制水结晶，""安冬妮娅"接着说，比如有客人想让水倾听他们的婚礼誓辞，然后用那个水结晶制成结婚纪念品，还有的客户想为他们的亲人和朋友点一首特别的曲子，制成水结晶项链作礼物；有很多客户亲笔写下'给我最爱的某某某'，或'天赐良缘'，让水看后，将那个水结晶做成水晶项链，或印在情侣衫和枕头套上。"

　　来宾们又都鼓起掌来，赞叹道："真是好主意！"

这时有人举起手，向"安冬妮娅"提问，是"肖邦"，他说："我知道您每一次开演奏会时，都以 432 赫兹来定音，连您的车牌都是'432Hz'。请问为什么您要选择 432 赫兹？"

众人听罢都纷纷议论起来，然后看着"安冬妮娅"。

"安冬妮娅"在面具后面微笑了一下，道："的确。由我演奏和指挥的曲目，几乎全都使用 432 赫兹来定音。大家都知道，A=440 Hz 是目前国际 ISO 的统一标准，始于 1955 年，在那之前，国际上一直没有一个统一的调音标准。但是 440 赫兹定音却一直饱受争议。我选择 432 赫兹，是因为它是宇宙的音频，是神的呼吸。"

来宾们闻此言，都越发好奇起来。"肖邦"和"李斯特"大师微笑地看着"安冬妮娅"。

"我们听到的声音是二维的吗？音乐是二维艺术吗？不，它的存在和表现形式可以是三维的，甚至更高维的。让我们先来看一看在实验室环境中，由 440 赫兹和 432 赫兹声波振动产生的图案。""安冬妮娅"说着，从自己手机里找出一张图片，通过无线发送，显示到数码电视机上，"大家可以看到，由 432 赫兹振动形成的图案要比 440 赫兹产生的图案更有规则、自然、通透、和平、正气，并更为雅致和优美。那么 432 赫兹是怎么来的呢？古希腊哲学家和数学家毕达哥拉斯以其直角定理而闻名于世，他对音乐也有着浓厚的兴趣，并发明了毕达哥拉斯调音法，以 3：2 的黄金比例作为完全五度和声的基础，开发出了这一调音系统以及毕达哥拉斯节律，即一种基于完全五度叠加的 12 音系统。在这个系统中，当 D 的调音为 288 赫兹时，音符 A 的频率一定是 432 赫兹，因为它是 D 频率的 3/2 倍。

"人类一直迷茫在人为操控和与神共舞之间，而宇宙间的大智慧显然是天人合一。""安冬妮娅"继续说，"很多古典音乐大师都曾使用过 432 赫兹来定音作曲，如巴赫、贝多芬、莫扎特、威尔第，等等。雷鬼乐（Reggae）鼻祖鲍勃·马利（Robert Nesta "Bob" Marley）和披头士创始人约翰·列农（John Winston Ono Lennon）也曾以 A=432 赫兹进行创作。据考古发现，古希腊、古埃及，以至更遥远文明的音乐家们，都将自己的乐器定音为 432 赫兹。从西藏古老的颂钵、非洲的宫廷乐器科拉琴 Kora、希腊古七弦竖琴，到荷兰木笛，莫不如此。当我们敲响中国出土的 2400 年前的古老编钟时，听到的音乐也是由 432 赫兹来定音的，而 432,000 也是印度教《吠陀》中的音节数。要知道，各古代文明之间还没有交通和互联网，更没有所谓的国际标准音高。432 赫兹究竟是怎样被古人发现和认定的？当我们发英文字母表中的第一个音 A 和汉语拼音字母表中的第一个音 a 时，发现这两个元音与音乐中的 A4 音频是如此地接近。有人说，432 赫兹是大自然的振谐，是神的频率，那么它是否也是宇宙的元音？尼古拉·特斯拉曾经说：'如果你想发现宇宙的奥秘，请从能量、频率和振动的角度去思考它。'

　　"再来看看 432 究竟是个什么数字——用地球上的一天 24 小时乘以每小时 60 分，再乘以每分钟 60 秒，得到 86400，是 43200 的两倍。太阳的直径约为 864000 英里，是 432 的 2000 倍；而 4320 英里除以 2 便是月球的直径 2160 英里；木星轨道周期约为 4320 天，木星直径为 86400 英里，是 432 的 200 倍；火星的直径为 4320 英里；土星两极直径为 108000 公里，108 是 432 的 1/4，其轨道周期为 10800 天，也是 432 的 1/4；金星轨道距离太阳 1.08 亿公里，也是 432 的 1/4；地球轨道速度为 108000 公里 / 小时，也是 432 的 1/4；太阳直径约为地球直径的 108 倍，又是 432 的 1/4；而太阳到地球的距离与太阳直径之比也是 108，地球与月球之间大约是 108 个月球的距离，太阳系移动的速度为 43200 英里 / 小时，光速是 186282 英里 / 秒，432 接近它的平方根。玛雅历法中统一时间的长纪年一卡盾（Katun）等于 144000 天，它是 432 的和弦数。《苏美尔王表》中说：前三个阿努纳奇分别统治了 28800 年，43200 年和 36000 年，这三个数字分别是 432 的 2/3、1 和 6/5，也都是乐谱上的和弦频率。苏美尔人还说，阿努纳奇还告诉他们，地球的岁差是 25920 年，它是 432 的 60 倍。"

"请问什么叫岁差？"钢琴家"格伦·古尔德"这时问。

"地球有一个 23.5 度的自转倾斜角，""安冬妮娅"解释说，"这个角度转回原位的周期，就是一个岁差年，也是太阳系自旋一圈的时间，为 25920 年。它是 60 年的 432 倍。"

"Oh my God."来宾们这才知晓，432 竟是如此神奇的一个宇宙密码。

"古希腊数学家将 25920 岁差年也称作柏拉图年，""安冬妮娅"继续说，"他们还从数列中推出了黄金比例约为 0.618:1 = 1:1.618，并且发现世界上的万事万物都符合这个黄金比例，而 1.61 的平方等于 2.592，恰好是苏美尔岁差的万分之一。有一本书叫《博伽梵歌》，据说是目前唯一一部被公认的记录神的经典，书中说'时代'是循环往复的，共有满（也叫黄金时代）、三分时（也叫白银时代）、二分时（也叫青铜时代）、争斗时（也叫铁器时代）四个时代，我们现在所处的是斗争时，是从公元前 3102 年开始的，四个时代合为一个摩诃宇伽，又称一个大时代，共计 432 万年。根据印度古藉描述，在圆满的黄金时代，人人道德高尚，和谐融洽，幸福美满，之后罪恶浮现，直到铁器斗争时代，人类彻底堕落，寿命也从 400 岁减少到 100 岁。最终，斗争时代泯灭，世界重启，黄金圆满时代再次出现，如此循环往复。也许，古代文明早已了解到我们与宇宙共振的秘密，用声波与天地共振的秘密。让我们再来看一看大金字塔——""安冬妮娅"又从手机中调出相关图片，发送到大屏幕上。

"有人发现，大金字塔拥有完美的地球比例——将大金塔的高度乘以 43200，恰好是地球的半径长度，将大金塔的周长乘以 43200，正好等于地球赤道的周长。以前，人们都以为吉萨金字塔是用来保存古代埃及法老的木乃伊，但事实并非如此，法老、国王和王后都被葬在离大金字塔 500 公里外的帝王谷。那么大金字塔是用来做什么的呢？有科学家说，它其实是一把乐器。"

"乐器？！"在座的来宾们从没有听说过大金字塔竟是一把乐

器，他们惊讶地面面相觑。"肖邦"一手托着腮，静静地看着"安冬妮娅"，等待她的下文。

"大金字塔乐器说的确耸人听闻。""安冬妮娅"接着说，"乐器是通过音乐的波动向外发散能量的器具，大金字塔就是这样的一个能量发射器，而它发射能量时的振动频率，就是432赫兹。"

"安冬妮娅"又调出另一张图："下面我给大家简单讲解一下大金字塔这件乐器的工作原理：科学家邓恩认为，在大金字塔的下面有一条地下水道，水流过空腔时发出声波，传递出整个地球的自然频率，这个大地脉动是可以进行耦合振荡的，就像是发面的引子。先将声波收集到大金字塔的皇后密室中，这是一个化学反应室，南北两个密道中有水合氯化锌和稀盐酸的残留物，这两种物质结合，就会释放出大量的氢气和热能，当它们充满皇后密室后，就会顺着管道外流，来到大走廊，越聚越多，产生很大的气压，就像特斯拉说过的那样，只要5磅气压，它就能做任何事情。这些气压起动了花岗岩中的石英石，压电效应开始出现了，强大的电压就会像打火机里的电池一样，将氢气电离，产生了更强的高温高压，而大走廊里设置了27个共振放大器，就好像乐器的音箱放大了声音一样，而它的共振频率也被揭秘。在座的各位谁用苹果电脑，请举手。"

有近一半人举起了手。"李斯特"大师这时拿来了他的苹果电脑，打开。

"好，谢谢！请大家来听一听苹果电脑开机的声音。""安冬妮娅"说。全场都屏息安静下来。

那个全球无数苹果机用户每天开启电脑时都习以为常或不以为然的声音，此时却传递出了大金字塔的神秘起动声。

"Mac Startup Chime A=432.4hz。""安冬妮娅"说，"是的，432赫兹，一个非常优美的自然和弦，可能乔布斯当年跟那些印度大师冥想修行的时候，听到了大金字塔的开机声。"

在场所有人都笑了起来。

"大金字塔启动后又怎样工作呢？""安冬妮娅"继续说，"在大走廊里被放大的能量接着耦合振荡，传到了国王密室中。国王密室中的石棺根本不是法老的灵柩寝室，它是一个能量聚集器，就像喇叭，将能量聚集后再次放大；而在它的上方，是五层结构怪异的天花板。科学家邓恩说，因为大金字塔的本质就是一件乐器，而这五层结构就是它的调音器，负责把所有收集和放大的声音都调到同一个频率，是什么频率呢？对了，432 赫兹。大金字塔外层的石灰石涂层是绝缘体，锁死了内部的能量，而内部的压电效应一层一层积累，产生无比巨大的能量，经过国王密室上方的五层天花板调音后，便通过大金字塔顶部的黄金奔奔石射向天空，又在大气层中返回地表，再被地球反射，就这样将能量传输到世界的每一个角落，其工作原理就跟特斯拉当年设想的沃登克里弗塔一模一样，通过科学与音乐的结合，大金字塔其实是一部发电机、一座无线电能发射塔。"

"哇——！"所有人都发出惊叹声。

"安冬妮娅"这时又从手机里调出两张图表，发到电视屏幕上：

"各位请看——这是钢琴上的 88 个键和它们的音频，从最低音到最高音，所有音区，当我们把标准音高 A4 调制设定为 432 赫兹时，再用频率公式计算出其它 87 个键的音频：$F(n)=(212)n{-}49 \times A4$，其中 n 是从左往右数的键序，A4 就是 432 赫兹，然后得到的结果是：所有的音都是完整的，和谐的；再看这一张，当把 A4 改为 440 赫兹后，除了 A 和 B 组音以外，其它所有的音频都呈现出散乱的小数点位数。另外，大家仔细看，当把 A4 设定为 432 赫兹时，其它所有的音频数都呈现出一个共同点，即，每个音频数的各数位相加，最后得到的结果一定是 3 或 6 或 9。比如，288 赫兹，2+8+8=18，1+8=9；再找一个：9216，9+2+1+6=18，1+8=9；6144：6+1+4+4=15，1+5=6；2592？好，2+5+9+2=18，1+8=9；高频区，279936，一看就是 9 的倍数；432？结果还是 9。"

"哇——"所有人又发出惊叹声。

"是的，这就是天然的和谐音程，而非人控的。这也就是为什么，特斯拉说：'只要人类能够领悟 3、6、9 数字的奥秘，就能获得通往宇宙的钥匙。’”

“安冬妮娅”接着说：“432 赫兹是历代数学家、天文学家和很多音乐家公认的一个优美频率，它在数学上与宇宙模型最吻合，是能与宇宙共振的黄金比例，还统一了光、时间、空间、物质、地心引力、磁力和生物 DNA 编码与意识，让人感到协调。支持这一说法的人很多，数学家毕达哥拉斯、天文学家开普勒、伽利略，等等。当我们 DNA 里的原子与自然的频率一致并产生共鸣时，我们对于大自然的感受能力会大幅提升。很多人都认为 432 赫兹更容易让人的心灵产生共鸣，有益于身心健康，许多音乐家包括如帕瓦罗蒂在内的歌唱家也对此表示赞同。另有研究表明，432 赫兹调谐对水分子会产生正面的影响，而我们的身体里大部分都是水。音流学，又称声动学的研究表明，当声音遇到皮膜、皮肤和水面时，它会留下某种如水波纹般的能量模式印记，而美好的音乐就会对水以及含有水分子的物质产生整和作用，从而产生美丽的几何纹理。这就是为什么常听美好音乐的人会更健康，聪慧，看上去更年轻，更具有优雅的气质和内在的力量，因此更美好，因为他们身体中的细胞、包括脑细胞和神经细胞经常被平和的音乐给调谐整合。而以 432 赫兹音高创造出来的水波纹要比 440 赫兹所创造出的图案更加令人赏心悦目。432 赫兹可以帮助我们把身体的磁场调节到与宇宙和大自然的磁场相和谐，能够修复细胞和 DNA，排除我们身体中的毒素，增加正能量，调和改善我们的整个身体机能，有利于保持良好的听力和记忆力，也能帮助我们减轻精神压力，舒缓身体的病痛，提高睡眠质量，增强免疫力，可谓是天人合一之道。经常上 YouTube 的朋友可能会发现，迄今已有不少 432 赫兹的音乐和用于疗愈、助眠的自然音响，如雨声、溪流声、西藏颂钵声，等等。还有像 528 赫兹，被称为是爱的频率，可以与心轮产生共鸣，促进爱和幸福感。利用共振的原理，我们可以发声而将玻璃杯击碎；因为共振的原因，一座大桥断裂坍塌；特斯拉说：‘如果你找到了某个神秘的共振，你甚至能将整个地球击得粉碎。’在一定频率的振动下，物体会出现反重力现象，从而摆脱地心引力而悬浮起来。利用共振产生的能量，西藏僧侣通过精密计算和布阵，演奏音乐加上吟诵密咒，将巨石悬浮升空，运送到了250米高的悬涯洞口。通过打坐冥想而调节自身的生物场频率，一些禅宗大师能够离地行走，甚至一苇渡江。在很多古老的文明中，都有通过歌唱、音乐、祷告、咒语等方式发出能量，给人治病，比如中医里的《轩辕碑记医学——祝由十三科》，他们利用非生化药物和非物理器械的手段给人治病。位于温哥华爱乐岛的环宇爱乐集团音乐治疗中心与环宇爱乐大学医学院一直在致力于利用音乐、振动、频率和能量来帮助病患者恢复健康，他们还试验用共振频率来杀死癌细胞，这样就不会有因化疗和放疗而产生的副作用。据说在10万赫兹至130万赫兹的超声波之间，癌细胞就会很容易被击碎。我们期待着他们的科研成果尽快造福人类。多伦多大学的李·巴特尔（Lee Bartel）博士专门研究'音乐疗法——在细胞等级的声音'，他曾因患癌症被医生诊断为不治，但他自己却没有放弃，他利用各种声波振动来对抗癌细胞，半年后，他成功地治愈了自己。

　　"在中文繁体字当中，药这个字是这样写的，""安冬妮娅"又从手机上调出一张图，发到电视屏幕上。

藥－樂

　　"它是一个草字头，下面的这个字就是音乐的乐。"

　　"哦——"来宾们发出惊叹。

　　"中国古人就懂得了要用音乐来治病，因而产生了五行养生音乐。""安冬妮娅"继续说，"很多修行者也通过冥想打坐将自己的身体和大脑放松，直至调整到与大自然同谐，从而产生共振，来接受宇宙的能量，打通全身经络气血和细胞，用这种方法使身体变得更加自然、清澈和健康，达到长寿甚至元神往生，我们称之为'得道'。"

　　"哦——原来如此！"满座又发出惊叹声。

"我一直没搞懂他们究竟为什么打坐修炼，原来如此！""郎朗"说。

"那从明天起你也冥想打坐吧。""祖宾·梅塔"大师说。

大家又都笑起来。视频录像还在继续。

"很多人都主张将标准音高 440 赫兹调制到 432 赫兹，让音乐回到更加平和自然、有益身心的状态。""安冬妮娅"接着说，"我选用 432 赫兹来定音，因为它是天人合一之道，是使万物合唱的宇宙和谐之音。但我同时认为：对于将标准音高统一在 440 赫兹或 432 赫兹并不是一个好与坏、对与错的是非题，而是一个选择题——就好像我们对于饮食、文学作品、其它艺术形式和作品的选择，它就像一个自助餐，没有所谓标准的和最好的，只有最适合我们身心所需要的，对我们来说才是最好的；'就像中医给病人开药方，总要辨证施治，总是一人一方，而针对同一个病人，在他不同的体质和病况时期，给出的药方也不同。就像走平衡木、驾船和开飞机，在不同的外界与内部因素影响下，我们需要不断地调整自己，才能更加稳健地前行，才能走得更远，飞得更高。"

来宾们发出热烈的掌声并连连点头赞同。

"晚上经常失眠的朋友，特别是今晚睡不着的朋友，我建议你们上 YouTube 搜索 432 赫兹的音乐，特别推荐由南宫子云 Angelo Flamingo 工作室制作的冥想禅静音乐和自然养生音乐，以及由环宇爱乐集团音乐治疗中心制作的疗愈音乐，试听一段时间，调节和增添正能量，希望能对改善您的睡眠质量和提高健康水平起到有效的帮助。衷心地祝福各位！"

来宾们再次报以热烈的掌声和感谢。

8

接着又有几位来宾分享了他们的音乐梦想。最后一位站起来发言的是小提琴家"希拉瑞·韩"，她讲道：

"许多年前，我姐姐 Jin 对我讲起她当时在大学里研究的一个美学课题，叫做'音乐与色彩的美学关联'。她说，她有一个梦想，那就是，把音乐通过数码技术，同步转换成彩色灯光形式——用音乐控制彩色灯光组的变幻，用彩色灯光来同步表现音乐的音色、音强、音时、音高、节奏和旋律线等——让音乐成为可视的。这可以用于各种音乐演奏会、演唱会，无论交响乐还是独奏，无论是像伦敦皇家阿尔伯特音乐厅或者洛杉矶的沃尔特·迪斯尼音乐厅那样最辉煌的音乐殿堂，还是像纽约中央公园或维也纳美泉宫那种比较随意的露天音乐会，像安德烈·瑞欧在故乡马斯特里赫特的维里佐夫广场，或者是在体育场里举办的大型演唱会，还有所有城市广场的音乐喷泉，凡是有音乐的地方，都可以安装这种'音乐—彩色灯光数码转换系统'，包括家庭的音响系统，以及音乐学校的教学系统。

"听了 Jin 的想法后，我说，目前在一些娱乐场所，比如一些歌舞厅，还有国内外一些大型的演唱会，都已经运用了一些大型舞台灯光系统，用来烘托音乐气氛。你要做的这种'音乐—彩色灯光数码转换系统'与此有什么不同？Jin 说：'目前的舞台灯光并不受音乐控制，无论它们的系统和形式简单或复杂，都是人为编制的程序，随着音乐节奏的变化而变化，增加对观众的感官刺激，却并不能以色彩的形式来充分表现音乐。而她想要做的这种'音乐—彩色灯光数码转换系统'是要把音乐变成另一种语言，可视的语言，既使耳聋的人，听不到音乐，也可以通过这种彩色灯光系统来欣赏音乐。并且，由于它是由数码技术来实现的，各种音乐作品都可以通过数据采集而变成一种色彩的图形，从计算机上可以通过软件同步看到音乐的色彩表现，用以帮助音乐数据采集、分析、音乐研究、音乐教学、音乐创作，以及演奏家们在练琴时进行对比参照，等等功能。

"我想，如果真能做出这种可以把音乐转换成色彩语言的数字化灯光系统，那肯定会引起音乐界和音乐爱好者们的极大兴趣。于是我问 Jin：'你这种从音乐转换到色彩的理论依据是什么？'她回答说：

"'音乐与色彩在人的感觉上有多方位联系，除了音色与颜色之间的联系外，还有曲调、和声、节奏、调性、音强、音量等等，它们都能使人与各种色彩产生联觉。其实色彩音乐早就成为音乐艺术的一个流派了。早在十八世纪，伟大的物理学家牛顿发现了光的粒子性质后，不久人们就认识到了光的波动性质，并从白色光中解析出七种色彩，即红、橙、黄、绿、青、蓝、紫。从此，人们就试图找出音频与光波之间的联系规律，最简单的是把音阶中七个音与七种颜色联系起来。许多音乐家和美术家也进行了类似探索，路易斯·斯勒写了一本《现代音乐与色彩》的书。有人曾把人耳能听到的声音频率范围与可见光的光谱色带按比例联系起来。又有人试图从多方面去寻找音乐与色彩的联系，而且想找出一个规律，能使音乐与色彩'互译'。

"在二十世纪初，这种色彩音乐表演颇为流行，有许多音乐家与美术家，以及科学家进行这种形式的创作和表演，明图顿教授于1895年在伦敦皇家学院做了'彩色风琴'表演，这架'风琴'以它所产生的彩色光线，映在乐队和钢琴上方的银幕上，用它伴随乐队来演奏肖邦、瓦格纳的音乐。到1911年，明图顿教授还撰写了《色彩音乐——流动色彩的艺术》。

"色彩音乐发展中的重要创造是美国人威尔弗莱德制造的Clavilux（克拉维拉克斯）色彩投影机，它是一个能调制出各种彩色光与图像的仪器，1922年在美国公演以后引起人们的广泛兴趣。人们形容那音乐与色彩是'在感情的平行线上流动'。1926年，威尔弗莱德用他的色彩投影机在费城交响乐团的合作下，演出了里姆斯基·科萨科夫的《天方夜谭》，取得很大成功，听众形容现场色彩气氛时说："音乐几乎被一种俄国芭蕾舞式的鲜明节奏和流动的激情所融合。'

"在色彩音乐的发展过程中，还有许多音乐家进行了多方面的实践和创作，著名的如：亚历山大·拉兹罗发明的色彩钢琴，它能在演奏过程中射出彩色图像到银幕上以伴随音乐，他还著有《彩色光线——音乐》一书。

"阿德里安·伯尔纳德创作了一个练习曲《色彩音乐——光的艺术》，1913 年他出版了《色彩音乐的作曲》。

"1922 年，布利斯写了《色彩交响曲》，乐章标题为：1. 紫色，2. 红色，3. 蓝色，4. 绿色。

"色彩音乐的名著——斯克里亚宾的《普罗米修斯》（即火的诗）与勋伯格的作品联合表演，使色彩音乐获得了更丰富的艺术效果。

"随着科技的迅速发展，激光技术也应用到色彩音乐当中，在 1973 年美国芝加哥天文馆内表演了激光色彩音乐，由于激光具有与普通光线不同的视觉效果，而使色彩音乐又进入了新的领域。

"色谱与光谱，声波与光波，音色（tonecolour）与颜色（colour），七个音调与七种色光，两边产生了亲密的联觉效果，当你听到《蓝色多瑙河》时，脑海中便会浮现出宽广流动的蓝色波浪。

"美国音乐学家玛利翁有句名言：'声音是听得见的色彩，色彩是看得见的声音。'每一种音乐都有特殊的感情色彩。

"希拉瑞"说到这时，观众席上的"肖邦"又举起手来，提问道："那么 Jin 小姐想做的这种音乐与色彩的转换系统，其音乐与色彩的互译关系是怎样的呢？"

"希拉瑞"点点头，接着从电视屏幕里调出一幅图表展示给大家，她解释说："可见光在下面这一频率范围内产生的颜色分别是：

405　440　480　500　510　520　530
紫红　红　红橙　橙　橙黄　黄　黄绿

560 600 620 650 680 790 830
绿 绿蓝 蓝 蓝紫 紫 紫红 红

"现代钢琴有 88 个键，从 A2 到 c5，几乎含盖了所有乐器的音域，若以 A4=432Hz 为标准音高，Jin 便发现了音阶频率与色阶频率的接近和对应关系，于是列出了下表：

#G1 A1 #A1 B1 C #C D
紫红 红 红橙 橙 橙黄 黄 黄绿

#D E F #F G #G
绿 绿蓝 蓝 蓝紫 紫 紫红

"这样的每一组音区共十二个音，对应一组十二种颜色，从低音区到高音区，随着音阶的提高，相对的颜色组的亮度也逐级升高，即，色彩的亮度表现音高。这样，钢琴上的 88 个键就分别对应 88 个不同颜色的灯，十二个一组循环。但在灯光系统上，每个音所对应的灯并不只是一个灯，而是竖向的一组灯，用以表现触键力度或音强。"

"之后，Jin 便找到了知音国际爱乐集团的专利代理公司，请人为她的'音乐—彩色灯光数码转换系统'开发软件，设计硬件，绘制出了电路和机械图，然后便申报了专利。遗憾当时知音集团的新产品开发公司项目太多，没有相关的技术人手来开发这个产品。可是 Jin 不想等，在拿到实用新型专利证书之前，她就开始寻找专业合作公司，她曾经去过在北京展览馆举办的全国专业舞台音响及灯光设备展览会，拿回了很多资料，当时国内最先进的专业公司的信息都在她手上了。所以，一拿到专利，Jin 就立刻与北京迷笛技术公司取得了联系，但不幸的是，这家公司主要代理日本雅玛哈电子琴和几种迷笛产品的销售与技术支持，没有相关的开发项目。Jin 又联系了北京四通集团公司开发部，因为她得知，四通是当时全国唯一开发出了'音乐大师'作曲软件的公司。四通开发部经理俞总听了子衿的创意构想和美学理念，对她的专利设计很感兴趣，碰巧的是，他们公司里正好有两个懂音乐的年轻人，一个是技术员，一个是工程师，便立即成立了研发小组，与子衿签订技术合作协议，产品实现后按照利润分成取利。

　　"两个月后，四通公司的人打来电话，说样机已初见模型，请我们去看看。四通公司开发部的办公室都是玻璃隔墙，在他们那个项目开发小组的工作间里，我们看到满地都是成串的彩色灯泡。项目开发工程师丁易说：'因为经费的关系，眼下只能先用普通灯泡，因为开灯光组的模具要花钱，老板不批。我们先来看一下效果吧。'Jin就把随身带来的一盘柴可夫斯基第一钢琴协奏曲的 CD 放进音响里播放，当那些一组组的灯泡开始与壮丽的音乐同步闪烁起来时，我们的心情真是无法言说。之后，他们又测试了合唱、歌剧、圆舞曲、独奏曲、摇滚乐，还用 Jin 提供的古琴曲测试弱音较果，灯泡的亮度和变化都能比较准确地反映音乐的柔性及走音效果。最后，Jin 拿出一盘当时最酷的 CD，是澳大利亚爱乐乐爱团加入电声及打击乐进行演绎的世界名曲联奏。当那节奏激昂的音乐响起时，开发小组的两个年轻人竟一起跳起舞来，其它办公室里的人闻声都隔着玻璃墙向我们这边望。那天到他们四通公司开发部去洽谈合同的两位从深圳来的客户当时正好从那间工作室门外经过，看到这种情景，都吃惊地停下来，扶着玻璃墙使劲往里瞧。丁易招手请他们进去，两位客户一进门就问这是什么东西？是新开发的产品吗？ Jin 和丁易一起向他们做了介绍，两位客户说：'这东西太酷了！广州、深圳和香港那边有很多大型演唱会、音乐会、歌舞厅，还有音乐喷泉，全国和全世界就更多了，一定能赚钱！'他们当时就决定要做这个新产品的地区代理，说也可以出二百万买下它的技术，自己投资生产。Jin说：二百万只能做非独家转让。这两位客户都是经理，当时就拍板说，等这个产品的样机完成以后，第一个就打电话叫他们过来看。

　　"然而不久，俞总经理不知什么原因被四通总公司调走了，这个开发项目便停下来。新上任的总经理抓了一把别的项目，把人员和财力都调走，这个项目便不了了之，最终下马。Jin 多次试着联系工程师丁易，想与他私人合作，却听说他已辞职离开，不知去了何处。

　　"Jin 并没有为此伤心失望。她的发明专利公告后，每天都收到来自全国各地的要求技术中介、技术合作或技术转让的信件，信箱里天天都被塞得满满的。有一天我下班回来，碰巧遇见邮递员来送信，他一边往我们家的信箱里塞信，一边自言自语地说：'这家发啦。'

　　"不久有一天，Jin 从国外演出回来，看到我们家门口站着三个男人，她问：'请问你们找谁？'他们说：'我们找青子衿先生，请问他是否住在这里？'我姐就笑了，因为她就是'青子衿先生'，有点像男人的名字。这三位是从杭州一家专业舞台灯光开发公司专程来京找 Jin 谈专利技术合作的，一位是开发部经理、一位是市场部经理、一位是工程师，开发部经理不久前从国家专利局的专利公告上看到这项新发明，当时就拍案而起，说：'马上去把这个项目给我抓来！准能赚大钱！'因为打不通 Jin 的电话，就立即派人过来。可是当他们三位看到 Jin 时，全都傻了眼，说没想到这发明人'青子衿先生'原来是个女的，而且还是这么年轻的一位小姐。专利公告上只有发明人的名字，没写性别，他们自然而然地认为 Jin 是个男的。Jin 解释说：'发明的创意和原理出自我，但技术部分是专利技术代理公司做的，如果你们想要技术合作的话，得和我的技术代理人谈。'当即就打电话联系代理公司，可惜她的代理人有事请假，三天后才能回北京。'这三位一听，说：'没问题，我们等着！'就去找了家宾馆住下来。

　　"三天后代理人回来，见到这三位，开诚布公地对他们讲：'这项产品最大的技术难点是：在对音乐信号进行数据采集的同时要进行分频——一个单纯的音出来可以在灯光组上产生一对一的效果，但是真正的音乐演奏却包含了复杂的和声，怎样在这个巨大的混响织体中分辨出每一个单纯的音，让它刺激到所对应的那个灯？在音乐演奏的过程中，这个系统首先需要一个高级的录音系统，或者说是数据采集系统，然后，将采集到的声音信号进行数据处理，变为电信号。在这个过程中，我们需要一种高级的频率分辨器和传感器，而这种东西，就我所知，目前全世界只有日本有，但它的售价却非常之高。你想把它买进来，用到这套灯光系统上去，再把成品卖出去，不知道你能赚回多少钱。除非我们自己开发，并且能够以低成本实现。但就我个人而言，我是做不了的，因为这已超出我的专业和所学范围。我也没有钱去买进口的分频传感器，但这却是这项发明产品的关键或者说是技术核心所在。'三位从杭州跑来的大老板一听，说他们也没有这个开发能力，只能等待成熟了的技术和完善了的样品才能合作生产，非常遗憾。"

"希拉瑞"这时停下来，所有人都在静静地等待着故事的结果。

"结果怎么样了呢？""郎朗"忍不住问。

"结果这项专利发明就一直在期望中等待着，所有来信来电的中介和希望合作的公司都眼巴巴地期待着。半年后，Jin 在北京国际机场偶然遇见了原四通公司开发部的那位丁易先生，丁易说非常遗憾他去年被新老板调去了其它项目开发组，不过他已决定离开四通，先前来四通开发部寻求合作的那两位从深圳来的客户想挖他去深圳工作，下周他就要走了。丁易问 Jin，她的'音乐—彩色灯光数码转换系统'开发出来了没有，Jin 说她还没有遇到技术能力匹配的开发公司。丁易便问 Jin，想不想委托他去跟深圳的新老板再提一提这个项目，反正他又是要到开发部去工作的。Jin 当然高兴。两周后，丁易从深圳给 Jin 来信说，先锋电子开发公司想上马这个项目，等资金和人员配齐了就可以开始。但遗憾的是，先锋公司由于资金和内部管理问题不久就被并购，像泡沫一样地蒸发了。"

大家都摇头表示惋惜。

"希拉瑞"这时继续道："Jin 一直希望能早日看到她梦想的这种'音乐—彩色灯光数码转换系统'，随着音乐的变幻，把人们带入另一种五彩斑斓的音乐境界，特别是让那些耳聋的人，也能欣赏到音乐。"

这时"肖邦"又举起手来，问道："如果中国方面的技术能力和投资条件目前还不能达到这项发明的开发要求，那么 Jin 为什么不将这个项目委托给环宇爱乐国际集团去实施呢？"

"希拉瑞"点点头："问得好！这是因为，Jin 一直希望，凡是由她创意的发明都能在中国制造，因而成为'中国创造'。现在，Jin 已经向知音国际爱乐集团专利开发公司再次提出了这个项目的委托，并得到了技术评估和论证，开发资金及技术人员配备均已到位，项目已经启动。终于促成这件事是因为 Jin 想出了一个办法，""希拉瑞"停下来，看着大家，所有人也都看着她，在等待故事的结局，看来他们都没想到子衿的主意，于是"希拉瑞"接着说，"Jin 介绍先前的那位丁易先生进了知音爱乐集团专利开发公司，并成为了这个课题开发项目小组的负责人。"

"哦——"在座的来宾全都恍然大悟，有人笑着鼓起掌来，"这的确是个好办法！聪明！"

"希望不久，在座的各位，当你们在傍晚趁飞机离开一座城市时，透过舷窗看到下面城市中心的体育场或中央公园里，闪耀起了这种大型的音乐舞台彩色灯光，虽然那时你们已听不到地面上的音乐声，却能从那灯光组的色彩变幻中看出，那里正在演奏贝多芬的合唱交响曲《欢乐颂》。"

第五章：**万 物 合 唱**

耳朵能听到的是声音，但音乐是用心灵感受到的。音乐是灵魂的共鸣。音乐是宇宙间的星际天使，它能连接并调谐万物。

What the ear can hear is sound, but music is sensed by the heart. Music is the resonance of the soul. Music is an interstellar angel in the universe that connects and harmonizes all things.

1

"妈妈，请抽空给我来个电话好吗？"刚刚结束了与加拿大皇家音乐学院交响乐团排练的子衿看到舟舟发来的手机短信，她一边离开舞台走向后台指挥休息室一边给舟舟回电话。

"妈妈，我接到朱莉亚学院的通知了！"

"录取了？"

"是的，还获得了硕士学位奖学金！"舟舟在电话上兴奋地说。

"祝贺你孩子！一切都如我们所计划、努力和期望的一样。你很快就要去纽约深造了。我真为你自豪！"子衿高兴地说，在休息室门口站下。

"我刚刚听佩姨说，四怪考上斯坦弗了！"

"是的，也是 AI 工程。她就要背着她的大提琴去旧金山了。"

"是她的新金山。"舟舟玩笑起来。

"这几个姑娘，怎么都喜欢搞 AI？以后她们要是造出几个跟她们长得一模一样的 AI 机器人，那可怎么好？"子衿也开起了玩笑。

"有人还以为佩姨是根根您的模样被仿造出来的 AI 机器人呢。"舟舟笑起来。

子衿也笑起来，道："我跟你佩姨彼此彼此，老被人弄混。"她没看见晏·英格拉姆来到她身后，手上拿着下两周的工作计划表，见子衿正在线上，便等在一旁。

"四怪一走，家里就只剩下您和疯婆子了。"舟舟这时担心起来。

"没问题，我去巡演的时候，疯婆子能照顾好自己，还有你雨微阿姨呢。"

"梁阿姨是个病人，正在做治疗。"

"别担心，我会安排好的。"

"可是，可是我好想您，我想回您身边来照顾您，陪着您。"舟舟这时说。

子衿不由得笑了："等我老了再照顾我吧。圣诞节的演出广告已经打出，票已开始在线上线下发售，这可是一场非常非常重要的音乐会，还有在那之后的一系列演出，我们在一起合作的时间很多，从现在起你就要好好准备，别老想着我。"

"我妹妹她们都走了，您不觉得孤单吗？"舟舟的声音让子衿觉得他好像就在自己身边。

"小鸟儿都离巢飞走了，我才高兴呢。"子衿说，"我一个人住在地下室的时候很孤独，却没时间寂寞。我有好多事要做呢。你去了纽约之后，很快就会交上新朋友的，都一米八五高快二十岁的大男孩儿了，还老想妈？！"

"我的妈妈和别人的妈妈不一样！"舟舟压低嗓门加重语气说。

子衿于是转移了话题："哎，我跟你说说四怪啊——咱们来加拿大之前的那个暑假，她们五姐妹随中国交响乐团少年女子合唱团前往美国西部的四座城市做巡回演出，记得吧？斯坦弗大学是其中一站，当时四怪和疯婆子被分配住在一对华人夫妇章华韵和孔闻韶教授家里，四怪和章教授的儿子章帅同龄，两人都喜欢古典音乐，也都想成为 AI 工程师，今后自己创业，可谓志同道合，特聊得来，于是成了朋友，并一直保持着书信往来。"

"这就是为什么四怪要考斯坦弗？"舟舟笑起来，"章帅也考进斯坦弗了吗？"

"没错，两人早就约好了，章帅的父母就是他们的老师。这俩人还没重逢，就开始在线上商讨要一起开发一款 AI App 了。"

舟舟笑起来："知音啊。我就是担心加州夏季总是有山火，连温哥华都受到影响。"

"这的确是个问题。"子衿揉了揉额头。

"喂，妈妈，我想跟您商量个事——我想报名参加今年的肖赛，还有九月份的贝桑松国际青年指挥大赛，您想听听您的意见。"

子衿一听就不说话了，开始思考，却忽然发现晏斜靠在墙上，抱着两臂，正在瞧着她。

"妈妈，您有时间来波士顿参加我的毕业典礼和典礼音乐会吗？"舟舟这时在电话那头问。

"哪一天？"子衿问。

"周末，5 月 19 号。"

"谢天谢地！那天没有演出，一定来！我儿子的毕业典礼我怎么能不去呢？先去看你佩姨和两个妹妹，叫她们一起来。"

"太好了！回头见妈妈！我好爱你！"

"我也爱你！"

子衿收了线，抱歉地向晏摊了下手。

"我从未见过像你这么忙的女士。"晏从墙上直起身来，"5

月 19 日，”

“怎么？有活儿？”子衿看着他。

“我们皇家音乐学院的毕业典礼，”晏说，“还有典礼音乐会。”

子衿愣在了那里。

“没关系，我们找一个指挥系的毕业生来指挥就行。”

子衿一下子笑起来，竖起两个大拇指：“Good idea!”一边转身就走，“代我谢谢老板！”

这时，瑞卡多从团长办公室里走出来，看见晏，连忙向他招手：“我正要找你，叫上 Jin 一起来开会，商量一下毕业典礼音乐会的安排。”

2

按照演出经纪公司的安排，子衿将带领她的知音爱乐女子组合以及皇家音乐学院交响乐团的部分演奏员前往洛杉矶，在圣诞节前夕，与洛杉矶爱乐乐团以及美国西部学者合唱团合作，举办她的指挥专场音乐会。这是她移居加国两年后，首次以指挥家的身份重登美国的音乐舞台。

一行人在多伦多皮尔逊国际机场通过安检前往候机大厅，他们扶着行李箱站在电动步道上，二美、三丑和疯婆子正在和刚刚从纽约赶过来与她们会合的舟舟相互问长问短，疯婆子一见舟舟就和他说上了四川话，就好像子佩在没有旁人时也和子衿说杭州话。子佩这时却一直都在线上与人通话，和她们在温哥华的大姐、国内的父母，和她在波士顿的导师。大仙因为在欧洲演出，要从另一条航线飞往洛杉矶。在经过前往温哥华的候机区时，子衿无意中看到一个人，尽管是从背后，但她还是一眼就认出了，那是周澄宇。

离婚后一年多没见了，周澄宇瘦了很多，头发都白了，一个人孤单单地坐在候机大厅的休息椅上，木呆呆地望着落地窗外。想起两年前的圣诞节，他们全家一起来到加拿大，当时的情景还仿若昨日。曾经在一起生活了几年的人，如今却成了陌路，子衿的眼眶不禁一湿，她转过身去。站在旁边的舟舟看到了，内心的伤感难以掩饰，默默地搂住子衿的肩。

登机，对于飞来飞去的音乐家青子衿早已是家常便饭，但每次的心情都不同。这次没有乘商务舱，因为要和大家一起坐经济舱。此时，落坐在舷窗边的子衿凝视着机舱外，机场上空还在飘着零零稀稀的雪花。自从方才看到周澄宇，她的脑子里就不由得响起了一首歌，并一直在她的心里回荡不绝，此时，她戴上耳机，开始在YouTube 上听雷佳演唱的这首歌：

草木会发芽　孩子会长大

岁月的列车　不为谁停下

命运的站台　悲欢离合　都是刹那

人像雪花一样　飞很高　又融化

世间的苦啊　爱要离散雨要下

世间的甜啊　走多远都记得回家

平凡的我们　撑起屋檐之下一方烟火

不管人世间多少　沧桑变化

祝你　踏过千重浪

能留在爱人的身旁

在妈妈老去的时光

听她把儿时慢慢讲

也祝你　不忘少年样

也无惧那白发苍苍

若年华终将被遗忘　记得你我

火一样爱着

人世间值得

有多少苦乐 就有多少种活法

有多少变化 太阳都会升起落下

平凡的我们 一身雨雪风霜不问去哪

随四季枯荣依然 迎风歌唱

祝你踏过千重浪

能留在爱人的身旁

在妈妈老去的时光

听她把儿时慢慢讲

也祝你不忘少年样

也无惧那白发苍苍

我们啊像种子一样

一生向阳

在这片土壤

随万物生长

　　这是电视剧《人世间》中的主题歌，子衿将它转发给了周澄宇，同时发了一个圣诞和新年祝福，并祝他一路平安。最后，她给独自留在家里的梁雨微打了个电话，寻问她今天第一次接受 ZOLEDRONIC ACID 注射治疗后的身体反应，并嘱咐她一定要多喝水。通完话后，子衿便把手机设置成飞行状态，关了机。

　　前往洛杉机的航班正点起飞了。透过舷窗，三个姑娘兴奋地俯视着机身下白色的城市。机场旁边的 401 高速公路上，车灯成串地闪耀，有些路段在堵车，但她们仍能看到，很多车上都安装了后示速度灯，忽长忽短地闪烁着，汇成一首长长的交响乐谱。机身左旋，她们接着又看到湖滨金融区的国家电视塔和它旁边的罗杰士中心，还有湖面上的中央岛公园，甚至看到了她们住的那栋高层公寓。

　　"祝大家度过一个平安和快乐的圣诞节！" 姑娘们多情地向着机身下的多伦多挥手作别。

子衿的脸上却毫无表情，完全没有女孩子们难以掩饰的兴奋。子衿知道，这一天，此时此刻，此情此景，是她们一生中最难忘的时刻之一。但是她想起梁雨微曾经说过，她想炸掉多伦多乃至世界上所有的脱衣舞俱乐部、成人夜总会、色情按摩院，让飞机上的人都能看到地面上爆炸的火焰。子衿的全身不禁颤抖了一下。若暴力能改变人的灵魂，那还要音乐和教育干嘛？若愤怒能改变人的命运，那人们为何还要祈求和平与神的大爱？

子佩坐在子衿右边。当飞机进入平稳高度后，机舱内也变得放松下来，大家纷纷解开安全带。子佩这时轻轻抓住子衿的手："你知道吗？周澄宇和宋园分手了。"她轻声道。

子衿不由愣了一下。

"周澄宇一直没有找到满意的稳定工作，还曾去美国密西根州工作了一阵，留宋园和诗诗娘俩在家，之后便决定放弃移民，回国。"

子衿沉吟着，然后轻声问："怎么知道的？"

"宋园和梁雨微有联系，梁雨微没告诉你。宋园做清洁赚了不少钱，客户越来越多，但每天都辛辛苦苦，做到很晚才回家，连周末也不休息，没时间在家做饭。周澄宇对此非常不满，还因晚归而质疑宋园的清白，说了些很难听的话。宋园受不了，两人翻了脸。"

坐在她们前排的舟舟和二美这时转过头来，看着她们。子佩竖起食指在唇边，两个孩子于是安静地转回头去。

"周澄宇对宋园说：'老子就不相信，没有你们这帮夜不归宿的婊子，老子就活不成。'他还明着告诉宋园，他要回国去跟他的清华同学结婚，他的同学又聪明又漂亮，电脑工程师，硕士学历，为政府工作，下午五点就下班，政府给她分了两套高层公寓，福利和各方面条件都好得很。把宋园气得不行。"

子衿点点头："我认识他那位同学，她有个女儿，我们两家曾经是朋友，以前有过来往，孩子们都相互认识。"

"你说的，是杨舞怡吗？"子佩问。

"是，你清华的同班同学。"子衿一如平常，语调低缓，轻柔。

子佩点点头："不错。周澄宇上学时就喜欢她，可惜杨舞怡当时没看上他，和我们班上最英俊的男生韩城结了婚。周澄宇跟韩城是同乡，就是通过韩城认识我的，然后认识了你。"

"我知道。"子衿道，"有一次，周澄宇非要拉着我去韩城家参加同学聚会，我听见周澄宇对韩城说，他都没有韩城的福气，没能娶到杨舞怡。韩城当时就说：'谁有福气能娶到青子衿？'那时我就感到，我们的婚姻存在隐患，并因此做好了心理准备。"

"后来韩城心有别恋，今年和杨舞怡离了婚。现在周澄宇又有机会了。"子佩说。

"但愿他们能修成正果。阿门！"子衿闭上了眼睛。

每个人都希望能为梦想去自由飞翔，抑或，能够自由飞翔本身就是梦想。

3

仿佛一大盆金链在燃烧，映红了天边的晚霞，飞机在暮色中飞临洛杉矶上空时，晏·英格拉姆正在用耳机倾听由子衿指挥的威廉·沃尔顿的《此时此刻，颂歌，为合唱而作》，并一直暗暗观察着在他左前方近三个小时都在盘腿打坐的子衿。这是他们第一次一起旅行演出。

"她究竟是在冥想，在记谱？还是在睡觉，还是在……"晏心里暗暗想。

飞机平稳地着陆了。旅客们纷纷解开安全带，而子衿此时做的第一件事是给梁雨微打电话，然而，梁雨微没有接。子衿的心一下子提起来。

一出接机口，他们就看见了特地来接他们的四怪和章帅，四怪已提前一天从旧金山到达这里，是同章帅和他的父母开着自家房车沿加州一号高速公路一路欣赏着太平洋海岸风光来到洛杉矶的。四怪秀发披肩，手捧鲜花，一见到家人，就高兴地奔上前去，姑娘们欢叫着像一群小鸟儿似地拥抱在一起。

疯婆子调侃说："四个月不见，四怪姐姐怎么变成四美了？"大家又哗地笑起来。

二美道："连疯婆子都变得这么文雅了，四怪还能不变成四美吗？连三丑都变成三美啦。"

"那以后，你们就都改名，叫二美、三美、四美、五美。"舟舟调侃说。

"我封你为'六美'。"一米五八高的疯婆子操着四川话对一米八五高的舟舟说。

大家又都笑起来。晏和瑞卡多羡慕地瞧着这群孩子，直到子佩带着四怪和章帅过来和他们行见面礼。而子衿则一直都在给梁雨微打电话，因为没有回音，她不安地在众人后面走来走去。

整个洛杉矶都被圣诞彩灯装点到全年最美状态，从机场前往酒店的途中，专程来接他们的乐团大客车特地带他们先来到金碧辉煌的沃尔特·迪斯尼音乐厅，姑娘们趴在车窗上，瞪大了眼睛，她们看到音乐厅的外墙上已经挂出了巨幅演出广告：

"万物合唱"交响合唱音乐会

 —— 洛杉矶爱乐乐团
 —— 加拿大皇家音乐学院交响乐团
 —— 美国 DJ 电声乐队
 —— 洛杉矶爱乐乐团大师合唱团
 —— 美国西部学者合唱团（特邀）
 —— 知音爱乐女子合唱组合（特邀）
 —— 洛杉矶天使儿童合唱团（特邀）

—— 美国素食者协会赞助

—— 美国华人商会赞助

—— 美国中华文化发展协会赞助

—— 世界首台无乐谱交响合唱音乐会

—— 世界首台使用"数码音控彩色灯光系统"音乐会

—— 世界首台 432 赫兹交响合唱音乐会

—— YouTube 现场直播

指挥兼艺术策划、总监：青子衿

12 月 22、23 日 晚 7 点　洛杉矶，迪斯尼音乐厅

"哇——！"姑娘们兴奋地喊"请停车！"，因为她们已经迫不及待地想要下车去拍照。于是大客车临时停在了灯火通明的音乐厅前，给大家 20 分钟。车上的音乐家们欢呼着倾巢而出。在 22 度宜人的气温和晚风中，他们纷纷集体和分组拍照录影，以作留念，有的还抓紧时间，跑进纪念品店里去掏宝。因为音乐厅是晚有演出，一些观众们已经提早到达。

"这里就是我们将要大展才华，使梦想成真的迪斯尼音乐厅！"姑娘们激动不已。章帅为她们不停地拍照。

子衿留在了车上，因为舟舟不舒服，子衿用针灸在舟舟手上的合谷和脚上的太冲穴上做调理。晏坐在边上陪着他们。

"这孩子晕车。"子衿轻声道，"因为时差，他飞了七个半小时，之前还有演出，和波士顿交响乐团连演了三天。"

晏看着子衿把舟舟的脚放在自己大腿上，然后小心地在他脚背上扎针，不禁裂了裂嘴："太辛苦了 Ark。你干嘛不直飞过来？可以省去两个小时。"他轻声问舟舟。

舟舟只是看着子衿，过了片刻才回答："我想这位天使，我想早点见到她。"

晏明白了，抱起两臂来想了想，又问："Ark，你今年多大了？"

"还有十天，就满 20 岁了。"舟舟回答，仍旧看着子衿。

"放松。"子衿这时轻声说，小心地在舟舟脚上捻着针。

"祝贺你荣获贝桑松国际青年指挥比赛第一名。不到二十岁，非常了不起！"

"谢谢您！"

"所以你现在，与多少家乐团签约合作，任客席指挥？"晏问。

"5家。"

晏点点头："还有钢琴演奏会，真够你忙的。"然后他把头转向车窗外，望着在音乐厅前面广场上拍照的五个欢蹦乱跳的女孩子，"她们是第一次来这里吗？"

"两年前的暑假，也就是在我们离开中国之前的那年七月份，她们曾经跟随中国交响乐团少年女子合唱团来过加州，不过那一次，他们行程很紧，因为要去4座城市访问演出，所以当时只是行车经过这里，没能下车去参观。她们从来都没想过，有朝一日，她们还能在这个世界顶级的音乐殿堂里登台演出。"子衿微笑着说。

"连我也没有想到，我这辈子还能登上迪斯尼音乐厅的舞台。"晏扶了扶眼镜道，"瑞卡多对我说，这座音乐厅几乎没有淡季，特别是圣诞节前，每天的演出都排得满满的，上午、下午、晚间，咱们的排练时间和场地非常有限。要不是你早已名声在外，享誉世界，还有你这次带来的那几个'世界首次'，我们很难拿到顶级音乐厅的演出合约。"

"我的经纪人非常能干。"子衿微笑着说。

"是你出色的策划。"晏微笑着看着子衿。

"听说梅塔大师刚刚在这里指挥了两场贝多芬。"舟舟这时说。

"我们回头去拜访他一下。"子衿说。

"真的呀？！"舟舟立刻高兴地直起上身，"我期待着能与梅塔大师合作。"

"别动。"子衿按住他，然后小心地给他收了针，"对，还有珀尔曼大师、马友友大师、阿格里奇大师。他们今晚在这里演奏贝多芬的三重奏协奏曲。"子衿指了指车窗外音乐厅外墙上的大幅广告，就在他们的演出广告旁边。

"Oh my God! 什么时候我也能指挥这首协奏曲？"舟舟羡慕地仰望着窗外的大广告。

"我看你最好还是留在酒店里睡觉吧。"子衿说，收起了针具。

舟舟看着她，撇起嘴来。晏不禁笑了笑。

时间不早了，大家要尽快前往酒店去 Check in。大客车重新上路后，子佩将买来的热饮递给子衿和舟舟："联系上梁雨微了吗？"她问子衿。

子衿摇了摇头："我非常担心，因为我看过医生事先给她的医物反应和副作用清单。她第一次化疗后反应非常厉害，当晚就被送回了医院急诊。我怕这一次……这是她第一次接受这项治疗。"

子佩也焦虑地揉了揉额头："找人去看看她吧。你这么担心，回头怎么演出？"

子衿低下头："我给伊芙琳大姐打过电话，没有接；又通过微信联系她，说是回国休假去了。我在火凤凰微信群里发了求助信息，希望有好心的姐妹能够看到，并去咱们家中找找她。"

"要不要给我们公寓的前台保安打个电话？看是不是有急救车来过？"子佩忽然说。

子衿立即拿起电话来拨号。子佩和舟舟都看着她。梁雨微果然叫急救车被送医了。子衿立即拨打 911，查寻梁雨微被送去的医院，然后又在火凤凰微信群里向乳腺癌群友求助，希望有姐妹能去 Sunnybrook 医院急诊部找找梁雨微，并帮忙照看一下。子佩这时直接给 Sunnybrook 医院急诊部打电话，询问梁雨微的情况，并请他们找社工去照料她，得到确认答复后，两人这才放下电话，喘了口气。舟舟这时无声地将子衿搂在自己肩上。

"我一路上都在为她担心，祷告。"子衿摇了摇头，闭上眼睛，"我真不该把她一个人留在家里。事情全都赶在了一起。我实在是太忙了，分身乏术。"

"她会没事的，只是药物反应，不会有危险，医生会处理好的。

你不必太担心。"子佩安慰她。

三个人都不再说话，他们也需要休息。

坐在大巴车前排的四怪这时给姐妹们讲起了一个故事：

"上个世纪初，美国有一位艺术家，他出生在一个农民家庭，父亲是爱尔兰裔加拿大人。他从小卖过报纸，第一次世界大战时参加过红十字会。战争后他回到堪萨斯市，在一家电影广告公司找到一份薪水微薄的工作，最困难的时候他住在一个车库里，与一只小老鼠为伴，有时连买画笔颜料的钱都没有。终于有一天，电影公司要他创作一部卡通片，他绞尽脑汁，整日苦思冥想，推翻了无数次方案。当他看到车库里的那只小老鼠时，他突然来了灵感。不久，便创作出了以小老鼠为原型的世界上第一部完整的卡通影片《米老鼠和唐老鸭》。这位艺术家就是沃尔特·迪斯尼。如今，迪斯尼的卡通片和迪斯尼主题公园早已蜚声全球，迪斯尼王国给全世界所有年龄的人们创造了色彩斑斓的梦幻和童心的快乐。迪斯尼先生曾经说过这样一句话：'你所有的梦想都可以实现，只要你有勇气去追求它们。'"

"说得对，咱们一起加油！"二美举起手臂。

"加油！"姑娘们一同击掌。车上的演奏家们都笑着看着她们。

"你们今晚一定要好好休息，明天才有精力排练。"子佩这时叮嘱大家说。

4

服装、道具、舞美、灯光、音效、录音录像，与洛杉矶爱乐乐团以及西部学者合唱团为期两天的排练全部像正式演出一样。子衿此次身兼指挥及艺术总监，基于她多年的舞台经验和先期的周密策划，与乐队及合唱队共同协商调整了部分曲目的和声效果；每首曲目对舞台灯光的要求都不同，全套程序已事先发给音乐厅的灯光工程组，需要进行现场测试，以保证完全达到演出要求。作为子衿的学生和助理，舟舟一直跟在子衿身边学习，记笔记，并协助她，增长了不少实习经验、子衿对这场演出的录像事先也做了全套艺术策划，像影视导演一样，每一个分镜头的特写都给出具体要求，以更加有效地表现音乐、舞台效果、以及整个音乐会现场的气氛，因为视频上线后的收视率会大大超过现场的卖座率，收益也会大大超出门票收入。根据演奏过程中音乐的发展变化，不同方位的摄像头要突出不同声部及其主奏、合唱队、指挥，从摄像的各方位角度推近，拉远，移动，切换，还有时长、定格，从局部到整体，从台上到台下，每个分镜头效果子衿都毫不含糊，充分发挥她的音乐美学才能、音乐舞台导演才能、以及以往在中国央视制作古典音乐节目的经验，她的工作态度和精神令整个乐团的同事深感敬佩与鼓舞，增加了团体的信心。但子衿在最初策划这台音乐会时，提出了一个令所有人都颇感吃惊的想法——她希望这场演出没有乐谱。

"我不想看到曲谱架出现在台上，"她说，"不是因为这一台演出的乐队编制过大，而是因为我不想听到翻曲谱的声音。我希望每一位乐手跟合唱队员都事先熟记曲谱和歌词，当你们在台上演出时，我要你们只看指挥，和指挥融为一体。每位演奏家和歌唱家都应当意识到，我们是在邀请观众听音乐，而不是观众在花钱请我们演出。那种在演出中所表现出的整体气势，更能够传达音乐的内涵与外延。这种气势能够很大程度地调动起现场观众的所有感官，使他们被吸引、参与和融入到演奏者从内心表达出的浓厚的音乐情感与整体氛围之中，就是耳聋失聪的人也能从乐队的动作与神态中看出那音乐的内质、它的力度、旋律，获得它所辐射出的意境与感染力。但这种音乐氛围的营造，绝不是仅靠音响本身来实现的，否则为什么要去看现场呢？观众不就是要进入那种音乐的活的氛围吗？

"有些演奏员，在整个演出过程中都很少看指挥，他们把乐谱跟指挥的位置颠倒了。需要乐谱演奏的不能成为独奏家，而只是演奏员，或者乐师。作为一个交响乐团，需要有整体表现的档次，整体合作的艺术。要在精神上摆脱对乐谱的依赖，从形式中解放和超脱出来，从而使自己变得更加独立、全然、自由，这样才能产生灵魂。如此，我们也就不仅是在演奏，还能达到二度创作的境界，全然进入对音乐的驾驭与阐释。我要我的乐队看指挥，让指挥来统一，协调和调动你们的气势，以此把他们的气更紧密地凝聚在一起。眼睛的表现力在舞台艺术中非常重要，是演员的素质之一。我们不仅是在那里演奏音乐，也是在进行舞台表演。眼神、面部神态、形体姿态，这些精神面貌都是舞台艺术的组成部分，是直接传达音乐思想与情感的形式美表现。没有乐谱，没有翻乐谱的动作和声音，舞台表演就不会显得凌乱，不会干扰观众的欣赏，观众就能更好地感受音乐本身。整个乐队都看指挥，乐队会因此而变得更加生机勃勃，整体划一，神形俱在，形成一团浑然完整的气，就像是一个人在呼吸，好像整个乐队与合唱队就是指挥手中的一件乐器。这团完整的气，会产生一股强烈的、极富感染力的磁场，把音乐内在的精神与气息辐射给观众。通过音乐的情感，再把乐队与观众融为一个精神整体，这就是我们最终的目的。"

全场无乐谱演奏，几乎所有人一开始都懵了，认为青子衿是个疯子，但子衿却把她的快速记谱法传授给了乐团，她要让这场演出成为世界上第一场无谱音乐会并被载入吉尼斯世界记录。最终，乐团还是被子衿说服了，因为基于无乐谱演奏这个具有挑战性的亮点，YouTube 官网将会介时向全球直播这场音乐会，他们将会成为顶级中的顶级、明星中的明星，并获得更多的乐迷和线上线下观众。于是，按照子衿的要求，舞台上将不设曲谱架，所有合唱队员也将徒手登场，这将是史上第一场无乐谱演奏演唱大型交响合唱音乐会，并会以更多的创意亮点来展现子衿的音乐美学创意及其效果。无数的线上线下观众都在期待着，有着一种大赛来临前的紧张与兴奋。子衿的粉丝们已有两年没有在美国的音乐舞台上见到她指挥的音乐会了，各类媒体的粉丝团里一直在热议子衿此次的复出音乐会。乐迷们关注她不仅因为她独有的艺术魅力，还因为子衿为温哥华爱乐岛明年即将举办的第一届国际音乐奥林匹克大赛创作的会歌，将会在这场音乐会中首演。

5

一到洛杉矶，子衿就向瑞卡多和晏介绍了她们的好友章华韵和孔闻韶夫妇，他们年轻时在北京也曾经是中国交响乐团少年女子合唱团的团员，此次他们带着儿子章帅从旧金山斯坦弗大学而来，随美国西部学者合唱团一同来联袂献艺。本次演出的合唱曲目早已传真给学者合唱团，子衿已通过视频指挥排练过，与乐队的现场排练也非常顺利。

12 月 23 日晚，坐落在洛杉矶第一大街与 Grand 大街路口的迪斯尼音乐厅灯火通明，来自四面八方甚至美国之外的乐迷已开始入场，他们穿着节日盛装，纷纷来到音乐厅大堂高大的圣诞树和印有子衿照片的音乐会海报前拍照留念。

迪斯尼音乐厅曾经历了 16 年波折，才得以在 2003 年 10 月 23 日修建落成。这座超现代的大型建筑以其动人心魄的独特外观和内部设计，成为美国第二大城市洛杉矶的新地标，也名列世界音乐建筑榜首。作为洛杉矶音乐中心的第四座建筑，也是洛杉矶爱乐乐团的本部，主厅可容纳 2265 席，并以其良好的音响效果而成为音乐爱好者和旅游者们共同膜拜的艺术殿堂。

在晴日艳阳的照射下，音乐厅银色的不锈钢外壳熠熠生辉，如乐谱般流线形的曲面设计传达着音乐感。每一位首次目睹这座建筑的人无不感到眼前豁然一亮，对其啧啧称奇。而到了晚间，这些曲形的钢板墙面有时就会化身为大屏幕，七彩的影像变幻流动，使这座建筑更富魅力和生命力，为城市凭添光彩。

修建迪斯尼音乐厅的设想最早由迪斯尼夫人莉莲提出，1998 年，普利策建筑奖得主弗兰克·盖瑞力挫众多对手，以其新颖前卫的设计一举夺标。整个建筑占地 293,000 平方英尺，工程总耗资 2.74 亿美元，历时 4 年。其舞台背后设计了一个 12 米高的巨型落地窗供自然采光，窗外的行人过客也可驻足欣赏音乐厅内的演奏，室内室外融为一体，此一设计绝无仅有。建筑师将其功能与各种美学气质融合在一起。弗兰克·盖瑞为了表达他对迪斯尼夫人的敬仰之情，特地以玫瑰花为主题设计了音乐厅的后花园，因为莉莲生前最喜欢他送的白色玫瑰花，名为"一朵献给莉莲的玫瑰花"的纪念喷泉建于音乐厅侧面上层的蓝丝带花园中，由八千多片皇家代尔夫陶瓷花瓶的碎片拼贴而成。这座花园亦是一处视野颇佳的城市露台，从上面可以看到好莱坞标志、中央图书馆和圣盖博山脉。

演出前，正在二楼休息厅里打电话的子佩看到楼下首层大厅里有一个熟悉的身影，她很快认出，那是约翰内斯，但因为她正在通一个非常重要的国际长途，且时间紧迫，不便此时打招呼，便隐身到柱子后面。

这是约翰内斯第一次来洛杉矶，也是自去年五月份在温哥华会面后与子衿姐妹的第一次重逢。因为身在温哥华，他没能在夏季于多伦多看到由子衿执棒的湖滨露天音乐节，但这场演出他却无论如何都不想错过，并终于盼到了这一天，第一次亲身来观看子衿移民北美后的指挥音乐会。一收到子佩的电邮通知，约翰内斯就提前订了票，接着订了酒店，然后是机票。今天，他一下飞机就直接来到音乐厅，将行李箱连同外衣一起存在了衣帽间。入场之前，约翰内斯在大堂手扶电梯旁的演出广告前站了很久，仰望着墙上子衿手握指挥棒的大幅黑色背景照片。她所有的照片都有一个特点——从不看镜头，她从不会在照片上和视频中看着你，与你产生眼神交流，她总是含蓄内敛，但她内在的精神魅力却会深深地吸引你。这将是一场非常独特的古典音乐会，有史无前例的创新元素和独特策划，其中五个亮点：第一，它将是世界首台无乐谱大型交响合唱音乐会；第二，它将会首次使用由子衿发明的"音乐 – 彩色灯光数码转换系统"；第三，此次特邀的美国西部学者合唱团和知音爱乐女子合唱组合全部为素食者；第四：没有事先刊印和公开发放曲目单，演出结束后 24 小时之内，观众可以在这次音乐会的 APP 上上传他们自己判断出的曲目单，除了新创作的首演曲目之外，全部答对的观众将会获得由青子衿签名的本场音乐会曲目单、以及作为纪念品的印刷票兼获奖证书，上面将会印有获奖者的名字。也就是说，这不仅是一场音乐会，还是一场与观众线上线下互动的活动，鼓励更多的人喜爱古典音乐。第五，在首层大厅里还有一个亮点，即在大幅的演出海报旁边还有一幅大海报，上面刊印的是两本刚刚出版的新书——一部是由青子衿撰写的英文版《知音无古今》，这是一本精美的礼品书，一本没有年份的日历，共 365 页，每一页都是一句由子衿原创的格言，有关人生、音乐、艺术、美、创造力、和平、内心的平安、教育、修养、灵魂、大爱、真爱、知音……另一部新书也是由子衿编写的，书名叫《音乐修养之毕生绝学》，其中收录了古今音乐大师们的格言。海报下面是一排长桌，正在现场发售这两部新书，当日每部限量 2800 册，每本都有子衿的签名。很多观众在演出海报和圣诞树下拍照后，就纷纷来到新书发售长桌前，排起长队购买。约翰内斯也去买了两本，想了想又多买了两本，想作为圣诞礼物送给他的表弟费尔南德·卡普兰。他一边翻看着新书上子衿的照片和她书写的格言，一边回想起子衿去年初还在 2592 公司 GMT 360 三线上工作的情景，她用手插车将成品箱推出去，她的手指上扎了金属毛刺，她在中文报纸上发表了一篇有约翰内斯名字的文章，题目叫《鼓励》，她冒雪在葬礼上陪同唐斌的遗孀宋园和女儿诗诗，还有她在温哥华泛太平洋酒店二楼大堂的落地玻璃窗前弹奏李斯特……

　　约翰内斯乘手扶电梯来到音乐厅二层，在面对舞台的右侧观众席第一排落座，离台阶过道只隔着一个座位，那个座位原本是他想要的最佳位置，但在网上订票时，有人已先他一步。从这里能够比较近地看到整个乐队，也能在第一时间看到指挥从左边那个门迎面走上舞台，直到登上指挥台的全过程。舞台前沿摆放了一排鲜花，为乐队设置的座椅已排放整齐，但没有乐谱架，伴奏钢琴、打击乐和倍思等大型乐器已提前就位；舞台后面有两层观众席，但那个区域今晚没有观众，而是留给了合唱团；舞台左侧角落里矗立着一棵高大的圣诞树，树上除了彩灯和白色乐谱丝带，还挂满了各种小乐器，以及印有音符的银色的玻璃球。舞台背后上方悬挂着一幅巨大的投影屏幕，挡住了后面的管风琴音管的大半部分，而最引人注目的是为这场音乐会而专门架设在舞台背后一层和二层观众席中间位置的一组长长的大型"音乐控制彩色灯光系统"，它是从中国运来的；约翰内斯知道那是子衿的发明专利，今晚它将会被首次用于这场交响合唱音乐会，令所有观众期待；设置在二十四个方位的摄像机和移动摄像头将会带给线上屏幕前的观众更真实的艺术享受。

约翰内斯这时将目光投向高敞宽大的观众席，环顾楼上楼下，墙面和天花板由花旗松制成，其橙黄色和波纹状的表面，让人感到仿佛进入了提琴的内部，在这座世界顶级的音乐厅里欣赏世界顶级的乐团和指挥家，演奏世界顶级音乐大师的作品，不仅能一饱耳福，还能一饱眼福。约翰内斯观察到，此时除了他右边靠过道的座位，音乐厅内已座无虚席。他的左边是一对有些上了年纪的白人夫妇，正在看子衿的新书，约翰内斯这时听见那位女士对她老公说：

"每年的圣诞音乐会不是圣诞合唱就是《独自在家》的电影音乐，今年终于有了新节目。"

"明年去欧洲吧，维也纳新年音乐会，或者去挪威看安德烈·瑞欧的圣诞音乐会。"那位白发老先生说。

"好多人想订维也纳新年音乐会的票，得抽签中选，看咱们的运气吧。我查过，明年很多音乐会的票都基本上预售完，剩下的贵宾席超贵，九百多美元一张。今晚这楼下的票也要五百多呢。"

"没问题，只要你喜欢。实在买不到票，咱们就在家里看

YouTube。"

在 YouTube 上看古典音乐会视频已成为约翰内斯这一年多来的主要爱好，其间他也去过几场音乐会"热身"，但第一次来到像迪斯尼这样高大尚的世界级音乐厅，约翰内斯还是感到有点紧张，想必来到这里的观众也都是顶级的乐迷和发烧友，甚至有些本身也是音乐家。花五百甚至九百美元看一场音乐会？甚至还有人买机票飞到这里来看演出。约翰内斯听说他的老板家里有一套价值上万美元的德国发烧音响，还在分期付款。看来古典音乐圈子里也有土豪粉丝，或者应该说，古典音乐自古以来就是上流社会的玩意儿，是贵族阶层的享受，不是一般平民都玩得起的，幸好现代有了网络视频，使音乐得到极大的传播和普及。

约翰内斯左边的女观众这时注意到楼下，说："戴伯拉来了。"

"谁？"她老公问。

"乐团的总裁兼 CEO。瞧，古斯塔夫和约翰夫妇也来了。"

约翰内斯不禁也往楼下看去，果然看到在第六排的贵宾席上有几个熟悉的面孔，是他以往在 YouTube 上见到的，他确信那是几位著名的指挥家和一位老作曲家，还有几位好莱坞的电影明星，另外几位可能是本地政界、商界或文化团体组织的要人。看到有人在用手机拍视频，约翰内斯也掏出自己的手机，把现场环拍了一圈，来回两次扫过那些贵宾。尽管有点紧张，但他的脑子里却联想出一个可笑的画面，那是他前天在 YouTube 上看到的憨豆先生的一个搞笑视频，憨豆先生在 2012 年伦敦奥运会体育场大型现场音乐会中担任电子琴伴奏，曲目是范吉利斯的《冠军》，只需连续弹奏一键作为伴奏的憨豆先生感到无聊，于是开小差，他用一只手触键，另一只手掏出手机来拍摄现场视频。约翰内斯一想起来就想笑，这让他放松了不少，使周围的人看不出他是一个古典音乐圈子里的生人，他只是在心里提醒自己——演出过程中，别人不鼓掌，自己千万别鼓掌。然而这时他又忽然想起一个问题，他若听不出，不知道演出中的曲目可怎么办？如果事后子衿和子佩问起来，他该多丢面子。自从认识了这对才女，他一直为她们的魅力所倾倒，在了解了她们如何修炼成美女的教育、教养和秘诀后，约翰内斯受到很大响影，他开始渐渐远离酒色，并开始亲近古典音乐，因为古典音乐不仅能洗去他灵魂中的灰尘污垢，还能提升他的修养、风度和自信，把他变成真正的绅士和"贵族"。为了能配得上像子衿和子佩这样的美女，一年多来，约翰内斯几乎每天都在给自己上古典音乐欣赏课，听了看了很多曲子，记下了很多曲名、作曲家、指挥家、演奏家和著名乐团，还时不时地在同事当中显摆显摆，但却不能保证每首都已记下，熟悉到一听就能说出曲名。他相信，在座的观众也绝非每一个人都能全部答上来。不过有一个办法，那就是在演出过程中打开手机的谷歌声音搜索功能，但如果让邻座看到了，显然就是在作弊，再说演出过程中也不允许使用手机，音乐会的规矩他还是学到了的，并且，如果他想起了第二首的曲名却忘了第一首，那可怎么办？

正在约翰内斯胡思乱想之际，全场的最后一名观众——约翰内斯右边的邻座终于来了，约翰内斯不由抬头看了那人一眼，这一眼却让他暗吃一惊，那感觉绝不亚于他第一次见到子衿和子佩时的惊艳。那是一个看上去不过三十岁的黑发白人男子，足有一米八八的个头，体型修长，穿着白衬衫、黑色长裤、黑色夹克衫，留着蓬松整齐的长发，面容沉静，举止优雅，浑身透着一股既深沉又超然的能量磁场，让人一眼难忘，连楼下的一些观众都注意到了他。约翰内斯这时意识到，今天来到这里的观众真的都不是一般人，不是各界名流显贵也是精英大伽，旁边的这位说不定也是子衿的粉丝，而且还不知道是什么人物呢。约翰内斯忽然感到一股压力，颇不自在地坐在那位帅气的年轻人旁边，心里想着，待会儿幕间休息时跟他聊聊，探探他究竟是哪路大仙，跟子衿有没有关系。这时钟声响起来，灯光暗淡下去，广播提醒观众们关掉手机音响，演出过程中禁止拍照和录像。整个观众席都安静下来。时间到了，人们的注意力都集中到了舞台上，今晚真正的主角即将登场。

6

　　掌声响起，舞台背后上方的一字型彩色声控灯光组也随着掌声一起同步闪亮起来。洛杉矶爱乐乐团和加拿大皇家音乐学院交响乐团的演奏家们列队从舞台两侧步入会场，他们手持乐器，面带微笑，一丝不乱。所有的演职人员都站在了台上，面向观众，第一小提琴带领大家定了音，432 赫兹，然后他们全体落座。之后，全场都开始等待这场音乐会的核心人物，今晚的指挥兼艺术总监。这时，舞台后面的大屏幕上缓缓地滚动显示出两段文字：

　　"在音乐厅的宁静之中，我们被运送到一个只有音乐存在的领域，这个领域超越语言，超越时间。"

——约翰内斯·勃拉姆斯

　　"神在创造人类时所赋予我们的最伟大的礼物是音乐。"

——青子衿

　　约翰内斯读完这段话，内心十分感动，而看到约翰内斯这个名字时，他的眼睛禁不住有些潮热。

　　几秒钟的沉静与期待之后，舞台左侧的门再次打开，掌声和欢呼声聚然间暴发出来，乐队全体起立，迎接他们的指挥。身穿白色丝绸衬衫、黑色长裤和黑色收腰燕尾服的青子衿手持指挥棒侧身从副台走出来，在全场一片热烈的掌声中健步走上舞台，约翰内斯激动地使劲鼓着掌，他看到楼下的有些乐迷甚至站起身来，在头顶上击掌并欢呼，可见人们对子衿的热爱与期待。子衿那头丰沛卷曲的黑色秀发蓬松飘逸，两侧过肩，背后及腰，她面带微笑走到台前，与两位首席小提琴握手，并向全体乐队致意，然后在全场的掌声中转过身来，面向观众席，还有无数的线上观众。在历时一年多的策划、大量的台前台后与先期工作之后，在确认每一步每一个细节的精准到位之后，在达到了超乎观众预期的排练效果之后，子衿站在了这里，在众目期盼之中，她仰起头来，带着自信的微笑，向全场行 30 度额首礼。已有一年半没有见到子衿的约翰内斯此时激动到热泪盈眶。

子衿微笑着转过身去，请全体演奏员落座，全场安静下来，演出进入倒计时。期待值拉满，所有人都屏住呼吸。约翰内斯这时不由得想起刚刚在子衿的书里看到的一句话，也是她曾经在脸书上发布过的一句话，她说她最喜欢五种时刻的宁静，一是与大自然融为一体时的禅静，那种天人合一的无我境界，二是很多人在图书馆里阅读学习时的寂静，三是当她独自散步、思考和创作时的宁静，四是很多人在教堂里，在寺院或清真寺里，在任何一个地方，一起为他人与世界和平祷告时的那种虔诚与宁静，再就是音乐会开始前的那几秒钟的宁静，这时凝聚的磁场力量非常之强，因为它是崇高的，纯净的，甚至是神圣的。约翰内斯屏住呼吸，双手交叉砥在下巴上，像是在祷告，眼睛紧盯着子衿，他不知道，子衿此时不仅是在工作和演出状态，她也把自己调整到一种接收能量的状态，台上台下此时所有人投向她和注视她的目光都是能量，她把它们凝聚和吸收了，同时也把自己的能量发射出去。只见她这时向前抬起手臂，指挥棒往前方一点，小鼓奏响，以一段扣人心弦的紧密节奏滚过，这是开场的声音，接着，乐队奏响了雄壮而豪放的主题，进行曲风格的基调令人振奋。约翰内斯一听便乐了起来，因为他听出这是罗西尼歌剧中的序曲，他的右手甚至跟着那奏鸣曲式的节奏轻轻挥动起来，并且他注意到邻座的那位老先生也在大腿上轻轻打着拍子。序曲的第二主题经过多次反复，强度逐渐加大，最后达到了暴风雨般的高潮。这种"渐强"是罗西尼惯用的手法。约翰内斯想起在子衿送给他的《音乐圣经》中有介绍，《贼鹊》是罗西尼创作的第二十一部歌剧，1817 年首演于意大利米兰斯卡拉歌剧院。罗西尼在他的几乎每首歌剧序曲中都运用了这种渐强式乐句，这几乎成了他的一种癖好，在加强气氛、使人振作、增强戏剧感染力等诸多方面都起到了良好效果，这种方式被后人称为"罗西尼式的渐强"。约翰内斯看得出，很多观众都和他一样，非常喜欢这首乐曲，它带有典礼式，还有舞曲的旋律、喜剧的色彩，又营造出欢快的节日情绪与氛围，用它作为音乐会的开场序曲是很好的选择。

舞台背后的声控彩色灯光组随着音乐闪烁变化着，节奏鲜明地跳跃，从左到右显示音高，从底层到高层显示音强，亮度的持续显示音长，颜色的变化显示光波与声波的频率对应，增加并烘托了音乐的整体效果，连耳聋失聪的人都能欣赏到音乐。观众们的眼睛不够用了，既好奇又欣喜地盯着那彩色灯光组随着音乐的变化，又想观看音乐家们的表演，特别是美女指挥家的风采。没有乐谱，乐队在指挥的手势下动作整齐划一，非常具有统一的气势，夺人耳目，震撼人心。子衿的动作潇洒流畅，果断自信，毫不含糊，纤细的腰身和修长的两腿使她像舞者一般优美又不乏力量感，她的秀发随着身体和两臂一起抖动着，弹跳着，每根发丝上似乎都带着音符，她成了全场的中心和灵魂，人们的感觉全部被她的艺术魅力和音乐的力量所吸引，在这座世界顶级的音乐厅里，与世界顶级的乐团合作，她也当之无悔地跻身于世界级的指挥家之列，难怪会有这么多世界顶级的观众来给她捧场，想一睹她的大师风采。

"我的天，真是太棒了！"约翰内斯在心里连连称赞，激动得摇着头，眼前又模糊了。此时的子衿与一年前在 2592 公司里操作机器的那个子衿简直判若两人，她的复出经历了怎样的努力和反弹，在场所有的观众，或许也只有约翰内斯一人了解。

序曲此时进入了紧锣密鼓的高潮和尾声，只见子衿的右臂和长发往后一摔，全曲结束，全场炸响了雷鸣般的掌声，声控彩色灯光组也同时"鼓掌"，观众们一边喝彩一边看着彩色灯光组上面由他们自己制造的闪光点，开心地笑了。子衿向她的乐队微笑，点头表示赞赏和鼓励，然后才转过身去谢幕。之后，她将指挥棒夹在指间，平举起双手，向舞台上方做了一个邀请动作，美国西部学者合唱团这时列队从舞台后面的观众席入场，他们主要来自加州各所大学，最年轻的十八岁，最年长的八十岁，随后是洛杉矶爱乐乐团附属的大师合唱团，共一百零八人组成了今晚最多达到六十个声部的合唱阵容。男士们全部穿着白衬衫和黑色西装，女士们都穿着带银色闪光片的黑色礼服裙，手上没有乐谱。此时，子衿带领乐队和观众们为他们抱以热烈的欢迎掌声。

然后，全场重又安静下来。子衿扫视了台上的所有人，确认每位乐手都已准备就绪，她平举起两臂，停顿，接着向空中一挥，大鼓一响震天，合唱队与乐队同时开始齐唱，约翰内斯立刻听出，这是卡尔·奥尔夫的"噢，命运女神"（选自《布兰诗歌》），高昂的大合唱正式拉开了这场交响合唱音乐会的帷幕。这首曲子旋律素材简单，节奏清晰，从弱渐强对比强烈，反复地推进，制造出源源不断的能量。子衿一边指挥一边仰着头，同合唱队一起唱，激发乐队与观众的情绪，直至鼓声大作，全体释放，排山倒海般的气势犹如天下无敌的百万雄狮凯旋得胜。当子衿手中的最后一个音符被圆满地收在空中时，全场立即沸腾，观众们为艺术家的精湛表演振臂欢呼，舞台上方的音控彩色灯光组四射闪耀。约翰内斯每次鼓掌都将双手举过头顶，他也想喝彩，但没人能听见他的声音。

在观众们鼓掌的时候，一个三十岁左右的白人走上舞台，坐到了钢琴前，这表明下一首乐曲中将会有钢琴的加入。不过约翰内斯此时却想起另外一个问题——自从去年他以介绍工作之名把子衿"骗"到温哥华并共进晚餐，引起子衿老公的疑心，甚至导致他们离了婚，约翰内斯在深深的自责之余一直关注着子衿私生活的变化，去年圣诞节时，借着节日问候的机会，他曾小心地在改了地址的电邮中询问过子衿，是否有了新男友，子衿回信说她很忙，仅此而已。约翰内斯此时开始观察台上的人，想从子衿的这些同事当中窥探出哪位与子衿有特别的眼神交流。这位刚上场的年轻钢琴师让约翰内斯感到有点眼熟，因为没有曲目单和各声部乐手名单，约翰内斯就使劲想，但他没有想起晏·英格拉姆这个名字。

第三首曲目是范吉利斯（Vangelis）的交响合唱——电影《1492》主题曲"天堂的征服"。1492 年，意大利航海家哥伦布以前所未有的气势和磅礴信心驶离海岸，向着茫茫大海开始了寻找新大陆的航行。舞台后面的大屏幕上开始同步放映电影中的画面。子衿听到观众席上有人在跟着唱，于是转过身来，邀请观众一起合唱，歌词同时被打到大屏幕上，观众的情绪又被调动起来，很多人跟着大声合唱起来，有人一边唱还一边跟着子衿一起挥动手臂，子衿伸出大拇指赞扬和鼓励他们，同时用手势和身体语言控制着合唱音量的强弱，把握住了全场的音效，直到将这首大合唱完美送入尾声。全曲结束后，台上台下互送掌声，子衿也向全体观众鼓掌，致以赞赏和感谢。约翰内斯一边鼓掌一边想起子衿昨日在脸书上发布的一段引语，她说："我不仅致力于音乐表演和创作，更致力于音乐的启蒙，教育，传播和普及。我希望世界上所有人都能学习音乐，无论是百岁老人还是未出生的胎儿。我有五个梦想：一，每个人每天都能听到美好的音乐；二，每个人都能学习至少一种乐器；三，每个人都加入一个乐队或一个合唱团，即使是在监狱中服刑的人；四：把所有的武器都变成乐器，让人类充满美好的音乐，而不再有战争、暴力和欺凌，包括语言的暴力和人意念中的暴力；五：全人类食素，共建一个和平、美好，充满爱与音乐的绿色地球、和平的宇宙。"

音乐会接下来的一首曲子是西部电影《黄金三镖客》的配乐合唱曲，这是一首为人声和交响乐队创作的电影背景音乐，领唱与合唱都没有歌词，作为领唱的女歌手这时出现在二楼观众席上，站在右侧第一排的过道上，就在约翰内斯和那位帅哥旁边。一束聚光灯打向她，约翰内斯一眼就认出了，这是子衿的养女，二美琴商，她有一个意大利语名字，叫 Bel Canto，意为"美声"。约翰内斯此时这么近地看着二美，因为已经在脸书上跟踪她们近两年，见过她们五个姑娘的照片，且看过她们知音合唱组合的演出视频，所以一眼就认了出来，此时他真想和 Bel Canto 像熟人一样地打个招呼。当年那个哭着喊着要去上学、那个为了买一本字典而被父亲一耳光打聋的穷山沟里的小女孩陈梦娣，如今已经十九岁了，此时她身穿银白色演出长裙，梳着长长的蓬松的高马尾辫，婷婷玉立地站在二层观众席的聚光灯下；作为哈佛医学院的学生，亦能登上世界顶级音乐殿堂演唱，约翰内斯好不羡慕，想起她们五姐妹其实从小就受到子衿的培养，并一直是中国交响乐团少年女子合唱团的团员，且一直作为知音爱乐合唱组成活跃在舞台上，早已名声在外，也就是说，她们不是一步登天的。约翰内斯一直关注她们的脸书，想从中看到更多有关子衿姐妹的情况，了解她们最新的活动信息，去年他看到，二美一考入哈佛，就加入了大学的 Din & Tonics 无伴奏合唱团，合唱团有时还去其它国家和大学访问演出，在去中国之前，二美教会他们演唱了《野蜂飞舞》，以及中文合唱曲《梨花颂》和《送别》，演出赢得了极高赞誉，被邀请前往更多国家的高校献艺。正如子衿在她的脸书上所说：

"并非高山和大海将国家分割，音乐、文化、艺术、爱以及对和平的渴望早已将人心和世界连接。"

电影《黄金三镖客》又名《好坏丑》，于 1966 年在意大利上映，是一部经典西部片。片中名句：'既然是为了活命而工作，为什么又要为了工作而卖命？'恩尼奥·莫里科内是一位欧陆电影音乐巨人，最富盛名的配乐大师，1928 年出生于意大利，我们已经不知道他具体编写创作了多少部电影配乐，大概有 500 多部吧，几乎任何风格的电影都有他的创作足迹，且获奖无数，其中包括著名影片《马可波罗》、《西西里的美丽传说》、《海上钢琴师》、《天堂电影院》、《狂沙十万里》，以及接下来要演奏演唱的《教会》主题曲。

观众们不需要猜了，舞台的大屏幕上同步放映着电影画面，约翰内斯还是第一次现场观看电影音乐演奏，但他的目光大部分时间都集中在子衿身上。子衿的手臂、手指动作纤柔细腻，头部和腰部更具有舞蹈语言般优雅传神的美，乐队与合唱队仿佛是她手中一件精美的乐器，任她收放自如。然而在乐曲激昂、节奏紧促的高潮部分，她的暴发力和控制力却令人惊叹。观众通过音乐领略她的风采，仿佛她是一位舞蹈家，一位引领新古典主义时尚的模特。舞台上没有曲谱架，不论交响乐队、合唱队还是指挥本人，都不见一张白纸。

子衿今晚要抓住所有演员和全球观众的目光，升华他们的音乐灵魂。

接下来，子衿指挥交响乐队与合唱队演唱了瓦格纳歌剧《唐豪舍》中著名的"朝圣者之歌"、以及威尔第歌剧《那布果》中的"奴隶合唱"、鲍罗丁歌剧《伊戈尔王子》中的"鞑旦人舞曲"。没有曲谱，全体合唱队员都望着子衿，子衿一边振臂指挥，一边与合唱队同声高唱，大屏幕上不时地显示出子衿的特写与各声部的特写，长笛和弦乐奏出优美婉转的旋律，管乐和打击乐奏出粗犷的舞曲节奏，美得令一些观众心颤不已，陶醉其间。每一曲结束，观众们都暴发出热烈的掌声与欢呼。

接下来的将是上半场演出的最后一首曲目。知音女子合唱组合的姑娘们和子佩这时走上台来，子佩、大仙、二美和四怪身穿黑色长裙，另有四位学者合唱团的男歌手和她们一起站到台前，身穿白纱短裙的三丑和疯婆子各站到舞台两侧。全场一片热烈的掌声后落入好奇的等待与寂静，观众们期待着另一个华彩时段。完全沉静之后，子衿缓缓抬起手臂，三秒钟的停滞，只见她手臂一挥，乐队开始演奏，但是观众却什么也没有听到，他们惊呆了，只见台上的乐手们在演奏，应该是一首节奏快速且激昂的乐曲，但是琴弓却没有碰到弦上，管乐也没有发声，鼓捶也只是象征性地在敲，只有动作，没有声音，这到底是怎么回事？哪里出错了。然而乐队并没有停止，仍旧在无声地演奏。顶级观众们没有出声，只是凝神地观看，领会。接着，前台的八位男女领唱也开始"演唱"了，接着合唱队也全体加入进来，同样地，只有口形，没有发声，舞台背后的数码音控彩色灯光系统也没有闪亮。这是怎么回事？这么大型的世界级演出，线上线下几百万人正在观看直播，然而哪里不对了？约翰内斯这时紧张地东张西望，却发现全场竟没有一个观众惊慌失措或发出声响，他们全都在聚精会神地看着舞台，甚至被"音乐"深深地吸引。"难道是我的耳朵失聪啦？"约翰内斯惊恐地晃了晃自己的脑袋，在他一生中这样重要的时刻，他的耳朵失聪了？！或者，难道眼前的一切只是一场梦境？他害怕极了，甚至想到要叫救护车，可是他看到台上的子衿仍旧昂着头，大幅度地挥舞着两臂。站在台前两侧的三丑和疯婆子这时开始打起了手语，舞台后面的大屏幕上无声地放映出文字："这是贝多芬大师在双耳失聪的情况下创作第九合唱交响曲时的心境。"一时间，观众们都被感动到捂住了嘴，约翰内斯按住自己的心脏，额上冒出了冷汗。观众们看着台上的"演奏和演唱"，在心里和着那节奏一起唱起来。三分钟后，子衿银棒一收，"乐曲"结束，台上静止下来，紧接着，子衿的指挥棒又一甩，台上再次奏响了这首伟大的交响合唱曲，音乐发出时，音控彩色灯光组顿时迸发出四射闪光，所有观众都激动地跟着一起高唱起来，有的还挥舞着手臂。子衿转过身来，指挥台下的观众一起高歌，同时用自己的口形为全场指挥，大屏幕上显示出歌词，并打出"纪念贝多芬大师诞辰250周年"。一时间，台上台下全体合唱，越来越多的观众站起身来，整个音乐厅内发出前所未有的震动环宇的冲击波和热能，天花板似要被掀开。演奏大厅外的工作人员有些隔着门在听，有些在楼道里的电视屏幕前观看，并一起合唱；很多线上的观众此时也在电视屏幕前纵情高歌，行车在路上的观众也在手机上跟着合唱，YouTube的评论区上快速滚动着来自全球各地的回应，每一条热评都在随着音乐一起闪动，让人目不暇接。此时，迪斯尼音乐厅外的街边广场上聚集了大批行人和观众，音乐厅外墙的曲形金属板此时变身成了超大屏幕，正在为厅外观众免费直播厅内的演出盛况，并也安装了大型的"音控数码彩色灯光组"，闪亮全城，构成此次演出视频中的又一大亮景。在气势恢宏的交响合唱中，巨型灯光组闪烁着，连飞过空中的人们也能看得到。全曲结束时，子衿向空中投出最后一棒，台上台下全体起立，许多人已激动得泪流满面，人们使劲地鼓着掌，音乐厅内雷鸣般震耳欲聋的掌声与音乐厅外的欢呼声交织成一片。子衿深深地鞠躬，向观众席再三谢幕。大屏幕上这时显示出线上观众的狂热点评和已飙升过千万的点击率。贝九合唱曲自诞生以来曾被宇宙飞船送入太空，以这样的方式演奏演唱还是第一次，它的艺术策划感动了场内外的全球观众，无数的Bravo飞上天，被乐迷们评为神级的演译。在经久不息的掌声与喝彩声中，子衿以双手飞吻感谢大家，然后带着线上线下所有观众的目光倒退着挥手走下舞台，上半场演出结束。

观众席上的灯光亮起来，约翰内斯看到他左边那对老夫妇摘掉眼镜，还在抹着眼泪，而他右边的那位坐在过道边的观众却已消失，不知去向，演出过程中，约翰内斯已把那位帅哥忘得一干二净，没有注意到他什么时候已经溜掉了。

7

幕间休息，排长队用完洗手间回来，约翰内斯坐在观众席上，阅读刚才在隔音门口由领位员分发的当晚演出的宣传品，他看到此时也有不少观众正在阅读那份小册子，舞台大屏幕上正在无声地滚动显示它的内容。约翰内斯读得格外认真，因为这也是子衿为这场音乐会亲自策划的亮点内容之一，并且是她亲笔写下的。

"您可知道，人类每天坚持的饮食习惯，正在一点一滴地影响着冰岛的融化、加州的大火、南亚的海啸和非洲饥民的温饱……

"人类的畜牧活动已进行了近一万年，而只是在近五十年内，才开始如此大规模地饲养牲畜。全球每年用于人类肉食的近 10 亿头猪、13 亿头牛、18 亿只羊和 154 亿只鸡，合起来排放了超过 20% 以上的温室汽体。每年它们还产出约 130 亿吨的废弃物，对土地、空气和水造成高度污染。仅 13 亿头牛排放的二氧化碳就占了全球总量的 18%，污染程度甚于汽车尾气。中南美洲的雨林因饲养制作汉堡的肉牛或栽种喂食动物的大豆而遭受灭绝。所有这些污染如果持续下去，我们的星球将会不堪重负。为了无休止的欲望，我们对自然

605

环境的破坏和对自然生命的强暴已到了极其严重的程度。

"全世界 1/3 的粮食产量集中在人口只有 13% 的地区。占全世界人口 5% 的美国和加拿大消耗着 18% 的世界粮食，大部分用于喂养牲畜。而在非洲一些国家，仍旧存在着饥饿。世界粮食资源不患寡而患不均。制造一磅肉得消耗 16 磅玉米、小麦或其它谷物。由此看来，每一个吃素的人都是在帮助储存自然资源，为地球的未来贡献一份爱心。吃素的人，解放了那些被用来饲养可怜动物的土地。

"如果养殖工厂滥用抗生素，就会导致肉类遭受污染。人类上千种传染病中，61% 是从动物身上转型而来。

"在镇定剂、抗生素、激素和 2700 种其它药物的持续作用下，人工饲养的动物得以生存并被催肥。这一过程甚至在人工饲养的动物出生之前就已经开始了，在它们被屠宰后很长时间里，直到您食用肉类食品时，这些药物仍旧存在，随着肉食一起进入您的体内。

"在美国，90% 人工饲养的牛都有施打荷尔蒙，目前，美国女性患乳癌的比例比欧洲女性高出 45%，而男性前列腺癌的患病率则是欧洲的两倍多。您从肉食中吃进的荷尔蒙，极有可能就是造成这些癌症的原因。

"肉食女性的母乳，遭食物中杀虫剂污染的情形是素食母乳的35 倍。

"肉食引发肥胖病、高血压、心脏病、糖尿病、结石病、关节炎、脑梗、痛风、癌症……全球用于治疗这些疾症的医疗费用每年都在不断攀升。很多国家的电视台都设有专门的减肥频道，网络媒体上更是随时可见。为了减肥，许多人每天都在打一场艰苦的'桶腰之战'。

"有一点很多人尚未了解——人类的身体结构与功能被设计成草食动物，而不是肉食动物。肉食动物的颌部只能上下移动，它们的牙齿适合切割与撕咬；而人类的双颌像其它草食动物一样，可以垂直和横向移动，使牙齿可以旋转磨擦和咀嚼食物；人类没有可以猎取动物的爪子；肉食当中含有大量的饱和脂肪，天生的肉食动物消耗饱和脂肪的能力是无止境的，而人类和草食动物却无法消化，导致体内脂肪堆积，引发动脉硬化和心脏病；胆固醇同样只存在于动物性食品中，植物性食品则不含此元素，胆固醇对食肉动物的消化系统来说完全不是问题，诸如猫这样的食肉动物可以随意进食高胆固醇食物，而不会影响健康，人类则办不到。人类无需从饮食中补充胆固醇，因为我们自身就能产生；素食动物有超过 22 尺的肠子，而肉食动物只有 3 尺，为了让食物在腐败之前很快排出体外；食肉动物的胃酸度比食草动物强 20 倍，人类的胃酸度与食草动物相似；食肉动物的唾液是酸性的，食草动物的唾液则是碱性的，这有助于植物性食物的辅助消化，而人类的唾液也是碱性的；食肉动物的肠道很光滑，形状像管道，其中没有凹凸不平之处，因此肉类可以迅速地通过。食草动物的肠道则崎岖不平，布满突起和皱褶，好似一条山间小道，以便植物性食物在缓慢通过的同时，其营养成分能得以被最大程度地吸收。人类的肠道特性跟食草动物差不多；食肉动物无需利用纤维来润滑它们那又短又光滑的肠道，食草动物则需要可食纤维来帮助食物在它们那又长又凹凸不平的消化道中移动，以免肠道被发酵的食物堵塞。人类具有跟食草动物一样的需要。

"在第二次世界大战中，日本广岛和长崎被原子弹毁灭，但事后人们发现，当地的牛死伤极少。经研究发现，牛羊等草食动物，因摄取草中的钾元素而具有了抗辐射能力。慈悲的素食观成了核子浩劫中最有效的防护衣。

"肉食对人体的影响是：加速成熟和衰老。如爱基斯摩人及游牧民族以肉食和脂肪为主食，不但早熟，也短命。爱基斯摩人平均寿命只有27岁半。人类所需要的营养，可以完全从植物性食物中获取。严格素食者的饮食已被公认富有抗氧剂，能延缓衰老。全世界最长寿的几个文化种族全是素食者或非常接近素食者，有很多修炼的素食者和佛教大师都活过了九十多岁，甚至有的达到一百二十岁高龄。

"我们的人格特性在某种程度上与我们所吃的食物有关。不同的食物通过我们的腺体产生不同的荷尔蒙，荷尔蒙进入血液之后，会激发不同的心理习性。当这些习性被重复不断地激发后，它们就成为我们个性的一部分。你吃什么，你几乎就是什么。健康的心智来源于健康的身体，健康的身体来源与健康的食物。

"一般预防禽流感最常用的方法是扑杀患病的鸡。随着几次疫情的爆发，已有将近一亿五千万只禽类被杀，常用的方法是以棍棒或钢管击毙，或将其装入塑料袋中活埋，或是先将汽油倒入坑中，再将禽类们活活烧死，然后加以掩埋；有的则是使用二氧化碳气，造成刺骨般的剧痛，任其缓慢死去。

"食肉行为是最具压迫性而且最广泛的对动物的制度化暴力。我们对动物施行压迫，剥削、掠夺、侵犯、强暴、残害与屠杀，我们给它们造成了巨大的痛苦与劫难，对它们丧尽了道德。

"动物与人类都有生存权。所有的生命都是平等的，有尊严的，应得到尊重。为什么有些动物会成为宠物，因为它们在某些人类的眼中温驯、漂亮、可爱，而大多数不漂亮的则被忽视甚至被除掉。对于同类也一样，人们喜欢那些外表光鲜、英俊漂亮的，而常常忽视他们的灵魂品质。

"上帝创造了万物，就像父母有许多孩子，有的孩子聪明一些，漂亮一些，有的孩子不够聪明，也不够漂亮。但如果一个孩子对父母亲说：'我的兄弟又丑又笨，让我杀了他吧。'你认为父母亲会同意吗？

"素食主义其实是一种心灵的革命，对于自己的精神宣誓，不再沉沦于物质的深渊。

"《楞伽经》上说：'杀生食肉者断大悲种。凡杀生者，多为人食，人若不食，亦无杀事，是故食肉与杀生同罪。'

"《分别善恶所起经》上说：'佛言：人于世间，慈心不杀生，从不杀得五福。一者，寿命增长；二者，身安稳；三者，不畏兵刃虎狼毒虫所伤害；四者，得生天，天上寿无极；五者，从天上来，下生世间则长寿。今见有百岁者，比故世宿命不杀所致。'

"不害即是最高之法。不伤害其它生命，便是所有宗教的最高之道。——《摩诃婆罗多》

　　"伊斯兰教认为：动物脂肪会增加人的兽性，而兽性会驾驭灵性。素食有助于净化身体并提高灵性，是人类健康而又道义的生活方式。

　　"苏菲派诗人曾形容食肉行为是莫此为甚的爱心尽丧之举，即使与食肉者为伍，也会殃及灵魂。我们应该杀掉的，是自己的色、贪、痴、瞋和骄傲自大，而不是其它动物。

　　"泰国素食中心创办人 S·Kosolkitcoong 医生曾对素食和肉食做过比较，他说："由动物取来的肉是下等食物，因为肉是欲念、愤怒、虚妄的来源，本质就是肮脏的。食肉必然吸收大量苦痛，因为肉食往往是长期遭受虐待和受苦受难的产物，经过流血流泪得来，充满欺诈、剥削和不公义。食肉使人的身体成为天下最大的坟墓，充满自私和肮脏的欲望，埋葬着无数无辜的生命。

　　"素食是上等食物，因为它们来自花粉传播，经过日月精华祝福，干净又纯洁。

　　"肉是用残暴手段，由有知觉生灵掠夺而来，它的主人绝非心甘情愿地被人杀死，宰割，烧烤或烹煮，必然抵抗到死，充满血腥。既使死后，它们的悲忿仍不会散失，将继续缠绕着杀虐和吃它们的人。

　　"肉是残暴动物（虎狼等）的食粮，食后会变得更加凶狠、狡猾和损人利己；素食是温驯动物的食粮，食后会变得身心和平，血液和细胞越来越干净，清明，充满慈悲和爱心。从土地里长出的食物来自大自然，与大自然合作，活在浩然正气当中。

　　"肉食对身体，对心灵都有害。而食素的人，血流通畅，身体清爽，精力充沛，富于耐心，慈善温和，心脑敏捷，易于长寿。

　　"《圣经·创世纪》中说：带有生命的肉，其生命的象征就是鲜血，不应该食用。

　　"高层次的道教修炼者都不食肉，不吃荤，炼到一定层次就辟谷服气。他们认为：'五谷之食土地精，五味外美邪魔腥，臭乱神明胎气零，那从返老得还婴？'道家认为：道生万物，一切有形、有生、有情皆含道。因而提出以德养生，以气养生，伦理养生。

　　"动物在被宰杀时，会因极度恐惧而使全身毛孔、肌肉和细胞紧缩，瞬间释放出多种毒素，这些毒素会滞留在它们的血液和尸体内，人吃了，会变得更加不慈悲。佛教中有句话：'欲知世上刀兵劫，试听屠门夜半声。'

"人若不杀生，不吃肉，就是帮助这个世界消除战争。那些被我们践踏的可怜的小甲虫，肉体上所承受的痛苦，和巨人死亡时的痛苦并无两样。

"人类尊严的一部分是：在其逐渐的改善过程中放弃肉食。

"当我们对众生失去怜悯与慈悲之心时，我们会同时对我们自己的同胞失去慈悲心。

"物化使动物和女人成为东西。物化使动物被理解成为活着的、尚未被宰杀给人吃的食物；物化使女人被视为男人的性工具，它剥夺了女人自然的主体性和独立人格。女人一如动物，她们的身体一如动物的身体，成为某些市场上的商品。色情商品将女人等同于动物。

"对他人痛苦的怜悯并不是软弱。当众人皆熟视无睹时，你却遵从内心的怜悯而行动，这比起随顺他人的残暴来，需要更多的勇气和人格力量。"

"对动物残忍的人，对人类也一定不会好到哪儿去。——康德"

"同情心（注：对他人痛苦的了解，伴随着解除这种痛苦的愿望和行为），作为任何道德必需的基础，只有拥抱所有生命而不仅限于人类本身，才能达到它完整的深度与广度。——阿尔贝特·施韦泽"

"地球能够满足所有人的需要，但不能满足所有人的欲望。——甘地"

"所有证明人类较为优越的论调都不能改变这个事实：动物和人类一样能感受到痛苦。——布兰顿·辛格"

"世界上的动物不是为人类造就的，就像黑人不是为白人造就的，女人也不是为男人造就的一样。——艾丽丝·沃克"

"吃素的行为应该会赋予那些一心想要将天国带到地上的人很大的喜悦，因为吃素象征了人类对完美道德的渴望是很真切的。——

托尔斯泰"

"我们可以忽视我们的权力，但不能忘记我们的责任。忘记我们的责任，将是人类的耻辱。——阿难摩迪"

"未来的医生将不需要对患者使用药物，而是以其人性化的关怀、食物控制、预防疾病的措施来取代。——托马斯·爱迪生"

"凡是有生命的动物，在被人抓到时，知道自己要被屠杀，要被吃，那种痛苦，我们从它们的表情上都能看到，垂头丧气，在里面流着泪，那种可怜的状况，与人有什么两样？而人们仍旧任意地宰杀，满足自己的食欲，结冤造业无过于此。——净空法师"

"任何一种生理或心理的疾病都可以靠吃素和饮用纯净水而减轻病症。——雪莱"

"应尽一切努力制止肆意、残忍地屠杀动物，这必将对我们的道德造成损害。——尼古拉·特斯拉"

"作为有灵性和有选择的人类，我们最好不要去伤害他人和其它生灵，给他人造成的痛就是我们自己的痛，这被称作是'宇宙的疼痛'。

"众生平等，任何生命都有尊严，甚至连死者都有尊严，连逝者的灵魂都有尊严。素食远离杀生，增长慈悲，使无数有知觉的生命免受惊吓、侵害、奴役、剥削、虐待、折磨等痛苦。如果你想重建上帝在地球上所创造的乐园，那就成为一名素食者、一名动物解放和人类身心解放运动的参与者！这种改变当然需要时间，但我们的地球在期待着你的选择。

"作为本次音乐会的指挥的收入，将会全部捐给战争中的孤儿和癌症治疗研究基金会。演出结束后，请不要献花，请把买花的钱捐赠给身陷苦难中的孤儿，请想象自己也是一个失去了亲人、健康、家园和学校的孩子，从而奉献一份爱心。捐款箱设在音乐厅大堂的圣诞树下，网上捐款通道也已在我们这次音乐会的 APP 上开通，由联合国儿童基金会和世界癌症研究基金会监收。捐赠者的名字和捐款数额将会被全部公开。感恩大家的爱心！

"在这场音乐会前，我们在网上订票环节中做了一项调查，在今晚所有的现场观众当中，有 27% 是素食者，线上观众有 11% 是素食者。演出结束后，如果您决定成为一名素食者，请在我们的 APP 的相关栏目中输入您的姓名和一颗爱心，统计结果以及捐款数额已在上传。"

8

约翰内斯第一百次决定，要从此做个素食者。此生能够认识子衿姐妹，约翰内斯感到无比荣幸，从她们身上，他看到真正的美、人类精神的力量和神的作为，素食、爱心、静心、崇高的音乐，这样的人生，不仅充满道义上的自信、智慧的力量，并且内心纯净、平安，超凡脱俗。他也想成为这样的人。约翰内斯环顾了一下整个音乐厅，陆陆续续已基本都返回座位的观众，他们大都在阅读手上的宣传单，或是在沉思。如果这里所有的人都是素食者，那这里的气氛该有多好，磁场的能量该有多强。这时大屏幕上出现了此次音乐会的线上统计，到此时为止，点击率已超过两千万，此时已决定成为素食者的线上线下观众达到了 26,548 人，线上捐款数额已越过百万美元，数字还在攀升。大屏幕上这时打出一颗红色的爱心和一双祈祷的手，以及文字：

"任何一个时代的伟大艺术和真正的艺术家，都势必包含了人性与道义的力量，并肩负人类最神圣的使命——爱与和平。

"良心的自由是人类对人对己对物至高无上的善。愿神的大爱帮助和保佑人类，建立地上的妙音净土天国。让我们为世界和平，为人类的希望和地球的明天祈祷。

阿弥陀佛！

阿门！"

——青子衿

大屏幕上接着滚动显示出：

历史上著名的素食者

古希腊：

毕达哥拉斯（Pythagoras，前 570 年—前 495 年），哲学家、数学家和音乐理论家。

恩培多克勒（Empedocles，前 490 年—前 430 年），哲学家、自然科学家、政治家、演说家、诗人，相传他也是医生和医学作家。

苏格拉底（Socrates，前 470 年—前 399 年），哲学家。

柏拉图（Plato，前 429 年—前 347 年），哲学家。

古罗马：

奥维德（Ovid，公元前 43 年 3 月 20 日—17 年 /18 年），是奥古斯都时代的古罗马诗人。

塞涅卡（Lucius Annaeus Seneca，约公元前 4 年 - 65 年），古罗马政治家、斯多葛派哲学家、悲剧作家、雄辩家。

普鲁塔克（Plutarchus，约 46 年—125 年），生活于罗马时代的希腊作家。

奥拉其奥·佛莱克·金托（Orazio Flacco Quinto，1563 年—1639 年），诗人。

古印度：

释迦牟尼佛（约公元前 563—前 483），本名乔达摩·悉达多，出生于今尼泊尔南部的王族家庭，思想家、教育家、宗教家、哲学家、婆罗门教的改革家，佛教奠基人。

古代中国：

老子（Laozi，公元前 571 年—前 470 年）姓李，名耳，字聃，中国历史上最著名思想家、哲学家、文学家和史学家，道家学派创始人。

孔子（Confucius，前 551 年 9 月 28 日—前 479 年 4 月 11 日）名丘，字仲尼，后代敬称为孔夫子，东周春秋末期教育家与哲学家，为儒家创始人，被后人尊称为圣人、万世师表。

孟子（Mencius，前 372 年—前 289 年），名轲，约与庄子同时，战国时期儒家代表人物。

庄子（Zhuang Zi，约公元前 369—公元前 286 年），名周，战国中期思想家、哲学家、文学家、道家学派代表人物，与老子并称"老庄"。

慧远（Hui Yuan，334 年—416 年），东晋时高僧，中国佛教净土宗始祖。

梁武帝（Emperor Wu of Liang，464—549 年），中国南北朝时代南梁开国皇帝。

玄奘（Xuan Zang，602 年 4 月 6 日—664 年 3 月 7 日），中国唐朝佛教法师，历经 17 年赴印度取回众多梵文经书，小说《西游记》中唐僧的原形。

永嘉玄觉（Yong Jia Xuan Jue，665 年—712 年），中国佛教天台宗和禅宗法师。

王维（Wang，Wei，692 年—761 年），中国唐代诗人、音乐家、画家和政治家。

赵州禅师（Zhao Zhou，778-897），法号从谂，祖籍山东，幼年出家，禅宗六祖惠能大师后的第四代传人，弘法传禅达 40 年，僧俗共仰，享誉南北禅林并称"南有雪峰，北有赵州"，住世 120 年，人称"赵州古佛"。

古代西文：

耶稣基督（Jesus Christ，约公元前6年至4年—公元30年至33年），基督教创始人，被称为神子。公元纪年是以耶稣诞生的大至年份开始计算。依据历史文献及许多基督教学者的研究，耶稣基督本人与早期的基督徒都是"素食者"。

圣方济科（Saint Francis of Assisi，1182 年—1226 年 10 月 3 日）是动物、天主教运动、美国旧金山以及自然环境的守护圣人，也是方济各会（又称"小兄弟会"）的创办者，知名的苦行僧。教宗方济各的名号就是为了纪念这位圣人。

约翰·卫斯理（John Wesley，1703 年 6 月 17 日—1791 年 3 月 2 日）是 18 世纪英国国教（圣公会）的神职人员和神学家，卫理宗的创始者之一。卫理宗是世界上最有影响的新教主要教派之一。

意大利：

彼特拉克（Francesco Petrarca，1304 年 7 月 20 日—1374 年 7 月 19 日），学者、诗人，文艺复兴第一个人文主义者，被誉为"文艺复兴之父"。

达芬奇（Leonardo Da Vinci，1452 年 4 月 23 日—1519 年 5 月 2 日），建筑学家、雕刻家、工程师、几何学家、解剖学家、画家、音乐家、发明家。

阿尔贝托·莫拉维亚（Alberto Moravia，1907 年—1990 年），20 世纪著名小说家。

奇娅拉·阿品迪诺（Chiara Appendino，1984 年 6 月 12 日— ），意大利都灵市市长，一位忠实的纯素食主义者。

达契亚·玛拉依妮（Dacia Maraini，1936 年 11 月 13 日— ），著名女作家。

奥尔奈拉·穆蒂（Ornella Muti，1955 年 3 月 9 日— ），原名弗兰切斯卡·罗曼娜·里维利（Francesca Romana Rivelli），著名女演员。

路易吉·迪·马瑞奥（Luigi di Maio，1986 年 7 月 6 日— ），曾担任意大利议会副会长、意大利副总理和外交部长。

法国：

伏尔泰（Voltaire，1694 年 11 月 21 日—1778 年 5 月 30 日），是十八世纪著名作家、历史学家和哲学家，被誉为"思想之王"、"法兰西最优秀的诗人"、"欧洲的良心"。

让·卢梭（Jean-Jacques Rousseau，1712 年 6 月 28 日—1778 年 7 月 2 日），十八世纪启蒙思想家、哲学家、教育家、文学家，民主政论家和浪漫主义文学流派的开创者。

罗曼·罗兰（Romain Rolland，1866 年 1 月 29 日—1944 年 12 月 30 日），思想家，文学家，批判现实主义作家，音乐评论家，社会活动家，1915 年诺贝尔文学奖得主，是 20 世纪上半叶法国著名的人道主义作家。人们评论他是"用音乐写小说"。

德国：

阿尔伯特·史怀哲（Albert Schweitzer，1875 年 1 月 14 日—1965 年 9 月 4 日），是二十世纪划时代的伟人、一位著名学者以及人道主义者。具备哲学、医学、神学、音乐四种不同领域的才华，提出了"敬畏生命"的伦理学思想，他是一个了不起的通才、成就卓越的世纪伟人。1952 年获诺贝尔和平奖。

俄国：

列夫·托尔斯泰（Leo Tolstoy，1828 年 9 月 9 日—1910 年 11 月 20 日），小说家、和平主义者、道德思想家。著有《战争与和平》、《安娜·卡列尼娜》和《复活》这几部被视为经典的长篇小说，也因此被认为是世界最伟大的作家之一。

英国：

威廉·莎士比亚（William Shakespeare, 1564 年 4 月 23 日—1616 年 4 月 23 日），文艺复兴时期剧作家、诗人，被誉为"人类文学奥林匹斯山上的宙斯"。1995 年 11 月，联合国教科文组织第二十八次大会通过决议，宣布每年 4 月 23 日为世界图书和版权日。

约翰·弥尔顿(John Milton, 1608 年 12 月 9 日—1674 年 11 月 8 日），诗人、政论家、民主斗士，英国文学史上最伟大的六大诗人之一，毕业于剑桥大学。

约翰·雷（John Ray, 1627 年 11 月 29 日—1705 年 1 月 17 日），英国物理学之父。

牛顿（Sir Isaac Newton, 1643 年 1 月 4 日—1727 年 3 月 31 日），英国物理学家、数学家、天文学家、炼金术师、发明家和自然哲学家、物理学之父。

亚历山大·蒲柏（Alexander Pope, 1688 年 5 月 21 日—1744 年 5 月 30 日），是 18 世纪英国最伟大的诗人，杰出的启蒙主义者。

雪莱（Percy Bysshe Shelley, 1792 年 8 月 4 日—1822 年 7 月 8 日），浪漫主义诗人。

查尔斯·达尔文（Charles Darwin, 1809 年 2 月 12 日—1882 年 4 月 19 日），博物学家、生物学家、地质学家。

赫伯特·韦尔斯（Herbert George Wells, 1866 年 9 月 21 日—1946 年 8 月 13 日），著名科幻小说家，新闻记者、政治家、社会学家和历史学家。

V·S·奈波尔（V·S·Naipaul, 1932 年 8 月 17 日—2018 年 8 月 11 日），印度裔英国作家，2001 年诺贝尔文学奖得主。

文卡特拉曼·拉马克里希南（Venkatraman Ramakrishnan, 1952 年 4 月 1 日— ），英国结构生物学家，获 2009 年诺贝尔化学奖，英美双国籍。

美国：

本杰明·富兰克林（Benjamin Franklin, 1706 年 1 月 17 日—1790

年 4 月 17 日），十八世纪美国最伟大的科学家和发明家，著名的政治家、外交家、哲学家、文学家和航海家以及美国独立战争的伟大领袖。

亨利·棱罗（Henry David Thoreau，1817 年 7 月 12 日—1862 年 5 月 6 日），美国作家、诗人、哲学家、废奴主义者、超验主义者。

拉尔夫·爱默生（Ralph Waldo Emerson，1803 年 5 月 25 日—1882 年 4 月 27 日），思想家、文学家。

亚伯罕拉·林肯（Abraham Lincoln，1809 年 2 月 12 日—1865 年 4 月 15 日），政治家、军事家、律师，第 16 任美国总统。

苏珊·布朗奈尔·安东尼（Susan Brownnell Anthony，1820 年 2 月 15 日—1906 年 3 月 13 日），是一位著名的美国民权运动领袖，她在 19 世纪美国女性争取投票权的运动中扮演了关键角色。

露易莎·奥尔科特（Louisa May Alcott，1832 年 11 月 29 日—1888 年 3 月 6 日），女作家，代表作《小妇人》是一部美国文学的经典著作。

马克·吐温（Mark Twain，1835 年 11 月 30 日—1910 年 4 月 21 日），著名作家。

托马斯·爱迪生（Thomas Alva Edison，1847 年 2 月 11 日—1931 年 10 月 18 日），是美国著名科学家、发明家、企业家、工程師，拥有众多重要的发明。

尼古拉·特斯拉（Nikola Tesla，1856 年 7 月 10 日—1943 年 1 月 7 日），塞尔维亚 / 美国发明家、物理学家、机电工程师。

艾尔伯特·爱因斯坦（Albert Einstein，1879 年 3 月 14 日—1955 年 4 月 18 日），是出生于德国、拥有瑞士和美国国籍的犹太裔理论物理学家，他创立了现代物理学两大支柱的相对论及量子力学，也是质能等价公式（E=mc2）的发现者，荣获 1921 年度诺贝尔物理学奖。

辛克莱·刘易斯（Sinclair Lewis，1885 年 2 月 7 日—1951 年 1 月 10 日）美国作家。他的作品《巴比特》获 1930 年诺贝尔文学奖，也是美国第一位诺贝尔文学获得者。

莱纳斯·鲍林，（Linus Carl Pauling，1901 年 2 月 28 日—1994

年 8 月 19 日），美国化学家，量子化学和结构生物学的先驱者之一。
因在化学键方面的工作而获得 1954 年诺贝尔化学奖，因反对核弹在
地面测试的行动获得 1962 年度的诺贝尔和平奖。

艾萨克·巴什维斯·辛格（Isaac Bashevis Singer，1902 年 11 月 21 日 —
1991 年 7 月 24 日），美国犹太作家，被称为 20 世纪"短篇小说大师"，
于 1978 年获得诺贝尔文学奖。

苏布拉马尼扬·强德拉赛卡（Chandrashekar Subrahmanyam，
1910 年 10 月 19 日—1995 年 8 月 21 日），印度裔美国物理学家，获
1983 年物理学奖。

保罗·纽曼（Paul Newman，1925 年 1 月 26 日—2008 年 9 月 26
日），美国演员、导演、制片人，奥斯卡最佳男主角获得者。

埃利·维瑟尔（Elie Wiesel，1928 年 9 月 30 日—2016 年 7 月 2 日），
美籍犹太人作家和政治活动家，1986 年诺贝尔和平奖得主。）

古卢·拉尔瓦尼（Gulu Lalvani，1939 年 3 月 9 日—），贝纳通的
创始人，1981 年的统计，他的个人资产为 43.8 亿美金，是绝对的富豪，
在朋友史蒂夫·永利的劝说下决定吃素。

鲍勃·迪伦（Bob Dylan，1941 年 5 月 24 日— ），原名罗伯特·艾
伦·齐默曼（Robert Allen Zimmerman），美国创作歌手、艺术家和作家。
2016 年获得诺贝尔文学奖，成为第一位获得该奖项的作曲家。

史蒂夫·艾伦·永利（Stephen Alan Wynn，1942 年 1 月 27 日— ），
永利度假村知名首席执行官，酒店业大享，虔诚的素食主义传播者，
他在拉斯维加斯和澳门的酒店都提供素食菜单。

比尔·克林顿（Bill Clinton，1946 年 8 月 19 日— ），美国律师
及政治人物，曾担任阿肯色州州长和第 42 任美国总统。在接受心脏
手术后成为素食者。

约翰·罗比恩（John Robbins，1947 年 10 月 26 日— ），出生
于美国富有家庭，是美国著名的冰淇淋大王巴斯金·罗宾斯（Baskin
Robbins）的长子。1977 年，他放弃继承父亲的事业和荣华富贵的生活，
搬到偏僻的岛上，经过 7 年沉潜和 3 年实地调查，在 1987 年出版了《新

世纪饮食》。他走上了倡导素食生活的道路，帮助父亲治愈了糖尿病、心脏病、高血压，成为全球的素食先驱，还写下了《食物革命》、《像他们一样活到 100 岁》等畅销书。

阿尔·戈尔（Al Gore, Jr., 1948 年 3 月 31 日— ），是一名美国政治家，曾于 1993 年至 2001 年间在总统比尔·克林顿执政时期担任副总统，国际知名环境活动家，与政府间气候变化专门委员会共同获得 2007 年度诺贝尔和平奖。

理查·基尔（Richard Gere, 1949 年 8 月 31 日—），美国演员，社会活动家。

爱德华·威滕（Edward Witten, 1951 月 8 月 26 日— ），犹太裔美国物理学家、数学家、菲尔兹奖得主，弦理论的开创者，还是拓扑学、几何领域的顶尖专家，迄今已出版 350 部论文著作，被引用超过 5 万多次，物理界排名第一，是除了牛顿、庞加莱等几位屈指可数的在数学物理跨界牛人之外，当今少有的作出一流成果的全能型科学家。

史蒂维·汪德（Stevie Wonder, 1950 年 5 月 13 日— ），美国盲人歌手、作曲家、音乐制作人、社会活动家，世界上最富有的音乐人之一。

史蒂文·保罗·乔布斯（Steven Paul Jobs, 1955 年 2 月 24 日—2011 年 10 月 5 日），美国发明家、企业家、营销家，苹果公司联合创始人之一，曾任董事长、首席执行官，NeXT 创办人及首席执行官，也是皮克斯动画创办人并曾任首席执行官，2006 年为沃尔特迪士尼公司董事会成员。

比尔·福特（William Clay Ford Jr., 1957 年 5 月 3 日— ），福特汽车公司现任执行董事长。

亚历克·鲍德温（Alec Baldwin, 1958 年 4 月 3 日—），原名亚历山大·雷·鲍德温三世（Alexander Rae Baldwin III），美国著名男演员、制片人。

迈克·杰克逊（Michael Joseph Jackson 1958 年 8 月 29 日—2009

年 6 月 25 日），演唱家、舞蹈家、导演、演员、企业家、慈善家、人道主义者、和平主义者，获得过无数音乐奖。

艾伦·德杰尼斯（Ellen Lee Degeneres，1958 年 1 月 26 日—），美国演员、知名脱口秀节目主持人，并致力于在媒体上传播素食主义。

埃里克·勒罗伊·亚当斯（Eric Leroy Adams，1960 年 9 月 1 日—），美国退休警官、政治人物和作家，曾任纽约市布鲁克林区第 18 任区长，于 2022 年 1 月 1 日就任纽约市市长。他通过素食改变了自己的健康，并在布鲁克林区 15 所学校开展无肉星斯一活动，这些学校在每周一为 7500 多名学生准备素食早餐和午餐。之后，全美有超过 50 个校区也实行了无肉星期一。

奥巴马（Barack Hussein Obama II，1961 年 8 月 4 日—），美国政治家，第 44 任美国总统。

布莱恩·格林（Brian Greene，1963 年 2 月 9 日—），美国著名物理学家，超弦理论学家。

强尼·戴普（Johnny Depp，1963 年 6 月 9 日—），演员、制片人、音乐人。

布拉德·皮特（Brad Pitt，1963 年 12 月 18 日—），美国男影星、制片人。

迈克·泰森（Mike Tyson，1966 年 6 月 30 日—），美国最著名的重量级拳王。

克里斯多福·艾萨克·斯通（Christopher Isaac "Biz" Stone，1974 年 3 月 10 日—），软件工程师和商人、创意总监，Twitter 的创建者之一。

莱昂纳多·威廉·迪卡普里奥（Leonardo Wilhelm DiCaprio，1974 年 11 月 11 日—），男演员、电影制片人。

艾蕾莎·贝丝·摩儿（Alecia Beth Moore，1979 年 9 月 8 日—），艺名为"粉红佳人" Pink，美国歌手、词曲作家及演员，截至 2009 年 10 月已在全球售出 3000 萬張唱片。

加拿大：

詹姆斯·卡梅隆（James Cameron，1954 年 8 月 16 日— ），加拿大电影制片人和海洋探险家、好莱坞著名导演、编剧、制片人，执导《终结者 2》、《真实的谎言》、《泰坦尼克》、《阿凡达》，被认为是电影行业中最具创新精神的制片人之一，全球票房总收入超过 80 亿美元，使他成为有史以来票房第二高的电影导演。

布兰登·布瑞兹（Brendan Brazier，1975 年 3 月 1 日— ）顶尖的铁人三项赛职业运动员。

科林·巴斯兰（Colin Basran，1977 年 11 月 14 日— ）大不列颠哥伦比亚省基洛纳市市长，将每年的 5 月 19 日至 5 月 26 日定为纯素意识周，提倡动物权益、慈悲饮食和健康素食。基洛纳市以素食友好城市著称。

帕梅拉·安德森（Pamela Anderson，1967 年 7 月 1 日— ），女演员及动物权利活动家。

澳大利亚：

彼得·辛格（Peter Singer），伦理学家，推广动物权利和素食主义，著作包括《动物解放》和《实用伦理学》。

印度：

泰戈尔（Rabindranath Tagore，1861 年 5 月 7 日—1941 年 8 月 7 日），著名诗人、文学家、社会活动家、哲学家和印度民族主义者。1913 年，他以《吉檀迦利》成为第一位获得诺贝尔文学奖的亚洲人。

卡拉姆昌德·甘地（Karamchand Gandhi，1869 年 10 月 2 日—1948 年 1 月 30 日），印度民族解放运动的领导人、印度国民大会党领袖、非暴力主义倡导者，被尊称为"圣雄甘地"（Mahatma Gandhi）。

前德拉塞卡拉·拉曼（Sir C·V·Raman，1888 年 11 月 7 日—1970 年 11 月 21 日），印度科学家，获 1930 年诺贝尔物理学奖。

玛哈礼希·玛赫西（Yogi Maharishi Mahesh，1918 年 1 月 12 日—2008 年 2 月 5 日），作家、哲学家、超觉静坐创始者。

亚布杜尔·卡兰博士（Dr. Apj Abdul Kalam，1931 年 10 月 15 日—2015 年 7 月 27 日），印度总理、科学家、工程师。

中国：

虚云大师（Xu Yun，1840 年 9 月 5 日—1959 年 10 月 13 日），佛教禅宗高僧，曹洞宗第四十七代、临济四十三代、云门二十代，法眼第八代，沩仰第八代，世寿 120 岁。

印光法师（Yin Guang，1862 年 1 月 11 日—1940 年 12 月 2 日），佛教净土宗第十三代祖师，为中国近代佛教的复兴做出杰出贡献。

弘一法师（Hong Yi，1880 年 10 月 23 日—1942 年 10 月 13 日），即李叔同，多才艺术家、佛教律宗比丘。

释太虚（Tai Xu，1890 年 1 月 8 日—1947 年 3 月 17 日），中国现代高僧。1904 于苏州平望小九华寺出家，同年在宁波天童寺受具足戒。抗战胜利后，任中国佛教整理委员会主任。

星云大师（Xing Yun，1927 年 8 月 19 日—2023 年 2 月 5 日），临济宗第四十八代传人，佛光山创立者，当代知名度和影响力极为卓著的高僧。

李连杰（Jet Li，1963 年 4 月 26 日— ），北京人，武打演员，是继李小龙和成龙之后在国际影坛具有一定影响力的华人功夫演员。1997 年入籍美国，2009 年入籍新加坡。

越南：

一行禅师（Thich Nhat Hannh，1926 年 10 月 11 日—2022 年 1 月 22 日），俗名阮春宝，越南人，是现代著名的学者及和平主义者，悠乐佛教比丘和作家。

其它获得过诺贝尔奖的素食者：

萧伯纳（George Bernard Shaw，1856 年 7 月 26 日 —1950 年 11 月 2 日），爱尔兰作家，1925 年文学奖。

赛缪尔·约瑟夫·阿格农（Samuel Josef Agnon，1888 年 7 月 17 日— 1970 年 2 月 17 日），以色列作家，获 1966 年文学奖。

约翰·马克斯维尔·柯慈（J·M Coetzee，1940 年 2 月 9 日— ），南非当代著名小说家，2003 年获诺贝尔文学奖。

著名的素食音乐家：

瓦格纳（Wilhelm Richard Wagner，1813 年 5 月 22 日—1883 年 2 月 13 日），德国作曲家、剧作家，以其歌剧闻名。

弗朗茨·李斯特（Franz Liszt，1811 年 10 月 22 日—1886 年 7 月 31 日），匈牙利著名作曲家、钢琴家、指挥家，伟大的浪漫主义大师。

古斯塔夫·马勒（Gustav Mahler，1860 年 7 月 7 日—1911 年 5 月 18 日），奥地利作曲家、指挥家。

胡戈·沃尔夫（Hugo Wolf；1860 年 3 月 13 日—1903 年 2 月 22 日），奥地利作曲家，音乐评论家。沃尔夫是舒曼之后最伟大的德奥艺术歌曲作曲家。

耶胡迪·梅纽因（Yehudi Menuhin），美英著名小提琴家和指挥家。

全球著名素食友好城市

#14 多伦多，加拿大

#13 布拉格，捷克

#12 特拉维夫，以色列

#11 波特兰，美国

#10 华沙，波兰

#9 洛杉矶，美国

#8 柏林，德国

#7 爱丁堡，苏格兰

#6　纽约，美国

#5　曼谷，泰国

#4　台北，台湾

#3　金奈，印度

#2　伦敦，英国

#1　知音城，中国；爱乐岛，加拿大，100% 素食者。

北美素食主义者协会于 1977 年设定，每年的 10 月 1 日为世界素食日（World Vegetarian Day）。1978 年，国际素食联盟赞同这一主张，"为了促进欢乐、怜悯和长寿的素食主义的可能性"。它带来了对道德、环境、健康，以及素食主义生活方式的人道主义优点的关注。

"食素，有助于我们修护自己、我们的地球，以及我们和自然环境之间的关系，并为我们的子孙后代积蓄更多的资源。

"另外，今晚到场的有一位食光者。我们开设一项有奖竞猜，观察您周围的人，如果您认为哪位像是食光者，请把他的座位号发到我们此次音乐会的 APP 上，猜中的观众将会获得一张免费的青子衿明年的音乐会票。"

约翰内斯放下手中那张沉重的宣传手册，闭上有些发酸的眼睛，仰起头来靠在椅背上，这时他心想："食光者？什么是食光者？"

9

下半场演出的钟声敲响了，观众们纷纷回到座位上。约翰内斯一边想着这子衿会不会穿着旗袍出来指挥下半场，一边扭身让他左边的邻座进去，但他右边的观众却没有回来。"怪怪的，难道他是那个食光者？”约翰内斯心想。

　　台上，庞大的交响乐队已经就绪，左侧副台的门打开，子衿在所有人期待的目光和掌声中健步走了出来。观众们全体起立，暴发出热烈的掌声与欢呼声，在被上半场的音乐极大震撼，又被中场的素食爱心宣言深深感动之后，许多人此时都满含热泪。子衿换了一身中长摆蓝黑色燕尾服，蓬袖缩臂，是专为她特制的，胸前配有银色的"知音国际爱乐"乐徽，她的长发似蓝瀑布般蓬松丰沛，苗条的身材、含蓄的眼神、平和的微笑、自信的气质，她身上所有的一切都是健康素食和音乐美的代言。子衿手提指挥棒，在全场热烈的掌声中微笑着仰起头，左手放到胸前向观众致意，还未登上指挥席就举起右臂，音乐骤然响起，歌剧《鲁斯兰与柳德米拉》序曲，俄罗斯音乐之父格林卡的颠峰之作，旋律轻快、豪爽、明朗有力。约翰内斯忽然想起他曾在子衿的脸书上看到过这首曲子，是 Ark Yonge 指挥波士顿青年爱乐乐团的演出视频，年轻人活力四射，像骑手和舞蹈家一般驾驭音乐和调动乐队，其表现力简直帅呆了，因此给约翰内斯留下了较深刻的印像；而子衿此时的指挥则一点不输过她的学生，甚至更有魅力，舞台上方的彩色灯光组随着音乐一起欢快有力地跳动着，你经历过这样的声光享受吗？但这只是下半场的开场曲。一曲过后，在观众如节日庆典般喜气洋洋的掌声中，合唱队再次登场，知音爱乐组合的五个姑娘也走了上来，站在舞台第一排，指挥台左侧，领唱二美拿起麦克风。这时，DJ 电声乐队的几位乐手闪亮登场了，站在指挥台的右侧。观众们再次暴发出热烈的掌声。

　　因为没有曲目单，更加调动了观众的期待与好奇。

　　"接下来要演什么？这么大的阵式和场子！"线上观众在评论区发文。

　　"我们要看子衿，至于她演什么曲目，我们相信都是最好的。"这是子衿粉丝群里的声音，她的演出总是一票难求，乐迷们只想见到她，演什么都行，因为她从未让观众失望过，而总是带给所有人满满的惊喜。

　　合唱队和乐队都就位了，全场灯光暗淡下来，音乐一响起，观众们又被点燃。那是电影预告片作曲家托玛斯·伯格森的史诗气势金曲《咫尺地狱》，乐队演奏演唱了其中的《新生命》、《星空》、《千人之力》和《胜利》，很多观众从未见过这么气势强大的古典音乐演奏会，雷射激光灯与彩色音控灯光组一起交织闪烁，上半场的古典音乐此时被演变成了现代新古典音乐。超强力度的电声和人声混响以及富有神性感染力的交响合唱令全场震撼。

　　接下来的曲子却要让所有发热的观众越发意外了，他们看到一架中国古琴被推上了舞台，很多观众都没有见过这种乐器，但是大屏幕上这时打出了它的介绍，而几乎所有的中国观众这时都鼓起掌来。但更让他们感到意外的是，欧阳方舟这时走上舞台，他从子衿手里接过指挥棒，而子衿则坐到了古琴前。帅气十足的青年指挥家在掌声中站到指挥台上，向全场鞠躬，接着，灯光暗淡下去，大屏幕再次亮起，电影《宇宙禅者》的画面显映出来，观众们这才恍然大悟。不少乐迷都曾经在线上线下观看过作曲家约翰·威廉姆斯指挥他所创作的电影《星球大战》主题曲，还有配乐大师恩尼奥·莫里科内指挥他的《天堂电影院》，但这一次，观众们却看到了作为剧本原创及配乐的作曲家的现场演奏，更是第一次见到子衿弹奏古琴，能够在音乐厅里重温电影中的壮丽场景，这令他们大为兴奋。

　　由子衿作为剧本原创并配乐的这部电影，动用了规模超大的交响乐队来演奏，尤其是用以表现"宇宙禅者"号太空船上的正念修行和宇宙美景的部分，上百种东西方乐器和自然天籁音响、人声、佛教梵呗，还有古琴独奏的《流水》，并使用了西藏笛、日本笛、中国箫、印度笛、奈伊长笛、尺八、苏菲芦笛、手盘钢鼓，等等，还有电声乐器，鼓和其它打击乐器就用了十几种。影片中最激烈的部分是神用七天七夜的流星雨来冲涮宇宙垃圾，此时地覆天翻，钟鼓齐鸣，并有二百八十人的大合唱，"宇宙坏虫"飞船在末日狂欢，结果在大暴雨中翻转失控，四处乱窜，最终被神回收重造；而"宇宙禅者"号太空船却如如不动，船上的两百八十位科学家和宇宙禅者正心禅定，经住了七天七夜的考验而出定，修得宇宙禅正果，被神选为宇宙和平使者。大暴雨过后的宇宙清沏浩荡，星空璀灿，宁静而又祥和，此时的场景宏大壮美，静而无内，动而无外，令观众享受到前所未有的音乐和视觉盛宴。一曲结束，舞台上灯光亮起来，已经完全陶醉其中的观众们这才回过神来，全体起立鼓掌，"Bravo! Bravo!"欧阳方舟把掌声送给子衿，子衿来到台前，向全场鞠躬，手放到胸前，再次鞠躬，然后她又向舟舟、五个姑娘、电声乐队、全体演奏家及合唱队鼓掌致意，还特意请打击部声部长丹尼尔·旁德森起立，让观众给他送上掌声。在台上台下的一片掌声当中，有观众送上鲜花来。说了不要献花，并且音乐会还没有结束，他们还是献上花来。子衿躬身接受了，深深地感谢，又摇了摇头，全场发出笑声。子衿把鲜花分送给了电声乐队的乐手、五个姑娘和指挥舟舟，跟他们站成一排，牵手谢幕，然后鼓掌欢送他们下台。

"我真受不了她！"约翰内斯抹了抹眼角的泪水，这才发现他右边的邻座不知何时已经回来了，把他着实吓了一跳，但由于光线比较暗，他也没好意思去看对方的脸，看这个有些神秘的瘦高个儿长得是否像一位食光者，他只是有这样的感觉，虽然他还不知道食光者究竟是怎么回事。

今晚音乐会的华彩部分结束了吗？接下来的又是什么曲子？创意女神青子衿总是能给观众惊喜，观众的期待值再次拉满。

今晚的最后一首曲目，大屏幕上这时打出："Genesis(创世纪)——青子衿为本场音乐会特别创作的交响合唱曲，为世界首演。"

晏·英格拉姆和欧阳方舟这时分别坐到台上两架钢琴前，竖琴也设置了两架，但没有电声乐队；阵容庞大的交响乐团与合唱队都已准备就绪。子衿此时转过身来面向观众席，手臂交叠放在身前，手里捏着指挥棒。在她身后，台上所有的演员也都望着观众席，神情肃穆，像在等候什么。这时，首层观众席后面的两扇隔音门被无声地打开，两列童声合唱团的队员分别从两边过道里无声地走进场内，连楼上观众席的通道台阶上也站满了童声合唱队员，他们穿着各种服装，妆扮成各种鸟兽鱼虫，还有迪斯尼动画片里的人物。观众们立刻鼓起掌来，前后左右地扭着上身去看那些可爱的孩子们。子衿肃立在台上，等所有人各就各位，所有目光都投向了她，全场重新安静下来，静得仿佛只有子衿一个人，此时此刻，她成了这宁静的中心，在这宁静之中，人们的心开始进入一种超越尘世而圣洁辽远的宇宙气场中，那是一种万众一心的宁静，一种深广而永恒的宁静，这宁静也是音乐，而且是音乐必不可少的背景。

观众席上的约翰内斯斜靠在座位上，一手托着下巴，默默地看着子衿，他在读她，子衿那压倒一切的沉静又令他想起在 2592 工厂里操作机器的那个女工，那时的约翰内斯怎能想到，在那个总是沉默不语、八风不动的东方美女胸中，竟蕴藏着这么大的宇宙，而那正是他一直想要揭开的谜。此时，他们所身处的时空因为这宁静而变得越来越广大，正如在禅静中忘我而与无限的宇宙相融，子衿正在无声地凝聚所有人的心灵，带领线上线下所有的观众超越这座音乐厅而进入永恒。约翰内斯想知道，此时此刻子衿在想什么？此时此刻她是全场唯一站着的人，她成了这仍旧在扩展的宁静的中心。有没有人知道，世间最高的智慧是在最自然而宁静的状态下接通宇宙的频道，吸取宇宙的最高级能量，并达到永恒的共谐。低调是为了更高的反弹，在一切都已尘埃落定之后，一场空前绝后的暴风雨正在蓄势待发。

终于，舞台上的灯光暗下来，子衿转过身去，不动声色地环视了一下整个乐队与合唱队，所有人都在看着她；于是，她的手臂从体侧缓缓抬起，停在半空中，好像比武开始前的姿式。一秒钟、两秒钟的屏息，白色指挥棒在空中一闪，震天的鼓声骤然间轰动全场，交响乐队与合唱队开始演绎暴风雨与大洪水冲刷地球的汹涌场面，观众们只觉得天翻地覆般的音乐从他们头顶、脚下，身前与身后四面八方涌来，海啸般似要将他们袭卷而去。

音乐表现的是《圣经·创世纪》中上帝用四十天大洪水冲刷地球上的一切罪恶。世界在神的面前败坏，神对义人挪亚说："凡有血气的人，他的尽头已来到我面前，因为地上满了他们的强暴，我要把他们和地一并毁灭……我要使洪水氾滥在地上，毁灭天下。……你要造一只方舟，你和你的家人都进入方舟。凡有血肉的活物，每样两只，一公一母，你要带进方舟，好保全生命。"挪亚照办了，之后，大渊的泉源都裂开，天上的窗户也敞开了，四十昼夜降大雨在地上。天下的高山都淹没了，凡地上各类的活物都除灭了，只留下挪亚和那些与他同在方舟里的。水势浩大，在地上共一百五十天。之后水开始从地上消退，山顶又重现出来。挪亚放出一只鸽子，鸽子回来时，嘴里叼着一只新的橄榄叶。整整一年时间，地重又干了，神叫挪亚和他的家人以及所有活物走出方舟，并叫他们在地上多多滋生，大大兴旺。挪亚为耶和华设立祭坛，神与他们立约说，他不会再因人的缘故而诅咒地，凡有血肉的，不会再被洪水灭绝，凡流人血、害人命的，无论是兽是人，神必讨他的罪，就是向各人的弟兄也是如此。神把虹放在云彩中，作为他与地立约的记号。

音乐起先节奏快速，旋律疾转翻滚，夺人心魄，呈现出天翻地覆的情景。洪水滔天的景象过后，声音逐渐停歇下来，宁静持续了十秒钟，远方水面上传来潮湿的、依稀可闻、惊触未定的鸟鸣。天空渐渐放晴，舞台后面二层观众席的一侧这时响起一组女声轻微的歌声，之后，又一组女声唱出优美抒情的主题旋律，以断断续续的长笛、短笛、三角铁和风铃作伴奏；接下来，一组一组的合唱色彩声部加入进来，一组一组的乐队声部加入进来，没有歌词，童声合唱队的孩子们模拟出各种动物的声音。最后，全体乐队与合唱队将主题旋律推向高潮。

没有掌声，因为大屏幕上显示，此曲还未结束，因此观众们只好握着拳头，静心等待。

十秒钟宁静的过度之后，交响乐队演奏出一段田园诗般闲逸宽广的背景音乐，那是天国的美景，是伊甸园中的生活。不久，一个由打击乐表现的戏剧性停顿之后，不同色彩的对比以弦乐撕扯交错的不谐和音呈现出来。大屏幕上这时显示出文字：

"在《圣经·创世纪》中，上帝不允许亚当和他妻子杀害任何一种动物，把它们的肉作为食物，他们只能在一起食用满地果蔬。伊甸园和天堂中不该有杀戮行为。在毁灭世界的大洪水来临之前，人类食素，他们的寿命通常都以世纪来衡量。但是在大洪水之后，人们开始杀虐动物并吃它们的肉，最初是在神坛和圣殿里燔祭，之后逐渐发展成为日常饮食，直至今日的全球大规模工业化肉类市场经济。"

各声部的合唱加入进来，模拟各种动物的叫声，大屏幕上同步显示出图像和文字，随音乐一起开始表现动物们被人类捕杀，圈禁，豢养，奴役，或用于娱乐，或被农场大规模饲养，进行人工交配繁殖。这些动物们有的从未见过日出和日落，终日呆在拥挤污浊的空间里，在无限的恐怖中等待死亡，最终，它们被屠杀，宰割，尸体被剥皮，骨肉被分割，被冷冻，或被铰成肉糜，被加工成肉肠或肉类罐头，送到市场上销售，或在餐馆和人类私家厨房及后院里被烹煮，烧烤，成为人类的盘中餐；得了瘟疫的鸡被集体活埋，活活烧死；人类当着母海豹的面，将小海豹活活打死；更有甚者是人类的虐食，他们将动物活剖，活烤，活煮，活吃，将那些动物活活折磨至死；还有一些动物在人类的实验室中饱受折磨，它们的惨叫声令人撕心裂肺，目不忍睹。

音乐停止，一段死一般的寂静，是这部作品最重要的部分——为了能让人们在此时此刻听到他们良心的声音——他们听到有人在黑暗中啜泣。

音乐再次响起时，屏幕上出现了明朗的画面——自由的蓝天、无边的海洋、青色的高山、鲜花盛开的丰茂草场——辽阔的大自然，鱼鸟翔集，千万种动物徜徉其间，各得其所，人与万物和谐相处，各得其乐。优美的音乐使人心旷神怡，各种动物的可爱画面展现在人们面前，整个地球家园祥和美丽，充满盎然生机。

大屏幕上这时打出文字：

"任何一种宗教，如果它不是建立在尊重生命的基础上，它就不是一种真正的宗教，直到人类将他的同情范围拓展到对所有的生物时，人类才能最终找到和平。"

台上台下，妆扮成各种动物的童声合唱队员手拉着手，整个交响乐队与所有合唱队员加入，各种天籁交织在一起——太阳、月亮、星星、云雾、雷鸣、闪电、彩虹、江河、湖泊、海洋、群山、所有的树木、花草、每一片树叶、每一颗雨滴、每一条小径、每一个精灵、所有的飞鸟、走兽、鱼虫、所有的人类、所有的神灵、所有人神的创造物——宇宙中的一切，都在上帝的指挥棒下，渐进和谐。音乐以各种风格的优美舞曲表现出万物有灵，万物连根，万物合唱的和谐美景，充满对未来的祈祷、期望与祝福，声势越来越大，激越的鼓声过后管钟齐鸣，乐曲在天边神圣的钟声里传向远方。

观众席接着沸腾了，人们纷纷起立，掌声已无法表达他们内心的感受，一些人抹着泪水，一些坐在通道旁边的观众激动地拥抱了他们身边的小合唱队员，也有一些人坐着不动，在持续不断的掌声里思考，神情复杂。"Bravo！ Bravo！ Bravo！"子衿邀请全体乐队起立，并邀请童声合唱团的代表和领唱的五个姑娘登台，在台前站成一排，与大师合唱团和学者合唱团一起，全体向观众鞠躬致谢，子衿把观众的献花分发给童声合唱团的代表，并逐个拥抱了每个孩子。

没有人想要离开，掌声呼唤着子衿，她三度返场谢幕，为答谢观众的厚爱，她决定加演一首由南宫子云作曲、子衿填词并改编的交响合唱曲《万物合唱》，其中的独唱和独奏部分有一个独立的名字，叫《You Have Me BEFORE Hello——天涯一曲共悠扬》。大屏幕上打出字幕，此曲不仅以各种独奏、独唱与合唱形式作为爱乐岛的登岛首曲，它已被列为明年首届国际音乐奥林匹克的主题曲和会歌，在开幕式的入场式中，它将以不同语言和各国民乐伴奏随各国代表团入场，由各国儿童组成的童声合唱团将会在会旗升起时以复调无伴奏形式演唱这首歌。在观众激情的掌声中，子衿再次邀请欧阳方舟上场指挥，请大仙担任小提琴独奏，二美担任女高音领唱，自己又坐到古琴前。

此次由钢琴独奏、小提琴独奏、大提琴独奏、长笛独奏、双簧管独奏、萨克斯独奏、竖琴独奏、古琴独奏、波斯芦笛独奏、手碟独奏、歌剧女高音、童声、无伴奏合唱及交响合唱逐一呈现的这首递进复合曲，融东西方音乐为一体。在最后的合唱部分，指挥邀请台上台上所有人加入：

我流浪到希腊，去寻找维纳斯的金竖琴；
我流浪到中国，去抚奏一首千年前的古琴；
我流浪到波斯，去聆听一支鲁米的芦笛；
我流浪到意大利，去见米开朗基罗的大卫，
他为我举起一把斯特拉迪瓦里。

我流浪，为每个孤独的星球和苦难的生灵
寻找至高的艺术、至善的美，和至真的爱情；
尽管两手空空，尽管子子独行，
我仍在黑暗中守候希望与光明，
肉体终会逝去，灵魂却可以修得永生。

终至有一天，神听到了我穿越万年的歌声，
所有的亡灵都被唤醒，
所有的天使也在聆听。
不必再去身外寻找，
你最好的乐器就是你的心灵。
看哪，万物都是知音，
整个宇宙都在和声。

原来我们一直都在相互寻找，
原来我们一直都在彼此创造，

即使世间有万种语言，

我们也都会用音乐说一声："你好！"

于是我们看到万物牵手，

所有的星辰都在微笑。

（用各种语言一起唱）

兄弟／姐妹（Brother/Sister），你好！

朋友（Friend），你好！

宇宙（Universe），你好！

万物（All Things），大家好！

因为爱和音乐，

我们未遇已倾心；

我们用音乐祈祷

对和平的祝福与渴望。

即使远隔星际重洋，

古今知音亦可同欢唱，

让我们天涯一曲共悠扬。

真挚，纯净，优美而抒情的歌声融和了在场所有人，有些观众们跟着哼唱起来。这是一场或许能改变很多人一生甚至三生的心灵洗礼，人们知道，在这一切的背后，艺术家们付出了无数心血和他们全部的灵魂，还有这些天使般可爱的孩子们，听说他们全都是素食者。

震天的掌声与欢呼，满含热泪的拥抱和亲吻飞上舞台。台上台下融为一体，线上线下汇成一片。音乐家们在子衿的带领下全体谢幕，演出在天堂的喝彩声中落下帷幕，但音乐永无止息。

10

　　演出结束后，约翰内斯怀抱鲜花，想去看看子衿，向她表达由衷的祝贺。他不知道这是不是子衿艺术生涯的颠峰之作，但他无法想象更好的。后台过道里已挤满了人，观众和记者们举着手机和摄像机，还有签字本和鲜花。但是没人见到子衿。瑞卡多和晏两名大将站在指挥休息室门外，抱着两臂，挡住所有人的去路。见此情景，约翰内斯想了想，拿出手机，他没有子衿的手机号码，只有邮箱，于是他给子佩发了一个短信。看了看被挤得水泄不通的后台，约翰内斯用手机拍了段视频，然后摇摇头，离开了那里。

　　音乐厅大堂里又排起了长队，观众们还在购买子衿的新书，有些人在拍纪念照，录短视频，有些坐在咖啡区里交谈，没有人想离开，所有人的脸上都洋溢着笑容，浑身充满了豪迈的正能量，似乎他们是满怀期待和喜悦刚刚来到这座音乐厅，而精彩的演出还没有开始。约翰内斯这时收到了子佩的回信，说她可以挤出 20 分钟，约他在音乐厅屋顶花园的莉莲喷泉边见面。约翰内斯的脸上立即绽出笑容，转身便往花园奔去。

　　夜晚的光影柔化了高调张扬的不绣钢建筑外墙，荫蔽的园径两边是花草和地灯，这里同样也聚集着一些观众，有的在放松闲逛，有的坐在小圆桌边休息，有的沉醉在五彩的城市夜景中，清凉的空气里带着音乐与玫瑰的气息。约翰内斯幸运地在喷泉附近找到一张刚刚空闲下来的小桌，连忙过去坐下来，直至已经换好衣服出来的子佩找到他。约翰内斯立即起身拥抱了她，并把鲜花双手捧着献上，那心情比他当年向维尼萨求婚时还要真挚。这是他们自去年五月份在温哥华见面之后的第一次重逢，相互问候与寒暄后，子佩告诉他今晚见不到子衿，子衿很忙，也很累，需要休息，明天还有一场演出，接着便是美加的圣诞和新年巡演。约翰内斯说非常遗憾，因为他明天一早就要赶回多伦多和家人一起过圣诞节，他是特地从温哥华飞过来的。

子佩不禁问："难道你全家还没有搬到温哥华吗？"

约翰内斯摇了摇头，说他太太维尼萨去年得了乳腺癌，只好留在多伦多治疗，因为需要他的父母帮忙照顾两个孩子。这一年多来，他因为与维尼萨的关系闹得一地鸡毛，也因她的病被折腾得精疲力竭。子衿听罢表示非常遗憾，希望维尼萨早日康复。约翰内斯问她目前的状况，子佩说她在 MIT 的进修将于明年春季结束，还有半年，约翰内斯便问她毕业后的打算。

"我拿到学位后就回国，回我原来的知音国际爱乐集团建筑设计研究院，我申请的是公派留学深造，原本就计划学成回国的。"子佩说，"我们家 Ark 毕业后也回去。"

约翰内斯听了不禁"哦"了一声，遗憾地低下头。

"有机会去中国玩，到地球村的另一头去作客。新的爱乐岛项目已经在中国启动了。"子佩微笑着说。

"我真希望如此。能去中国观光甚至合作是我此生最美好的愿望。"约翰内斯说，然后他又问子衿是否会留在北美。

"她也不会。"子佩轻声道，"我们已经完成了给两个女孩儿的治疗，并把三个孩子都送进了北美的大学，子衿最初的移民计划都实现了，明年四月，她与皇家音乐学院交响乐团的合同一到期，就会回国，回我们以前的知音国际爱乐集团。等下一座爱乐岛在中国建成了，我们就会更忙了。当然，有演出的话，子衿还会飞来北美，特别是温哥华，常来常往。如果你有兴趣，提前订票。"

约翰内斯不禁失望地又叹了口气，感叹人生如梦，因缘无常："这次如果不是你及时提醒我，恐怕又错过了订票时机，Jin 所有的演出票都会在出票后十分钟内在线上被抢购一空，连 2592 年的票都被订光了。"

子佩被他逗笑了，点头道："但愿我们都能活到百岁。你看到子衿后面的演出行程了吗？就在今晚音乐会宣传单的后面，是刚刚更新过的。"

"哦，我还没来得及看。"

"好，我现在把它在网上的链接发给你，告诉我你感兴趣的，我帮你留票。"

"那太感谢了！爱乐岛的演出一定要的。"约翰内斯立即兴奋起来。这才叫朋友呢，是不是？

子佩拿起手机，将链接转发给他："你最好现在就看，我去回个电话。"

"好的，谢谢！"

子佩起身去回梁雨微的电话。约翰内斯便在自己的手机上打看链接，他下一次见到子衿的机会已在手中，但他需要选择，能在何时何地见到这位美神。

青子衿 / 欧阳方舟 巡演音乐会

12 月 26 日　　晚 6 点

温哥华爱乐岛，环宇爱乐大剧院

环宇爱乐乐团

德沃夏克：第 9 交响曲"新大陆"

圣桑：骷髅之舞

普罗科菲耶夫：第 1 交响曲"古典"第 4 乐章

贝多芬：第 7 交响曲

指挥：青子衿

★ ★ ★ ★ ★ ★ ★ ★ ★ ★ ★

12 月 27 日　　晚 6 点

温哥华爱乐岛，星空音乐厅

环宇爱乐青年交响乐团

格里格：A 大调钢琴协奏曲，第 1、3 乐章

肖邦：E 大调第 1 钢琴协奏曲

李斯特：匈牙利狂想曲（独奏）

拉威尔：G 大调钢琴协奏曲

钢琴：青子衿　指挥：欧阳方舟

浦朗斯：双钢琴协奏曲

钢琴：青子衿、欧阳方舟

指挥：青琴

★ ★ ★ ★ ★ ★ ★ ★ ★ ★ ★ ★ ★

12 月 28 日　　晚 7 点

芝加哥　交响中心

芝加哥爱乐乐团

格里格：在山王的大厅里

柏辽兹：幻想交响曲

布鲁克纳：第 4 交响曲

肖斯塔科维奇：第 10 交响曲

指挥：青子衿

★ ★ ★ ★ ★ ★ ★ ★ ★ ★ ★ ★ ★

12 月 29 日　　晚 7 点

多伦多　罗依·汤姆斯音乐厅

多伦多交响乐团

拉赫玛尼诺夫：帕格尼尼主题狂想曲

克日什托夫·潘德列茨基：钢琴协奏曲

拉威尔：　D 大调左手钢琴协奏曲

门德尔松：G 大调第 1 钢琴协奏曲

钢琴：青子衿

指挥：欧阳方舟

★ ★ ★ ★ ★ ★ ★ ★ ★ ★ ★ ★ ★

12 月 30 日　晚 7 点

波士顿　交响乐团音乐厅

波士顿交响乐团

柴可夫斯基作品音乐会

暴风雨　交响诗

第 4 交响曲

第 5 交响曲　第 4 乐章

第 6 交响曲　第 4 乐章

D 大调小提琴协奏曲

小提琴：琴宫　　指挥：欧阳方舟

★ ★ ★ ★ ★ ★ ★ ★ ★ ★ ★ ★ ★

12 月 31 日　　晚 7 点

纽约　林肯表演艺术中心，　大卫·格芬音乐厅

纽约爱乐乐团

格什温：蓝色狂想曲

圣桑：钢琴协奏曲

钢琴：青子衿　　指挥：欧阳方舟

马勒：第 2 交响曲

指挥：青子衿

★ ★ ★ ★ ★ ★ ★ ★ ★ ★ ★ ★

1 月 1 日　　晚 7 点

纽约　卡耐基音乐厅　伊萨克·斯特恩演奏厅

纽约爱乐乐团

贝多芬：第 5 钢琴协奏曲

舒曼：钢琴协奏曲

拉赫玛尼诺夫：第 3 钢琴协奏曲

钢琴：林允灿　指挥：青子衿

★　★　★　★　★　★　★　★　★　★　★

1月3日　晚7点
纽约　卡耐基音乐厅　伊萨克·斯特恩演奏厅
纽约爱乐乐团
门德尔松：钢琴协奏曲
普罗科菲耶夫：第3钢琴协奏曲
巴托克：第1钢琴协奏曲
斯克里亚宾：第2钢琴奏鸣曲
钢琴：青子衿　指挥：欧阳方舟

★　★　★　★　★　★　★　★　★　★　★

1月18日，1月20日，　晚7点
德国德雷斯顿　帕森歌剧院／柏林爱乐音乐厅
贝多芬：第4钢琴协奏曲
拉赫玛尼诺夫：第2钢琴协奏曲
钢琴：青子衿　指挥：欧阳方舟

★　★　★　★　★　★　★　★　★　★　★

1月24日，1月25日，晚7点
巴黎，枫丹白露剧院　巴黎管弦乐团
李斯特作品演奏会
但丁奏鸣曲
12首超技练习曲
堂璜的回忆
梅菲斯特圆舞曲
匈牙利狂想曲 No. 2 & No. 6
第1钢琴协奏曲

钢琴：青子衿　指挥：欧阳方舟

☆　☆　☆　☆　☆　☆　☆　☆　☆　☆　☆

2月1日，2月2日，晚7点
伦敦　卡多根音乐厅　皇家爱乐乐团
斯特拉文斯基：春之祭、火鸟
门德尔松：第4交响曲"意大利"
指挥：青子衿

☆　☆　☆　☆　☆　☆　☆　☆　☆　☆　☆

2月6日　晚7点
维也纳　爱乐友协会，金色大厅
农历新年贺新春——中国古诗词现代配乐戏曲演唱会
独唱：周深
人声伴奏合唱队：知音爱乐组合
伴奏：中国知音国际爱乐集团 / 敦煌民乐团
艺术总监 / 配乐 / 指挥：青子衿

☆　☆　☆　☆　☆　☆　☆　☆　☆　☆　☆

2月8日至3月2日
阿姆斯特丹、赫尔辛金、华沙、布达佩斯、柏林、斯德哥尔摩、马德里、卢赛恩、苏黎世、斯德哥尔摩、贝尔格莱德
曲目将选自序曲集：
罗西尼：《威廉·退尔》序曲、《意大利女郎在阿尔及尔》序曲、《赛密拉米德》序曲、《灰姑娘》序曲、《塞尔维亚的理发师》序曲、《贼鹊》序曲。
格林卡：《鲁斯兰与柳德米拉》序曲
贝多芬：《艾格蒙特》序曲、《雷奥诺拉》序曲
比才：《卡门》序曲

柴可夫斯基：《1812》序曲、《罗密欧与朱丽叶》幻想序曲、《沃耶沃达》序曲

莫扎特：《费加罗婚礼》序曲、《魔笛》序曲、《唐璜》序曲

小约翰·施特劳斯：《蝙蝠》序曲

门德尔松：《赫布里底群岛》序曲、《仲夏夜之梦》序曲、《吕伊·布拉斯》序曲

勃拉姆斯：《学院节庆》序曲、《悲剧》序曲

里姆斯基·科萨科夫：《俄罗斯主题》序曲

舒伯特：《罗莎蒙德》序曲

斯美塔纳：《被出卖的新嫁娘》序曲

威尔第：《那布果》序曲、《命运之力》序曲、《西西里晚祷》序曲

苏佩：《轻骑兵》序曲、《诗人与农夫》序曲

瓦格纳：《汤豪舍》序曲、《黎恩济》序曲

柏辽兹：《韦弗利》大序曲、《海盗》序曲、《帕西法尔》序曲

奥托·尼古拉：《温莎的风流娘儿们》序曲

德沃夏克：《奥赛罗》序曲、《狂欢节》序曲

布鲁克纳：g 小调序曲

埃尔加：《安乐乡》序曲

韦伯：《自由射手》序曲

雷兹尼切克：《狄安娜小姐》序曲

指挥：青子衿、欧阳方舟

★ ★ ★ ★ ★ ★ ★ ★ ★ ★ ★ ★ ★

2 月 23 日　晚 7 点

意大利　威尼斯　凤凰歌剧院　凤凰歌剧院交响乐团

纪念亨德尔诞辰音乐会，亨德尔作品专场

指挥：青子衿

★　★　★　★　★　★　★　★　★　★　★　★

3月9日　晚7点

迪拜　迪拜歌剧院

知音国际爱乐乐团

门德尔松：第四交响曲"意大利"

舒曼：第3交响曲第2乐章

马勒：第8交响曲

指挥：青子衿

★　★　★　★　★　★　★　★　★　★　★

3月10日　晚7点

阿布扎比　酋长国宫殿

知音国际爱乐乐团

交响曲《尼古拉·特斯拉》

作曲、指挥：青子衿

★　★　★　★　★　★　★　★　★　★　★

3月12日　晚7点

伊朗　德黑兰　瓦赫戴特（Vahdet）音乐厅

贝多芬：第4钢琴协奏曲

莫扎特：降b大调第27钢琴协奏曲

舒曼：a小调钢琴协奏曲

钢琴：青子衿　　指挥：欧阳方舟

★　★　★　★　★　★　★　★　★　★　★

3月16日　下午2点，晚6点

温哥华　爱乐岛水上音乐厅　环宇爱乐乐团

最美的歌剧咏叹调

1）贝利尼：《诺尔玛》——贞洁女神

2）亨德尔：《瑞那尔多》——让我痛哭吧

3）莫扎特：《魔笛》——夜后的咏叹调

4）莱奥·德里布：《拉克美》——花之二重唱

5）普契尼：《贾尼·斯基基》——哦，我亲爱的父亲

6）阿尔弗雷德·卡塔拉尼：《拉瓦利》——我将去往远方

7）比才：《卡门》——爱情是只自由鸟

8）德沃夏克：《水仙女》——月亮颂

9）普契尼：《蝴蝶夫人》——晴朗的一天

10）普契尼：《图兰多特》——今夜无人入睡

11）威尔第：《弄臣》——女人善变

12）多尼采蒂：《爱的甘醇》——偷洒一滴泪

13）莫扎特：《费加罗的婚礼》——你再不要去做情郎

14）普契尼：《艺术家的生涯》——漫步街上

15）贝里尼：《清教徒》——他的声音温柔多情

16）普契尼：《托斯卡》——为艺术，为爱情

★ ★ ★ ★ ★ ★ ★ ★ ★ ★ ★ ★ ★

3 月 20 日 至 4 月 6 日

亚洲巡演，日本、韩国、台湾、新加坡

舒曼：第 3 交响曲

理查德·施特劳斯：查拉斯图拉如是说

马勒：第 5 交响曲

★ ★ ★ ★ ★ ★ ★ ★ ★ ★ ★ ★ ★

4 月 10 日　晚 6 点

温哥华　爱乐岛空中音乐厅　环宇爱乐乐团

舒曼：克莱斯勒里娜　作品 16

玛奎斯：丹宗舞曲第 2 号

巴赫：托卡塔 BWV 911

比才：卡门变奏曲

菲利普·格拉斯：练习曲 第 6 号

拉威尔：圆舞曲

莫扎特：双钢琴协奏曲 第 10 号 K365

钢琴：青子衿、欧阳方舟　　指挥：欧阳方舟

★　★　★　★　★　★　★　★　★　★　★　★

4 月 12 日　晚 6 点

温哥华　　爱乐岛环宇爱乐大剧院　　环宇爱乐歌剧芭蕾舞交响乐团

瓦格纳：歌剧《崔斯坦和伊索尔德》

指挥：欧阳方舟

★　★　★　★　★　★　★　★　★　★　★　★

4 月 16 日　　晚 7 点

上海大剧院　　上海交响乐团

门德尔松：小提琴协奏曲

西贝柳斯：小提琴协奏曲

帕格尼尼：第 2 小提琴协奏曲

贝多芬：D 大调小提琴协奏曲

小提琴：琴宫　　指挥：青子衿、欧阳方舟

★　★　★　★　★　★　★　★　★　★　★　★

4 月 18 日　　下午 3 点

杭州　子云国际静心度假村开光音乐会

知音无古今：古琴、箫

青子衿 / 南宫子云

★　★　★　★　★　★　★　★　★　★　★　★　★　★

4 月 19 日　　晚 7 点

杭州大剧院　杭州爱乐乐团

朱尔·马斯内：《维特》

格拉兹诺夫：《为交响乐队而作的俄罗斯主题变奏曲》

霍勒斯特：《行星组曲》朱庇特

指挥：青子衿

★　★　★　★　★　★　★　★　★　★　★　★

4 月 23 日　　晚 7 点　　纪念莎士比亚诞辰及国际图书节专场音乐
会

北京，国家大剧院　中国交响乐团

威尔第：《麦克白》选段

门德尔松：《仲夏夜之梦》选段

罗西尼：《奥赛罗》选段

普罗科菲耶夫：《罗密欧与朱丽叶》选段

埃尔加：《法斯塔夫》选段

柴可夫斯基：《罗密欧与朱丽叶》选段

艺术总监 / 指挥：　青子衿

★　★　★　★　★　★　★　★　★　★　★　★

4 月 28 日　　晚 6 点

北京，知音国际爱乐集团　爱乐大剧院　知音国际爱乐乐团

拉威尔：爵士变奏钢琴协奏曲

格什温：钢琴协奏曲

普罗科菲耶夫：第 3 钢琴协奏曲

钢琴：青子衿

指挥：欧阳方舟

★ ★ ★ ★ ★ ★ ★ ★ ★ ★ ★ ★ ★

5月7日　晚7点　悉尼 歌剧院　悉尼交响乐团
5月9日　晚7点　墨尔本 维多利亚艺术中心　墨尔本交响乐团
勃拉姆斯：
第一交响曲
第三交响曲
第四交响曲
第二钢琴协奏曲
小提琴协奏曲
钢琴：青子衿
小提琴：琴宫
指挥：欧阳方舟

★ ★ ★ ★ ★ ★ ★ ★ ★ ★ ★ ★ ★

5月14日　下午2点
洛杉矶，好莱坞碗露天音乐会　洛杉矶爱乐乐团
汉斯·基默电影配乐作品音乐会
指挥：青子衿

★ ★ ★ ★ ★ ★ ★ ★ ★ ★ ★ ★ ★

5月18日 5月19日　下午3点
温哥华，爱乐岛，星空音乐厅
环宇爱乐青年交响乐团
圆舞曲专场音乐会，为1岁至6岁宝宝和父母们举办的现场音乐启蒙与熏陶。
指挥：青子衿

★ ★ ★ ★ ★ ★ ★ ★ ★ ★ ★ ★ ★

5月22日、23日、24日　晚6点

温哥华　爱乐岛　环宇爱乐大剧院
布鲁克纳作品专场音乐会
降 E 大调第四交响曲
降 B 大调第五交响曲
A 大调第六交响曲
E 大调第七交响曲
C 小调第八交响曲
D 小调第九交响曲
指挥：青子衿、欧阳方舟

★　★　★　★　★　★　★　★　★　★　★　★

6 月 8 日
温哥华，爱乐岛
首届国际音乐奥林匹克大赛
开幕式：会歌《万物合唱》
合唱领唱：琴商（Bel Canto）
合唱领唱：知音爱乐组合
合唱：所有参赛合唱团及声乐选手
伴奏：环宇爱乐交响乐团
指挥：青子衿

★　★　★　★　★　★　★　★　★　★　★　★

6 月 28 日
闭幕式：主题歌《和平颂》
合唱：全体
伴奏：国际音乐奥林匹克联合音乐家交响乐团（来自所有参赛乐团）及所有器乐组获奖选手。
指挥：青琴

★ ★ ★ ★ ★ ★ ★ ★ ★ ★ ★ ★

7 月 10 日 BBC Proms 　 晚 7 点
伦敦　皇家阿尔伯特音乐厅　伦敦交响乐团
纪念尼古拉·特斯拉 诞辰
交响曲：《尼古拉·特斯拉》
作曲 / 指挥：青子祎

★ ★ ★ ★ ★ ★ ★ ★ ★ ★ ★ ★

7 月 12 日 萨尔斯堡夏季音乐节
7 月 16 日 维也纳夏季美泉宫晚间音乐会
……

这一套音乐会曲目单比一部《古典音乐圣经》对于约翰内斯来讲更具有实际学习意义和帮助，因为他可以借此直接与子祎对上话。他将会在 1 月 3 日回温哥华上班，整个圣诞和新年假期他都会在多伦多陪着家人，如果不是因为维尼萨的健康原因，他原本打算全家去加勒比乘游轮度假，或者去墨西哥坎昆，但他此时非常想赴 1 月 1 日在纽约的那场音乐会，因为是林允灿的钢琴演奏会，他相信一定会在那里见到子佩，但是怎么跟家人说呢？他能独自一人跑到纽约去吗？带全家一起去？正在踌躇之间子佩回来了。

"怎么样？定了哪天的演出吗？我们的友情票也留不长的哟。"子佩在他旁边坐下。

"我想要 1 月 1 号在纽约林肯中心的那场演出，4 张。"约翰内斯说，"林允灿的演出，你一定会去的，是吗？"

"是的。"子佩微笑着说，"更何况是新年假期。"

"所以我也有时间，回多伦多陪家人。"约翰内斯说，"还有 6 月 8 日，爱乐岛奥林匹克开幕式的票和 6 月 28 日闭幕式的票，各 4 张。"

"全家都爱乐了！真为你们高兴！"子佩当即把预留的友情票

发给了他。

约翰内斯一看，好大一笔钱，还没算机票和酒店呢，他狠狠心，当即就在网上给付了，并再次感谢子佩。

子佩微笑地看着他："音乐奥林匹克的票已经包了岛上的食宿，回头你上网输入票上的电子码，自己选酒店和餐厅，包括露营地的玻璃帐蓬。别忘了预租岛上的电动车和自行车，动作要快哦！"

约翰内斯一听，感激地搂住了子佩的肩，并在她额头上印上一吻："太感谢了！"

"不客气。"子佩笑着说，"今晚的曲目都答上来了吗？"

约翰内斯这时忽然想起什么："哦，对了，今晚的演出，据说有一位食光者来到现场。"

"不错。"子佩微笑着看着他。

"什么叫食光者？"约翰内斯皱着眉头问。

"就是不吃饭，靠吸收太阳能和光能活着的人。"

约翰内斯瞧着子佩，满脸不解："不吃饭，那这么活着有什么意思？有什么意义吗？"

子佩笑了笑："你可以上网去查一查。"

约翰内斯想了想，问："那你知道今晚的这位食光者是谁吗？"

子佩点点头，忍着笑看着他。

"那这人是谁？他是干什么的？长得跟咱们一样两只眼睛一张嘴吗？"

子佩点点头，微笑道："我刚才在后台看到今晚演出的 APP 互动区上有不少线上线下观众都在问这个问题，他们希望能把这位食光者的名字和照片公开出来，至少让大家看一看他长什么样。"子佩看看时间，"我们征求了那位食光者的同意，五分钟后，你们就可以在互动区上看到答复了。"

"好！"约翰内斯一直在想坐在他右边的那位神秘观众，"我猜他是个瘦高个儿，长头发，穿着一身黑衣服，三十多岁。"

子佩笑起来："答案很快就会揭晓。"说着她从自己包里拿出一盒光盘，递给约翰内斯，"这是 Jin 让我转交的，送你的礼物。"

约翰内斯一听，欣喜地赶紧接过去，原来是子衿新出版的音乐专辑。

"从去年开始的，Jin 把一些著名的中国古诗词用中国戏曲的形式配了乐，包括京剧、越剧、黄梅戏，用的是电声和打击乐伴奏，戏腔超好听，一发行就火了。我保证你喜欢。她可真是个天才。"

约翰内斯已经等不及，当场就想听了。而子佩这时却起身告辞："抱歉我得走了，他们都在等我。那么，祝你们全家圣诞快乐！感谢你的光临，还有鲜花！"

约翰内斯无奈地起身拥抱她："感谢你给我机会，来这场音乐会，并见到你们！也祝你们圣诞快乐！"

"谢谢！那么，一周后，纽约见了！"

"好的，再见！"

子佩怀抱鲜花倒退着向他挥手告别。

"请代我问候并感谢 Jin！"约翰内斯挥手说。

"当然。我保证你会在纽约见到她！"子佩笑着走了。

约翰内斯看着子佩窈窕的身姿在树影和人群中消失，他呆呆地站在原地，然后转过身去，两肘搭在花园护墙上，仰头向着夜空中做了一个长长的深呼吸。一辆救护车闪着灯却无声地从下面的街道上开过，很快消失在高楼大厦的灯火间。约翰内斯的手机这时收到信息，他拿出来一看，是子佩刚刚转发给他的短信：

"关于今晚到场的那位食光者，所有特征都与你说的相符，除了姓别。"

"What？！"约翰内斯蒙了。

演出 APP 互动区上这时公布了这位食光者的姓名：Jin Qin，但没有照片。

此时，迪斯尼音乐厅的指挥室里异常宁静，只有子衿一个人，她已把所有声响关在身后，把世界留在了门外。沐浴后，她在桌上点燃清香，只留一盏清灯，然后背对房门，在蒲团上盘坐下来，将手机、指挥棒和佛珠静置一旁。冥想了片刻，她闭着眼睛从身边拿起手机，在自己的脸书上发了一条短语，然后关闭所有提示音，只留下一首 432 赫兹冥想音乐开始播放，之后重新闭上双目，进入禅定。

Meditate alone in silence, close to everything in music.

——Jin Qin @432hz

在孤寂中静心，在音乐中亲近万物。

——青子衿 @432 赫兹正念冥想心斋

（第三乐章完，待续）

尾声：金声玉振

"集大成也者，金声而玉振之也。金声也者，始条理也；玉振之也者，终条理也。始条理者，智之事也；终条理者，圣之事也。"

——《孟子·万章下》

1

知音角海滩是爱乐岛大提琴造型琴面上的四个尖角，也就是四处向海面伸出的岬角，为自然海滩。在白色沙滩上有一条通向尖角形海边的白色甬道，甬道尽头是一个白色的圆形的花拱门，甬道两旁有几排白色椅子。这里是为海誓山盟的情侣们举办婚礼的地方，而在沙滩尖角的尽头是一架白色秋千，秋千的对面，大约50米外的海面上，有一个水上吊床，从沙滩游到那里的人就可以在吊床上独享海上日光。

子衿说，每次她来爱乐岛，都想去把自己挂在秋千上，面向大海，迎着海风，让长发和白色长裙在风中飘舞，一直荡到把自己抛进海水里，仰面畅游50米，爬上那个水上吊床，静静地独自享受海上微风，躺在吊床上，仰望蓝天，看鸟儿和彩色氢气球偶尔从头顶掠过，还有轻云薄雾中的仙岛，然后就在音乐中睡去，睡到自然醒，在落日余晖中游回岸上，在海滩上为情侣们的烛光晚餐弹奏钢琴，海面上明月铺洒万顷银晖，餐桌上的烛光、玫瑰花和情话都不如琴声浪漫。有时，一阵暮雨袭来，人们不会一呼而散，因为宽大的球型玻璃雨伞会为他们罩起更多的情调。

此时此刻，沙滩上已备好了白色的108键"天琴座"竖琴钢琴，半小时后，将会在这里拍摄一场没有现场观众的钢琴演奏会。子衿和舟舟坐在白色长椅上，子衿穿着裸肩的白色绣花宽幅长裙，头上戴着白色宽边阳帽，罩着面纱；舟舟则穿着白衬衫，打个黑色领结，戴着太阳镜，两人凝望着在沙滩上静候他们的钢琴，还有面前的山海美景，舟舟不由得赞叹道："真是太美了！爱乐岛，真正的人间天堂。"连日的演出和旅行令他感到些许疲惫，他仰面倒下来，曲腿躺在长椅上，枕着子衿的腿，拉住她的一只手放在胸口上，然后摘掉墨镜，闭上眼睛。

子衿微笑地看着他，用手轻轻抚摸他丰厚的头发："真的不后悔跟我回国吗？"她问。

舟舟闭着眼睛，微笑了一下："我一生中最幸福的时光，都是在您身边度过的。"他轻声说，"对我来说，有您的地方才是家，无论在哪里，我只想追随您。"他睁开眼睛望着子衿，"其实我非常想念知音园，因为我是在那里遇见您的，我在那里学习，长大，和您一起生活了6年，现在，我们终于可以一起回家了，又可以一起弹琴，一起演出，一起去湖边散步，一起……"

"我还以为你最喜欢散步的地方是这里，或者是纽约中央公园，或者所有的海滩。"子衿说。

"我喜欢在和您一起演出之后，去任何地方散步，只要是和您在一起。"舟舟闭着眼睛说。

子衿含笑不语，把目光投向远方，过了一会儿她说："我想和你一起去一趟四川。"

舟舟睁开眼，仰面看着她："去看大熊猫？"

子衿笑起来："去看望你的老校长。"

舟舟不由得坐起身来，他侧头看着子衿，道："为什么我想什么您都知道？您懂读心术吗？"

子衿又微微地笑了笑，道："吴校长也在那场泥石流中失去了亲人。那天若不是因为带你去参加省里的音乐比赛，她恐怕也会遇难。现在，她退休了，一个人，我想问问她，愿不愿意到知音城来生活，我们可以照顾她。"

舟舟搂住了子衿的肩，半晌才说："谢谢您！菩萨妈妈！不过，有件事您可能还不知道——吴校长马上就要再婚了，她要等我回去时再办婚礼，如果您能和我一起去，她不知会有多高兴。"

子衿一听便笑起来："哦，太好了！咱们家这么多喜事！看来这犯太岁的风水年过去了。不过这喜酒，我是喝还是不喝呢？"

舟舟一下子笑起来："是啊，真可惜，您连川菜都不吃了。不过，我们可以喝石榴汁代酒。"

"好主意！"子衿笑着点头，"另外，此次回国，雨微阿姨会与我们同行。前年年底她被查出乳腺癌，花了一年多时间治疗，这期间，由于我的提议，她在家中研发设计出了一种新型汽车防盗设备，并且获得了加拿大专利。现在她的病治好了，跟我们一起回国探亲，并向中国专利局申请专利。"

"太棒了！真该祝贺她！"舟舟道，"我一直担心给您买的那辆车会失窃，尽管它已经配备了目前最好的防盗防暴和监控跟踪系统，但没有什么是不可破的。"

"是的。盗车贼的技术手段很高，没有打不开的锁。但是，我有办法，即使不锁车，也没有人偷。"子衿说。

舟舟一听，立刻瞪大眼睛笑起来："您是怎么做到的？！"

子衿也笑了笑："还记得我最早给你讲《道德经》的时候，对你说过我最喜欢的一句是什么吗？"

舟舟想了想，忽然明白了："善闭，无关楗而不可开。"

"对了。"子衿点头，"所以我想，攻城为下，攻心为上。每次我离开车时，都会在车前车后的窗户里留下两句话。"

"哦？我怎么没发现。是哪两句话？"舟舟好奇地追问。

子衿又笑了笑："如果是你的话，你会给偷车贼留下一句什么话？才能避免让他们偷你的车？"

"哦，这我可得花时间动脑筋，好好想一想。嗯……那么雨微阿姨就不回加拿大了？带着专利回国定居？"

"还没有定。"子衿说，"由于她的发明，288公司想聘她到研发部工作，你知道，她是汽车工程师，还曾留学德国，一直在寻找专业工作机会，所以，雨微阿姨决定先回288。"

"幸好她当初听您的建议没有辞职，不仅治好了病，研发出了专利产品，现在还得到了专业工作，也不会再受公司里那些小人的欺负，可以扬眉吐气了。真为她高兴！"

"如果她是带着基督山伯爵的复仇心态回288……"子衿摇了摇头。

舟舟低头沉默。

"你想听听雨微阿姨最近在社区音乐会上演唱的咏叹调吗？"子衿说着拿出自己的手机，调出视频，"我去看了她的演出，是我亲自录制的。"

舟舟于是歪头看到梁雨微穿着蓝白相间的长裙，端庄优雅地站在舞台上，正在社区交响乐队的伴奏下，演唱普契尼的歌剧《蝴蝶夫人》中的咏叹调"晴朗的一天"。尽管她戴着假发和义乳，但从外表上基本看不出来，整个人却是满满的精气神。

"Oh My God!"舟舟没想到梁雨微的嗓音竟那么明亮优美，舞台气质和表演都充满了魅力，深深吸引了台下所有的观众，连子衿都被她感动得流下热泪。

"前年底，当她得知自己患了癌症并需要化疗后，她非常伤心，对我说，从她上小学后就一直留着长发，可是现在……我对她说，我会送她一只冰帽，她戴上，化疗后就不会脱发。可是雨微阿姨得知那只冰帽要花四千美元，她谢绝了，在化疗前就自己落发，将剃下的长发束好，装在一个口袋里。我回到家时见到她的光头，就惊呆了。雨微阿姨对我说起一个人，她说国内有一位叫古天乐的男演员，他成名之后没有给自己买豪宅、豪车，总是开着一辆小三轮摩托去片场拍戏，从08年开始，他拿出大量片筹创办希望小学，在广西、贵州和云南，由他出资建造的希望小学已超过一百三十多座。他甚至不顾形象去接一些烂戏来拍，拼了命挣钱，却是为了能帮助贫困山区里那些上不起学的孩子。雨微阿姨对我说，请把订的冰帽退掉，省下钱给我的姑娘们上大学用，她的头发还会长出来的。"

舟舟感动得说不出话来。

"去年我们去洛杉矶演出的时候她一个人在家，治疗之后的副作用反应，三次被急救车送回医院，发烧，头晕，呕吐，呼吸困难，浑身痛，便血，可是她什么都没说，不想影响我们工作，自己挺过来了。出院回来自己开车发生了交通意外，也没跟我们说，自己花一个月的时间处理了。她战胜的不仅仅是病魔。我好佩服她！"

舟舟摘掉墨镜，抹了抹眼泪。

"可是，"子衿顿了顿，"我刚刚收到一个坏消息，是关于雨微阿姨的儿子，隆隆。雨微阿姨还不知道。"

"是……什么？隆隆怎么了？"舟舟看着子衿，又开始替梁雨微担忧起来。

"那孩子，得了癌症。"子衿摇着头扭过脸去。

"我的天。"舟舟难过地仰起头，"这么年轻！是什么癌？"

子衿叹了口气："乳腺癌。"

"What!"舟舟从未听说男性也会得乳腺癌。

"雨微阿姨说，当她在玛格丽特公主医院治疗时，看到等待接受乳腺癌手术的病人都在排队，医生做手术像流水线作业一样，因为病人太多，其中还有青春期的男孩和老年男子。"

舟舟听罢感到震惊和恐惧。

"隆隆常常出入成人场所，他的荷尔蒙不正常，所以……所以要通过日常饮食、生活习惯和情志管控荷尔蒙。"子衿说。

舟舟点头。

"你雨微阿姨明天就要和我们一起回国了，我真不知道该不该告诉她。两年前她就想回国看望父母，因为得了癌症，一直瞒着国内的家人。抗癌两年，好不容易熬了过来，终于可以回家和父母亲人团聚了，这下可好。现实对她太残酷了……"

"可她得了癌症，从家里搬走后，隆隆从没有照顾过她，从没有来看望过她，甚至从没有打电话问候过她，就好像没有这个母亲了一样！现在……让他继母去管他吧。"舟舟忿忿地说。

子衿的眼泪噙不住了，痛心地摇了摇头："孩子，你不知道作母亲的心。再说，隆隆也还没有继母。你雨微阿姨离开家的第二年，隆隆的爷爷奶奶就相继去世了，袁叔叔把他们家的大房子给卖了，因为无暇打理，以前都是雨微阿姨的话儿，他们爷俩搬进了小公寓，现在，袁叔叔什么都得自己撑着了。"

"全是报应。"舟舟把头扭到一边说。

子衿叹了口气，考虑到很快就要开始演奏，需要稳定情绪，于是她转了话题："这两年在加拿大的生活让我明白了杨绛老师的一句话，她说：'年轻时以为不读书就不足以了解人生；后来才发现，如果不了解人生，其实，也读不懂书。'真正的音乐，并不只是在高雅的音乐厅和歌剧院里，它无所不在。凡是发自内心的纯净的声音和真实的情感，都是音乐。这就是为什么，我和你大姨想通过爱乐岛的网上平台，向全世界普及音乐教育，不需要像郎朗当初那样，小小年纪就离开母亲，背井离乡去拜师求学。我们希望通过网上教学，就能使所有人学到音乐，每个人至少应该学会一种乐器，或者参加一个合唱团，既使是在监狱里，每一天都应该歌唱，创建各种音乐团体和机会，开发所有人的音乐素质，帮助所有热爱音乐的人们去实现他们心中的音乐梦想。我们的目的不是培养凤毛麟角的音乐大师，而是普及音乐教育，把美、和谐、优雅、爱、理解、高尚、健康与和平注入每个人的心灵，让这个世界更加美好。既使不会登上歌剧院的舞台，也能让所有的王彩玲们都能一生高歌。"

舟舟禁不住拥抱了子衿，眼中闪烁着泪光："我明白了，妈妈。音乐不是用来成就大师，而是为了滋养、提升和连接所有的心灵。"

因为起了风，舟舟将子衿的外套帮她披上，又搂住她的肩。这时他的手机收到信息，是子佩发来的短信，附有一个链接。舟舟打开链接，是一段视频，他看起来。

那是在知音湖边，在舟舟久违的柴可夫斯基雕像前，一个身穿黑色衣服的小男孩蜷缩着蹲坐在雕像脚下，抱着两膝，身旁放着一只黑色的大口袋和一只铁钩子。男孩期待的目光正凝望着寂静的黎明前的知音湖。在雕像的前方，也有一个同样的小男孩，他站在湖边，在曙光中仰着头，挥舞着两臂，正在指挥一首无声的乐曲和一只无形的庞大的交响乐队；而在雕像的侧面，还有一个同样的小男孩，他斜靠雕像坐在那里，怀里抱着一本书，正在仰面大哭。不过，这三个小男孩并不是真人，而是一组群雕。在柴可夫斯基雕像背面的大理石基座上，镌刻着欧阳方舟在 10 年前孤身从四川来到这里，寻找他音乐人生的事纪，以及他迄今在国际钢琴和指挥比赛中所获得的奖项，为国家争得的荣誉。视频中，一些来知音湖观光的游人正围在塑像周围，有的在看基座上的铭文，有的在拍照片和视频，雕像下面还有人放了鲜花。

"这是你佩姨利用 3D 打印技术创作的第一个作品。"子衿这时微笑着说。

舟舟知道，这一定又是子衿的创意，可他说不出话来，他呆在那里，变成了雕像，直到两行热泪滚落而下。

"人家死后被雕成塑像，我活着就变成了雕像。我的压力好大啊！我必须得作名人，不能失败。啊——"舟舟说着半真半假地埋头哭了起来，用手捂住脸，"也不跟人家商量一下，就侵犯人家的雕像权。"

子衿不说话了，扭过头去，差点笑起来，她搂了搂舟舟的肩膀，道："我怕你担心死后会像格伦·古尔德那样被雪封墓碑，那的确让人很伤感。所以……"

舟舟仍旧把脸埋在手掌里，但是这一次，他真的流泪了。子衿看着他，摸了摸他的头发，然后将他轻轻搂到自己肩上。

千言万语涌到舟舟的心头，过了许久他才说："妈妈，我有个心愿和请求。"

"说吧，孩子。"子衿其实知道他想要说什么。

"我死后，能不能，和您葬在一起？"

子衿轻轻拍了拍他的肩："没问题，孩子，我连咱们家族的墓地都预置好了。就在知音公墓。"

"真的？！"舟舟又直起身来，转身看着子衿，"您怎么会这么贴心周到！世间有这样的天使，被我遇上了。我的天哪！我真是太幸运了！"

"你现在应该想的是，怎样和我一起长生不老，修炼好灵魂，把灵魂留给这个世界，我们的灵魂还可以在高维度时空里相遇。"子衿说。

舟舟点点头，但他还是不放心，犹豫了一阵，终于开口问道："妈妈，您还……打算结婚吗？"

子衿早料到舟舟会提这个问题，她望着远方的海面，回答道："孩子，你知道，这个世界上有很多人喜欢音乐，有些人买了一种甚至多种乐器，但他们当中的一些人玩了一阵之后就放弃了，他们的乐器就被放在那里成了摆饰，失去了自由和生命。而也有一些人，很多人，他们热爱音乐，却没有条件学习音乐，甚至没有钱买一把乐器。我想说的是：要么重新获得爱，要么重获自由，总归，不要浪费你自己和你的乐器。"

"妈妈，我的问题是：您还打算……"舟舟看着子衿。

子衿看了看他，道："如果你是我的话，你认为，我真的需要婚姻吗？"

舟舟看着她，他想问："那您会不会爱上谁？"

子衿知道他的心声，轻声道："我是个修行的人，我已出三界，智者不坠爱河。我爱我的家人，对这个世界，我满怀大爱，但没有私欲，即所谓缘起性空。对于相知的人，可以知而不遇，而不相知的人，遇仍不知。"

舟舟闭上了眼睛，靠在子衿肩上，握住她的手："我会永远爱您的，妈妈，永远陪伴您。"

子衿微笑了一下，然后从自己的手机里调出一张照片给舟舟看，舟舟一眼认出，那是老年的尼古拉·特斯拉。

"你知道吗？孩子，"子衿道，"十年前，当我把你从那间废工厂里的小屋中接出来的时候，我一直在想，为什么在特斯拉先生后半生穷困潦倒的时候，竟没有一个人去帮帮他？当我开始为电影《尼古拉·特斯拉》写配乐的时候，我特别想在剧本的结尾加上一个情节：一个女人敲响特斯拉先生在纽约酒店里的房门，开门的老人问她是谁。女人说：'我叫 Jin Qin，特斯拉先生，出于对您的崇敬，我特地来拜访您，并希望能在任何方面帮到您。您不必住在这里了，我为您准备了专属于您的住处，您不必因为欠酒店的钱而让他们拆掉您的沃登克利弗输电塔，您的实验室也不会再失火。从今天起，您有家了，您可以在这个家里好好休养您的身体，活到期望的 140 岁，甚至更久，安心您的研究和发明，不必为任何事情而担忧，我会为此做我所能做的一切。"子衿握住舟舟的手，道，"孩子，对我来说，你就是特斯拉，子云叔叔也是特斯拉，而雨微阿姨就是王彩玲，我想为你们投资，帮助你们实现梦想，帮助更多的人实现美好的梦想，我爱你们所有人，我爱所有的生灵，我不想只属于某个人，我属于这个世界。我希望世界上所有的特斯拉们和王彩玲们都能遇上知音。"

舟舟把双手蒙在眼睛上，眼泪止不住地流下来，就像十年前他们第一次见面时那样。

子衿搂住舟舟的肩，掏出纸巾递给他："明天就要回国了，开心一些吧。"

舟舟长长地吸了口气："两年没回去了。"

"这次是回家。回国定居。"子衿微笑着说。

"六月份又得回来了，开国际音乐奥林匹克。好忙啊。"

子衿微笑着看了看他："你累了？这次去成都，回你老家看看，好好玩一玩，休息一下。"

"太期待了！"舟舟在子衿肩膀上露出微笑。

"想不想在成都开一场音乐会？"子衿问。

舟舟又笑起来："不好。要开就开两场。"

子衿也笑起来："我回头就和经纪人联系，曲目由你定，是你的专场。好好向家乡人民汇报你的成绩哦！"

"谢谢妈妈！"舟舟将子衿的手臂紧紧抱在胸前。

"这个暑假，我想再带你们一起到西安和桂林去玩一圈儿，我正在和经纪人商议，看能不能安排我们在西安、桂林、深圳和香港的演出。"

"太好了！"舟舟兴奋不已，"待会儿演出结束后，全岛健身时间，我能请您一起跳支舞吗？"

子衿歪头想了想："你是说，和岛上的所有人一起跳舞？"

"是。"舟舟非常期待。

子衿又想了想："你知道，我从来不跳交际舞，从来不参加任何 Party，我喜欢清静。并且，我已经预约了去考驾照。你想和我一起去吗？"

"考驾照？考什么驾照？"舟舟看着子衿。

"你猜猜。"子衿笑着看着他。

舟舟想了想："您已经有 G 牌了，莫不是要去考 A 牌，开大卡车？"

子衿不由得笑了。

"您开大卡车干嘛？去拉沙子？跑美加长途，运汽车配件？比在工厂里打工强。"

子衿笑着摇摇头："你授予你诺贝尔最佳想象力奖。"

舟舟看着她："哦——对了！您是想去考游艇驾照！"

子衿又笑起来："我已经有了，在多伦多的时候就住在国家游艇俱乐部边上，就去学了，主要是为了急救用，多一种技能。"

舟舟这时忽然不安地看着她：“您不是想去考摩托车吧？那可不行，太危险了！我不同意！”

子衿又笑着摇了摇头，然后用手势做了一个起飞的动作。

“My God！您要开飞机？！我的小妈妈疯了！”舟舟这下急了。

“就是那种四人座的小飞机，跟会飞的汽车一样。不过，我今天要试飞的是咱们爱乐岛新研制的一种超静音小客机，地面上的人几乎听不到它的声音，不会影响咱们的露天音乐会和演奏。”子衿说。

“新手试新飞机？！”舟舟大迭眼镜。

“待会儿我带你一起飞。”

“不去！就算给我绑上十根安全带，配上一百只降落伞，我也不去！”

子衿不禁又笑起来：“看来，你只能陪我弹弹琴，散散步喽。”

舟舟用手捂住脸：“Oh my God! 上一次用渔竿放宇宙飞船的风筝，这次真要飞上天，下次您会不会去考宇航员驾照，真的去太空开音乐会了。”

“首航天琴座。”子衿说。

“My God！越来越不接地气。我授予您诺贝尔天马行空奖！”

子衿笑起来，看看时间：“不用担心，我不会把你跟我一起绑在飞机上的。待会儿我试飞的时候，你还在这儿录像呢，可能是你的最后一支曲子，你应该能在空中看到我，我会带上摄影机，从天上给你录像，而你的视频里，也会有我的翅膀。”

现场拍摄的工作人员都已到位就绪，导演向子衿招了招手。

琴声在海面上响起。舟舟坐在长椅上，望着海滩上坐在钢琴前的子衿。他以一个少年人的心爱着他的恩师和养母，也以一个古老的音乐灵魂与她相知，相伴，相守。

一曲 Mariage d'Amour，是人们百听不厌的美丽风景中的浪漫情歌；

一曲 The Heart Asks Pleasure First，是电影《钢琴课》中的主题曲；

一曲 Sea to Sky，是子衿放飞梦想的早期之作。从海到天，是一个从有形到无形，从有限到无限的升华过程。今天，将是子衿人生梦想的又一次飞越，她将要驾机首次单飞。

接下来的便是由舟舟创作的两首四手联奏曲《音乐岛秘密花园》和《比翼双飞》，只为能和子衿在一起演奏。坐在世界上最美的海滩上，与他最爱的人一起，弹奏世界上最美的钢琴，那是他的梦想，他为这梦想谱写了几首如诗如画般四手联奏曲，此时此刻，坐在子衿身边，婚礼上的人也不会感到比舟舟更幸福，他想把此时这最美的感受，通过音乐分享给所有人。

但是很快，四手联奏结束了，子衿起身离开时在舟舟肩上拍了拍："好好弹，音乐就是你的翅膀。"

无奈的舟舟以吻手礼和母亲道别，看着子衿提着白纱裙摆走到沙滩上的甬道边，驾着敞篷车摆手扬长而去。

舟舟和天琴座竖琴钢琴独自成为五架摄像机的聚焦点，在他弹奏最后一首《You Had Me BEFORE Hello – 天涯一曲共悠扬》时，他注意到在前方爱乐岛尽头，果然有一架白色小型飞机升上了蓝天。

"我的疯妈妈。"舟舟集中精力，帅气十足地弹奏着他最喜爱的钢琴曲，只恨这首非凡的曲子不是他自己作的，他简直就像是在钢琴上起舞。人们总说"一见钟情"（You had me at hello），而这首曲子却来自前世的知音，就好像舟舟从四川老家孤身漂流到北京，去知音园寻找"子衿"，既使他们从不相识，但在他们相遇之前，他们已是知音；就好像南宫子云在古寺中为子衿抚琴，若不是前世的知音，同频相吸，他们怎会相遇？既使他们至今都未曾谋面，灵魂却总在一起共鸣；就像只有 9 个月大的小鲁米，竟能听到别人都听不到的乐音，又为子衿的气场所吸引，因为有了音乐，他从充满不安与哭泣的地狱一跃至天堂，从此获得真正的诞生。因为有了知音，我们的灵魂才有了家人，我们的心才得以安住。

子衿曾经说："一首真正的好诗，用任何语言去读都是美的；一首发自真情的乐曲，用任何乐器演奏都是优美动人的。"有人将她的这句箴言翻译成几十种文字，而用任何一种语言去读都美如乐音。正像这首《You Had Me BEFORE Hello— 天涯一曲共悠扬》，舟舟听过了用各种乐器和人声演奏演唱的效果，而任何一种版本的演绎都如此感人动听，难怪子衿将它誉为是"献给神的情歌"。而它的原曲作者至今却只写过这一首钢琴曲，可见是他的真情至深至远的流露，至善至美的表达和至高至爱的结晶。

虽然拍这个外景音乐视频没有设现场观众，但是沙滩外还是聚集了不少游人在远距离围观，舟舟必须要全力以付，表现出最佳状态。子衿的飞机这时开始环岛盘旋，在经过舟舟头顶上空时，舟舟竟真的没有听到发动机以及机身与空气摩擦发出的轰鸣，没有影响到地面上的演奏和录音。人类发明了隐形飞机，现在又发明了消音飞机。

"我的天，她们真的想消除一切噪音。"舟舟一边弹奏一边仰起脸来，在一个有力的击键之后举手向空中潇洒地行了个礼，向母亲致敬。飞机上这时忽然拉出上下两面长长的旗帜，上面是白色五环旗，就是国际音乐奥林匹克的会旗，那是由全网公投，从上千份来自全球的设计当中评选出来的最佳方案，而它的创意者是青子衿，是由青琴、子衿、子佩、舟舟和琴宫她们五个姑娘利用家庭分享会的时间共同设计完成的，五色环中分别印有弹钢琴的人、拉小提琴的人、弹电吉它的人、弹古琴的人，还有指挥，而五环则是由不同种族手拉手合唱的人组成的；五环旗下面是一面蓝色的爱乐岛旗，上面印着：

Cosmos Philhamonic / Music Wonderisland

The 1st International Music Olympic

Reduce voice pollution, maintain inner peace,

and fill the world with beautiful music.

环宇爱乐 / 音乐仙岛 / 首届国际音乐奥林匹克

降低噪音污染，持守内心平安，让美好的音乐充满世间。

岛上的人看到了，全都举起手机抢拍，各处的摄像机也都朝向了空中。

　　"原来他们是在为音乐奥林匹克做宣传。"舟舟笑了，演奏在一片掌声与喝彩中圆满结束，他起身手扶天琴座钢琴，向镜头前的观众、远处海滩上的观众，向着爱乐岛的山海和蓝天，鞠躬谢幕。这时，岛上所有的室内外电子大屏幕上同时启动了首届国际音乐奥林匹克倒计时，并同时响起了这首《天涯一曲共悠扬》。

2

　　登上从温哥华飞往上海的航班，舟舟放好行李后往他们的前排看了看，没有看到小孩子，这才放了心。子衿见状不由笑了笑，用询问的眼光看着他，那意思分明是在说："如果又有一个小鲁米坐在前排呢？"舟舟指了指坐在他们后排的子佩、大仙和疯婆子，做了一个"对调"的手势，而且表情显示"没商量"。子衿微笑着摇摇头，和梁雨微一起落座，然后便拿起手机，开始和鲁米的妈妈伊丽哈姆视频，正在家中屋子里到处乱跑的小鲁米一看见她，立即欢天喜地咯咯笑起来，他们家的小狗儿也跑到手机镜头前来，隔着屏幕向子衿摇头摆尾。梁雨微一见，立即笑起来，招手向他们问好，并对舟舟说："鲁米的爸爸拉德普尔是我们在 288 的同事，是你妈妈给他介绍的工作，质量部工程师，人家移民加拿大前在阿塞拜疆的汽车公司里作质量部经理，而且拉德普尔还多才多艺，会弹钢琴和吉它，还是调音师，都是自学的，还会做视频，做网站，工作之余在网上做自己的生意，可聪明了。你妈妈还和鲁米的妈妈一起去过多伦多的中东超市 Adonis，买伊朗藏红花。伊丽哈姆正在翻译你妈妈的格言集《知音无古今》，翻译成波斯语；而你妈妈正在翻译鲁米的诗，由英文译成中文，她需要伊丽哈姆的帮助，以使它更接近波斯语的原意。"

舟舟一听却越发不开心，用飞机上的黑色薄毯一下子蒙住了子衿的头和她的手机，立即换来小鲁米的惊哭声，舟舟自己则起身，夹着他的一大本曲谱，去和后排的子佩对换座位。梁雨微诧异不解地摊开两手。子衿掀去薄毯，微笑着拍拍梁雨微的手，示意她别介意，然后用手机给舟舟发了一条短信："内心一旦平静，外界就会鸦雀无声。"

子佩一坐到子衿身边就对她说："告诉你个好消息——我刚刚收到约翰内斯发来的邮件，他在爱乐岛上谋得一个职位，智能产品开发公司，面试时答对了所有和古典音乐有关的题目，还出示了三个月来他所有食品消费的收据，以证明自己是个素食者。他的太太也因为健康问题成为了素食者，可惜他们的两个孩子还不能放弃肉食，所以他们全家不能搬到爱乐岛上来，还得住在温哥华的房子里，约翰内斯每天驾车上下班。不过他们全家都开始学音乐，家里买了钢琴和吉它。你看看这段视频，我从 YouTube 上下载的。"

子衿接过子佩的手机，看到视频上的约翰内斯正坐在太平洋酒店二层大堂的钢琴前，就是子衿去年弹奏过的那架钢琴，他弹奏的是柴可夫斯基的《六月船歌》，甚至没用曲谱。子衿惊喜地笑起来："哇——真是乐见其成！阿弥陀佛！看来，你的法布施收到成效了！功德无量！只是，那架钢琴又该调音了。"

"约翰内斯说，这是他目前唯一一首能弹奏的曲子，练了很久。"子佩笑着说。

"要是有人能为这首曲子填词就好了，"梁雨微看完后道，"它好美，很有歌唱性，不是吗？我现在都想唱了。"

子佩听罢看了看子衿："好主意！改编成复调合唱也不错。"

这时就有人从她们背后的座椅之间递过两张曲谱，是舟舟。子衿接过去一看，他竟然已经为《六月船歌》填了词。子衿一边读一边微笑，而身后这时就响起了大仙和疯婆子轻柔的女声二重唱，还有舟舟哼唱的低音伴奏，前排的三个女人也看着曲谱，跟着一起试唱起来，构成三个声部的无伴奏合唱，子衿轻轻打着拍子。歌声吸引了机舱内的其它乘客以及乘务员，人们的脸上都现出沉醉的微笑，有人举起手机，为她们录短视频。

飞机穿过云层，连接所有人们渴望抵达的土地和梦中的故乡，而音乐则早已将人心相连。

返场曲：知 音 无 古 今

知音之间没有距离，纵然远隔千年，即使相距万里。知音无古今。

There is no distance between confidants, even if we are thousand miles or thousand years apart.

白色宝马车停在了静心度假村大门口，雨默走下驾驶席，打开后面的车门，疯婆子小心地下了车。身穿白色素花旗袍的子衿和子佩从另一边下了车。这时，舟舟和大仙乘坐的园区专线电动客车也到了，他们在弧形玻璃雨廊下将行李从后备箱里拿下来。子衿抬眼向着园区大门上方望去，黑色大理石横梁上覆盖着一条黑色横幅，上写"澄宇国际静心度假村"。子佩见罢大吃一惊，站在子衿身边问道：

"不是叫'子云静心度假村'吗？怎么改名了？！难道，是怕周澄宇来把它给烧了？这项目的名称是说改就改的？合同是有法律效力的。"

子衿没有回答，却在为南宫子云心胸的博大格局深感震撼："好一个内外无别，人我如一的不二法门。"她在心里说。

"这究竟是个什么状况？！"子佩不悦地道，"哎，子衿，咱们能不能把这名字给改回来？你总是说'攻城为下，攻心为上'，你有主意让你的车防盗，有没有主意让这园子防火？"

子衿笑了笑，道："好吧，我回头去和甲方商量商量。"

"那尽快，马上就要开光了。周澄宇当时只是虚张声势，演戏而已，目的是金蝉脱壳，找借口离开你。他已经达到目的了，不会真的再来捣乱，犯不着以身试法，他还有他现任的太太和家人不是？"子佩说着不由叹了口气，"真闹心。有些人正经事都忙不过来，有些人就有功夫要小心眼，没事找事，无事生非，弄得后患无穷。唉——"

"青小姐，你们先登记吧，我把您的箱子带去您的房间。您先好好休息，有事就给我打电话。"雨默这时道。

"多谢了，雨默！"子衿说着，从自己背包里取出一本书，"我能否再麻烦你一件事？请帮我把这本书寄给玖思，好吗？"

雨默接过那本书，是子衿新出版的文幻兼科幻小说《知音号的首航太空音乐会》，子衿还在扉页上签了名。

"太好了！"雨默拿着书微笑起来，"不过我得先看看再说。"

子衿也微笑起来："不急，等玖思中考结束了再说。"

"您想得真周到。我没有告诉他您回国了，就是怕影响他考试。放心吧，我先拿回去看了。"

"谢谢！请代我问子云老师好。今天我要先回家看望家人，回头再和他一起排练！"

"你们已经通过视频合奏多次了，肯定没问题。现场热身一下而已。"

"希望如此，但毕竟，是第一次同台演出。"子衿微笑着说。

雨默这时凑到子衿耳边悄声道："子云老师非常紧张，他一想到要见您就害怕。"

子衿一听忍住笑，低声问："那他每天打坐，在修炼什么呢？"

雨默看了看周围，又在子衿耳边低声道："我也说不准。"

"那他给学生授课的时候，也紧张吗？"子衿又轻声问。

雨默摇摇头："全世界，他只怕你。自从你把他的曲子填了词，改编成了国际音乐奥林匹克会歌，他就特别害怕见到你，说是太紧张。"

子衿笑着想了想："可是明天就要同台演出了，他想怎么样？"

雨默为难地抓了抓脑袋。

子衿这时指了指园区大门边已经打出去的演出广告："君子一诺千金。我相信子云老师是个有担当的人，所以才要建造这个国际静心中心。请转告他，明天，我可以蒙面上台，盲奏。另外，这次合作成功后，我会邀请你们参加六月份在温哥华的首届国际音乐奥林匹克盛会。"

雨默立刻笑了起来："好，我这就去转告他。"

目送雨默驾车离去，子衿移步到园区大门前，子佩和疯婆子正在看大门边张立的大幅海报。

知音无古今

青子衿／南宫子云 琴箫合奏 音乐会

曲目：

一、空山鸟语

二、关雎

三、一眼万年

四、静观吟

五、樵歌

六、流水

七、潇湘水云

八、凤求凰

九、松烟入墨

演出时间是明天下午 3 点钟。

子衿这时转过身道："你们先去登记入住吧，我们的别墅在第 9 栋'弦音枕流'。中午你们去古琴酒店吃饭，我想一个人先去园子里走一走。"

"我也想先去园子里走一走。"作为建筑设计师的子佩早已迫不及待，尽管回国前已在视频上看过无数次，但此时激动的心情却令她把一切抛在脑后，越过保安直接冲进了大门，敞开双臂拥抱自己的杰作。

"今天是农历十五，我们断食。"疯婆子对子衿说，也紧随子佩跑进了园子。

子衿去跟保安解释了一番，出示自己的电子证件，然后走进大门旁边的迎宾处给大家登记。一对年轻的外国游客也正在办理入住手续，子衿听说他们来自加拿大，便用英语和他们打招呼，表示欢迎。女的认出了子衿，激动地跳着脚拥抱了她，说好高兴在这儿遇见你！还要跟子衿合影。

　　服务生和舟舟将所有人的行李放到敞篷观光电动车上，车身一边印着"静音"，另一边印着"静心"。大仙坐到车上，舟舟亲自驾车，两人一路欢叫着驶往他们的环湖别墅，子衿看着他们远去不禁摇摇头，心想：他们忘记了，这里是静心中心。然后，她便独自走进园区。

　　两年多的时间，一个蜕变式的转身，她们梦想的宏图变成了眼前的现实。明天便是这座国际静心度假村正式启动的日子，所有的佳宾今天都会入住，同时迎来它的第一批观光客和学员，预定客满。

　　沿着Ｓ形太极弦中央大道，子衿慢慢地走着，两旁翠竹相拱，鲜花载道。远远地，子衿看见已经习惯了假肢的疯婆子正张着两臂走在路边的平衡木上。平衡就是善，就是善智慧。阴鱼区水域倒映着建在水中央的ＯＭ圆磬静心中心，水边是木鱼造形的多元静心学院；另一边的园林阳鱼区，矗立着"松石间意"古琴大厦静心酒店；环湖二十四桥外是十八座亲水别墅，环湖内侧是禅诗联联廊桥和五行环湖大道，连接八座亭台楼榭。正值春花满园，绿树如荫。园林间散落着各式佛陀坐禅雕像和以不同字体雕刻在不同石头上的"静心"二字。子衿独自慢慢地走着，经过《心经》简林、《道德经》瀑布墙，绕过假山便见枯山水。徜徉在禅诗联联廊桥中，她逐一观赏着廊柱上镌刻的诗联，面露微笑，这是在琴台附近的一段。

　　　"古琴三弄答流水，长箫一声怨落梅。"
　　　"七弦谐五音，一曲包万象。"
　　　"山僧有古琴，七弦断其六。"
　　　"菊酿上尊酒，风传太古琴。"
　　　"灯火三更雨，诗书一古琴。"
　　　"藓壁作怪画，石泉操古琴。"
　　　"空山无人置古琴，泠风七弦吹玉音。"
　　　……

子衿从背包里拿出一只折叠的白色纸灯笼，小心展开，上面有她书写的棣书"静心"二字和她的题名及红色落款印章，作为园区内的第一盏"静心"书法灯，她将它挂在了廊桥中。

湖上有人泛舟，隔湖传来有钢琴伴奏的小提琴乐音，子衿一听便知那是大仙和舟舟，他们正在合奏贝多芬的小提琴奏鸣曲《春》。而子佩此时正躺在"无弦琴"台旁边的一张吊床上，闭着眼睛，仰面享受醉人的微风、花香与渺渺如云丝般的仙乐。子衿的脸上现出微笑，心想：她比我活得洒脱。

继续往前漫步。经过"流杯亭"、越过"一弦禅"，踏过"九曲云荷"，子衿登上"一曲离忧"亭桥，从上面拿起一大一小两只木球，顺着桥边的木槽滚下，山林中便回响起如木琴般叮咚奏响的巴赫宁静的小曲。子衿非常满意它的音准、音色与和声。

因为开始落小雨，子衿走进了古琴大厦酒店，径直乘电梯上到客房最高层，找到 432 房间，用手腕上的智能手表扫码，深棕色玻璃门上这时显示出"云居楼"三个字，并附有一首小诗："花径不曾缘客扫，蓬门今始为君开。"之后，门自动打开，子衿走进了套房。

她的旅行箱卧在行李架上。厅里静置着一架黑色三角钢琴，卧室床头桌上散放着一本英文版的史蒂文·威廉·霍金的《时间简史》和尤瓦尔·诺亚·赫拉利的《未来简史》，还有一本子衿的《知音无古今》；书房的墙角掩映着翠竹和龟背竹，圆格窗边站着白色仙鹤吊灯，茶榻上备了雨前杀青的新采龙井，书案上铺好了纸墨笔砚，棋桌上已布下黑白阵，每个房间的墙上都挂着琴诗墨宝：

"客夜读君诗，如闻太古琴。"
"长剑挂空壁，古琴藏虚匣。"
"净室寒窗无长物，道书狼籍古琴横。"
"幽人抱古琴，千载传妙音。"

"古琴抚罢风满帘，深杯邀得月当户。"

"有色非真画，无腔是古琴。"

墙上有两幅水墨画，一幅是"东坡抚琴图"，上有题款，为苏轼诗句："回首向来潇瑟处，归去，也无风雨也无晴。"另一幅为临摹的宋徽宗赵佶的彩绘《听琴图》，图中诗云："吟徵调商灶下桐，松间疑有入松风。仰窥低审含情客，似听无弦一弄中。"

静静的水流声伴着徵调养心琴曲。子衿沐浴更衣后来到书房里。书架上有所有子衿需要的琴谱，落地窗前的琴案上，静候她的是已经895岁的"松石间意"，琴旁还有一对悬于架上的金钟和玉磬，以及击杆。子衿抬手，轻轻抚摸琴身。

"恰逢十五又逢君，明月一曲故人归。"

打开落地玻璃门，子衿来到露台上。这里是俯看西湖美景的绝佳地点。

"四月烟柳，满湖花香；楼外青山，寺中箫唱。岁月静好，流年无殇；心若安住，山河无恙。"

放下墨笔，子衿一边端祥自己的字，一边喝了口香茶。她望着落地窗外南山下的西湖，沉吟良久，然后拿起手机，输入一条短信："此'澄宇'非彼'澄宇'。此非攻心，而是得心。有时，多得一人心，便可得天下。万法皆空，不著名相。万法随缘，只为道生。"想了想，她把短信发给了子佩。

点燃伽南香，安放好几处镜头和麦克风，在手机上设了蓝牙无线扩音，子衿坐到琴前，将一纸白色萧扇缓缓展开，凝视上面的减字曲谱，那是两年前在广德寺，子云在多宝佛塔上留与她的，子衿将扇面上的曲谱重新阅过一遍后，轻轻将扇置于琴旁谱架上；闭目良久，子衿轻轻抬腕，一声钟鸣，古琴弦音悠然响起，一曲《知音无古今》在整座度假村园区内震荡回响，吸引了所有人的目光去寻找，在雨滴中微微颤抖的花草、枝叶和湖面也在倾听。

"为君一挥手，如奏万壑松。客心洗流水，余响入云钟。"

　　琴声优雅清丽，履险如夷，抑扬顿挫，举重若轻。这时，一支清箫吹响，清幽柔和，回旋婉转，低而不断，温雅悠长，如游丝随纤云飘舞，若有若无，却连绵不绝，荡气回肠，与琴韵相和相绕，相谐相承。琴韵箫声忽高忽低，忽远忽近，彼鸣我和，此伏彼起，极尽繁复变幻，两心相悦，终归细雨绵绵，月色溶溶，渐行渐远，入太极星空。最美这段重归沉静，沉静，沉静之后，一声宏亮而清悦的磬音从 OM 静心中心发出，悠悠震荡，颤颤七十二声，仍旧绵绵不绝，波远无极。

　　一声动，万物静；一声入耳，万事离心。

　　渺渺磬音在轻云细雨中悠悠传向时空远方，金声玉振，唤醒近在身旁、远在他乡、千百年前和千百年后的万物知音……

"乐者，天下之大齐也。"

——《荀子·乐论第二十》

—— 完 ——

（这是一部文创文幻小说，故事并非纯属虚构。 ——作者注）
2024 年 7 月 8 日于温哥华

总字数：468,000

作者简介：

刘为，女，英文笔名 Anne Wien Lynn，生于北京，2002 年移民加拿大，现定居多伦多，加拿大国际华裔作家协会会员。2023 年被作为加拿大华裔精英与其它 46 位杰出华人（包括大山）被收入中英文大型文献《海外精英》，加拿大总理府、国会、省议会及市议会发来贺电，并派议员代表出席了该书发布会。刘为十五岁开始写作，曾在《中国电视报》、《文艺报》、《音乐周报》、《文化艺术报》等报刊上发表古典音乐报导、音乐家专访及乐评。十七岁开始小说创作，主要作品有：

《无伴奏大提琴》（中短篇小说，《诗与文》创刊号，1990 年）

《蓝调孤独》（长篇小说，中国工人出版社，1992 年）

《中华历史名人传（系列）——诸葛亮》（编著，海南出版社，1997 年）

《无弦琴》（中长篇小说，台湾红杏出版社，1998 年）

《触摸 X 夫人》（长篇小说，中国文联出版社，2001 年）

《万物合唱》（长篇小说，美国世界日报出版社，2011 年，加拿大公共图书馆收藏）

《升华》（长篇小说，美国世界日报出版社，2012 年，加拿大公共图书馆收藏）

《All Things Chorus》原创英文版长篇小说，美国 iUniverse 出版公司，2013 年）

《美女大全——世界女美文学大观》（编著，美国世界日报出版社，2013 年）

《爱情生死书》（长篇小说，美国世界日报出版社，2014 年，加拿大公共图书馆收藏）

《在花花世界里静心》（长篇小说，美国世界日报出版社，2015 年）

《世界最伟大的心灵课》（The World's Greatest Spirit Courses，中英文对照编著，名人名言录，美国世界日报出版社，2016 年）

《万物合唱》（短篇小说，被收入由加拿大国际华裔作家协会汇编的作品集《突破自我》，获多伦多世界图书节优秀作品获，2022 年）

《The Kiss of The Soul》（原创英文格言集，美国 Gotham 出版社，2024 年）

另有发明"音乐—彩色灯光数码转换系统"和"一种新型汽车后示速度灯"等获加拿大和中国专利。

Email：Parisbluese@gmail.com